IMĀGINOR, ERGŌ SUM.

想象即存在

幻 想 家

THE MAMMOTH BOOK OF
CELTIC MYTHS AND LEGENDS

凯尔特神话全书

〔英〕彼得·贝雷斯福德·埃利斯 著 玖羽 译
PETER BERRESFORD ELLIS

CTS 湖南文艺出版社
PUBLISHING & MEDIA
中南出版传媒

目　录

1

谨以此书献给我的好友、导师及凯尔特事务的引路人——帕德里格·奥孔库尔[1]。

> 我在森林中聆听，
> 我在群星下注目，
> 我把秘密看得一清二楚。
> 我在荒野中沉默，
> 我在人群里健谈。
> 我在酒馆里温和，
> 我在战斗中严苛。
> 我乐于结盟交友，
> 我善于治病疗伤。
> 我对孱弱之人示弱，
> 我对豪强之人要强。

---

[1] 帕德里格·奥孔库尔（Pádraig ó Conchúir，1928—1997），致力于凯尔特民族独立运动的英国政治活动家、语言学家。

我从不吝啬，以免负担过重；

我虽有智慧，却不妄自尊大。

我从不妄加承诺，虽然我很强大；

我不会以身试险，尽管我很敏捷。

我虽然年轻，却不讥讽老人；

我尽管骁勇，但不夸夸其谈。

我不会在背地里嚼人舌根。

我不喜责备，但我不吝赞美；

我不爱求人，但我乐于奉献。

——科马克·麦克奎伦南（836—908）

卡舍尔国王兼诗人

引 言

凯尔特人拥有欧洲最古老、最生动的神话、传奇和民间传说。事实上，凯尔特人是阿尔卑斯山以北最早进入史册的欧洲人。他们与其他欧洲同胞的区别在于他们所讲的语言，也就是我们现在所说的"凯尔特语"。

凯尔特语族是更大的印欧语系的一个分支。印欧语系包括欧洲大部分语言，只有一些明显的例外，如巴斯克语、芬兰语、爱沙尼亚语和匈牙利语。印欧语系还覆盖了伊朗和印度北部。

自从印度古典语言梵语于18世纪被确认以来，语言进化和语言关系的概念已经成了一门科学。从印欧语系的语言关系中，我们可以发现，在遥远古代的某一时期，存在着一种单一的母语，我们称之为印欧语，因为没有更好的称呼了。随着讲这种母语的人开始从原来讲这种母语的地区迁徙到其他地区，这种母语也逐渐形成了多种方言。这些方言成了今天欧洲和印度北部主要语族的祖先——意大利语族或拉丁语族（现在称为罗曼语族）、日耳曼语族、斯拉夫语族、波罗的语族、凯尔特语族、伊朗语族、印度–雅利安语族等等。

即使在今天，在印欧语系的语言中，也存在着不见于其他语言的相对结构形式和词汇，这可以帮助我们识别它们的特征。印

3

欧语系共同的特点有：名词和动词在形式上有明确的区别，基本的屈折结构，以及十进制数字。一个实验可以证明它们的亲缘关系：对比每种印欧语系语言中的基数（从1到10），就会发现相同的音值，这表明它们拥有共同的起源。

印欧语系的母语原本在哪里使用？它从什么时候开始分散开来？似乎很有可能，但也只是可能，当地语言的使用者起源于波罗的海和黑海之间的某个地方。早在讲母语的移民潮西进欧洲、东进亚洲之前，这一母语似乎很可能已经分裂成方言。

有文字记载的第一部印欧语系文献是用赫梯语书写的，这是一种在现在的土耳其东部地区使用的语言。赫梯人建立了一个帝国，最终征服了巴比伦，甚至还短暂地统治了埃及。赫梯文字出现在公元前1900年左右，消失于公元前1400年左右。赫梯文献存留在用楔形文字书写的泥版上，直到1916年才被破译。

学者们认为，印欧语系的凯尔特方言是所有凯尔特语言的祖先，在公元前2000年左右出现。当时，凯尔特文化作为一种独特的文化开始出现在多瑙河、莱茵河和罗讷河上游地区，也就是在今天的瑞士和德国西南部。

对这一地区早期地名的研究表明，河流、山峰、森林乃至一些城镇仍然保留着凯尔特语的原名。我们在前面提到的三条大河都保留了它们的凯尔特名字。多瑙河（Danube）最早被提到时名叫"达努维乌斯"（Danuvius），以凯尔特女神达努（Danu）的名字命名，这个名字的意思是"神水"。罗讷河（Rhône）最早被记载为"罗达努斯"（Rhodanus），也包含了女神达努的名字，其前缀来自凯尔特语"ro"，意为"伟大"。莱茵河（Rhine）最早被记载为"莱努斯"（Rhenus），是凯尔特语"海路"的意思。

由此可以看出，这里就是凯尔特人发展其独特文化的地区。

考古学家将这一文化的年代定为公元前1200年至公元前475年，即哈尔施塔特文化，因为在上奥地利的哈尔施塔特湖西岸发现了第一件可辨认的文物，所以如此命名。此前，考古学家仅将该文化的起始时间定为公元前750年，但新的发现使他们修改了起始时间。后来，从哈尔施塔特发展起来的一种独特的凯尔特文化被命名为拉坦诺文化，因为它是在瑞士的纳沙泰尔湖北边的拉坦诺被发现的。

大约在公元前1000年，凯尔特人发明了冶铁技术，这使他们变得比邻居更为强大。凯尔特铁匠在社会中获得了新的角色，工匠被算作贵族。凯尔特人带着铁制的矛、剑、盾牌配件、斧头、锯子、锤子和钩子开始了他们的扩张，穿过了以前无法穿越的北欧森林。作为一个农业社会，他们有了一种驯服大地的新武器，那就是铁制犁铧。凯尔特人甚至研制出了脱粒机。他们的铁斧和铁锯助他们在欧洲各地修建道路。有趣的是，古爱尔兰语中的道路是"slighe"，衍生自"sligim"（意为"我开辟"）。人口过剩，或许还有部落之间的冲突，似乎是凯尔特人从原来的家园开始扩张的合理起因。

公元前7世纪，一些凯尔特部落已经越过阿尔卑斯山，在波河河谷定居。他们与伊特鲁里亚帝国发生冲突，并将其击退到亚平宁山脉以南。在公元前390年左右，塞诺尼斯部落越过亚平宁山脉，寻找新的土地定居。他们遇到的抵抗先是来自伊特鲁里亚人，然后是来自伊特鲁里亚人的新统治者——罗马人。

塞诺尼斯人在阿利亚战役中击败罗马军团，向罗马进军。在罗马元老院同意支付赎金解救他们的城市之前，他们占领了这座城市七个月。塞诺尼斯人在意大利东部沿海定居，即现在的安科纳一带。这段动荡的时期也出现在凯尔特的神话故事中，12世纪的蒙茅斯的杰弗里[1]在他的《不列颠诸王史》中记载了这段历史；正是这部著作使亚瑟王的传说广为流传。

在罗马人战败后不到百年的时间里，凯尔特部落入侵希腊半岛，打败了那支曾经为亚历山大大帝征服已知世界的军队。他们在温泉关击败希腊联军，然后向得尔斐圣地进军，最终攻占了得尔斐。[2]

就现存记载而言，历史文献第一次提到凯尔特人（被称为"Keltoi"），是在公元前6世纪希腊旅行家和历史学家的著作中。据哈利卡尔纳索斯人希罗多德记载，公元前630年左右，一位来自萨摩斯的名叫科莱乌斯的商人在西班牙加的斯以北的塔尔提苏斯河（即今瓜达尔基维尔河）的河口登陆。他发现凯尔特人早已在伊比利亚半岛定居，并且正在开采该地的银矿。这是已知的希腊人和凯尔特人的第一次接触，希腊商人与该地的凯尔特矿主开始了繁荣的生意往来。关于凯尔特人最早的历史记载出自哈利卡尔纳索斯人希罗多德和米利都人赫卡泰俄斯[3]笔下。

公元前3世纪，凯尔特人的势力范围扩张到了极致。他们生活的土地从西边的爱尔兰一直延伸到东边的土耳其中部平原（即凯尔特人的加拉提亚"联邦"，它是第一个接受基督教的非犹太民族，保罗曾经给它写了一封著名的信[4]），北起比利时（它至今仍以凯尔特语"Belgae"命名），向南穿过法国（当时叫高卢），经过伊比利亚半岛到加的斯，同时也穿过阿尔卑斯山进入波河河谷（称为山南高卢），还沿着多瑙河谷推进。瑞士至今仍以当时

1　蒙茅斯的杰弗里（Geoffrey of Monmouth，约1100—约1155），英国教士，著有《不列颠诸王史》（*Historia Regum Britanniae*）。

2　公元前279年。

3　米利都人赫卡泰俄斯（Hecataeus of Miletus，前550—前476），古希腊历史学家、地理学家。

4　即《新约·加拉太书》。

居住在那里的凯尔特部族的名字——赫尔维蒂人命名。[1] 在大约一个世纪的时间里,色雷斯也是一个凯尔特王国,远在波兰和俄罗斯(最远到亚速海)也发现了孤立的凯尔特人群体。

需要注意的是,当时有几种不同的凯尔特方言——并不是所有的凯尔特人都说同一种凯尔特语,当时的凯尔特语业已进一步分化。

公元前1世纪,随着庞大的军事帝国罗马的崛起,凯尔特人的扩张潮流开始逆转。后来的斯拉夫人和日耳曼人的扩张又把凯尔特人推了回去。所以,在今天,这个曾经庞大的凯尔特文明的幸存者的生活范围只限于欧洲的西北部边缘地区,他们作为爱尔兰人、马恩岛人、苏格兰人(其语言属于盖尔语支,或称Q凯尔特语)和威尔士人、康沃尔人、布列塔尼人(其语言属于布立吞语支,或称P凯尔特语)生存到现代。

语言学家认为,我们称为盖尔语支的那种凯尔特语是凯尔特语中比较古老的分支。有观点称,凯尔特语在公元前7世纪左右分裂,出现了我们所谓的布立吞语支。和盖尔语支相比,布立吞语支在以下几个方面产生了变化和发展。

最根本的变化是众所周知的把"Q"(现在用硬音"C"表示)替换成"P"。举一个简单的例子,爱尔兰语表示"儿子"的单词是"mac",在威尔士语中变成了"map",而在现代威尔士语中缩写为"ap"。"所有人"在古爱尔兰语中是"cách",在古威尔士语中是"paup"。古爱尔兰语的"羽毛"是"clúmh",它在古威尔士语中变成了"pluf"。可以看出,这些词中的"Q"全部被"P"取代,从而成了区分Q凯尔特语和P凯尔特语的标志。这或许也是短语"注意你的p和q"[2]的来源。

1　瑞士的正式国名是拉丁语"Confederatio Helvetica"(赫尔维蒂联邦)。

2　"Mind your p's and q's",意为"谨言慎行"。

语言上的压制和迫害几乎摧毁了凯尔特语。人口普查的结果和估计显示，在今天生活在凯尔特地区的1600万人口中，只有大约250万人会说凯尔特语。在研究凯尔特神话的时候，我们必须研究最初记录这种神话的凯尔特语言。

虽然幸存至今的最早一份大陆凯尔特语铭文可以追溯到公元前6世纪，并且我们拥有200多份主要来自公元前4世纪和前3世纪的铭文，但直到公元后，才有了关于凯尔特神话的记载，而且，这些记载仅仅出自岛屿凯尔特语文献，主要是爱尔兰语和威尔士语。

"科利尼历"[1] 一度被认为是前基督教时代最长的凯尔特语文本。1983年8月，一块刻有160个词的铅板在法国拉尔扎克出土，年代为公元前1世纪。最近，在西班牙萨拉戈萨附近的博托里塔（古代的康特雷比亚·贝莱斯卡遗址）发现了两块青铜板[2]，其中一块青铜板上刻有200个凯尔特语词，似乎是一份法律文件。这些青铜板被认为可以追溯到公元前2世纪和前1世纪。经常有人提出古代凯尔特人没有文字的说法，这显然是错误的。

为了把现存的凯尔特语铭文放在整体的背景下考虑，我们应当指出，虽然现存最早的拉丁语铭文和现存最早的凯尔特语铭文一样，都可以追溯到公元前6世纪，却很少有早于公元前3世纪的拉丁语铭文被发现。拉丁语直到公元前2世纪才发展成一种书面语言。

有一件事颇具讽刺意味：公元前222年，罗马人在特拉蒙战役中击败凯尔特人，当时有一位来自波河河谷的梅迪奥拉努姆（即

1　"科利尼历"（Coligny calendar）是一块青铜碑的碎片，1897年在法国科利尼出土，内容是一种古凯尔特历法，大约制作于公元2世纪末。

2　出土的青铜板共有四块，其中2号青铜板上的文字是拉丁语，其余三块是凯尔特伊比利亚语。

1、3、4号青铜板分别出土于1970年、1979年、1994年。

今米兰）的因苏布雷部族的年轻凯尔特战士被俘，成了罗马的奴隶，并被取名为凯奇利乌斯·斯塔提乌斯[1]。他学会了拉丁语，后来成了他那个时代的一名主要喜剧作家。他的作品大约有42个篇目为人所知，但只有片段流传下来。他是最早的"罗马"文学作家之一。在拉丁语成为重要的文学媒介的过程中，还有其他许多凯尔特人做出了自己的贡献。

关于凯尔特语言的一个问题是，在前基督教时代，似乎有一些宗教禁止凯尔特人用自己的语言广泛写作，[2]因为信奉异教的凯尔特人赋予文字以神秘的意义。这似乎并不妨碍个别的凯尔特人（如凯奇利乌斯·斯塔提乌斯）使用拉丁语作为文学表达的媒介，但这也使我们不得不等到基督教时代才能看到凯尔特文学的繁荣昌盛。

爱尔兰语成了欧洲的第三种书面语言，仅晚于希腊语和拉丁语。哈佛大学的卡尔弗特·沃特金斯[3]教授指出，希腊语和拉丁语文学作品的作者都是将其作为通用语而非母语使用的人。他认为，我们可以说，"爱尔兰拥有欧洲最古老的本土文学"。

当以古爱尔兰语和古威尔士语呈现的凯尔特神话被记录下来的时候，基督教已经站稳了脚跟。记录这些神话故事的人往往是在宗教场所工作的基督教抄写员。因此，他们倾向于删减那些关于男女诸神的更加古老的故事；早期的异教祭司被污蔑为巫师和术士，就连神祇也被贬低为彼世的鬼魂和实体，甚至是仙灵。

例如，"长臂"卢乌（Lugh Lámhfada），身为众神之长及一切

---

1 凯奇利乌斯·斯塔提乌斯（Caecilius Statius，约前220—约前166），用拉丁语写作的喜剧作家。一说他是居住在凯尔特人土地上的意大利人。

2 "祭司们……要在那边学习背诵许多诗篇……虽然他们在别的一切公私事务上都使用希腊文字，但他们却认为不应该把这些诗篇写下来。"（《高卢战记》第6卷第18章，任炳湘译）

3 卡尔弗特·沃特金斯（Calvert Watkins，1933—2013），美国语言学家、文献学家。

艺术和手艺的守护者,最终被降级为"驼背"卢乌(Lugh-chromain),这个词被英语化之后,就是"leprechaun"(小矮精)。

由于基督教对神话故事的这种删减,有些学者认为,我们对凯尔特神话的认识很不全面。从最严格的意义上说,神话是一种宗教叙事的总和,这种叙事被认为可以解释和证实一个民族的文化经验,以及宗教和社会制度。伯恩哈德·迈尔[1]博士倾向于认为,中世纪的记录并不是基督教传入之前凯尔特神话的忠实反映。我敢说,如果从古代印欧人的角度来审视这些故事,就可以看出前基督教时代的主题。

在爱尔兰的传统中,我们获得了最古老的神话故事和传奇。乔治·多坦[2]博士认为,"爱尔兰最古老的史诗文学作品很可能是在7世纪中叶之前写成的;但在此之前,它们在口口相传的故事中保存了多久,则很难估计"。

许多幸存下来的爱尔兰故事都和在公元之前的一千年里用梵文写成的《吠陀》中的主题、故事甚至是名字有着惊人的相似之处,这一事实表明这些故事可能有多么古老。例如,凯尔特人的母神——在古爱尔兰语中叫作达努(Danu),有时也称作阿努(Anu),与古威尔士语的达恩(Dôn)同源,也出现在大陆凯尔特人幸存下来的铭文中——同样出现在《吠陀》,以及波斯神话和赫梯神话中。达努的意思是"神水",欧洲各地的河名都在向她致敬。

围绕着达努维乌斯河(可以说是凯尔特人第一条伟大的圣河)的故事,与围绕着爱尔兰的博恩河(源自女神博恩)和香农河(源自女神希奥南)的神话有着相似之处。更重要的是,它与印度教中恒河女神的故事有着相似之处。凯尔特人和印度教徒都崇拜

1　伯恩哈德·迈尔(Bernhard Maier,1963—　),德国宗教学家。
2　亨利-乔治·多坦(Henri-Georges Dottin,1863—1928),法国文献学家。

神圣的河流，并且在那里献祭。吠陀神话中的达努女神曾在著名的洪水故事"搅拌乳海"中登场。

事实上，对于那些寻找印欧文化起源的具体证据的人来说，爱尔兰文本可能是最好的证明。我们一次又一次地看到，位于欧洲西部边缘的爱尔兰文化与位于印度的印度教文化之间具有惊人的相似之处。即使是那些古老的爱尔兰法律著作的语言，即《菲尼库斯法》或称"布列洪法"[1]，依然显示出它们和《摩奴法典》中的吠陀法律拥有一个相同的原始原点：无论是在概念上，还是在词汇上（这一点更令人惊讶）。

迈尔斯·狄隆[2]教授在《凯尔特人与雅利安人：印欧语言和社会的遗存》（1975）中指出，"爱尔兰和印度的法律书籍都是享有特权的专业阶层的著作；它们的对应之处往往惊人地接近，不仅包括形式和技术，甚至包括措辞"。正如卡尔弗特·沃特金斯教授指出的，在所有保留下来的凯尔特语言中，古爱尔兰语代表了印欧语系中的一种异常古老和保守的语言传统。他认为，它的名词和动词系统比古典希腊语或拉丁语更加忠实地反映了最原始的印欧语的特征，古爱尔兰语的结构只能与吠陀梵语或旧王国时代的赫梯语相比。

《吠陀》（Vedas）是公元前1000年至前500年间于印度北部写成的四部学术著作的统称，以梵文词根"vid"命名，意为"知识"。同样的词根也在古爱尔兰语中出现，即"uid"，意为"观察、感知和知识"。很多人都会立即认出，它是组成凯尔特语复合词"德鲁伊"（druid）的两个词根之一："dru-vid"，大意是"透彻的知识"。

1　"布列洪法"（Brehon）是古爱尔兰的一种口传法律体系。《菲尼库斯法》（Fénechus Law）是公元5世纪基于"布列洪法"编纂的一部成文法，使用一种特殊的古代诗歌法律方言。

2　迈尔斯·狄隆（Myles Dillon，1900—1972），爱尔兰历史学家、文献学家。

为了证明古爱尔兰语和梵语在词汇上的一些相似之处，我们可以参考以下内容：梵语的"arya"（自由人）来自备受诟病的"aryan"（雅利安）一词，这个词在古爱尔兰语中的同源词是"aire"，意为"贵族"。梵语的"naib"（善）与古爱尔兰语的"noeib"（神圣）同源，"naomh"（圣徒）一词即由此而来。

梵语的"minda"（身体缺陷）与古爱尔兰语的"menda"（口吃者）同源；梵语的"namas"（尊重）与古爱尔兰语的"nemed"（尊重或特权）同源；梵语的"badhura"（聋子）与古爱尔兰语的"bodhar"（聋子）同源。有趣的是，这个词在18世纪从爱尔兰语借入英语，成了英语词"bother"。

最容易辨认的词是"raj"（王），它与爱尔兰语的"rí"同源，这个词也出现在大陆凯尔特语的"rix"和拉丁语的"rex"中。大多数印欧语系的语言都在某些时候使用过这个词。然而，日耳曼语族却发展出了另一个词，即"cyning""koenig""king"。英语并没有完全放弃这个词，这个表示"王"的古代词仍然可以在"reach"（伸手）的词源中找到。在印欧语系中，国王的概念是"伸出或伸展他的手来保护其子民的人"。

许多印欧神话中都有这种"伸手保护部落或人民"的概念。在《吠陀》中，天神被称为"Dyaus"，《梨俱吠陀》称，这个词的意思是"伸展出长手者"。这个词和拉丁语的"deus"、爱尔兰语的"dia"、斯拉夫语言中的"devos"同源。值得注意的是，"Dyaus"意为"光明者"，大概是表示太阳神。

在《吠陀》中，我们发现"Dyaus"被称为"Dyaus-Pitir"（父神Dyaus）；在希腊语中，它变成了宙斯（Zeus），也是一位父神；在拉丁语中，它变成了"Jovis-Pater"（父神朱庇特）。尤利乌斯·恺撒观察到，凯尔特人有一个"Dis-Pater"（父神）[1]，当然，我们也可以在爱尔兰语中找到"Ollathair"（万物之父），他是一位天神，卢乌（Lugh）被赋予了这个角色。卢乌在威尔士神话中以希乌（Lleu）这个名字出现，意味深长的是，这个名字的意思是"光明者"；爱尔兰的神明"长臂"卢乌（Lugh Lámhfada）在威尔士神话中对应的是"巧手"希乌（Lleu Llaw Gyffes）。

女神博恩（Boann）的名字意为"白牛"，博恩河的名字就是由她而来。她是爱神"年轻者"恩古斯（Aonghus óg）的母亲，后者又被称为"guou-uinda"（捕牛者）。《吠陀》中的名字"乔频陀"（Govinda）[2]的意思几乎与此完全相同，这是黑天（Krishna）的一个别名，至今仍被印度教徒用作名字。

在凯尔特神话中，特别是在爱尔兰神话中，就和在《吠陀》及印度神话中一样，很容易找到圣牛或公牛的主题。高卢神埃苏斯（Esus）等同于阿修罗（Asura），意为"强力者"，后者与"马主"（Asvapati）一样，也是因陀罗（Indra）的别名。高卢神阿里奥玛努斯（Ariomanus）与《吠陀》中的阿厘耶磨（Aryaman）同源。

曾经在印欧人中普遍存在的关于马的仪式，同时见于爱尔兰的神话、仪式和《吠陀》文献。马与统治者象征性结合的王者礼仪在二者中都得以保留。这可以追溯到印欧人开始驯化马匹的时代，这一进步使他们开始了第一次扩张，同时也开始了作为农民、牧民和战士的生活。马意味着权力。

在爱尔兰，牝马与国王象征性结合的仪式存在了很长时间，威尔士的杰拉尔德[3]在他12世纪的著作《爱尔兰地形学》中提到了

1　参见《高卢战记》第6卷第18章。

2　意为"牧牛者"。

3　威尔士的杰拉尔德（Giraldus Cambrensis，约1146—约1223），英国教士、学者、历史学家，著有《爱尔兰地形学》（*Topographia Hibernica*）等书。

这一仪式。在印度，一个种马与女王结合的类似的象征性仪式同样幸存了下来，见于《梨俱吠陀》中关于娑朗由（Saranyu）女神的神话。

二者之间的另一个重要的共同点是"真言"，迈尔斯·狄隆教授在《凯尔特传统中的印度教真言》（刊于《现代语文学》1947年2月号）中对此有很好的讨论。爱尔兰古文本《莫兰之遗嘱》[1]很可能会被误认为奥义书中的一段。爱尔兰神话中的"莫赫塔之斧"具有象征意义，当它在由黑刺李木燃起的火中被加热时，会烧死说谎者，但是对说真话的人没有伤害；"鲁赫塔之铁"也具有同样的特性。"科马克·麦克阿尔特之杯"也是一样——三个谎言会使它破碎，而三个真相会使它重新完整。这些在《唱赞奥义书》[2]中都有对应的内容。

在凯尔特文化和吠陀文化中，就连与宇宙学有关的概念也可以相互比较。印度历法和凯尔特历法（后者的例子是1897年发现的"科利尼历"）被认为非常接近。对"科利尼历"进行最新研究的加雷特·奥姆斯特德[3]博士指出，该历法的原始计算及其天文观测和运算表明，它起源于公元前1100年。在早期的短文中也有证据表明，凯尔特人使用的是一种基于二十七宿（nakshatras）[4]的占星术，就像现代的印度教徒仍然在使用的那样，而不同于西方的占星术。当然，西方的占星术是通过希腊从巴比伦引进的。

所以，在对凯尔特语言和神话的研究中，最令人兴奋的是，我

1　《莫兰之遗嘱》（*Audacht Morainn*）是存世的五部古爱尔兰帝鉴文学（speculum principum）作品中最早的一部，假托爱尔兰法官莫兰之名而作，写作时间约在8世纪初。

2　《唱赞奥义书》（*Chandogya Upanishad*），《娑摩吠陀》中的一部奥义书，为最古老的奥义书之一，写作时间约为前8世纪至前6世纪。

3　加雷特·奥姆斯特德（Garrett Olmsted，1946—　），美国人类学家、语言学家。

4　一种古老的吠陀占星术，将黄道带划分为二十七等份。

们不仅是在追溯凯尔特人的文化起源，而且实际上是在推动我们对整个印欧文化的认识。将凯尔特人的语言、神话、文化哲学和社会结构、数学和历法研究（古凯尔特人是这一领域的佼佼者）与印度人和赫梯人的进行比较的工作，会不可逆转地导向一幅印欧人的共同根源不断演变的图景——这一群体的后裔现在已经传播到了欧洲、小亚细亚和印度北部。

凯尔特的神话、传说和口传故事构成了欧洲文化中最为璀璨的瑰宝之一，它既独特又富有活力。作为一种神话和民间传说，它应当和它的印欧文化姊妹——希腊、罗马的神话和传说一样，被人们熟知、欣赏。也许我们应当对它格外珍视，它为我们提供了一条直接的途径，让我们可以回到位于世界这一地区的这一文明的昏暗源头。

现存最古老的记有爱尔兰神话资料的完整手稿可以追溯到12世纪。当然，也有更早的、零散的文字存在。现存最古老的完整资料是《赤牛之书》（*Leabhar na hUidre*）、《伦斯特之书》（*Leabhar Laignech*），以及一本无名之书——人们仅以其在博德利图书馆的书目"罗林森手稿 B502"来称呼它。它们代表了一座异常丰富的文学山峦之巅，而中世纪爱尔兰文学的文本遗存甚至还远没有被穷尽。

库诺·梅耶[1]教授在《利亚丹和库里西：一个爱情故事》（1900）这本美丽的故事书的序言中，列举了这些手稿中的400篇被学者们熟知的传奇和故事。在此基础上，他又补充了自他开始编撰书单以来发现的100篇文本，然后又补充了可能存在于藏书中但尚未被人发现的50至100篇故事。他认为总共约有五六百篇故事存世，

1　库诺·梅耶（Kuno Meyer, 1858—1919），德国语言学家、文献学家。

在他写作该书时，只有约150篇故事被翻译和注释过。埃莉诺·赫尔[1]在《爱尔兰文学中的库乎林传奇》（1898）的序言中也做过类似的估算。

这个数字在20世纪没有多大变化，这是很不寻常的。这意味着，在各个图书馆和档案馆（例如维也纳的雷根斯堡档案馆）里，仍有大量的爱尔兰手稿尚未被编目，遑论得到研究。

当然，直到中世纪晚期为止，古爱尔兰语一直都是整个盖尔语使用地区的标准书面语言。在公元6到7世纪，马恩岛人和苏格兰人的口语已经开始偏离标准语。因此，爱尔兰、马恩岛和苏格兰的神话和传说往往是相同的，只不过有时会因当地的修饰而有所区别。有证据表明，游吟诗人和说书人可以自由地从一个国度漫游到另一个国度，从事他们的技艺。我们有一篇关于爱尔兰首席游吟诗人申汉·托佩斯特[2]和他的随从抵达马恩岛参加文学比赛的记载。但直到17世纪，才出现了一种有别于爱尔兰的、可识别的马恩岛书面文学。

直到16世纪，一种独特的苏格兰盖尔语文学才从与爱尔兰共有的文学中诞生出来。《利斯莫尔教长之书》（*The Book of the Dean of Lismore*）是于1516年编纂的一部杂文集，收录了芬恩·麦克库尔的芬尼战士团传奇及其他故事。但是，和马恩岛的情况一样，神话和传奇的传承主要储藏在持续不断的口述传统之中，这些口口相传的故事直到18到19世纪才广泛地被人以书面形式记录下来——主要是以英译的形式。

威尔士语，连同康沃尔语和布列塔尼语，在公元5到6世纪开始由其共同的祖先不列颠凯尔特语演变而来。早期的布立吞神话

1　埃莉诺·赫尔（Eleanor Hull, 1860—1935），爱尔兰作家、记者、学者。

2　申汉·托佩斯特（Seanchán Torpeist，约560—约649）。

和传说主要是靠威尔士语流传下来的。威尔士的故事和传说远没有爱尔兰那么丰富和古老。虽然在公元8世纪时，威尔士语已经成为一门活跃的文学语言，但除了零碎的遗存之外，最古老的、完全用威尔士语写成的著作《卡马森黑书》（*Llyfr Du Caerfyrddin*）的历史只能追溯到13世纪。在它所包含的诗歌中，有一些是关于梅尔金[1]的传奇故事。但威尔士的神话文本有两个来源：《雷热尔赫白书》（*Llyfr Gwyn Rhydderch*，约1300—1325）和《赫格斯特红书》（*Llyfr Coch Hergest*，约1375—1425）。这两本书中的故事构成了威尔士语所谓的《马比诺吉》（*Mabinogi*），或英语所谓的《马比诺吉昂》（*Mabinogion*）。

《马比诺吉》由十一个故事和传奇组成。有证据表明，其中至少三个故事的年代远远早于现存的书面文字（例如，本书中的《赢取奥尔温》就是转写自其中的《基尔胡赫与奥尔温》），它们反映的是这些故事被记载下来至少两个世纪之前的风格、词汇和习俗。

和爱尔兰人一样，威尔士人也在中世纪晚期抄写了大量手稿。对这一主题介绍得最好的著作是安德鲁·布里兹[2]的《中世纪威尔士文学》（1997）。但该书提出了一个有争议的观点：《马比诺吉》中的几个故事实际上是由一位名叫格温莉安的威尔士公主写的，1136年或1137年，她在一次与盎格鲁–诺曼人的战斗中被杀。我会在威尔士神话部分的序言中进一步讨论这个问题。

尽管康沃尔语早在10世纪就已经被书写下来，但它没有保存下任何反映《马比诺吉》神话和传说的内容。不过，就像盖尔语支凯尔特人有游吟诗人"seanachaidhe"那样，布立吞语支凯尔特人

---

1 梅尔金（Myrddin）是中世纪威尔士传说中的一个疯狂的先知，同时也是后世的亚瑟王传说中的梅林（Merlin）的原型之一（这个名字英语化之后，就是"梅林"）。

2 安德鲁·布里兹（Andrew Breeze，1954— ），英国文献学家。

也有他们的"cyfarwydd"。直到都铎时代[1]，这些游吟诗人还在威尔士、康沃尔和布列塔尼之间不断穿梭，因此这三个国度的故事都具有共同的特点。

一首在12世纪由康沃尔的约翰[2]翻译成拉丁语六步格诗歌的亚瑟王诗歌，是一份早期康沃尔语手稿的真正译文（不过这个观点存在争议）。约翰用康沃尔语写下的旁注表明，原始的手稿可以追溯到10世纪。这首诗就是《梅林的预言》（*Prophetia Merlini*），现存最古老的抄本抄写于1474年10月8日，藏于梵蒂冈图书馆。它是亚瑟王传说体系中的一个故事。

最古老的布列塔尼语文本可以追溯到1450年，名为《布列塔尼国王亚瑟的对话》（*Dialog etre Arzur Roe d'an Bretounet ha Guynglaff*）。这部作品源自布列塔尼本土，它既不是威尔士传奇故事的翻版，也不是亚瑟王故事的法国或德国延伸版。

到15世纪末，可以说布列塔尼文学已经开始了认真的创作。作者们用布列塔尼语写就了关于圣徒的戏剧和其他材料，《德维之子圣诺恩传》（*Buhez santaz Nonn hag he nap Deuy*）是这一传统中的第一部重要作品。然而，传说和传奇仍然主要依靠口传故事进行传承，直到1839年泰奥多尔·埃萨尔·德·拉维勒马凯[3]出版他的开创性作品《布列塔尼民谣》为止。这本诗歌、民谣和民俗选集首次将布列塔尼的民间故事介绍给更广泛的读者。

每当有人提到凯尔特神话传说时，似乎总有两个主题出现在他们的脑海之中：第一个是亚瑟王的传说，第二个是特里斯坦和伊

1　英国都铎王朝（1485—1603）。

2　康沃尔的约翰（John of Cornwall），英国神学家，生活时间约在12世纪。

3　泰奥多尔·埃萨尔·德·拉维勒马凯（Théodore Hersart de la Villemarqué，1815—1895），法国文献学家。他的《布列塔尼民谣》（*Barzaz Breiz: Chansons populaires de la Bretagne*）以布列塔尼语收录原文，并附有法语译文，但作品的真实性一度存在争议。

索尔特的浪漫故事。

　　亚瑟是于公元6世纪真实存在过的凯尔特人，他为自己民族的独立而战，反抗盎格鲁－撒克逊人的蹂躏。他第一次被提到，是在6世纪的一首诗《高多汀》(*Y Gododdin*)中。这首诗最初是在苏格兰南部（当时说不列颠凯尔特语）用不列颠凯尔特语写成的，但它现在却被视为威尔士文学的一部分。[1]高多汀是一个部族，其首府在爱丁堡。

　　威尔士编年史家内尼乌斯[2]在9世纪初的记载中也提到了亚瑟和他的战役。值得注意的是，他称亚瑟为军阀而非国王，并且指出，不列颠凯尔特人的国王任命他为战役的领袖。约于公元955年写成的《坎布里亚编年史》(*Annales Cambriae*)同样提到了亚瑟、他的巴顿山大捷，以及他在剑栏战役中的死亡。蒙茅斯的杰弗里在《不列颠诸王史》中首次将亚瑟描写为一个神话人物——他自称他的著作翻译自"一本非常古老的不列颠语书籍"。从这里开始，亚瑟通过韦斯[3]、克雷蒂安·德·特鲁瓦[4]、拉亚蒙[5]等诺曼诗人的介绍进入欧洲文学，他们将亚瑟的故事引入了欧洲大陆的文学体系。

　　正如我在《凯尔特人与撒克逊人：公元410—937年不列颠的斗争》一书中论述的那样，很明显，在历史上的亚瑟被盎格鲁－撒克逊人击败之后，不列颠凯尔特人会聚集在他们的说书人身边，听这些说书人讲述这位英雄的传奇故事。几个世纪以来，历史事

1　现代研究认为，这首诗最初是用坎伯兰语（属布立吞语支，现已灭绝）写成的，但现存唯一的抄本是在13世纪转写为威尔士语的。另外，这首诗写于7世纪至11世纪初之间。

2　内尼乌斯（Nennius），生活在9世纪的威尔士教士，传统上视其为《不列颠史》(*Historia Brittonum*)的作者。

3　韦斯（Wace，约1115—约1183），生活在诺曼底地区的盎格鲁－诺曼诗人。

4　克雷蒂安·德·特鲁瓦（Chrétien de Troyes），生活在12世纪后期的法国游吟诗人。

5　拉亚蒙（Layamon），生活在12世纪末或13世纪初的英国诗人。

迹湮没在了故事的迷雾之中，于是，为了寻找新的主题来为他们的传奇故事增添活力，游吟诗人们开始自由地从脍炙人口的爱尔兰故事——芬恩·麦克库尔和他传奇的芬尼战士团——中汲取灵感。就连"高文爵士与绿骑士"的故事也借鉴了库乎林的传奇：爱尔兰故事"布里克鲁的盛宴"的主题与之相同，库乎林扮演了后来被分配给高文的角色。

亚瑟王和他的骑士们其实也曾经在爱尔兰神话的一篇故事中登场：他偷走了芬恩·麦克库尔的猎犬。亚瑟王故事在中世纪的爱尔兰文学中曾风靡一时，但在受欢迎的程度上，他始终没有取代芬恩·麦克库尔作为首席英雄的地位。尽管如此，至少也有二十五篇爱尔兰语的亚瑟王故事被确定为出自这一时期。

在威尔士神话中，《基尔胡赫与奥尔温》是已知最早的一篇完全成熟的亚瑟王故事，它写于11世纪，但语言学家称，它的创作时间还应当再往前推几个世纪。《马比诺吉》中还有三个较晚的亚瑟王故事：《泉之贵妇》《埃弗拉格之子佩雷杜尔》《埃尔宾之子盖莱因特》。亚瑟王还作为一个角色出现在10世纪的一首名为《彼世的战利品》（*Preiddeu Annwfn*）的诗中，这首诗是圣杯传说的原型。

令人着迷的是，亚瑟王故事现在已经成了世界民间传说的一个组成部分，而不再是凯尔特人视角中的那个与英国人的祖先对抗的伟大勇士。事实上，亚瑟王已经成了一个典型的英国国王，并且被加上了欧洲中世纪的骑士精神、宫廷式爱情，以及一大堆在最初的故事中并没有出现的附属品。

同样地，特里斯坦和伊索尔特的浪漫传奇也离开了凯尔特人的家园，成了更广泛的欧洲文化意义上的神话的一部分。特里斯坦是康沃尔王马克的侄子，伊索尔特则是爱尔兰的芒斯特王的女儿。这个故事的起源现在已经无关紧要，因为它已经被记录了数百种不同的版本，几乎包括每一种欧洲语言——在凯尔特语之外，最早的版本是法语、德语和英语的。约瑟夫·贝迪埃[1]在《托马的特里斯坦故事》（1902）中声称，所有已知的特里斯坦故事都可以追溯到贝鲁尔（Beroul）写于12世纪中叶的一份现存手稿，关于此人，我们一无所知。贝迪埃认为，贝鲁尔用法语写作，他将布列塔尼语的原始材料译为法语，而这份布列塔尼语材料又很可能译自康沃尔语。

当然，这部传奇是世界上最伟大的爱情故事之一。它的中心主题是凯尔特人传统的私奔故事，在爱尔兰语中称为"aithedha"，其中有许多著名的例子，如黛尔德露的故事和格兰妮雅的故事。特里斯坦与伊索尔特的传说就是国王的新婚妻子与她的情人——国王的侄子的私奔故事。这个故事的许多基本特征也可以在其他的凯尔特私奔故事中找到。

有趣的是，我们发现在康沃尔有一个真正的马克王和一个真正的特里斯坦。马克王的"堡垒"多尔堡，位于福伊以北两英里处。这座土堡的历史可以追溯到公元前2世纪，直到6世纪还有人居住。从福伊出发，向帕港方向走大约一英里，在业已废弃的梅纳比利庄园的入口附近，有一块6世纪中叶的石刻，上面的拉丁语铭文的公认读法是"Drusta(n)us hic iacit Cunomori filius"——"库诺莫鲁斯之子德鲁斯塔乌斯（或德鲁斯塔努斯）长眠于此"。

在语言学上，"德鲁斯塔努斯"就相当于"特里斯坦"。据文献记载，马克王的全名是"马库斯·库诺莫鲁斯"。但马克这个名字不是来自罗马人的常用名"玛尔库斯"，而是来自凯尔特

1　约瑟夫·贝迪埃（Joseph Bédier，1864—1938），法国作家、学者、历史学家。

语中的"马"：在康沃尔语中是"Margh"，在布列塔尼语中是"Marc'h"，在威尔士语中是"March"。"库诺莫鲁斯"意为"海之猎犬"。公元880年左右，布列塔尼的朗代韦内克的修士乌尔莫内克（Urmonek）在他的《圣波勒德莱昂传》中写道，"Marc'h"这位国王长着"像马一样的耳朵"，并且还解释说，他也被称为"库诺莫鲁斯"。

让我们再回到福伊的碑文中提到的重要事实——如果特里斯坦真的和他的继母私奔了，这个私奔故事将增添多少凄美的色彩！

幸存下来的最早的一篇完整的、凯尔特语版本的特里斯坦和伊索尔特故事写于16世纪，由威尔士语写成。

在这本重述凯尔特神话的书中，我选择以凯尔特创世神话《永生者》作为引子，并且试图删除它第一次被记录下来时添加进去的基督教意味的批注。我还在故事里融入了"莫伊图拉之战"的元素，这可以说是"神话故事集"中最重要的一个故事，讲述了达努众神与邪恶的海底居民弗摩尔人作战的经历。它有两个早期版本，其中一个版本保存在16世纪的抄本中，另一个保存在约1650年的手稿中。

12世纪的《伦斯特之书》中的《入侵之书》（Leabhar Gábhala，通常写作其旧称 Lebor Gabála érenn）中的故事，是我们所拥有的最接近凯尔特创世神话的故事。《入侵之书》讲述了对爱尔兰的多次神话式入侵，包括"永生者"达努之子的入侵。

在爱尔兰创世神话中，基督教作家创造了凯萨尔这个人物。她是《圣经》人物诺亚的孙女，父母名叫比斯和比伦。他们乘坐三艘船出发，去寻找一个可以躲避洪水的地方，结果只有一艘船幸存下来，在现在的凯里郡的丁格尔半岛（爱尔兰语"Corca Dhuibhne"）登陆，船上有五十个女人和三个男人——除比斯外，另外两个男人是领航员拉德拉以及芬坦。比斯和拉德拉死后，只剩下芬坦和女人们在一起，他觉得自己无法胜任传宗接代的工作，便逃走了。他和其他女人最终都死了。这个故事还有一个变体：其中一个女人拥有一个魔法桶，打开之后，桶里的水流了很久，水覆盖了大地，也淹死了她们。

威尔士的基督教创世神话见于中世纪的《不列颠岛三联诗》（*Trioedd Ynys Prydain*），这是一种三联一组的诗集，作为一种记忆工具，用来编目各种事实和规诫。这个神话说的是希永池（即"波浪之湖"）由于一头住在湖中的怪物阿冉克而泛滥。这头湖怪最终被希·加丹[1]的牛拖出了洞；在另外一些版本中，它被佩雷杜尔[2]杀死。然而，阿冉克的确使湖泊泛滥，从而引发了洪水——事实上，它似乎与印度教洪水神话中扮演类似角色的诃耶揭唎婆（Hayagriva）有关[3]——涅维德·纳夫·涅菲永造了一艘船，载着杜伊万和杜伊瓦赫夫妇在洪水中逃生[4]。涅维德（Nefyed）与爱尔兰的涅梅德（Nemed）同源，据说后者是在洪水之后抵达爱尔兰的。

虽然有很多地方表明这些创世神话（尤其是阿冉克的故事）可能拥有前基督教起源，但其他故事更加类似于"搅拌乳海"，其中有许多与凯尔特神话类似的角色，比如达努（Dhanu）、神牛苏罗毗（Surabhi）、知识之树，以及与爱尔兰神话中的狄安·凯赫特身份相当的诸神之医师昙梵陀利（Dhanvantari），等等。

在很多方面，《入侵之书》都相当于印度的《摩诃婆罗多》。因

---

1 一名曾出现在查理大帝传奇及中世纪叙事诗中的骑士，与农耕有某种联系。后来，威尔士古书收藏家兼诗人格拉摩根的约罗（Iolo Morganwg，1747—1826）伪造了大量古代手稿，并在伪书中将希·加丹描写为重要的英雄人物。

2 即亚瑟王传说中的骑士帕西瓦尔。

3 出自《薄伽梵往世书》和《摩根德耶往世书》。

4 在另一版本的传说中，"涅维德·纳夫·涅菲永"是杜伊万和杜伊瓦赫建造的方舟的名字。

此，我们有必要研究其他文献，将凯尔特神话与《吠陀》以及其他印欧神话中类似的起源神话进行比较，以澄清因基督教抄写员的删节而丢失的要点。我的目的是让这些故事恢复基督教传入之前凯尔特人原有的活力。

基督教传入之前的主题明显地存在于《入侵之书》和《地名传说》（*Dindsenchas*）中。《地名传说》是一本解释地名含义的传奇故事集，最古老的版本见于《伦斯特之书》，是抄录于9到12世纪之间的文本（《地名传说》共有三个版本，现存四十余种手稿）。

在本书中，六个幸存至今的凯尔特民族各有六个故事作为其代表，我给每个部分都写了一篇序言，并提供了该民族传说的一些最基本的出处。其中一些故事可能为热衷于凯尔特神话传说的读者所熟知，但另一些故事——我希望如此——读者就不太熟悉了。我试图寻找一些新的故事和新的版本。

需要指出的是，本书中有七个故事最初刊载于迈克·阿什利主编的《神话与传说全书》（伦敦：喜鹊出版社，1995），以我写小说时用的笔名彼得·特里梅因的名义发表。这七个故事是《永生者》《图林的儿子们》《海神之岛》《幽影者》《布兰与布兰温》《特雷海尔的暴君图德里格》《凯尔伊斯的灭亡》；感谢喜鹊出版社的迈克·阿什利和尼克·罗宾逊允许我在本书中重版这几个故事。

我们可以在凯尔特神话传说中找到一个迷人的幻想世界，它与希腊和拉丁的神话世界相去甚远，但却与印度神话有着奇特的共鸣。尽管居住在遥远海岛的凯尔特人与印欧祖先分开之后，在他们的西北家园生活了至少三千年，但奇怪的是，他们的神话却有一种温暖和轻盈的调子，而不是弥漫在日耳曼文化和北欧文化的传奇故事中的那种阴郁的苍凉。有时我们很难相信，我们看到的是西北欧的文化。明快、开朗的精神甚至弥漫在悲剧之中。凯尔特神话传说有一种永远乐观的精神。即使是在悲剧《李尔的子女》里，结局也不意味着终结。

死亡永远不是征服者。我们应当记起，古凯尔特人是最早发展出复杂的灵魂不朽学说的族群之一，他们认为灵魂会轮回转世。这一学说在古典世界中引起了极大的兴趣，以至于希腊亚历山大学派的学者们分成两派争论：究竟是毕达哥拉斯通过他的色雷斯仆人撒尔莫克西斯[1]借用了这个概念，还是撒尔莫克西斯把这个概念传授给了凯尔特人。然而，仔细研究之后，我们会发现，凯尔特人的灵魂不朽和轮回转世理论与毕达哥拉斯的理论有所不同。

凯尔特人认为，死亡只是灵魂换了一个地方存在，生命会带着它的完整形态和所有物品，在彼世继续活着。灵魂死在这个世界，就会重生在彼世；灵魂死在彼世，就会重生在这个世界。于是，他们以哀痛来迎接新生，以欢喜和庆祝来迎接死亡。在希腊人和拉丁人看来，这些习俗实在是有些不可思议。这种古老的习俗一直延续到了现代，那就是爱尔兰人为死者守灵的庆祝活动。

还要记住一件重要的事情：古凯尔特人认为，灵魂位于头部。因此，罗马人诋毁凯尔特人实行"猎头"崇拜：古凯尔特人把他们所尊敬的人的头颅取下并加以保存，涂抹雪松油以防腐，用这种方式向伟大的灵魂致敬。他们并不像有些人说的那样，是在狩猎别人的首级，只有已经在战场上被杀的人的头颅，无论是朋友的还是敌人的，才会被当作战利品；而那些人总是值得尊敬的人。有时头颅会被放置在圣所里，但更常见的是作为献纳的祭品，被放置在神圣的凯尔特河流里。

---

1 撒尔莫克西斯（Zalmoxis）是色雷斯的凯尔特部族盖塔伊（Getae）信奉的神灵，该部族同时也相信自己的灵魂会轮回转世。当时的希腊人认为撒尔莫克西斯是一个真实存在过的人，曾经是毕达哥拉斯的奴隶。参见希罗多德《历史》第 4 卷。

即使在伦敦，也发现了这种凯尔特习俗的痕迹。在泰晤士河和流入泰晤士河的沃尔布鲁克河中，已经发现了无数凯尔特时期的头骨。学者们一直在争论，在塔西佗最早记录下"伦敦"这个名字的拉丁语形式"Londinium"的时候，这个名字究竟是来自凯尔特语的"Lugdunum"（卢古斯的堡垒），还是来自另一个凯尔特语词"londo"，这个词至今仍作为词根保存在爱尔兰语中，意为"野地"。伦敦作为特里诺文特人治下的一个凯尔特贸易城镇坐落在泰晤士河北岸，而泰晤士河（Thames）也被记载为塔梅西斯河（Tamesis），后者意为"黑暗之河"，与梵文"Tamesa"同源，二者的意思完全相同。现在的塔梅萨河（Tamesa）是恒河的一条支流，而恒河是印度教徒的圣河，印度教徒会在这条河中献纳祭品。

因此，当我们发现古凯尔特人在泰晤士河中放置了许多丰富的祭品和头骨的时候，有什么可惊讶的？许多凯尔特钱币、剑和盾等武器、精美的珠宝等物品都被扔进了泰晤士河和沃尔布鲁克河。无论"伦敦"的凯尔特名称的来源是什么，我们还能找到其他很多与这座城市有关的凯尔特名词，尤其是它的一些古老的城门的名字，如卢德门（Ludgate）。

对于将河流作为供奉祭品的场所的论点来说，更加重要的是泰晤士河上的比林斯门（Billingsgate）。撒克逊人到达此地之后，将其记载为"比勒之门"（Bilesgata）。凯尔特人最初认为比勒是神圣的橡树、达努的配偶，随着时间的推移，他成了陪伴灵魂从这个世界前往彼世旅行的神灵。

凯尔特人经常把死者放置在圣河中，就像印度教徒把他们的死者放置在恒河中一样。这可以护送死者穿过"比勒之门"，进入"黑暗之河"，在该河的尽头获得重生。无论是在凯尔特宗教还是印度教中，死亡总是先于重生，换言之，黑暗先于光明。因此，凯尔特人计算时间的方式是先夜后昼，他们的新年是扫阴节（大致相当于10月31日夜晚和11月1日昼间），所以新年会从黑暗的时期开始。

在投入沃尔布鲁克河的祭品中，发现了一个凯尔特女神的黏土塑像。难道这就是"神水"达努本尊？

"沃尔布鲁克"（Walbrook）这个名字是如何从盎格鲁-撒克逊人那里得来的？在这一段河流中发现了最多的祭品，河流的名称是否与此有关？最初居住在伦敦的凯尔特人显然不愿离开这个圣地，甚至在盎格鲁-撒克逊人征服伦敦之后，他们仍然坚持住在这里。他们在这里居住的时间是如此长久，以至于盎格鲁-撒克逊人把这条小溪称作"Weala-broc"，即"外国人的小溪"。"Welisc"（威尔士人）——外国人——盎格鲁-撒克逊人就是这样称呼当地的原住民布立吞人的。

凯尔特神话本质上是英雄的故事，但爱尔兰的故事属于更古老的"英雄时代"，而威尔士的故事则具有更多中世纪宫廷的魅力。凯尔特神话中的神祇是人类的祖先，而不是人类的创造者，尤利乌斯·恺撒就观察到了这一点，并对此进行了评论；[1] 这些神灵就和人类的男女英雄一样，并不是肉体完美、头脑空空之辈，他们的智力素质必须与身体素质相当。他们都是完全的人类，受自然界的一切美德和恶行支配。没有一种罪行可以因诸神或人类的习俗得到免除。

在后来的民间传说中，当神祇被降格为仙灵或邪恶的彼世居

1　"所有高卢人一致承认自己是父神（Dis-Pater）的后裔，据说这种传说是由祭司们传下来的。他们计算起时间长短来，不是数几天几天，而是数几夜几夜。而且在他们中间，不论是提到生日还是提到年月的起点，都是把白天放在黑夜后面的。"（《高卢战记》第6卷第18章，任炳湘译，有改动）

民之后，当基督教对古代习俗和信仰的判断越来越独断专行的时候，男女主人公不得不更多地利用他们的智慧而不是蛮力来对抗这类生物的"邪恶魔法"。一般来说，当他们试图逃避预言中的命运时，只会促使这种命运降临到自己身上而已。

有时，不可能的任务会以最不可能的方式完成。自然的和可能的事物往往会被超自然的和不可能的事物抛弃。幻想、宇宙的恐怖和超自然元素构成了凯尔特人最早的民间传说中不可或缺的一部分。这一直是一个强大的传统，甚至在很多更现代的凯尔特作家中也是如此，他们似乎继承了古凯尔特人的能力，可以生动而真实地描绘自然法则被打破时的情景。

然而，当我们将所有的分析都落笔成文、加以揣摩，将所有的背景都充分考虑、悉心领悟之后，我们必须转向故事。我们永远不应忘记，讲述是为了娱乐：讲故事既是为了让人享受，也是为了从故事中学到东西。最重要的是，不应忘记，一种恶作剧般的乐趣永远没有远离表面。

创　世

1　永生者

那是一个原初混沌的时代：世界是全新的，还没有被定义。干燥的沙漠和冒着黑泡的火山被旋涡状的气团覆盖，它们在新生世界的狰狞面孔上留下了伤痕。那还是一个巨大虚空的时代。

然后，在这被遗忘的地方，从昏暗的漆黑天空中，落下了涓涓细流。先是一滴，然后是另一滴，再一滴，直到最后，一股强大的洪流轰然而至。天上的神水向下泛滥，湿润了干涸的大地，冷却了火山，火山变成了灰色的花岗岩山，大地开始萌发生命，漆黑发红的天空变得明亮而湛蓝。

从漆黑的大地上长出了一棵高大挺拔的树。达努，那来自天上的神水，滋养、抚育着这棵大树，它成长为神圣的橡树，名叫比勒。从达努和比勒的结合处，落下了两颗巨大的橡子。第一颗橡子是男的，从它身上诞生了"善良之神"达格达。第二颗橡子是女的，从它身上诞生了"崇高者"布里甘图，或称布里吉德。达格达和布里吉德在惊奇中互相对视。他们的使命就是从原初混沌中夺回秩序，让达努之子填充大地——正是这位母神的神水给了他们生命。

于是，在达努的神水旁边，水流从那里升起，流过现在肥沃的绿色山谷，向东流向遥远的大海。达格达和布里吉德定居下来，他们用母神的名字给这条东流的大河命名，那就是达努维乌斯河，他们的子孙至今还称它为强大的多瑙河。他们在达努维乌斯河宽阔的河岸上建造了四座伟大的光明之城，达努之子将在那里繁衍生息。

这四座城市分别是法利亚斯、戈里亚斯、菲尼亚斯和穆里亚斯。

达格达成了他们的父亲，因此人们称他为"众神之父"。布里吉德成了学识渊博的智者，她从强大的达努和神圣的橡树比勒那里吸收了很多智慧。她被誉为医术之母、手艺之母、诗歌之母；事实上，她精通所有的知识。她告诉她的孩子们，真正的智慧只有在母神达努的脚下才能找到，也就是说，只有在水边才能找到。

那些收集此种知识的人也崇敬神圣的橡树比勒。由于他们不允许念出它的圣名，所以便称这棵橡树为"德勒伊"。而那些拥有这种知识的人，由于据说他们拥有橡树的知识，因此被称为"德鲁伊"。[1]

达努之子的知识与日俱增，他们的四大城市也日渐繁荣。法利亚斯拥有一块名为"利亚符尔"（即"命运之石"）的圣石，当一位合法的统治者踏在这块石头上面时，石头会发出欢呼。"天性高贵者"乌里亚斯居住的戈里亚斯拥有一把名为"报复者"的强大宝剑，远在诸神诞生之前就已经被锻造出来；乌里亚斯将这把剑给了"长臂"卢乌，后者将成为众神中最伟大的战士。菲尼亚斯拥有一支名为"红枪"的魔法长矛，一旦投掷出去，无论敌人藏身何处，长矛都会命中目标。穆里亚斯拥有一口"丰盛之釜"，达格达可以用它养活整个国家而不至于变空。

多年以来，达努之子一直在他们美丽的城市里繁衍生息。

有一天，"众神之父"达格达和"崇高者"布里吉德把孩子们

1　在古爱尔兰语中，dru 意为"橡树"，vid 意为"知识"，合在一起便是 druid（德鲁伊）。

叫到身边，说道：

"你们在这里已经待得够久了。世界需要有人居住，需要你们用智慧引导他们，让他们过上充满美德和荣誉的生活。我们的母亲达努指示，你们应当去往太阳每晚消失的地方。"

"我们为什么要去那里？"达格达最宠爱的儿子努阿哈问道。

"因为这是你的命运。"布里吉德回答说，"努阿哈，你要引领你的兄弟姐妹和他们的孩子，你所到的土地将被称为伊尼什符尔，也就是'命运之岛'。你要在那里居住，直到你的命运全部应验。"

"如果这是我们的命运，"达格达的另一个儿子欧格玛说，"那我们就接受它。"

欧格玛是达努之子中最漂亮的一个。他长长的鬘发上闪耀着太阳的光芒。他被称为"阳光满面者"欧格玛。他拥有甜言蜜语、诗歌和语言的天赋，正是他设计了一种人类可以用来书写的字母，这种字母以他的名字命名为"欧甘"。

布里吉德对着她急切的孩子们笑了。"我要给你们提个醒。当你们到达伊尼什符尔时，会遇到另一群人，声称命运之岛是他们的。他们是多努之子，而多努是我们的母亲达努的妹妹。但你们要警惕，因为多努和达努不一样。每一个姊妹都是对方的反面，就像冬天和夏天一样。"

"那么，"努阿哈说，"我们是不是应该拿点什么来保护自己，免得多努之子为了争夺伊尼什符尔的所有权而向我们开战？"

达格达慈祥地注视着他们，回答说："你们可以拿走法利亚斯、戈里亚斯、菲尼亚斯、穆里亚斯四座城市的四大宝物。"

达努之子带着这些宝物，登上了可以俯瞰天降神水达努维乌斯源头的山峦，乘着一朵大云，被带到了西方的"命运之岛"伊尼什符尔。在他们之中，有三个年轻美丽的姐妹，她们是欧格玛的儿媳，名叫班瓦、芙拉、爱尔。这三姐妹中的每一个都怀揣着雄心壮志，希望这个名为伊尼什符尔的崭新大地有朝一日能以自己的名字命名。[1]

夜幕笼罩着位于"命运之岛"伊尼什符尔西部的"群塔原野"莫伊图拉[2]。这座辽阔的原野被乌纽斯河分为两半，每一边都能见到星星点点的篝火在黑暗中闪着光。两军已经集结待战。

自从达努之子驾云在命运之岛海岸登陆，已经过去了七年。他们先是和一个叫作费尔伯格的奇怪民族作战，这个民族质疑他们统治命运之岛的权利。他们在巴加坦隘口遇到这些人，冲突持续了四天。在这场战役中，一位名叫斯棱的费尔伯格勇士向达努之子的首领努阿哈发起了单挑。斯棱力大无穷，大剑一挥，便斩断了努阿哈的右手。

但费尔伯格人和他们的王奥基最终落败并溃散。

战斗结束之后，医药之神狄安·凯赫特来到努阿哈身边，为他打造了一只银制的人造手，它强壮而柔韧，与真手几乎没有区别。努阿哈由此得到了他的全名："银手"努阿哈。由于他残疾了，其他达努之子不得不再选出一位领袖，因为布里吉德曾经告诉他们，身体有瑕疵的领袖不可以做他们的统治者。[3]

在选择新的领袖时，他们做出了一个灾难性的决定。为了与多努之子达成和解，他们选择了对方的王埃拉哈的儿子布雷斯。多努之子也被称为弗摩尔人，意为"住在海底的人"。为了进一步

---

1 "爱尔"之外的两个名字是爱尔兰的古代别名。

2 爱尔兰语"Magh Tuireadh"，其中"Magh"意为"原野"，"Tuireadh"的含义有争议，本书作者认为是"群塔"。

3 凯尔特人认为，统治者的身体状况与他所统治的国度和人民的繁荣息息相关。

巩固联盟，狄安·凯赫特还娶了弗摩尔人的头号战士"独眼"巴洛的女儿恩妮雅。这一切的条件是，如果布雷斯做了什么让达努之子不高兴的事情，他就必须退位，和平离去。

那是一段纷争的时期。身为弗摩尔人的布雷斯拒绝遵守诺言，开始将沉重的负担强加给达努之子。一时之间，布雷斯和多努之子——黑暗与邪恶之子统治着这片土地，而达努之子——光明与善良之子却像奴隶一样无助。

最后，狄安·凯赫特的儿子米亚赫在他的姐姐——美丽的艾尔梅德的帮助下，为努阿哈塑造了一只新的有骨有肉的手，取代了狄安·凯赫特的银手。努阿哈重新变得毫无瑕疵，夺回了达努之子的领导权。狄安·凯赫特对儿子的成就无比嫉妒，最终对米亚赫痛下杀手。但那是另一个故事了。[1]

努阿哈一路追逐布雷斯，将他赶回了弗摩尔人的地盘。布雷斯请求他的父亲埃拉哈为他提供一支军队来惩罚达努之子。

就这样，在扫阴节（10月31日）的晚上，在矗立着古老巨石的"群塔原野"莫伊图拉，伴着刺向天空的黝黑的花岗岩，达努之子和多努之子在战场上对峙了。[2]

黎明时分，战斗打响。努阿哈率领他的男女战士，与布雷斯和他的弗摩尔战士对决，战斗在所有战线上全面爆发。在战场的另一边，伟大的战争女王摩丽甘和她的姐妹们——乌鸦女神拜芙、恶毒女神涅温、憎恨女神菲娅四处奔跑，她们的哀号将凡人推向绝望和死亡。

1　狄安·凯赫特杀害米亚赫后，从米亚赫的坟墓上长出了三百六十五种对人类有益的药草，艾尔梅德把它们采了下来。但狄安·凯赫特的嫉妒之心依然没有减弱，他弄乱了药草，使得没有人知道哪种药草是什么。

2　两次莫伊图拉之战发生在不同的地方：第一次战役发生在现在的梅奥郡的康镇（Cong）附近，第二次战役发生在现在的斯莱戈郡的阿罗湖（Lough Arrow）附近。

一段时间之后，弗摩尔战士因德赫找到布雷斯，向他指出，每当有达努之子被杀死，他们的武器被打碎和毁坏时，他们都会从战场上被抬走，不久之后又活着重新出现，武器也变得完好无损。布雷斯把他的儿子鲁昂叫过来，命令他去寻找武器供应源源不绝的原因。他还召见了因德赫的儿子——一个叫奥克特里亚拉赫的战士，让他去探查达努之子被杀后是怎么复活的。

鲁昂伪装成一名达努之子，走到战士们的队伍后面，遇到了铁匠之神戈夫努，他在群塔原野的一侧设立了一个锻造场。和戈夫努在一起的还有木匠之神鲁赫塔和铜匠之神克雷涅。当一件破损的武器被递给戈夫努，铁匠之神就用锤子敲它三下，锻造出头。然后，鲁赫塔用斧头在木头上敲三下，柄就出现了。最后，克雷涅用他的铜钉快速将柄和头固定在一起，不需要敲击。

鲁昂回到父亲身边，把自己看到的情况报告给他。布雷斯愤怒地命令儿子杀死戈夫努。

与此同时，在群塔原野的另一侧，奥克特里亚拉赫发现了一眼神秘的泉水，医药之神狄安·凯赫特正带着女儿艾尔梅德站在泉水旁边。每当一个达努之子被杀死，其尸体就会被带到泉边，狄安·凯赫特和他的女儿会把尸体浸入泉中，于是他们就会活着出来。布雷斯闻讯怒火中烧，命令奥克特里亚拉赫毁掉这眼治愈之泉。

鲁昂回到锻造场，向戈夫努索要一把标枪。戈夫努不疑有他，以为鲁昂是一名达努之子，就给了他。武器刚一到手，鲁昂转身就向戈夫努投去，标枪刺穿了铁匠之神的身体。受了致命伤的戈夫努捡起标枪投了回去，刺伤了鲁昂，鲁昂爬回父亲身边，死在了父亲脚下。这个弗摩尔人发出了一阵巨大的哀号，命运之岛有史以来第一次听到这样的喊叫。

戈夫努也爬走了，来到泉水旁边。狄安·凯赫特和艾尔梅德把他浸在泉水里，他出来之后就痊愈了。

但是当天晚上，因德赫的儿子奥克特里亚拉赫和他的几个同伴来到泉边，各自从附近的河床上取来一块大石头，扔进泉里，直到把泉填满。于是，治愈之泉就这样被毁掉了。

布雷斯对达努之子变成凡人之躯感到满意，同时也对儿子的死感到愤怒，决定全力交锋。第二天早上，矛枪刀剑刺劈在大小盾牌上，飞镖的呼啸、箭矢的鸣响和战士们的呐喊传遍群塔原野，仿佛一道道惊雷滚过。穿过原野的乌纽斯河壅塞不通，河道里尸体枕藉。整个原野被鲜血染红，战况就是这样残酷。

弗摩尔人因德赫被欧格玛所杀，他既不是第一个也不是最后一个感受到达努之子钢铁之躯的弗摩尔领袖。

而达努之子也并非在这场战斗中毫发无损。

杀戮场上走来了"邪眼"巴洛，他是巴拉嫩赫的儿子，弗摩尔勇士中最可怕的一个。他有一只巨眼，目光极度邪恶，可以摧毁任何它所凝视的人。这只眼睛大得可怕，需要九个仆人用钩子掀开巨大的眼皮才能睁开。在那个宿命般的决战之日，巴洛与达努之子的领袖——"银手"努阿哈狭路相逢，两人之间的厮杀艰难而惨烈。但最终，在盾牌被击碎、长矛被掰弯、宝剑被折断之后，努阿哈的鲜血源源不断地流入了命运之岛的大地。但巴洛并不满足于此次杀戮，他转而向玛哈下手，把她也杀死了。玛哈是努阿哈众多美妻中的一位，是战斗的化身、战士的女神。即便是狄安·凯赫特也没有办法让他们起死回生。

领袖已死，达努之子感到恐惧，开始颤抖。

就在这时，"长臂"卢乌接近了战场。卢乌是基安的儿子，基安意为"坚定者"。基安的父亲是语言之神坎特。达努之子议会曾禁止卢乌参战，因为他是无所不知的智者，他们认为他的智慧是人类所必需的。他的生命太珍贵了，不能在战场上冒险。

事实上，卢乌是如此聪明，以至于努阿哈曾让他统治达努之子十三天，以便族人能够获取他的智慧。因此，达努之子为了他的安全，不让他参与战斗，还将他囚禁起来，派九名战士看守他。但听说努阿哈被杀后，卢乌逃出监狱，摆脱卫兵，跳上战车，赶往群塔原野的兄弟姐妹那里。

布雷斯正和他的弗摩尔勇士们得意洋洋地站在一起，他看到西边发出一束巨大的亮光。

"不知道为什么今天的太阳会从西边升起。"他挠了挠头，喃喃自语。

一个弗摩尔萨满走近布雷斯，颤抖着说道："那不是太阳，强大的布雷斯。光明正从'长臂'卢乌的脸上涌出！那是他的光辉。"

卢乌驾着他的战车，拔出武器，驶出达努之子的队伍；他径直向着弗摩尔勇士们紧密的队列驶去。"巴洛呢？"他喊道，"让那个自以为是伟大勇士的家伙站出来，听我告诉他真相！"

弗摩尔人的阵线分开，巴洛的巨大身影变得清晰可见。他坐在一张庞大的椅子上，那只有魔力的眼睛闭着。

卢乌的挑战声再次响起。这次巴洛听到了，对仆人说："把我的眼皮掀起来，让我看看这个喋喋不休的小家伙。"

仆人们开始用钩子掀起巴洛的眼皮。他们站得远远的，因为这只眼睛的视线落在谁的身上，谁就会一命呜呼。

卢乌已经准备好了弹弓，并在弹弓里放了一个脑球[1]，这是一种由鲜血和湍急的亚摩里亚海的海沙混合制成的弹丸。当巴洛的眼

---

1 爱尔兰传说中的一种用于投石索的弹丸，据说是用敌人的脑浆和石灰混合而成的。字面意思是"混凝土球"，也可以不用脑浆制作，而是使用其他含有巫术意义的成分（就如此处的例子）。

皮被掀开的一瞬间，卢乌将脑球射进了那只眼睛。那弹丸一直穿过大脑，从巴洛的后脑勺穿出。了不起的弗摩尔勇士的眼睛被打爆，跌落在地上。在它最后发出的光芒中，足足有三倍于九个连队的弗摩尔战士被消灭，因为他们都看到了那道邪恶的目光。

巴洛尖叫着倒在地上，什么也看不见了。

弗摩尔人身上落下了巨大的不安。

卢乌举起了他的剑，而摩丽甘则唱起了胜利的赞歌："国王们，起来战斗……！"于是，达努之子心领神会，应和着歌声，开始向前推进。他们向多努之子发起反击，大开杀戒。据说，在群塔原野上被杀的弗摩尔人比天上的星星、海边的沙砾、冬天的雪花都要多。

卢乌遇到了布雷斯，后者为了保住性命逃离了战场。

"饶了我吧，卢乌，伟大的征服者。"埃拉哈的儿子跪在地上喊道，他已经没有力气和精神去战斗了，"饶了我吧，你要什么赎金我都会付的。"

"你能出什么赎金？"卢乌问道，他用剑抵住了弗摩尔首领的喉咙。

"我保证这个国家的奶牛不再缺少牛奶。"布雷斯开出条件。

于是卢乌把达努之子们叫到他面前。

"如果布雷斯不能延长奶牛的寿命，那有什么用？"他们问。

布雷斯不能延长奶牛的寿命，所以他又开出条件："如果能饶我一命，伊尼什符尔的每一株麦子都会长势良好。"

"我们的好庄稼已经够多了，不需要更多的保证。"

最后，布雷斯同意教达努之子犁地、播种、收割的最佳时间。为了这些他们没有的知识，达努之子饶了他的命。

当战争结束，弗摩尔人被赶回他们的海底堡垒之后，他们承认了达努之子在命运之岛和平生活，并作为光与善的神祇统治该岛的权利。那时，摩丽甘登上了岛内所有的高山，在每一座山顶，她都宣布了光与善的神祇的胜利。她不胜喜悦地唱起了礼赞母神达努的赞歌：

> 和平翱翔在天，
> 神水降临大地，
> 丰富我们的生活。
> 大地在天空之下，
> 我们是世界的一员，
> 每个人都十分强壮……

而当达努为了孩子们的胜利而微笑的时候，她的妹妹多努却从大地深处投来蔑视的目光，她选择乌鸦女神拜芙作为信使，向达努和她的孩子们发出了预言：

"所有的生命都是短暂的。即使你的孩子也不是不朽的，我的姐姐。他们被打败的时候终将到来。那时，没有人类会愿意让诸神来养育他们，他们会像我的孩子们在今天一样，被驱赶到黑暗中去。

"伊尼什符尔的夏天将无花可开，奶牛将没有奶水，男人将软弱无力，女人将不知羞耻；海中将没有鱼类，树上将没有果实，老人将做出错误的判断；法官将制定不公正的法律，荣誉将变得微不足道，战士们将相互背叛、相互偷窃。有朝一日，这个世界上将不再有美德。"

事实上，当米利之子攻占命运之岛之后，达努之子就被赶进了名为"仙丘"的地宫。在这些土丘中居住着曾经强大无比的众神，他们被他们试图养育的人们所抛弃。米利的后裔们至今仍然生活在命运之岛，他们把达努之子称为"仙丘居民"。而就连米利的宗教也被遗忘的时候，当十字架的宗教取代了圆环的宗教之后，人们就把"仙丘居民"简称为"仙灵"。

在最伟大的神祇之中，群塔原野之战的胜利者"长臂"卢乌，一切知识之神，一切艺术和手艺的守护者，他的大名仍然为人所知晓。但随着这位强大的战士、无敌的神明逐渐淡出人们的记忆，他仅仅作为"驼背"卢乌被记住了，沦为仙灵工匠的角色。最后，就连令他享尽尊荣的语言也湮灭了，这位达努之子的主神只剩下了那个名字的扭曲形式——"小矮精"[1]。

1　"Lugh-chromain"（"驼背"卢乌）扭曲之后，就成了"leprechaun"（小矮精）。这是爱尔兰民间传说中的一种小精灵。

爱尔兰

EIRE

序　言

我的父亲是爱尔兰人，而且是一名作家——他是我们家族第三代从事写作的人。这使我从小就能听到很多传说和童话故事。事实上，在我小时候，我家里的人几乎是争前恐后地抢着给我讲故事。不仅是我的父亲会讲故事，我的母亲也同样对故事熟稔于心，因为她也出身于一个有着悠久文学传统的家族。

在我母亲的家族中，最早出版作品的是她的十一世祖父的兄弟托马斯·伦道夫（Thomas Randolph，1605—1635）。他是诗人、剧作家，同时还是本·琼生[1]的朋友。她的家族在布列塔尼、苏格兰和威尔士也有分支，所以我小时候听了很多凯尔特故事。

这还没完。我是六兄弟中最小的一个，我们中有五个人（三女两男）熬过了童年，大哥在流感大流行期间死在医院里，去世时还是个婴儿。我的哥哥姐姐们也将"表演"和讲述故事看作他们的职责，而我常常担任他们不情不愿的观众。

在我五岁到九岁的时候，大约有三年时间，我的父亲带着我们搬进了一栋相当偏僻的乡间别墅，在那里，他敲打着一台黑色的雷明顿"标准"牌打字机，那台打字机太重了，我甚至抬不起

1　本·琼生（Ben Jonson，1572—1637），英国诗人、剧作家。

来。他为各种报刊创作短篇小说、连载故事和文章。小屋里没有电，我渐渐熟悉了油灯的温暖和光亮。

如果要到最近的村庄，得穿过三块田地，跨过一条湍急的溪流上的桥梁，然后沿着一条狭窄的乡间小路走大约三英里，因为公交车一个小时才来一班。我经常走这条路，有时还坚持带着"蓄电池"（给收音机供电的玻璃电池）的空罐，然后尽量避免带着装满的电池回去。[1]所以，在这样的散步中，以及在漆黑的冬夜里，有充足的时间可以用来听故事。

神话和传说是故事的主要题材。我还记得我的一个姐姐把故事改编成小戏剧，我们在附近一座废弃的谷仓里表演，给当地的其他孩子看。

说来话长，当我长大之后，作为最小的孩子，我没法把故事讲给谁听，这可能是我转而创作故事的原因。

由于我父亲的缘故，以爱尔兰神话传说为主题的故事是我成长过程中的主食，所以重述这些故事就成了我的第二天性。在我家里也有很多这样的故事书。我想，正是生于我父亲的家乡科克郡的托马斯·克罗夫顿·克罗克（Thomas Crofton Croker, 1790—1854）使得用英语重述爱尔兰神话传说的方式普及开来。他撰写了《爱尔兰南部研究》（1824）和《西南爱尔兰的童话传说与传统》（1825），著名的格林兄弟曾将后者译成德文，称为《爱尔兰童话》。

奥斯卡·王尔德的母亲简·王尔德夫人（Lady Jane Wilde）是一位狂热的收藏家，她的《爱尔兰的古代传说、魔咒和迷信》于1887年出版。耶利米·科廷（Jeremiah Curtin）的《爱尔兰的神话与民间传说》（1890）一直是我家书架上的热门书籍，但它永远无

1　这种电池是一个在酸液里插着铅板的玻璃罐。

法取代奥古斯塔·格雷戈里夫人（Lady Augusta Gregory）的《穆尔海弗纳的库乎林》（1902）和《诸神与战士》（1904）。

最合格、最出色的民俗学家也许是道格拉斯·海德（Douglas Hyde），他在1937年根据爱尔兰自由邦的新宪法成为首任总统。[1]他收集的口传故事集已经成为经典，如《说书人之书》（1889）、《在炉火边》（1890）和《康诺特情歌》（1893）。但他的代表作是《爱尔兰文学史》（1899），这是第一部从古代开始叙述爱尔兰文学的总论。

海德博士给许多后继者奠定了基础，为此类研究做出了重要贡献。在众多著作中，给我留下深刻印象的有：迈尔斯·狄隆（Myles Dillon）的《列王故事集》（牛津大学出版社，1946）和《早期爱尔兰文学》（芝加哥大学出版社，1948），托马斯·奥拉希利（Thomas O'Rahilly）教授令人赞叹的《早期爱尔兰历史与神话》（都柏林高等研究院，1946），以及阿尔温·里斯（Alwyn Rees）和布林斯利·里斯（Brinsley Rees）合著的《凯尔特的遗产》（泰晤士－伦敦出版社，1961）。这些著作都对爱尔兰故事的原始结构进行了重新整理。

接下来的几个故事是多种来源和不同版本互相融合的产物。前两个故事载于《入侵之书》。这部著作记载了对爱尔兰的各次神话式入侵，从洪水之后到达爱尔兰的凯萨尔开始，入侵者依次是帕托隆、涅梅德、费尔伯格人、达努神族，最后是米利先人，[2]也就

1　1922年，爱尔兰（除北爱尔兰之外）的26个郡获得高度自治地位，以英国国王为名义上的最高元首，称为"爱尔兰自由邦"。1937年的新宪法设立"爱尔兰总统"职位。爱尔兰最终于1949年废除君主制，成立爱尔兰共和国。

2　凯萨尔及其同伴（见本书引言）死后，帕托隆及其同伴来到爱尔兰，但是全部死于瘟疫。接下来，涅梅德带着同伴在爱尔兰定居，后被弗摩尔人赶出岛屿，一部分前往北方，成为达努神族；另一部分前往南方的希腊，成为费尔伯格人。费尔伯格人和达努神族先后重回爱尔兰，依次建立统治，直到米利先人入侵。

是现在的盖尔人的祖先。它被誉为爱尔兰的"民族史诗"。

这两个故事属于"神话故事集"，包含《图林的儿子们》和《李尔的子女》。《图林的儿子们》原名为《图林之子的死亡》（*Aided Chlainne Tuirenn*）。"图林"在拼写上甚为混乱，除"Tuirenn"外，又被拼为"Tuireall"和"Tuirill"。其身份也不确定，在一个文本中，他被描述为达努的父亲；在另一个文本中，他被描述为她的丈夫；有时候，达努的位置还会被女神布里吉德取代。《李尔子女的悲惨命运》（*Oidheadh Chlainne Lir*）出自一篇 15 世纪的文本，它一直是我最喜欢的故事之一。

《芳德之爱》改编自《库乎林的衰弱之病》（*Serglige Con Culainn*），属于"红枝故事集"，又称"阿尔斯特故事集"。这是一系列在主题和英雄气概上可与《伊利亚特》媲美的英雄神话，其中最著名的故事要数《夺牛记》（*Táin Bó Cuailnge*）。

《洛赫兰之子》属于"芬恩故事集"，有时又称为"莪相故事集"，讲述芬恩·麦克库尔和他的芬尼战士团的事迹。12 世纪的《耆老们的对谈》（*Accamh na Senórach*）第一次大胆地把它们综合成一个连贯的整体。这些故事可以追溯到公元 3 世纪。除《夺牛记》之外，"芬恩故事集"是最长的中世纪作品之一，在当时极受普通人欢迎。

亚瑟王的许多故事都是后来从"芬恩故事集"中摘录并修饰而成的。虽然爱尔兰也有十几个原创的亚瑟王传奇故事，但在中世纪爱尔兰民众的想象世界中，亚瑟王的故事从未取代芬恩·麦克库尔的故事。

《诗人的诅咒》涉及蒙甘和诗人达兰·福盖尔这两位历史人物。埃莉诺·诺特（Eleanor Knott）博士在《爱尔》（*Ériu*）第 8 期第 155 至 160 页对该故事现存最早的中世纪文本进行了讨论。传统上将达兰·福盖尔视为《科伦基尔赞词》（*Amra Choluim Chille*）的作者，该诗写于公元600年左右，被认为是现存最古老的爱尔兰文学作品之一。

最后，《卡舍尔的凯拉汉》是根据我年轻时在西科克听到的几个故事改编的，我将这些故事与现存的一些中世纪文献进行了对照：一篇15世纪的故事《卡舍尔的发现与国王的祝福》（*Senchas Fagbála Caisil ocus Beandacht Ríg*）的断章，现藏于都柏林圣三一学院；写于12世纪的《卡舍尔的凯拉汉的战斗生涯》（*Caithreim Cheallachain Chaisil*），由卡舍尔的科马克三世·麦卡锡（Cormac III MacCarthy）委托创作，撰写于卡舍尔，时间在1127到1138年之间，该故事最古老的抄本可追溯到12世纪，现藏于都柏林的爱尔兰皇家学院。这些令人印象深刻的文献都是在欧文纳赫塔家族的庇护下幸存下来的，该家族是芒斯特王国和后来的德斯蒙德王国[1]的统治者，治所在卡舍尔。欧文纳赫塔家族的最后一任君王是多纳尔九世·麦卡锡·莫尔（Donall IX MacCarthy Mór），卒于1596年。

可悲的是，在此期间，代表英格兰伊丽莎白女王的乔治·卡鲁爵士（Sir George Carew）不仅着手摧毁芒斯特的本土政府，而且销毁了所有的爱尔兰抄本。在他的命令下，许多旧抄本被剪碎，用来做英语初级读本的封面。从幸存下的作品来看，许多伟大的作品可能都已被毁了。

1149年，一位名叫马库斯（Marcus）的爱尔兰修士继承了芒斯特的文学传统，在拉蒂斯本（即雷根斯堡）写下了一首幻象诗[2]，

1　芒斯特王国于1118年被分割为两个王国：德斯蒙德（Desmond，意为"南芒斯特"）和托蒙德（Thomond，意为"北芒斯特"）。

2　爱尔兰语"aisling"，意为"梦、幻象"。这是一种假托主角产生幻视，描述异界景象的幻想作品。

名为《特努格达尔的幻视》（*The Vision of Tnugdal*），特努格达尔是一位卡舍尔战士。这部传奇在欧洲闻名遐迩，除爱尔兰语文本外，在欧洲还发现了12世纪至19世纪的拉丁语手稿约154份，此外还有盎格鲁－诺曼语、白俄罗斯语、加泰罗尼亚语、荷兰语、英语、法语、德语、冰岛语、意大利语、葡萄牙语、普罗旺斯语、塞尔维亚－克罗地亚语、西班牙语和瑞典语的译本。

我试图拯救凯拉汉史诗的一部分，希望能借此为芒斯特王国正名，在这片土地上，产生了足以与阿尔斯特的"红枝故事集"相媲美的文学作品。我希望这些文学作品能够越来越多地得到复原。[1]

---

1 在此简略介绍一下散见于这一部分的一些基本概念：

古代的爱尔兰分为五个王国，分别是位于东北的阿尔斯特（Ulster）、位于东南的伦斯特（Leinster）、位于西南的芒斯特（Munster）、位于西北的康诺特（Connacht）、位于中央的米斯（Meath），爱尔兰语分别写作 Ulaidh、Laighin、Mhumhan、Connachta、Mhídhe。

古代爱尔兰的所有贵族统治者都称为"王"（rí），其中级别最低的称为"小王"（rí tuaithe，或称 rí benn），是单个部落的首领。由于部落有大有小，一个小王的实权并不固定。

小王之上是"大王"（rí tuath，或称 rí buiden），是许多部落共同的首领。大王的实权仅限于自己的部落（他本身也可以视为自己部落的小王），对其他部落没有法律上的管辖权，只是通过接受效忠和贡品来约束其他小王。

大王之上是"上王"（rí ruirech），例如五个王国的国王。文中的"阿尔斯特国王""芒斯特国王"等都属于这个级别。

站在诸王顶端的是"至高王"（ard rí），只有一个，是理论上的爱尔兰最高统治者。最初，就像大王对于小王一样，每一级的王对于下级都没有直接的管辖权，但是随着时间推移，至高王的中央集权程度不断增加。

至高王必须位于都柏林西北的塔拉山丘加冕，他必须坐在或站在"命运之石"利亚符尔上面，如果他是正当的统治者，石头就会发出欢呼。至高王的身体不得有任何瑕疵，即不得残缺任何部位，否则就必须退位。

至高王和上王的身边有一个由贵族战士组成的精英战士团，爱尔兰神话传说中的英雄一般都是这种战士团的成员，例如至高王科马克·麦克阿尔特麾下的"芬尼战士团"（由芬恩·麦克库尔统领）、阿尔斯特王国的"红枝战士团"等。本书作者认为"红枝战士团"应当写作"王枝战士团"（见《芳德之爱》），但这一观点并非公论。

2　图林的儿子们

无人知晓坎特的儿子们和图林的儿子们之间的恩怨从何而起。也许它的根源是一句恶言，某些对荣誉的侮辱，但结果是，坎特的三个儿子和图林的三个儿子发誓，如果他们有一天相遇，一定要让对方血溅当场。

有一天，坎特的长子基安（意为"坚定者"）正在穿越辽阔的穆尔海弗纳原野，前往莫伊图拉与其他达努之子会合，因为有消息说，与弗摩尔人的一场大战已经打响。基安孤身一人，他的两个弟弟库和凯亨已经先行一步。

当他身处空旷的原野，远离任何保护的时候，他看到三个战士正在接近他。基安在战车上站得笔直，眯起眼睛审视着他们。他们是布里安（意为"尊贵者"）和他的兄弟尤哈尔、尤哈尔瓦，三人的脸色严峻无比。

基安意识到，由于他寡不敌众，所以谨慎才是最好的英勇。但是原野上无遮无挡，只有一群猪在那里进食。由于基安是一名达努之子，他便拿起德鲁伊的法杖，把自己变成了猪，并且用同样的方法让自己的战车和战马也变了形。

本埃达尔的族长、图林之子布里安停了下来，凝视着整个原野。"兄弟们，"他转过身来，对着尤哈尔和尤哈尔瓦说，"刚才不是有一个骄傲的战士正在穿越原野吗？"

二人对大哥做出了肯定的答复。

布里安看到猪群，明白那名战士一定是变了形。如果是这样的话，那么这名战士就不是图林之子的朋友了。布里安意识到，这群猪是努阿哈的，如果他和他的兄弟们对其加以伤害，努阿哈会惩罚他们。于是他拿着自己的德鲁伊法杖，轻轻地碰了碰自己的兄弟们。尤哈尔和尤哈尔瓦直接变成了两条巨大的猎犬，冲着猪群狂吠，灵敏的鼻子朝向地面。

基安意识到猎犬会把他嗅出来，所以他以猪的形态从猪群中突围。但布里安早有准备，投出长矛，刺穿了猪的身躯。基安痛苦地大叫起来。

"我是坎特的儿子基安，请饶我一命。"猪叫道。

布里安让他的兄弟们变回真身，一起站在流血不止的猪前。

"杀无赦！"布里安脱口而出，"我们都发过誓，如果坎特之子和图林之子发生冲突，我们绝不会让对方活下来。"

"那么请答应我最后一个请求。"基安不甘地喊道，"在你杀我之前，让我再化作人形。"

布里安同意了这个请求。

基安得意地对他笑了笑。"现在你们可以杀了我，但是请记住，图林的儿子们，如果你们把我作为猪杀死，就只需要支付非法宰杀一头猪的恶力罚[1]。但是现在，你们把我作为人类杀死，你们就必须支付杀人的恶力罚。而且，由于我是基安，是坎特之子，也是'长臂'卢乌之父，所以你们杀害我而受的惩罚会极为巨大。就连你们用来杀我的武器，也会因为这一行为而惊恐地尖叫。[2]"

---

1 古爱尔兰对谋杀或其他重罪的一种赔偿形式。
2 意即他们的武器会把这件事告诉卢乌。

布里安思忖了一下，因为基安确实是一名达努之子。然后他对着基安嘲讽地笑了笑。"那我们就不用武器，而用地上的石头来杀你。"

说罢，他把武器扔到一边，捡起一些石头，满怀恨意地朝基安扔去。他的兄弟们也加入了他的行列，一块又一块的石头飞去，直到基安变成了一堆面目全非、无法辨认的东西。然后，兄弟们挖了个坑，把那具被砸烂的尸体埋了。但大地六次都不肯覆盖尸体，直到第七次下葬，大地才将它接受。

当布里安和他的兄弟们骑马离开时，他们听到一个声音从地底深处呼唤道："你们的手上沾满了鲜血，图林的儿子们，血将留在你们的手上，直到我们再次相遇。"

图林的儿子们在群塔原野的大战中表现突出，布雷斯和弗摩尔人在那里被击败。但是大家都发现，基安缺席了这场战斗。这很奇怪，因为，在努阿哈被弗摩尔人"邪眼"巴洛杀害之后，正是基安的亲儿子卢乌接过了达努之子的领导权。就这样，在寻找无果后，"长臂"卢乌终于来到了穆尔海弗纳原野，当他穿过原野时，地上的石头开始说话：

"你的父亲基安埋尸于此！他被图林的儿子们杀害了。他们的手上会一直沾满鲜血，直到他们再次见到基安为止！"

卢乌把他父亲的尸体挖了出来。他把同伴们叫到一起，让他们看看凶手都做了什么。卢乌发誓报仇。他对着尸体唱起了哀歌：

> 基安已死，伟大的勇士已死，
> 这让我变成一具行尸走肉……
> 没有灵魂，

没有力量，没有权力，
也没有生命的感觉。
图林的儿子们杀了他，
我对他们的恨意
将跟随他们，直到世界尽头。

卢乌用隆重的仪式安葬了父亲。他回到塔拉大殿，在那里召集了众神，就连图林的儿子们也在其中。但卢乌不愿公开自己的想法，他反倒询问众神，要怎么做才能向那些恶毒地杀害他的父亲的凶手复仇。

每一位神都提出了复仇方案，惩罚的手段越来越可怕，越来越血腥。当他们中的最后一个发言之后，在座诸神轰然叫好。卢乌看到，图林的儿子们为了不引人注目，也鼓起了掌。

接着，卢乌平时阳光灿烂的脸上露出了愤怒的表情，他开口了："杀害基安的凶手已经自作自受，他们自己已经和你们一样，同意了你们对他们的惩罚。但我是仁慈的，我不会在塔拉大殿上流血。我宣布自己有权对凶手索取恶力罚，如果他们不肯接受，就必须在塔拉大殿的门口一个个跟我单挑，至死方休。"

他一边说着，一边看向图林的儿子们。

这时，布里安站了出来。"众所周知，我们和你父亲以及他的兄弟库与凯亨之间是有仇的。你的话似乎是针对我们说的，但基安并不是被图林之子的武器杀死的。不过，为了显示我们的高尚，我们每个人都会接受你的恶力罚。"

卢乌阴沉地笑了笑。"你们不会觉得很困难。我要求三个苹果、一张猪皮、一柄长矛、一辆双马战车、七头猪、一只幼猎犬、一支烤肉扦，以及在一座山上发出的三声喊叫。"

图林的儿子们站在那里，惊呆了。不仅如此，在座诸神都不敢相信自己的耳朵。卢乌竟然只要求这么一点东西作为对父亲被害的补偿。图林的儿子们明显松了一口气，大喊着接受惩罚。

"如果你们觉得这惩罚太重，"卢乌补充道，"我不强迫你们接受。"

"我们认为这并不困难。"布里安回答，"的确，这看起来很简单，我怀疑这是你的陷阱。你打算加重惩罚吗？"

"我以我们的母亲神水达努起誓，我不会加重惩罚。而作为这个誓言的回报，你是否会发誓，你将忠实地履行恶力罚？"

于是他们就这样发誓了，赢得了热烈的掌声。

"很好。"在他们发誓之后，卢乌阴森地冷笑道，"这三个苹果必须来自东方的赫斯珀里得斯之园。它们色泽金黄，能量惊人，用处极大。它们大如满月婴儿的头颅，无论吃多少都不会减少。它们味如蜂蜜，咬一口就能治好伤病。一名战士可以用它完成任何壮举，因为一旦苹果从他手中抛出，就会自动回到他的手中。"

图林的儿子们听得目瞪口呆。

"猪皮的主人是希腊国王图伊斯。凡是这头猪跑过的溪流，里面的水都会变成酒，伤病的人喝了酒就会痊愈。这些神奇的属性都蕴含在那张皮里。"

图林的儿子们的面色变得严峻。

"长矛是波斯国王皮萨尔的，它被称为'杀戮者'。必须把它浸泡在盛满血的大釜里才能避免它杀人，因为只有血才能冷却它愤怒的尖锋。"

卢乌暂停了一下。图林的儿子们面无表情地站着，他们意识到了卢乌给他们设置的陷阱。

"我要的骏马和战车是西奥盖尔[1]国王多瓦尔的。如果其中一匹马被杀了，只需把它的骨头放在一起，它就会复活。

"七头猪是金柱王埃萨尔的，虽然每天都在宴席上被杀了吃肉，第二天早上，它们却会复活。那只幼猎犬名叫符利尼什，主人是奥鲁亚国王，任何野兽都在她面前束手无策。我要的烤肉扦来自芬库勒[2]，强大的女战士们守护着它。而你们必须在上面叫喊三声的那座山是洛赫兰的米奥金山，由米奥金和他三个凶猛的儿子艾伊、科卡、孔恩常年守护。他们唯一的使命就是阻止任何人在山上发声。

"图林的儿子们，这就是我要求你们接受的恶力罚。"

图林听到儿子们的遭遇后，很是沮丧，但他还是去找他们，给他出谋划策。

"如果没有海神玛诺南·麦克李尔的魔船，没有人能完成这次旅行。卢乌拥有这艘'拂浪号'，它可以自己在海上航行。但是听好了，卢乌受制于一个戒誓[3]，这个神圣的禁制让他永远不会拒绝第二个请求。所以你们去找他，让他把玛诺南的神马恩瓦尔借给你们，那匹马可以在陆地和水面上驰骋。他一定会拒绝的。然后你们再向他借'拂浪号'，这样他就无法拒绝了。"

他们这样做了，果然如图林所说，卢乌被迫把玛诺南的魔船借给他们。图林和他的女儿恩妮雅送他们离开本埃达尔的港口。恩妮雅在哥哥们离别时唱了一首哀歌。她虽然很爱他们，但她知道他们做了坏事，只能承担恶果。

1　即西西里岛。

2　传说中位于爱尔兰和不列颠之间的一座岛屿。

3　爱尔兰传说中的一种特殊的禁忌，类似于誓言，内容是某种义务或禁制。

三名战士爬上"拂浪号"，布里安命令魔船驶向赫斯珀里得斯之园。船在他的指挥下跃跃欲试，在雪白的浪花中犁出的速度比春风吹进船帆时的速度还快。它行驶得如此迅速，眨眼间就安全抵达了位于大洋极西的赫斯珀里得斯港。

三兄弟下船后，了解到赫斯珀里得斯之园戒备森严，他们不可能在不被察觉的情况下进入。因此，布里安抽出他的德鲁伊法杖，把他的兄弟们和自己变成了鹰。在他的命令下，他们腾空而起，在果园的高空盘旋，然后俯冲而下，飞得如此之快，以至于守卫的箭矢和长矛都射不到他们。他们每人都抓了一个金苹果，再次飞起，飞快地回到了离船的港口。

赫斯珀里得斯王有三个女儿，都是女巫，她们听到消息后，变成三只狮鹫去追赶鹰群。狮鹫在鹰群后面喷出巨大的火舌，火焰非常猛烈，三只鹰被烧瞎了眼睛，再也受不了高温了。于是，布里安用他的德鲁伊知识，把他们三人变成了可以滑翔入海的天鹅。狮鹫们迷惑地飞走了，继续寻找鹰群，图林的儿子们则回到了"拂浪号"。

接着，他们指挥这艘船把他们带到希腊，进入靠近图伊斯宫殿的港口。

布里安的兄弟们依然想变成动物，但布里安告诉他们，伊尼什符尔的诗人在希腊备受尊重，他们可以直接去国王的宫殿展示自己。这的确是一个好主意，卫兵让三位"诗人"进入了国王的宫殿。图伊斯亲自迎接，并邀请他们赴宴。宴会结束时，王室诗人起身吟诗，然后请图林的儿子们来吟诵。

布里安站起身来，吟诵道：

啊，图伊斯，王者中的橡树，

我不会掩盖你的威名。
一张猪皮是一件慷慨的奖赏，
可以作为我这首诗的酬劳。

一场战争可以因战士的交锋而爆发，
一场战争也可以因一件礼物而避免。
如果一个人无惧给予，
就不会损失任何东西。

雷霆之师和滔天巨浪
是没人能够抵挡的武器，
但一张免费赏赐的猪皮
才是我们想要的酬劳。

"听起来是一首极好的诗，"图伊斯思索着，"但我听不懂。"

"我会解释的。"布里安笑道，"它的意思是，就像一棵橡树超越其他任何树木一样，你的王权也是如此。我们索要你的猪皮作为对我们的诗的奖赏，但如果我们遭到拒绝，就意味着我们之间将会兵戎相见。"

图伊斯惊讶地瞪大了眼睛。

"如果你没有提到我的魔法猪皮，我会很喜欢你们的诗。诗人，你似乎是一个蠢人，竟然向我索要它。即便是你们国家的国王和战士索要，我也会拒绝的。所以现在我拒绝你。但你们的诗很好，我会用黄金奖励你们。那张猪皮所能盛放的黄金的三倍，就是给你们的奖赏。"

"国王，你很慷慨，"布里安笑道，"让我们看看那张猪皮能盛放多少黄金。"

国王同意了，图林的儿子们便被带到宝库，从宝库中专门存放猪皮的地方将它取出。当猪皮被盛满黄金的时候，布里安突然抓住猪皮，拔出剑，把拿着猪皮的人的胳膊砍了下来。他用猪皮包住自己，三兄弟一路杀出了王宫。怒火中烧的图伊斯和他的整个宫廷攻向他们，但全希腊没有一个贵族或者勇士能够阻止他们。图伊斯自己也倒在了布里安的剑下。

他们一路杀回了"拂浪号"，立即下令要魔船带他们去波斯。大家一致认为，把自己伪装成诗人对他们的任务很有益，于是他们以同样的方式向皮萨尔的宫廷展示自己。皮萨尔也让他们吟诗，布里安照诵不误：

> 向皮萨尔手中的长矛致敬，
> 他的敌人已被击溃。
> 皮萨尔根本无须担心，
> 因为伤口都在别人身上。

> 紫杉是森林中最好的树，
> 紫杉是无敌的王者。
> 祝愿伟大的矛杆长驱直入，
> 穿过被它杀死的人的伤口。

当皮萨尔要求布里安解释这首诗的意思时，布里安告诉他，他想要皮萨尔的魔矛作为诗的报酬。

皮萨尔威胁要以无礼为由杀死他和他的兄弟们。这时，布里安记起，他带了一个赫斯珀里得斯之园的苹果。他从口袋里掏出苹果，扔向皮萨尔，砸掉了国王的脑袋，然后苹果又平安地回到了他的手里。然后，布里安和他的兄弟们拔出剑，奋力冲向那间放着炽热长矛的房间，长矛浸泡在盛满鲜血的大釜里，鲜血嘶嘶地冒着泡。他们拿起长矛，回到了"拂浪号"。

他们继续向多瓦尔的王国西奥盖尔进发。在这里，他们作为伊尼什符尔的三名勇士出现在他的宫廷里，要求获得款待。当被问及他们想要什么时，他们告诉多瓦尔，他们愿意为他服务以换取报酬。他们在西奥盖尔待了很久，却找不到比春风还快的骏马和战车。最后布里安智取了国王，让国王下令将战车运到宫廷，上好马具，做好准备。

当图林的儿子们转而要求以奔腾的骏马和美丽的战车作为服务的代价时，多瓦尔当即大发雷霆，命令卫兵杀死他们。

布里安跳上战车，将驭手抛在地上，牵着缰绳，松开了皮萨尔的长矛。于是，多瓦尔的卫兵被杀，幸存者则逃之夭夭。布里安在身后带着尤哈尔和尤哈尔瓦，驾驶战车回到了等待着的"拂浪号"上。

接下来，玛诺南·麦克李尔的魔船把他们带到了金柱国，埃萨尔统治着这个地中海的入口。当他们靠岸时，见到大军集结，因为图林的儿子们的事迹已经传到了这里，这里的人知道了三兄弟被放逐出伊尼什符尔的消息，以及他们的任务的内容。

埃萨尔国王到港口迎接他们，想知道他们是否真的为他的猪而来。他们告诉他，的确如此。埃萨尔是一个爱好和平的人，他和他的族长们坐在一起商议。最后，他们决定把猪送给图林的儿子们，以免无辜的人遭到屠杀。当晚，埃萨尔邀请三兄弟赴宴，在宴席上，他们被赠予了那七头猪。布里安为埃萨尔的智慧和慷慨唱了一首赞歌。

当埃萨尔得知图林的儿子们接下来要去奥鲁亚时,他要求与其同行,因为他的女儿是奥鲁亚王后。埃萨尔答应,作为同行的回报,他将尽最大努力,兵不血刃地从国王这个女婿手中得到幼猎犬。

奥鲁亚的国王没有听从埃萨尔的建议。"你也许很弱,老人家,但诸神没有给任何一个战士足够的力量和运气来强行带走我的幼猎犬。"

埃萨尔很难过,他知道接下来会发生怎样的流血和混乱。

一场惨烈的血战开始了。布里安从奥鲁亚战士中劈出一条血路,击退了九倍于一百个的战士,直到他到达奥鲁亚王所站的地方。他举起国王的身体,又杀了回去,直到把那个胆小的人扔在埃萨尔的脚下。

"国王啊,这就是你女儿的丈夫。杀了他比带他活着回来还容易。"

奥鲁亚的战士们看到他们的国王被打败了,便扔下了他们的武器。于是,奥鲁亚王听从了埃萨尔的和平呼吁,交出了幼猎犬,图林的儿子们也友好地离开了。

现在他们只剩下两个任务,即找到芬库勒的烤肉扦,以及在米奥金山上喊叫三声。

但是他们被胜利冲昏了头脑,忘记了最后两项任务。有人说,"长臂"卢乌在三兄弟离开奥鲁亚后,让他的德鲁伊向他们的脑海中送去了一片遗忘之云。

不管原因为何,总之,"拂浪号"回到了伊尼什符尔。卢乌听说他们回来,突然十分不安。他对图林的儿子们的成功感到喜忧参半。他很高兴他们争取到的礼物是给他的,但又担心这些礼物会被用来对付他。同时他也很苦恼,因为三兄弟正在逐步履行他设计的恶力罚的条款,而这本来是要让他们丧命的。

当"拂浪号"进入博恩河口时，卢乌来到克罗芬要塞[1]的堡垒里，穿上了他的养父——海神玛诺南的魔法铠甲，还穿上了战争女神之一——憎恨女神菲娅的隐身斗篷。卢乌害怕他们回来，认为三兄弟既然已经掌握了如此神奇的武器，他们可能会对他造成伤害。

他们派人传话给卢乌，请他来接收恶力罚的赔偿。卢乌也派人回话，要求他们把战利品交给达格达的儿子波伏·达里格，他现在已经接替卢乌，成了达努之子的统治者。直到波伏·达里格报告说，他已经得到了这些神奇的礼物，卢乌才现身，前来检查它们。

"可是，烤肉扦在哪里？"卢乌问道，"我也没听到米奥金山上的三声喊叫。"

于是，图林的儿子们想了起来，他们非常悲痛，转身离开，和他们的父亲图林、妹妹恩妮雅在他们的本埃达尔堡垒里过了一夜。现在他们已经不能使用魔船"拂浪号"，因为他们愚蠢地把它还给了卢乌。他们只好乘坐一艘普通的船出海，去寻找芬库勒。这次寻找十分漫长，他们找了三个月，造访了许多岛屿，询问许多旅行者是否知道这个地方。没有人知道。

最后，他们见到了一位老人，他既没有牙齿也没有眼睛，因为他核桃般的脸上有太多皱纹和褶皱，以至于牙齿和眼睛都隐藏不见了。老人告诉他们，芬库勒不在海面上，而是在大海的深处。

布里安让尤哈尔和尤哈尔瓦等着，他跳过船舷，潜入海浪之中。他在海底徘徊寻找了两个九天的时间，发现了许多房屋，还有庞大的宫殿。最后，他走进一间大门敞开的房子，那里有一百五十个美丽的女子在做针线活和刺绣，在她们中间摆放着一支烤肉扦。

布里安看到，当他走进来时，女人们既没有动，也没有说话。

1　塔拉山丘的别名之一。

于是，他二话不说，走到烤肉扦前，夺过烤肉扦，转身便走。顿时，女人们都笑了起来。她们起身围住布里安，布里安看到她们拿着各种可怕的武器。

"这位勇士，你就是图林的儿子布里安吗？我们这里有一百五十个人，每个人都是战士，任何一个人都能杀了你。但是你很勇敢，明知危险，却铤而走险。你应该得到回报。拿走这支烤肉扦吧，这只不过是我们许多烤肉扦中的一支。"

布里安谢过她们，游上了船，他的兄弟们正在那里焦急地等着他。他们喜出望外。

他们掉转船头，航向北方，前往洛赫兰那些巨大的峡湾。这就是"洛赫兰"这个名字的意思，即湖泊与峡湾之地。他们看见高高的米奥金山出现在海平线上，便离开船，走到它的山脚下。但在那巨大的山坡上站着米奥金，他是一个强大的战士。

米奥金看到布里安，便拔出了他的大剑。

"杀害我的朋友和义兄基安的凶手！现在，你就要去这座山的山顶呼喊了。除非我死，否则你是不会如愿的。"

布里安向米奥金飞奔过去，两个伟大的战士锋刃相接。他们的攻击是如此猛烈，以至于世界的每一个角落都能听到剑砍在盾牌上发出的铿锵声。没有人求饶，也没有人怜悯，直到米奥金倒地身亡，布里安的剑插进了他巨大的心脏。

米奥金的三个儿子艾伊、科卡和孔恩听到战斗声，冲了过来，与图林的三个儿子捉对交锋。天空发红变黑，鲜血从山坡上流淌出来，就像涌出山泉，大地被他们的脚步冲击得颤抖，就连远在东方的赫斯珀里得斯都能感到震颤。

他们打了三天三夜，这场大战震动了整个洛赫兰。米奥金的三个儿子成功地用长矛刺穿了图林的三个儿子的身体，布里安、尤哈尔和尤哈尔瓦个个都被刺中受伤。但图林的儿子们并没有放弃，他们也把长矛插进了艾伊、科卡和孔恩的身体，米奥金的儿子们都死了。

图林的儿子们倒在血迹斑斑的草地上，他们的眼前仿佛蒙上了一层厚重的黑纱。布里安咳着血，轻声叫道："兄弟们，你们怎么样了？"

"我们死了，"他们喘息着说，"或者说离死亡只差一步，没有什么区别。"

"我们必须在死亡追上我们之前，爬上山顶，大喊三声。"布里安说道，"只有这样，我们才能安息。"

布里安用他有力的臂膀支撑着他的两个兄弟，三人沿着陡峭的山坡向前走去，跌跌撞撞，就像走在梦里，直到到达山顶。然后，他们停了下来，发出三声喊叫。虽然他们很虚弱，但还是喊了出来。

布里安仍然支撑着他的兄弟们，带他们上了船。他们把船头转向伊尼什符尔。

他们神志不清地随波逐流，漂向远方的岛屿。忽然，布里安抬起头来，说道："我看到了本埃达尔和我们的父亲图林的堡垒。"

他的兄弟们也抬起头，好在死前看一眼家乡的青山。船轻轻地靠在岸边，图林带着恩妮雅下来迎接儿子们。

"父亲，请给卢乌带话，"布里安吩咐道，"告诉他，我们在米奥金山上给他喊了三声。"

图林乘上战车，带着这个消息，驱车直抵塔拉大殿。他恳求卢乌借给他那张能够医治伤病的图伊斯的魔法猪皮，或者借给他一个赫斯珀里得斯苹果，但卢乌冷冷地拒绝了他。图林回到垂死的儿子们身边，哀叹道：

即使将世上所有的珠宝
都送给卢乌，让他息怒，
却也不能拯救你们
脱离昏暗的坟墓。

但布里安要求把自己抬到卢乌面前。当卢乌站在他面前时，这位垂死的战士为了人类的利益，请求得到那张魔法猪皮。

"我不会给你。"卢乌答道，"就算你拿整个世界和它包含的所有奇迹来交换，我也不会给你。你必须死。你杀害了基安，即使在他求饶的时候也不饶恕他。你残忍地杀害了他，除了你自己的死，没有什么能弥补这种行为。"

于是，布里安回到奄奄一息的兄弟们身边，和他们并排躺着。图林的儿子们一起发出了最后一次叹息，随着这口呼吸，他们的灵魂飞向了彼世。

恩妮雅和她的父亲手拉手站在一起，对着她的兄弟们的尸体，唱了一曲阴郁的哀歌。然后，她和她的父亲图林都被悲伤压垮，倒在了尸体旁边，和他们一起离开了这个世界。

3 李尔的子女

这件事发生在爱尔兰的达努神族被米利·埃斯班[1]的凡人之子击败之后。今天已经没有人记得当时冲突的情形，只记得在米斯郡的黑水河北岸的塔尔图，也就是今天的泰尔顿，发生了一场大战。古时候，那里是一个大市集，这是一个奉献给女神塔尔图的神圣市集，她是"长臂"卢乌的养母。在那场大杀戮之后的许多年里，塔尔图的土地都一直被鲜血染污。凡人将永生者从这个世界上赶走，迫使他们永远生活在仙丘里，从此在人类的记忆中消失。他们成了"仙丘居民"，简而言之就是"仙灵"。

但那是未来的事了，李尔的子女的悲剧距离那时还有一段时间。

在塔尔图被毁后不久，达努神族的残余势力聚集在一起，决心选出一位新王来统治他们。以前统治他们的"善良之神"达格达告诉他们，既然是他带来了他们的毁灭，他就不适合继续领导他们了。于是他们选择了达格达的儿子波伏·达里格，他住在费蒙仙丘，那里是今天的蒂珀雷里郡的斯利弗纳蒙。波伏·达里格负责将仙丘分配给其他的男女诸神，这些仙丘将成为他们的居所。海神李尔住在芬纳基仙丘，也就是今天的阿马郡的死人山。

---

1 米利·埃斯班（Mile Easpain）意为"西班牙士兵"，因为据说他们来自西班牙。

这时，李尔觉得自己应当被选为达努之子的统治者，他对达努之子的决定充满愤怒和嫉妒，气得离开了诸神大会，也不和任何一个神交谈。他对波伏·达里格既不尊也不敬。

诸神对他大为愤怒，要起兵讨伐他。可波伏·达里格却阻止了他们。

"我们对抗米利先人时流的血已经够多了，"他告诉他们，"我们自己内部不要再流血了。李尔不向我屈膝，并不代表我不能成为你们的王。让我去和他谈谈。"

爱尔兰的男女诸神都被波伏·达里格的同情心和智慧打动，并为选择他成为他们的统治者而高兴。

波伏·达里格等了一段时间才去接近李尔，因为他知道，最好先让李尔息怒。在他等待的时候，恰好李尔的妻子，也就是他的长子玛诺南·麦克李尔的母亲去世了。李尔变得孤独而苦闷。他待在自己的仙丘里，愈发寂寞，没有任何一个神去看望他，因为在他离开大会之后，众神都拒绝和他说话。

在适当的哀悼期过后，波伏·达里格向李尔发出了致意。

"这是他需要朋友和忠告的时刻。"波伏·达里格对他的同伴们说。

波伏·达里格传达的消息是，如果李尔接受他为达努之子的王，他就会安排李尔与他的三个养女中的一个结婚——她们是妮雅芙、伊菲和伊芙，是阿伦群岛的统治者艾利尔的女儿。众所周知，妮雅芙、伊菲和伊芙是爱尔兰容貌最美丽的女人，同时也是头脑最聪明、才华最出众的女人。

李尔很高兴，他已经厌倦了孤独和失去至亲的悲伤。于是他带着五十辆战车出发，直抵波伏·达里格的宫殿。在那里，他拥抱了他的王，以适当的方式承认了他。当天晚上大摆筵席，庆祝活动持续了好几天。达努众神都为李尔再次出现在他们的身边而高兴。

最后，波伏·达里格的三个养女被领了出来。

李尔带着惊叹注视着她们，因为她们个个都美若天仙，难分上下。最年长的妮雅芙头发乌黑，肌肤雪白；排在中间的伊菲满头红发，肤若凝脂；最小的伊芙一头金发，肤色白皙。她们的身上结合了冬、秋、春三个季节的特性。[1]当李尔与她们交谈时，不禁为她们的智慧和机智感到惊讶。

做出选择谈何容易，但李尔最终还是选择了伊芙，因为她年轻、充满活力，具有春天的美丽和未来的希望。

在相应的时间过后，伊芙为李尔生下了好几个孩子。事实上，她生了两对双胞胎。第一对是一男一女，她给他们取名为艾伊和芬努拉（意为"火"和"美肩"）；第二对是两个男孩，她给他们取名为菲亚赫拉和孔恩（意为"战斗之王"和"智慧"）。在养育这些孩子的过程中，温柔的伊芙去世了，李尔非常悲伤。孩子们成了他快乐的唯一来源。

但波伏·达里格又对他说："从妮雅芙和伊菲中间再选一个做妻子吧，她会安慰你，帮助你抚养伊芙的孩子。"于是，李尔选择了具有秋天特性的伊菲，他们一时之间十分幸福。但伊菲却对妹妹的孩子产生了嫉妒，因为她自己没有孩子。她越来越多地求助于拥有法力的德鲁伊，德鲁伊教给她秘密的法术。嫉妒的倒钩折磨着她的灵魂，把它变成了对孩子们的仇恨。最后，她深深地陷入了恶意而不能自拔。

执念变成了严重的疾病，足足有一年零一天，她躺在闺房里足不出户，甚至不去见她的丈夫。她的病痛使她不堪重负，以致

---

1 她们象征冬、秋、春三个季节，分别代表智慧、安慰和希望。最终，李尔选择了"希望"。

精神错乱。在一年零一天之后，她从床上爬起来，重新回到这个世界上，声称自己已经痊愈了。

看到她康复得如此明显，李尔和他的孩子们都很高兴。

她把孩子们叫到身边说，既然她现在身体已经好多了，就打算带他们去见一见波伏·达里格。孩子们听了十分高兴，但芬努拉凭着女性的直觉，对他们的继母产生了怀疑。她做了一个黑暗的噩梦，梦见伊菲打算伤害他们，某些可怕的死亡潜伏在她的脑海里。

然而，每个人似乎都很开心。李尔很高兴看到他的妻子从病榻上康复，也很高兴看到她带孩子们去见波伏·达里格。所以芬努拉把她的怀疑藏在心里，生怕被人嘲笑，或者被人说成是忘恩负义的小混蛋。

伊菲的漂亮马车驶到了大门口，孩子们也随她而去，李尔向他们亲切地告别。马车在一个保镖和伊菲的贴身侍从的陪同下出发了。但当他们离开芬纳基仙丘之后没走多远，伊菲就设法停下马车，把她忠实的仆人科南拉到一边。

"你有多爱我，科南？"她压低声音，不让别人听见。

老人很困惑。

"当你还是个孩子的时候，我不是和你一起从你父亲在阿伦的宫廷来到了波伏·达里格的宫殿吗？"他反问道，"我不是一直守护着你，看着你成长，让你连一根头发都不曾受到伤害吗？"

"这么说来，你很爱我。为了这份爱，你会为我做什么？"

"无论在此世还是彼世，没有什么是我不愿意做的。"老人保证道。

"如果我身处险境或者遭受巨大损失，你会不会好好服侍我？"

"我会的，夫人。我会消除危险，弥补你的损失。"

"我有可能失去丈夫的爱。"伊菲叹了口气。

科南的眼睛一亮。"告诉我,企图偷走这份爱情的女人叫什么名字,她别想活到日落。"

"不是女人抢走了李尔对我的爱,科南。你看到我马车里的孩子了吗?他们就是他忽视我的原因。他们毁了我的幸福。如果把他们除掉,就万事大吉了。"

科南意识到她在说什么,惊恐地睁大眼睛,后退一步。"可他们是你妹妹的孩子,是你丈夫的孩子。"他喘息着说,"我关心他们,就像关心你一样。"

伊菲看到他责备的神情,双眼不禁冒出了地狱的火焰。在她的内心深处,仇恨和嫉妒是如此强烈,以至于她只把这看作科南个人的背叛。她愤怒地转向更多的贴身侍从,但他们每个人都和老科南一样,对她的提议深感惊恐。

最后,他们再次出发,来到了多弗拉赫湖的岸边,那就是今天的韦斯特米斯郡的德拉瓦拉湖。他们在那里扎营过夜。当天晚上,伊菲亲自拿起一把剑,走向熟睡的孩子们。她决心亲手杀了他们,但一种奇怪的感情阻止了她。她站在那里,举着剑,她妹妹的血在与她的血抗争,她发现自己下不了手。

但她内心的邪恶却无可阻挡。她回到自己的帐篷,拿出某个邪恶的巫师给她的魔杖。第二天早上,在早饭之前,她建议孩子们先去湖里洗个澡。孩子们欢喜地甩掉衣服,跑进水里。就在这时,伊菲用魔杖碰了他们一下,并吟诵起残酷的魔咒,把他们四个人都变成了生着雪白羽毛的天鹅。

起初,孩子们挣扎着抗拒他们的新形体,又困惑又害怕,但他们无法逃脱。最后,他们平静下来,游到了靠近岸边的地方,伊菲正在那里邪恶地笑着。但她的邪术并没有完全奏效,所有的孩子都还拥有人类的语言能力。

芬努拉哭着说："唉，继母，我们对您做了什么，您竟然用这种可怕的行为来报答我们？"

伊菲对她笑了笑，说："害人精！你偷走了你父亲对我的爱。"

芬努拉伤心地垂下鹅颈，说："他对我们的爱和对您的爱是不一样的。您当然知道对孩子的爱和对伴侣的爱有何区别吧？"

伊菲生气地跺着脚说："你们将在多弗拉赫湖的岸边和鸟儿一起咯咯鸣叫，到死为止。"

"噢，伊菲，继母，你的行为一定会遭到报复，这报复终将降临到你的身上。你这个蠢女人，你受到的惩罚将远远重过我们现在的困境。但是你可以做一件事，凭着我们共同的血脉，告诉我们，这种苦难什么时候才能结束？"

伊菲嗤笑一声，她的脸丑陋地扭曲起来。"你不问这个问题还比较明智。但是，既然这会增加你们的痛苦和不幸，那么我会告诉你们答案：你们会先在多弗拉赫湖上度过三百年，然后在爱尔兰和山岭高耸的阿尔巴[1]之间的密勒海峡[2]上度过三百年，最后在欧拉斯多南度过三百年。在这些时间没有过去之前，此世或彼世的任何力量都无法解放你们，直到康诺特的王子迎娶了芒斯特的公主。我的咒语不完整，所以你们保留了说人话的能力，还获得了甜美歌喉的天赋，可以让所有听到你们的歌声的人都得到安抚。这是你们获得的唯一馈赠。"

邪恶的伊菲说罢，转身离去，吩咐备好马车。她带着侍从驱车离开，留下身后的四只天鹅寂寞地在湖面上游弋。李尔的子女挤在一起，抬头唱起哀歌，不是为自己，而是为父亲：

1　即苏格兰。

2　即分隔爱尔兰和苏格兰的北海海峡。

我们的心为李尔而碎，

他哭红了眼睛，满世界寻找我们，

怀着希望，在深山密林里寻找影子，

在天空和大地上寻找我们的身形。

他在寻找他丢失的孩子，从他的怀里被夺走，

现在正化为天鹅，游弋在冰冷的水里，

游弋在泛起泡沫的陌生岸边。

当伊菲和她的侍从们到达波伏·达里格的宫殿时，大家都为她的病愈而欢欣鼓舞，并且准备了一场盛大的宴会。波伏·达里格打过招呼之后，疑惑地四处张望。

"你不是要带你妹妹的孩子来吗？李尔的孩子们——你自己的养子养女，他们在哪里？"

这下，伊菲的表情尴尬起来，不过她已经准备好了说辞。"他们没有和我在一起，李尔拒绝让我带走他们。他背叛了我，同样地，他也说他不是你的朋友，因为你篡夺了达努神族的爱，篡夺了本该属于他的王的称号。他不希望把自己的孩子交给你照顾，他觉得你肯定会伤害他们。"

波伏·达里格听到伊菲的这番话，实在是大吃一惊。"不会吧？李尔知道我有多爱这些孩子，我就像爱我自己的孩子一样爱他们。他怎么能这样对我？"

波伏·达里格不是傻子，他内心产生了怀疑。他马上派信使去找李尔，告诉他，伊菲一个人到了，还说李尔拒绝让孩子们和她一起来。

李尔一听到这个消息，就跳上自己最快的战车，驶往波伏·达里格的宫殿。与此同时，波伏·达里格愈发不安，因为当他更仔细地询问伊菲时，发现她的回答有许多自相矛盾的地方，于是他唤来她的仆人，开始询问他们。

与此同时，李尔和他的卫队决定在多弗拉赫湖畔过夜。

李尔的四个变成天鹅的孩子看到自己的父亲和他的战士们走近，便游到浅水处，高声唱起了悲哀的歌。

李尔听到歌声，跑到岸边，又听到天鹅用人声呼唤。然后，他认出了女儿芬努拉的声音。

"父亲，最亲爱的父亲，我是您的女儿芬努拉，他们都是您的儿子。我们被变成了天鹅，被我们的继母伊菲——我们亲生母亲的姐姐用仇恨和邪恶的手段给毁了。"

李尔大放悲声，发出可怕的哀号，他的战士们都认为他一定是疯了。但是，在发出三次震动乡野山岭的哀叫之后，他又恢复了理智。

"女儿，告诉我，怎样才能让你们恢复人形？"

"唉，亲爱的父亲，您无能为力，无论是在此世还是彼世，都没有人能够解放我们。[1]直到九百年过去，直到康诺特的王子迎娶芒斯特的公主为止。"

李尔这次和战士们一起，又发出了三声悲鸣。他们的哀号传遍了整个爱尔兰，树木在他们面前弯腰鞠躬，海浪在惊恐中从海岸上退去。

"我们剩下的只有我们的语言和思想。"芬努拉解释道。

"如果这样的话，"李尔回答说，"那你们就回来，和我一起住

---

1 这是一个戒誓，是任何神力都无法对抗的。

在我的宫殿里，就像还保留着人形一样生活下去。"

"啊，亲爱的父亲，那是不可能的，伊菲已经宣告，我们必须生活在水面上。我们只能口吐人言，或者向那些想听的人唱出甜美的歌。"

李尔和他的战士们当晚在那里扎营，李尔的子女为他们唱歌。他们的歌声十分悦耳，李尔和他的战士们睡得很安稳。

第二天一早，李尔走到湖边。"我多么心碎，因为我必须把你们留在这里，远离我空荡荡的厅堂。我诅咒我第一眼看到伊菲的笑脸的那个时刻，在那张笑脸背后，隐藏着任何人都无法理解的残酷。从今往后，我将不再休息，不再入睡；我将进入永无尽头的黑夜，再也不会找到一个安宁的瞬间。"

在泪水和悲伤中，他们离开了，李尔驾车去了波伏·达里格的宫殿。

波伏·达里格亲自迎接他。当李尔见到伊菲的时候，脸上仿佛戴上了一张掩饰感情的面具。然后，波伏·达里格说道："我本来希望你能带着你的孩子来，我爱他们就像爱自己的孩子一样。但伊菲告诉我，你不想让他们靠近我，以免他们受到伤害。"

这时，李尔转向伊菲，说道："让伊菲为真相做证吧。她阴险地把他们变成了多弗拉赫湖上的天鹅。"

波伏·达里格早就有所怀疑，尤其是当他看到伊菲的仆人全都不愿回答他的质问的时候，但他无法相信这样可怕的事情。他转向伊菲，期待她的否认，却看到她满怀罪恶感的面庞上写满了李尔所指控的真相。

有那么一两会儿，波伏·达里格耷拉着肩膀站在伊菲面前，在悲伤和痛苦中低垂着头。他是伊菲和她妹妹伊芙的养父，他爱着她们俩，就像他爱着伊芙的孩子一样，他把他们全都视若己出。

然后，他直起身，愤怒地紧锁着眉头。"伊菲，我曾经的养女，你的所作所为不可原谅。李尔可怜的孩子们有多么痛苦，你的痛苦就会越发加增。"

伊菲惊恐万分，跪在地上，伸出双手祈求。她的脸上充满了恐惧，因为她知道神祇会怎样展开报复。但波伏·达里格的脸上充满了可怕的、令人痛苦的愤怒，他没有理会她的辩解。

"饶我一命。"她哭着说。

"我不会杀你，毁灭你的灵魂只会便宜了你。我命令你回答这个问题：在整个世界上，或者在世界上方，或者在世界之下，在所有能飞的、能爬的、能挖洞的东西之中，在一切能看见的或者看不见的东西之中，在它本身令人恐怖或者它的本质令人恐怖的东西之中，告诉我，你最害怕和憎恶的是什么？"

伊菲四肢颤抖，蹲了下来。"我害怕玛哈、拜芙和涅温——战争、死亡和屠杀女神摩丽甘的三种形态，尤其是她那嗜血的乌鸦形态。"

"那么，只要凡人还相信死亡和战争女神，你就会变成那个样子。"

波伏·达里格说罢，用他的权杖打了她一下，她立刻变成了一只可怖的、啼叫着的乌鸦，嘴里还滴着血。波伏·达里格宫殿里的所有人都被迫转开视线，不去看这个可怕的、恶毒的怪物——除了波伏·达里格和李尔本人，他们面无表情地凝视着她的身影。

伊菲用乌鸦的眼睛看着他们，在他们的目光中寻求怜悯，但却一无所获。然后，她拍打着坚韧的翅膀，从口中流出鲜血，飞了起来，嘶哑地叫着，飞向天空。她注定要一直飞下去，直到时间的尽头。

然后，波伏·达里格拥抱了李尔，他们分享了彼此的悲痛。所有的达努神族、爱尔兰所有的神祇，都来到多弗拉赫湖畔，在那里扎营。米利·埃斯班的子孙、畸形的弗摩尔人和涅梅德人，以及爱尔兰的所有居民也来了。湖边搭起了一个巨大的营地，在那里，李尔的子女为他们高声唱起了甜美的歌。据说，无论是在此世还是彼世的任何一个地方，都没有谁听到过比这更甜美、更悲伤的歌声。

湖畔的营地被永久性地固定在这里，李尔的子女永远不缺少陪伴。人们因为对这四只白天鹅的爱而留下来。李尔的子女会和人们交谈，在晚上唱起他们无比动听的歌曲，无论聆听者遇到什么麻烦，他们都会安然入睡，醒来后神清气爽，心平气和。

三百年来，李尔的子女一直在多弗拉赫湖畔休息。

三百年后，芬努拉对她的兄弟们说："是时候了，我们必须告别这片水域，告别我们所有的朋友，告别我们的父亲李尔，现在我们必须前往密勒海峡汹涌的波涛中，它在爱尔兰和山岭高耸的阿尔巴之间涌动。"

于是，第二天早上，他们在父亲的悲痛和哀号声中，展翅而起。

芬努拉抬起身，大声说道："泪水顺着我们的脸颊流下，我们的心中充满了悲伤。时候已到，我们必须离别。我们的眼泪如湖水一样悲伤，这平静而深邃的湖水，我们可能再也无法涉足；我们即将去往吹打着黑色风暴、酝酿着无尽愤怒的莫伊尔海，在接下来的三百年里，我们将心怀恐惧，在那里居住。"

所有的孩子都哭着喊道："我们的道路沿着时间的蜿蜒之路延伸，无论人类还是神祇的命运都紧紧地困住了我们，即使在梦中也绝无希望，绝无欢笑，绝无对明天的希冀，直到我们的生命之苦迎来尽头。虽然我们离开了这里，亲爱的父亲，投掷暴风的李尔，我们的心将永远与您同在。"

然后，他们又在天空中盘旋了一圈，便向东北方向飞去。

当时，爱尔兰所有的神祇全都难掩悲伤，所有的民众也都悲痛万分。没有谁比李尔的子女更加受人爱戴。

至高王召见了布列洪们，他们是学识渊博的法学家。从那天起颁布了一条法律：至高王的臣民和爱尔兰五国的任何人都不得杀害天鹅。《菲尼库斯法》里对此有明文规定。

李尔的子女飞落在密勒海峡的海面上，这里又称莫伊尔海，即所谓的北海海峡，它在爱尔兰和苏格兰之间翻腾搅动。海面上狂风暴雨，寒风凛冽，波涛汹涌。这四个可怜的孩子又冷又怕。这里的海水远远不像多弗拉赫湖的湖水那样宜人，狂风夹杂着雨雪，把他们刮来刮去，几乎找不到食物可吃。再多的苦难也比不上他们面前这狂暴的大海。

后来有一天，芬努拉感觉到空气中有什么东西。一场猛烈的暴风雨即将来临。她知道这场暴风雨将比以往的任何风暴都要猛烈。于是她转向她的兄弟们。

"有一场大风暴即将来临，狂风和潮汐肯定会把我们分开。我们必须约定一个会合点，这样，即使我们分开，也一定能再次找到彼此。"

菲亚赫拉同意道："亲爱的姐姐，这个建议很有道理。我们在海豹礁见面吧，我们都知道那块礁石。"

海豹礁是露出海面的一块礁石。

暴风雨骤然来临。狂风呼啸着吹过海面，鞭挞着海浪，闪电劈开天空，这四个可怜的身形蜷缩在汹涌的波涛上，大海抓住了他们。他们在风雨中颠簸，在狂风中翻滚，最后被扔进了黑暗之中。

当天空破晓，风暴渐息，芬努拉发现只有她独自一个在海面上，找不到她的弟弟们。在绝望中，她来到了大海中的海豹礁，抵达了它的岬角，感到又寒冷又痛苦，可依然没有看到兄弟们的踪影。

"唉，唉，"她哭着说，"我们无处栖身，无处歇息，我的心在我的身体里被撕裂了。我所爱的人们在这痛苦的夜晚离去；除了我的悲伤、寒冷、饥饿和恐惧，其他的一切都没有了。现在，只有它们成了我忠实的伙伴。"

她爬上礁石，向四周张望。

"唉，唉，我的弟弟们在狂风暴雨中迷失了方向。死亡本身就是一种小小的仁慈。难道这世上就没有对我的仁慈吗？难道我永远也见不到我的兄弟们了？他们现在对我来说，比整个人类还要亲密。

"唉，唉，我没有栖身之所，也没有休息之所。难道我们遭受的折磨和残酷还不够多吗？难道这痛苦的深渊会永远持续下去吗？"

她深深地陷入绝望，想要去死。在决定向死亡屈服之前，她最后看了一眼灰色的天空。但在那灰暗之中，她看到了一个白点。她仔细看去，发现那是一只小小的天鹅，它满身泥污，却在勇敢地朝着礁石飞来。

那是孔恩。

她高兴地叫了一声，认出了他，抬起身来，催促他继续往前飞。她把奄奄一息的孔恩扶上了礁石。然后，菲亚赫拉来了，他无力地在浅滩上一瘸一拐地走着，芬努拉和孔恩费了很大的劲才把他拉到安全的地方。他们蜷缩在一起，只有翅膀的温暖才能让他们恢复活力。

但芬努拉仍然很伤心。

"如果艾伊在这里就好了，那我们一切都好办了。"

仿佛是听到了她的话，他们看见艾伊向他们飞来。他在浪花上傲然翱翔，身体健康，容光焕发，羽毛干燥。他上岸后告诉他们，他在山岭高耸的阿尔巴的海岸边一个大山洞里找到了避难所，躲开了狂风暴雨。现在他来了，把温暖和安慰送给他的兄弟和姐姐。

"啊，"芬努拉喊道，"在我们还活着的时候，我们能够重逢，这真是太好了！但我们要在这片咸涩的莫伊尔海上度过三百年的时间，必须做好准备，迎接很多次这样的风暴。"

就是这样的。唉，就是这样的。

他们长年累月地困在莫伊尔海上，忍受着翻腾的暴风雨，东一处西一处地避难。狂风暴雨试图将他们分开，但它们再也没有像第一次大风暴时那样成功，因为李尔的子女现在已经知道了山岭高耸的阿尔巴上的山洞，当暴风雨来临时，他们就去那里避难。

于是有一天，他们游到了爱尔兰岸边的班恩河口。他们向岸上望去，看见一支浩浩荡荡的队伍正从南方开来。首领们、领主们、侍从们和战士们都披着华丽的斗篷，他们骑着白马，盔甲、盾牌和武器全都闪闪发光。

"他们是谁？"芬努拉疑惑地说。

"也许是一群战士？"孔恩猜测道。

"这些勇士要去打一场大仗？"艾伊瞎猜一通。

"我们游近一点，好知道这支庞大的骑兵队的目的。"芬努拉建议道。

这群战士看到天鹅们游到岸边，便转向他们，下马迎接。为首的战士是波伏·达里格的两个儿子，他们欢呼雀跃，呼喊着迎接天鹅。他们说，多年来，为了寻找李尔的孩子，他们一直沿着莫伊尔的海岸旅行。他们向天鹅们保证，他们把所有达努神族的爱带给了这几个弃儿。最重要的是，他们带来了天鹅们的父亲李尔和波伏·达里格的爱。

李尔的子女立刻问起他们的父亲李尔和波伏·达里格的健康

情况。

"他们都很好，"波伏·达里格的儿子们说，"达努神族的主人正在你父亲的山丘里庆祝戈夫努盛宴[1]。如果你们能来参加这个庆典，他们的幸福就圆满了。你们离开多弗拉赫湖畔已经很久了，他们派我们来寻找你们的消息。"

孩子们听了这话，眼睛都湿润了。

"自从我们离开多弗拉赫湖以来，苦难和折磨一直是我们的命运。没有任何语言能够表达我们所经历的一切。但我们会给你们唱一首歌，你们要记住它，把它带回给我们的父亲和你们的父亲。你一定要把这首歌唱给达努神族的主人听。"

于是，李尔的子女高声唱起了一首哀歌：

> 我们的家阴冷凄凉，
> 我们的羽毛冰冷潮湿——
> 无法给我们任何安慰。
> 痛苦和疾病是我们唯一的向导，
> 无情的大海是我们永远的伙伴，
> 悲伤，悲伤，是我们唯一的温暖，
> 在我们这个凄凉无情的世界里。

波伏·达里格的儿子们重复着这首哀歌，向李尔的子女告别。四只天鹅回到了莫伊尔海冰冷的海水中，漂离了岸边。

当他们走后，波伏·达里格的两个儿子流下眼泪，转身走向他们的部下，部下们也都在悲伤地哭泣。他们开拔回家，回到了李

1　这是玛诺南赐予达努神族的一种仪式，以铁匠之神戈夫努命名，可以使达努神族摆脱疾病和衰败。

尔的仙丘。包括波伏·达里格在内，所有的达努神族都聚集在那里，聆听他们带回的消息。波伏·达里格的儿子们唱起了李尔的子女的哀歌。

李尔被痛苦冲昏了头脑，他悲伤得说不出话，像一尊石像一样坐着。

波伏·达里格伸出手来安慰他。

"我们的力量帮不了他们，但他们还活着。幸好我们知道，总有一天，这种力量会被打破，他们会从痛苦中解脱。"

在漫长的三个世纪里，李尔的子女在可怕的密勒海峡受尽折磨。这似乎是一段没有尽头的时光。但是，终于还是等到了，芬努拉把她的兄弟们召集到一起。

"是时候离开这里，飞往西方了。现在我们必须去欧拉斯多南了。"

他们战战兢兢地飞上天空，因为他们曾经得到许诺，在欧拉斯多南会遇到更大的苦难。然而，在东方冰冷的海面上被狂风暴雨和滔天巨浪摧残了三百年之后，他们中的每一个都无法想象还有什么苦难会比这更大。

他们飞越了阿尔斯特王国，飞越了湖泊和山脉，飞越了科纳尔家族的土地，飞越了将博阿纳家族与康诺特王国隔开的大海湾，直到他们落在欧拉斯多南附近的海域。这里就是如今梅奥郡的埃里斯，是"世界之首"，因为从这里再往西，就没有任何一点土地了。这里是已知世界的尽头。再往西，在浩瀚的西方大洋的彼方，就是彼世，那是迷失灵魂的避难所——伊布雷萨尔[1]。这里的海水不像密勒海峡那样寒冷，但风暴更猛烈，海浪更汹涌，被冲到岩石嶙

---

1 爱尔兰传说中的一个岛屿，位于爱尔兰西方。

岣的海岸线上也更危险。

他们的苦难还在继续。

有一位年轻的农夫兼渔夫名叫艾弗里克，来自贝尔马利特[1]。有一天，他在耕地的时候，听到海里传来歌声。他向海面望去，看到四只天鹅在海浪上舞蹈，唱着悲伤的歌。他被迷住了，因为他有着诗人的灵魂，他名字的前缀"艾"的意思是"诗歌的灵感"和"学问"。从那以后，他每天都去海边，坐在那里，聆听李尔的子女的歌声。

有一天，他向孩子们做了自我介绍之后，发现自己竟能和他们对话。从那之后，他每天都和他们聊天，他们也渐渐地把自己的故事告诉了他。他爱他们每一个人，他们也爱他，因为他是一个温柔而博学的人。作为一个诗人和一个说书人，他开始在晚上的聚会上给邻居们讲述他们的故事。虽然艾弗里克担心别人会伤害他们，因此拒绝让任何人见到这四只天鹅，他的故事却传遍了整个康诺特王国。我们可以补充一点，如果没有艾弗里克的故事，我们可能永远也不会知道李尔的子女令人伤心的故事。

毫无疑问，孩子们仍然在受苦。西方大洋的海域并不友好。这里是这样寒冷，以至于欧拉斯多南和贝尔马利特附近的海面有时会结上黑色的冰块，飘落下来的雪花是这样密集，看起来就像一片白色的床单。

据艾弗里克说，在九个世纪的折磨中，没有任何一个夜晚像欧拉斯多南的冬夜那样无情。芬努拉的三个弟弟坦言，他们距离踏上前往彼世的旅程已经不远了。死亡正在向他们逼近，尽管芬努拉哀哭不已，但死神多恩冰冷的手指还是伸了出来，要把他们

1　梅奥郡的一个港镇。

的灵魂送往西方。

　　然而，在痛苦的深渊中，芬努拉有一种奇怪而温暖的感觉，令她无法理解。她不再哭泣，让自己的心灵去体会那种包围着她的奇异而舒适的感觉，这对她的心灵来说，是一种安慰和抚慰。文字开始在她的脑海中形成，这就是德鲁伊阿梅尔津的伟大歌曲。尽管狂风在呼啸，撞击在岩石上的海浪掀起白沫，她还是提高嗓门，开始唱这首歌：

> 我是吹过大海的风，
>
> 我是汪洋里的浪花，
>
> 我是波涛的低语。
>
> 我是身经七战的公牛，
>
> 我是悬崖峭壁上的秃鹫。
>
> 我是一缕阳光，
>
> 我是最美的花朵。
>
> 我是勇敢的野猪，
>
> 我是池中的鲑鱼。
>
> 我是平原上的湖泊，
>
> 我是匠人的手艺。
>
> 我是理性的字词，
>
> 我是引战的矛尖，
>
> 我是在人的头脑中创造思想之火的神。
>
> 若不是我，还有谁能照亮山上的集会？
>
> 若不是我，还有谁能道出月亮的年龄？
>
> 若不是我，还有谁能指明太阳休息的地方？

谁能从泰斯拉[1]的宅邸里唤来他的牛？
泰斯拉的牛在向谁微笑？
谁是塑造了魔法的神——
用于战斗的魔法、改变风向的魔法？

当芬努拉中途停止的时候，她发现她的三个弟弟也在和她一起唱这首古老的歌谣。

"我不明白，弟弟们，"她说，"但我觉得有一种我无法理解的力量与我们同在，它是伟大的、令人敬畏的。这就是真理，我们必须坚持用真理对抗世界。无论我们的命运如何，我们都会坚持下去。我们永远都会存在，无论以何种形式；无论我们身处何方，无论在此世还是彼世。我们思想的火花一旦点燃，就永远不会熄灭。"

虽然受着寒冷、暴风雨和痛苦的折磨，他们的灵魂还是得到了新生，希望也在他们的心中重新焕发。

就这样，他们在欧拉斯多南沿岸停留了预定的三个世纪。

终于有一天，芬努拉叫来她的三个弟弟，告诉他们：

"约定的时候到了。现在我们可以离开这个地方，飞到温暖的爱尔兰内陆，飞到芬纳基仙丘去见我们的父亲了。李尔和母神达努的孩子们会很高兴见到我们的。"

四只天鹅怀着喜悦的心情从冰海的水面上飞起，在欧拉斯多南上空盘旋。艾弗里克曾经在这里生活过——他只是一介凡人，他早就老死了，他的孩子，以及孩子的孩子也都老死了。他们一路向东，飞往强大的李尔的宫殿。

1　爱尔兰神话中的死后乐园"欢喜原野"莫伊玛尔的统治者。"泰斯拉的牛"指天上的星星。

巨大的悲伤在那里等待着他们。

芬纳基仙丘早已不见了踪影，它原先的位置已是一片荒凉。除了风吹过山头和杂草时的沙沙声之外，没有任何动静。这里没有达努之子的踪迹，没有爱尔兰古代众神的踪迹。确实，爱尔兰第一代凡人米利·埃斯班的子嗣们还活着，但他们早已摒弃了古代的神祇，虽然有些人还保留着关于众神的模糊记忆，但那也已经被严重地扭曲了。

然而，只有当人们还记得并尊重诸神，他们才会存在。

凡人把永生者驱赶到地下的仙丘里，最终，那些居住在仙丘里的永生者在人们的记忆中降级为民间故事里的仙灵，就连最伟大的神祇的名字也已被遗忘。"长臂"卢乌已经不在了，他曾是太阳神及所有艺术和工艺之神，和一位凡人女子生下了英雄库乎林。凡人只记得这位伟大的神灵是一个小小的仙灵工匠，他们将他称为"驼背"卢乌，这个词后来又被误读成了"小矮精"。

在经历了九个世纪的苦难之后，李尔可怜的孩子们发现，凡人终于摧毁了诸神。达努神族悉数作古。更可怕的事实是，只有他们的继母伊菲以邪恶的魔鬼——死亡和战斗女神摩丽甘的形态存在着，人们让她继续存在，因为他们还要继续享受战争和流血。

四只天鹅停在荒凉的芬纳基仙丘上，恐惧笼罩着他们。

他们唱了一曲悲哀的挽歌：

"我们父亲庄严而宏伟的宫殿都消失到哪里去了？在曾经立着高贵的石柱、绘着壁画的地方，如今却长满了杂草和荨麻。荒凉的山丘被寂静所充斥，他们就连低语也没有留下。男女诸神都在哪里，英雄和高贵的君王都在哪里？他们的坟墓空无一物，就连霉菌也不在那里生长。这里已经什么都没有了。"

于是，他们向那个业已消失并抛弃了他们的世界进行了悲伤的祭奠。

现在他们已经没有家了。

芬努拉把她的弟弟们叫到一起。

"我们待在这里不会有什么希望。但诅咒会一直存在，直到康诺特的王子迎娶了芒斯特的公主。所以，让我们飞回康诺特，回到欧拉斯多南，那里是我们唯一知道的家。让我们回到那里，在更隐蔽的水域躲避，等待伊菲预言的那一天到来。"

于是他们振翅而起，飞回西方，在欧拉斯多南上空盘旋。但他们并没有回到那个地方，因为芬努拉发现了一个宜人的小岛，它叫格鲁拉岛，也就是今天安纳角附近的伊尼什格洛拉岛。在这个岛上有一个可以避风的湖泊，虽然不大，但足以给他们提供住所和食物，保护他们不受那些赶走了他们的父亲和其他达努神族的凡人的伤害。

他们惊奇地发现，有一个凡人住在岛上一座小棚屋的小室里。他们很快就和他熟络起来。他是一个善良而温和的圣人，他们称他为摩查莫格，这是"查莫格"的爱称，这个名字意为"心爱的人"。

这位神圣的隐士听到他们的歌声，非常惊讶，他从来没有听过这么甜美的歌。他每天都听他们唱歌，并且知道，他们的歌是永恒的真理。

有一天，神圣的隐士来到他们面前，说道：

"亲爱的孩子们，你们可以和我一起上岸了，你们的魔法结束的时候已经到来了。"

听说了伊菲诅咒他们的故事之后，查莫格得知，康诺特国王拉格嫩·麦克科尔曼正要娶妻，他选择的妻子是芒斯特公主德克缇拉，她是卡舍尔的欧文纳赫塔家族的芬根国王的女儿。他们的名字见于史书，拉格嫩于649年统治康诺特，655年去世，而卡舍尔的芬根于629年去世。拉格嫩求婚时，德克缇拉的哥哥玛纳赫正在卡舍尔的王位上统治着芒斯特。德克缇拉公主答应了这桩婚事，但有一个条件，那就是拉格嫩必须把她久闻大名的那四只会唱歌的天鹅送给她，作为聘礼。

事实上，通过艾弗里克的叙述，李尔的子女的故事在康诺特宫廷中早已众所周知。拉格嫩听到德克缇拉的要求时很是烦恼，他知道李尔的子女不是普通的鸟儿，不能把他们拿来满足某个男人或女人的虚荣心。但德克缇拉公主的使者向他明确了婚约的条款。

当康诺特国王得知没有这个聘礼德克缇拉就绝不结婚时，他勉强答应了，还说如果她来到他的宫廷，鸟儿会在这里等着她。与此同时，他派使者去见格鲁拉岛上的查莫格，请他把四只天鹅送来。

圣人拒绝了。康诺特国王非常愤怒，因为这不仅使他在德克缇拉面前言而无信，他自己的自尊心也受到了伤害。他把他的怒气从提出无理要求的德克缇拉身上转到了查莫格的身上。于是，他召集他的卫队"骠骑战士团"[1]，出发前往格鲁拉岛。

查莫格在岸边平静地迎接他。

"你侮辱了你的国王，圣人！"拉格嫩喊道，"你拒绝交出天鹅，不让我把天鹅送给芒斯特的德克缇拉，好让她做我的新娘。"

"这不是侮辱，您的要求超出了我的能力范围。我没有权力把这些可怜的生灵给您，就像您没有权力把他们从我这里带走一样。"

国王怒不可遏，继而哈哈大笑，向一个仆人示意。

"没有权力？那我就让你见识见识康诺特国王的权力。"

1　"骠骑战士团"（Gamhanrhide）是康诺特王国的王家精锐战士团，名称源自"curad"（战士）和"rhide"（骑士）。

他在每只天鹅的脖子上都套了一条银链。然后，他把银链的一端拿在手里，开始往船上拉。

此时，在遥远的卡舍尔岩[1]上，在卡舍尔的欧文纳赫塔家族的王宫里，德克缇拉正和她的哥哥玛纳赫交谈。玛纳赫是个聪明人，也听说过李尔的子女的故事，他对德克缇拉说："这是一件坏事，妹妹。你要求康诺特国王送你一份非比寻常的礼物来满足你的好奇心，你的这种行为是在嘲讽彼世的力量。"

德克缇拉是一位和善而仁慈的女士，尽管她也会有虚荣心——这种虚荣心有时也会困扰一个地位如此之高的人，在那一刻，她意识到自己的要求是不公正的。于是，她答应了哥哥的要求，并派使者到康诺特国王的宫殿告诉他，即使没有四只天鹅作为聘礼，她也愿意嫁给他。同时，她急忙带着全部侍从跟在使者后面，准备参加婚礼。

这事正好发生在拉格嫩国王想把李尔的四个孩子拖上他的船，即将返回爱尔兰本岛的时候。

就在这时，从每只天鹅身上都开始掉下白色的羽毛。慢慢地，在众目睽睽之下，四只天鹅化作人形，站在夏日的阳光之中。但他们并没有变回他们曾经的样子——四个聪明而欢快的孩子，他们的父亲、伟大的海神李尔的骄傲和所爱——而是带着漫长流亡岁月的积淀站在那里。然而，在那个年代，他们还很高贵，因为他们毕竟是李尔的孩子，是一位达努神的孩子。

拉格嫩国王见状，双眼充满恐惧，跪倒在年老的芬努拉面前。

"请原谅我，夫人。我的头脑里充满了虚荣和贪婪，我只想到要让德克缇拉做我的妻子。"

1　一座位于卡舍尔的岩山，上面坐落着芒斯特国王的堡垒。

芬努拉向国王温和地笑了笑。

"回到你的宫殿去吧，强大的国王。德克缇拉将成为你的妻子，她现在就站在你的宫殿门前，为了对你提出这样的要求而悔恨不已。你一定会幸福，可以长治久安。"

国王和他的侍卫们上了船，仍然为他们所目睹的一切而敬畏和颤抖。

查莫格与他们不同。他走上前，带着爱和温柔拥抱了他们，而不管他们是不是神的孩子。

"我能为你们做些什么，我的孩子们？"他这样问道，因为他无法改变对他深爱的这些人的说话方式。

"我们累了，"芬努拉说，"我们的生命所剩无几。我们的折磨现在已经结束了。请你一定要帮助我们，祝福我们。虽然我看到，你对我们的死亡感到悲伤，但我们早已活过了规定的时限，就连我们的世界都已经不复存在了。虽然离开你这位挚友，我们也非常难过，但我们该走了。"

查莫格泪流满面，说道："告诉我，我要做什么？"

"无非是把我们全都埋在这里，埋在这个神圣的地方。按照我们民族的传统将我们埋葬，让我们面对面地站着，就像我们经常站在这个世界上一样。"

神圣的隐士按照她的吩咐挖起了坟坑。当他挖掘的时候，李尔的子女唱起了最后一首歌。他们还是天鹅时的美丽声音已经消失了，但他们沙哑而古老的声音让这首歌比隐士听过的任何一首歌都要美：

"死亡近在眼前，我们的痛苦即将结束，伸出你的手来祝福吧。我们就要入睡了，所以请把床铺得舒服些，让我们躺在床上，听着温柔的涛声和低吟的风声。让我们葬在一起，就像往常一样，让我们四个人面对面，充满爱的手紧紧地握在一起，永远也不分开。死亡近在眼前，睡眠即将到来，就像快乐来结束我们的悲伤。"

当他们歌声的最后一句话化作遥远空中的低语时，查莫格转过身来，发现他们静止在了最后的拥抱中。泪水从他的眼眶中像瀑布一样流下。而当他向他们弯腰下去的时候，一件奇怪的事情发生了。他们又变成了孩子——四个可爱的孩子，有着金色的头发和快乐的脸庞。他们容光焕发地转向他，满怀爱意地凝视了他一会儿。然后他们就走了，只有四位老人的遗体躺在他的脚边。

按照他们的遗愿，查莫格为他们行了吐纳礼——清洗了他们的遗体。然后，他把他们可怜的身躯用拉护衣——也就是裹尸布包裹起来，放在坟墓里。芬努拉的右手边是孔恩，左手边是菲亚赫拉，艾伊站在她面前。他们的手紧紧地握在一起，永远也不分开。然后，他根据传统，把金雀花树枝铺在他们身上。

在做完这一切之后，悲伤的隐士树起一块勒赫石——也就是墓碑，并在石碑上刻下他们的名字，随后唱起了努尔古亚，一种悲伤的挽歌：

"我的眼睛滴下泪来，我的痛苦如此巨大。这些灵魂逝去之后，我的生活如此悲伤。我的眼睛悲痛，我的心灵枯萎，因为这些灵魂的坟墓已被挖好。"

据说——虽然我不能保证——如果你还相信爱尔兰古老的神祇，那么，当你的船在一个晴朗的夏日傍晚绕过格鲁拉岛的时候，仔细聆听，你依然能听到李尔的子女优美而哀伤的歌声。

4 芳德之爱

这一天，阿尔斯特国王孔赫瓦尔·麦克奈萨麾下最伟大的战士库乎林正与王枝战士团的同伴们坐在一起。王枝战士团是国王的卫队。在此需要解释一下，由于很久以前一位老抄写员老眼昏花，"王枝战士团"被误记成了"红枝战士团"。[1]不过，我们会原谅这位抄写员的错误，恢复这些古代战士的真实称号。

这是一个温暖的夏夜。王枝战士团的战士们正在打发这个傍晚，等待号角声将他们召唤到宴会厅。

库乎林正在王枝战士团堡垒的一个房间里玩板棋，这是他特别擅长的一种棋类游戏。这地方叫艾文，也就是今天的阿马郡的纳文。在堡垒外正前方的湖边，战士们的妻子们正在沐浴、休息。

这时，西边的天空中出现了一大群飞鸟。它们绕湖飞了一圈之后，落在湖面上。这些鸟很奇怪，它们的羽毛是最最纯洁的白色。没有一个女人能说出它们是什么鸟，它们从未在爱尔兰的任何地方被人见过。

这时，库乎林的妻子艾娃也在湖边，她是"狡诈者"弗伽尔的

1　"王枝战士团"（Craobh Ríoga）和"红枝战士团"（Craobh Ruadha）在爱尔兰语中形近音似。需要注意的是，这是本书作者的个人观点，并非公论。

女儿。[1]她正和其他战士的妻子们有说有笑。

"啊，如果库乎林在这里的话，他一定会抓一只这样的怪鸟送给我。"艾娃说。

其他女人也不甘示弱，声称她们各自同样骁勇的丈夫如果在这里，也会帮她们抓鸟。

恰好此时，库乎林的战车驭手洛伊格·麦克里昂加弗拉从这里经过。艾娃被其他女人的话激怒，让他去找她的丈夫，说阿尔斯特的女人们想让他为她们捕捉这些奇怪的白鸟。

库乎林板棋下得好好的，中途却被打断，很是恼火。"难道阿尔斯特的女人们没有别的事干，要我去给她们打鸟吗？"他嗤之以鼻。

洛伊格感到不安。"是艾娃要求你这样做的，库乎林，这是出于她对你的爱和骄傲。"

伟大的战士仍然怒气未消。"怎么说？"

"这是因为她爱着你，她以你的能力为荣，并且在别的女人面前夸耀。如果你拒绝她，那么她就只剩下蒙羞的耻辱了。"

库乎林起身，向对方道歉。他并不热心去做这件事，但洛伊格的话引起了他的共鸣。"被要求去给女人抓鸟，这可真是太棒了。"他抱怨道。

虽说如此，他还是叫洛伊格把他的武器和战车带来。洛伊格驾来了刀轮战车，它在车轮上装有大刀。库乎林是阿尔斯特的头号勇士，精通各种竞技项目，擅长使用投石索、标枪和剑，并且能够出色地使用盾牌进行防御。在使用弓箭和驾驶战车作战方面，

1　弗伽尔是卢鸟园的统治者，库乎林爱上了他的女儿艾娃，但是弗伽尔不想把艾娃嫁给他，于是要求库乎林先去斯卡哈赫那里修炼武艺（见本书故事《幽影者》），希望他在那里丧命。库乎林不仅没有死在那里，而且学成归来，但弗伽尔依然不同意这桩婚事。于是，库乎林闯进弗伽尔的堡垒，杀死了他的二十四名战士，抢走了艾娃以及所有的财宝。弗伽尔在逃跑中不慎从城墙上摔下而死。

洛伊格与他不相上下。

战车发出隆隆的声音，沿着湖岸驱驰。库乎林用他的投石索制造了一股气流，使鸟儿们拍打着翅膀来到湖边，在它们还没来得及再次腾空的时候，洛伊格已经抓住并捆绑了它们。然后，库乎林让洛伊格把他带到阿尔斯特的女人们等候的地方，给她们每人一只这种怪鸟。

艾娃站得稍远一点，库乎林没有把鸟儿送给她。他是故意这么做的，是为了惩罚她强迫他做一件他不想做的事情。但当他看到艾娃垂头丧气地站在那里，眼神悲切时，他开始后悔自己的任性。

"你的脸上有怒气。"他厉声说，想把自己的内疚推给她。

"我为什么要生你的气呢，我的丈夫？我让你把鸟送给那些女人，你也照做了。我要求你这么做，好像这些鸟儿是我送给她们的一样，所以才会被你责备。我这么做是出于对你的骄傲，因为你是我的丈夫。这些女人都爱你，我必须和她们一起分享你，但是除了你，没有人可以来分享我。"

她的声音里带着一点苦涩，因为库乎林确实得到了许多女人的爱，虽然艾娃是他唯一寻找过、追求过并娶回家的女人。因为他曾经说过，她拥有女人的六种天赋：美貌、甜言蜜语、美妙的歌喉、针线活、智慧、贞洁。

艾娃根据自己的意愿选择了库乎林为夫，而他也必须通过严格的考验来证明自己配得上她。她对他的爱是成熟而深沉的，她很了解他。她接受了他一生都被女人追求的事实，因为他是一个英俊而迷人的英雄。但她时不时地会向库乎林指出，他的傲慢是幼稚的——就像现在这样。

伟大的战士在她面前羞红了脸，他为自己的任性感到后悔。他从马车上爬下来，亲吻她的手表示歉意。"下次再有任何奇怪的鸟儿落在这个湖上，它们将是你的，艾娃。"他起誓道。

他话音未落，就从西边飞来了两只颜色令人称奇的鸟——一只的羽毛是绿色的，另一只是深红色的。它们比落在湖面上的任何一只奇怪的白鸟都要漂亮。它们展开翅膀，缓缓地盘旋在湖面上，看起来威风凛凛。它们的叫声是甜美的音乐，其他女人听到之后，全都站在原地，沉沉睡去。

"这些鸟儿都是你的，艾娃。"库乎林毫不虚夸地宣布。

他向洛伊格索要投石索，但艾娃伸手搭在他的手臂上。

"我的丈夫，我害怕。这些鸟儿有些奇怪。危害它们的人可能会迎来不祥之兆。让它们平平安安地走吧。"

"我发过誓，它们会是你的，艾娃。"说罢，库乎林抡起投石索，把弹丸投了出去。但是，自从他成为战士以来，他的弹丸第一次落空了。他不禁瞪大了眼睛。

就连洛伊格也感到惊讶。"这可真是件怪事。你以前从来没有失手过。"驭手说。

库乎林恼羞成怒，投掷了一次又一次，没有一次命中。那两只怪鸟一直懒洋洋地在他头上盘旋，唱着它们的怪歌。他愤怒地拿起长矛扔了出去，但同样失手了。然后，两只鸟儿就飞走了。

一股怒火涌上他的心头，这种感觉几乎就像他的战斗狂怒。[1]他不等洛伊格跳上马车，就鞭打马匹，不顾艾娃和洛伊格的呼喊，追着鸟儿向西飞去。他不知道自己追了多久，失去了所有的时间感。最后，他来到一个大湖边，看到鸟儿落在一块露出水面的岩石上，消失了。他在湖边找了一圈，也没有发现它们的踪影。

这时他才意识到自己是多么疲惫，于是躺在战车旁，背靠一

1　库乎林在战斗中会陷入狂怒，变成一个敌我不分的怪物。

根古老的石柱，困倦地睡了一觉。当他处于半梦半醒的状态时，看见两个女人从湖的方向向他走来，一个穿着绿色斗篷，另一个穿着深红色斗篷。穿绿斗篷的女人拿着一根花楸木杖，笑着喊道："你拿东西砸我们，太坏了。看这个。"说罢，她用花楸木杖打了他。当她打完之后，那个穿深红色斗篷的女人也打了他。每当木杖碰到他的时候，力量和活力就会从他的身上流失。然后，两个女人转身走向湖边。

第二天早上，洛伊格和王枝战士团的战士们来到库乎林的战车旁，发现他正四仰八叉地躺着。天刚亮他们就开始找他，因为他一直没有回来，他们找了很久。他们无法把他从半睡半醒中唤醒。

"我们把他带回到艾娃那里。"洛伊格建议道，"她肯定知道该怎么做。"

"可是，艾娃已经去了库乎林在邓达尔甘的堡垒，她觉得他可能去了那里。"一个战士答道。

这时，库乎林开始口齿不清。他发着烧，让他们把他带到艾文的光斑聚藏之厅[1]，送到"悲伤者"恩妮雅[2]那里接受护理。

他的战友们都很震惊，因为在库乎林和艾娃结婚之前，他和恩妮雅有过长时间的交往，恩妮雅现在仍然爱着他。他的一些战友怀疑恩妮雅现在可能还是他的情人。他们不知道该怎么办。可是他烧得愈发厉害，嘴里又说胡话，他们就决定顺他的意。他们把他带到光斑聚藏之厅，那里是战士们保存最珍贵的财宝的地方。

1　孔赫瓦尔在艾文拥有三座厅堂："红枝之厅"（Cróeb Ruad）是王座所在地，"鲜红枝之厅"（Cróeb Derg）是存放首级和战利品的地方，"光斑聚藏之厅"（Téite Brec）则是存放武器和宝物的地方。
2　《库乎林的衰弱之病》现存唯一的手稿保存在《赤牛之书》中，是由不同时期的两个（或两批）抄写员基于两个不同的版本抄写的。其中一个版本将库乎林的妻子称为弗伽尔之女艾娃，另一个版本则称为"悲伤者"恩妮雅，在其他地方也不乏龃龉之处。很多现代版本的故事将她们作为两个不同的人物处理，但实情可能并非如此。

他们把他放在床上，还把他的武器放在他周围。

"悲伤者"恩妮雅也被叫到了这里。虽然她知道许多药方，但对他的病却无能为力。库乎林被一种奇怪的消耗性疾病所缠，越来越虚弱，直到他们开始担心他的生命。

一天早晨，一位身材高大、威风凛凛的战士来到光斑聚藏之厅，要求把他带到库乎林的病床前。

洛伊格问他是谁。

"我是恩古斯，艾伊·阿弗拉特[1]之子。"

他的举止如此傲慢，洛伊格误以为他是一位外国王子，便让他进来了。他走到生病的战士身边，跪在地上，开始唱一首谁也听不懂的怪歌。库乎林也听到了这些话，虽然他并不明白：

你没必要躺在病床上，
如果艾伊·阿弗拉特的女儿爱你。
她为你的爱而流泪，
芳德[2]是她的名字。
她等着你去找她，
而她的姐姐"女人之美"
将是你的向导。

然后，令大家大吃一惊的是，他就这样凭空消失了。他们问，这首歌是什么意思。但是，不管这首歌意味着什么，库乎林的情况也没有好转，却也没有恶化。恩妮雅用尽了她所掌握的所有药方，但都无法治疗库乎林日渐衰弱的疾病。

---

1 字面意思是"眉头如火者"，是对清晨的太阳的神话化。
2 字面意思是"美女的泪珠"。

"有一件事我们可以试试。"恩妮雅建议道。

"什么事?"洛伊格问。

"把他带回这病症开始的石柱。这样一来,病情或许会有转机。"

洛伊格感到内疚,因为一直以来都没有人去邓达尔甘接艾娃,也没有人把她丈夫的病情告诉她。但他认为恩妮雅的想法可能是对的,于是把躺在病床上的库乎林放进他的战车,把战车驾到了他们发现他的地方,然后让库乎林靠在石柱上。

洛伊格、恩妮雅和他的朋友们围着他,既没有听到任何声音,也没有看到任何动静。

然而,在库乎林眼中,却有一个身穿绿斗篷的美丽女子向他走来。这就是他之前在梦中看到的那个女人,就是那个责打他的女人。

"我是'女人之美'丽班。"她用悦耳的声音向他打招呼,安抚他的惊恐,"很高兴你还活着。"

"你的问候对我来说没有用,现在我正在死去。"库乎林回答。

"我给你一个选择。"丽班笑道,"我是艾伊·阿弗拉特的女儿,我来是想告诉你,你可以痊愈,因为你是我妹妹芳德所爱之人。她只想着你,甚至连她自己的丈夫——海神玛诺南·麦克李尔都不想。"

库乎林惊讶地眨了眨眼睛,但他并不害怕,因为据说他是"长臂"卢乌的凡人之子。卢乌有着太阳般的面容,他是所有艺术和工艺之神。然而,海神之妻的爱是不能轻易接受的,像玛诺南这样强大的神灵可能会发动报复,使海面上升,造成大洪水,从而毁灭整个人类世界。

"只有蠢人才会招来海神的复仇,"库乎林说,"尽管我的母亲德克缇拉告诉我,我是她和'长臂'卢乌所生。"

"玛诺南已经离开了我的妹妹芳德，现在，除了你之外，不会有任何人做她的情人。我丈夫说他会让芳德去找你，条件是你和他的敌人打上一天。"

"那你的丈夫是谁？"

"'迅捷挥剑者'劳里，'欢喜原野'莫伊玛尔之王。他有三个大敌——河口[1]的奥基、奥基·尤尔和'幽魂'谢纳赫。和他们战斗，打败他们，芳德就归你了。"

"我病了，病得起不了身，更别说跟人打斗了。"

"你会痊愈的。"丽班向他保证。

"我不知道什么莫伊玛尔，也不认识你的妹妹芳德。我会在这里养病，直到我知道更多事情。带上我的驭手洛伊格·麦克里昂加弗拉吧，让他向我报告，除了洛伊格，我谁也不相信。"

站在垂死的库乎林周围的人对这次相遇一无所见，也一无所闻，在他们看来，洛伊格只是走开来，消失了。事实上，丽班带着驭手乘船穿过附近的湖泊，他们来到了一个雾气缭绕的小岛。

"除非有一个女人保护你，否则你不能离开这个岛。"丽班道。

洛伊格打了个寒战。"我从来没做过这种事，但是，如果你说是这样，那就是这样吧。我希望在这里的人是库乎林，而不是我自己。"

丽班笑道："我和你想的一样。"

她带他来到一座翠绿的山丘，山丘里有一扇门。他们穿过这扇门，进入一所大宅，洛伊格发现自己正被几十个美丽的女子包围着。丽班把他领进了一个房间，芳德本人就坐在那里。驭手洛伊格不禁咽了一口口水，因为芳德比任何凡间的女子都更加美丽。

---

1 根据尤金·奥库里（Eugene O'Curry）对《库乎林的衰弱之病》的注解，这个"河口"是威克洛郡的埃文摩尔河的河口。

她伤心地看着洛伊格，他的力气仿佛在她的注视下消失了。她让一滴眼泪落在他的手臂上。

然后，丽班带他离开了芳德的房间，来到了大宅门前，他看到这里正在备战。

"明天会有一场大战。"丽班说。

"这里有一支强大的军队。"洛伊格看了看四周，同意她的话。

"但是在平原对面，还有一支更强大的军队。你看到远处河口的奥基、奥基·尤尔和'幽魂'谢纳赫的军队了吗？他们像蚂蚁一样聚集在远处的山上。你看到他们的长矛和战旗了吗？它们就像黑色的潮水冲击着蓝色的天空。"

他看到了那一大群士兵，他们正静静地站在那里，听不到武器的撞击声，也听不到一声战斗的呐喊。

接着，随着一阵如雷鸣一般的轰响，一辆巨大的战车向他们所站的地方驶来。一个高大的战士面色严肃地从战车上跳下来，把缰绳扔给仆人，向前走去。他的腰间挂着一把双手大剑。丽班立即用一首赞美他英勇的歌来迎接他。

"在胜利之前，不必赞美勇敢。"他沮丧地责备道，"库乎林来了吗？"

"没来，大人，但他的战车驭手来了，便是这位洛伊格。洛伊格，这位是我丈夫，'迅捷挥剑者'劳里，莫伊玛尔之王。"

劳里热情地招呼着洛伊格。"库乎林会来吗？你看到那边集结的邪恶势力的军队了吗？那是两个奥基以及'幽魂'谢纳赫的军队。如果他不来帮助我们，我担心我们会万劫不复。"

"我会把我看到的一切转告库乎林。"驭手同意道。

洛伊格回到库乎林身边，把自己看到的一切告诉了他。但库乎林没有起身。他看起来很虚弱，但他已不再发烧和胡言乱语。他悄悄告诉洛伊格，让他去自己的邓达尔甘堡垒，他的妻子艾娃去了那里。

"告诉她发生在我身上的一切，洛伊格。告诉她，发烧让我变得健忘，我得了一种彼世的疾病。叫她来找我。"

恩妮雅听到他要找他的妻子时，静静地站在那里。

"如果连恩妮雅的知识都无法治愈库乎林，对草药和法术的了解不如恩妮雅的艾娃又怎么能做到呢？"一个王枝战士团的战士低声对另一个战士说。

但是洛伊格依然赶着他的战车去了邓达尔甘，很快就把艾娃带到了她丈夫的身边。当洛伊格告诉她发生了什么事时，艾娃陷入了前所未有的愤怒之中，这在她平时温和而热切的脸上是不多见的。洛伊格和阿尔斯特战士们怎么敢把丈夫生病的消息对她一直瞒到现在？他们怎么能让库乎林陷入沉睡之病中，而不在爱尔兰的四面八方寻找治疗方法呢？

"如果科纳尔[1]，或者费古斯[2]，或者孔赫瓦尔国王也有类似的遭遇，库乎林会袖手旁观吗？"艾娃斥责他们，"在没有找到治疗方法之前，他是不会休息的。至于你，洛伊格，你不先为他取得能治愈他的魔法药方，怎么能从彼世回来？你为什么不早点把这个消息告诉我？"

她走到库乎林身边，双手叉腰，声音里充满了愤怒。这时，她看到恩妮雅在阿尔斯特战士们身后闷闷不乐。

"你的耻辱真够大呀，阿尔斯特的勇士，"她讥讽道，"不能从床上爬起来的大英雄！你真可耻，库乎林。你不过是'库林的狗

---

1 科纳尔·卡尔纳赫（Conall Cernach），另一位阿尔斯特英雄。
2 费古斯·麦克罗伊（Fergus Mac Róich），孔赫瓦尔之前的阿尔斯特国王。

崽'罢了！"也就是说，她告诉他，与其说他是"库林的猎犬"[1]，不如说他是"库林的狗崽"。"起来吧，勇敢的战士。难道你不知道，软弱离死亡只有一步之遥吗？拿起你的剑、你的盾、你的矛，穿上你的盔甲，站在你应该在的位置上。不要在你的战友和同胞面前羞辱我和你自己。如果你躺在那里，就是你的耻辱！"

她粗暴地摇晃着他的肩膀，他呻吟着。然后，他揉了揉眼睛，又眨了眨眼睛。他脸色涨红，直起身子。力量又回到了他的身上。恩妮雅叹了口气，转身离开。这里已经不需要她了。

艾娃把他骂回了原样。这件事，别人是做不到的。

艾娃很聪明，她知道，除非彼世的人放他走，否则她的丈夫不会真正自由。所以当库乎林说他现在有义务去莫伊玛尔为劳里作战时，她没有反对。对她来说，他已经从致命的疾病中恢复过来了，这就足够了。

洛伊格抓起战车的缰绳，库乎林拿着武器爬上战车，他们离开了艾娃。阿尔斯特战士们惊讶地看着他们驶到岸边消失了。

丽班正在大湖的水边等着他们，她将他们笼罩在云雾中，带他们穿过岛屿，通过魔法传送门来到莫伊玛尔。

劳里在那里迎接他们，他高高地站着，阳光般的金发束在身后。成群的战士等待着交锋的到来。库乎林骑在劳里的军队前面，洛伊格驾着战车。

"首先我们应当侦察敌军。"洛伊格建议道，因为驭手的建议是很值得尊重的。

"我去完成这个任务。"库乎林对劳里说，"你带着你的军队留在这里，等我需要你的时候，我会大喊一声。在那之前，不要过

1　库乎林意为"库林的猎犬"。他本名谢坦塔（Setanta），五岁时杀死了铁匠库林的猎犬，作为补偿，他答应代替这只狗保护库林，遂得此名。

来。"

劳里不愿意让库乎林和洛伊格一起驾车离开，这样一来他身边就没有其他战士相助了。不过，他尊重勇士的要求。

他们向前进发，发现在欢喜原野周围的山丘上，目力所及之处，全是敌人的黑色帐篷。他们看见"幽魂"谢纳赫的军队骑着血红色的战马，正在进入阵地。远处是一层灰色的薄雾，透过薄雾，传来了恶魔之主的呻吟声。空气中已经弥漫着浓重的血腥味。

"今天的战斗将会非常血腥。"库乎林告诉洛伊格。

三位一体的死亡和战斗女神摩丽甘已经和恶魔"幽魂"谢纳赫结盟了。她派她的灵魂以三只黑如深夜的乌鸦的形态在库乎林上空盘旋，并警告谢纳赫和他的战士们，这个战士能力超群，能够与他们全体对抗。

但谢纳赫的战士们嘲笑乌鸦和它们的警告。"不过是一个阿尔斯特的战士，一个小小的人类男孩，带着他的战车前来挑战我们的军队。这就是劳里派来对付我们的人吗？"

他们大笑着，并没有做特别的防备。

库乎林花了整个晚上进行侦察，在天亮前做好了战斗的准备。这时，奥基·尤尔恰好去帐篷附近的池塘洗澡，以便应战。库乎林向他扑去，投出长矛，把跪在水边的他刺穿了。奥基·尤尔发出一声巨大的呻吟，仿佛那不是一个人，而是一整支军队在呻吟。奥基·尤尔的护卫们怒气冲冲地冲上前去，想包围库乎林。库乎林心中涌起了战斗的狂怒。

见识过他的狂怒并且活下来的人数量极少，他们都说，他整个人的样子都变了。他的一只眼睛闭着，几乎看不见，另一只眼睛却怒气冲冲地向前鼓起，一道血柱从他的眉心涌出，凡是触及的人都会被烫伤。他的狂怒给了他百战百胜的力量。

一分钟不到，他就杀死了三十三名奥基·尤尔最好的战士。

谢纳赫和河口的奥基集结了他们的军队，冲上前去迎战。

"卢乌！"库乎林喊道，呼唤着他伟大而不朽的父亲的力量。

恶魔战士们纷纷倒下，直到谢纳赫和河口的奥基也被他强大的剑刃劈成两半。

听到库乎林向他的父亲——"长臂"卢乌呼唤，劳里催促他的军队向敌人冲锋。随后是一场血战，很快胜利就变得毫无悬念。劳里对屠杀感到厌倦，当敌人投降时，他要求停战。但库乎林仍然在狂怒中持续屠杀。

洛伊格离开他的主人，跑到劳里面前。

"这是他的战斗狂怒，不彻底发泄出来是不会停止的。"他战战兢兢地解释道，"不要让任何人接近他，他对朋友和敌人都照杀不误。"

"我们怎么制止他？"劳里问，"我已经厌倦了毫无意义的杀戮。"

"拿三大桶冰水来。"

他们照办了。

接着，洛伊格让两个少女走上前来，脱掉衣服。在他的指示下，她们接近库乎林，他被迫在她们面前放下武器。她们把他领到第一桶冰水前，把他浸在里面。冰水一接触到他的血液就沸腾了。然后他被浸入第二个桶里，水变得很热，但没有沸腾。最后他被浸入第三个桶里，此时他的血液已经恢复了正常，战斗的狂怒也已经离他而去。

库乎林从桶中出来之后，复原如初。

劳里感谢他战胜了欢喜原野的敌人。

"现在你可以去找芳德，作为对你的奖励。"

洛伊格把库乎林带到了他之前见到芳德的那座宫殿。库乎林被领到一个房间里洗澡，恢复精神，全身散发着香味。然后，他被带到了正等待着他的芳德面前。

库乎林从未见过像芳德这样美丽的女人。在他的思绪中，艾娃消失了，恩妮雅、伊菲、妮雅芙等所有他曾经爱过的凡间女子也消失了。他坐在芳德身边，丽班为他唱着赞歌。库乎林开始像一个小男孩一样自吹自擂起来，抛金苹果玩杂耍，用他的剑与矛表演各种各样的把戏。

芳德对这个英俊的年轻人情有独钟，她望着他的眼神里闪烁着爱慕的光芒。她让他描述他经历过的战役和决斗，他也很乐意为她讲述。她坐在他的脚边热切地听着。最后，芳德遣走了她的姐姐和侍女们，和库乎林像情人一样相拥而眠。

库乎林在芳德这座位于彼世的宫殿里住了一个月。但随着时间的流逝，库乎林开始记起凡间的阿尔斯特。

"陪着我，因为在凡间没有人会想念你。在那里，时间并未流逝。"芳德劝道。

但库乎林开始越来越多地回忆起凡间，他变得越来越焦躁不安。"我一定要回去看看我在邓达尔甘的家。"他说，小心翼翼地措辞，"我想再看看王枝战士团的光斑聚藏之厅。"

芳德害怕她的爱人再次回到凡间，从而失去他。

"我必须去为我的国王而战。"库乎林最后说道，"我是一只为战争而受训的猎犬，而不是在情妇脚边嬉戏的狗崽。"

说完这些话之后，他的脑海里浮现出了妻子艾娃悲伤、责难的面庞。

芳德劝不动他，意识到他必须回去。于是她提议，她也跟着他去凡间，在每逢上弦月和下弦月的时候，他们就在一处名为"紫杉树梢"[1]的海滩幽会。

库乎·林叫来洛伊格，他们向"欢喜原野"莫伊玛尔的居民告别。丽班带他们回到阿尔斯特，返回湖边的那个地方。他们的归来使其他人非常高兴，仿佛他们在彼世仅仅度过了几个小时，而不是一个月。库乎·林把那里发生的一切都告诉了艾娃，只有他和芳德的事情除外。他们在邓达尔甘恢复了正常的生活，但每逢上弦月和下弦月的时候，库乎·林都会冒险去紫杉树梢海滩与芳德见面。

借着朦胧的光线，他和芳德时而在沙滩上缱绻，时而在粗大的橡树间温存，有时躺在芳香的干草铺成的地毯上，有时卧于垫着厚厚落叶的林地上。芳德让她的魔鸟唱起歌来，库乎·林宛如在她的宫殿里一般舒心惬意。

前面已经说过，艾娃是个聪明的女人，她很快得知自己的丈夫正和一个陌生的女人幽会云雨。艾娃很聪明，但她也是有血有肉的人。她查到丈夫幽会的地点，召集了五十个侍女，给她们每人发了一把锋利的匕首。然后，她出发去刺杀芳德。

此时，芳德正和库乎·林躺在一片空地上。来自彼世的她感官比凡人更加敏锐，库乎·林还在睡觉，她已经抬起了头。

"洛伊格！"她朝着库乎·林忠实的驭手叫道，他正在附近为同伴站岗放哨，"小心！有人要来害我。"

洛伊格跳了起来，手里已经拉开了弓。"什么人？我什么都没看见，什么都没听见！"

"我听到艾娃和她的侍女们朝这边来了。她们拿着匕首，想要杀死我。"

洛伊格连忙冲进森林，想分散艾娃的注意力。

---

1 爱尔兰语"Ibar Cinn Trachta"，即现在的纽里，位于阿马郡和唐郡之间。

此时，库乎林从睡梦中醒来，刚才的那阵高声交谈惊醒了他。他跳起来，开始穿上衣服，芳德解释了她在害怕什么。

"不要怕，芳德，登上我的战车。只要我在这里，艾娃就不会伤害你。"[1]

就在这时，尽管洛伊格试图劝阻，艾娃还是带着侍女们冲进了空地。

"放下你的匕首，艾娃。"库乎林冷静地对她说。

"放下？"艾娃嘲笑道，"告诉你，除非我把你和那个女人分开，否则明天的太阳就不会升起。"

"我不能和你打斗，"库乎林凄然一笑，"而且我怀疑你下不了手杀我，尽管你现在怒火中烧。"

"不能吗？怎么拆散你们，对我来说并不重要。"

然后，芳德向前走去。"如果你想杀了他，你就不能再爱他了。"

"我更愿意杀了你。"

"到一边去，艾娃，"库乎林对她说，"虽然我也爱你，但我已经发誓要保护芳德，让她不受凡间的匕首伤害。你想杀了我吗？讽刺的是，我在这么多战斗中幸存下来，如今却要死在自己妻子的手里了。"

艾娃突然泪流满面。"你在阿尔斯特的女人们面前，在爱尔兰全部五国面前使我受尽羞辱，颜面扫地。我到底对你做了什么，让你如此轻视我，离我而去，在一个彼世的女人身上寻求安慰？"

"难道我不能像爱你一样爱芳德吗？她比任何一个凡人都要漂亮，她的聪明和美丽配得上任何一个国王。天底下没有什么事是

---

1 这句话不仅是提供保护，而且也是确认两人的关系：女人在婚前受父亲保护，在婚后受丈夫保护。

芳德不愿为我做的。难道我不能同时也爱你吗？在各自的世界里，通过各自的方式，你们都是平等的。"

艾娃擦干眼泪，愤怒地笑了。"你是想为你的任性辩护吗？未知的东西总是比已知的东西更令人兴奋，所以你才会认为自己爱她。今天，红色显得普通，白色是新鲜的；明天，红色又让人兴奋，白色却变成了旧的。男人总是崇拜他们无法拥有的东西，而已经拥有的东西似乎对他们一文不值。"

库乎林无奈地站在艾娃和芳德之间，满脸悲伤。他突然意识到，他同时爱着她们两个人，却是出于不同的原因。

智慧一下子占据了艾娃的头脑。

她放下匕首，打发走了侍女，让她们发誓永远不会说出自己看到了什么。

"我希望他回到我身边并不是出于内疚，或是因为我作为他妻子的身份。他必须是为了爱情而回来的。"

芳德上前一步，看着库乎林的双眼，深深地叹了一口气。她转身面向艾娃。

"不要害怕，弗伽尔之女艾娃。他会为了你而离开我。是的，因为他对你的爱情更深。"

芳德轻轻地向库乎林吹了一口气，战士皱了皱眉头，背靠着大树坐了下来，睡着了。

"我该走了。"芳德轻声说道，泪水从她的眼眶中滑落。

艾娃悲伤地看着她的对手。"我觉得，你是真心爱他，芳德。如果是这样的话，那我就靠边站了。因为，凡是一个灵魂所希望的事物，没有什么是你不能给予的。"

当艾娃走到一边的时候，芳德才意识到艾娃有多爱库乎林。

接着，风中传来轻轻的叹息，一辆巨大的银色战车出现在林中的空地上。一个高大而英俊的年轻人从战车上下来，他长着高贵而温柔的脸庞，忧伤而又同情地看着她。

"噢，我的夫君！"芳德喊道，"他就是海神玛诺南。对我来说，你曾经比我们共享的这个世界更加珍贵。你抛弃了我，所以我去别处寻找爱情。我们曾在一个永无止境的梦中共度我们的生活。"

艾娃跪在这位光芒四射的神明面前。他走过来，俯视着库乎林。

"他是个高贵的人，这个卢乌之子。"他叹了口气，"你选择了一份高贵的爱情，芳德，但他已经有人爱了。"他又转向芳德。"我们分享了艾娃给予她的丈夫的同一份爱。我曾经和他一样，想寻找新的玩具来玩，但我现在更加成熟了。我们可以再次相爱。你愿意离开这个凡间，回到彼世，去享受欢喜原野的快乐吗？"

芳德带着任何凡人都无法承受的悲哀和痛苦看着库乎林。"我在这里造成了很大的伤害。"她对艾娃说，"我爱他，但是没有人比我更愿意放他离开。你把他让给我，这让我知道你有多么爱他。"

"芳德，"玛诺南问道，"你要怎么做？你是跟我走，还是留在这里，等库乎林醒过来？"

芳德只是向玛诺南·麦克李尔伸出手去。海神也伸出手，把她扶上他的银色战车。

这时，库乎林醒了。

"怎么回事？"看到芳德乘着巨大的银色战车冲天而去，他大声喊道。

"芳德回到她丈夫身边去了，因为你没有不顾一切地爱她。"艾娃苦涩地回答，她看到他的神情里满是对失去芳德的忧伤。

库乎林悲伤地大叫了三声，不理会艾娃和洛伊格，沿着海岸奔跑，凝望着海神的银色战车消失的海面。

他们有好几个月没有再见到库乎林。他躲进山里，与野兽为伍，几乎不吃不喝，甚至不睡觉。他栖身于卢赫拉原野上，没有人能够接近他。

于是，艾娃来到孔赫瓦尔位于艾文的宫廷，把事情的经过告诉了国王。"他的病还没好。"艾娃说。

"我知道，"孔赫瓦尔同意道，他爱库乎林，将其视如己出，"我已经好几次派我的战士劝他回到我们身边，但他每次都攻击并驱赶他们。"

"那就派你们最好的乐师去吧。让他们为他唱歌，讲述他曾在这里行过的英雄事迹。让他们向他唱出他所怀念的战友们。让他们向他唱起他的妻子、弗伽尔之女艾娃——他曾经爱恋过她，追求过她，并最终娶了她。"

孔赫瓦尔派出他最好的游吟诗人，当库乎林被哄睡后，他们把他带回了艾文。在那里，德鲁伊卡瑟瓦思召唤玛诺南，献上了祈祷。海神出现了，当他听说了折磨库乎林的悲剧之后，作为一个睿智而强大的神，玛纳南拿起他的遗忘斗篷，在芳德和库乎林之间摇晃，使他们各自忘记了对方，从而保证他们在任何时候、任何世界都不会再次相遇。

然后，库乎林恢复了健康，满足于凡间的生活，回到邓达尔甘，与艾娃生活在一起。他已经把芳德的事忘得一干二净。

但艾娃没有忘……

她变得烦躁不安，稍有借口就会发泄怒气。她记得丈夫曾经深爱着芳德，在她们之间无从选择，直到海神出手干预，他才忘记了那个女人，满足于自己的命运。无论走到哪里，艾娃都会想起芳德——尤其是走在森林里，看到奇怪的鸟儿时。她的苦恼与日俱增。忘记了一切的库乎林无法理解她对他的愤怒，于是他又生病了，一个劲地回想自己是如何得罪她的。

艾娃把这些告诉了照顾黛尔德露[1]的老妇人莱沃罕，她还住在孔赫瓦尔的宫殿里。莱沃罕告诉了孔赫瓦尔，而孔赫瓦尔又告诉了他的德鲁伊卡瑟瓦思。卡瑟瓦思配制了一种药水。一天晚上，当孔赫瓦尔邀请库乎林和艾娃参加艾文的盛宴时，卡瑟瓦思悄悄地在他俩的酒杯里各滴入了三滴药水。他们喝下了酒。

　　库乎林和艾娃被睡意征服，然后被带进了给客人准备的房间。当他们醒来时，库乎林对自己的激情已无丝毫记忆，在他心中有一种深沉的悲伤挥之不去，却想不起是什么原因。艾娃醒来后，她的愤怒和嫉妒都消失了，她又恢复了本性，成了最甜美、最可爱的妻子。

1　黛尔德露是另一个爱尔兰故事中的人物，孔赫瓦尔觊觎她的美貌而强娶了她，从而导致了巨大的悲剧。

5 洛赫兰之子

从前有一个伟大的战士国王，他统治着一个名叫洛赫兰的国度。这是一个峡湾与湖泊之国，位于爱尔兰的东北方向，气候寒冷，常年积雪，通常被称为北地或者挪威。这位国王名叫科尔甘·麦克泰因，他的国民都是勇猛的战士，这些人驾着大船在大海上横行，经常袭击和掠夺爱尔兰的沿海领土。他们生性凶狠，尤以科尔甘为最。他是弗摩尔人的后裔，这些海底居民曾是爱尔兰的黑暗之神，后来被盖尔之子驱赶到了北方的黑暗之地。

有一天，科尔甘的心情很不好，因为他已经好几个月没有出征了。于是，他把主要的战士们叫到身边。

"洛赫兰的勇士们，"他开口问道，"你们觉得我的统治有问题吗？"

他的这句话令他们十分惶恐，因为经常会出现挑战洛赫兰王权的人，国王则以剑和盾迎接他们。很快，挑战者的头颅就会陈列在国王的壁炉上。

"我们不敢，"他们一齐喊道，"我们找不出您的任何问题，陛下。"

科尔甘不屑地哼了一声，他很清楚，没有人胆敢挑战他的权威。

"好吧，我觉得我自己的统治是有问题的。"他粗暴地宣布。

"有什么问题？"一个战士鼓起勇气，大胆地问。

"我的问题是：我们的船只在海上横行、掠夺，从我们登陆的所有海岸上索取贡品。只要在我们的航行距离之内，所有土地的国王都要向我进贡，尊我为万国之王。"

"正如您所说，陛下。"战士们附和道，"可是这有什么问题呢？"

"只有一个国王和一个民族从不向我进贡。"

一阵令人不安的沉默。

"哪个国王有这么大的胆量？"一个年轻的战士问道。他太年轻了，不知晓这件事。

洛赫兰的科尔甘带着愤怒的神情对年轻人说道："啊，那就是爱尔兰的至高王和他的人民。爱尔兰，那是我的祖先曾经拥有过的土地。那里是'独眼'巴洛在战场上倒下的地方，他是我这一脉的先祖，同时也是最伟大的一个。爱尔兰见证了高贵的弗摩尔战士的坟墓像春天的绿草一样涌出，我们的祖先被无情地驱赶到了北方。"

洛赫兰的战士们不满地窃窃私语着。

"我的问题就在于，我没有率领我们的船队，把那个傲慢的爱尔兰至高王带到我的面前，使他和他的人民屈服，向我和我的人民进贡。"

此刻，洛赫兰的战士们高声呼喊，用剑敲打盾牌。

"我们与您同在！"有人喊道，"让我们向这个狂妄的国王报仇吧。"

"我们要抢走爱尔兰的金子，否则我们就砍下所有爱尔兰男人的脑袋！"年轻的战士叫喊着，年轻气盛的他还从未上过战场。

于是，洛赫兰国王科尔甘下令，让本国的所有战士集结在岸边，所有能够出航的船只都要前往那里，带满给养，整装待发。战士们集合完毕，就登上了船，洛赫兰国王也登上了自己的船。庞大的舰队从峡湾中驶出，在深沉的暗波中向着绿色的爱尔兰岛航去。顺风鼓满船帆，船尾波涛滚滚，推动船只前行，直至他们望见了阿尔斯特的青山。

与此同时，阿尔斯特王枝战士团的战士们向他们的国王报告说，他们望到洛赫兰战船鼓起方帆，正驶近他们的海岸。这个国度的国王是芬库·阿莱德，他并没有被这个消息吓倒。

"派人去找塔拉的科马克·麦克阿尔特。"他命令道，"毕竟，是科马克宣称拥有爱尔兰五国的至高王权，所以应该由他和他的战士们来保家卫国，而不是由我来保卫，我只是阿尔斯特王而已。"

的确，自从科马克在塔拉确立了自己的至高王地位之后，他就从阿尔斯特的国王们手中夺走了大部分古老的权力。他和他的精英战士团——芬尼战士团号称比爱尔兰诸王国的任何一个战士团都要强大得多。

于是，阿尔斯特王枝战士团的战士们来到塔拉，向科马克·麦克阿尔特报告说，洛赫兰国王的船队正在接近他们的海岸。

科马克立即派人去找芬尼战士团的领袖芬恩·麦克库尔，让他召集他的战士，一旦洛赫兰人登陆岸边，就立即出动迎战。

芬恩遴选了他最优秀的战士匆匆赶到岸边，科尔甘的战船正在岸边停泊，成群结队渴望战斗的战士从船上蜂拥而下。芬恩和他的部下们毫不怯懦地迎战，一场血腥的战斗随之爆发。双方鏖战数日，没有一方取得胜利。

后来，奥斯卡（意为"爱鹿者"）与洛赫兰国王科尔甘展开了单挑。奥斯卡是莪相（意为"小鹿"）的儿子，而莪相又是强大的芬恩的儿子。两人旗鼓相当，双方的武器也都很强大。很快，他们的长矛被折断了；接着，他们的盾牌也被击碎了；他们的手里只剩下了利剑。最终，奥斯卡打破了洛赫兰王的防守，一拳打飞了他的脑袋。

洛赫兰国王的头颅刚刚落地，他的长子就冲了上去，和奥斯卡厮杀起来。他们交手了几个回合，这个男孩的悲伤和愤怒给他持剑的手臂以力量。然而，奥斯卡凭借自己的战斗经验，成功地斩杀了这个年轻人，他的身体倒向一方，而头颅则滚向另一方。

此时，从爱尔兰四面八方集结而来的芬尼战士团后备军也已抵达，他们挥舞着武器向洛赫兰的战士们发起猛攻，以至于他们没有一个活着回到自己的船上。只有一个洛赫兰人的孩子在战场上幸存下来，那就是国王的小儿子米奥加赫·麦克科尔甘。芬恩·麦克库尔亲自带走了这个孩子，把他当作人质，因为他只是一个小男孩，是被带到这里来见证他父亲的英勇事迹的。在爱尔兰，将战俘作为人质是一种惯例，人质会得到很好的待遇。

芬恩带这个男孩回到他位于阿尔文的堡垒，也就是今天的艾伦山。在那里，城墙环绕着许多白色墙壁的住宅，所有的房屋将一座大殿拱卫在中心。小男孩在这种舒适的环境中长大成人，但父亲、兄长以及洛赫兰人失败的记忆却永远在他心中萦绕不去。

有一天，芬恩麾下一员大将——摩尔纳之子"秃子"科南注意到了这个年轻人阴沉的神色，于是把芬恩叫到一边。"你做了件蠢事，我的首领。"他说。

"此话怎讲？"芬恩问。

"现在，洛赫兰国王的儿子已经长大成人，让他留在你的身边是非常愚蠢的。你一定知道他有多恨你和你的孙子奥斯卡。事实上，他憎恨所有的芬尼战士。我们难道不是打败并消灭了他的父兄和所有洛赫兰的勇士吗？"

芬恩想了想，然后缓缓地点了点头。"你说得对，科南。我应该怎么做？"

"贵族出身的人质有权得到领地，他们可以在那里定居，随便做任何工作。给他一块土地，让他搬到那里，这样他就不会对你造成威胁了。"

"这是个好建议。"芬恩道。

芬恩告诉这个年轻人，只要他愿意，就可以得到一块位于香农河畔的土地，这是芬恩从自己的领地里让给他的。这个年轻人选择了一个坐落在大河中央的岛，在岛对岸的陆地上又加了一小块土地。他选择这个岛和对岸的土地是有原因的，这两块地方都有隐蔽的港湾，而这个年轻人已经在计划从洛赫兰及其盟友那里叫来一船一船的战士，进攻并摧毁芬恩和他的芬尼战士团。他对爱尔兰人的恨意深入骨髓，在做芬恩人质的这些年里从未停止过复仇的步伐。

米奥加赫·麦克科尔甘在那里建了一座精美舒适的宅邸，从当地民众那里收取租税。但是，他从来没有在那里款待过任何一个爱尔兰人。他既不给任何他家的访客食物，也不提供任何饮品，除非那个人不是爱尔兰人。

一晃几年过去了，洛赫兰国王的儿子米奥加赫再无消息。此后，有一天，芬恩·麦克库尔和芬尼战士团的主要成员在南部的菲里纳山打猎。行猎中，他们停下来喝水休息，这时，芬恩看到了一个战士打扮的高大壮汉。他的肩上挂着一面盾牌，腰间悬着一柄大剑，背后还背着一杆又长又重的长矛。他来到芬恩面前，向他行礼致意。

"你好，战士。"芬恩回答，"你是谁？"

坐在芬恩身边的科南对他皱起了眉头。"你不认识他吗？"他小声问自己的首领。

芬恩皱了皱眉头。虽然这个年轻的战士看起来有些眼熟，但他最后还是摇了摇头。"我不认识。"

"你应该认识他。"科南说，"你要认识朋友，认出敌人。他就是米奥加赫·麦克科尔甘，已故洛赫兰国王之子。"

芬恩站起身来，认出了自己的人质。"你已经长成一个英俊的战士了，米奥加赫。你是想害我，还是怀着好意而来？"

"我是怀着好意来的，特意请你去我的宅邸接受我的款待，就在离这里不远的香农河岸边。"

科南马上打断了谈话："小心，我的首领。他从来没有给任何一个爱尔兰人提供过肉或酒。"

"那是因为我既没有肉也没有酒。"年轻人急忙说道，"现在，我已经可以提供款待了，请允许我邀请你成为我的第一位客人，芬恩。"

芬恩愿意相信他人的善意，所以他愉快地接受了米奥加赫的邀请。他吩咐他的儿子莪相在他去赴宴的时候领导芬尼战士团，在斯利弗纳蒙扎营。他让科南、科南的弟弟戈尔，以及费兰和格拉斯·麦克恩哈尔达与他同行，随米奥加赫一起去参加他的宴会。

米奥加赫位于香农河畔的堡垒从外面看去美得令人惊叹，但它的内部更为华贵。米奥加赫领着他们走进宅邸，他们发现墙壁上挂满了最为丰美的红色丝绸，每一块都是人类想象中最为壮丽的颜色，就连性情暴躁的科南也不得不表示赞许。在走廊上，他们脱下了盔甲和武器，因为带着武器进入宴会厅在这片土地是被禁止的。

随后，米奥加赫把他们领进了一间奇妙的大宴会厅，指引他们在长长的橡木桌前落座。之后他就告辞了，说他必须要吩咐仆人们准备食物、端来美酒，然后就出去，关上了门。

五位英雄坐在那里，感叹了一阵宅邸的富丽堂皇，然后他们意识到，时间正在流逝。

"米奥加赫把我们丢在这里，已经不吃不喝很长时间了。"芬恩注意到。

"米奥加赫怎么还没有回来？"科南指出，"他在哪里？"

"快看火，芬恩。"戈尔突然喊道，"我们进来的时候，火炉烧得好好的，散发出松木和苹果木的甜香，现在却冒着黑烟，还带着令人作呕的腐尸臭味。"

"快看墙，芬恩。"费兰喊道，"这些挂毯曾经是最柔软的丝绸，现在却成了腐朽的破布，在它们下面，那光洁的红色紫杉墙板只是些用榛树枝固定的粗糙桦木板。"

"快看门，芬恩。"格拉斯叫道，"这间屋子之前有七扇门，可现在却一扇也不见了，只是在北面有一条缝隙，从那里吹进雪和北风的冰冷气息，但我们来的时候可是夏天。"

他们都意识到，脚下光洁的木地板不见了，桌子，甚至是他们坐过的椅子也不见了，他们正伸开四肢，躺在冰冷潮湿的土地上。

"快起来！"芬恩喘息着说，"我认得这个魔法。我们现在正在'死亡之屋'里面，它会耗尽我们灵魂的力量。快快起身，离开这个鬼地方！"

科南试图挣扎着站起来，却动弹不得。

"我们被锁在地上了。"戈尔喊道。

"我们该怎么办？"费兰哀号着。他在战场上很勇敢，但没有人能在对抗邪恶巫师的魔法时同样勇敢。

"我应该听科南的话。"芬恩叫道，"洛赫兰国王的儿子早就在计划这次复仇了。他把我们带到这里来，就是为了夺走我们的生命力，让我们死去。"

年轻时，芬恩曾为住在博恩河畔的德鲁伊芬内加斯烤过"智慧之鲑"。当芬恩转动烤扦的时候，他的拇指碰到了鱼肉，他吮吸拇指，便获得了智慧。[1]现在，芬恩正吮吸着他的拇指——如果他和芬尼战士团灭亡，他知道爱尔兰未来的命运将会如何。

　　"米奥加赫早已计划好了他的复仇，我的朋友们。他从洛赫兰和所有与北地结盟的国度中带来了强大的战士。就连'世界之王'多拉·多恩也带着他所有的战士前来。还有来自希腊的'历战者'辛西奥尔，和他在一起的有二十六个副王，每个副王都有二十六个营的战士，可以打二十六场仗才疲倦，每个营里都有三十个大勇士。还有来自图勒岛[2]的三个国王，他们相当于三条恶龙，名叫尼姆、艾格、艾特塞斯，这三位勇士永远不可能在战斗中被打败。是尼姆、艾格和艾特塞斯为米奥加赫准备了这座宅邸的诅咒。只有一个办法可以摆脱它，只有一个办法可以切断将我们与土地捆绑在一起的无形束缚……"

　　"什么办法？"科南问道。

　　"我们必须用图勒岛三王的血来擦拭我们的四肢。"

　　"说起来容易做起来难。"费兰指出。

　　芬恩躺在那里吮吸了一会儿拇指，然后说："我们面对死亡，必须鼓起勇气。当死亡来临时，我们能做些什么？"

　　"还能怎么办？"科南说，"我们别无选择，只能在等待死亡的

1　芬内加斯是芬恩的老师，一则预言称他会吃下"智慧之鲑"，据说吃下这条鲑鱼的人会无所不知（似乎仅仅限于第一个品尝者）。他花费七年时间捕捉该鲑鱼未果，直到得到芬恩的帮助。芬内加斯命令芬恩帮他烤熟鲑鱼，但是不可以先吃；芬恩烤鲑鱼的时候不慎被烫到，他吮吸拇指，从而成了第一个品尝者。芬内加斯见状，便让芬恩吃下整条鲑鱼，并把自己的名字给予芬恩（芬恩原名德姆尼，此时才得名芬恩），以使预言得以实现。从此，芬恩只要吮吸拇指，就可以知晓任何想要得知的知识。

2　即冰岛。

时候唱多尔菲安。"

多尔菲安是一种战歌，通常在战斗前吟唱，并配合着用长矛敲击盾牌。但他们既没有长矛也没有盾牌。

"这就是我们要做的。"芬恩肯定地说，"当我们面对死亡的时候，我们将高声歌唱多尔菲安，尽可能地唱出我们的声音。"

于是他们就唱了起来。

在斯利弗纳蒙的山顶上，芬恩的儿子莪相转向他的弟弟菲亚。"我听到的歌声是什么？"

菲亚认真地听着。"这是多尔菲安，只有在非常危险的时候才会唱。那是芬恩的声音。芬恩、科南、戈尔、费兰和格拉斯有危险了。"

"去侦察一下，看看他们出了什么事情。"莪相吩咐道。

于是，菲亚与英辛·麦克斯韦尼一起骑马前往香农河，来到米奥加赫宅邸附近的岸边。

"的确是我们芬尼战士团的兄弟在唱。"英辛喊道。

他们走近房子的外墙。

"芬恩，你在里面吗？"菲亚隔着墙壁吼着，因为他们既找不到门也找不到窗。

"我听到的是菲亚的声音吗？"芬恩回答。

"是我。"

"不要靠近我们，我们正被一种黑魔法束缚在地上。在河岸对面的岛上，一支强大的军队正在集结。这对爱尔兰来说不是什么好事。"

菲亚转身面对英辛，向他发出警告。

"跟你在一起的人是谁？"芬恩的声音传来。

"是你的养子英辛。"

"你必须马上离开这个地方，去找你哥哥莪相，告诉他我们发生了什么。"

"我们不能把你留在这里，让你毫无防备，处于危险之中。"菲亚抗议道。

一阵沉默。

"那么，你们中的一个人保护我们，另一个人去米奥加赫在岛上的营地，看看他们有什么阴谋。"

于是，英辛走到了香农河岸面对岛屿的浅滩旁，而菲亚则前往岛上洛赫兰国王之子的营地。

就在菲亚来到岛上的时候，希腊国王"历战者"辛西奥尔正吹嘘说，他要越过浅滩，进入魔屋，砍下芬恩的头颅，带给聚集在这里的爱尔兰之敌。他带着一百名手下越过浅滩。菲亚在漆黑的夜色中与他们错过，当辛西奥尔带着他的手下走出营地大门时，他正好来到了营地后面。

于是，辛西奥尔越过浅滩，看见一个年轻人在黑暗中等着他。

"你好，孩子，"他咆哮道，因为英辛还很年轻，"你能不能做个向导，告诉我米奥加赫的魔屋在哪里，芬恩和他的同伴们在哪里？我想把他和他那些同伴的首级带给'世界之王'多拉·多恩。"

英辛干笑了一下。"如果你执意要这样做的话，我就会成为一个不怎么友善的旁观者，因为我是芬尼战士团的英辛。上岸来吧，我会用美好的死亡来迎接你。"

辛西奥尔发出一声巨大的战斗的呐喊，带领他的战士们疯狂地蹚过浅滩，来到岸边。英辛斗志昂扬，他冲向敌人，直到辛西奥尔的一百名战士全部被歼灭，只剩下希腊国王本人还活着。英辛经过鏖战，此时已经满身是伤，他倒在了辛西奥尔的脚下。国王立即砍下了他的头颅，拿去作为自己的战利品。

"现在我要回去找更多的人了。"辛西奥尔看到自己的战士倒在河里，鲜血将河水染红，他自言自语，"我会找来更多的人，然后我将拿下芬恩·麦克库尔的首级。"

于是他转身匆匆穿过浅滩，回到岛上。

这时菲亚刚刚侦察完毕，来到河边正要回去。他看到希腊国王向他走来。

"你是谁？"菲亚问道。

"我是希腊的辛西奥尔。我去斩下芬恩·麦克库尔的首级，却遇到了一个守卫浅滩的勇士，在我杀死他之前，他杀了我一百个最好的手下。"

辛西奥尔是故意吹牛的。

菲亚轻蔑地撇了撇嘴。"我很好奇，为何你没有被对方当成目标，也没有身先士卒地倒下。"

"我的力量和英勇救了我的命。"辛西奥尔不甘示弱地回答。

"如果这个勇士倒在你的剑下，你必须拿他的东西来证明。"

"他的首级在我手上。"希腊国王从腰带上取下它，递给菲亚看。

菲亚小心翼翼地接过首级，在英辛的额头上吻了一下。"这个头颅在今天早晨是那样漂亮，愿它永远保持美丽。"然后，他转向辛西奥尔，说道："你知道你刚才把这个勇士的头颅给了谁吗？"

辛西奥尔摇摇头，说道："我想你是米奥加赫的部下。"

"我不是。再过一会儿，你也不是了。"

菲亚拔出了剑，两个人愤怒地缠斗在一起，像恶毒的野兽一样咆哮着，直到菲亚一剑斩下了辛西奥尔的头颅，它在他身前的地面上滚动。

菲亚捡起英辛的头，回到了浅滩对面。他来到魔屋，呼唤芬恩。

"浅滩那边的巨大声响和喧哗是怎么回事？"芬恩的声音传来。

"我在岛上侦察的时候，辛西奥尔带着一百名战士来对付英辛。"

"英辛受伤了吗？"芬恩心情沉重地问。他知道发生了什么。

"他被杀了，但那是在他干掉辛西奥尔所有的战士之后。"

"谁给了他致命一击？"

"很难说。他因伤势过重而死。但有人斩下了他的首级。"

芬恩和他的同伴们高声哀号，因为他们都认识英辛。根据凯尔特人的传说，灵魂存在于头部，如果英辛的头颅被敌人带走，他在彼世就将找不到安息之所。但菲亚说道："不要担忧。英辛的头颅在我这里，是辛西奥尔砍掉的，我又把辛西奥尔的头颅砍下来了。"

"祝福你，菲亚。你做了一件大好事。可不幸的是，你现在是唯一一个站在我们和敌人之间的浅滩前面的人了。在我们把芬尼战士们叫来之前，你是我们唯一的保护者。"

于是菲亚回到浅滩那里，而芬恩和他的同伴们继续提高嗓门唱着多尔菲安。这次，英辛的头颅也加入了吟唱。在浅滩旁，菲亚从花楸树上砍下一根树枝，把辛西奥尔的头插在上面，面向岛屿，以警告米奥加赫和他的盟友。

岛上有一个名叫卡尔布雷·卡瑟韦勒的战士，他是辛西奥尔的朋友。他看到辛西奥尔的头颅，很是愤怒。

"我的朋友曾经要砍下芬恩的脑袋。"他大声说，"现在，我将完成这个任务。"

他走下河岸，带着四百名精挑细选的战士涉水过河。当他们看到菲亚站在那里等待他们时，他们便在河水中间停了下来。

"谁在阻挡我们？"卡尔布雷问道。

"我是芬恩的儿子菲亚。"

"告诉我们，刚才是谁在这个浅滩发出巨大的声响，又是谁杀了辛西奥尔和他所有的手下？"

"你得自己去弄清楚。"菲亚回答，"我是不会告诉你的。"

卡尔布雷非常生气，命令他亲自挑选的战士们越过浅滩，斩下菲亚的首级。战斗激烈而血腥，很快，菲亚的周围就堆满了卡尔布雷的四百名战士的尸体。卡尔布雷怒不可遏地冲向菲亚，两人激战起来，直到卡尔布雷的头颅与辛西奥尔的头颅并排插在花楸树枝上。然后，菲亚跪在河边洗澡，他遍体鳞伤，满身都是刚才那场可怕的战斗的血污。

在岛上，洛赫兰国王之子米奥加赫·麦克科尔甘十分生气——面对芬恩最年轻的战士，这么多战士连一道浅滩都渡不过去。

"我亲自出马，带上五百名精挑细选的战士。"他宣布。

于是，米奥加赫带着盟友中最优秀的五百个战士来到浅滩。他望着疲惫、受伤的战士。

"是菲亚站在那里吗？"他喊道。

"正是本人。"年轻的战士回答。

"是个优秀的人在守卫浅滩。"米奥加赫点点头，"我做芬恩的人质这么多年，从未见你在战场上吃过亏。然而，我的愤怒比你的剑更强大。你可以选择自卫，或者让开。"

"你在芬尼战士们的保护下长大成人。"菲亚提醒他，"虽然你是人质，是我们的敌人的儿子，但我们把你从小养育长大。你应该对芬尼战士团怀有感恩之心，而不是报复之心。"

米奥加赫哈哈大笑。"感恩？感恩那些杀了我的父兄、毁了我的国家的人？你一定要为此付出代价。复仇的力量远比感恩强大。我要报仇雪恨。"

"难道是我们请求洛赫兰国王，也就是你的父亲，来入侵美丽的爱尔兰海岸的？他带着刀剑和火焰来毁灭我们，于是他得到了同样的回应，被我们毁灭了。他是被他挑起的事端毁灭的。当你的敌人先下手为强时，你难道要束手待毙不成？不要为这件正义之事寻求报复，以免报复降临到你的身上。"

米奥加赫越发愤怒。"离开浅滩也好，留下也罢，反正我要过去了，我不是为了和平而来的。"

"如果你带着恶意过来，我也不会用和平迎接你。"

米奥加赫命令部下前进，菲亚虽然伤痕累累、精疲力竭，还是勇敢地迎了上去，很快，他身边就堆起了三百人的尸体。然后米奥加赫命令剩下的两百人退后，他自己举着盾牌和剑，像猎犬扑向猎物一样冲了过去。

远处，在斯利弗纳蒙的山顶上，贤相皱着眉头。

"我还能听到多尔菲安的吟唱。"他说，侧耳聆听着，"我也听到了英辛的声音。这就奇怪了。也许是芬恩及他的部下和米奥加赫共进了一顿丰盛的晚餐，他们不愿意离开。也许他们唱歌是为了感谢主人的款待。"

但是迪尔米德·奥迪夫内敏锐的听觉捕捉到了这些声音的含义。他是芬尼战士团中最英俊的男子，由爱神"年轻者"恩古斯抚养长大。"这不是一首感恩之歌，贤相。我觉得芬恩和他的部下有危险。我去看看到底是怎么回事。"

"那我同你一起去吧。"另一个芬尼战士法哈·科南提议道。

两人极速骑行，来到浅滩附近。他们听到了战斗的声音，还有人们的叫喊和咒骂声。

"那是菲亚的呐喊声，但他很虚弱，而且还受了伤。"迪尔米德喊道，"我们赶紧去救他吧。"

两人骑马来到一个可以俯瞰浅滩的山坡上。菲亚正躺在那里，他的武器都被打烂了，盾牌被劈碎了，已经手无寸铁。胜利的米奥加赫站在一旁，他正高举长剑，要砍下菲亚的头。

"迪尔米德！"法哈·科南喊道，"快，救救芬恩之子菲亚的命。

如果我从这里投掷长矛，我不知道会击中菲亚还是米奥加赫。如果我们走近一点再投，那就太迟了。只有你能在这个距离上投掷长矛。"

迪尔米德意识到他说得没错，于是抓起长矛，引臂一掷。长矛破空而去，刺中了米奥加赫的侧身。但米奥加赫只是受了伤，他挥剑砍掉了菲亚的头颅。

迪尔米德和法哈·科南争先恐后地赶到现场，但最终还是迪尔米德和米奥加赫先碰面了。

"可惜击中我的是你的长矛，迪尔米德，"米奥加赫哼了一声，"因为你并没有参加过我父亲和哥哥倒下的战斗。"

"我投出它是为了救菲亚的命。现在我要报复你，因为你杀了他。"

随后，两人毫不留情地打了起来。最后是迪尔米德杀了米奥加赫，砍下了他的头。他把米奥加赫的首级和辛西奥尔、卡尔布雷的头颅一起插在浅滩旁的花楸树枝上。

迪尔米德和法哈·科南带着菲亚的头颅来到魔屋前，高声呼唤。屋外放着英辛的头颅，正在吟唱，他们把菲亚的头颅放在他的旁边。

"谁在外面？"芬恩的声音传来。

"迪尔米德·奥迪夫内和法哈·科南。"迪尔米德回答。

"啊，迪尔米德，"芬恩叹了口气，"是谁发出了那么可怕的打斗声？"

"你的儿子菲亚站在浅滩那里，对抗卡尔布雷和他的战士，以及米奥加赫和他的战士。他杀了所有攻击他的人，只除了一个人。"

"我儿菲亚怎样了？"

"他已经死了。"

一片寂静。

"是谁杀了我儿子？"

"是米奥加赫，已故洛赫兰国王的儿子。我来得太晚了，没能救下菲亚的命。"

"米奥加赫杀了他之后逃跑了吗？"

"他没能逃掉，芬恩。我把他的头颅插在浅滩旁的一根花楸树枝上。"

"祝福你，迪尔米德。"芬恩把发生的一切告诉了迪尔米德和法哈·科南，"现在，在'世界之王'多拉·多恩的力量面前，你是我们唯一的保护，直到莪率芬尼战士团前来相助。"

"我们会替你守住浅滩。"

这时，"秃子"科南开口了。"冰冷的大地正在吸走我的生命。"他呻吟着，"不吃一口饭，不喝一口酒，我坚持不了多久。"

"浅滩那里有很多食物。"法哈向科南说道，"辛西奥尔、卡尔布雷和米奥加赫的战士都随身带着补给。"

"那就给我搞点吃的，让我能活下来，直到芬尼战士们来救我。"

迪尔米德皱了皱眉头。"当全世界的大军正向着浅滩进军，只有我和法哈·科南守卫浅滩的时候，你还想着你的肚子？"

"啊，迪尔米德，""秃子"科南可怜兮兮地呻吟道，"如果我是一个漂亮姑娘，要你给我送吃的喝的，不管风险有多大，你一定会照办。只因为我是个男人，你才不屑于帮我。"

这话倒是真的，既然迪尔米德是由爱神"年轻者"恩古斯抚养长大的，那么可以肯定，他更在乎女人的欲望，而不是男人的欲望。这么一想，他顿时羞愧难当。

"科南，"他回答说，"我会给你送来吃的喝的。我发誓。"

于是迪尔米德和法哈·科南回到了浅滩。

"我会把食物收集起来，带回魔屋，你守在浅滩这里。"迪尔米德说。

"为什么不是我去找食物?"法哈·科南问。

"因为我记得你出生时德鲁伊的预言。据说有一天,你会围着世界的统治者跳舞。既然'世界之王'多拉·多恩现在是我们的敌人,我觉得这一天已经到来了。在那边的岛上,全世界的军队都在和我们为敌。你守着浅滩,我收集食物。"

要找到食物很容易,那些战士用马车运来了辎重,现在这些辎重已经被抛弃了。

但当迪尔米德带着食物来到魔屋时,"秃子"科南拒绝了。

"这些是死人的食物,我不会吃的。"

迪尔米德同意,这些食物是给在浅滩上死去的战士们留着的。

他回到了浅滩,听到战士们在岛上饮宴的声音。

"我过去拿走他们的食物和饮品,带去给'秃子'科南。"他说。

"你很可能会丧命,然后我必须一个人守住这个浅滩。"法哈·科南恼怒地说。

"即使这意味着我的死亡,我也要为'秃子'科南弄到食物,让他活到芬尼战士团到来的时候。"

迪尔米德默默地穿过浅滩,来到香农河上的岛屿。在那里,他发现辛西奥尔之子博尔布和他的战士们正在吃晚饭。他们每个人都用金杯喝酒,用银盘吃饭。博尔布·麦克辛西奥尔身边坐着的不是别人,正是"世界之王"多拉·多恩。由于被神祇培养长大,迪尔米德有身手迅捷的天赋,于是他趁人不备,跑进围成一圈的饮宴者之中。他抢过博尔布手里盛满红酒的大酒杯,博尔布还没意识到发生了什么,他就继续前进,走到正吃着一大盘肉的多拉·多恩旁边。他抓住盘子,一拳打在这个伟大国王的肚子上,让他喘不过气来。

"要不是我有更紧急的事情要做，"迪尔米德嘶吼着说，"我会砍下你们的脑袋。但我必须先把这顿饭带给'秃子'科南。"

他转身回去，穿过浅滩，却没有看到法哈·科南迎来，他感到很疑惑。

在浅滩上，他发现法哈·科南躺在死尸堆里睡着了。

"如果我停下来叫醒法哈·科南，'秃子'科南可能就撑不住了。法哈今晚入睡，一定是遭到了诅咒。我得赶紧去魔屋，快点回来叫醒法哈。"

迪尔米德自言自语着，继续前进。

在魔屋的墙边，迪尔米德呼唤科南："我给你们带来了活人的食物，是我从博尔布·麦克辛西奥尔和多拉·多恩那里拿来的。但我怎么把食物给你呢？"

"你千万不要进屋，否则会变得和我们一样。"科南回答，"我躺在北边的裂缝旁边，那里有积雪。到那边去，把食物扔给我。你从来没有投偏过一杆标枪，所以你肯定能把食物准确地扔过来。"

迪尔米德照做了，他把盛着食物的盘子扔进了科南躺着的屋子里。但盘子打中了科南的鼻子，食物溅了他一脸。

"原谅我，我把你弄脏了。"

科南忙不迭地扒拉着脸上的食物，狼吞虎咽。"猎狗从来不会放过一根骨头。"他满意地回答。

"但我不能把酒杯同样扔过去。"迪尔米德说。

"的确不行。你必须爬到这个房子的屋顶上。咒语只在房屋里面生效，所以你不会受到伤害。在我上面的屋顶上开个洞，把酒从洞里倒进我的嘴里。"

迪尔米德跳到屋顶上，开了个洞。但他没有找到科南的嘴，酒洒在他的半边脸上，然后又洒在另外半边脸上。科南斥责了迪尔米德，说道，如果自己是个年轻女人，他倒的时候肯定会小心得多。迪尔米德十分羞愧，于是小心翼翼地把酒倒进了"秃子"科南的嘴里。

就在这个时候，图勒岛的三位国王决定召集他们的主力勇士，向浅滩进军。

迪尔米德跑了回来，想把法哈·科南从奇怪的睡眠中唤醒，却怎么也叫不醒他。

三位国王带着六百名战上行进到浅滩旁的河水里，看到迪尔米德，就停了下来。

"我们眼前的这个人是迪尔米德·奥迪夫内吗？"一个国王问道。

"正是在下。"迪尔米德回答。

"迪尔米德，我们是图勒岛的国王，你也知道，我们是有血缘关系的。"

事实上，迪尔米德知道，他与图勒岛的三位国王有着共同的祖先。

"为了这个原因，也为了我们对你这个族人和英雄的爱戴，我们希望你不要与我们为敌。你可以让我们不受阻碍地穿过浅滩吗？"

迪尔米德轻轻一笑，摇了摇头。"我可以毫无抵抗地让你们穿过去，条件是，你们先让我去你们的岛上，砍下'世界之王'的脑袋。"

迪尔米德知道，他们不会让这种情况发生。

"我们就算动武也要通过这里，迪尔米德。"国王们喊道。

"你们必须做你们该做的事，我也必须做我该做的事。"迪尔米德不慌不忙地回答。

于是，图勒岛三王率领他们的军队进攻迪尔米德。他狂暴地扑向敌人，他们的武器无数次激烈碰撞。数百名战士倒在他的剑锋之下，而法哈·科南则浑然不觉地沉浸在睡梦之中。

最后，法哈·科南终于被迪尔米德的喊杀声从睡梦中唤醒。他猛然站起，揉了揉睡眼。在他的周围，可怕的战斗正在进行，满耳都是盾牌的碎裂声、战士的呼喊和呻吟声，以及金属相撞的铿锵声。他只是愣了一下，就马上拿起武器，冲到迪尔米德的身边。

"你可真是个好朋友，让我在战斗中睡了一大觉。"他生气地说。

"世界上再也没有别的男人能像我一样忍受这种责备了！"迪尔米德厉声说道，"即使是死亡和战争女神的哀号也叫不醒你。"

然后他们就不再多言，转向了图勒岛三王的战士。交锋持续，胜负暂时未明。然而，对手的数量在慢慢减少，最终，三位国王要亲自对迪尔米德和法哈·科南拔剑相向了。他们的每一次攻击都会被三王报以数倍的回击，但最后是三位国王瘫倒在迪尔米德和法哈·科南面前。两位英雄斩下了国王们的首级，把它们插在浅滩旁的花楸树枝上。

迪尔米德和法哈·科南回到魔屋，告诉芬恩发生了什么事情，芬恩命令他们把图勒岛三王的头颅带过来，通过北边的裂缝扔给他。他们立刻照做了。芬恩拿着头颅，用国王们的血先后擦拭自己和部下的身体——"秃子"科南除外，因为轮到他的时候，血已经用尽了。

于是，除了"秃子"科南，所有的人都解放了。

"你是打算把我留在这里吗？"这位战士不满地问道。

"不是，真的不是。"芬恩向他保证。

他们围着他又拉又扯，却无法让他从魔咒中解脱。

然后迪尔米德和法哈·科南来了，他们把手伸到"秃子"科南身下，用巨大的力量把他从地上抬了起来。由于粘得太紧，他的头发，以及屁股和肩膀上的皮肤，全都留在了地上。摩尔纳之子科南正是因此得到"秃子"这个绰号的。

这是一个可怕的夜晚，芬恩和他的部下已经筋疲力尽。

"'世界之王'带着他的军队在浅滩的另一边，我们没有能力和他们战斗。"芬恩厌恶地嘀咕道，"我们必须休息，恢复体力。"

"我和法哈·科南会回到浅滩，确保天亮之前没有人能过河。"迪尔米德同意他的打算。

"到时候，我相信芬尼战士团一定会来的。"芬恩同意道。

于是，芬恩和他的部下们休息了，而迪尔米德和法哈·科南则回到浅滩那里站岗。

此时，多拉·多恩和博尔布·麦克辛西奥尔决定，是时候和芬恩战斗了。他们带着两千名最优秀的战士开始渡河。

在斯利弗纳蒙的山顶，莪相意识到菲亚、英辛、迪尔米德和法哈·科南都没有回来，而多尔菲安的吟唱声也沉默了。

"我等他们回来等得太久了。"他自责道，"我得亲自去看看是怎么回事。"于是，他把芬尼战士团的指挥权交给了他的儿子奥斯卡。

浅滩这边，多拉·多恩的部队正在渡河，这一大群战士个个装备精良。迪尔米德和法哈·科南抽出武器，做好准备，一场大战就这样爆发了。

当第一批战士用长矛刺向浅滩的守卫者时，莪相恰好来到山顶，目睹了发生的一切。他拔出长剑，举起盾牌，冲向浅滩，直奔博尔布·麦克辛西奥尔。他战士的血液在沸腾，一鼓作气地干掉了博尔布，斩下了他的首级。

芬恩和他的同伴们恢复了体力，也跑来加入战斗。多拉·多恩军中没有倒在迪尔米德、法哈·科南和莪相剑下的人，现在都倒在了他们的剑下。芬恩、戈尔、费兰、格拉斯，以及"秃子"科南（他的身体仍然疼痛，但很健康）冲锋在前，将这位伟大国王的军队击溃。

多拉·多恩从岛上召来新的军队，他们开始冲锋。

这时，袤相发出了战斗的呐喊。奥斯卡在斯利弗纳蒙的山顶听到呐喊声，便举起芬恩的旗帜"太阳之影"，芬尼战士的大军开始前进。没有人能阻挡他们的脚步，这支密不透风的重甲队伍无情地向敌人碾压过去。

在浅滩上，两支大军正面交锋。他们的长矛、刀剑和盾牌碰撞在一起。战士们鲜血淋漓地倒在河岸上。

法哈·科南在河中央遇到了"世界之王"多拉·多恩。这位伟大的国王虽然身体强壮，但动作迟缓，所以法哈就在他身边跳来跳去，直到他头晕目眩，筋疲力尽。然后，法哈·科南给了他一记重击，砍下了他的头颅。德鲁伊的预言就这样应验了。法哈·科南举起国王的头颅，将它展示给芬尼战士的敌人。

敌方战士见状，吓得浑身发抖，纷纷逃离战场。芬尼战士们穷追不舍，将其赶尽杀绝，只留一个活着回去，讲述这场战斗。这个人跑得很快，才能穿过森林，翻过石山，爬回自己的船。许多强壮的战士长眠在战场上，许多母亲为儿子哭泣，妻子为丈夫哭泣，情人为情人哭泣。也有许多人在逃离这种恐怖之后失去了理智。即使是强大的芬尼战士也未能幸免于难：许多人献出了自己的生命，如芬恩的儿子菲亚、养子英辛，还有许多无名无姓的人丢了性命，或者受了重伤。

这就是洛赫兰国王之子米奥加赫·麦克科尔甘多年来在心中孕育的复仇的结果。因此，德鲁伊的智慧之言被证明是正确的——复仇，虽然一开始是甜蜜的，但接下来会变成一杯苦酒，最后则会成为复仇者本人的刽子手。因此，只有从未付诸行动的复仇才是最为可贵的。

6 诗人的诅咒

被诗人诅咒是一件极其可怕的事情。在古代，诗人在宫廷中享有崇高的地位，可以与高高在上的国王当面对质。人人皆追求诗人的赞颂之辞，却又害怕自己成为诗人的讽刺对象。在《阿尔斯特编年史》中记载着这样一件事：公元1024年，爱尔兰首席诗人库安·奥洛赫汉在忒瓦被非法杀害。在弥留之际，他说出了"诗人的诅咒"。据说凶手们的身躯不到几个小时就腐烂了。挑战或激怒一个诗人，就像和命运玩骰子一样。这里的诗人也包括女诗人，在那个年代的爱尔兰，女诗人与男诗人平起平坐。[1]

诗人的诅咒绝对不容小觑。据《康诺特编年史》记载，公元1414年，被委派至爱尔兰担任总督的英格兰人约翰·斯坦利[2]就死于诗人的诅咒。

托马斯·奥克罗汉[3]在他的畅销自传《岛上的人》中写道，他愿意放弃白天的工作去听岛上的诗人讲话，因为他害怕被诗人讽刺和诅咒。

1　"诗人的诅咒"在爱尔兰语中称为"firt filed"。爱尔兰精英诗人阶层的男性成员称为"fili"，女诗人则称为"banfili"，其中"ban"是爱尔兰语中表示女性的前缀。

2　约翰·斯坦利（John Stanley，约1350—1414）。爱尔兰总督代表英国君王统治爱尔兰，这一职位创立于1171年，于1922年废除。

3　托马斯·奥克罗汉（Tomás ó Criomhthain，1856—1937），爱尔兰作家。

出于对诗人的诅咒的恐惧，至高王和其他国王会答应诗人的一切要求，只为了避免被他们诅咒。听我来讲个故事吧……

这件事发生在蒙甘·麦克菲亚基国王统治阿尔斯特期间。他"满头浓密的头发"，他的名字"蒙甘"就是这个意思。蒙甘是达尔阿莱德的君主，他统治着一座名叫"湖畔原野"的大堡垒，也就是今天的安特里姆郡的莫伊林尼。蒙甘为自己的宫廷感到自豪。某一天，他突然冒出一个念头：爱尔兰的首席诗人竟然从来没有光临过他的宫廷，这实在是有损于他作为一个博学而好客的国王的声誉。

于是他派人去请首席诗人，邀请他来自己的宫廷里做客一周。这位首席诗人名叫达兰·福盖尔，当然，他不是达尔阿莱德人，而是出自莫因的玛斯莱家族，莫因就是今卡文郡南部的莫涅哈尔。因此，达兰·福盖尔不是蒙甘的子民，蒙甘并不认识他本人，但是由于首席诗人的地位，他可以随心所欲地去往任何地方。爱尔兰的国王们给他以殊荣，他的声誉成就了他的地位。于是，他来到了湖畔原野堡，在蒙甘的宫廷里大吃大喝。

老实讲，达兰·福盖尔是一个性急且暴躁的人，他骄傲、虚荣，爱听奉承、易受冒犯。他是个长相很讨人厌的老人，眼睛半瞎，大多数人都了解他的坏脾气，对他怀有几分畏惧。

有一天晚上，当炉火熊熊，宴会结束，湖畔原野堡的勇士们聚集在一起的时候，蒙甘坐在他那张雕花橡木王座上，他高贵的王后布洛茜恩陪在他身边，她精心编织的金色发辫反射着火把的光芒，闪烁跳跃，就像火焰在舞蹈。此时，有人问达兰·福盖尔是否愿意讲个故事。

达兰·福盖尔并没有推辞不讲。

他讲了一个芬尼战士团的故事，那是一群精英战士，是至高王的护卫，由芬恩·麦克库尔统帅。这个故事是关于君主弗哈·埃利加赫战死的那场大战的。

　　大多数人都知道这个故事。弗哈三兄弟——弗哈·埃利加赫、弗哈·卡奈涅、弗哈·凯利帕赫[1]——共同统治着爱尔兰诸国。但弗哈·卡奈涅却爱上了项圈战士团团长艾利尔·弗兰·贝格的妻子，这是护卫芒斯特国王的精英战士团。两人私奔了，但艾利尔·弗兰·贝格在今科克郡的米尔斯特里特附近一个叫费克的地方追上了弗哈·卡奈涅和他的战士，一场大战随之爆发。弗哈·卡奈涅战败被俘，然后被愤怒的丈夫斩首。但即使在他死后，他的头颅仍然为他心爱的女人朗诵了一首诗，描述了他的爱情和他在战场上的死亡。

　　另外两个弗哈兄弟起了龃龉，弗哈·埃利加赫一怒之下杀死了弟弟弗哈·凯利帕赫。弗哈·凯利帕赫是三兄弟中最公正的君主，他在位恰好一年零一天，同时也担任过芬尼战士团的统帅。芬尼战士团为了给弗哈·凯利帕赫报仇，对弗哈·埃利加赫开战，打了一场大仗，杀死了弗哈·埃利加赫。

　　达兰·福盖尔在故事完结时宣称："这件事发生在伦斯特的杜法尔。"

　　他提到的地方现在叫达夫雷，在韦克斯福德郡。

　　一直以自己的知识为傲的蒙甘皱着眉头，向诗人探出身去。"达兰·福盖尔，你说弗哈·埃利加赫的葬身之处在哪里？"他带着显而易见的困惑表情问道。

　　爱尔兰的首席诗人漫不经心地哼了一声："除了伦斯特的杜法尔，还能是哪里？他就被埋在他倒下的地方附近。"

　　"但是这不可能啊，诗人。"蒙甘断言道。许多人都屏住了呼吸，

1　弗哈三兄弟是三胞胎。这里提到的名字是他们的绰号，分别意为"有白银的""令人高兴的""战车斗士"。

因为反驳一个诗人是不明智的，更何况是反驳爱尔兰的首席诗人。

达兰·福盖尔的面色凝重起来。"不可能？"他厉声说道，"什么叫不可能？我不是说得很明白吗？"

"你所说的地点是错误的。正如这座大厅里的每个人都知晓的那样，弗哈·埃利加赫的最后一战发生在阿尔斯特，确切地说就在达尔阿莱德，在这座湖畔原野堡附近。当朝阳升起，晨光照亮堡垒外那座高大的翠绿山丘时，你会发现，这里正是他倒下的地方，那座山丘正是爱尔兰君主的埋骨之所。"

达兰·福盖尔勃然作色，怒不可遏。"你这个小王竖子，你竟敢顶撞爱尔兰的首席诗人？"他叫嚷道。他的眉头紧皱，血液冲到脸上，舌尖充满恶意。

蒙甘被诗人的大吼吓了一跳。大厅里突然安静下来。

"也许是你错了，我可以向你挑战。"蒙甘固执地反驳。

"所以你否定我的知识，你这小王？你否定我这个精通爱尔兰所有死者和生者的历史的人？你有这个勇气？很好，那么，我要嘲笑你，还有你的父亲、你的母亲、你的祖父，因为你的见解，一个微不足道的小王的见解，不应该凌驾于我这个爱尔兰首席诗人的见解之上。Fuighleacht mallacht ort！"

达兰·福盖尔打量着蒙甘宫廷里那些脸色苍白的人，恶狠狠地笑了笑。他对蒙甘说的话的意思是"数不清的诅咒"，凡是听到的人都不禁毛骨悚然。

"我将诅咒这个宫廷，诅咒这片土地上的水，使河里和周围的海里都不能捕鱼，树上也不能结出果子。平原将会荒芜，不长谷物和粮食，土地上将会没有活物。我将这样诅咒，达尔阿莱德的蒙甘，因为你极大地侮辱了我。"

这时，王后布洛茜恩打断了愤怒的诗人的呓语，她的声音犹如一滴蜜糖，又如隐秘的林荫里红雀的娇鸣。

"爱尔兰的诗人，请不要再说了。我的夫君并不想伤害你，也不想使你的内心充满愤怒。如果你答应不诅咒我们，我会送给你一口青铜大釜，里面装满了金银珠宝——即使我必须剥去脖子和手臂上这些闪亮的饰物。它们都是你的。但是请不要用你的诗人的诅咒来惩罚这个王国。"

蒙甘很后悔自己顶撞了诗人，虽然他知道自己是对的，而诗人是错的。然而，诗人对他的人民施加的诅咒沉重地压在他身上，国民不该为国王的行为付出代价。所以他说道：

"让我为我妻子的请求——不要诅咒我们——再加上一些价值吧，我将为她的礼物加上七库玛尔[1]，每个库玛尔值三头奶牛。这是一个国王的荣誉的价格。[2]"

达兰·福盖尔站在那里，轻蔑地交叉着双臂。"这种寒酸的礼物也值得我收吗？"他嘲笑道。

"七库玛尔的两倍……"蒙甘请求道。但这依然没有收到任何回应，所以他继续说道："七库玛尔的三倍……或者有必要的话，我愿拿我的半个王国来拯救我和我的人民，使他们免受你那腐朽的舌头的伤害。"

达兰·福盖尔依然像木雕一样站着，似乎对赔偿的提议无动于衷。"我可以考虑接受你的整个王国作为赔偿，"终于，他松口了，"如果你愿意承认我说的是实话，而你说的是谎话。"

此时此刻，蒙甘虽然不顾一切地想避免诗人的诅咒，但他不能否认他所知道的事实。国王最神圣的行为就是说真话，换成神圣誓言的说法，就是"以真理对抗世界"。

1　"库玛尔"原意为女奴，后来成为价格单位。1库玛尔等于3头牛，或3盎司白银。

2　这里指冒犯国王的荣誉需要支付的罚金（比照这一标准向诗人赔偿）。

大厅里充满了尴尬的沉默。

达兰·福盖尔看着国王的脸，知道他心里在想什么。对于这种明显的侮辱，他更加愤怒了。

"你即使是现在也在嘲笑我，小王竖子！"他吼道，"你否定我的知识。很好。我允许你进行赔偿，你把整个王国都给了我，只除了一样东西。我想你一定视它高于一切。所以只给我这个就可以，这样我就不会诅咒你和你的人民了。"

蒙甘困惑不已。

"说出它的名字，我就会把它给你。"

"你的妻子布洛茜恩。我要的不能再少了。"

布洛茜恩发出一声低沉的悲鸣，无力地跌坐在椅子上，眼睛瞪着这个令人厌恶的老人。

她的反应甚至没有让达兰·福盖尔抬抬眼皮。他更希望人们畏惧他，而不是尊重他。

蒙甘痛苦地呻吟着。

布洛茜恩转过身，抓住丈夫的手。"你必须接受，我的夫君，如果你不接受，整个王国都会被诅咒。"

国王已经出离愤怒，但他想不出有什么办法可以避免这个诅咒。"好吧。"他最后说。

达兰·福盖尔冷笑着朝王后走去。

"可是，等等！"蒙甘喊道，"我会同意的，但是要等上三天。如果在这三天之内我没能证明弗哈·埃利加赫死在湖畔原野堡，证明他就埋在那座翠绿的山丘下面，那么你就可以得到我的妻子，我也会接受你的要求。"

首席诗人犹豫了一下，然后点了点头，露出狡黠的笑容。他十分自负，对自己的知识深信不疑。他愿意等上三天。

"在三天后的这个时间，我会前来带走你的妻子，否则就会诅咒你的王国。"他自鸣得意地说道，转身离开宴会大厅。战士们纷纷侧过身子，给他让出一条路。

当诗人离开宴会厅，所有在场目睹这一切的人都带着悲痛的心情回屋睡觉的时候，布洛茜恩的眼泪流了下来。

"我的夫君，你能证明你是对的吗？"她抽泣着问。

蒙甘心烦意乱。"我不知道。我试图争取时间思考。但是你不要悲伤，我相信会有人来帮助我们，因为正义一定会战胜不义。"

时间一天天过去，国王派人在他的国土上到处寻找能够证明真相的游吟诗人或历史学家。可遗憾的是，尽管很多人说"大家都知道"，但没有一个人能够提供具体的证据。提供证据的责任在蒙甘身上，因为是他质疑了达兰·福盖尔的话，所以首席诗人不需要证明自己的说法。

第三天早晨，老诗人出现在蒙甘面前，要求带走王后。

"说好的三天整，现在还没到。"国王斥责道，"等太阳落山再来宫廷，宴会结束的时候，三天的时间才到。"

老诗人不满地咕哝着威胁的话，拖着脚走开了。

布洛茜恩依然泪流满面。

"不要伤心，爱妻。我坚信我们一定会得到帮助的。"蒙甘坚持道。

"三天过去了，还是无人相助。"他的妻子说。

蒙甘笑了笑，试图装出一副若无其事的样子，但他知道她说得没错。在这三天里，他们没有得到任何帮助，现在离达兰·福盖尔带走他的奖赏的时间只剩几个小时了。

他坐在布洛茜恩的房间里，搂着她的胳膊。时间一分一秒地流逝，她泪流不止。

当太阳渐渐从天边溜走的时候，蒙甘突然抬起脸，微微地偏着头，好像在聆听什么。

"怎么了？"他的王后问道。

"我听到脚步声从很远很远的地方传来。我听到了脚步声，有人正前来助我们一臂之力。那人来自多恩之邸——就是那个在彼世供养灵魂的多恩。"

"多恩之邸"是一座位于芒斯特王国西南的岛屿[1]，死神多恩在那里收聚灵魂，让他们继续往西，前往彼世。

布洛茜恩王后害怕地颤抖着。

她的丈夫继续说着："我听到他的脚步蹚过了劳恩河，现在他大步流星地越过了林恩湖，穿过了伊菲延特家族的领地，越过了莫伊菲芬平原上的舒尔河。他强大的步伐加快了，沿着诺尔河前进，越过了巴罗河、利菲河和博恩河；越过了迪伊河、图阿塞斯克河、卡林福德湖、尼德河和纽里河——看哪，他正在拉斯莫尔那里，把拉恩河的波浪左右分开！"[2]

国王站起身来，夸张地大张双臂。"他在这里！我们去宴会厅，去跟达兰·福盖尔对峙。没什么好怕的，我的爱妻。一切都会好起来的！"

达尔阿莱德王室堡垒的宴会大厅里人头攒动。人们从很远很远的地方赶来，因为他们都听到了诗人要发出诅咒的消息。大厅中央站着达兰·福盖尔，他双手叉腰，脸上带着讥讽的笑容。

蒙甘带着布洛茜恩走进大厅，王后因连日来的泪水和悲伤而显得面色苍白，她低着头坐在座位上，美貌中含着悲哀。

聚集在大厅里的人发出一阵阵同情的议论声。

1　一般认为该岛是现在的科克郡的德西岛（Dursey Island），在爱尔兰西南。

2　这大致是一条从爱尔兰西南往东北走的路线。

"我是来索要属于我的东西的。"首席诗人叫道,向前走去,"Mo mhallacht don lá a……[1]"

"等一等。不要这么急,复仇的诗人。"蒙甘说,"在你诅咒我或者夺走我的王后之前,还有一个条件呢。"

老诗人嘲讽地笑了笑。"条件是,你必须证明我错了。你的证据在哪里呢,你要怎么证明弗哈·埃利加赫是在这里被杀,并且被埋在那边的翠绿山丘下面?"

"在这里。"他静静地说。

蒙甘看向堡垒紧闭的大门,大门从里面锁着,因为天已经黑了。按照惯例,到了黄昏,王室堡垒的大门就要关闭,防止可能的危险进入。他盯着紧闭的大门,仿佛要把门看透。

达兰·福盖尔皱着眉头,转过身去,却只见紧闭的大门。"在哪里?"他问,"这是拖延时间的把戏吗?"

"有个男人正从南边走来,手中提着一根无头的矛杆。他跃过守卫这座堡垒的三道城墙,就如鸟儿展翅飞翔一般轻盈。他接近大门了……"

随即,在所有在场的人眼前,大门的门闩无人碰触,却滑了回去。大门仿佛被无形的手推着,向内打开。

门口站着一个高大的陌生人。他的个头比王国里的大多数男人都高。他的身材诉说着强大的力量,他的肌肉在精美的衣服下面纹丝不动。他身披一件贵气十足的深色斗篷,斗篷从他的肩膀上垂下,用一枚精美的胸针固定。他的面容年轻而英俊,金色的鬈发长及肩膀。正如蒙甘所说,他手里提着一根无头的矛杆,腰间悬着一把大剑,手臂上挂着一面精致的银盾。

1　意为"现在,有一个诅咒……"。

没走几步，陌生人就到了大厅中央。仅凭他的出现，就使达兰·福盖尔在他身边踉跄了几步。

陌生人开口了，他的声音低沉而响亮。大厅里所有的蜡烛都在烛台上闪烁，仿佛是在他的声音中颤抖。

"看起来，这座堡垒有麻烦了。"他说。

蒙日从王座上站起来，向前踏出一步。"的确，你观察得没错，陌生人。"

"告诉我吧。"

"这一位是爱尔兰的首席诗人达兰·福盖尔。他宣称，弗哈·埃利加赫在伦斯特的杜法尔被杀，并且被葬在那里。我怀疑他的知识是否正确，因为我的族人代代相传，弗哈·埃利加赫就在这湖畔原野堡殒命，长眠于外面那座翠绿的山丘之下。"

"他侮辱了我的身份，"达兰咆哮道，"为此，我有权诅咒他。我已经提出，如果他能证明他的说法，我就罢手；如果不能证明，他就得把他的妻子让给我。现在是他提出证据的时候了，所以他必须把妻子交给我，否则就要接受我的诅咒。"

高大的陌生人久久地看着诗人，若有所思。"诗人啊，你难道没听说过一句谚语吗？'ná malluigh do dhuine eagnaí'，意思是'永远不要诅咒一个智者'。你所说的历史是错误的。弗哈·埃利加赫不是在伦斯特的杜法尔被杀的。他不是在伦斯特、芒斯特、康诺特或米斯被杀的——除了阿尔斯特之外，他并未在任何一个王国殒命。"

老诗人满脸愤怒。虽然陌生人是以这样的方式进入宴会厅的，但诗人的虚荣心再次作祟了。"陌生人，悲哀将会笼罩你，现在我将把你列入我的诅咒之中，因为你胆敢对我进行反驳。"

陌生人轻轻一笑。"我想你的诅咒不会给我带来麻烦，诗人。"

他平静地说。

蒙甘急忙打断他的话："我们需要有力的证明。"

陌生人继续微笑着。"我被召见不就是为了这个吗？"他说，"我给你讲个故事吧。我曾是芬恩·麦克库尔麾下的一员。我来自芬尼战士团。"

达兰·福盖尔笑着插嘴道："芬恩是几百年前的人！这算是什么夸夸其谈？"

"听我说完！"陌生人平静地命令道，"当时，芬恩和我们的军队正在远方山岭高耸的阿尔巴征战。我们得到消息，说弗哈·埃利加赫杀死了他的兄弟，自立为至高王。芬恩大怒，率军返回爱尔兰。在奥拉尔瓦河（也就是今安特里姆郡的拉恩河）河谷里，芬尼战士团和弗哈·埃利加赫的战士们展开了战斗。

"当战况趋于白热，双方血流成河的时候，我发现弗哈·埃利加赫正站在一座山坡的脚下，观察战斗的进展。我躲在一块岩石后面掩护自己，用长矛小心翼翼地瞄准他。长矛就这样刺穿了他的身体，矛头扎进了地里。"

陌生人举起他那跟无头的矛杆。"就是这支长矛，因为我在战斗中无法挖出矛头，只找回了这根矛杆。如果你去这座堡垒外面的翠绿山丘上寻找，你会发现我掩护自己投掷长矛的那块花岗岩，我的矛头现在还嵌在土里。在那附近，再往东边一点，你会发现一座石冢，弗哈·埃利加赫就葬在那里。石冢下面有一个石棺，里面安放着弗哈·埃利加赫的遗体，旁边摆着他的银手镯和金项链。石冢上还刻有欧甘字母，告诉人们，究竟是何人长眠于此。"

"陌生人，那上面刻着什么？"蒙甘深受震撼，追问道。

"铭文是这样写的：'弗哈·埃利加赫长眠于此，他战死于芬尼战士奎尔特之手'。就像我所描述的那样，我们芬尼战士埋葬了他，他的葬礼是由我们举行的。"

听了这话，达兰·福盖尔发出一阵玩世不恭的狂笑。"那么，你说你就是奎尔特？你已经几百岁了吗？奎尔特可是一位伟大的芬尼战士，也是芬恩·麦克库尔的亲戚。你说说看，你是靠什么奇迹活了这几百年？"

高大的战士悲哀地转向他。"我没有活下来。没有人能活过尘世的界限。但英雄的灵魂会在彼世重生，我们在英雄的殿堂里都有一席之位。我从多恩之邸回来了。我为什么会回来？因为我们芬尼战士一向热爱真理。在彼世的山谷中，我们就像透过薄雾一样望着爱尔兰的山峦和谷地，我们因它的快乐而欢喜，为它的悲伤而痛心。每当有人对我们所成长的过去产生怀疑时，我们的心就会疼痛。

"我们对布洛茜恩王后的困境和蒙甘国王的无助感到非常悲痛，他无法证明他所知道的事情是真实的。所以母神怜悯我，赐予我一具凡躯，让我带着这些忠告和知识回去找我们的后人。天亮之后，你就去寻找弗哈·埃利加赫的石冢吧，你会找到我所说的一切。奎尔特·麦克罗南的嘴从不知晓谎言，从不知晓虚妄的吹嘘。芬尼战士团的战斗口号是'以真理对抗世界'。就这样吧！"

说完，那个陌生人突然从他们中间消失了。他就像一团烟雾一样消散了。

第二天早晨，蒙甘带着他的王后，以及闷闷不乐的达兰·福盖尔，还有他所有的宫廷成员，按照吩咐离开了堡垒，去往那座翠绿的山丘。他们首先看到的是掩护奎尔特投掷长矛的岩石，然后看到了弗哈·埃利加赫倒下的地方，还挖出了一个古老的矛头。最后，在东边不远的地方，他们看到了一座覆盖在石棺上的石冢，石冢上刻着欧甘字母，就像奎尔特的身影所描述的那样。

"诗人，这怎么说？"国王指着铭文问道。

但达兰·福盖尔已经从这里溜走，南下回他自己的国家去了。

蒙甘和布洛茜恩回到了他们的堡垒，和他们的臣民们一起为诗人的诅咒被解除而欢欣鼓舞。

根据记载，达兰·福盖尔滥用首席诗人的权力，这既不是第一次，也不是最后一次。据说，有一次，达兰·福盖尔去见埃利亚拉[1]国王艾伊·麦克杜阿赫，朗诵了一首诗来赞美他。然后，他要国王的镶金大银盾作为报酬，据说这面盾牌是铁匠之神戈夫努亲自铸造的。

国王身负一个戒誓，根据这条来自铁匠之神的禁令，他不能把这面盾牌送给任何人。艾伊从自己的荷包中掏出金银，达兰拒绝了，并威胁说，他要像之前试图诅咒蒙甘一样诅咒他。但艾伊坚决地表示，他不能送出盾牌，因为这是诸神所禁止的。于是，达兰傲慢地宣布了他的诅咒。由于他滥用法力，诸神把诅咒反弹了回去，三天之后他就死了。

弗哈·埃利加赫的坟墓究竟在哪里呢？那座山丘现在叫巴里波利，坐落在六里河的河谷里，那里有一座饱经风霜的古老石冢。现在已看不出上面有没有刻着欧甘字母，因为它太古老了。那里的老人们会告诉你，它标志着"爱尔兰国王之墓"，是一个值得敬畏的所在。

蒙甘很幸运，芬尼战士团得知他的遭遇后，奎尔特被允许从彼世返回，解除了诗人的诅咒。但其他人不会总是那么幸运。所以，要小心，不要引起诗人的雷霆之怒。诗人的诅咒是可怕的。

1　一个中世纪的小王国，在爱尔兰东北。

7　卡舍尔的凯拉汉

芒斯特的卡舍尔是一座位于芒斯特王国境内的石砌堡垒，现在被称为卡舍尔，位于蒂珀雷里郡。它是一块深埋地下的巨大石灰岩露出地面的部分，从平原上抬升起数百英尺，俯视着周围的乡村。这是一个神秘的地方，两千年来，伟大的欧文纳赫塔家族一直在这里统治着芒斯特，直到末代国王多纳尔九世·麦卡锡·莫尔于1596年离开人世。从此，古老的王国落入外来者手中，这些外来者最终将欧文纳赫塔家族的继承人赶出这片土地，使他们流亡国外。

据说，当戈拉夫（又名米利·埃斯班）之子入侵爱尔兰，打败了神水达努的子嗣——古代的神祇之后，戈拉夫的两个儿子埃韦尔和埃列蒙瓜分了这块土地。岛的北半部分给了埃列蒙，而南半部分，即从博恩河以南直到"克丽娜之波"[1]的所有土地，分给了"光明者"埃韦尔。

"光明者"埃韦尔的土地就是芒斯特，很多年以来，芒斯特国王一直在寻找一个适合建都的所在，以便他的家族能在那里统治这个广阔的王国。这个地方必须高高耸立，他可以从这里俯瞰自

1　在爱尔兰神话中，克丽娜是爱与美的女神，也是科克郡的保护神。据说她被波浪卷走，溺亡于今爱尔兰最南端的格兰多尔（Glandore）港，"克丽娜之波"遂成为该地的别名。

己王国的全境，只要伸出手去就可以保护他的人民。要知道，在爱尔兰语中表示"王权"和"伸手"这两个意思的是同一个词"ríge"。埃韦尔的家族中有很多小王，每个小王都希望芒斯特的上王居住在自己的领地之内，这样他们可以享有更高的威望。

有那么两个猪倌，其中一个名叫杜尔德鲁，是艾勒国王的男仆；另一个名叫奎里兰，是穆斯克莱国王的男仆。这两块领地位于奥尔蒙德（意思是"东芒斯特"）。这两个猪倌正沿着一条河往南放牧，这条河发源于艾勒王国，名叫舒尔河。这时，他们已经离开河道，来到了耸立在平原上的巨岩那里。

这是一片树木繁茂的土地，据说彼世的神祇经常出没于巨岩和平原之上。达格达的儿子波伏·达里格接替父亲，成了众神的统治者，在芒斯特拥有自己的宫殿，很多彼世的女子都嫁给了这个王国的历代统治者。

当他们在岩石上照看猪群的时候，杜尔德鲁和奎里兰突然被巨大的疲倦征服，睡着了。这是彼世送来的睡眠，他们沉睡了足足三天三夜。

在睡梦中，他们看到了一个幻象：有一个名叫柯克的王子，是欧文纳赫塔家族的卢伊的儿子，他们听到一个声音在祝福他，称他为"光明者"埃韦尔的后裔，所有米利先人的合法统治者。这个声音宣告，柯克将会得到无数的祝福，那是赐予所有公正地统治着卡舍尔的合法统治者的祝福。

两个猪倌醒来之后，杜尔德鲁赶紧回去向他的主人——艾勒国王科纳尔·麦克嫩塔·孔报告。科纳尔听他说完，立即宣称，这个梦境发生的那块土地为他所有。这样，如果卢伊之子柯克王子知道了这件事，他就得从科纳尔那里买下这块土地，而科纳尔也会因芒斯特上王居住在他的土地上而获得巨大的威望。

与此同时，另一个猪倌奎里兰直接去找卢伊，向他讲了这个关于他儿子柯克的预言。老人很高兴，因为他的子孙及其家族现在可以建立一座伟大的首都，只要他们公正地统治，就会得到神祇的祝福。于是卢伊派人找来他的儿子柯克，让他和奎里兰一起向南去卡舍尔。

柯克在卡舍尔岩上点起一把火，以埃韦尔的后裔之名，郑重地宣布自己拥有此地。他派奎里兰去召唤芒斯特的所有小王，穆斯克莱国王是第一个赶到卡舍尔的，因为奎里兰是他的猪倌，所以他比其他所有人都先到。穆斯克莱国王向柯克跪下，宣誓效忠，请求道，如果未来有所必要，请优先把他的子孙传召到卡舍尔来。柯克应承了他。

当艾勒国王科纳尔·麦克嫩塔·孔被传召去卡舍尔的时候，他派使者去见柯克，傲慢地问他：既然卡舍尔是属于他艾勒国王的，柯克召他去卡舍尔又有什么用呢？他要求柯克回答，为什么不先征得他的同意就占有了卡舍尔。前来传达消息的使者就是杜尔德鲁。奎里兰告诉柯克，在他看到幻象的时候，杜尔德鲁一直和他在一起，也许杜尔德鲁把这个幻象告诉了科纳尔。

于是，当杜尔德鲁传达完消息之后，奎里兰像老朋友一样走到他面前，说："你旅途劳累了。咱们来喝一杯，为你接风洗尘。"于是，艾勒的猪倌喝下了浓烈的麦酒，当酒劲上头时，他向奎里兰坦白了自己的所作所为。

接下来，柯克派人去艾勒国王科纳尔那里，再次召他到卡舍尔来，并告诉他，如果他不来，就不得不在一场"真理之战"中面对柯克。科纳尔到了卡舍尔之后，柯克命令他的木匠莫赫塔拿起斧头，在黑刺李木燃起的火焰中把斧头烧热。当斧头烧得通红时，柯克让木匠把它从火里拿出来。

"说真话的人将会受到保护。过来，科纳尔，把你的舌头放在这把斧头的刃上。如果这片土地真的是你的，那么你就不会受到伤害。但是如果你为了从我这里获得贡品而撒谎，那么你的舌头就会变成焦炭。"

艾勒国王科纳尔·麦克嫩塔·孔在战场上非常勇敢，但他知道，自己不能违逆诸神的意志。这场争斗的胜利者是"真理"。于是，艾勒国王科纳尔立下了如下誓言："芒斯特的真命之王，我为此感到巨大的耻辱。我的剑将永远为您服务，在您的子孙最需要的时候，我的子孙将带着诗歌和刀剑来到卡舍尔，这两者都将为您的事业效忠。"

柯克听了十分高兴，便和科纳尔缔结了休战协议。事实上，他与芒斯特的所有小王都缔结了休战协议，只有香农河畔的利默纳赫的卡什除外，后者声称自己才是"光明者"埃韦尔的合法后裔，理应统治芒斯特。但是所有人都知道这是谎言，所以他们斥绝了卡什及其同伙，和他们断绝了来往。

卡舍尔兴旺起来，成了柯克的领地。卢伊死后，柯克即位为芒斯特上王，统治着所有的小王、王子和首领。就连杜尔德鲁也在卡舍尔草原边缘的拉斯纳尤兰获赐了一栋宅邸，以及七个女奴、一把象牙柄的宝剑、一面盾牌、几匹马，以及许多华服和银器。从此，杜尔德鲁的后裔成了卡舍尔的管家。

后来，圣帕特里克从不列颠来到这里，在埃姆利的艾尔维[1]的陪同下，他在卡舍尔岩给当时的国王——纳德·弗莱赫之子恩古斯举行了洗礼。在这个时代，卡舍尔日益繁荣昌盛。

几个世纪过去了，一些小王开始嫉妒卡舍尔的和平与繁荣。

1　活跃于公元 5 到 6 世纪的基督教圣徒。

煽动他们的是卡什的后裔，被称为达尔卡什家族，他们的领地位于芒斯特北部，被称作托蒙德王国。卡什的后裔仍然认为他们有权统治芒斯特。达尔卡什和欧文纳赫塔两大家族之间的这种分歧是爱尔兰的其他王国乐于看到的，因为这可以削弱芒斯特和欧文纳赫塔的力量。这也让洛赫兰的国王们很高兴，他们派了一船又一船的战士前来援助达尔卡什家族。洛赫兰的希特里克伪装成盟友的身份，来到了芒斯特，开始沿着海岸建立一个洛赫兰人自己的王国。

芒斯特遂被战争和流血撕裂。当时，卡舍尔的国王洛坎·麦克肯利甘被达尔卡什家族所杀，自从洛坎死后，芒斯特一直没有国王，欧文纳赫塔家族甚至被希特里克赶出了卡舍尔。洛赫兰人征服了它，把它作为一个要塞，统治着整个芒斯特。

于是，达尔卡什家族的肯尼迪声称他应当统治芒斯特。他和他的朋友——那些来自洛赫兰的外来人——给王国带来了沉重的负担。肯尼迪传召欧文纳赫塔的所有首领，要求他们在格伦纳文集合："芒斯特已经太久没有国王了。我比任何人都更有权利要求王位，所以芒斯特理应由我统治。欧文纳赫塔所有的国王和首领都必须来到格伦纳文，按照古老的法律，承认我的王位。"

欧文纳赫塔家族有一位公主，名叫菲德尔玛，她的丈夫是洛坎国王的堂兄布阿达汉。布阿达汉在与洛赫兰战士的战斗中阵亡，他给菲德尔玛留下了一个儿子。这个儿子被命名为凯拉汉，意为"满头光辉者"，因为他相貌英俊，生着一头金发。等他长到可以做出选择的年龄[1]时，武艺、诗歌和学问，他无所不通，已经成了一个智者。

1　古代凯尔特人认为一个人已经成年的年龄，即十七岁（一说女孩十四岁，男孩十六或十七岁）。

菲德尔玛公主听到肯尼迪的主张之后，对她的儿子凯拉汉说："你是欧文纳赫塔家族的亲缘者[1]，你有权继承王位。所以，我们现在就去格伦纳文，挑战这个达尔卡什家族的暴发户。你应当成为芒斯特的国王。"

凯拉汉无力地笑了一下。"难道肯尼迪不会让他的手下用剑来反驳我吗？"

"去寻找那些幸存的卡舍尔勇士吧，他们现在散落在各地。"他的母亲劝他，"把他们带来，让他们陪你一起去格伦纳文。"

于是，凯拉汉从卡舍尔出发，去寻找那些仍然忠于欧文纳赫塔家族的人。在他离开的时候，他的母亲菲德尔玛也召集战士、准备武器和补给，以使欧文纳赫塔家族能够战胜敌人。

然后，凯拉汉回来了。和他一起回来的还有穆斯克莱国王多纳哈，他是第一个被传召来守护卡舍尔的人；然后是利格瓦丹，他的名字意为"王室诗人"，他是昔日的艾勒国王科纳尔·麦克嫩塔·孔的后裔；最后是苏利万，他的名字意为"鹰眼"，他是伟大的国王艾利尔·奥拉夫的后裔。

菲德尔玛公主带着她的儿子和卡舍尔的勇士们出发前往格伦纳文。然而，他们却让军队留在会场之外。菲德尔玛公主自己来到集会现场，听取肯尼迪的要求。

达尔卡什家族的领主傲慢地站在集会者面前。

"我是洛坎之子肯尼迪，努阿·塞加文的后裔。我的祖先托德尔巴赫难道不是在埃姆利伐倒了神圣的紫杉树，预示着我们达尔

1　亲缘者（derbhfhine），字面意思为"真正的亲属"，是古爱尔兰关于财产继承的一个法律概念，指拥有一个共同的曾祖父的所有父系后裔，当其中一个成员死亡时，其财产将分配给同一群体中的其余成员。在一个家族里，当首领或国王去世后，继承者必须是亲缘者，而且只能由其他亲缘者选出。

卡什家族有朝一日会斩断芒斯特的柯克的家系吗？难道这件事不是变成现实了吗？现在我站在这里，希望不要再有流血事件发生。我可以凭我的剑夺取芒斯特的王冠，宣布我是正统的国王，但我不会这样做。如果你们心甘情愿地拥立我为芒斯特国王，我将恢复这片土地上的和平。"

一个名叫布罗纳赫的首领开口了，满脸悲伤的神色："你会请洛赫兰人的国王希特里克安然离去吗？希特里克难道不是正盘踞在卡舍尔岩，耀武扬威，但是在那里的本应是欧文纳赫塔家族？希特里克的弟弟托尔纳难道不是已经得到了留在那里的权利，并且已经娶了卡姆的多纳哈的女儿莫尔？"

肯尼迪皱了皱眉头。布罗纳赫说得有一定道理。他知道，自己在希特里克的帮助下夺取政权之后，可能很难劝阻希特里克和洛赫兰人向芒斯特索要一份战利品。

"我一定会请希特里克和平地离开这片土地。"肯尼迪同意道，"在此之前，你们必须同意让我踏足命运之石，让它向我咆哮致意，赋予我合法的王者身份。如果你们同意让我吃下神圣母马的肉，让王室的血脉得以延续，我就会请希特里克离开。"

聚集在一起的首领们一阵议论，然后，一个女人的声音在会场上响起：

"如果你碰触了命运之石，它就会喊出，你是伪王。如果你吃了神圣母马的肉，你会呕吐，因为你不配。你是个卖国的贼王。"

原来是欧文纳赫塔家族的公主菲德尔玛站了出来，向肯尼迪发起挑战。

"安静，女人！"肯尼迪吼道，"你没有权利在这里说话。"

"每个人都有说话的权利。因为我是凭着欧文纳赫塔家族的血脉说话的！"

当肯尼迪的战士们开始向前走去时，首领们站起身，把菲德尔玛环绕在中间。

"她有权利，达尔卡什家的。"布罗纳赫喊道，"如果你是欧文纳赫塔家族的人，你就会知道这种权利。"

菲德尔玛抬起下巴，傲慢地盯着肯尼迪。"我再说一遍，你是个伪王。"她转过身来，对首领们说，"这里有一个人，他是柯克的合法后裔，如果你们想要摆脱达尔卡什家族和洛赫兰外来者的嫉妒，他就是你必须选择的国王。"

"说出他的名字！"一个首领喊道。

"让我们听听他的要求！"另一个人喊道。

参加集会的首领们开始用剑敲打盾牌。然后，菲德尔玛公主传召她的儿子。凯拉汉来了，身边还带着三个欧文纳赫塔家族的勇士。

"说出你的要求！"首领们喊道。

"我是凯拉汉，我的父亲是布阿达汉。我的家族再往上数是拉赫特纳、阿特加尔、斯内古斯、多恩加尔、法尔古斯、纳德·弗莱赫、科尔古。科尔古曾经是卡舍尔的国王，出自柯克的血脉。"

"他比肯尼迪更有资格。"布罗纳赫同意道，"只有欧文·莫尔[1]真正的继承人才能背出这串家谱！"

然后，首领们跺着脚，把刀剑在盾牌上敲得铿锵作响，拥戴凯拉汉为他们的国王。

达尔卡什的肯尼迪愤怒地带着他的手下离开了集会，他放言道，达尔卡什家族不会承认任何欧文纳赫塔家族的国王。

但是，凯拉汉必须踏上的命运之石就在卡舍尔，在洛赫兰人

---

1 欧文纳赫塔家族的创始者。

被赶出卡舍尔岩之前，他什么都做不了。

至于神圣母马的肉，一个少女把盛肉的碗递给了凯拉汉王子。

凯拉汉把碗高高端起，让大家都能看到。然后，他用古语吟诵道：

> 我向芒斯特之地祈求，
> 我向女神莫尔·芒斯特的土地祈求；
> 我向肥沃的河岸祈求，
> 我向硕果累累的山谷祈求，
> 我向被庇护的山林祈求：
> 这里的湖川哺育滋养着人民，
> 这里的田野丰饶而秀美。
>
> "光明者"埃韦尔的国度，
> 是三位女神馈赠的礼物，
> 饱含着班瓦、芙拉和爱尔的柔情。
> 我向芒斯特之地祈求，
> 以柯克后裔的名义，
> 以欧文子孙的名义。

随后，欧文纳赫塔家族发出战斗的呐喊，刀剑和盾牌不断相击。

然后，凯拉汉低头看去，他的目光迎上了侍奉他的少女的那双海绿色的眼睛。他发现她非常美丽，就连爱神爱妮雅，以及黛尔德露、艾汀、格兰妮雅等著名的美女都无法和她的美貌相比。然后，她垂下视线，消失在欢呼的首领们中间。

在那之后，举行了一场盛大的宴会，在宴会上，凯拉汉被授予了芒斯特的王冠，他发誓要保护他的人民。多纳哈、利格瓦丹、苏利万，这些伟大的勇士一一侍立在他的面前。

然后，凯拉汉告诉他的人民，将达尔卡什家族从他们在利默纳赫的巨大堡垒赶走的时候到了。利默纳赫是一片贫瘠的荒地，现在被称为利默里克。一旦他们打败了达尔卡什家族，就可以进攻卡舍尔，赶走洛赫兰人。当他们筹备战斗的时候，凯拉汉悄悄地向他的母亲菲德尔玛公主问道：

"那个给我端来神圣母马肉的少女……我想知道她的名字，妈妈。"

菲德尔玛会意地笑了笑。"国王啊，我的儿子，你问她的名字是明智的。她就是艾伊·麦克奥基的女儿莫尔，出自布雷萨尔[1]的血脉。曾有一个预言，艾伊的后代将成为卡舍尔的国王。"

"是谁预言的？"她的儿子问。

"不是别人，正是爱神爱妮雅，她同时也是欧文纳赫塔家族的守护神。她向'火焰'艾伊，也就是莫尔的父亲许下了这个承诺。莫尔是他唯一的孩子，这就意味着，谁娶了她，谁就会成为卡舍尔的国王。"

于是，凯拉汉兴高采烈地投入了战斗。他爱上了莫尔，发誓要让她成为他的王后。

他命令他的战士们向利默纳赫进军，在那里，达尔卡什国王肯尼迪及其部下已经做好了迎敌的准备。欧文纳赫塔家族战意高昂。他们一边唱着战歌，一边向那座城市进发：

乘船向利默纳赫进发吧，

---

1 可能指曾担任芒斯特国王的布雷萨尔·麦克艾列罗（Bressal Mac Ailello）。

伟大的欧文纳赫塔！
环绕在谦和的凯拉汉身边，
前往石头砌成的利默纳赫。

去保卫你们心爱的国土吧，
艾利尔·奥拉夫的后人！
在利默纳赫飞驰的战船上，
为欧文纳赫塔赢得自由，
为平原上的卡舍尔带来和平。

勇敢地保卫凯拉汉，
保卫卡舍尔的国王，最尊贵的领主，
不要让他孤零零地冲锋在前，
去对抗篡位者和异族。
挥舞手中的剑和盾牌吧，
去捍卫我们的自由。

  凯拉汉的精锐战士团簇拥着他们的国王向前进军。他们的旗帜飞扬，阵列中尽是泛蓝的刀刃、金色的项圈和闪闪发光的盾牌。前来交锋的是达尔卡什大军，他们盾牌贴着盾牌。洛赫兰人由希特里克手下的军阀奥拉夫及其儿子莫兰、马格努斯统领，每一个都是洛赫兰长船上久经沙场的勇士。凭借他们的链甲和长盾，洛赫兰的战士们给身穿亚麻布长袍的欧文纳赫塔战士带来了沉重的损失。
  鲜血染红战场，就连天空也变得灰红，芒斯特人在战斧的攻击下节节败退。他们本来可能在这一天失利，但聪明的凯拉汉举着他的大剑冲向敌人，一直冲到大军中的奥拉夫面前。他猛力劈

128

出一剑，斩碎了这个洛赫兰勇士的头盔，让他光着脑袋置身于战场上。

欧文纳赫塔军中爆发出巨大的呐喊声，苏利万率领一百五十名英勇的战士杀到凯拉汉身边。苏利万将奥拉夫击杀，莫兰和马格努斯怒气冲冲地向他杀来，但多纳哈和利格瓦丹已经站在他们面前，用盾牌和利剑挡住去路。

利格瓦丹欢呼一声，用剑敲打着他的盾牌，谱写了下面这首诗歌：

> 啊，那些无头的尸身，
> 悲伤的眼泪将为他们而流。
> 这决不是愚蠢的战斗，
> 即使欧文的族裔人头落地，
> 宛如秋天的落叶。
>
> 女人们爱着我的这颗头颅，
> 这是艾勒国王勇敢儿子的头颅。
> 如果它被达尔卡什大军
> 挂在胜利之柱上示众，
> 那该有多么凄惨。
> 所以，现在会有一场巨大的屠杀，
> 因为我想留着我的头颅！

莫兰和马格努斯也倒下了。肯尼迪逃到卡舍尔，寻求希特里克和他手下的洛赫兰人的保护。

与此同时，在平缓的舒尔河的岸边，"火焰"艾伊的女儿——

温婉可爱、身材颀长的莫尔正在沐浴。她喃喃祈祷，希望卡舍尔的凯拉汉能够平安归来，因为她早已对他芳心暗许。她下定决心，无论他是胜是败，她都要做他快乐的王后。

她听到了猫咪轻柔的喵喵叫声。她洗完澡，抬头望去，看到一只大黑猫坐在岸边。

"你爱上了谁，莫尔？"猫咪问。

少女皱着眉头，游到岸边，审视着这只动物。"你这只猫，竟然会说话，还问我这样的问题，真是咄咄怪事。"她说。

"如果我不这样做，那才是怪事。因为我是爱妮雅，你的爱情守护者。"

听到这话，莫尔热情地笑了。"如果是这样的话，那你可真是伪装得很奇怪。既然你是爱妮雅，那么我可以告诉你，我爱的是那个头脑聪明的人。"

"那么，无论他是胜是败，你都会站在他的身边。"

从宽阔的河面上驶来了一条小船，猫跳上船头。"如果你真的喜欢卡舍尔的凯拉汉，就上船来，跟我走。"

于是，莫尔满心欢喜地和猫一起上了船。一阵大雾降下，小船沿着舒尔河疾驰而去。猫咪开口唱道：

> 和平建立在希特里克一百面弧形盾牌上，
> 芒斯特的人质会把胜利带给他。
> 希特里克会把她带过大海，
> 向东直抵战船幽暗的洛赫兰。

莫尔听着这首奇怪的歌，不知不觉睡了过去。当她醒来的时候，发现自己正置身于卡舍尔岩上的巨大堡垒最高塔楼上的一个小房间里。

一个巨人般的红胡子战士站在门口。

"不要怕，姑娘。"他咕哝道，"我是洛赫兰人的国王希特里克，你现在是我的俘虏。"

莫尔抬手摸了摸自己的头，由于这睡眠是由魔法催生的，她现在还能感觉到魔法的效果。

"黑猫呢……?"她试图回忆发生在她身上的事情。

希特里克大笑，吼了一声。他走到一旁，一个看起来很邪恶的瘦小的家伙从门外走了进来。他一身黑衣，还披着一领黑色的大斗篷。一瞬之间，这个瘦弱的黑衣人却变成了一只喵喵叫的猫，在红胡子希特里克的脚边蹭来蹭去，莫尔惊讶地眨了眨眼。

"那个黄毛的凯拉汉不会成为你的爱人，女士。"猫叫道，"至少在这个世界上不会。"

然后，猫又变回了人形。

希特里克冲着少女咧嘴一笑。

"我的弟弟托尔纳会魔法。我们要守住卡舍尔，抵挡欧文纳赫塔。你会成为我们的人质，帮我们抵御他们的进攻。"

然后，希特里克和他的邪恶法师弟弟就离开了，留下莫尔一个人陷入绝望。

凯拉汉和他的部下听说洛赫兰人正准备在卡舍尔堡垒进行最后的抵抗，便从利默纳赫赶了回来。利格瓦丹一边赶路一边唱歌：

> 告诉欧文的后人，
> 告诉英雄的领主，
> 他们的至高王离开了
> 胜利的战场，

正赶往洛赫兰人的战旗之前。

让尚武的欧文的后人与他同行，
组成一支无可指摘的军队，
从克丽娜之波
直抵卡舍尔城壁，
为他们勇敢的国王而战。

菲德尔玛公主用一个坏消息迎接儿子：艾伊之女莫尔已被希特里克俘虏，并被扣作人质。

"大人，我们必须进攻。"身材魁梧的"鹰眼"苏利万喊道。

"可是，如果我们发动进攻，希特里克就会加害那位全国最美的少女。"利格瓦丹抗议道。

于是，凯拉汉和他的军队在卡舍尔的灰色高墙前坐下，绞尽脑汁，想想出一个对策。

"王室诗人"利格瓦丹来到凯拉汉的营帐，说道："我知道一个叫作榛树岭的仙丘，爱妮雅女神就住在那里。"

凯拉汉好奇地望着这位诗人战士。

"没人知道这事。"他不屑地说，"就算有人知道，对我们能有什么好处？"

"这是诗人之间一个严守的秘密，"利格瓦丹表示赞同，"但这很可能会有一些好处。爱妮雅难道不是欧文纳赫塔的守护者吗？她难道不是预言过，莫尔会成为卡舍尔未来国王的母亲吗？"

爱神爱妮雅是海神玛诺南·麦克李尔的女儿。据传，有一天，欧文·莫尔之子艾利尔·奥拉夫正躺在一座山丘上睡觉，那座山丘就是榛树岭。他被甜美的音乐唤醒，发现一个少女正在用青铜乐器演奏。艾利尔引诱了那个少女，欧文纳赫塔家族就是她的后裔，而这个少女正是爱神本人。因此，爱妮雅不仅是爱情的守护神，同时也是欧文纳赫塔家族的守护神。

凯拉汉明白了问题的关键，他把手搭在同伴的肩膀上。

"那你就去吧，利格瓦丹。看看她会不会帮我们。"

于是，利格瓦丹来到了榛树岭，那里也被称为爱妮雅山，就是今利默里克郡的诺克艾尼。当时正值仲夏日，他坐下来集中精神，然后唱起了自己最擅长的情诗，希望引起女神的兴趣，让她走出仙丘：

> 这是一束能射杀睡眠的箭，
> 回忆着你，我亲爱的人儿，
> 想起我们一起度过的夜晚，
> 忆起我们最私密的秘密。

> 这是一束能射杀睡眠的箭，
> 爱的回忆就是尖锐的箭头，
> 情人舌尖上的甜美歌声
> 迷失在寒冷的夜空中。

突然，利格瓦丹发现有人站在他身边。

"年轻人，你来这里找什么？"一个低沉、悦耳的声音问道。

利格瓦丹抬头一看，吓了一跳。周围并无别人，只有一个乞丐老太婆在慈祥地看着他。

他告诉她，他正试图召唤爱妮雅，以及他这样做的原因。

"回去找凯拉汉，"老太婆吩咐道，"告诉他，从今天起的第三天早晨，他要到卡舍尔的城门那里，用剑柄敲三下。城门会打开，他和他的人可以进去。莫尔不会受到伤害。"

于是利格瓦丹带着这个消息，匆匆赶回凯拉汉那里。

莫尔独自一人待在塔楼上，擦了擦眼泪，看着爱人的大军安营扎寨，聚集在巨岩周围。她知道，之所以战号还不吹响，刀剑还不敲击盾牌，是因为希特里克用她的生命相要挟。她陷入了黑暗的绝望，不知道自己该做什么才能帮助凯拉汉打败芒斯特的敌人。

她轻轻地唱着歌，想让自己的精神振作起来，但歌词却无比悲伤：

> 每天漫长得都像一个月，
> 每个月漫长得都像一年。
> 现在，森林的音乐
> 会让我感到欢欣。
> 唉，为什么，他和我之间隔着一堵墙？
> 熊熊燃烧的火焰
> 将我的头脑烧熔。
> 没有他，我简直无法活着。

这时，门开了，一个老妇人一瘸一拐地走了进来。

"如果你是希特里克家的女佣，我没有什么事要吩咐你。"莫尔立刻对她说。

老妇人笑了起来。那是一种奇怪的、悦耳的笑声，根本不像一个老妇人在笑。

"我猜，你不喜欢希特里克？"

"我也不喜欢任何洛赫兰人。"莫尔说，"我是欧文纳赫塔家族的。"

"啊，可是，你说的是真的吗？"

"你没有理由怀疑我的话。就算你怀疑，这也无损于它的真实。"

"你说得对。"老妇人同意道，"是的，你身上有着欧文纳赫塔的自信。"

莫尔烦恼地摇了摇头。"去干你该干的事吧，老太婆，让我一个人在这儿悲伤好了。"

"你会悲伤，是因为你和你的爱人凯拉汉分开了，对吗？"

莫尔脸红了，但还是挑衅地扬起了下巴。"他不是我的爱人——如果是就好了。我只见了他一面，就把心交给了他。但是……"她耸耸肩，"他从来没有多看过我一眼。"

"那你就是个傻孩子。很多事情都是一目了然的。人们会为这些东西开战，或赢或输。预言不是说，你要生出欧文纳赫塔未来的列王吗？"

莫尔很惊讶，这个老妇人怎么会知道这件事。

"这是我父亲艾伊造访爱妮雅山时，女神爱妮雅对他预言的。"

"确实如此。"

然后，老妇人轻声唱了起来：

> 她的名字是莫尔，她将无比幸福，
> 她会爱上英勇的"满头光辉者"。
> 火焰之女将获胜，生育出渡鸦选中的国王，
> 一脉相承的伟大子孙将统治巨岩，
> 直到一个红发女子[1]前来攻击他们，

1　即英国女王伊丽莎白一世。在其统治期间，英格兰完全占领爱尔兰。

而她来自不列颠王国。

"你怎么知道这个预言？"莫尔问。

老妇人悲伤地摇了摇头。

这时门开了，法师托尔纳走了进来。

"女人，你来这里做什么？"他看到老妇人，皱眉问道。

"我来以礼还礼。"她回答说。

"你要还礼？这姑娘送了你什么礼物？"

"她送给了我世代相传的欧文纳赫塔家族。"老妇人笑道。

托尔纳大叫一声，认出了她是敌人。他纵身一跃，拔出刀来，但老妇人变成了一只黑猫，他没有抓住。托尔纳施展魔力，也变成一只黑猫，朝着对方扑了过去。这样一来，他们之间就没有什么区别了。然后，第一只黑猫变成了一只巨大的黑色渡鸦。

这两只生物在房间里飞快地穿梭，来来回回，不断变形。莫尔看得头昏眼花，她试图弄清谁是谁。

很快，交战双方就精疲力竭了。

法师和老妇人停了下来，变回了人形。

"暂时休战。"托尔纳喊道，"我有一个提议。"

"什么提议？"老妇人问。

"像我们这种人为了这个少女厮打，实在是不体面。"托尔纳说道，"让我们用一种更温和的方式来解决这个问题吧。"

"洛赫兰巫师，你想到了什么方法？"

"让我们变形，变成相同的模样，看看这个姑娘能不能分辨出来。如果她能分清谁是谁的话，我以我的名誉担保，她将获得自由。"

老妇人转向莫尔。

"这件事必须你自己同意，艾伊之女莫尔。"

虽然莫尔对此热情不高，但她知道，这是逃出希特里克的监禁的唯一希望，就勉强同意了。

"要记住，你选择的人是'满头光辉者'凯拉汉。我的名字不也是'光明'的意思吗？"

然后，在莫尔的屏息注视下，老妇人和巫师托尔纳开始变形，在房间里快速移动。她试图记住他们谁是谁，每个人又在哪里，但是却感到头晕目眩。

最终，为了防止头晕，她闭上眼睛，坐到床沿上，说：

"不行了，不行了。你们变得我晕头转向，我看不下去了。"

"我们已经停下来了。"一个声音回答。

莫尔抬起头来。

两只黑猫坐在她面前，看起来一模一样，她分不清分别是谁。

"你可以在我们之间做出选择。"老妇人的声音从一只猫那里传来。

"不过你放心，没有什么事情是容易的。"另一只猫的声音还是那个老妇人的声音。

莫尔很失望。她以为可以靠声音分辨出谁是老妇人。但两只猫完全一模一样。

"来吧，不要花上一整天的时间。"其中一只猫说。

莫尔从一只猫看向另一只猫。然后，她抿起双唇。

"我会做出选择。你就是那个老妇人。"她指着其中一只猫叫道。她之所以这样选，是因为那只猫的眼睛比另一只猫的眼睛更亮。老妇人曾经告诉她，她的名字是"光明"的意思。

转瞬之间，老妇人变回来了。莫尔做出了正确的选择。她转过身去，发现邪恶的巫师托尔纳手里抓着刀，向她扑来。她还没有来得及尖叫，老妇人就变身为一只巨大的渡鸦，用爪子戳到了巫师的脸上。他大叫一声，踉跄后退，把刀丢在地上。

接着，老妇人不见了。莫尔还没反应过来，一个年轻貌美、容光焕发的女人就站在了老妇人原来的位置上。

"握住我的手，莫尔，"她轻声说，"相信我，因为我是爱妮雅，所有真心相爱的人的守护者。"

似乎有一道亮光闪过，莫尔眨了眨眼睛。她睁开眼睛，发现自己正站在一顶帐篷附近。当她看向帐篷的时候，凯拉汉那俊美的金发身影走了出来。他脸上的惊讶逐渐变成了狂喜。

他向她伸出双手。他们之间无须多言。

第三天早晨，凯拉汉走到卡舍尔的城门前，用剑柄敲了三下。城门一震，打开了。欧文纳赫塔的勇士们冲进城内，夺回了他们珍爱的堡垒，同时也是芒斯特的王座所在地。

就这样，芒斯特王国从洛赫兰人手中解放，达尔卡什家族的人也悄悄地回到了托蒙德。肯尼迪承诺与卡舍尔维持和平，他实践了自己的诺言。托尔纳死于他的魔法对决，因为所有的施法都一定会招致反作用。希特里克则驾着他的长船驶回洛赫兰的海岸。

于是，欧文纳赫塔家族再度崛起，凯拉汉和莫尔生了很多儿子。就如同预言所说的那样，一切都变成了现实。

马恩岛

ELLAN VANNIN

序　言

18世纪之前，人们普遍认为马恩岛的大部分民间传说是通过口述传播的。然而，我认为，尽管证据零碎，但有事实表明，在16世纪末之前，那些识字的岛民会求助于爱尔兰的文字。

存在着一些确凿无疑的证据：有一首由佚名诗人所作、赞美马恩岛国王拉格纳尔一世（Raghnal I，在位时间1187—1226）的诗，所用的语言被确定为中古爱尔兰语。还有一个有趣的例子是大主教艾伊·麦克卡维尔（Aodh Mac Cathmhaoil，1571—1626），他曾被任命为全爱尔兰的主教。虽然他出生在爱尔兰的唐郡，但根据记载，他在十三岁左右时被送往马恩岛，"以获得……在家中无法获得的教育"。我们得知，他在马恩岛的学校表现出色，毕业之后还在岛上任教到二十六岁。

现在，麦克卡维尔的诗歌和散文被视为阿尔斯特文学精神的一部分，仍然受到高度评价。他的《忏悔圣礼之镜》（*Scathán Shacramuinte na h-Aithridhe*）等作品于17世纪初在鲁汶出版。

在这一时期，大部分爱尔兰语作品都是在欧洲大陆出版的，因为在爱尔兰当地，这种语言正受到系统的压制。也有其他一些爱尔兰作家，如图阿萨尔·奥希金（Tuathal O hUiginn，？—1450），曾在马恩岛上生活和工作。我认为，这表明马恩岛上当时使用着标准的书面盖尔语。

当一种独特的马恩岛文学开始出现时，我们很容易观察到它们的主题和特征的相似之处。约翰·凯利（John Kelly）在1770年写下了《李尔之子小玛诺南，或对马恩岛的记述》（*Mannánan Beg, Mac Y Leirr, ny slane coontey yeh Ellan Vannin*），这是现存最早的一篇关于海神的故事，据说马恩岛就是以他的名字命名的。分析这个文本的学者认为，这首诗最初创作于16世纪早期，因为它描述了发生在1504年的一个事件。

就连爱尔兰的大英雄芬恩·麦克库尔和莪相的故事也在岛上流传。菲利普·摩尔（Philip Moore）牧师在1789年写下了《芬恩与莪相》（*Fin as Oshin*），这是他根据一位马恩岛老妇人的口诵抄录下来的。这篇故事将"奥里王"(King Orry)，也就是马恩岛国王戈德雷德·克罗万（Godred Crovan，在位时间1079—1095）也纳入了"芬恩神话体系"。

本书重述的大部分马恩岛故事来自口述传说，它们和爱尔兰（尤其是多尼戈尔郡）及苏格兰的故事之间存在着有趣的呼应。《海神之岛》提到了圣麦克尔德，他曾在圣帕特里克的故事中以"麦克奎尔"和"麦克戈尔"的身份出现。

《棉花草》的另外一个不同的版本最早记录在 W. 拉尔夫·霍尔·凯恩（W. Ralf Hall Caine）的《魔岛编年史》（*Annals of the Magic Isle*，塞西尔·帕尔默出版社，1926）中。拉尔夫是马恩岛著名小说家托马斯·霍尔·凯恩[1]的弟弟。爱尔兰人布拉姆·斯托

1　托马斯·亨利·霍尔·凯恩（Thomas Henry Hall Caine，1853—1931），小说家、戏剧家，生前曾红极一时。严格地说，他不算马恩岛人，他的祖母和叔叔是马恩岛人，他小时候经常被送到那里去住。

克[1]将他的小说《德古拉》（1897）题献给了托马斯，使用的称呼是"Hommy Beg"（小汤米），这是托马斯讲马恩语的亲戚给他取的绰号。"棉花草"是马恩岛上对珠光香青（*Anaphilis margaritacea*）的称呼，在故事中，它被用来当作年轻女子的名字，这似乎是一个很奇怪的调换。

《海女》似乎是同一个故事的马恩岛版本，它的另外几个版本同时存在于苏格兰西部岛屿、爱尔兰以及布列塔尼，凯尔特说书人好像非常钟爱这个故事。这个故事是道格拉斯·C.法赫（Douglas C. Fargher）讲给我的，《金翅雀》是他最初介绍给我的另一个故事，当然，它和在爱尔兰发现的几个故事之间有一些相似之处。

《老巫婆的长皮袋》其实是一个几乎与之同名的多尼戈尔郡故事的马恩岛版本，但是这个马恩岛版的皮袋并不长。1900年，谢默斯·麦克马努斯（Seumas MacManus）在他的《多尼戈尔童话故事集》中收录了这个故事的多尼戈尔郡版本。传奇故事《吉拉斯皮克·夸尔特罗》有时会使人联想到塞缪尔·拉夫尔（Samuel Lover）在《爱尔兰的传说和故事》（1831）中收录的《航海家巴尼·奥雷尔登》，但吉拉斯皮克和巴尼是两个完全不同的人物！

这些故事大多是我在访问马恩岛时通过各种渠道记录下来的。

我第一次造访马恩岛是在1964年，已故的道格拉斯·C.法赫——《法赫英语-马恩语词典》（1979）的编纂者——当时向我介绍了一些在岛上流传的故事。他还把我介绍给了莫娜·道格拉斯（Mona Douglas），她曾是阿尔弗雷德·P.格雷夫斯（Alfred P. Graves）的秘书。格雷夫斯是一个勤奋的爱尔兰民间故事收集者，

---

1 布拉姆·斯托克（Bram Stoker，1847—1912），著名吸血鬼小说《德古拉》的作者。他是托马斯·霍尔·凯恩的密友。

他是罗伯特·格雷夫斯[1]的父亲。莫娜·道格拉斯则是马恩岛语言和文化的主要倡导者，同时也是马恩岛民间故事的收集者。

20世纪60年代，在最后一批以马恩语为母语的人逐渐消亡的时候，马恩岛上开展了许多寻找文化遗产的活动。最后一位被认定的母语使用者是奈德·马德雷尔（Ned Maddrell），他于1974年12月27日去世，葬在他的家乡鲁申。当然，一种语言不会就这样被扼杀，岛上的许多居民仍然能够流利地使用这种语言。

不过，在这之前，已经有许多用马恩语写成的文字得以出版，例如"红胡子小奈德"（克雷格尼什的爱德华·法拉赫）[2]写下的故事，这些故事的原稿现存于马恩岛国家博物馆。在加的夫凯尔特研究委员会的亚瑟·S. B. 戴维斯（Arthur S. B. Davies）的努力下，一些马恩语故事早在20世纪50年代初就已付梓[3]，即《炉边故事》（Skeealyn Cheeil-Chiollee，1952）和《捕捞黑鳕鱼的水手及其他故事》（Juan Doo Shiaulteyr as Daa Skeeal Elley，1954）。

早在1891年，A. W. 摩尔[4]就以《马恩岛的民俗》为题发表了一篇对马恩岛民俗的研究报告。然而，在其他凯尔特国度却找不到哪怕一卷脍炙人口的马恩岛传说。所以，从某种意义上说，马恩岛的传说并不像其他凯尔特国度的传说那样"高调"。在凯尔特学者、马恩岛人乔治·布罗德里克（George Broderick）博士为福伊兰电影公司执导了电影《雪下的羊》（Ny Kirree Fo Naightey）[5]之

1　罗伯特·格雷夫斯（Robert Graves，1895—1985），英国诗人、小说家、评论家。

2　爱德华·法拉赫（Edward Faragher，1831—1908），马恩岛诗人、民俗学家。"红胡子小奈德"（Neddy Beg Hom Ruy）是他的马恩语名字。

3　从威尔士语译为马恩语。

4　亚瑟·威廉·摩尔（Arthur William Moore，1853—1909），马恩岛古物学家、历史学家、语言学家、民俗学家。

5　1983年上映，是第一部完全用马恩语拍摄的电影。

后，情况发生了一些改变——他展示了一种可以使马恩岛进入公众视野的方式。

1988年，我还在岛上待了六个星期，研究并整理了这里的一些故事。我必须感谢莱斯利·夸克（Leslie Quirk）提供的建议和信息，他从三岁起就由讲马恩语的祖父母带大，因此成了比任何人都更接近母语使用者的人。当时他是马恩岛语言中心"马恩语之家"（Thie ny Gaelgey）的负责人，该中心位于过去的圣犹达校舍。我还享受到了道格拉斯·C.法赫的遗孀乔伊丝·法赫（Joyce Fargher）夫人的热情款待。多年以来，道格拉斯一直给了我很大的帮助。我还得到了以乔治·布罗德里克博士、阿德里安·皮尔格林（Adrian Pilgrim）、布莱恩·斯托威尔（Brian Stowell）博士为代表的为数众多的马恩岛爱好者的鼎力相助，他们使我在岛上的研究变成了一种愉快的消遣。

8 海神之岛

麦克奎尔（意思是"榛树之子"）是口才与书写之神欧格玛的儿子。榛树是一种神秘的树，因此欧格玛用它来表示他发明的字母表的第三个字母，还用它给自己的第三个儿子麦克奎尔命名。麦克奎尔的两个哥哥分别是"太阳之子"麦克格雷涅和"犁之子"麦克凯赫特，兄弟三人分别娶了三个姐妹为妻：麦克格雷涅娶了女神爱尔，麦克凯赫特娶了二姐芙拉，麦克奎尔娶了最小的妹妹班瓦。

有那么一个时期，诸神失去了恩宠，被米利之子打败了。据说，麦克格雷涅死在伟大的德鲁伊阿梅尔津手中，麦克凯赫特死在埃列蒙的剑下，麦克奎尔死在埃韦尔的矛下。

在诸神被米利之子击败之后，麦克格雷涅、麦克凯赫特和麦克奎尔的妻子——爱尔、芙拉和班瓦——去迎接命运之岛的征服者。

"欢迎你们，勇士们，"爱尔喊道，"这座岛屿从此将属于你们这些远道而来的人。从日落之处到日出之处，再也没有比这里更好的地方了。你们的种族将是世界上最完美的种族。"

作为对这次祝福的回报，德鲁伊阿梅尔津问她想要什么。

"我希望你用我的名字来命名这片土地。"爱尔回答。但她的姐妹们却说，这片土地应该以她们的名字命名。于是阿梅尔津答应将"爱尔"作为这片土地的主要名称，而米利的诗人也会以"芙拉"和"班瓦"来称呼这片土地，直到今天都是如此。

欧格玛的儿子们都是神，即"永生者"。他们无法彻底死去，他们的灵魂在永恒的岁月中不断转生。在麦克奎尔的转生中，他开始哀叹自己失去权力的日子，哀叹他与班瓦共度的美好时光。每次转生，他的苦闷和怨恨都会增加，直到他转生为阿尔斯特王国的一个盗贼。阿尔斯特是组成爱尔兰的五个王国之一，每个王国都被称为"五分领"（即"五分之一"）。而整个爱尔兰，作为一个不可分割的整体，由一位至高王统治。在阿尔斯特，再没有比麦克奎尔的手段更高明的盗贼了，他令全国上下人心惶惶。他的所作所为传到了至高王的耳朵里，于是至高王派遣他的私人布列洪去找阿尔斯特国王。他对这位名叫杜弗塔赫的法官命令道："必须抓到麦克奎尔，并对他施以惩罚。"

最后，盗贼麦克奎尔落网，被带到了至高王的布列洪面前。在布列洪的身边站着一个高大的白发男子，他们用"苏卡特"这个古代战神的名字来称呼他。

"我们为什么不杀了你，让你为你的恶行赎罪呢，麦克奎尔？"杜弗塔赫问道。

麦克奎尔满脸狡诈地笑了。

"杀了我吧，布列洪。我已经在这个世界上完成了最后的转生。我不能堕落到比盗贼还低的地步了。我将从这个世界的布兰杜弗棋盘上被抹去。"

布兰杜弗意为"黑鸦"，是一种木制的棋类游戏，很多人将其与东方的象棋相提并论。

"然而，"他又闪烁其词地补充道，"现在杀了我，我就没有救赎的希望，就没有偿还罪孽的希望了。饶恕我吧，也许在我的灵魂中还有一些美好的东西，能够使我走上更加正确的道路。"

麦克奎尔说话时阴阳怪气，语带嘲讽，但他的话却不无道理。布列洪考虑了一下，无法下定决心。最后是苏卡特说："这件事不应由我们来决定。人对自己同胞的认识往往是错误的。对一个人而言公正的东西，对另一个人而言却是不公正的。所以，我们还是让造物主来决定吧。你将受到大海的审判。"

大海的审判极为恐怖，但转生多次的麦克奎尔并不害怕。苏卡特让人用铁链把麦克奎尔的手腕捆住，他亲手用挂锁锁住铁链，然后把钥匙扔进海浪，说："这条铁链无法解开，除非有人找到钥匙，并把它带给你。"然后，布列洪让人把麦克奎尔带到一条皮面柳条舟上，小舟上无桨无帆，也没有食物和水。麦克奎尔乘坐的这条小舟被划到离阿尔斯特海岸几里远的地方，然后就令其随波漂流。麦克奎尔的命运就交给风和潮水了。谁找到他，谁就可以让他做自己的奴隶。

当时，在所有的古代神灵中，只有最后一个还凭借其古老的力量活在世间。他就是狂暴的海神玛诺南·麦克李尔，他能以愤怒之力掀起滔天巨浪，摧毁整支船队。在众神陨落的时候，玛诺南·麦克李尔已经到了他最钟爱的岛屿法尔加岛隐居，该岛位于命运之岛和强大之岛[1]之间。最终，此岛将以伟大的玛诺南命名，马恩岛人在马恩语中亦被称作"Maninagh"。

当玛诺南看到以虚弱的人类之躯转生的麦克奎尔的困境时，顿时心生怜悯。他还记得以前他和麦克奎尔以及其他达努之子在群塔原野上与邪恶的弗摩尔人作战，争夺命运之岛时的情景。于是，玛诺南对着小舟轻轻地吹了一口气，掀起一股洋流，把船头转

1　"强大之岛"（Ynys Prydein）即大不列颠岛，是威尔士人对这个岛的称呼，"不列颠"（Britain）之名便来源于此。

148

向他自己那座雾气蒙蒙的法尔加岛。

但即使是玛诺南的呼吸，也无法斩断束缚麦克奎尔手腕的锁链。

几天后，这条无桨无帆的小舟载着奄奄一息的麦克奎尔，撞上了岸边的礁石。

岛上住着两位智者，一位叫科宁德里，另一位叫罗穆伊尔。两人都聆听过上帝之子的言语，接受了主张爱和宽恕的新宗教。他们看到半死不活的麦克奎尔，意识到他一定是犯下了滔天的罪行，才会这样被扔进海里。不过，他们还是把他从船上抱了下来，放在自己的床上，悉心照料，直到他恢复神志和体力。

当麦克奎尔在康复时，科宁德里和罗穆伊尔向他讲述了造物主及其儿子，以及宣扬爱和兄弟之情的新宗教。他们一边说着话，一边尽力松开麦克奎尔手腕上的铁链，但无论怎样努力，都无法做到。

麦克奎尔笑道："我前世是一个神。就像曾经的我一样，你们的新神及其儿子也会如此——当人类不再需要他们时，他们就会被抛弃和遗忘。"

"你很骄傲，麦克奎尔。我们的主教导说：'虚心的人有福了，因为天国是他们的。'"

麦克奎尔又笑道："如果说虚心是一种美德，那么它对人没有什么好处。如果人是虚心的，骄傲自大的人就会压迫他们。当我还是神的时候，人的精神是忠贞不渝的，反抗压迫是顽强不屈的。"

"有人打你的右脸，连左脸也转过来由他打。"

麦克奎尔嘲笑道："寻求压迫者和压迫者同罪。如果这就是教导，那你们就是在要求压迫者和盗贼进一步伤害你们。"

"要拿你的里衣，连外衣也由他拿去……有求你的，就给他……虚心的人有福了，因为天国是他们的。"

麦克奎尔大笑起来，摇头道："嗯，这个新宗教很适合我这样的盗贼。它告诉人们，当我打劫他们的时候，他们要欣然接受。虚心的人是不会抵抗我的。这是个好地方，在这里，如果大家都像你们一样有信仰，我做贼会做得很成功。现在我要去找个铁匠铺，把我的锁链弄断。"

麦克奎尔出发了，他沿着海边前行，把两位善良的智者——忧心忡忡的科宁德里和罗穆伊尔留在身后。

他沿着岸边走路的时候，听到了一阵轻柔的歌声。他绕过一个岬角，遇到了一位美丽的少女。这个地方叫朗尼斯，位于现在的基克马鲁教区。她正用甜美的歌喉唱着：

> 来吧，来我们星光闪闪的洞窟，
> 那是我们富饶的家园，有海浪轻抚；
> 这个珊瑚洞窟的四壁装点着
> 海洋中最为珍贵的宝石，璀璨夺目；
> 还有清晰明亮的水晶镜，
> 用魔法之光映照万物。

麦克奎尔停下脚步，看着那张美丽而忧伤的脸。这让他想起了他很久以前爱过的人——他前世的妻子班瓦。

"小姑娘，你是谁？"他问。

少女吃了一惊，看向麦克奎尔，眼里闪烁着幸福的微笑。"我是为你准备的，榛树之子。"她说。

"不可能。没有什么东西是我的，除非是我偷来的。我是个贼，我想要什么就偷什么。"

"我是布拉妮德。"少女继续说道，她伸手到自己坐的礁石旁边，拿出一个篮子，里面装满了她从海底收集的珊瑚、宝石和各种贵重金属，"这些都给你，因为我们现在都是贼。"

"我不会接受你给我的东西。"麦克奎尔厌恶地喊道，"但如果你能弄断我手腕上的锁链，我就接受。"

突然，布拉妮德一把搂住了麦克奎尔，令他大吃一惊，但是她的力气很大，让他无法挣脱。她把麦克奎尔拖到海边，投入深海。麦克奎尔虽然奋力挣扎，但还是被她拖到了海浪之下人鱼的住处。布拉妮德把麦克奎尔带到了一座美丽的海底城市。

这里有许多塔楼和镀金的尖塔，雄伟矗立，辉煌壮观。它位于海底深处，在鱼群的领域之外，空气清新，气氛宁静。街道上铺满了珊瑚和一种亮晶晶的鹅卵石，它们像反射在玻璃上的阳光一样闪闪发光。四面都是街道和广场，建筑物上装饰着五光十色的珍珠母和贝壳，墙壁上则镶嵌着闪耀的水晶。

但是在城市周围，却是无数的船只残骸。可怕的残骸散落在泥泞的海底，但城市却被保护得很好，丝毫不受其影响。在残骸中，麦克奎尔看到了成年男女和孩子们腐烂的尸体。无数的无眼骷髅散落在海底，只有鱼类在上面啃噬。从虫子和鱼类栖息的死人头骨中传来可怕的哀号，这声音太过刺耳，麦克奎尔不得不捂住耳朵。

"这是什么地方？"他喘息着问。

布拉妮德笑着指了指。他可以看到人们在街道上走动。他倒吸一口凉气——他认出了他的兄弟和其他的达努之子。

"现在，这里是我们的家，也可能是你的家。因为你想靠你偷来的东西生存。在这个新世界里，神们能做的只剩下偷窃。我们把船只引诱到我们迷雾笼罩的岛屿上，让它们触礁沉没，以此建造了我们的城市。每当一艘船颠簸着越洋来到这里，我们就从船上拿走成堆的珍珠、大把的黄金、无价的宝石、值钱的珠宝……我们的城市就是这样兴旺发达起来的。"

麦克奎尔吞了吞口水，问道："那，死去的水手们的灵魂呢？看看那些死人的尸体，那些淹死的妇女和孩子！你没有听到他们的哭声吗？"

"他们只是虚心的人而已。"布拉妮德说，"我们渐渐习惯了他们的哀号，拿走我们必须拿走的东西。"

麦克奎尔感到心里一阵恶心。他凝视着布拉妮德的脸，从中看到了班瓦的面容。"我们沦落到这个地步了吗？"他低声道。

昔日，达努之子以善良和强大的心灵统治着大地；如今，麦克奎尔发现他们已经沦为窃贼，以他人灵魂的痛苦为食。

"我用幻影向你展示的这些，只不过是你可以做出的一个选择。"布拉妮德回答。

"如果可以选择的话，我选择从炼狱里解放出来。"麦克奎尔喊道，伸出了被捆绑的手腕。

"唉，财富和繁荣可以属于你，但我们不能解开你手腕上的锁链。"布拉妮德回答，"你可以继续留在海神的国度里，一如你现在的样子；也可以在新的宗教中重生，让你的灵魂从永恒的痛苦中解脱出来。在这里，我们拥有的只是这些对过去的幻想。"

话音刚落，他发现自己又回到了基克马鲁的朗尼斯岬角。

他发现自己正凝视着灰色的大海，仿佛听到了一阵低语：

> 来吧，来我们星光闪闪的洞窟，
> 那是我们富饶的家园，有海浪轻抚……

他慢慢地走回了离开科宁德里和罗穆伊尔的地方。他们还像他离开时那样站着，因为在尘世的时间里，他刚刚离开他们的视线不久。

他们对他的归来喜笑颜开。

"跟我说说你们的上帝和他的儿子吧。"

于是他们就教导他。他满怀激情地相信了。他们称他为麦克卡尔杜斯，这是他的名字在新宗教的语言中的形式。于是，曾是阿尔斯特头号盗贼的麦克卡尔杜斯为自己过去的生活忏悔，科宁德里和罗穆伊尔把他带到一条小溪边，用水浇在他的头上，坚定了他对新宗教的信仰。

那天晚上，科宁德里把一条自己钓到的鱼煮熟了，端到桌上，好让三人同吃。当他把鱼切开的时候，他们看到鱼腹里有一把钥匙。麦克奎尔认出，那是苏卡特用来锁住他手腕上铁链的钥匙。当他把这件事告诉科宁德里和罗穆伊尔时，二人惊呆了。

"苏卡特·麦克卡尔普恩是我们的信仰中最杰出的传教士，这就是为什么我们称他为帕特里克——公民之父。"

康宁德里立刻打开了铁链，链条落在麦克奎尔脚下。

第二天，麦克奎尔就开始在法尔加岛上宣扬新的宗教。他去了巴尔德林附近的洛南石圈，在那里，他发现德鲁伊们正基于古老的习俗，准备献祭一个人类小孩。一座石祭坛已被火烤热，有人提议把孩子扔在上面。在孩子被扔出去的同时，麦克奎尔也将一瓶圣人祝福过的水扔了出去，水瓶抢在孩子之前落在石头上，把石头砸得粉碎。孩子没有受伤。

德鲁伊们立刻逃走了，但麦克奎尔把他们叫了回来，还把法尔加岛的国王召到面前，告诉他们，从今以后要信奉新宗教。

有一个叫吉尔科伦布的首领拒绝了他，他的名字是"鸽子的仆人"的意思。这个名字很有讽刺意味，因为他并不是和平道路的追随者。吉尔科伦布和他的三个儿子想杀了麦克奎尔。一天晚上，他们偷偷接近了麦克奎尔建立的教堂。麦克奎尔听说敌人正在接近，就带领他的信徒躲进了教堂地下的洞穴。

吉尔科伦布带着三个儿子和其他追随者，大叫着冲进了教堂。

"人都到哪儿去了？"吉尔科伦布发现教堂里没有人，愤怒地喊道。

麦克奎尔拿着牧杖出现在他面前。吉尔科伦布的追随者们敬畏地后退了几步。

"你对我有什么不满，吉尔科伦布？我哪里得罪了你，使你来到我的圣所，心里想着杀戮？"

"你就是做过贼的麦克奎尔吗？"吉尔科伦布冷笑着说，他比他那帮人更为大胆。

"我是麦克卡尔杜斯，这片土地的主教。"麦克奎尔严肃地回答，"我是基督的仆人。"

吉尔科伦布大笑，举起剑要杀他。

然而，麦克奎尔却向前探了探身，用牧杖在吉尔科伦布的心脏处敲了一下。这个不信神的首领发出一声恐怖的尖叫，然后舌头在嘴里僵硬起来。六个小时后，吉尔科伦布在痛苦中死去。所有住在法尔加岛上的人都意识到，麦克奎尔是被选中，引领他们皈依新宗教的人。

于是，有一天晚上，在海岸边，玛诺南·麦克李尔在麦克奎尔面前现身。

"事已至此，"古老的神明悲伤地说，"年轻时曾和我一起在命运之岛共处的这个人现在已经不是神了。苦难和转生把你带到了人类的境界，现在，你在这里宣扬一种全新的哲学。我们的道路不再交会，甚至不再平行。人们已经不再需要他们祖先的神了。"

麦克奎尔伤心地说："现在已经没有退路了。这就是世界的命运。没有回头路可走。"

玛诺南摇头道:"如果我没有把你吹到这个岛上,也许这一切就不会发生。这里是我最后的避难所。"

"但这是写在命运之书上的,李尔之子玛诺南。甚至早在神水达努滋润这片大地之前,这些就已经被写在命运之书里了。"

"人们不再相信我,于是我沦为一个影子。就像影子一样,我将在新宗教的光辉中湮灭。"

"只要有一个人还记得你,你的灵魂就会在这岛上的灰色大海和迷雾笼罩的山间徘徊。"麦克奎尔回答。

"一个人?"海神沉吟道,"我到哪里去找他?"

"我会记住你的。"麦克奎尔轻声答道。

从此,法尔加岛被称为"Ellan Vannin",即"玛诺南·麦克李尔之岛",如今以其简称"马恩岛"名世。麦克奎尔先是被称为麦克卡尔杜斯,后来又被称为麦克尔德。在海神之岛上,他至今仍以圣麦克尔德的身份受到尊崇。

9　棉花草

从前有两位英俊的王子，他们是年迈的马恩岛国王的儿子，名叫艾辛和尼艾辛[1]。艾辛是兄长，像他的父亲一样正直公允。他也以英勇善战而闻名，在战场上无所畏惧，判断准确。马恩岛上所有的年轻女子都十分欣赏艾辛，许多人试图吸引他的注意力，当他经过时，她们会眨眼睛，脸颊发红。但艾辛是个严肃的青年，他不喜欢浪费时间和姑娘们调情。他相信真爱，相信有一天他会遇到与他共度余生的女人，在相遇的那一刻，他就会知道她是谁。

他的弟弟尼艾辛也一样英俊，但性格软弱。他酗酒、好色、嗜赌且善妒。他嫉妒哥哥，这种妒意让他充满愤怒、心事重重。他的嫉妒心像刀子一样在胃里绞动着，啃噬着他。

一天傍晚，尼艾辛正走过南巴鲁尔[2]的山坡回家，他看到山顶有一座堡垒，堡垒门口站着一个干瘪的老人，他的眼睛很奇怪，一只蓝一只绿。这双眼睛可以往东看、往西看、往南看，却永远不可以往北看。

"Bannaghtyn[3]，尼艾辛。"老人用岛上的语言打招呼，"Cre'n-

1　这两个名字分别意为"他"和"不是他"。

2　马恩岛南部最高的山丘。

3　意为"祝福你"。

ash ta shiu？"

"你有什么资格问我过得怎样？"尼艾辛无礼地回敬道。

"只是寒暄一下。"老人答道，"你有什么烦恼？我是所有身处困境并寻求快乐之人的朋友。"

"我恨我的哥哥。"王子厉声说，"他拥有一切能让他生活幸福的东西，而我什么都没有。"

"是这样吗？"老人沉吟道，"这个国家有一句谚语：'Cha nee eshyn ta red beg echey ta boght agh eshyn ta geearree ny smoo.' 贫穷不是拥有少，而是欲望多。"

尼艾辛愤怒地拧起眉头。"老东西，你竟敢用谚语教训我？我告诉你，我的生活被我哥搞得一团糟。"

老人叹了口气，耸了耸肩。"嗯，这没什么好担心的。"

"你为什么这么说？"尼艾辛非常恼火，要不是注意到了老人那双奇怪的、动来动去的眼睛，他说不定会把对方打翻在地。他想起，据说邪灵就拥有这种闪烁不定的眼神，所以他一直控制着自己的脾气。

"因为这个问题可以解决。"老人伸手拿起脚边一个树枝编成的篮子，"看这儿，里面是一条蛇。你只要白天把篮子放在他的床下，到了晚上，他就会变得粗鄙丑陋，女人会躲得远远的，男人也会唾弃他。"

"真的吗？"尼艾辛迫不及待地问道。

"我没有说谎。"这个长满皱纹的东西坚定地说。

于是，尼艾辛拿着篮子，听着篮子里蛇的嘶嘶声，回到了他父亲位于杜利什[1]的大堡垒。

1　马恩岛首府道格拉斯（Douglas）的马恩语名字。

一夜过去，黎明时分，身为出色猎手的艾辛王子起身，出门去寻找梅乌尔山上的红鹿。尼艾辛一听说哥哥出了堡垒，就赶紧拿起装蛇的篮子，悄悄溜进哥哥的房间，把它藏在床下。

　　当天晚上，杜利什堡垒的大门前出现了一个奇怪的幽灵：一个驼背的男人，皮肤粗糙发灰，鼻子像鸟喙一样突出。他的眼睛斜视，头发蓬乱，口水不停地淌到下巴上。

　　守门的卫兵们皱了皱眉头，对视了一眼。他们并不认识他，但是他们看到他骑着艾辛王子的爱马。

　　"你是什么人？你怎么骑着这匹马？"一个卫兵问道，"这匹马的主人——我们那位英俊的王子呢？"

　　陌生人瞪着战士，叫着他的名字。

　　"你在开玩笑吗？"那个丑八怪用奇怪而刺耳的声音问道，"我就是艾辛王子。"

　　那个卫兵大笑道：

　　"你这个疯子，你还想骗我们。我们可太熟悉我们的王子了。"

　　另一个卫兵比这一个想得更周到，他说："如果这个丑鬼骑的是艾辛的马，这马肯定是他偷来的。如果他偷了马，那就意味着他在战斗中打败了艾辛。但艾辛是一个伟大的战士，他只要活着，就绝不会让别人偷走他的马。因此，唯一的可能就是他谋杀了王子。"

　　于是他们大喊起来。

　　艾辛一边与王宫的卫兵搏斗，一边呼喊他的父亲：

　　"父王！父王！他们在攻击你的大儿子！"

　　老国王走到城垛上，往下一看。"我不认识你，陌生人！"他转身回了堡垒。

　　但艾辛还是拼命挣扎。"母后！母后！他们在攻击你的大儿子！"艾辛叫道。

王后走来，厌恶地盯着他。"把这个恶棍赶走，查出我亲爱的儿子艾辛的下落！"她命令道。

更多的卫兵向他涌来，容貌变丑的年轻王子只好拽着骏马的缰绳，疾驰而去。

他来到一条小溪边，由于刚才在自家堡垒门前经历了奇怪的遭遇，他现在停下来稍事休息。在喝水的时候，他看到了自己在水中的倒影。

他对他所看到的尖叫起来。

现在他知道为什么堡垒里的人认不出自己了。

他心情沉重，拍拍马背，让马自己跑回堡垒。像他这样长相的人，骑着王子的马是不合适的。他拖着慢吞吞的脚步走向位于雪山[1]和草皮峰之间的山谷，在徘徊了一天一夜之后，他来到了位于德鲁伊戴尔的黑色深湖旁边，就在黑山脚下。

他坐在一块巨大的花岗石上，把脸埋在手心里。他不知道是什么原因导致他的外形发生了变化，也不知道现在该怎么办。

他听到附近有声音，便抬起头来。

沿着湖边阴森黑暗的小路走来了一位老妇人，她背着一大捆沉重的树枝，在重压之下步履蹒跚。她时不时停下脚步去捡起一把从背上掉落的树枝，每一次弯腰都会有更多的树枝掉下来，但她还是慢慢地背起了这一大捆树枝。这些树枝显然太重了，她被重压压弯了腰。

"Moghrey mie, venainstyr."艾辛喊道。虽然他也有烦恼，但他一直是个彬彬有礼、富有同情心的年轻人。这句话的意思是："夫人，早上好。您要背着那个走远路吗？"

---

1 马恩岛上最高的山丘。

老妇人停了下来，指了指黑山，说："我的小屋在上面，靠近黑山的山顶。"

这一路攀爬的难度相当大，但艾辛根本没有想到困难。"我帮您扛上去。"他二话不说，从老妇人那里接过柴捆，背在自己的背上。他们开始爬上陡峭的小路，与此同时，艾辛深深地叹了口气。

"Vel shiu ching？你是不是难受？"老妇人担心地问，"孩子，是不是太重了？"

"这个不重，我的心事沉重。"艾辛悲伤地回答。

"孩子，你有什么伤心事？"

当他们攀登的时候，艾辛向老妇人讲了他的故事，或者至少是他知道的那部分故事。等故事讲完，他们就到了那座白色的小石屋，小石屋面朝太阳，背朝山顶。

"放下柴捆，到我的小屋里来。稍微休息一下，我来生个火，让咱们暖和暖和。"

艾辛摇了摇头，说道："我是年轻人，老婆婆。应该您去休息，我来生火。"

他坚持让老妇人坐下来，他来生火。老妇人吩咐他，火一烧起来，就把小锅子放在火上，放些鲭鱼进去煮。

在他做饭的时候，老妇人走到窗前，凝望天空。现在夜空万里无云，可以看到所有的星星。她仔细观察星星排列成的图案，然后回到屋里，把鱼从锅里盛出来，和面包以及新打的黄油一起摆在桌上。

"多吃一点，长得壮壮的，年轻的艾辛。"她对他说，"你要像以前一样帅气，一样幸福。但是，你需要使出全力。所以你先在这里吃饭、休息，等到天亮，我再告诉你该怎么做。"

于是艾辛吃饱了饭，去休息了。他在火堆旁的角落里沉沉睡去。

早上，老妇人来找他。

"Vel shiu er chadley dy-mie？你睡得好吗？"她问他。

"Cha nee feer vie. 不是很好。"他回答说，因为他一直是个诚实的青年。

"喝点茶吧，它会让你精神焕发。喝完茶你就得出发了。你要翻山越岭，走到南巴鲁尔。在它的山顶上有一座仙灵的堡垒，在堡垒门口，你会遇到一个干瘪的老人，他的一只眼睛是蓝色的，另一只眼睛是绿色的。它们可以向东、向西、向南看，但是不能向北看。他会这么对你说：'Bannaghtyn，艾辛！你有什么烦恼？我是所有身处困境并寻求快乐之人的朋友。'你可以告诉他你有什么困难，但是绝对不要听从他的建议。无论他让你做什么，你都要反着做。明白了吗？"

艾辛摇头道："不太明白，但我会照您说的做。"

于是艾辛向着南巴鲁尔光秃秃的山峰出发了。他来到堡垒，在大门口看到了那个干瘪的老人，他的一只眼睛是蓝色的，另一只眼睛是绿色的。

"Bannaghtyn，艾辛！你有什么烦恼？我是所有身处困境并寻求快乐之人的朋友。"

艾辛把他的困难告诉了老人。

"这真是个悲伤的故事。容我先回堡垒思考一下。等我走后，如果仙后来了，你就躲起来，不要挡她的路，也不要和她说话。"

干瘪的老人消失在他的堡垒里。

此时天色已晚，星辰照耀着山顶，月亮悄悄地爬上了远处的山坡。然而，夜空布满了乌云，月光在黑沉沉的、不祥的乌云之后若隐若现。这是一个黑暗的夜。

艾辛站在黑暗中，突然看到了奇怪的景象。在山上，有一个明亮的白色光点上下浮动，越来越近。当它靠近时，艾辛看到一群小妖精和仙灵簇拥着一位美丽的年轻女子，她披着绿色的斗篷，金色的秀发用一个银环固定。她的左臂上挂着一只篮子，篮子里射出亮光，照亮了她身边所有的随从。

艾辛想起了老妇人的话，所以他决定做与老人的指示相反的事情。他已经猜到，这就是仙后和她的随从。

他迈来来到仙灵们面前，拦住其去路。

"拜见仙后。"他叫道。

"你为什么要拦住我的路，艾辛？"她问。

仙后知道他的名字，他并不意外。于是，艾辛讲述了他的悲惨遭遇。

"您能告诉我应该怎么做吗？"讲完之后，他问道。

仙后上前一步，审视着艾辛的容貌。

"这是'nieu-ny-aarnieu'，也就是蛇毒，"她说，"正是这种蛇毒使你的身体产生了恶变。你可以恢复原来的样子，但你必须按我说的去做。"

她带着他从南巴鲁尔的山坡向西边的海面走去，在艾辛看来，他们只走了一小段路就过了海。艾辛满脸惊奇，因为这群仙灵，还有置身于他们中间的他自己，就这样一直在浪花上走着，仿佛踩着坚实的地面。然后，他们来到了一处艾辛从未见过的海岸，他感到既陌生又好奇。

沿着这条海岸停泊着一支船队，它们的船帆上挂着许多奇怪的装置。

仙后让众人停下，将手指放在嘴唇上。

"Cum dty hengey！"她用艾辛的族人的语言命令道，"别动！"

然后，她指着一艘接近岸边的船，用耳语般的声音轻声道：

"他们是大猎户的人——大猎户，也就是猎户座，彼世之光。"

"可是……"

"Bee dty host！给我安静！"她又喝道，"好好听我说。在这条驶来的船上，是此世和彼世天空下最美丽的公主棉花草，'永恒之珍珠'[1]，大猎户之女。她是唯一一个能让你恢复从前容貌的人。"

"这怎么可能……"艾辛插话道。

"Hysht！闭嘴！"仙后第三次喝道，"如果你保持坚强，战胜恐惧，'永恒之珍珠'棉花草就会成为你的妻子。你的血管里流淌着伟大的海神玛诺南·麦克李尔的血液，以及马恩岛历代伟大国王的血液——海神的名字被赋予了你的岛屿和王国。你必须遵从你的命运。"

她顿了顿，确定他没有再发问之后，指示他应该怎么做：

"首先，你必须进入英雄洞窟，夺取名为'王枝'的大猎户之剑，你将称之为'闪耀之剑'。无论发生什么，都要拿着它，紧紧抓牢，这样你就会赢得你必须赢得的东西。"

她又停顿了一下，见他没有发表意见，便继续说道："其次，你会发现一颗极美的珍珠，这就是棉花草的象征'永恒之珍珠'。你必须抓住它，绝不放弃。"

"第三，你会遇到一个美貌绝伦的女人，她会把自己献给你，以换取你所拥有的宝物。记住，你千万不要被任何能让男人分心的小伎俩左右，从而放弃你的追求。要记住你们国家的谚语：'Eshyn s'moo hayrys s'moo vee echey.'钓得最多的人，他的收获最多。"

说完，她指了指一条通往海边的崖道："那就是你的路，不要让任何障碍阻挡你的道路。"

1　"永恒之珍珠"（Everlasting Pearl）是珠光香青在英语中的名字。

然后，她弯下腰，对着她的篮子吹了一口气。光熄灭了，她和所有的仙灵也消失了。

艾辛只犹豫了片刻，就按照仙后的吩咐，沿着小路，顺着悬崖走了下去。然而，他发现小路被一扇高大的铁栅门拦住了。如果他不想让任何障碍阻挡自己的路，就只有一个办法。他抓住铁栏杆，用尽全身力气拉扯，直到把铁栏杆左右拧开，形成一个足以挤过去的开口。

穿过铁栅门之后，他发现自己身处一个大山洞的洞口，山洞里到处都是战士，他们都在饮酒作乐，用骰子赌博。他注意到，酒是从山洞中央的一口大银釜里舀出来的。在山洞的尽头挂着一把放出金光银辉的大剑，闪烁着超凡脱俗的光芒。

"那一定是大猎户之剑——'闪耀之剑'。"他喃喃自语。

的确如此。"闪耀之剑"是一切知识的总和的象征，它可以驱散所有的无知。

他叹了口气。剑看起来挂得很高，他怀疑自己能不能够到它。

他大着胆子进了山洞，没有理会那些战士。但战士们看到他，开始大喊大叫。

"过来。喝酒，和我们玩骰子。"

艾辛摇了摇头。

"我不喝。我只为'闪耀之剑'而来！"

听了这话，他们都笑了起来。

"你够不着，我们也够不着。如果你冒着惹怒大猎户的危险去偷他的剑，那你可真够勇敢的。"

一个寻欢作乐的人拍了拍艾辛的胳膊。

"我们在这里，是为了确保没有人能拿走它。但是，保护一把剑这么简单的任务让我们觉得非常无聊，因此我们把时间花在赌博和喝酒上，毕竟也没有别的事情可做。"

另一个人说："今天我们享受生活，因为谁知道明天的忧愁呢？为当下与我们同在的时刻干杯，而不是为可能永远不会到来的时刻干杯。"

他们大口大口地喝下大釜里的酒，喝了又喝，喝了又喝，直到把自己从欢笑喝成了昏沉，又从昏沉喝成了鼾声震天的醉梦。

艾辛一直耐心地等待着。在这些战士能够伤害他的时候，他不知道该如何行动。但现在他们都深陷在醉梦中，于是他有了主意。

他把战士们用于赌博的桌椅都搬到挂剑的墙边，这样他就能够到剑了。他小心翼翼地平衡着身体，伸手握住大剑的剑柄。

这时，一只硕大的渡鸦飞过山洞，发出了警报。

霎时间，战士们都站了起来，拔出武器，醉醺醺地冲了过来。

他们看到艾辛手执伟大的"闪耀之剑"站在那里，这把剑使他立于不败之地。他们诅咒他，但是没人愿意靠近他，因为不管是凡人还是神祇，只要被这把剑碰到，都会被送到彼世。

艾辛双手握着武器，以自卫的姿态慢慢走出山洞，时刻警惕着愤怒的战士们。

他从山洞里出来，穿过一条狭窄的隧道，发现自己置身于一片黑暗之中。他眨了眨眼睛。当他睁开眼睛的时候，看到前面的走廊上有一道亮光。他向亮光走去，看到自己所处位置的下方有一个宴会厅。这个大厅既没有入口也没有出口，整个房间被某种奇异的光源照亮，他无法辨别那是什么。他站在大厅的上方往下看，发现从天花板上垂下的一条绳子是进入大厅的唯一方式，显然也是出来的唯一方式。

大厅里摆着一张大桌子，许多战士正围坐在桌旁宴饮取乐。他们虽然身着戎装，却都肥胖而迟钝。在大厅的两侧丢弃着许多宴席上剩下的残羹冷炙和啃过的骨头，许多酒桶、酒瓶和桌上产生的其他垃圾也堆在那里。但是，在战士们围坐的桌子中央摆着一个由金银制成的精致的烛台，在本该插着蜡烛的地方，艾辛看到了一颗极美的珍珠。这光亮就是这颗珍珠发出的光芒。

"那一定是我要找的珍珠。"艾辛自言自语，"我会把它抓在手里，但只有一条路能进去。"

于是，他收起"闪耀之剑"，双手抓着绳子，滑进大厅。战士们用欢声笑语和幽默打趣迎接他，把英雄的荣誉席位让给他，让他坐在桌首，说："吃吧，好好享受吧，我们今天必须得吃，说不定明天就不能吃了。"

艾辛摇了摇头，只说了一句："我是来拿珍珠的。"

他们哄堂大笑。

"不可能的。我们坐在这里守护它，没有别的事干。但是我们很无聊，唯一能做的就是大快朵颐。反正，不管谁来偷珍珠也逃不掉，因为他们必须爬上绳子。顺着绳子滑下来很容易，但要再爬上去是不可能的。"

"为什么？"艾辛问。

"告诉你也无妨。只要你拿走珍珠，这个房间就会陷入黑暗，你就找不到绳子在哪里了。"

于是，艾辛决定坐下来等待。战士们把肉和饼塞进嘴里，直到吃得撑肠拄腹。渐渐地，他们一个接一个地在座位上睡着了，将头枕着桌面，自顾自地打着呼噜。

然后，艾辛站起身来，伸手向前，取下了那颗珍珠，珍珠的光芒立刻熄灭了。不过，艾辛一直用另一只手握着绳子，他迅速把珍珠塞进上衣口袋，抓着绳子向上荡去。

这时，一只硕大的渡鸦在黑暗中飞来飞去，大声发出警告。

于是，战士们纷纷站起身来，拔出剑，凝视着黑暗。由于周围太黑，有几个人在黑暗中互相攻击，受伤了。那些意识到艾辛已经顺着绳索逃了上去的人都太胖了，跟不上他，只能站在下面，抬头望向黑暗，诅咒着他。

艾辛爬回走廊，继续向前走去。

他几乎立刻离开了走廊，来到了海边的一座大宫殿前，宫殿里灯火通明。一条小路通向这座美轮美奂的建筑，于是他走了进去。宫殿的大厅里挂满挂毯，点着华丽的烛台，乐师们演奏着柔和的旋律，喷泉慵懒地溅着水花。桌子上放着一盘盘水果，旁边的马赛克地板上摆着几张长椅。长椅上躺着七位少女，她们欢呼着迎接他。

"留下来，留下来陪我们。我们有很多东西可以给你，年轻的王子。和我们睡觉吧。"

艾辛摇了摇头。

"来吧，用那把沉重的剑和那颗灰暗的珍珠换取我们的热情和慷慨，"她们坚持道，"我们比你认识的任何女人都更能让你感到幸福。"

艾辛已经被冒险搞得疲惫不堪，他非常想要一头倒在最近的长椅上，受到美丽的少女们的呵护。但他想起了仙后的忠告，于是继续前进，从另一条路离开了堡垒。

然后，他又回到了沙滩上。他的面前是一艘大船的船首，这艘船被拖上了岸，停放在树荫下。岸边正站着一位少女。

他太疲倦了，几乎要倒在她的脚下。

他抬头一看，发现她是一位绝世美女。他从未见过这样的美人，便立刻把心交给了她。

"你真是个勇敢的英雄。"她说，低下头，温柔地看着他，"没错，你是一个勇敢的人，你克服了所有困难，得到了'闪耀之剑'

和‘永恒之珍珠’。你是谁？”

“女士，我是艾辛，马恩岛国王的儿子。”

“那，你在彼世的任务是什么？”

“我来找回我失去的男子气概，我那英俊的身影，以在我父王的宫廷中重新获得一席之地。”

她仰起白皙如天鹅的脖颈，轻声笑了起来。“你很英俊，艾辛，你也没有失去你的男子气概。你能把‘闪耀之剑’和‘永恒之珍珠’给我吗？”

艾辛很想把它们交出来，但他摇了摇头。“虽然这让我很伤心，但我不能。在仙后没有其他吩咐之前，我必须留着它们。”

“你能不能放弃它们，来跟我在一起？我可以让你享受到你做梦都想象不到的快乐。”

“你是谁，女士？”他问。

“我是大猎户之女棉花草，‘永恒之珍珠’。”

“虽然持有的人应该随时准备付出，但我不能这样做，即使是为了你。我必须保留这些物品，因为我在我那个世界的快乐比这个世界的幻影更加重要。”

少女忧伤地看着他。“那就休息一下吧，艾辛，你会如愿以偿地回到你想回去的世界。”

他闭了一下眼睛，然后……发现阳光照在他身上。他回到了黑山，正蜷缩在老妇人的小屋的角落里。

老妇人在他旁边俯下身。

“Vel shiu aslaynt？你是不是病了？”她关心地摸着他的额头，以为他病了。

他坐起来，摇了摇头。

“Cha vel, booise da Jee.”他回答，“没有，感谢神灵！可是，

老婆婆，我去哪里了？"

老妇人轻轻地笑了。"你以为你去哪里了，我的孩子？"

他皱起眉头，审视着自己。他首先注意到了自己佩着的大剑——"闪耀之剑"。然后他把手伸进口袋，摸到了"永恒之珍珠"。

"这么说来，这不是梦，一切都是真的？"

"对你来说是真的，我的孩子。"

艾辛立刻伤心起来。"啊，这可真是让我心碎。我遇见了一个比尘世中的任何女人都要美丽的女子，一个美妙的幻象，一位美丽的少女。我曾经有机会用这些东西换取她的爱情。"

"如果你这么做了，你就会被罚永远保持丑陋的容貌，只能在彼世度过一段短暂的时光。"

"我宁愿如此，只要她灰色的眼睛再露出一丝微笑。"他皱了皱眉头，"她对我笑了——虽然我这么丑陋。"

"丑陋？"老妇人递给他一面镜子。

他注视着镜中的自己。他就在那里，和以前一样高大英俊。

"老婆婆，我该怎么报答您呢？"他几乎高兴得手舞足蹈。

"你要回到你父亲在杜利什的堡垒，给他看这些东西。然后，当着所有人的面，把它们扔进城墙下的黑暗大海之中。你必须这样做，无论他们怎样恳求和提议。"

"我很难过，我在彼世得到的宝剑和珍珠本来可以让我换取棉花草的温柔爱情，我却把它们带到了这里，而您还叫我把它们扔掉。但您已经让我恢复了原貌，我会按照您的吩咐去做。"

于是，艾辛告别老妇人，出发前往杜利什。

这一次，卫兵们认出了他，欢呼雀跃地迎接他，把他扛在肩上，带到了国王的房间。国王和王后原本在哀悼他们死去的长子，现在却乐得合不拢嘴。堡垒里唯一一张恼怒的面孔属于尼艾辛，他站在王座后面生着闷气，诅咒那个干瘪的老人辜负了他的期望，因为他的哥哥已经回来了，生龙活虎，英俊如初。

"你去哪里了？"老国王问道。

"去彼世历险了。"艾辛回答。

"这怎么可能？"老国王又问。

"是啊，给我们看看证据吧！"心怀嫉妒的弟弟尼艾辛要求道，"否则我是不会相信的。"

艾辛拔出了"闪耀之剑"。"这是'大猎户之剑'。"他叫道。

他举起剑。剑身闪亮，发出超凡脱俗的光芒，让国王和朝臣们惊讶得屏住了呼吸。

然后艾辛拿出了那颗珍珠。当他举起它的时候，珍珠突然开始发光，国王和朝臣们不得不眨着眼睛移开目光。

"这是'永恒之珍珠'。"

"你带来了多么珍贵的宝物啊。"国王低声说，"不愧是我的儿子。"

"我还有一项任务要完成。"艾辛说，"跟我来吧。"

他把他们都带到了城垛上。"我之所以能够站在这里，恢复原貌，生龙活虎，毫发无损，都是因为一个承诺。我打算遵守这个承诺。"

他走到城垛上，俯视下方，只见波涛汹涌的大海正撞击着礁石。

"等一下！不要轻率！"他的父亲喊道，"这些东西在人间价值非凡。"

所有的朝臣、他的母亲，甚至他的弟弟尼艾辛都叫他住手，承诺给他各种各样的东西，只要他不放弃那些来自彼世的宝物。

但艾辛还是把宝剑和珍珠从城垛上扔了下去，让它们坠入了下面的白浪。

也许是光线玩的把戏，也许不是；也许只有艾辛看到了——

似乎是海神玛诺南·麦克李尔的一只大手从海浪中伸出来，在宝剑和珍珠沉入彼世的深处之前抓住了它们。

艾辛转过身。"这样，我的承诺就完成了。"

"你扔掉了一大笔财富。"他的弟弟喃喃地说。

"不是这样的。我得到了财富——那就是许许多多的智慧。我认为，智慧才是最大的财富。"

老国王若有所思地点了点头。"拥有之人，必先发现。发现之人，必先寻找。寻找之人，必先克服一切阻碍。德鲁伊就是这么教导的。"

尼艾辛怒火中烧，冲出了宫廷。

这时，堡垒外响起了一阵号角声，一辆闪着金光和银辉的马车驶入城内。国王、王后和艾辛都走下去，看是谁来了。

一位美丽的少女走下马车。

艾辛的心脏狂跳不已。

"棉花草！"他喘息着说。

没错，走下马车的正是美丽的大猎户之女，她正微笑着站在他面前。

"你没有选择彼世的宝物，而是选择了此世的爱情。由于一个如你这样的男人的爱，我注定从彼世来到这个世界，因为真爱可以战胜任何障碍。"

当艾辛宣布与"永恒之珍珠"结婚的时候，马恩岛的宫廷一片欢腾。

自从尼艾辛离开杜利什堡垒之后，再也没有人看到他。有人说，他骑马向南巴鲁尔而去，嘴里还诅咒着邪灵们。他们认为这很不明智。无论如何，再也没有人在马恩岛上见到他的身影。

10　海女

　　据说，位于马恩岛最南端的六分领[1]鲁申的名字来自马恩语"roisen"，意思是"小半岛"。"鲁申"这个名字最早被记载下来，是在公元1134年左右，在一本名为《马恩岛及诸岛列王编年史》[2]的大书中。鲁申的疆域包括一个半岛，这个半岛的西面和南面被无边无际的海洋包围。半岛上有三个教区：基克基督、基克阿伯里、基克马鲁。

　　基克基督靠近大海，它所有的居民都知道大海极其变化无常。他们知晓每一块礁石的名字。这一块是"少女礁"——相传有两个少女被潮水卷走而丧命，第二天早上，人们在岸边发现了她们的尸体，两人的辫子纠缠在一起。那一块叫"蜿蜒溪"。还有"笔直溪""鸿沟岬"以及"堡垒港"——后面这个名字源自马恩岛港口中的"丹麦人之女礁"，传说曾有一艘丹麦船在此沉没，船长的女儿攀在这块礁石上而获救。

　　哦，没错，在这条狂野而动荡的海岸线上，每一块礁石都被人命名和铭记。

1　马恩岛的行政区。马恩岛由六个六分领组成。
2　《马恩岛及诸岛列王编年史》（*Chronica Regum Manniae et Insularum*）是一部讲述马恩岛早期历史的中世纪拉丁文手稿。

这或许是一条荒无人烟的海岸线。在这里，人们目睹奇怪的东西，但是从来没有说起过它们。然而，海女的故事却是可以在狂风暴雨的暗夜里，当孩子们安然入睡之后，在炉火的余烬前讲述的。这是一个需要用沉静的语调讲述的故事，以免号叫的暴风雨将这个故事带到外面黑暗的大海深处。

在圣玛丽教堂村住着一个叫奥多帕登的渔夫。他是个穷光蛋，赚不了多少钱，恶劣的天气对他更是没有半点好处。有一天，他沿着鸬鹚礁撒网，感到十分绝望，因为周围到处都是鱼，但他的船底却连一条也没有。

忽然，他发现一个海女趴在他的船舷上，对他迷人地笑着。有那么一瞬，他还以为自己出现了幻觉，于是在自己身上画了个十字，闭上眼睛。当他再次睁眼时，她还在那里。"海女"是马恩语的说法，也就是有些人所说的"美人鱼"。

"Moghrey mie，早安，奥多帕登，"她对他打招呼，"你的鱼不够吗？"

奥多帕登叹了口气。

"是啊。这样下去，我明天就要饿死了。"

"如果我把你的网填满，你会不会报答我？"海女问道。

"如果我有办法报答你，我会报答，但我没有。"

"你结婚了吗，奥多帕登？"海女问。

"我没有，也没有结婚的打算。"

海女噘起嘴。"好吧，如果你娶我，我一定会填满你的网，让你不愁吃的。"

奥多帕登不以为然地哼了一声。"娶你做老婆对我有什么好处？你甚至不能离开大海。"

"我可以帮你，但你必须按我说的去做。如果你答应娶我，我就把你的渔网填满。在我放进去的鱼里，会有一条巨大的银色海鳟鱼，你不要吃这条鱼，明天早上，你把它带到爱林港去，开价一镑金币。然后你要回到这里，把金币扔进溺水礁旁边的海里。"

溺水礁可是个相当危险的地方。

奥多帕登想了一下，发现他别无选择，否则只能无鱼可吃，坐等饿死。

于是，他答应了海女，娶她为妻。很快，渔网就装满了，里面果然有一条银色的大鳟鱼。当天晚上回家之后，他没有动这条鱼，第二天早上，他用麻袋装着它去了爱林港。那天在爱林港有一个集市，他在那里逛了逛。在集市上，他看到一大群人围着一个表演者站成一圈。

奥多帕登往人群里望去，想看看有什么吸引人的事情。

地上坐着一只"kayt"，也就是猫，拿着一把提琴；猫的前面坐着一只"lugh"，也就是老鼠；还有一只"deyll"，也就是蟑螂。猫用提琴拉了一曲，老鼠和蟑螂开始跳舞。这是一首热闹的曲子，让在场的所有人都开始拍手跳舞，大笑着互相叫喊，世上仿佛从来没有过这么快乐的人群。

然后，表演者把猫和它的提琴、老鼠以及蟑螂收起来，装在一个袋子里。他把帽子摆在面前，很快，帽子里就装满了一大堆叮当作响的硬币。

那人见奥多帕登在看他，就对他友好地笑了笑。

"你好像是个聪明的家伙。你想买我的动物，让自己发财吗？我已经赚够了钱，想退休了。"

"我很乐意，"奥多帕登同意了，他还在心里盘算这个人在刚才的表演中赚了多少钱，"但是我没有钱。"

"我要的不是钱。我不是说过我赚够了吗？但我真的很想吃上一盘上好的海鳟鱼。我愿意用猫和提琴来换一条这样的鱼。"

奥多帕登马上把他那条海鳟鱼给他看。

"现在，我们可以做个交易了。我用猫和提琴换你这条海鳟鱼。"

奥多帕登皱了皱眉头，他想起自己对海女的承诺。

"我宁可要一镑金币。"

"当你有了猫和提琴，你就会得到很多金币。如果你明天再带着另一条鳟鱼来这里，我就用老鼠来换；如果你带来第三条这样的鳟鱼，就可以得到那只蟑螂。"

奥多帕登一辈子都没见过什么钱，他认为这笔交易让他占了大便宜，不能错过，于是他带着猫和提琴回到了他在圣玛丽教堂村海边的小屋。

那天晚上，暴风雨在他小屋的窗外呼啸，雨水和海水的咸雾混杂在一起。当奥多帕登出去查看天气有多糟糕的时候，他看到海女在外面的岸边等待。

"奥多帕登，你把海鳟鱼卖了，可你答应给我的金币呢？"她厉声喊道。

"我做的可比仅仅给你弄枚金币好多了。"奥多帕登回答。

"还有什么比我能上岸更好的呢？"

他举着猫和提琴，把它放在窗台上，指挥它演奏。

海女带着悲伤的笑容看着。"这很有趣，奥多帕登。但这对我上岸或者对你捕鱼满网有什么帮助呢？"

"再给我一条银色的海鳟鱼，你就知道了。"渔夫回答说，他坚信自己的行为是最正确的。

第二天一早，奥多帕登在家门口的台阶上又发现了一条银色的鳟鱼，于是他赶往爱林港。集市还在进行，他看到一群人围成一圈。是那个表演者，他面前的地上是老鼠和蟑螂。表演者开始吹口哨，老鼠和蟑螂开始跳舞。

很快，全场的人都吹着口哨，跳着舞，欢笑起来，他们好像一辈子都没有这么开心过。表演结束后，那人拿起老鼠和蟑螂，把它们装进一个袋子里，然后他向人群伸出帽子，硬币就哗哗地流了进来。他抬头看到奥多帕登，笑了笑。

"你回来了？"他问。

"带着一条上好的银色海鳟鱼回来了。"奥多帕登同意道。

"既然如此，我就用老鼠换你的鳟鱼。想想看，你可以用猫、提琴和老鼠来赚钱。"

奥多帕登本来也很想要蟑螂，但他最终还是选择了老鼠。

"如果你有第三条银色的海鳟鱼，你就可以拥有蟑螂。"表演者重复自己前一天的承诺。

奥多帕登回到了他在圣玛丽教堂村的小屋。

这天晚上，又一场暴风雨在他的小屋窗外呼啸而过，溅起的海浪和雨水混在一起。奥多帕登走到窗前，在那里的海边，海女正耐心地等待着。

"奥多帕登，你答应的金币在哪里？"海女厉声问道。

"我有更好的东西。"渔夫回答。

"还有什么比能上岸更好的呢？"

奥多帕登拿出老鼠放在窗台上，然后他把猫和提琴放在旁边，叫它演奏一支曲子。老鼠抬起后腿开始跳舞，猫则拉起了提琴。

海女凄然一笑。"这很好，但我的金币在哪里？"她问，"我要怎么上岸呢？"

"给我第三条银色的海鳟鱼，我明晚再来。"奥多帕登向她保证。

第二天早上，小屋外果然又有了一条银色的鳟鱼。他把它装进麻袋，出发去了爱林港。集市依然在开，他看到那里聚集了一圈人。他推开人群，看到了表演者和地上的蟑螂。那人吹了个口哨，蟑螂开始跳舞，周围的人也开始跳舞。他们笑啊，笑啊，仿佛从来没有这么开心过。

然后，表演者把蟑螂放进袋子里，把帽子递出去，一瞬间，帽子里就装满了硬币。那人看到奥多帕登，微笑着打了个招呼。

"又回来了，奥多帕登？"

"还带着一条上好的银色海鳟鱼。"渔夫保证道。

"嗯，你买的东西真划算。你为我解除了集市上的忧虑和烦恼。我已经发了好几笔财，希望你也能发财。"

于是，奥多帕登又回到了圣玛丽教堂村。

那天晚上，暴风雨狠狠地吹打着他的小屋，雨水与海水的咸雾混合在一起。他走到窗前，海女在海边耐心地等待。

"奥多帕登，我的金币在哪里？已经过去三天了，现在必须把金币扔进溺水礁的海里了。"

"我有远远胜过金币的东西。"渔夫向她保证。

"比我能上岸更好？"海女问。

"确实好得多。这会使我一生富有。"

他把老鼠、蟑螂、猫和提琴放在窗台上，叫它们演奏。

它们照做了，海女见状，不禁苦笑起来。当它们停止演奏，奥多帕登把它们放回口袋里时，她转过悲伤的脸看着他。

"啊，奥多帕登，我本来可以上岸去爱你，照顾你。我是一个公主，中了魔法，必须保持海女的形态，直到邪恶的德鲁伊德罗赫扬塔赫[1]，也就是此事的罪魁祸首，在溺水礁接受一枚金币，或者被

1　字面意思是"大坏蛋"。

逗笑为止。德罗赫扬塔赫已经七年没有笑过了，所以把他逗笑的可能性很小。现在，你已经把我逃出大海、获得幸福的唯一机会给丢掉了。"

奥多帕登听了这些话，顿时伤心起来。他发现自己已经被这个美丽的海女深深地吸引了。他为自己的所作所为感到懊悔，他只想到如何赚钱，而没有想到海女的幸福。当他抬起头想向她道歉时，却发现她已经消失在狂风暴雨的黑暗中。

那天晚上，他下定了决心。

他拿起自己的东西，出发去了溺水礁。在那块可怕的礁石旁，他抛锚泊定，大喊："德罗赫扬塔赫！如果你听到了我的话，就出来见见我。不要害怕，我只是一个穷渔夫，是来逗你发笑的！"

顿时，随着一阵巨大的声响，仿佛礁石都要碎裂开来，一个高瘦黝黑的男人坐在溺水礁的顶端，他的黑色眼睛闪闪发亮。

"我不怕你，小家伙。"他的声音听起来就像雷声，"当我把你的尸体扔给深海居民吃的时候，你会为你的无礼而后悔的。"

"没有这个必要。"奥多帕登回答，"我是来逗你发笑的。"

"发笑，是吗？这七年来我都没有笑过。我看不出这个世界上还有什么幽默。很多人都尝试过，但他们都失败了，他们的身体现在都成了深海中的碎屑，对于居住在那里的生物来说，那可是美味的点心。"

"我愿意试一试。"

"那你一定要让我大笑三声。如果你做到了，你将获得自由。"

"我本来就是自由的。"奥多帕登坦然回答，"如果我做到了，我想从你那里得到别的东西。"

"什么东西？"巫师惊奇地叫道。

"我要海女公主重获自由。你必须给她自由，让她回到陆地上生活。"

德罗赫扬塔赫若有所思地摸着下巴。

"嗯,这倒是件有趣的事。我很感兴趣。"

他打了个响指,还没等他打完,美丽的海女就坐在了他身边的溺水礁上。

当她看到奥多帕登的时候,惊讶地睁大了眼睛。"你在这里做什么?"她低声说,"你不知道你做的事有多危险吗?"

"我是来履行诺言的,女士。"奥多帕登回答,"我来赎回你的自由。"

德罗赫扬塔赫扬起嘴角,事实上,他几乎要为眼前的这一幕而发笑了。"让我们拭目以待吧。快点!想办法逗我笑。"

奥多帕登打开袋子,把猫和它的提琴、老鼠和蟑螂一起放在甲板上,命令它们演奏。

德罗赫扬塔赫对这场表演感到非常惊讶,笑了起来。

"这是第一次笑。"奥多帕登说。

猫继续演奏,老鼠和蟑螂则用后腿站起来,开始跳舞。德罗赫扬塔赫抿紧了嘴唇,但当这一曲结束,他看到老鼠向蟑螂鞠躬,蟑螂向老鼠行礼时,他又忍不住大笑起来。

"这是第二次笑。"奥多帕登说。

于是,它们又开始跳另一支舞。尽管它们已经竭尽所能,但德鲁伊的表情仍然像石头一样纹丝不动。奥多帕登开始失去信心,海女则伤心地叹了口气。

这时,老鼠挽救了局面。它用单脚做了一个回旋,长长的尾巴甩来甩去,打在蟑螂身上,蟑螂向后倒去,撞倒了猫,猫把提琴摔在老鼠的头上,把老鼠敲晕了。

德罗赫扬塔赫笑出了眼泪,泪水从他蜡黄的脸颊上滚落下来。

"我相信，这是第三次笑。"奥多帕登说。

德鲁伊立刻恼羞成怒。但是他已经笑了，交易就是交易。

海女突然有了一双美丽的长腿，她轻盈地走到了奥多帕登的船上。她是如此美丽，奥多帕登惊叹不已。

当德罗赫扬塔赫看到她用充满爱意的眼神凝视着渔夫时，他更加生气了。

"呸！如果不是你算计我，用猫、老鼠和蟑螂……"

他话音未落，溺水礁突然裂开，里面仿佛是一个巨大的熔炉，德罗赫扬塔赫掉了进去。原因很明显，所有的马恩岛渔民都知道，有些词是不能在海上说的。比方说，不能管猫叫"kayt"，任何一个聪明的马恩岛人都会说"screeberey"来代替；提到老鼠的时候不能说"lugh"，任何一个聪明的马恩岛人都会说"lonnag"来代替；还有一个不能在海上说的词是表示蟑螂的"deyll"，任何一个聪明的马恩岛人都会说"kerog"来代替。所以，当老德鲁伊在海上说了三个禁词之后，就被彼世的力量带走了。

老德鲁伊刚刚被岩石吞噬，它就重新合拢了，依然保持着峭拔冰冷的样子。

与此同时，猫、老鼠和蟑螂突然变成了一个老提琴手、一个年轻人和一位少女。他们感谢奥多帕登的救命之恩，让他们变回了原形。邪恶的德鲁伊德罗赫扬塔赫似乎因为不喜欢他们的音乐而将他们变成了这些生物的形态。他可以改变他们的样子，但无法阻止他们发挥音乐和舞蹈的天赋。三人都向奥多帕登宣誓永远的友谊，并且答应在他的婚礼上跳舞。

他们遵守了诺言。公主带着穷渔夫奥多帕登回到了她父亲的堡垒。老国王本来以为女儿已经死了，当他看到女儿从大海深处归来时高兴极了。他赐予奥多巴登大量的财富，封他为大臣，并且祝福他和公主的婚姻。奥多帕登这个穷渔夫最终成了马恩岛最伟大的君王之一。

然而，基克基督的居民只会用近乎低语的声音讲述这个故事。他们出海时会尽最大的努力避开溺水礁，尽管他们知道这块礁石附近有龙虾和螃蟹，同时还有最好的渔场。他们会谨慎地避开这块礁石，因为它被认为是通向彼世的门户，彼世的力量就在那里等待，随时准备掠走任何不小心使用了禁词而触犯禁忌的渔民的灵魂。

11　老巫婆的长皮袋

在拉克西峡谷附近的基克洛南教区有一片森林，那里有一个名为"勃根岩洞"的地方。勃根[1]是一种可怕的生物，它喜欢对人搞邪恶的把戏。据说，如果你俯身在洞边侧耳细听，就能听到一阵阵怪异的号叫声从地下传来。

很久以前，在基克洛南还没有成为一个教区的时候，一个叫卡伦·麦克凯隆的人去世了，留下一个寡妇和三个年轻漂亮的女儿。卡伦一生节俭，死后给家人留下了足以衣食无忧的遗产。事实上，他给她们留下了一个长长的皮袋子，里面装满了金币，这样卡伦的遗孀伊妮就几乎不缺什么了。她把那袋金币藏在厨房火炉前的石板下面。

然而，在卡伦死后不久，一个凯拉赫（意为"老妇人、老巫婆"）来敲门，想要一点晚饭吃。伊妮·麦克凯隆不喜欢这个老巫婆的相貌，但是拒绝一个乞讨的女人是很不吉利的事情，所以她还是把对方请进厨房，给她盛了一碗汤。随后她想起自己有一条旧披肩，虽然打了补丁，但还能用，老妇人可能用得上，因为天气越来越冷了。于是她把老妇人留在厨房里，自己进屋去拿披肩。

当她回来的时候，老妇人却不见了踪影，桌上的那碗汤已经

1　马恩岛传说中一种多毛的人形巨怪。

凉了。伊妮·麦克凯隆惊呼一声，她的目光落在厨房的炉子上——石板已经被撬开，下面空空如也。

人们找遍了整个洛南，但始终没有发现那个偷了装满金币的长皮袋的老巫婆的踪迹。从那天起，可怜的伊妮·麦克凯隆和她的三个女儿不得不努力维持生计；她们极度贫困，常常要依靠邻居的施舍度日。不过，伊妮还是决心把女儿们抚养成人，并尽可能地给她们提供教育。

她的女儿们名叫卡莉布里德、卡莉弗妮和卡莉沃拉。

有一天，长女卡莉布里德对母亲说："妈妈，我已经长大了。我在家里待着，对您和我自己的日子变得好起来毫无帮助，这让我很惭愧。"

"你说得倒是没错。"伊妮·麦克凯隆叹了口气。

"既然如此，"卡莉布里德说，"给我烤张索达格，我就出门去赚钱了。"

于是她的母亲就烤了张索达格，也就是燕麦饼。

"你可以拿走一整张饼，"伊妮说，"但是就不会得到祝福了。为了祝福你，我必须掰掉一块饼。"

卡莉布里德决定不要祝福，而是把整张饼都拿走，她认为可能要过上很久才能再次找到食物。

于是，卡莉布里德带着她的索达格，开始寻找她的发财机会。她告诉母亲和妹妹们，如果过了一年零一天她还不回来，她们就可以认为她发财了。

她出发之后，走了几天，来到了拉克西峡谷附近的树林里。在那里，她见到了一座奇怪的房子，房子里住着一个凯拉赫。

"你要去哪里？"老巫婆问。

"我要在这个世界上寻找出路。"卡莉布里德回答。

"这么说来，你是在找工作？"

"是的。"

"我需要一个女仆来照顾我，伺候我洗漱穿衣、打扫房间、清扫壁炉。"

卡莉布里德为这个前景感到兴奋。

"但是有一件事你绝对不可以做，"老巫婆说，"那就是当你打扫壁炉时，千万不要往烟囱里看。"

卡莉布里德觉得这个要求很奇怪，但她还是答应了。她不关心老妇人的烟囱为何如此古怪，但这的确勾起了她的某种好奇心。

第二天，卡莉布里德起床，伺候完洗漱穿衣，那老巫婆就出门了。然后，卡莉布里德打扫完小屋，开始清扫壁炉。当她干活的时候，她想，往烟囱里快速地看一眼也无妨——你猜她在那里看到了什么？是她母亲的长皮袋！里面还装着满满的金币！卡莉布里德伸手拿下皮袋，立即以最快的速度赶回家去。

当她匆匆赶路回家时，在田野里路过一匹马。马对她叫道："给我擦擦身子吧，小姑娘，我已经七年没有擦过身子了！"但卡莉布里德急着回家，没理会它。

然后，她经过了一只浑身的羊毛都缠在一起的绵羊。"给我剪毛，给我剪毛，小姑娘，我已经七年没有剪过毛了！"但卡莉布里德急着回家，没理会它。

当她急急忙忙赶路时，遇到了一只拴在旧绳子上的山羊。"换掉我的绳子，换掉我的绳子，小姑娘，我已经七年没有换过绳子了！"但卡莉布里德急着回家，没理会它。

然后她经过一个石灰窑。窑炉叫道："给我打扫，给我打扫，小姑娘，我已经七年没有被打扫过了！"但卡莉布里德急着回家，她对窑炉皱了皱眉头，就走了过去。

然后她看到了一头奶牛，它沉甸甸的奶水胀满了乳房。"给我挤奶，给我挤奶，小姑娘，我已经七年没有被挤过奶了！"但卡莉布里德急着回家，没理会它。

　　这时卡莉布里德已经走得很累了，她看到一个磨坊，想在那里休息一会儿。磨坊喊道："转转我，转转我，小姑娘，我已经七年没有被转过了！"

　　但卡莉布里德只是疲惫地走进磨坊，躺在一袋面粉上，很快就睡着了。

　　凯拉赫回到家中，发现小屋空无一人，那个少女已经离开了。于是她跑到烟囱旁边，往上看去。她发现那个长皮袋不见了，勃然大怒，开始朝卡莉布里德离开的方向追去。

　　她看见马，便叫道："我的马儿，你见过一个背着长皮袋的年轻姑娘从这里走过吗？"

　　"我看见了，"马回答，"她刚刚从那边经过。"

　　她一直追，直到看到绵羊。"我的绵羊，你见过一个背着长皮袋的年轻姑娘从这里走过吗？"

　　"我看见了，"绵羊回答，"她刚刚从那边经过。"

　　老妇人又看见山羊，问："我的山羊，你见过一个背着长皮袋的年轻姑娘从这里走过吗？"

　　"我看见了，"山羊回答，"她刚刚从那边经过。"

　　老妇人来到石灰窑。"窑炉啊，你见过一个背着长皮袋的年轻姑娘从这里走过吗？"

　　"我看见了，"窑炉回答，"她刚刚从那边经过。"

　　然后，她来到奶牛面前。"奶牛啊，你见过一个背着长皮袋的年轻姑娘从这里走过吗？"

　　"我看见了，"奶牛回答，"她刚刚从那边经过。"

终于，老妇人来到了磨坊这里。"磨坊，你见过一个背着长皮袋的年轻姑娘从这里走过吗？"

"她没有从这里经过——她正在里面的面粉袋上睡觉呢。"磨坊回答。

老妇人拉开磨坊门的门闩，拿出一根榛木魔杖，轻轻拍了一下熟睡的卡莉布里德的肩膀。不幸的少女瞬间变成了石头，老妇人拿走了那个长皮袋。

一年零一天过去了，伊妮·麦克凯隆的次女卡莉弗妮对她的母亲说："卡莉布里德没有回家，她准是发了大财。我坐在这里什么都不做，对您和我自己毫无用处，真是丢人。妈妈，给我烤张索达格，我就去赚钱了。"

于是，伊妮·麦克凯隆烤了张索达格，也就是燕麦饼。

"你可以不要我的祝福，带走整张饼，也可以要我祝福你，但是我必须得掰下一块来，好给你旅途的祝福。"

卡莉弗妮说，她要带着整张索达格离开，因为她不知道什么时候才能再次得到食物。她还说，如果她一年零一天不回来，那就说明她的生活过得很好，赚了大钱。然后她就出发了。

她在路上走了一阵，来到一个树木繁茂的峡谷，这里有一座陌生的小屋，门口有一个老妇人在等待。

"小姑娘，你要去哪里？"她呼哧呼哧地喘着气说。

"我要去赚钱。"

"你在找工作吗？"

"是的。"

"我在找一个女仆，伺候我洗漱穿衣、打扫房间、清扫壁炉。"

"这个工作很适合我。"

"我只有一个条件：你打扫壁炉的时候，不能往烟囱里看。"

卡莉弗妮对此很好奇，但她还是答应了这个条件。她不在乎这个老妇人的精神是不是有毛病。

　　第二天，卡莉弗妮起床，伺候完老妇人洗漱穿衣，那个老巫婆就离开了家。卡莉弗妮打扫完小屋，开始清扫壁炉。这时，她觉得往烟囱里偷看一眼也无妨。你猜她在那里看到了什么？是她母亲那个装满金币的长皮袋！她伸手拿下皮袋，立即以最快的速度赶回家去。

　　当她匆匆赶路回家时，在田野里路过一匹马。马对她叫道："给我擦擦身子吧，小姑娘，我已经七年没有擦过身子了！"但卡莉弗妮急着回家，没理会它。

　　然后，她经过了一只浑身的羊毛都缠在一起的绵羊。"给我剪毛，给我剪毛，小姑娘，我已经七年没有剪过毛了！"但卡莉弗妮急着回家，没理会它。

　　当她急急忙忙赶路时，遇到了一只拴在旧绳子上的山羊。"换掉我的绳子，换掉我的绳子，小姑娘，我已经七年没有换过绳子了！"但卡莉弗妮急着回家，没理会它。

　　然后她经过一个石灰窑。窑炉叫道："给我打扫，给我打扫，小姑娘。我已经七年没有被打扫过了！"但卡莉弗妮急着回家，她对窑炉皱了皱眉头，就走了过去。

　　然后她看到了一头奶牛，它沉甸甸的奶水胀满了乳房。"给我挤奶，给我挤奶，小姑娘，我已经七年没有被挤过奶了！"但卡莉弗妮急着回家，没理会它。

　　这时卡莉弗妮已经走得很累了，她看到一个磨坊，想在那里休息一会儿。磨坊喊道："转转我，转转我，小姑娘，我已经七年没有被转过了！"

　　但卡莉弗妮对磨坊置之不理。她觉得很疲惫，走进磨坊，躺在一袋面粉上，很快就睡着了。

老巫婆回到家中，发现小屋空无一人，那个少女已经离开了。于是她跑到烟囱旁边，往上看去。她发现那个长皮袋不见了，勃然大怒，开始朝卡莉弗妮离开的方向追去。

她看见马，便叫道："我的马儿，你见过一个背着长皮袋的年轻姑娘从这里走过吗？"

"我看见了，"马回答，"她刚刚从那边经过。"

她一直追，直到看到绵羊。"我的绵羊，你见过一个背着长皮袋的年轻姑娘从这里走过吗？"

"我看见了，"绵羊回答，"她刚刚从那边经过。"

老妇人又看见山羊，问："我的山羊，你见过一个背着长皮袋的年轻姑娘从这里走过吗？"

"我看见了，"山羊回答，"她刚刚从那边经过。"

老妇人来到石灰窑。"窑炉啊，你见过一个背着长皮袋的年轻姑娘从这里走过吗？"

"我看见了，"窑炉回答，"她刚刚从那边经过。"

然后，她来到奶牛面前。"奶牛啊，你见过一个背着长皮袋的年轻姑娘从这里走过吗？"

"我看见了，"奶牛回答，"她刚刚从那边经过。"

终于，老妇人来到了磨坊这里。"磨坊，你见过一个背着长皮袋的年轻姑娘从这里走过吗？"

"她没有从这里经过——她正在里面的面粉袋上睡觉呢。"磨坊回答。

老妇人拉开磨坊门的门闩，拿出一根榛木魔杖，轻轻拍了一下熟睡的卡莉弗妮的肩膀。不幸的少女瞬间变成了石头，老妇人拿走了那个长皮袋。

一年零一天过去了，伊妮·麦克凯隆的三女卡莉沃拉对她的母亲说："卡莉布里德和卡莉弗妮没有回家，她们准是发了大财。我坐在这里什么都不做，对您和我自己毫无用处，真是丢人。给我烤张索达格，我就去赚钱了。"

于是，伊妮·麦克凯隆烤了张索达格，也就是燕麦饼。她说，她的女儿可以拿走整张饼，但得不到她的祝福，或者让她掰下一块饼，给她祝福。

"我要您的祝福，妈妈，您掰下一块吧。"卡莉沃拉同意了。因为她知道一句老话："祝福比食物更持久。"

然后她就出门了，一直走到一片树林里。这里有一座陌生的小屋，一个老妇人靠在门上看着她。

"小姑娘，你要去哪里？"

"我要去赚钱。"卡莉沃拉回答。

"你是要找工作吗？我需要一个女仆伺候我洗漱穿衣、打扫房间、清扫壁炉。"

"这对我来说应该是个不错的工作。"卡莉沃拉回答。

"不过，有一个条件：你打扫壁炉的时候，不能往烟囱里看。"

这倒是勾起了卡莉沃拉的好奇心，不过她并不介意这个老妇人是否古怪。于是她同意接受这份工作。

第二天早晨，卡莉沃拉起床，伺候完洗漱穿衣，那个凯拉赫就离开了家。卡莉沃拉打扫完小屋，开始清扫壁炉。这时，她觉得往烟囱里偷看一眼也无妨。你猜她在那里看到了什么？是她母亲那个装满金币的长皮袋！她伸手拿下皮袋，立即以最快的速度赶回家去。

当她匆匆赶路回家时，在田野里路过一匹马。马对她叫道："给我擦擦身子吧，小姑娘，我已经七年没有擦过身子了！"

卡莉沃拉立刻停了下来。"哦，你这可怜的马儿，我一定要把你清理干净。"她放下长皮袋，给马擦了身子。

然后，她经过了一只浑身的羊毛都缠在一起的绵羊。"给我剪毛，给我剪毛，小姑娘，我已经七年没有剪过毛了！"

卡莉沃拉立刻停了下来。"哦，你这可怜的绵羊，我一定要给你剪毛。"她放下长皮袋，给绵羊剪了毛。

当她急急忙忙赶路时，遇到了一只拴在旧绳子上的山羊。"换掉我的绳子，换掉我的绳子，小姑娘，我已经七年没有换过绳子了！"

卡莉沃拉立刻停了下来。"哦，你这可怜的山羊，我当然会给你换。"她放下长皮袋，给山羊换了绳子。

然后她经过一个石灰窑。窑炉叫道："给我打扫，给我打扫，小姑娘，我已经七年没有被打扫过了！"

卡莉沃拉立刻停了下来。"你这可怜的炉子，我当然要打扫你。"她放下长皮袋，把炉子打扫得干干净净。

然后她看到了一头奶牛，它沉甸甸的奶水胀满了乳房。"给我挤奶，给我挤奶，小姑娘，我已经七年没有被挤过奶了！"

卡莉沃拉立刻停了下来。"你这可怜的奶牛，我当然会给你挤奶。"她放下长皮袋，给奶牛挤了奶。

这时，她已经走得很累了。她看到一个磨坊。磨坊喊道："转转我，转转我，小姑娘，我已经七年没有被转过了！"

"哦，可怜的磨坊，"卡莉沃拉喘着气，与她的疲劳斗争，"我当然要转你。"她放下长皮袋，转动磨轮。然后，她进了磨坊，躺在面粉袋上，很快就睡着了。

凯拉赫回到家中，发现小屋空无一人，那个少女已经离开了。于是她跑到烟囱旁边，往上看去。她发现那个长皮袋不见了，勃然大怒，开始朝卡莉沃拉离开的方向追去。

她看见马，便叫道："我的马儿，你见过一个背着长皮袋的年轻姑娘从这里走过吗？"

"我除了看着年轻的姑娘们路过之外，就没有别的事可做了吗？"马回答，"你去问别的东西吧。"

她一直追，直到看到绵羊。"我的绵羊，你见过一个背着长皮袋的年轻姑娘从这里走过吗？"

"我除了看着年轻的姑娘们路过之外，就没有别的事可做了吗？"绵羊回答，"你去问别的东西吧。"

老妇人又看见山羊，问："我的山羊，你见过一个背着长皮袋的年轻姑娘从这里走过吗？"

"我除了看着年轻的姑娘们路过之外，就没有别的事可做了吗？"山羊回答，"你去问别的东西吧。"

老妇人来到石灰窑。"窑炉啊，你见过一个背着长皮袋的年轻姑娘从这里走过吗？"

"我除了看着年轻的姑娘们路过之外，就没有别的事可做了吗？"窑炉回答，"你去问别的东西吧。"

然后，她来到奶牛面前。"奶牛啊，你见过一个背着长皮袋的年轻姑娘从这里走过吗？"

"我除了看着年轻的姑娘们路过之外，就没有别的事可做了吗？"奶牛回答，"你去问别的东西吧。"

终于，老妇人来到了磨坊这里。

"磨坊，你见过一个背着长皮袋的年轻姑娘从这里走过吗？"

磨坊说："靠近点，凯拉赫，让我听清楚你的问题。过来，对着我的磨轮悄悄地说，这样我可以听得更清楚。"

老妇人走到磨轮边，把头往前凑去，想要对着磨轮悄声说话。这时，磨轮转了一圈，把她拖进了它的齿轮和石轴之间。于是，她被磨碎了，细小的碎片顺着水流，被冲进了附近的地洞。这个洞就是"勃根岩洞"，据说，直到今天你还能在那里听到老巫婆的尖叫声。

老巫婆已经丢掉了她那根榛木魔杖。磨坊轻声叫道："卡莉沃拉，卡莉沃拉，快醒醒。"

卡莉沃拉醒来之后，磨坊让她拿起魔杖，用魔杖去碰磨坊角落里的两块石头。她照做了，然后惊讶极了！石头变成了她失散已久的两个姐姐——卡莉布里德和卡莉弗妮。

磨坊又让她用榛木魔杖去碰长皮袋，她照做了。

"从今往后，不管你从袋子里拿出多少金子，"磨坊说，"它永远不会空。"

磨坊让她再做一件事，那就是把榛木魔杖烧掉，这样别人就再也不会因为它的力量而遭到不幸了。

做完这些之后，卡莉布里德、卡莉弗妮和卡莉沃拉就回家了，她们大笑着庆祝自己的好运和财富。

在她们的家门口站着她们的母亲伊妮·麦克凯隆，她一直在孤独中哭泣。当她听到她们走近，立刻准备迎接她们。当她看到自己的三个女儿都回来了，卡莉沃拉还带回了这么多财富时，她高兴极了。这就是"老巫婆的长皮袋"的故事。

12 金翅雀

很久很久以前，马恩岛有一个名叫阿斯孔的国王，他善良、公正而温和，但他相当贫穷。他有三个好儿子，名字分别是布里斯、肯恩和吉尔。尽管他很穷，或许正因为他很穷，这位国王英明善治，受到人民的爱戴。作为回报，他也很享受这种生活，对自己的命运十分满足。

最令他欢乐的事情是一只小鸟的来访。那只小鸟从大洋彼岸飞来，一到春天就落在他的窗台上，唱啊唱的，一直唱到体力不支为止。那是一只金色的小鸟，国王叫它"林中闪耀"，这是马恩岛人对金翅雀的称呼。它每年都会来到堡垒，停留一段时间，用歌声振奋国王的精神，然后向西飞去。国王希望这只鸟能多待一会儿，但它从来不会多待。

有一天，国王在自己的房间里思考着未来。他意识到，有朝一日，他的一个儿子必须继承王国，但问题是——由哪一个来继承？谁是最合适的继承人？他又要怎么补偿那两个没当上国王的儿子呢？只有一样东西是最有价值的，那就是他的金冠，上面镶满了珍贵的珠宝和银饰；大家都知道，王冠与国王不可分割，谁继承了王国，谁就会继承王冠。但他有三个儿子，这意味着其中两个儿子必须放弃王位继承权。但是，没有继承权，他们要怎么结婚呢？马恩岛有一句谚语："gyn skeddan, gyn bannish!"没有鲱鱼，就没有婚礼。

国王考虑过把王国分成三个部分，但即便如此，王冠也不能分割。如果马恩岛有三个国王，但其中只有一个国王戴着王冠统治，那也显得很蠢。这必然会是一个灾难性的决定。

就在他思考这个问题的时候，他的三个儿子布里斯、肯恩和吉尔走了进来。

"我们在考虑一件事，父王，"布里斯开口道，"关于我们的未来。"

"我们都到了该结婚的年龄了。"肯恩说。

"所以我们想知道，您能不能给我们找到妻子。"吉尔补充道。

阿斯孔国王非常伤心。"你们问的，正是我一直为之苦恼的问题，我的儿子们。因为，如果你们要结婚，就需要一份遗产来供养你们的妻子；但我不知道该把这片国土留给谁。如果你们中的一个人继承王位，另外两个人就没有了。"

"没关系，父王。"布里斯高兴地说，"为什么不把国土分成三份呢？我们并不介意分享国土。"

"就算我可以给你们平分国土，王冠也是不能分割的。要做国王，就必须有王冠。不管你们现在多么喜欢对方，最终可能还是会为此兵戎相向，这是我不希望看到的。"

孩子们向老国王保证，他们绝不会彼此开战。但他们明白了国王所说的道理。的确，没有王冠的国度有什么用？长子已经在想——既然我是长子，为什么要让弟弟们继承王位呢？二儿子想——既然我最聪明，如果我继承王位，肯定会是一个更好的国王，那为什么我的兄们要得到王冠呢？只有最小的吉尔不在乎哪一个哥哥继承王位，他觉得自己年轻体壮，一定可以自立门户。

老国王坐在那里想来想去，最后想到了一个主意。他要考验自己的儿子们，谁能通过考验，谁就可以得到整个王国以及王冠。

"我的儿子们，有一只'林中闪耀'每年都会飞到堡垒的窗口，在我的窗口唱出它的心声。这只小金翅雀实在令我欢喜。但它之后却会飞去西方。如果这只小鸟一年四季都能陪着我，我的生活就会安宁而快乐。所以，我的儿子们，我让你们接受我的考验。谁能找到金翅雀的家，并把它带回这片土地，谁就可以继承我的王国和王冠。"

长子布里斯立刻自吹自擂道："我可以不费吹灰之力就把金翅雀带回来。"

"我也可以。"肯恩迅速补充道。

最小的弟弟吉尔笑了。"我不怀疑我的某个哥哥能做到这件事。但我想我应该和他们一起去，我或许有机会在金翅雀王国寻找我的好运。"

三兄弟出发了，但是因为贫穷，他们只有一条船。经过一番讨论，他们决定一起乘这艘船离开马恩岛的海岸。

黎明时分，他们启程向西，当第一天的夜幕降临时，他们望见了一座岛屿。他们上岸来到一家客栈，客栈老板是个和蔼的女人，她朝他们走了过来。

"欢迎，阿斯孔国王的儿子们，欢迎。"

三人迷惑不解。

"我们在今天之前，还没有到过马恩岛的海岸之外，你怎么会认识我们？"

"我知道你们是谁，也知道你们要去哪里。"女人回答。

"那你知道得比我们多，女士。"布里斯观察着她，"我们在寻找金翅雀的国度，却不知道它在哪里。"

"明天，太阳升起的时候，你们继续航行，直到弃舟登岸。上

195

岸之后，你们会看到一条笔直的路，但不要走这条路，而要走那条通往南边的小路。"女人笑了，"从那里开始，你们就得自己找路了。"

于是，第二天早上他们起航出发，正如那个女人所说，登陆之后，有一条笔直的道路。他们在那里找到了一条向南走的路，在这条路的起点，他们遇到了一位老人。

"Kys t'ou？"[1]布里斯用马恩语打招呼。

"Ta shiu cheet！"[2]老人用同样的语言回答，"我叫恩奥拉赫。你们就是寻找金翅雀王国的人吗？"

"我们该怎么做？"肯恩点了点头。

"看到那辆战车了吗？"

旁边停着一辆金色的战车，拉车的白马的马蹄踩在路面上。

"看到了。"吉尔回答道。

"布里斯来驾车，肯恩坐在左边，吉尔坐在右边。一直往前走，直到遇见一块高耸的岩石。然后下马，拿起右边的长矛，对着岩石刺一下。"

"就这些吗？"

"目前，就这些。"老人神秘地笑了笑。

于是他们上了战车，布里斯轻轻一拉缰绳，战车就往前驶去。没过多久，他们就来到了一块高高的岩石前。布里斯下马检查了一下，而吉尔则拿起了放在他那一侧的长矛。然后，他对着那块石头猛刺一记。岩石掉下了一大块，露出一个大口子，底下仿佛有一个深不见底的洞。

给他们指路的那个老人出现在他们身后。他们不知道他是怎

1　意为"你好吗"。

2　意为"你好"。

么跟上他们的。

"欢迎你们,马恩岛国王的儿子们。这就是寻找金翅雀王国的必经之路。"

布里斯往下张望。"我们怎么下去?"

"我有绳子,可以把你放下去。"

"那就这么做吧。"布里斯厉声说道,"马上用绳子把我吊下去,因为我是老大,应该由我把金翅雀带回去。"

老人笑道:"马恩岛不是有一句谚语,叫作'ta lane eddyr raa as jannoo'吗?"这句话的意思是"在说到和做到之间还有很长的距离"。

布里斯恼怒地涨红了脸。"你是怀疑我没这个本事吗?"

"你可以下去,布里斯。但这很危险,你可能会在下去的时候不小心丧命。"

布里斯怒气冲冲地催促老人放下绳索,于是他在黑暗中不断下降。绳索开始晃动,他在黑暗中撞上了岩石。这可把布里斯吓坏了,没过多久,因为怎么都看不到底,他开始喊着把他拉上去。

肯恩冷酷地嘲笑着哥哥的失败:"你真是让我失望。"接下来,他对老人说:"我很快就会找到那只鸟,因为我是最聪明的。老头子,我再送你一句谚语:'ta keeall ommijys ny slooid ny t'ee ec dooinney creeney dy reayll.'"这句话的意思是"除非被一个聪明人抓住,否则机智也会变成愚蠢"。这是他对他哥哥的侮辱。

老人什么也没说,只是让他系着绳子吊下去。同样的事情发生了。肯恩吓坏了,因为绳子开始晃动,他撞到了石洞的两边。他大喊着把他拉上去。

年纪最小的吉尔原本想和哥哥们一起回去,但老人说:"你为什么不试试你的运气呢?你们国家还有一句谚语:'ta cree doie ny share na kione croutagh.'"年轻的吉尔还听不懂这句谚语。它的意思是"一颗善良的心胜过一个狡猾的头脑"。

布里斯和肯恩也劝他试试，他们认为，如果吉尔把鸟带上来，就会把鸟送给他们中的一个，因为他不想继承王位。

于是，吉尔被绳索吊了下去。不一会儿，他就下到了底部，来到了一个光明而奇妙的国度。他沿着小路前行，最终来到一座宫殿前。

"Bannaghtyn."一个声音用他的语言叫道。他抬起头，看到一个年轻女子站在宫门前。"欢迎你，吉尔，马恩岛国王的儿子。"

"这真是一个奇迹。"吉尔说，"你怎么知道我的名字？"

"我认识你，我也知道是什么事情让你来到这里。但在你面前横亘着巨大的艰难困苦。要找到金翅雀的所在，你要花七年时间，再回到这里，你还要花七年时间。"

"对我的哥哥们来说，这就没有意义了，他们还在上面等着我呢。他们会认为我已经死了，然后离开。拿着绳子的老人也不会一直让绳子在那里晃来晃去，我即使回来也爬不回去了。我应该放弃了。"

他正想转身回去，女人伸出手，拦住了他。"如果你有一匹马，不到一天就可以去而复返。我的马厩里有很多好马，只要你选对了，就能像风一样旅行。"

于是吉尔走进马厩，检查了所有的马匹。

这里有几匹漂亮的骏马。但吉尔依次检查了每一匹马，发现这匹马的腿太短，另一匹马太高，还有一匹马太急躁，等等，直到他看到一匹看上去可怜兮兮的母马，它似乎需要好好喂养。他的心里充满了对这匹马的怜悯和善意，他觉得它肯定需要一些锻炼。

"就这匹马吧。"吉尔说，"我要给她刷洗、梳毛，她可能比其他马更适合我。"

于是，他开始为母马刷洗、梳毛、上马鞍，然后把它牵出马厩。

在外面等候的女子看到他的选择后，很是高兴。

"你走运了，吉尔，这是马厩里最好的马。果然，一颗善良的心胜过一个狡猾的头脑。"

吉尔骑上马，穿过乡间，出发了。

他们还没走多远，母马突然说话了："吉尔，马恩岛国王的儿子，你在你周围看到了什么？"

吉尔有些惊讶地回答："我看到了一个美丽的国家。"

"在你面前呢？"

"在我面前是一片汪洋大海。"

"那么，如果这是你的命运，你是你父亲的合法继承人，我们就可以顺利地渡过这片大海。"

说完这句话，母马就从岸边向前一跃，奔入大海。吉尔惊奇地发现，这匹母马非但没有沉入波涛之中，反而轻松地在海面上驰骋，仿佛这片海只是一片旱地。

他们走了很久，直到看到海里的三座小岛。在每一座小岛上，母马都说一定要休息。吉尔很善良，虽然他很担心他的兄弟们和等着他的老人，但只要母马喜欢，他就允许她休息。

终于，他们来到了一片景色壮丽的海岸。

"你现在看到了什么，吉尔，马恩岛国王的儿子？"母马喊道。

吉尔沿着海岸望去。"我看到一座白石砌成的宏伟宫殿，金色的溪流在其中流淌。是谁住在那座宫殿里？"

"是金翅雀王国的国王。"母马答道，"你要找的那只鸟就在那座宫殿里，但要找到它却没那么容易。宫殿后面有十三个马厩，在前十二个马厩中，每一个马厩都会走出一个马夫，想把我从你身边抢走，说要给我梳毛，照顾我。你必须拒绝他们。一直向前走到第十三个马厩，你可以在那里下马，牵着我进去。"

于是，一切都如同母马所说的那样发生了。

在前十二个马厩里，每经过一个马厩，都会有一个马夫跑出来，想把母马带走，但吉尔让他们走开。他骑马来到第十三个马厩，在那里下马。

这时，一个头戴红金色王冠的高大男子大步走了出来，他的愤怒溢于言表。"你竟敢拒绝我的马夫？难道他们还不够好，不能照顾你这匹寒酸的母马？"

"他们不行。"吉尔大胆地回答，"我可以在任何地方休息，你不能拒绝我为我的母马选择马厩。她载着我经历了许多危险，才来到这个宫殿。"

这个人正是金翅雀王国的国王，他叹了一口气，说道："你是吉尔，马恩岛国王的儿子。我知道你为什么到这儿来。"

"这样一来，我的任务就轻松多了。"吉尔笑着说。

"不轻松。因为你要做三件事，而且要这样做上两轮，才能得到金翅雀。"

"我需要做什么？"

"让我们从第一件事开始。明天天亮的时候，我会躲起来，你必须找到我。"

"这很简单。"

"如果你没法在日落之前找到我，你的头就会被砍掉。"国王笑着补充道，然后自顾自地笑着走了。

吉尔到马厩里给母马喂料，他悲伤地意识到，自己的任务比想象中的困难得多。

"你必须听从我的建议。今晚你在马厩里睡，就睡在我面前的这个马槽里。"

吉尔照做了。第二天，黎明到来的时候，母马轻轻推了他一下。

"现在，吉尔，你必须去王宫的花园。那里会有很多美丽的少女，她们每个人都会向你献上赞美之词，给你送上盛开的鲜花，还会邀请你和她们一同散步。不要理会她们，直接走到花园的尽头。你会发现一棵苹果树，上面长着一个玫瑰红色的苹果。摘下它，把它切成两半。国王就藏在这个苹果里。"

正如母马所说，当吉尔走进王宫的花园时，许多美丽的少女来到他面前，想要给他送上盛开的鲜花，并邀请他和她们一起散步。他一直低着头，连看都不看一眼，径直走到苹果树下，把苹果摘了下来。

其中一个少女走了过来。

"你千万不要摘这个，这是我父亲的苹果。"

吉尔笑了笑，拿出一把刀。"那我就拿一半吧。"

说着，他把苹果切成两半，金翅雀王国的国王从里面跳了出来。

"你今天打败了我，"他不高兴地说，"可你还没赢呢。明天我还会躲起来，你必须找到我。这是第二件事。"

"很简单。"吉尔回答。

"如果你在日落之前找不到我，我就把你的头砍掉。"

然后吉尔回到母马身边，母马让他和她一起睡在马厩的马槽里。日出时分，她叫醒了他。

"今天你必须去王宫的厨房。那里有很多侍女，她们会戏弄你，推你，或者用餐巾打你。不要理会她们。你到厨房的火炉旁，厨师会给你端来一碗肉汤。你要对她们说，没有洋葱就不能喝汤。去菜篮里找找，你会看到一颗长着三个头的洋葱。用刀切开洋葱，国王就躲在里面。"

事情就像母马所说的那样发生了。他避开侍女，接过那碗汤，宣称没有洋葱不能喝肉汤。在菜篮里，他看到一颗三头洋葱，于是把它拿了起来。

"等等，"一个侍女叫道，"那颗洋葱是我父亲留着做肉汤的。"

"那我就拿一半吧。"吉尔说着，拿出刀子就切。

国王从洋葱里跳了出来。"你今天又打败了我，"他不高兴地说，"但你还没有赢。明天我依然会躲起来，你必须找到我。这是你要做的第三件事。"

"很简单。"吉尔回答。

"如果你在日落之前还没有找到我，我就亲自把你的头砍下来。"

于是吉尔去了马厩，母马让他和她一起睡在马槽里。早上，母马把他叫醒。

"今天你要做的事情比较难，但听我说。拿一些大麦到花园旁边的池塘那里，你会看到一只鸭子在那里游泳。把大麦扔给鸭子，它就会来找你。在它啄食大麦的时候，抓住它，让它下蛋。它一定会拒绝。告诉它，如果它不下蛋，你就杀了它。国王就躲在它下的鸭蛋里面。"

事情就像母马所说的那样发生了。

他走到池塘边，看到了那只鸭子。他把大麦扔给鸭子，等鸭子上岸啄食时，他就捉住鸭子，叫它下蛋。

"我没有蛋，不能下蛋。"鸭子喊道。

"那我只好杀了你。"吉尔说，用手掐住鸭脖子。

鸭子立刻下了一个蛋，吉尔把它捡了起来。

"我要把这枚鸭蛋敲碎了吃。"他说。

这时，国王的女儿走了过来，说："你不能这样做，因为这枚鸭蛋是我父亲的。"

"那我就拿一半吧。"吉尔说着，用刀敲碎了鸭蛋。

国王一脸阴沉地跳了出来。"你第三次打败了我，马恩岛国王的儿子，但你还没有赢。现在轮到你藏起来，我来找你。明天你藏起来，如果我在日落之前找到你，我就砍掉你的脑袋。"

疲惫不堪的吉尔回到马厩，把新的进展告诉了母马。

"如果你想赢得金翅雀的话，"母马说，"你只要再赢他三次。所以晚上你就睡在这马厩里。"然后，天亮之前，她把他叫醒了。下一刻，吉尔发现自己变成了母马皮毛里的一只跳蚤。

金翅雀王国的国王找了整整一天，找遍了所有的地方，都没有找到吉尔。日落时，母马把吉尔变回了人，并警告他，当国王不可避免地问他藏在哪里时，他不要回答。吉尔进了王宫，国王问他藏在哪里，吉尔说："你藏在苹果里的时候，我可没问过这样的问题。"

"那倒是。明天你必须再躲起来，如果我在日落之前找到你，就砍掉你的脑袋。"

于是，吉尔又睡在马厩里。第二天早上，母马把他变成了一只蜜蜂。

金翅雀王国的国王整整一天都在找吉尔，却找不到他。

日落时，母马把吉尔变回了人形，并告诉他，当国王问他藏在哪里时，他不要回答。吉尔进了王宫，国王问他藏在哪里。吉尔答道："你藏在三头洋葱里的时候，我可没问过这样的问题。"

"是啊。"国王叹了口气，"明天你必须再躲起来，如果我在日落之前找到你，我就亲自砍掉你的脑袋。"

吉尔又一次睡在马槽里，天亮时，母马把他变成了她的一根睫毛。

国王找了又找，勃然大怒，却还是找不到他。日落时分，母马把吉尔变回来，并且叫他不要回答国王关于他藏在哪里的问题。然后，母马说，国王七年才入睡一次，这几天的捉迷藏把他累得不行，所以今晚他会睡着，王宫里所有的人也会跟着睡着。

吉尔进宫去见国王，国王问他藏在哪里，他回答说："你藏在鸭蛋里的时候，我可没问过这样的问题。"

于是国王低头叹息，很快，他就打起了瞌睡，王宫里所有的人也跟着睡着了。

这时吉尔听到了母马的声音："现在去王座后面的密室，那只金翅雀被关在银笼子里。抓住它，我在堡垒门口等你。"

于是，吉尔走进密室，看到了鸟笼和小鸟。他伸手去拿鸟笼。他刚刚拿到鸟笼，那只鸟就发出一声怪叫，堡垒里所有的人都醒了过来。但吉尔已经离开了。母马正在堡垒的门口等着他，吉尔跨上马鞍。母马像鸟儿一样迅速地跑了起来。

他们跑了一会儿之后，母马喊道："你看后面，你看到了什么？"

"这是我见过的最庞大的军队。"吉尔喘息着说，"他们的军旗高扬，武器繁多。"

"军旗是什么颜色？"

"白色。"

"这样，我们就可以摆脱他们了。"

母马驰骋过海，来到了第一个岛屿。

"你看后面，你看到了什么？"她喊道。

"一支大军，比第一支大军还要大。"吉尔回答，"他们的军旗高扬，武器繁多。"

"军旗是什么颜色？"

"红色。"

"那我们就可以摆脱他们了。"

她驰骋在海面上，来到第二座岛屿。

"你看后面，你看到了什么？"

"这是我所见过的最可怕、最庞大的军队。"吉尔大喊道，"他们的军旗打得非常高，武器多得我都数不清。"

"他们的军旗是什么颜色？"

"黑色。"

"那我们就可以摆脱他们了。"

他们到达第三座岛屿，继续朝遥远的对岸前进，没有遇到任何阻碍。

然后他们回到了吉尔得到母马的堡垒。那位年轻女子正站在堡垒门口。当她看到他拿着关着金翅雀的鸟笼时，高兴地笑了。

"欢迎回来，马恩岛国王的儿子。你知道关在笼子里的是什么鸟吗？"

"我不知道。"吉尔坦言。

"她是金翅雀王国国王乌尔门的女儿沃格尔公主。这匹母马是她的姐姐伊斯巴尔公主。我是琪琪尔公主，她俩的姐姐。我这里有一根花楸木魔杖，可以让我的妹妹们恢复人形。是我们的父亲乌尔门把我们变成这样的，因为一个德鲁伊曾经告诉他，有一天他会把我们输给马恩岛国王的儿子们。"

她用魔杖碰了一下鸟，它变成了吉尔所见过的最美丽的女子。接下来她用魔杖碰了一下母马，她变成了一个同样美丽的女子。

"现在，轮到我了。"堡垒门口的女人说，然后她变成了第三个同样美丽的公主。她对吉尔笑道：

"感谢你解放了我们，马恩岛国王的儿子。现在我们和你一起去马恩岛，如果你父亲同意，我们将与你和你的兄弟们一起生活在你的王国里。"

于是他们来到洞口下面，喊了起来。老人还在那里拿着绳子，因为地上的时间并没有过去多久，虽然吉尔在地下那个叫金翅雀王国的地方过了数天。吉尔的两个哥哥也在那里，当他们听说吉尔探险成功，并且要带着美丽的公主回马恩岛的时候，他们很快就制订了一个可怕的计划。他们转身杀了那个老人，拿走他的绳子，然后把绳子放进洞里。

于是琪琪尔公主先上去了，长兄布里斯一看到她，就要娶她为妻。之后上去的是伊斯巴尔公主，二哥肯恩决定娶她为妻。

沃格尔公主，也就是那只金翅雀，走到洞口下面，抬头看了看摇晃的绳子，觉得事情不太对劲。她低声对吉尔说，他必须帮她把一块很重的石头系在绳子末端。两个哥哥开始拉起绳子，他们认为自己的弟弟或者属于他的公主正系在另一端。他们还没有拉到一半就把绳子割断了，石头掉到下面，摔碎了。兄弟俩以为自己杀死了公主或者自己的弟弟，至少是把他们困在了彼世。于是他们就带着新娘，坐上战车，回到马恩岛。

在他们到达父亲的宫廷之前，布里斯说："父王让我们把金翅雀带回来，可我们却带着妻子回来了。为此，他可能不会让我们继承王国。"

伊斯巴尔说："我有花楸木魔杖，可以改变我的形态。"

于是，眨眼之间，她就变成了金翅雀。

布里斯收起了花楸木魔杖。

于是他们回到马恩岛，来到了他们父亲的宫廷。

老国王阿斯孔开口问的第一句话是："我的小儿子在哪里？"

布里斯耸了耸肩。

"在路上，一块大石头掉到他身上，把他砸得粉碎。但是，您看，我们找到了您梦寐以求的这只鸟，这应该足以让您感到宽慰了。"

他拿出一个鸟笼，里面装着化身为金翅雀的伊斯巴尔。

"这不是那只金翅雀。"阿斯孔国王面色阴沉地宣布。

此时肯恩已经从哥哥那里偷来了花楸木魔杖，他用魔杖碰了一下琪琪尔，把她变成了笼子里的金翅雀。

"您很有眼力，父王。"他走上前，大声说道，"找到鸟的不是布里斯，而是我。这就是真正的金翅雀。我把它带给了您，所以我理应继承您的王国。"

他把鸟笼呈了上去，笼子里是化身为金翅雀的琪琪尔。

老国王阿斯孔凝视着鸟笼，摇了摇头。

"这也不是金翅雀。你们太可耻了，居然想在这件事上欺骗我。现在，让我为我的小儿子哀悼吧。你们俩谁都不能拥有我的王冠。"

在石头掉下来之后，吉尔和沃格尔又经历了什么呢？

吉尔很伤心，因为他发现他的哥哥们是多么丧心病狂。

对于他的沮丧，沃格尔悲哀地一笑。"在这里等着我，吉尔。"她吩咐道，"你的心灵很温柔，还不习惯遭遇这样的背叛。"

然后她又变成金翅雀，从洞里飞了出去。在外面，她变成一个强壮的女人，把老人的绳子放下去给吉尔。他很快就被吊了上来。当吉尔看到老人时，他俯下身去，试图帮助老人。他十分痛心，因为是他的哥哥们杀了这个老人。

由于他这样做了，老人眨了眨眼，坐了起来。

"马恩岛国王的儿子吉尔，你把我救活了，这是因为你的心地纯洁善良。没有其他的治疗方法可以让我起死回生。"

老人召唤出一辆战车，让吉尔和沃格尔回到了马恩岛。

他们登上马恩岛的海岸之后，沃格尔又变成金翅雀，飞到老国王阿斯孔的宫殿窗口，为他唱了一首歌。悲痛欲绝的国王听到她的哭声，走到窗前，悲喜交加地凝视着她。

"现在要是小儿子在家就好了，我的快乐就圆满了。"他叹了口气。

这时，金翅雀跳进房间，变成了美丽的沃格尔公主。

"朝地平线看，阿斯孔国王。你的小儿子吉尔从金翅雀王国回来了。他曾经冒着许多危险，把我从魔法中拯救出来。"

阿斯孔看到他的小儿子正向他走来，大喜过望，放声高呼。

布里斯和肯恩听到这个消息，吓得不轻。

那天，在马恩岛国王的宫廷里，充满了巨大的团圆的喜悦。

老国王得知全部真相后，大发雷霆，下令将他的儿子布里斯和肯恩流放。但变回人形的伊斯巴尔和琪琪尔却替他们求情。吉尔自己也替他们向国王求情。

"好吧，我只让你们流放七年。"阿斯孔国王同意了，"同时，你们必须承认你们的弟弟吉尔有权继承我的马恩岛王位。"

于是，布里斯和肯恩娶了琪琪尔和伊斯巴尔，去大海彼岸的一个地方住了七年。而吉尔和沃格尔结婚了。七年之后，他们重新团聚，吉尔的哥哥们承认，当老国王阿斯孔去世之后，吉尔和沃格尔将成为马恩岛的国王和王后……但那将是许多年之后的事了，因为每天下午，沃格尔都会变成金翅雀，给老国王唱歌，让他感到幸福而满足。如果你感到幸福而满足，你就会活得很长很长。

13　吉拉斯皮克·夸尔特罗

在穆尔港外的小村庄布伊鲁沙格流传着一句谚语。穆尔港并不像它的名字那样，是什么"大港口"[1]，这里只是一小片布满礁石的海域，船只可以冒着危险驶入，不过马恩岛的水手已经习惯了。啊，对了，谚语——那句谚语，用马恩语说，就是"Cha bee breagerey creidit ga dy n'insh ch yn irriney"，意思是"骗子即使说真话，也不能相信"。

有一个来自布伊鲁沙格的水手，名叫吉拉斯皮克·夸尔特罗。他是个快活的家伙，喜欢女人、饮酒和取乐。每当他驾船从穆尔港出发，向北绕过穆尔港岬，或者向南绕过加文岬，都肯定会带着奇妙的故事回来。不过，我们必须承认，他的网里同时也总是装满了鱼。当他去拉姆齐[2]时，拉姆齐的渔民会惊讶，甚至嫉妒他捕到了这么大的鱼。吉拉斯皮克·夸尔特罗熟悉渔场，他知道鱼儿会游向哪里；再也没有比他更聪明的家伙了，他知道，为了带着收获回来，应该在什么时候出海。

但是，如果说吉拉斯皮克·夸尔特罗有一个缺点的话，那就是：他永远不能讲述朴素的事实。他喜欢润色他的故事，让它们

1　穆尔（Mooar）的字面意思是"大"。
2　马恩岛北部港镇，全岛第二大城镇。

比原本的事实更为夸张。从全岛最北端的艾尔角到最南端的小马恩岛，他以能够讲出最为天马行空的故事而著称。人们并不认为他是骗子，但大家都知道他是个多么言过其实的人。

有一天，他把打上来的鱼带到拉姆齐，卖了个好价钱。然后，他坐在精灵峡谷街上的精灵纹章酒馆里，讲起了他在哈索尔海岸陡峭的悬崖旁边，在变幻莫测的潮汐中经历的危险。他啜饮着威士忌，变得愈发奔放起来，开始第三次润色他的故事。

"Loayrt ommidys! "他的一个听众嗤之以鼻。这可不是什么好话，他是说吉拉斯皮克·夸尔特罗在"胡说八道"。

那是一个他从未见过的人。

"你怀疑我说的话吗？"吉拉斯皮克愤愤不平地反驳道。

"我能不怀疑吗？"那人回答，"听起来，与其说你是一个钓鲭鱼或者抓螃蟹的渔夫，不如说你是航海家梅尔顿[1]本人。我也不想吹牛，但我想说的是，一个仅仅在这一带打过一点鱼的人，不应该向一个敢于航行到芬戈尔[2]再回来的人吹嘘自己的航海技术。"

吉拉斯皮克从未听说过芬戈尔，也不知道那是个什么样的地方。但是，如果说吉拉斯皮克·夸尔特罗还有第二个缺点的话，那就是他从来不肯承认自己的无知。所以，他不仅不承认自己不知道芬戈尔在哪里，而且还在嘴上辩驳说，虽然他尊重一个航行到芬戈尔再回来的人，但沿着马恩岛的海岸航行同样有很多危险，比如从麦克尔德岬的溪流角到德雷斯威克角的这一段[3]。无论如何，他都愿意随时前往芬戈尔，将网撒进它的海域，以证明自己的价值。

陌生人无情地笑了。"是吗？好吧，如果你去了那里，就把

---

1 爱尔兰古代故事《梅尔顿航海记》的主人公。
2 爱尔兰东海岸的一个郡。
3 从马恩岛的最东端到最东南端。

'受祝之钟'巴拉基萨克带回来，这样我们就知道，你的确把网撒在芬戈尔的海域里了。"

"小菜一碟。"吉拉斯皮克壮着胆子喊道。他不想在拉姆齐人面前显得无知。

"我们什么时候可以再见到你？"陌生人依然微笑着追问。

如果他随便说一个时间，可能太长，也可能太短，因为他不知道这个地方在哪里，无法判断距离和所需时间。

"那要看天气了。"吉拉斯皮克不紧不慢地回答，"如果风不好，我是不会挂帆的。"

拉姆齐的渔民们点了点头。这是正确的航海知识。

"我会在下一个满月时回到这里，"陌生人宣布，"到那时，我希望你已经回来了。但别忘了带上'受祝之钟'巴拉基萨克。这将是我承认你去过芬戈尔的唯一证据。"

"你怀疑我是否能把这个钟带回来？"吉拉斯皮克愤怒地问道。

"证明布丁存在的方法是吃掉它。"陌生人调侃道，"也许你会对这次打赌庄严宣誓？如果你不能带着'受祝之钟'巴拉基萨克回来，把它交给我，并且放弃你对它的任何权利，我就可以把你的荣誉以及你在这片土地上的一切全都据为己有。"

吉拉斯皮克·夸尔特罗不是一个会在荣誉问题上让步的人，他当即同意了这个赌注。

然后，吉拉斯皮克离开了精灵纹章酒馆，迈着沉重的脚步走向巴路尔，踏上了南下回家的路。在巴路尔，他停下脚步，问当地渔民是否听说过一个叫芬戈尔的地方，或者他们是否知道"受祝之钟"巴拉基萨克。没人知道。接下来，他在勒威格山脚下的勒威格停了下来。那里依然没有人知道。他在巴拉克雷甘、巴拉塞格、德里姆斯杰里、巴拉约拉全都停下来询问，最后回到了布伊鲁沙格。但没有任何一个人听说过芬戈尔，或者知道"受祝之钟"巴拉基萨克。

"好吧，"他自言自语，"如果我不知道该往哪个方向走，我就没法出海。如果我出海向北，可能会走错路；如果我向南，也可能走错路。"

不过，他知道，有一位年老的智者住在巴尔德罗玛贝格的山上。

"芬戈尔？"老人盯着吉拉斯皮克说，"那里在世界的另一边，所以不管你向南还是向北都无所谓。"

吉拉斯皮克还算是个不错的沿海渔夫，但他从来没有了解过地球是圆的这个概念。

"当然，我必须走一条路，dooinney creeney[1]。"他礼貌地说道。对于一个比自己更有智慧的人，最好总是用最礼貌的用语来称呼。

"不，无论你走哪条路，都能找到芬戈尔。"老人向他保证。

然而，这位年老的智者也对"受祝之钟"巴拉基萨克一无所知。

于是，第二天早晨，吉拉斯皮克·夸尔特罗准备了足够的补给，驶出了穆尔港。航到岬角时，他决定转向南方，因为南方的气候比严酷的北方温和得多，他不想在并非迫不得已的情况下进入风暴翻腾的水域。

他大胆无畏地启航了，然后突然意识到，他应该多问一个问题。当看到芬戈尔的海域时，他怎么知道那是他要找的地方呢？

他重重地叹了一口气，但现在也无法回头了。潮水已经把他带到了马恩岛的海岸线之外。他扬起风帆，船在海浪上航行，直到一阵浓重的海雾突然笼罩下来。奇怪的是，尽管雾气很浓，但风却没有停止，他的帆被鼓得满满的，就这样一直劈波斩浪地前进。

---

1 意为"人类的智慧"。

突然之间，他驶出了雾气，来到了一片明亮、湛蓝的海上，眼前是一片黄色的沙滩。他向四周张望，想看看那团奇怪的海雾，但出乎他意料的是，他什么也没看见，这使他微微颤抖。然后，他转身审视他所驶近的土地。那是一个宜人的地方，黄色的沙滩上长着深绿色的树木，还有五颜六色的花朵。

一个老妇人坐在岸边的岩石上，看着他驾船靠岸。她佝偻的肩膀上围着一条黄色的披肩。

"老太太，您好。"他叫道，从船上跳了出来。然后，他意识到自己现在是在异国他乡，这里的人可能不会说马恩语，于是他补充道："Vel oo loayrt Gaelg？"[1]

当她用马恩语向他打招呼时，他松了一口气：

"Bannaghtyn！"

但这句问候让他想了一下。"我又在自己的国度上岸了吗？"他问，"这里是马恩岛吗？"

"不，a mhic[2]，"她回答说，"这里不是马恩岛。"

"那么请告诉我，这里是什么国家？"

她谨慎地笑道："你要找哪个国家？"

"我在找一个叫芬戈尔的地方。"

"那么，就是这里了。"

他十分惊讶，下一个问题脱口而出："那么请告诉我，在哪里可以找到'受祝之钟'巴拉基萨克？"

老妇人抱怨地摇了摇头，说："你的问题太多了，a mhic。"

"我已经承诺了，我会在芬戈尔的海域撒网，把'受祝之钟'巴拉基萨克带回我的国度。"

1　意为"您会说马恩语吗"。

2　意为"孩子"。

"承诺是神圣的。如果你沿着这条路去王宫，你会找到你要找的东西。这样，也许你能完成你所承诺的事情。"

然后，老妇人站起来走了。他不能确定她是不是瞬间消失了，因为当时他正转身确认他的船是否已在岸上停好。不过，只消一瞥的工夫，当他回过头来时，老妇人已经不见了。

他顺着她指的路走了上去。小路的尽头是一座宏伟的宫殿，那里显然正在举行一场盛宴。有很多穿着绫罗绸缎、戴着金银首饰的贵族，也有很多身着鲜艳华服的年轻女子和贵妇。乐师在演奏音乐，仆人在来回搬运食物。吉拉斯皮克一辈子也没见过这么绚丽辉煌的场景。餐桌上摆满了饮料和肉类，丰富得足以养活整个马恩岛的人口，还有蛋糕、糖果，以及他无法用语言形容的其他食物。

他转身看向站在旁边的一位老妇人。他一度以为她就是那个坐在海边的老妇人，但他注意到，这个老妇人佝偻的肩膀上围着一条绿色的披肩。

"请告诉我，老太太，这是怎么一回事？"

"哦，a mhic，国王的女儿要结婚了。看，她在那里。"

他朝大厅的另一头望去，看到了他所见过的最美丽的少女，她穿着最漂亮的婚纱。然而，在这个结婚的日子里，少女并没有表现出幸福的样子，她的眼眶红红的，脸上显然写满了悲伤。

"这里的人似乎都在庆祝，满心欢喜，为什么她却在悲伤？"

"啊，a mhic，这场婚姻是违背她的意愿的，因为她对她的丈夫没有爱情。你看，他在那里……你应该可以明白她为什么不喜欢他了。"

她指了指。他使劲咽了口唾沫——那是一个驼背的侏儒，他长着鹰钩鼻、绿皮肤，脸上还布满了麻风病的斑点。

"国王怎么能把女儿嫁给这种东西？"

"很简单，国王的国度被下了诅咒，而唯一能解除诅咒的人就是降下诅咒的人——他就是伊姆希[1]王子，毁灭是他的名字，毁灭是他的本性。"

吉拉斯皮克开始全心全意地同情起这位公主了。你看，尽管他有一些缺点，但吉拉斯皮克·夸尔特罗是个善良而慷慨的人。不过他意识到，比起卷入外国的事务，他有更加紧迫的事情要做。

"老太太，我在哪里可以找到'受祝之钟'巴拉基萨克？"他问。

"她不是别人，正是巴拉基萨克公主。"老妇人答道，然后消失在人群中。

这让吉拉斯皮克感到奇怪。她是什么意思？他开始意识到，拉姆齐的那个陌生男人可能不是在说钟，而是在说一个美女。

当他看到哭泣的公主独自坐在宴会厅的一角时，他小心翼翼地走过去，低头向她鞠躬。"恕我冒昧，女士，请问您是巴拉基萨克公主吗？"

少女抬头望着他，泪流满面。当他的眼睛与她的眼睛对视时，他吞了吞口水，因为她是他见过的最美丽的女人。她肌肤雪白，双颊红润，银色的梳子固定着一头蜜金色的鬓发，还有一双淡蓝色的眼睛。

"善良的陌生人，"她的声音是一种旋律优美、悠扬柔和的女高音，"你要知道，我是这里最不幸的人。是的，我就是巴拉基萨克公主。"

"女士，我很同情您的悲伤，但有一个问题我必须请教。请问这里是有一口叫巴拉基萨克的钟呢，还是一位名叫巴拉基萨克的少女，[2] yn caillin s'aaley[3]？"

---

1 字面意思是"恶魔""毁灭"。

2 马恩语的"钟"（clageen）和"少女"（caillin）发音相近。

3 意为"美丽的少女"。

她皱起眉头看着他，虽然红着眼眶，但她的唇边还是露出了笑容。

"说真的，陌生人，你实在是在讲一个谜语。这里没有什么钟，但他们管我叫 'yn caillin bannee'[1]。"

吉拉斯皮克深深地叹了一口气。"那么，我的女士，我来找您了。"

她凝视着他，脸上似乎流露出一种怀着希望的表情。

他把她抱起来，和她一起在大厅里跳起了舞，跳的是欢快的旋转舞。因此，在他们穿过大厅朝门口移动的时候，没有人发出惊呼。然后他们走出了门。吉拉斯皮克拉起她的手，两人沿着小路向海边跑去。

"我们要去哪里？"少女虽然急切地想跟他走，但还是气喘吁吁地问道。

"我带你去马恩岛。"吉拉斯皮克叫道。

此时，他们身后传来一声大喊。吉拉斯皮克扭头一瞥，看到伊姆希王子那驼背的矮小身影正在小路上跳跃着。

他迅速把公主抱到他的船上，把船推下海，跳上船，抓住船桨，划出一段距离。

"哦，你看！"公主惊叫道。

吉拉斯皮克一抬头，看到王子那侏儒般的身影正骑在一根榛树枝上，就像骑着一匹大马一样，飞在空中追着他们。

"啊，善良的先生，"公主喊道，"现在什么也救不了我们了。因为伊姆希王子是个巫师，是个神通广大的巫师！"

吉拉斯皮克·夸尔特罗还不是一个老渔夫，不知道一个马恩岛水手在濒临绝境时应该怎么做。

1　意为"受祝之少女"。

"啊，李尔之子小玛诺南！"他大叫道，"我岛的海神！现在正是时候，我需要你在我和我的敌人之间摇动斗篷。快摇动你的斗篷吧，玛诺南！"

巨大的轰鸣声突然响起，就像一阵旋风吹在风暴翻腾的海面上，但海面依然平静无波。突然，他们被笼罩在浓浓的海雾中。这就是他在出发时笼罩他的海雾，雾里简直伸手不见五指。

公主困惑地环顾四周。"善良的先生，这是怎么回事？"

吉拉斯皮克·夸尔特罗紧张地笑了笑，说："我来自海神——李尔之子小玛诺南的岛屿，人称'玛诺南之岛'。我呼唤海神来保护我，让他把他的斗篷放在我和巫师之间，这样巫师就看不到我们了。我也不是什么'先生'，只是个穷渔夫，叫吉拉斯皮克·夸尔特罗，来自布伊鲁沙格。"

公主叹气道："我倒希望我是个穷人，亲爱的吉拉斯皮克。我宁愿做一个贫穷的渔夫的妻子，幸福地生活着，也不愿意做金殿里的公主，嫁给伊姆希王子这样的邪物，过着悲伤的生活。"

吉拉斯皮克刚要回答，突然感到背后有风刮来。奇怪的是，虽然风在刮着，雾气却依然浓厚而致密；他只能认为这是海神的魔力造成的。无论如何，这提醒他扬起风帆，他们很快就飞驰在海面之上。

几乎是在眨眼之间，他们就出现在一片漆黑的、被暴风骤雨狂吹猛打的海岸之前。

吉拉斯皮克很担心。"我不认识这个地方。"他自言自语。

他用尽所有的本领，才把船停靠到波涛汹涌的海滩上。

"你看！"公主说，"有一个老妇人坐在石头上。她会告诉我们这里是哪里。"

"您好，老太太。"吉拉斯皮克走到老妇人面前喊道。有那么一瞬间，他以为自己见过她，因为她像极了他在芬戈尔见过的那两个老妇人。但他又仔细一看，发现她的披肩是蓝色的。

"这里不欢迎你，吉拉斯皮克·夸尔特罗。"老妇人答道，"你偷了伊姆希王子的妻子，我不会问候你。你最好离开，而且要快。"

吉拉斯皮克皱了皱眉头。"我没有偷她。她是心甘情愿地离开的，这并不是偷。"

"坐在你船上的不是巴拉基萨克公主吗？"

"没错，但是……"

"那么，你要知道，这里是伊姆希岛，王子的岛屿。你是被他的意志吹到这里来的。"

吉拉斯皮克愤怒地大叫起来，他怀疑海神是不是对他要了一个卑鄙的诡计。

老妇人冷笑着，仿佛看透了他的心思。"别怪海神。伊姆希王子是一位伟大的巫师，他骗过了你的玛诺南。瞧，他来了。"

这时，丑陋的伊姆希王子从云端跳下。老妇人急忙跑开了。

"所以，你以为你可以呼唤海神来救你？"邪恶的侏儒喊道，"嘿，只不过是我掉转风向，把你们带到这里来而已。现在我要向你们两个报仇！"

公主开始惊恐地抽泣，这激怒了伊姆希王子。他用长长的、弯曲的手指指向巴拉基萨克公主。"这声音让我很不爽。除非我让你说，否则你不许说话。"

公主立刻被一种魔法力量变哑了。

看到她试图尖叫的样子，伊姆希王子大笑起来。这似乎戳中了他扭曲的幽默感。然后，他想起了吉拉斯皮克，向渔夫迈出一步。

"啊，李尔之子小玛诺南！"吉拉斯皮克绝望地喊道，"你是聋子吗，对我的恳求置之不理？我是马恩岛的子民，来自你在惊涛骇浪中的明珠。快帮帮我！"

驼背的伊姆希王子迟疑了一下，但并没有什么事情发生。他残忍地笑了起来。"看起来你的海神已经抛弃你喽，小渔夫。"

吉拉斯皮克不是个懦夫，虽然他很害怕侏儒巫师的魔法，并且手无寸铁，但他却举起拳头，站在原地。

侏儒站在那里，双手叉腰，嘲讽地笑了。"你需要不止两个拳头来抵挡我的法术。"他笑着说。

"如果海神不是聋子，"吉拉斯皮克喘着气说，"你就不能伤害马恩岛的渔民。"

"你说我不能吗？"

侏儒巫师用长长的、弯曲的手指指向他，一道闪电蜿蜒而出，将吉拉斯皮克击倒在沙滩上。他的整个身体似乎都在燃烧。

"啊，李尔之子小玛诺南！"吉拉斯皮克呻吟道，"就算你对我没有怜悯之心，难道你就不怜悯这个少女吗？请帮帮她！"

他也不知道接下来发生了什么，但忽然传来一声巨响，就像海面上愤怒的风暴。突然之间，一辆巨大的泡沫战车从海浪中驶出。战车上站着一个人，吉拉斯皮克确信，他以前肯定在哪里见过这个人。

那人朝他咧嘴一笑。"你遇到麻烦了，吉拉斯皮克·夸尔特罗。"他的声音如同大海的咆哮，就像巨浪拍击着礁石。

"这可多亏了你！"吉拉斯皮克回答，他意识到这一定是李尔之子小玛诺南，海神本尊。但他不记得自己在哪里见过海神。

"这是和我说话的态度吗？"海神斥责道。他依然站在他的战车上，白色的战马像浪花一样拍打着沙滩。

"我呼唤你的时候，你没有帮我。我还以为马恩岛所有的子民都在你的保护之下！"

"你们当然受我保护。但是，你难道不知道必须呼唤我的名字三次，我才能回应吗？呼唤三次，然后我只能帮你一次。所以，现在带着公主到船上去，把帆升起来。"

吉拉斯皮克看了一眼怒气冲冲的伊姆希王子。"那，他呢？"他紧张地问。

"这个侏儒巫师就交给我对付。快点，我只要吹一口气，这座岛就会沉入海浪之下。"

吉拉斯皮克抓住公主，跳上他的船。船已经漂离了岸边，他升起了帆。瞬间，小船在海面上疾驰而去，从他们身后传来可怕的轰鸣声和撞击声，巫师的小岛被玛诺南召来的大海吞没。

"好吧，"吉拉斯皮克叹了口气，"就这样吧。希望我们回家的路能够顺利。"

但她没有回答。她张了张嘴，却发不出声音，眼里噙满了泪水。

"不会是巫师的法术还有效力吧——即使他正在海浪下腐烂？"

巴拉基萨克公主伤心地点点头。她伸出一只光滑白皙的手，放到他的脸上。她的脸颊上挂满泪水，吉拉斯皮克发现自己也泪流满面，他不忍心看到这个美丽的少女遭到这样的不幸。他想再次向海神求救，但他记起，海神只能帮他一次，而那一次机会已经被他用掉了。

于是他们默默地航行着，吉拉斯皮克不知该如何是好。

最后，他发现了一片气候温和、铺满卵石的海岸。他想在那里登陆，看看能不能得到什么帮助。当他把船拖上岸时，看到一位老妇人坐在那里。一时之间，他还以为这是他在冒险中碰到的某一个老妇人，但他看得清楚，这位老妇人的披肩是紫色的。

"您好，老太太。"他扶着沉默的公主下船，叫道。

"我一直在等你，马恩岛之子。"老妇人不耐烦地抱怨道。

"您在等我？这是怎么回事？"

"什么都不要问。把那姑娘带到我家里来。"

于是，吉拉斯皮克和巴拉基萨克公主跟着她，沿着蜿蜒的小路，走到了悬崖顶端一座被粉刷成白色的古旧农舍前。他们走到门口时，太阳刚刚升起。

他们和老妇人一起度过了三天。每天天亮时，老妇人都会配制一种奇怪的药水，让公主喝下去。每一次喝药，吉拉斯皮克都以为会治愈公主，但他每一次询问少女时，少女都无法回答，只有眼泪簌簌而下。

就在那一刻，吉拉斯皮克·夸尔特罗意识到，自己已经深深地爱上了巴拉基萨克公主。唉，如果她能说话就好了。

第三天早晨，太阳升起的时候，老妇人拿着一株草药进来，将草药去叶，割断茎秆，直到流出浓浓的白汁。然后，她在锅里放了些水，把草药放进去，煮开汁液，给公主喝。她喝完之后睡得很香，他们只好把她抱到床上。

吉拉斯皮克坐在她的床边陪她。那天晚上，她终于醒来，透过窗户，望向群星点缀的蓝色天幕。她打了个哈欠，伸了个懒腰，然后揉了揉眼睛，问："我这是在哪儿？"

吉拉斯皮克满心欢喜。"我不知道，公主。我只知道我们在一个老太太的小屋里，巫师给你下的诅咒已经治好了。"

这时，她也想了起来，高兴地一跃而起，给了吉拉斯皮克一个大大的拥抱，亲吻着他。

吉拉斯皮克在她的怀抱中感到无比满足，快乐得简直要死了。

老妇人走了进来，会意地笑了笑。"明天你可以继续你的旅程，回马恩岛去。"她说。

当天晚上，他们在老妇人的小屋里举行了宴会。吉拉斯皮克·夸尔特罗向她表示感谢。

"不用谢。"那个叫艾尔梅德的老妇人说，"我是一名医师。但是，如果你对我所做的事情心存感激的话，当你回到马恩岛时，你可能会遇到一个在路边卖草药的老妇人。不要诅咒她，而是要从她那里买草药。"

吉拉斯皮克答应了。

第二天早上，他们出发了，一路上聊得很开心，仿佛他们的生命就在于相互交谈。巴拉基萨克公主向他表白，而他也向她表白。他们高兴地航过加文岬，驶入布伊鲁沙格附近礁石众多的穆尔港。

村里的人都出来迎接他。

"你已经走了二十七天了，"布伊鲁沙格的一个渔民喊道，"我们还以为你失踪了。"

"我也是。"吉拉斯皮克喊道，他已经恢复了往日的精神。他向他们讲述他的冒险经历，但是没有人相信。

"老吉拉斯皮克·夸尔特罗又在信口开河了。"他们谈论道，"不过，他带回布伊鲁沙格的妻子倒是一位美人。也许是他从昂肯[1]或其他南方城镇带来的？"

没人知道这位公主是从哪里来的，他们甚至不知道她是一位公主。至于真相，嗯，他们都不肯相信。

几天来，吉拉斯皮克和巴拉基萨克都很开心，但是吉拉斯皮克想起了他的承诺：他要回拉姆齐的精灵纹章酒馆去见那个陌生人，那人让他把巴拉基萨克公主带到他面前。当他向少女解释他的烦恼时，她的喜悦消失了。

"我们必须遵照你的承诺去精灵峡谷街，吉拉斯皮克，否则你将失去一切。"

---

1 马恩岛东南部港镇。

"可是，如果我失去了你呢？那个陌生人让我把你交给他作为证据，否则他会拿走我在这个岛上的一切，包括我的名誉。"

"我对这个陌生人的爱，不会比我对邪恶巫师伊姆希王子的爱更多。但你已经做出了承诺，现在必须履行诺言。"

他们迈着沉重的脚步，从布伊鲁沙格出发一路前行，走过巴拉约拉，再走过德里姆斯杰里。当他们经过勒威格山时，看到路边有一个老妇人。起初吉拉斯皮克还以为她是艾尔梅德或者他在旅途中遇到的其他老妇人，但她的披肩是杂色的，混着各种鲜艳的颜色。

"买药吧，先生。"她喊道。

吉拉斯皮克叹了口气，直想诅咒她。但他只是耸了耸肩。"压在我肩上的烦恼是无药可治的。"他回答道。

当他正要走过去的时候，想起自己曾向老医师艾尔梅德许下诺言，要从路边的一个老妇人那里买草药。于是他掏出一枚硬币递给她。"卖给我什么都可以，我不知道什么药能治疗沉痛的心灵。"

老妇人递给他一个袋子。"用这个就可以了。把它好好放在你的口袋里，直到你需要它。"

然后，他和巴拉基萨克公主缓步前行，来到精灵峡谷街。

他首先看到的是那个陌生人，他正坐在酒馆门前的一块石头上，环手于胸，面带微笑。他看上去十分眼熟，但吉拉斯皮克不记得自己在哪里见过他。

"你回来了？"

"是的。"吉拉斯皮克道。

"你去芬戈尔了吗？"

"是的。但我没有时间把网撒进海里。"

"我知道。但更重要的是，你有没有给我带来'受祝之少女'巴拉基萨克？"

吉拉斯皮克怀着沉重的心情，将公主拉到身边，一言不发。

"嗯，"陌生人说，"看来你是不愿意和她分开了？告诉我为什么。"

"我们彼此相爱。"吉拉斯皮克被迫回答，"虽然我答应为你带她回来，但就算你逼我违背诺言，我也要为她和你决斗。"

陌生人友善地笑了笑。

"跟我决斗？还是不了吧。不过，我愿意接受赔偿。"

吉拉斯皮克嘟囔道："我是个穷渔夫。"

"好吧，那就给我一袋晒干的黄泡沫花，我们就算扯平了。"

黄泡沫花又被称为海罂粟，吉拉斯皮克搞到海罂粟的机会和他成为富翁的机会一样大。

他的脸色沉了下来。

但是巴拉基萨克公主却说："善良的先生，我们只有一种药，一袋草药，也许你可以拿去。"

她向吉拉斯皮克伸出手，他取出从老妇人那里买来的袋子。他们打开袋子，里面是晒干的黄泡沫花的花瓣。

"好了，交易就是交易。"陌生人笑着说，"我拿这个走吧。我很高兴选择你进行这次冒险，吉拉斯皮克·夸尔特罗。"

吉拉斯皮克盯着他。

"选择我？"他问，"你是什么意思？"

这个陌生人的面容突然改变了。显然，他是一位来自彼世的高贵君主。他登上一辆巨大的泡沫战车，这辆车由颜色宛如浪花的白马驾着。这个陌生人没再看他，驾车离开，直奔大海。

吉拉斯皮克和公主兴高采烈、脚步轻快地回家，一起在布伊鲁沙格生活了许多年。我听说，他们的后人至今可能还住在那里。不过，据说没有人相信吉拉斯皮克·夸尔特罗讲述的神奇故事——那个关于他如何把他美丽的妻子带到马恩岛海岸的故事。

苏格兰

———

ALBA

序　言

我一直认为，出生于金尤西的詹姆斯·麦克弗森[1]在公众心目中受到了不公平的对待。他毕业于阿伯丁大学和爱丁堡大学，于1760年出版了著名的《苏格兰高地古诗断章》，之后又出版了《芬戈尔》（1762），然后是《帖莫拉》（1763）。这些作品最终在1773年被收录成一本单行本，名为《莪相诗集》。

《莪相诗集》对欧洲文学产生了巨大的影响，它重新唤起了人们对凯尔特神话、传说和民俗的兴趣。它的德语、法语、意大利语、丹麦语、瑞典语、波兰语、俄语译本立即问世，威廉·布莱克、拜伦勋爵、丁尼生勋爵都曾对它表示赞许。德国诗人、剧作家及小说家歌德非常欣赏这部诗集，拿破仑·波拿巴也是如此，他在出征时将这本书随身携带，即使是最后流亡到圣赫勒拿岛时也将其带在身边。英国诗人托马斯·格雷动情地评论道："早在许多个世纪之前，想象力就已经栖息在苏格兰寒冷贫瘠的群山里了。"

然而，塞缪尔·约翰逊博士却谴责这是一种"文学欺诈"。

麦克弗森曾经声称，这部作品是对现存凯尔特史诗的翻译。但约翰逊称，这种史诗从来没有存在过，是麦克弗森编造了这一

1　詹姆斯·麦克弗森（James MacPherson，1736—1796），苏格兰作家、诗人、文学收藏家。他是第一个获得国际性声誉的苏格兰诗人。

切。即使在今天，你也会发现麦克弗森被斥为文学伪造者。

我觉得这很不公平。苏格兰高地协会曾经成立了一个特别委员会来调查麦克弗森的批评者的指控，该委员会在1805年汇报说，这部作品代表了一种真正的传统，尽管麦克弗森很可能不是对口口相传的故事（而非书面资料）进行了单纯的翻译，而是对这些故事进行了润色和重述。填充情节、改编文本是任何一个复述民间故事的人都会做的。这有什么问题吗？

此外，麦克弗森很可能接触过一些真正的盖尔语手稿，但这些手稿后来遗失或者被销毁了。无论是在苏格兰宗教改革时期，还是在各种各样的苏格兰詹姆士党人[1]起义被镇压之后，许多盖尔语的手稿和书籍都被毁了。1699年，凯尔特学者爱德华·卢伊德[2]在一次对苏格兰的研究之旅中，用苏格兰盖尔语对图书馆的藏书进行了编目；这份目录保存了下来，但图书馆被毁了。

关于苏格兰盖尔语被书写下来的实例，在1408年的《艾莱特许状》[3]之前，我们只能找到9世纪的《迪尔之书》的苏格兰盖尔语附注[4]以及11世纪的一首诗，这中间有一段惊人的空白。《艾莱特许状》不仅展示了一种高度发达的文学媒介，也显然是一种历史悠久的文学传统的产物，而且它还证明了苏格兰盖尔语当时被用作法律管理的语言。然后是《利斯莫尔教长之书》，它催生出了第一本付诸印刷的苏格兰盖尔语书籍，即约翰·卡斯韦尔主教的《公

1　1688年英国"光荣革命"后支持詹姆士二世、反对奥兰治的威廉的派别。

2　爱德华·卢伊德（Edward Lhuyd, 1660—1709），威尔士博物学家、语言学家、文物学家。

3　《艾莱特许状》（Islay Charter）是一份用苏格兰盖尔语写成的授予土地的特许状。

4　《迪尔之书》（Book of Deer）是一本10世纪（本书作者认为是9世纪）的拉丁语福音书，在页边空白处写有拉丁语、古爱尔兰语和苏格兰盖尔语的附注（时间是12世纪早期；很可能写于苏格兰阿伯丁郡的迪尔）。这些附注是现存最早的苏格兰盖尔语手稿。

共仪式之书》[1]（1567）。

因此，约翰逊博士说麦克弗森所依据的原始资料并不存在，这是没有道理的。

然而，文学上的争议一直持续到今天，可怜的麦克弗森无端地被打上了伪造者的标签。如果他是伪造者，那我也是一个伪造者，因为，就像他一样，我已经改编和重述了这些故事——他显然就是这么做的。

本书收录的这些故事在苏格兰有许多变体版本；事实上，其中一些故事还有爱尔兰和马恩岛的对应版。《吉亚尔、多恩和克蕾安娜赫》也曾在多尼戈尔郡被采集到，谢默斯·麦克马努斯的《多尼戈尔童话故事集》（1900）收录了它的一个较短的版本。

学生们研究这些故事的出发点也许是约翰·弗朗西斯·坎贝尔（John Francis Campbell，1822—1895）的作品，他是一位苏格兰民俗学家，在他的家乡艾莱岛上被称为"艾莱岛的小约翰"（Iain òg ìle）。《西部高地通俗故事集》（1860—1862）和以《芬尼之书》（Leabhar na Fèinne，1872）为名出版的芬戈尔（芬恩·麦克库尔在苏格兰盖尔语中对应的名字）故事集是他留下的文学著作的巅峰。他收集的大量故事被收藏在苏格兰国家图书馆和因弗拉里堡垒的杜瓦手稿集[2]中，这些手稿曾在1940年和1960年得到部分出版，但很多故事至今依然沉睡在那里。

在整个19世纪，为了收集苏格兰盖尔语和英语的民间故事，勤劳的研究者们做了很多工作。詹姆斯·M.麦金莱（James M.

1　《公共仪式之书》（Form na h-Ordaigh）是从英语译为苏格兰盖尔语的。约翰·卡斯韦尔（John Carswell，约1522—1572），苏格兰教士、人文主义者、宗教改革者。

2　这是约翰·杜瓦（John Dewar，约1801—1872）受坎贝尔之托记录的盖尔语口述民间故事的笔记集。

MacKinlay）的《苏格兰湖泊与泉水的传说》（1893）是一项重要的研究，乔治·亨德森（George Henderson）的《凯尔特信仰的残余》（1911）也是如此。

然而，对记录苏格兰凯尔特民俗传说贡献最大的研究者还要数威廉·福布斯·斯金（William Forbes Skene，1809—1892），他通过编辑当时最古老的苏格兰史料《皮克特人和苏格兰人编年史》（1867）而崭露头角。1868年，他出版了《威尔士的四部古书》，这是一部两卷本的中世纪威尔士诗歌研究报告。随后，他写出了他的主要著作，同时也是苏格兰最重要的著作之一——三卷本的《凯尔特苏格兰：古阿尔巴史》（1876—1880）。地位足以与这部著作相媲美的还有另一部经典著作——亚历山大·卡迈克尔的《盖尔之歌》[1]。爱丁堡大学至今仍藏有卡迈克尔尚未出版的手稿。

本章重述的故事的基础就来自这些资料。有时，为了补全故事的内容，我不得不参照中世纪的爱尔兰文献。例如，《幽影者》这个故事是关于斯凯岛的斯卡哈赫的，我借用了一份9世纪的文献《伊菲的独子之死》（*Aided Oenfir Aife*）中关于她的部分，该文献收录在A. G. 范哈梅尔（A. G. van Hamel）编辑的《库乎林之构想》（*Compert Con Culainn*，1933）中。

最后，我要向我的朋友兼同事——已故历史学家兼作家谢默斯·麦克高文（Seumas Mac a'Ghobhainn，1930—1987）致敬，他在苏格兰盖尔语及苏格兰文史方面的工作是众所周知的。1970年，谢默斯和我在苏格兰进行了一次非常有趣的旅行，就是从那时起，

1　《盖尔之歌》（*Carmina Gadelica*）是苏格兰民俗学家亚历山大·卡迈克尔（Alexander Carmichael，1832—1912）出版的民俗学手稿。卡迈克尔生前仅完成两卷（1900年，并于1928年编辑后再版），其后不断有后继者接手编辑工作（第三卷出版于1940年，第四卷出版于1941年，第五卷出版于1954年，第六卷出版于1992年）。

我开始记录凯尔特传说和民俗故事的各种苏格兰变体版本。对于我使用的材料，谢默斯经常提供建议；我现在已经失去了他的指引，这实在令人惋惜。他有一种不可思议的能力，可以使故事从印刷资料上跃入现代的现实世界。A chuid de fhlaitheannas dha! [1]

1　盖尔语谚语，意为"他得到了应得的乐土"。"fhlaitheannas"即"Flath Innis"（英雄之岛），凯尔特神话中的天国。

14　幽影者

"一个少年正在走向大门，斯卡哈赫。"幽影堡的守门人科哈尔·克鲁夫说道。幽影堡这座巨大的堡垒屹立于阿尔巴的幽影岛，此岛至今仍被称为斯卡哈赫之岛，或斯凯岛 [1]。

"一个少年？"斯卡哈赫是个个子很高、身材窈窕的女人，生着一头火红的长发。如果仔细观察她的身体，就会发现她有一身匀称健美的肌肉。她步履轻盈，掩饰着她训练有素的身躯——只消瞬间，那把挂在她纤细腰间的大剑就会握在她的手中。这把剑并不是装饰品；事实上，斯卡哈赫被誉为世界上最伟大的战士之一，从来没有人在战斗中打败过她，因此，所有有志于成为高手的勇士都被送到她的学院，由她指导他们学习武艺。她的学院在世界各地都很有名。

守门人科哈尔·克鲁夫本身就是一个身手不凡的战士，为了守卫幽影堡的大门，他必须有这样的本事。他耸了耸肩。

"一个少年，"他确认道，"但打扮得像个战士。"

"他是一个人来的吗？"

"他是一个人，斯卡哈赫。"

1　苏格兰内赫布里底群岛最北及最大的岛屿。

"那么，是个天赋异禀的少年。"斯卡哈赫道，"他必须是这样的人，才能独自来到这里。"

科哈尔·克鲁夫想了想，承认了这个事实。毕竟，斯卡哈赫的战士学院坐落在幽影岛上；要想到达这里，必须穿过幽暗的森林和荒凉的平原。比如说，有一片"厄运原野"，若要越过它，就会陷进无底洞里，因为这是一个大泥潭；还有一条"危险峡谷"，里面有无数饥饿的猛兽。

斯卡哈赫带着好奇之心爬上了自己堡垒的城垛，观察这个走来的少年。她断定科哈尔·克鲁夫没有说谎，但这个少年不仅仅是个少年。他身材不高，肌肉发达，相貌英俊；他的手中拿着武器，那架势就像一个习惯了武器的老兵。

"他也许已经穿过了'厄运原野'和'危险峡谷'，"科哈尔·克鲁夫在她身边冷笑道，"但他还得通过'跳跃之桥'。"

斯卡哈赫的幽影岛与大陆之间被一条深渊隔开，深渊里灌满了凶猛翻滚的海水。海水里还有很多贪婪的海中生物，若要来到他们的堡垒大门之前，唯一的通道是一座高桥。

这座桥是在很久以前由一位神明建造的。它的特点是，当一个人踏上桥的一端时，桥的中间就会升起，把他扔下去；如果他跳到桥的中间，桥也同样会把他扔给那些在深海中等待的生物。斯卡哈赫知道安全过桥的秘密，但只有当她的学生从她的学院毕业，并且和她宣誓了神圣的友谊誓言之后，她才会向他们透露这个秘密。

在斯卡哈赫的注视下，少年小跑着来到桥尾。她微笑着转向科哈尔·克鲁夫，说："让我们拭目以待，看他是否能克服这个障碍，好判断他的价值。"

他们等待着。少年走过来，检查了桥。然后，他们惊讶地发现，他在对岸坐了下来，生了一堆火，开始休息。

"他过不去。"科哈尔·克鲁夫笑着说，"他在等我们出去给他指路。"

斯卡哈赫摇头道："不是这样的。我想他只是经过长途跋涉，需要休息。等他恢复体力之后，就会尝试过桥。"

果然，当灰蒙蒙的晚雾逼近之时，少年突然站了起来。他往回走了一段距离，就向桥上跑去。但他的脚刚一碰到桥尾，桥就抬了起来，把他向后甩去，他毫无尊严地趴在地上。科哈尔·克鲁夫嘲讽地笑了。

"他还没放弃呢。"斯卡哈赫笑着说，"看。"

少年又试了一次，又被扔下了桥，幸好没掉进下面泛着泡沫的海水里。他又试了第三次，结果还是一样。然后，少年站在那里想了一会儿。他们看到他往回走了一段，再次向桥跑去。

"我拿我最好的剑做赌注，这次桥会把他扔进海里。"科哈尔·克鲁夫急切地喊道。

"跟你赌！我用我最好的盾牌来赌。"斯卡哈赫也喊道。

少年的第四次跳跃落在了桥的中央。刹那间，桥开始抬升，但在那之前，他已经再次一跃而起，安全地越过了幽影堡的大门，要求进入堡垒。

"我们下去迎接这个年轻人吧。靠着勇气和魄力，他已经为自己在这个学院赢得了一席之地，不管他叫什么名字、有什么地位。"

科哈尔·克鲁夫一面抱怨着失去了最好的剑，一面前去把少年找来，护送他到斯卡哈赫的面前。

"你叫什么名字？"她问。

"我叫谢坦塔，来自阿尔斯特王国。"

斯卡哈赫睁大眼睛，凝视着这个肌肉发达的英俊少年。"我听说，有一个叫谢坦塔的男孩，他去库林的堡垒参加宴会时迟到了，遇到了一条凶猛的猎犬。库林以为他的客人都进了堡垒，便放猎犬出来守卫。这条狗非常强壮，除非有整支军队向他的堡垒进军，否则库林就不用担心受到攻击。我听到的故事是，当这个男孩被狗攻击的时候，他杀死了狗。而当阿尔斯特的战士们为这一壮举感到惊讶时，库林却为他的忠犬的死而悲痛。于是，年轻的谢坦塔就提出要守护库林的家，直到训练出一只小猎犬来代替它的父亲。就这样，谢坦塔成了'库林的猎犬'，也就是库乎林。"

"我就是这个谢坦塔，库林的猎犬。"少年郑重地回答。

"那么，我三倍地欢迎你，库乎林。"

科哈尔·克鲁夫在后面怒目而视，他的灵魂里充满了嫉妒。

碰巧斯卡哈赫有个美丽的女儿，她的名字叫乌阿哈赫，意思是"幽灵"。当她母亲的学院的学生吃晚饭的时候，乌阿哈赫就负责在餐桌上端菜。有一天晚上，乌阿哈赫上菜时，来到年轻的谢坦塔面前。她把一盘肉递给他，他接了过去。

他们的目光相交，通过他们的眼睛，他们的灵魂开始吸引彼此。

那一刻，谢坦塔忘记了自己的力量。当他从少女手中接过盘子时，他的手紧紧地抓住了她的手，她的手指被他握断了。

乌阿哈赫发出了痛苦的尖叫。

谢坦塔跪在她面前，请求她的原谅。少女不顾自己的痛苦，原谅了他。

但是科哈尔·克鲁夫，这个心怀嫉妒的守门人，早就讨厌这个年轻人了——在少女的尖叫声中，他跑进了宴会厅。大家都知道科哈尔·克鲁夫觊觎着乌阿哈赫，但她曾经两次拒绝他的求爱，尽管他被认为是幽影堡最勇敢的战士……当然，是除斯卡哈赫之外的。

当即，科哈尔·克鲁夫向谢坦塔提出单挑，让谢坦塔弥补他造成的伤害。

乌阿哈赫抗议说，她已经原谅了这个年轻人，但科哈尔·克鲁夫开始侮辱对方，说一个男孩竟然躲在一个少女的围裙后面。

谢坦塔冷静地站在那里。他不是一个无缘无故就发脾气的人。

医师奥斯米亚赫听到乌阿哈赫的尖叫，便走进宴会厅，为少女的手指复位，涂上止痛膏。

科哈尔·克鲁夫不顾乌阿哈赫的抗议，接连不断地嘲笑年轻的谢坦塔。最后，他指出，大家都知道谢坦塔没有父亲，他的母亲德克缇拉有一天从孔赫瓦尔·麦克奈萨的宫廷里消失了，然后带着被她命名为谢坦塔的男孩再次出现。这难道不是众所周知的吗？

的确如此，德克缇拉得到了大神"长臂"卢乌的爱，这个孩子是卢乌送给阿尔斯特的礼物。但是谢坦塔不忍心听到母亲被如此冒犯。

"选择你的武器吧。"他厉声对科哈尔·克鲁夫说。科哈尔精通各种武器，但最精通的还是长矛和标枪。

"标枪和小圆盾！"

就这样，二人走到了幽影堡的院子里。

斯卡哈赫有能力阻止这场决斗，但她并没有这样做。"我们就拭目以待吧。"斯卡哈赫在窗边自语道，"如果谢坦塔在战斗中击败了科哈尔·克鲁夫，就意味着我接受他是正确的。他将成为阿尔斯特最伟大的勇士。"

于是，战斗开始了。

科哈尔·克鲁夫向前跑来，一只手举着小圆盾，另一只手高举着标枪。

谢坦塔就站在那里，皱着眉头看他跑过来。他甚至没有举起小圆盾保护自己。但他的肌肉紧绷，把标枪向后引去。接着，科哈尔·克鲁夫停了下来，静止了一瞬间，放下小圆盾，准备投出标枪。但就在这一瞬间，谢坦塔投出了标枪。标枪划破空气的速度是如此之快，科哈尔·克鲁夫还没来得及投出自己的标枪，就被刺穿了。标枪和小圆盾从他手中掉落，他跪在地上，惊恐地瞪着眼睛。然后他就侧身倒了下去。

"死了。"医师奥斯米亚赫冷静地宣布。

谢坦塔的目光与乌阿哈赫的目光相遇，但她并不难过。她的眼里流露出钦佩的神情。

斯卡哈赫出现了，站在那里，皱着眉头看着年轻人。"你杀了我的守门人。"她不动声色地说。

"就像我履行库林的猎犬的职责，守卫了库林的堡垒一样，当我留在这里的时候，就让我做你的守门人吧。"

于是，谢坦塔在斯卡哈赫的战士学院里住了一年零一天，乌阿哈赫每天晚上都给他暖床。斯卡哈赫亲自教给谢坦塔所有他需要知道的东西，这会使他成为整个爱尔兰最伟大的战士，使库乎林，也就是"库林的猎犬"的名声广为传扬——这个名字比谢坦塔更为出名。

一年零一天后，斯卡哈赫让谢坦塔跟着自己，带他下到一个巨大的地下洞穴，除了他们之外，没有人获准进入这个洞穴。在火把的照耀下，一个巨大的硫黄池冒着泡沫，里面都是暖烘烘的灰色液体。

"在这里，我们将进行最后的考试。"斯卡哈赫宣布，"我们来摔跤，比试三次，分个输赢。"

"我不能和你摔跤！"谢坦塔抗议道。虽然他承认她是阿尔巴最伟大的女勇士，但和一个女人摔跤有违他的荣誉感。

"你要听从我的指示，否则别人就会知道，你害怕我的挑战。"她简洁地说。

于是两人当场脱光衣服，在硫黄池的两边站定。第一次比试，斯卡哈赫把谢坦塔摔了出去。当他们第二次比试时，谢坦塔不再害怕伤害她，把她摔了出去。第三次，他们在硫黄池的中央交手，紧紧地抱在一起，谁也不能摔倒对方。一个小时后，斯卡哈赫松开手，说："弟子已经成为师傅了。"

于是谢坦塔就和她上床，因为书上写道，一个学徒必须展示出和他的职业结婚的意愿。

作为回报，斯卡哈赫给了谢坦塔一支特殊的标枪，叫作盖布尔加，即"腹枪"。这支标枪是用脚投的。当它刺入人的身体时，只会造成一个小伤口，但是随后就会张开三十根可怕的倒钩，使人的四肢和每一个关节都布满致命的伤口。斯卡哈赫把它给了谢坦塔，并教他如何投掷。

而斯卡哈赫和乌阿哈赫都知道，距离谢坦塔离开幽影堡的时间越来越近了。

就在这时，斯卡哈赫收到了来自她的妹妹伊菲的挑战。"伊菲"这个名字的意思是"光艳照人"。她是斯卡哈赫的孪生妹妹，两人都是战争女神摩丽甘的女儿。她们同样地精通各种武器，但每个人都声称自己比对方更强。由于这种竞争，这对姐妹的关系十分紧张。

伊菲给斯卡哈赫送去一封信，信上说："我听说你在幽影堡获得了一个新的勇士。让我们测试一下他的勇气吧。我的勇士将和你的勇士一起竞争。"

当斯卡哈赫读到这句话时，她开始担心谢坦塔的安全。她深知，自己的妹妹比自己更强，她是世界上最凶猛、最强大的战士。

但这个挑战是无法拒绝的，斯卡哈赫准备调动自己的战士去迎战她的妹妹伊菲。

在他们出发的前一天晚上，斯卡哈赫把医师奥斯米亚赫叫来，让他准备一种可以让人睡上二十四小时的药水。奥斯米亚赫配制了安眠药水，让谢坦塔在毫不知情中喝下。

于是，斯卡哈赫的勇士们出发去迎战伊菲的勇士们。

但斯卡哈赫忽略了一点：能让一个普通人沉睡二十四小时的药水，只能让谢坦塔睡一个小时。

当军队集结的时候，谢坦塔的战车疾驰而来，加入了她的队伍，这让斯卡哈赫十分惊讶。谢坦塔是跟着斯卡哈赫军队的车辙找来的。

勇士们在战场上相遇，在那一天创造了伟大的功绩。谢坦塔和斯卡哈赫的两个儿子站在一起，与伊菲的六个最强大的战士战斗，并且杀死了他们。斯卡哈赫也有几个弟子被杀，但他们并不是独自倒下的。天色渐渐暗了下来，两军仍然势均力敌。

然后，伊菲直接向斯卡哈赫提出挑战，要用单挑来解决这个问题。

谢坦塔出面介入，他声称，最强的勇士有权代替斯卡哈赫去和伊菲战斗。斯卡哈赫不能拒绝他的要求。

"在我走之前，"谢坦塔说，"告诉我，你妹妹伊菲在这个世界上最爱、最珍惜的是什么？"

斯卡哈赫皱了皱眉头。"嗯，她最爱她的两匹马，然后依次是她的战车、她的驭手。"

于是，谢坦塔驱车前往战场，去和伊菲交战。

起初，他惊讶于伊菲和斯卡哈赫如此相像，但她的美貌似乎比斯卡哈赫更加光彩夺目，她挥舞武器的技巧也更加娴熟。据说她在战场上比姐姐更强，的确如此。谢坦塔和伊菲捉对厮杀，尝试了他们所知的每一种勇士的战技——以打击对打击，以盾牌对盾牌，以眼神对眼神。

但伊菲的技巧更胜一筹。她挥出一击，把谢坦塔的剑打得粉碎，只剩剑柄。她举起剑，准备给他最后一击。

这时，谢坦塔喊道："你看！你的马和战车都从悬崖上掉到峡谷里去了！"

伊菲犹豫了一下，焦急地四处张望。

谢坦塔立刻冲上前去，抱住她的腰，把她摔倒在地。还没等她回过神来，就有一把刀架到了喉咙上。谢坦塔要求她投降。怒火中烧的伊菲意识到自己别无选择，只能求饶。谢坦塔同意了她的请求，条件是她要和斯卡哈赫达成持久的和平，并向斯卡哈赫提供人质以实现诺言。

"你是第一个在战斗中打败我的人。"伊菲凝视着这位英俊的年轻人，凄然承认道，"不过，你是用了诡计才赢的。"

"胜利就是胜利，不管是怎样的胜利。"谢坦塔平静地回答。

"你说了一句充满智慧的话。"伊菲同意了，"到我的堡垒里来吧，这样我们就能更好地了解对方。"

谢坦塔答应了她的邀请。

斯卡哈赫和她的女儿乌阿哈赫悲痛地看着他和伊菲一起离去，但他只能服从自己的命运。他将成为伊菲的情人，伊菲将生下他的儿子孔拉，诸神将强迫他杀死这个儿子。[1] 在悲伤中，他将大步

1　根据《伊菲的独子之死》，库乎林回国时给伊菲一个金扳指，告诉她，等孔拉长大到能戴上这个扳指时，就让他去爱尔兰找他的父亲。他又给孔拉立了三个戒誓：一旦开始旅程就不能回头，不能拒绝挑战，不能把自己的名字告诉任何人。七年之后，孔拉能够戴上扳指了，便前往爱尔兰。库乎林把孔拉当作入侵者，与他战斗，孔拉受戒誓的禁制，只得迎战。由于孔拉也经过了斯卡哈赫的训练，库乎林拿他无计可施，直到他投出盖布尔加。斯卡哈赫从未把这支标枪的用法教给除库乎林之外的任何人。在孔拉被盖布尔加刺穿，濒临死亡时，库乎林才与他相认。

240

前进，成为阿尔斯特的保卫者，他的名字将被所有人赞美；驭手们、战士们、国王们和智者们都将讲述他的事迹，他将赢得许多人的爱戴。他将被称为"库乎林"。每当人们提到库乎林的名字时，他闻名遐迩的老师的名字也会一同被提及，那就是斯凯岛幽影堡的统治者——"幽影者"斯卡哈赫。

15　弗摩尔公主

很久以前，在山岭高耸的阿尔巴有一群强大的战士，他们叫芬尼战士团，首领是芬戈尔。他们是阿尔巴五国中最伟大的战士，没有其他战士能与之抗衡。

有一次，他们去帮助西部群岛[1]的国王，在返回途中，他们必须经过一片叫作"红色激流"的海域，但船只周围的海水突然静止不动了。空气里没有一丝风，海面变得像水晶一样清澈，看不到丝毫波澜。阳光灿烂，他们从船舷上探出身子，可以看到波涛之下的鲑鱼，它们正在休息，好准备前往陆地上的大河。

战士们环顾四周，想知道他们的船只为什么突然陷入停滞。这时，又一件奇怪的事情发生了。

弗摩尔人的国土显露在他们面前。弗摩尔人是海底的居民，他们的土地突然透过水晶般的大海显露出来，就像透过一块玻璃或一扇窗户一样。这是一片美丽的土地，有墨绿的森林、灿烂的鲜花、银色的溪流，有黄金般的岩石、白银般的细沙，岸边的卵石是珍贵的宝石。

在死一般的寂静中，芬尼战士们低头看着，沉醉其中，却不知

1　即苏格兰的赫布里底群岛。

道这片景象意味着什么。

这时，他们中的一个人轻呼了一声，指着一艘似乎是从波涛之下的陆地漂浮起来的船，那船正向他们靠近。划船的是一个美得令人窒息的女人，她划得极为灵巧，就连她把船桨浸在水里的地方都看不到一丝波纹。小船靠近，来到了芬尼战士们的战船旁边。

这个可爱的女人登上了他们的船。芬尼战士们现在可以看到，在她可爱的容颜上带着一种深深的忧伤。

"你们好，芬尼战士团的勇士们。"她轻声道。

芬尼战士团的首领芬戈尔从座位上站起来，走到她面前，站定向她致意。因为他意识到，她能把船从波涛之下的陆地划到这个世界来，她不会是一个普通的女人。

"欢迎你，美丽的女士。"他说，"请告诉我们你的名字，你从哪里来，以及你要找我们这些来自山岭高耸的阿尔巴的人做什么。"

"谢谢你，公正的芬戈尔。"年轻女子回答，"我是穆尔根，海底居民弗摩尔人的公主。我已经找了你和芬尼战士团好几个月了。"

"你的名字很适合你，弗摩尔公主。"芬戈尔回答，因为"穆尔根"的意思是"海生者"，"请告诉我们，你为什么找我们，你有什么要求。"

"我是来求你帮忙的，我很需要你的帮助。我正在被敌人追赶。"

芬戈尔立刻把手放在剑上，双眼扫视四周，似乎在寻找她所说的敌人。"不要害怕，公主。你正站在无所畏惧的战士中间。说吧，是谁胆敢追赶你？"

"追赶我的是提尔纳·杜夫[1]，这位'黑领主'是出自'红臂'

---

1 字面意思是"黑领主"。

的提尔纳·班[1]的儿子。他想篡夺我父亲的王位，但未能用武力得逞，就想让我做他的新娘。我父亲年事已高，又没有男性继承人，所以意志不是很坚定。他说，提尔纳·杜夫和其他王子一样优秀，我必须嫁给他；我违抗了提尔纳·杜夫，也就是违抗了他。芬戈尔，你是一位英勇的战士，技艺高超。我曾经发过誓，除了你之外，没有人可以将我送回我波涛之下的宫殿，并将黑领主从那里赶走。"

芬戈尔的孙子奥斯卡站了出来。他是一个伟大的战士，长得非常英俊。"公主，就算芬戈尔不在这里，我和所有的芬尼战士也会保护你，不让你受到这个黑领主的伤害。有我们在，他不敢对你动手。"

就在他说话的时候，一道黑影突然落在他们的船上，将整片海域笼罩在黑暗之中，仿佛是黑夜陡然降临一般。芬尼战士们抬起头来寻找原因，因为他们并没有发现任何会带来风暴的乌云在聚集。他们发现，造成这影子的并不是乌云，而是一个强大的战士骑着一匹蓝灰色的高头大马，这匹骏马的鬃毛和尾巴色泽洁白，在天空中纵横驰骋，鼻孔喷着白沫，口中发出嘶鸣。这名战士头戴银闪闪的头盔，左臂上挂着一面银色的大盾，右手执着一把锋利的巨剑，剑的钢刃如闪电一般闪耀。

他的高头大马迅速向芬尼战士团的战船奔来，比山洞喷涌的速度更快。奔腾的马蹄在平静的海面上掀起浪花，骏马的鼻息令海面颤动，仿佛一场无法驾驭的狂风暴雨即将来临。海浪推着芬尼战士团的大船向岸边漂去，弗摩尔公主的小船也随之漂去，像桶里的软木塞一样上下漂浮。芬尼战士们施展了平生所有的航海本领，但船却径直漂向沙滩，搁浅了。于是，芬戈尔发出命令，他

1　字面意思是"白领主"。

的战士们拿着盾牌和刀剑冲上了岸，去对抗这位强大的战士。

高头大马和它的骑手落了下来，停在一片溅起的沙尘之中。那个战士从马背上跳下来，走上沙滩，来到芬尼战士的阵列之前。

"公主，他就是你说的提尔纳·杜夫吗？"芬戈尔问道。

"正是他。"公主低声确认，"请保护我，他的力量非常强大。"

年轻的英雄奥斯卡被少女悲痛的呼救所激励，走上前去，举起盾牌和剑。

提尔纳·杜夫不屑与他争斗。"让开，balach！"他吼道，故意侮辱奥斯卡，称他为"小男孩"。单是他一个人发出的声音就令大地颤抖。

不过，他的话让奥斯卡很生气，他也回敬了一句："从这个'小男孩'手上好好保护你自己吧，你这个laosboc！"他用了他能想到的最具侮辱性的词，意思是"阉山羊"。

提尔纳·杜夫大笑起来，连山峦都为之撼动，发出山崩地裂般的轰鸣。他直接忽略了奥斯卡，目光直视弗摩尔公主。

"我是来找你的，不是来跟小男孩打架的。"

奥斯卡怒火中烧，抓起长矛，向这个奇怪的武士掷去。长矛并没有碰到他的身体，却从正中间劈开了他的盾脊。

提尔纳·杜夫还是没有理会，他将奥斯卡斥为"暴躁的balach"。奥斯卡更加愤怒，将第二支长矛投向战士的威武骏马。长矛刺中了马的心脏，它倒下了。芬尼战士团的游吟诗人莪相立即创作了一首关于这一伟大事迹的歌谣，据说这首歌谣现在还能听到，它一直在苏格兰偏远的地区和岛屿传唱。在那些地方，盖尔族后裔的语言还没有完全被异族的语言取代。

失去爱马之后，提尔纳·杜夫终于被激怒了，他用剑敲打着坚实的盾牌，向芬尼战士们发出挑战，让他们出五十个人来对付他，他要把他们全部打败。他说，如果他们不接受他的挑战，那就说明他们都是弱者，应该回家去喝母亲的奶。

于是，一场大战在这片海滩上打响。提尔纳·杜夫骁勇善战，凶猛无比。

终于，提尔纳·杜夫和芬戈尔最优秀的战士戈尔碰面了。他们手执剑盾，互相攻击。山岭高耸的阿尔巴从未见过如此激烈的战斗。双方的剑术犀利而狡猾，他们的鲜血混合在一起，染红了沙滩。快到日落时分，战斗才告结束——提尔纳·杜夫越来越累，他的剑尖歪了一下，给了戈尔发出致命一击的机会。就这样，提尔纳·杜夫轰然倒地，死在了海岸上。

在芬尼战士团的历史上，从来没有比这更强大的战士被征服过。黑领主倒下之时，空气中一片寂静。窃窃私语的海水静了下来，风也如同凝滞了一般。

弗摩尔公主带着悲伤的微笑转向所有芬尼战士，向他们每一个人表示感谢。

"我现在可以回到弗摩尔的土地上了，"她说，"多亏你们芬尼战士的勇敢和技艺，我可以安心地回去了。但在我离开之前，请答应我，如果我未来再需要你们当中任何一个人的帮助，你们一定会心甘情愿地、尽可能迅速地赶来，对我施以援手。"

芬尼战士们都答应了她，承诺得最为郑重的还要数芬戈尔本人。

一年零一天过去了。芬尼战士们又一次渡过红色激流。他们看到一个人划着一艘小船驶了过来。

奥斯卡把手搭在眼睛上方。

"也许是弗摩尔的公主？"他满怀希望地猜测，因为他还想在这样一位美丽的少女面前证明自己的勇敢。

芬戈尔摇了摇头。"船上只有一个青年男子。"

小船很快靠拢过来，那年轻人喊了一声芬戈尔，却没有下船。

"你是谁？"芬尼战士团的首领从船舷上探出身，向下问道。

"我是来自海底国度弗摩尔的使者。"

"你带来了什么信息？"

"我的公主穆尔根就快死了。"

芬尼战士们听到这个消息，悲痛无比，他们立即发出戈尔盖尔，也就是大声的哀号，这是接到噩耗时的传统。但芬戈尔一抬手，让他们沉默下来。

"你带来的消息真让人伤心。"他对那年轻人说，"她病得这么重吗？"

"她病得很重，已经准备好了迎接死亡。但她派我来请你履行你的承诺，在她需要的时候对她伸出援手。"

"如果有什么我们能做的，"芬戈尔向他保证，"请告诉我们。"

"你们芬尼战士团有一位医师，他的名字叫'医者'迪尔米德。请他跟我走，好给我的公主治病。"

"医者"迪尔米德是所有芬尼战士中最英俊的一个，毕竟他的父亲不是别人，正是永葆青春的爱神"年轻者"恩古斯。恩古斯把他所知的关于治病和疗伤的知识全部传授给了迪尔米德，只有伟大的医药之神狄安·凯赫特比迪尔米德懂得更多。

芬戈尔还没来得及转身找他，"医者"迪尔米德已经跳上了年轻人的船。他上船之后，船向着一个海中洞穴飞驰而去，那是通往海底居民弗摩尔人的国度的入口。途中，他们经过一座长满苔藓的小岛，迪尔米德知道这些苔藓是药材，便从船上伸手采了一些带着。

他发现了一片红泥炭藓，于是采了一些，继续向前航行；又看到了另一片，又采了一些；然后他看到第三片，再次采了一些。

船夫带着迪尔米德直接去了弗摩尔公主的宫殿。那是一座波涛下的金色堡垒，里面坐满了朝臣，所有人都悲痛欲绝，沉默不语。弗摩尔的老国王和他的王后也坐在其中。王后拉着迪尔米德的手，一句话也没说，把他带到女儿的床边。

穆尔根躺在床上，双眼紧闭，像一具尸体一样一动不动。

迪尔米德跪在床边，抚摸她的额头。他的治愈力量是如此强大，她的眼睛眨了眨，睁开了。她认出他是一个芬尼战士，于是露出了悲伤的笑容。

"见到你让我满心欢喜，'医者'迪尔米德。你的抚摸对我来说是一种力量，但还不足以治愈我的疾病。我不行了。"

"我知道你得的是什么病，"迪尔米德向她保证，"我能通过触摸额头确认病因，因此我一摸你的额头就知道了。我给你带来了三份红苔，我必须用三滴治愈之水[1]混合它们。你喝下去，这药水就能治愈你，因为它们是从你心中滴下的生命之水。"

"唉！"公主哀叹，"尽管我快要死了，但我依然受一项神圣禁令的制约，我不能喝你的药水，除非通过'治愈之杯'喝下，而这个杯子由'奇迹原野'的国王所有。"

迪尔米德虽然见多识广，却从来没有听说过这个"治愈之杯"。

"一位智慧的德鲁伊曾经告诉我，"穆尔根公主继续说，"如果我必须喝下三滴生命红苔，我只能用这个杯子来喝，而且必须使用这个杯子里的治愈之水。但众所周知，没有人能从奇迹原野的国王那里得到'治愈之杯'。因此，我已经认命了，迪尔米德。等待我的只有死亡。"

迪尔米德站了起来，他的脸上充满坚毅的神情。"无论是在上

1　凯尔特人认为对治病特别有效的一种水，例如被三面围墙围起来的草地上的露水，或者作为领地边界的溪流里的水。

界还是下界，或者是在彼世，都没有任何人、任何力量能够阻止我找到并拿走这个杯子。告诉我，在哪里可以找到这片奇迹原野，我越早出发，就能越早回到你身边。"

穆尔根公主轻轻叹了口气。"奇迹原野离这里不远，迪尔米德。你向西走，来到一条银色的大河边，就会发现奇迹原野在河的另一边。但我担心你永远无法过河，因为过河是不可能的。"

随后，"医者"迪尔米德施展了一些治疗咒语，确保弗摩尔公主能活到他回来。弗摩尔国王和王后对他的离去忧心忡忡，但还是祝福他一路平安，早日归来。朝臣们对他抱有希望，并竭力提供帮助，但他必须独自完成这段旅程。

他一路向西，来到一条银色的大河边。这条河十分宽广，迪尔米德在岸上到处查看，试图找到一个渡口。但是，没有渡口，没有桥，也没有任何其他的办法能让他越过这条湍急的银河。

迪尔米德坐在一块石头上，用双手撑着头，试图想出一个过河的办法。"啊，公主说得没错，我没有办法过河。"

"迪尔米德，你说得对。现在你可进退两难了。"

他听到一个悦耳的声音，抬头一看，发现一个穿着一身棕色衣服的小个子男人正怪笑着看向他。

"没错。"迪尔米德同意道。他并不觉得这个小个子男人知道自己的名字很奇怪。

"如果有人能帮你，你会付出什么作为报答？"

"为了保住穆尔根公主的性命，我愿意向任何人付出任何东西。"

"既然如此，我就帮你吧。"棕衣小个子提议道。

"你想要什么回报？"

"只想要你的善意。"

"你可以拥有，而且我很乐意。"迪尔米德回答道。他对这过于简单的条件感到非常惊讶。

"那我就背你过河。"

迪尔米德挖苦地笑了。这个小个子的身高只有不到一英尺，而迪尔米德的身高有六英尺多。

"你做不到。你个子太小了。"

"我可以做到。"小个子向他保证。他让迪尔米德趴到他的背上，迪尔米德惊奇地发现，他的背又宽又大。然后，小个子开始蹚水过河，步子迈得飞快，仿佛那不是河面，而是空旷的硬地。他们就这样过了河，途中经过一个奇异的小岛，岛屿的中心似乎被一团黑雾掩盖。

"这个岛叫什么名字？"迪尔米德问道。

"那是'死亡之岛'，岛上有一眼'治愈之泉'。但没有人可以不冒着死亡的危险登陆那里。"

他们来到了对岸。

"这里就是奇迹原野。"小个子宣布道。

"你把我带到这里来，却不要求任何报酬，这似乎有什么不对。"迪尔米德说。

"我要求了。报酬就是你的善意。"他的同伴答道，"现在，你必须前往约翰王的宫殿，拿到他的'治愈之杯'。"

"没错。"

"那么，愿你能拿到它。"

棕衣小个子转身走向河边，就这样走远了。

迪尔米德继续往西走，发现这片土地上虽然没有阳光，但总是很明亮。最后，他来到一座巨大的银色堡垒前，这座堡垒有着水晶的高塔和屋顶。堡垒的大门被紧紧地锁着。

迪尔米德在外面停下来，喊道："我是'医者'迪尔米德！打开门，让我进去。"

"这是被明令禁止的！"一个声音传来。

"谁命令的？"迪尔米德问。

"我自己。我是大门的守护者。"

"出来吧，我要和你决斗，争取进去的权利。"

大门打开了，一个高大的战士手持出鞘的利剑走了出来。这个战士从头到脚都穿着血红色的装束。此刻，迪尔米德已经不仅是一个医师了，作为芬尼战士团的一员，他也是一个强大的勇士，他和大门的守护者交手，两人的武器相互碰撞，火花飞溅。战斗只持续了一小会儿，这个守卫就直挺挺地倒地身亡。

然后，约翰王亲自来到门前，查看这里为什么传出战斗的喧嚣。

"你是谁，为什么要杀死我的红领主？"他问，"他是我最强大的勇士。"

"我是'医者'迪尔米德。"年轻人回答，"我杀了他，因为他不让我进去。"

"欢迎你，'年轻者'恩古斯之子。"约翰王恭敬地说道，"但你不得不杀死我的守门人，这让我很伤心。"

迪尔米德微微一笑，脑海中浮现出一个计策。"我是一个医师，我听说您拥有一个'治愈之杯'。为什么不让我用这个杯子给这个战士喝一口呢？我肯定能把他救活过来。"

约翰王想了想，然后点点头，转过身，拍了拍手。仆人们走了过来。"把'治愈之杯'拿过来。"他吩咐道。

于是，仆人把杯子拿了过来。国王把它递给迪尔米德，说："除非在医师手中，否则这杯子没有任何用处。"

迪尔米德用杯子碰了碰被杀的战士的嘴唇，往那人的嘴里倒了三滴水。守门人坐起来，眨了眨眼睛，站了起来，伤口完全愈合了。

"我们要怎么报答你呢？"约翰王问道。

"我是来拿这个杯子去医治垂死的弗摩尔公主的。我可以连同您的感激之情一起把它收下，也可以用力量强取。"

"那就带着我的感激之情收下吧，迪尔米德。我把杯子白送给你。但现在它对你已经没什么用了，因为你已经把杯里三滴珍贵的治愈之水给了守门人。它已经空了，毫无用处。"

迪尔米德很恼火，他没有考虑过这件事。

"不过，"他坚持说，"我还是要收下这个杯子。"

"我会派船把你送过银河。"约翰王提议。

"我不需要船。"迪尔米德说，他为自己的愚蠢而愤怒。他感到自尊心压倒了他的理智。

约翰王和蔼地笑道："那么，祝你早日归来。"他相信，没有他的船，谁也过不了银河。

迪尔米德辞别了国王和他的守门人，转身穿过洒满光明的奇迹原野返回。他终于回到河边，再次开始寻找渡口。然后，他坐下来，陷入忧郁之中。他找到了"治愈之杯"，却用掉了珍贵的治愈之水。而他的自尊心又使他拒绝了国王的提议，现在他根本找不到前往对岸的渡口。

"现在我只能灰溜溜地回到约翰王那里。但就算我过河回去，这个杯子对穆尔根公主也没什么用了。"

"你又遇到麻烦了，迪尔米德。"小个子男人用悦耳的声音说道。他站在那里，歪头看着迪尔米德。

"是的。"迪尔米德沮丧地答道。

"你拿到'治愈之杯'了吗？"

"是的，但那三滴治愈之水没有了，现在我又不能过河。我输了两次。"

"输了一次，就有第二次……也许吧。"棕衣小个子说，"我可以背你回去。"

"那就这样吧。但我要怎样回报？"

"我只想要你的善意。"

然后，小个子把迪尔米德背在他宽阔的背上，开始渡过银河。但这一次，当他们接近被阴森黑暗的迷雾包围的死亡之岛时，小个子朝这个岛走了过去。

"你要带我去哪里？"迪尔米德有些惊慌地喊道。

"你想为弗摩尔公主治病吗？"

"想。"

"那么，你必须在你的'治愈之杯'里装入三滴治愈之水。我已经告诉过你了。"

迪尔米德皱着眉头，不明白他的意思。

小个子颇为不耐烦地说：

"你必须在死亡之岛的治愈之泉那里装满它。因此，我要把你带到岛上去。但你必须听从我的警告：你不能从我的背上下来，也不能踏上河岸，否则你永远也别想离开那个岛。不要害怕，我会带你到泉边，我跪在那里，你用'治愈之杯'蘸水，这样你就可以取到足够让公主喝下的三滴治愈之水了。"

迪尔米德听了棕衣小个子的话，十分高兴。就这样，他获得了一杯治愈之水。棕衣小个子把他背到对岸，安全地放在弗摩尔人的土地上。

"你现在心里很高兴，迪尔米德。"棕衣小个子说。

"是的。"医师同意道。

"那我就再给你一个忠告，让你更高兴。"

"再给我一个忠告？你为什么要这样帮我？"

"我之所以这样做，是因为你有一颗温暖的心，有一腔行善的愿望。治愈别人总比毁灭别人要好。行善的人在任何地方都能找到朋友，不管是在此世还是彼世。"

"谢谢你的帮助。现在把你的忠告告诉我吧。"

"弗摩尔公主痊愈之后，弗摩尔国王会给你很多丰厚的奖赏，让你随意挑选。你不要接受他给你的任何报酬，只要一条能带你回家的船。"

迪尔米德有些惊讶，但他点了点头。"你是我真正的朋友，小家伙。我会接受这个忠告的，因为我的医术是用来帮助别人的天赋，而不是用来换取报酬的商品。"

于是，他辞别了棕衣小个子，回到了弗摩尔国王的巨大金殿。

穆尔根公主还活着，只是脸色苍白，无精打采。不过，当他拿着"治愈之杯"走进她的房间时，她还是非常惊讶。

"从来没人取得过你所取得的成就。"她说。

"我是为了你才这么做的。"

"我还担心你再也回不来了呢。"

于是，迪尔米德在治愈之水中加入三撮红泥炭藓，把它们混合成三滴药水。公主喝了三次，服下了三滴药水。在咽下最后一滴之后，她坐了起来，状态很好。

整个堡垒里充满了欢乐，一场盛宴随之举行，艺人们也来奏乐，逗人发笑。悲伤被抛到一边，欢笑又回到了弗摩尔人的堡垒。

在宴会上，弗摩尔国王对迪尔米德说："我可以给你任何奖赏，你可以得到一切。你想要什么？你要多少金银，我都会给，你甚至可以娶我的女儿，继承我的王位。"

迪尔米德伤心地摇了摇头。"如果我娶了你的女儿，就再也不能回到我在波涛之上的国度了。"

"这倒没错。但在这里，你会度过许多快乐的日子，受到所有人的尊敬。"

迪尔米德又摇了摇头。"我只有一个请求，弗摩尔国王。"

"你随便说吧。我保证会给你任何你想要的东西。"

"那么，我只想要一条小船，把我送回我原来所在的芬尼战士团的战船。我珍爱我的祖国，珍爱芬尼战士们，他们是我的亲人和朋友。最重要的是，我对我的首领芬戈尔誓死效忠。"

"那么，"弗摩尔国王说，"你将得偿所愿。"

宫殿里的所有人都送迪尔米德来到船边，穆尔根公主把他拉到一旁，久久地握住他的手。

"我永远不会忘记你，迪尔米德。你发现我在痛苦之中，并且让我从痛苦中解脱。你发现了奄奄一息的我，然后给了我生命。当你回到自己的国度时，请记住我——在我生命中的每一个小时，我都会在喜悦和感激之中想到你。"

然后，迪尔米德上了船，船夫就是那个前来告知穆尔根公主生病的人。他把船从波涛之下的陆地上划上去，很快就回到了芬尼战士团的战船旁边。小船停在他们离开的地方，也就是红色激流附近的海域。芬尼战士们看到他回来了，还没等他完全爬上甲板，就纷纷聚拢过来。

"怎么了？"奥斯卡上前一步，大声道，"你是不是忘了什么？"

"你千万不要犹豫。"戈尔皱着眉头劝道，"公主有危险。"

当迪尔米德对他们的担忧表示不解时，芬戈尔告诉他，他只离开了几秒钟。于是，迪尔米德明白了。

"我在波涛之下的国度已经度过了许多日子，那里的每一天都是这里的一秒钟。在我所到访的土地上，既没有黑夜，也没有白天来衡量时间。不管怎么说，穆尔根公主现在活得很好，我很高兴能再次回到你们中间。"

然后，芬尼战士们欢欣鼓舞地升起风帆，继续驾驶战船，回到了巨大的堡垒，也就是他们的家。他们在那里召开盛宴，庆祝"医者"迪尔米德的归来。

16　海姑娘

在这个世界上，既有美人鱼，也有海姑娘[1]，不能将其混为一谈。美人鱼也许是可爱的生物，有时会调皮捣蛋，但绝不会做出邪恶的事；但海姑娘，嗯，那就是另一回事了。要注意避开海姑娘，因为她们可能会威胁到你的性命——事实上，有时会比危及生命更加危险。老默多的故事就是一例。

故事发生在很久以前的因弗拉里附近，这个小镇位于阿盖尔郡的菲恩湖畔。因弗拉里曾经是一个繁荣的渔业小镇。你见过这个小镇纹章上的座右铭吗？"愿你的网中永远有一条鲱鱼！"没错，它以捕捞鲱鱼和制作腌鱼闻名。

在因弗拉里附近的邓尼夸赫山上，矗立着来自奥湖的坎贝尔家族的瞭望塔，这座黑黢黢的塔楼直插天空。据说，"歪嘴"家族统治着这个小镇和它的居民——所谓"歪嘴"，就是"坎贝尔"这个名字的意思。

恰好有一段时期，小镇附近的海域里打不到鱼了。那是一段

1　不列颠各地对美人鱼的称呼都由"海"和"少女"组成，如英语的"mermaid"是由古英语的"mere"（海）和"maid"（少女）组成，爱尔兰及苏格兰盖尔语的"maighdean-mhara"和马恩语的"ben-varrey"亦是如此。为了显示与传统意义上的美人鱼的区别，本书中将"maighdean-mhara"译为"海姑娘"，将"ben-varrey"译为"海女"。

糟糕的时期，鱼比金子还稀少；事实上，在因弗拉里的市场上，即使有金子也买不到鱼。尽管如此，坎贝尔家族还是照样征收租金和什一税，使人民饱受苦难。

在出海的渔民中，有一个叫老默多的，他的运气不比别人好。几个星期以来，他拉起来的网都是空的，就和他撒下去的时候一样空。他越来越绝望了。坎贝尔家族的执法官曾经赌咒发誓，如果他再不交房租，他和他年迈的妻子就会被赶出小屋，尽管他和他的祖先在这座小屋里生活了几百年。他的老母马和老母狗也会被带走，充为坎贝尔家族的财产。

悲伤就像黑色的雨云一样压在他的身上。他感到自己的船在摇晃，于是转过身来，看到一个海姑娘正趴在他的船头。是的，是海姑娘，而不是美人鱼。

"如果我把你的网装满鱼，老人家，"她询问道，"你会给我什么回报？"

老默多耸了耸肩，简洁明了地回答："我没有什么可以给你的。"

海姑娘若有所思地看着他。"那，你的长子呢？"

老默多毫不掩饰地笑了起来。"我没有儿子。我已经这个年纪了，我想以后也不会有了。"

事实上，他被称为"老默多"，就是因为他是全因弗拉里年纪最大的人。

"说说你的家庭吧。"海姑娘还是兴致勃勃地邀请道。

"除了我，还有我的妻子，她只比我小几岁，早已过了生育年龄。然后就只有我的老母马和老母狗了。再过几年，我们应该都在彼世了，因为，如果不出意外的话，今晚我们就要被住在镇子北边堡垒里的强大领主赶出家门了。"

"不会的。"海姑娘坚定地回答，并从腰间的一个袋子里拿出十二粒奇形怪状的谷粒，"拿着这些谷粒，老人家。给你的妻子吃三粒，给你的母马吃三粒，给你的母狗吃三粒，最后在你的屋后种三粒。三个月后，你的妻子会生三个儿子，你的母马会生三匹小马驹，你的母狗会生三只小狗崽，你的房子后面会长出三棵树。"

老默多笑道："海姑娘，你在跟我开玩笑吧？我的花园为什么需要树呢？"

"我没有开玩笑。"她厉声回答，"这些树会成为一种标志。如果你的一个儿子死了，一棵树就会枯萎。现在你就带着这些谷粒回家，照我说的去做。"

老默多苦笑道："我要怎么去做？今晚我和我的妻子就要被赶出我们的小房子了。"

"把你的网撒进海里。从今往后，你的渔网将满载而归，你将兴旺发达，长命百岁。但你要记住我。三年之后，你要把你的长子带给我作为报答。你同意吗？"

好吧，看起来老默多没有什么损失，所以他同意了。

当然，一切都按照海姑娘的承诺发生了。那天，他带回家的鱼足够支付坎贝尔家族的租金。不仅是那天，之后也是如此。

渔夫和妻子生了三个儿子，他的母马生了三匹小马驹，母狗生了三只小狗崽，花园里长出了三棵树。但更重要的是，渔夫的渔网总是满满的，他因此发家致富，幸福美满。事实上，他在因弗拉里变得非常富有，甚至摆脱了坎贝尔家族的掌控。

三年过去，他知道是时候给海姑娘回报了。但他却不忍心把自己的长子带到海上，交给她。

随着时间的临近，他又驾船出海。这时，船开始摇晃。那个海姑娘正在船头那里，从船边俯身过来，神情严肃地望着他。老渔夫注意到，她的怀里抱着一个三岁的幼儿。

"好吧，老默多，"她说，"时间已经到了。你的长子呢？"

老默多装出一副苦思冥想的样子。"三年的期限是在今天到吗？我忘了今天是我应该带他来的日子。原谅我吧。"

海姑娘显然很不高兴，但她叹了口气，说道："老默多，我会对你手下留情的。我的怀里还有一个渔夫的儿子，他已经兑现了对我的承诺，我不能兼顾。我再给你七年时间，然后你必须把他带到我这里来。"

老默多的事业继续蒸蒸日上。七年后，他驾船出海，船摇晃起来，海姑娘在船头那里看着他。她的怀里抱着一个十岁的男孩。

"老默多，你的儿子在哪里？"

"天哪，今天是我应该带他来找你的日子吗？我都忘记了。"

海姑娘怒视着他，然后叹了口气。"我会对你手下留情的，老默多。我的怀里还有一个渔夫的儿子，他已经兑现了对我的承诺，我不能兼顾。我再给你七年时间，但不会再有下次了。"

说罢，她跳进水里就不见了。

老默多高兴地回到家中，因为他现在已经很老了，他相信自己用不了七年就会死掉，这样他就再也不用面对海姑娘了。可是，他和他的妻子依然活得很好，家庭繁荣富足。七年时间过得飞快，很快就到了他应该把自己的长子送给海姑娘的日子。在这一天的前夜，他寝食难安，焦躁不已，于是派人去把他的长子叫来。那时他已经十七岁了。根据习俗，一个孩子长到十七岁，就到了可以做出选择的年龄，算是成年了。

老默多把海姑娘的事情一五一十地告诉了小默多——这是他长子的名字。

"我去会会这个海姑娘，父亲。"他说，他毕竟是个骄傲的年轻人，绝不是什么懦夫，"如果您不想把我交给她，就让我来面对她吧。"

但是老默多恳求儿子不要去，因为他知道海姑娘的力量。

"那好吧，如果我不去见她，我就必须武装自己，离开因弗拉里。"

于是他去找铁匠戈班，请他尽其所能为他打造一把好剑。

戈班打造的第一把剑太轻了，年轻人只是试了一下，金属的剑刃就碎了，成为碎片。第二把剑断成了两截。第三把剑经受住了年轻人的考验，小默多这才牵着父亲的老母马和老母狗生下的头胎——漆黑如夜的黑马和黑狗，心满意足地离开了因弗拉里。

他沿着菲恩湖附近的路走了没多远，就遇到了一只刚被射杀的鹿的尸体，周遭没有人过来认领的迹象，但附近的树上站着一只鹰，湖岸上有一只水獭，陆地上有一只野狗，它们都饿了。小默多也觉得饿了，再次确认了没有猎人来认领死鹿之后，他将鹿肉分给了狗、鹰和水獭。当每一只动物拿到自己的那一份时，它们都承诺，如果以后小默多需要它们，它们就会来帮助他。

然后，小默多和他的黑狗一起分享他的那一份，他的马则在草地上吃草。

他骑马前行，来到了"歪嘴"坎贝尔的大堡垒。"歪嘴"坎贝尔既是坎贝尔家族的首领，也是附近所有土地的统治者。他问这个年轻人在找什么，小默多说他想找一份工作，因为除了衣服、剑、马匹和狗之外，他拒绝从父亲那里拿任何东西。他不想再依赖海姑娘的慷慨，从而欠她的情了。

恰好"歪嘴"坎贝尔需要一个放牛郎来放牛，于是小默多就接下了这份工作。但坎贝尔堡垒周围的草地太贫瘠，他的牛产奶量很低。小默多很勤劳，所以他决定离开首领的地盘，去更远的地方寻找优良牧场。他驱赶着牛群，越过了坎贝尔领地的边界，来到了一个草地丰美的绿色山谷。

他很不走运，这个山谷属于一个名叫阿哈赫的巨人，此人性格刻薄，脾气暴躁。当他看到在自己的山谷里放牧的小默多时，连招呼都没打，直接拔出剑，发出可怕的吼叫，向少年扑去。但小默多敏捷地挥舞着剑，很快，阿哈赫就倒在草地上，心脏被刺穿了。

小默多看到这个人的小屋就在不远处，出于好奇，他去那里看了看，发现屋里空无一人，除了阿哈赫，没有人住在这里。但是屋中有巨额的财富，似乎所有的恶人都像阿哈赫这样，整天敛财、守财。小默多看见这些财富，着实吃了一惊。但他是个有良心、守道德的人，知道这些东西不是他的，就一点也不碰。事实上，他还把阿哈赫埋在小屋后面，并在那里立了一个标记，发誓要设法找到阿哈赫的近亲。

他在山谷里放牧坎贝尔的牛，没过多久，牛就产出了很多牛奶。坎贝尔听到这个消息之后，派人叫来小默多，称赞了他。小默多继续在山谷里放牛，直到草料耗尽，他不得不转移到第二个山谷。他刚进入这个山谷，就惊讶地看到阿哈赫活生生地拿着剑向他扑来，还发出可怕的吼叫。他不得不保护自己。他敏捷地挥舞着剑，杀死了第二个巨人。

在第二个巨人的小屋中，他发现了一段铭文："此屋属于阿哈赫的弟弟法瓦尔"。这座小屋里的财富和阿哈赫的小屋里一样多，但小默多一点也不想要。他把法瓦尔也埋在小屋后面，并且立了一个标记，发誓要找到他的近亲。

一天晚上，他赶着牛回到坎贝尔的堡垒，发现首领的随从们乱作一团。他听说，有一个长着三个脑袋的女怪从菲恩湖中出现，要求首领献祭他的独生女芬香。芬香是一个年轻漂亮的少女，也是坎贝尔的掌上明珠，因为她是他唯一的孩子。

"明天会怎么样？"小默多问一个正在挤奶的女工。

"有一个勇士，他是首领女儿的追求者，明天天一亮就会和怪物开战。"她告诉他，"一切都会好起来的，因为这个勇士是坎贝尔最好的战士，在这片土地上，还没有人战胜过他。"

第二天，所有人都在菲恩湖边一字排开，直到令人胆寒的三头怪出现在水中。勇士向岸边走去，手执盾牌和巨剑，显得骄傲而自信。但当怪物开始靠近时，他脸色苍白，额头上流下恐惧的汗水，转身扔掉盾牌和剑，逃走了。

怪物咆哮着发出挑战，然后宣称，如果找不到其他勇士，就必须在第二天的黎明时分把首领的女儿芬香带到湖边。

首领坎贝尔怀着悲痛的心情得知，在他的领土上，再也没有比那个在怪物面前逃跑的勇士更厉害的人了。无奈之下，他只能答应三头怪的要求。他向他唯一的孩子告别，在约定的时间把她送到菲恩湖畔。包括老首领在内，所有人都回到堡垒，为这场献祭哀悼，因为他们不忍心目睹芬香被献祭的景象。

不过，小默多并没有回堡垒，而是来到湖畔。他看见首领的女儿正在哭泣，等待着狰狞的怪物现身。

"别怕，"他告诉她，"我会保护你的。"

"可你只是个放牛郎。"她惊讶地反驳道。

"放牛郎的手和战士一样稳健，他的剑也同样锋利。"

她点了点头，为自己说出这么愚蠢的话而后悔。"而他的心也一样勇敢。"她懊悔地补充道。

"不过，确实如你所说，我是个放牛郎，一直都在努力工作。所以，我现在很累，我会一直睡到怪物过来为止。它来的时候，你一定要叫醒我，还要把你手上的金戒指戴在我的手指上。"

"如果这样可以唤醒你去打败怪物，我很乐意。"

他在她的身边睡着了，她坐在那里等着。不久，她听到怪物从水里冒出来，大喊着说，它来抓她了。于是，她摘下金戒指，戴在他的手指上，他一下子就醒了。

太阳升起，三头怪从湖里冒了出来。

小默多提剑走上前去。

这场战斗漫长而艰苦，但小默多最后成功地砍下了三颗头颅中的一颗。他把头颅穿在一根粗大的树枝上，这根树枝是从柳树上折下来的。与此同时，怪物尖叫着游过湖面，由于它失去了第三个头，湖水被抽打成了血红色的泡沫。

小默多转向首领的女儿。"你不能告诉任何人，是我保护了你。"

芬香发誓不会告诉别人。然后，小默多回去照料他的牛群，芬香则回到了堡垒。

当天晚上，他回到堡垒，发现人们正在喧哗骚动着。

"怪物回来了，它现在只剩两个头了。"一个挤奶女工告诉小默多，"它说，除非有勇士能够打败它，否则必须把芬香献给它。"

小默多大吃一惊，他正要去保护芬香，女工又说："不过不用怕，因为坎贝尔有了新的勇士，比前一个勇敢得多，他已经去保护芬香了。他告诉坎贝尔，是他砍掉了怪物的头。"

小默多很惊讶，这个战士竟能说出这样的假话。

"芬香是怎么说的？"他问。

"她什么也没说。她没有否认，也没有提到其他任何人。"

小默多叹了口气。芬香遵守了对他的承诺，因为他嘱咐她，不要说出他保护她的事。

于是，所有人都到湖岸边去看这场战斗。第二个勇士上去和双头怪打斗，但那怪物一冲过来，他的脸色就变得煞白，额头上流下恐惧的汗水，转身扔掉盾牌和剑，逃走了。再也没有人在坎贝尔的领地上见过他。

这时，怪物向"歪嘴"坎贝尔喊道："明天天亮之前把你的女儿送到湖岸边，我会带走她，除非你有另一个勇敢的战士来阻止我。"

第二天天亮之前，坎贝尔悲伤地和女儿告别，留下女儿在湖边哭泣。没有人留下来陪她，因为谁都不愿意看到芬香被献祭的可怕景象。

当他们都回到堡垒之后，小默多走过来对她说："不要怕，芬香，我一定会救你的，虽然我只是个放牛郎。不过，我一直在照料我的牛群，已经很累了，所以我必须睡到怪物过来之时。到时候，你把你的一只珍珠耳环戴在我的耳朵上，把我叫醒。"

"我很乐意，"少女回答说，"如果这样可以唤醒你去打败怪物的话。"

很快，曙光降临，双头怪从湖里爬了出来。

芬香就像她承诺的那样，把耳环戴在小默多的耳朵上。

小默多醒来，举剑向前扑去。战斗持续了很长时间，但他英勇奋战，剑法灵巧，最终成功地从怪物身上砍下了第二颗头颅。这颗头颅也被他穿在柳枝上，而那怪物则在湖面上尖叫、翻滚，游过湖面，把湖水抽打成血沫。

"你回家去吧，"他对芬香说，"但你要对我发誓，你不会告诉任何人是我救了你。"

她答应了。他回去照料他的牛群，而她则回到了堡垒。

当天晚上，他回到堡垒，发现人们正在喧哗骚动着。

"现在是什么情况？"他问。

"怪物又出现了，它现在只有一个头了。"挤奶女工告诉他，"它要求将首领的女儿作为祭品献给它。但是不要害怕，第三位勇士已经站出来要杀死怪物了。他比前两个人勇敢得多，因为今天早上，就是他砍下了怪物的第二颗头颅。"

小默多实在是很惊讶，竟然还有战士可以这样撒谎。

"芬香怎么说？"

"她不置可否，所以首领坎贝尔认为那个战士说的是真的。"

小默多叹了口气。芬香对他信守承诺，没有告诉任何人，是他救了她。

第二天早上，新的勇士向湖岸走去，人们聚集在一起观战。独头怪跃出湖面，勇士向前冲去。但随着怪物的接近，他的脸色变得煞白，额头上流下恐惧的汗水。忽然，他转过身，把盾牌和剑扔在一边，像兔子一样飞快地跑过山头，再也不见踪影。

怪物走了过来。

"既然你们没有勇士能保护芬香，那就在明天天亮之前把她带到湖岸边，我会来接她。"

第二天早上，坎贝尔悲痛欲绝地把女儿带到湖边，然后就回去了。没有人留下来，因为他们都不忍心看到芬香被怪物带走。

但是，没过多久，小默多就出现了。"不要怕，芬香，我会在这里保护你，虽然我只是个放牛郎。不过，正因为如此，我已经累了，想睡到怪物来了再说。到时候，你把你的第二只耳环戴在我的耳朵上，把我叫醒。"

"如果这样可以唤醒你去打败怪物，我很乐意。"少女肯定地说。

他睡着了。天刚蒙蒙亮，独头怪就从湖里蹿了出来。少女将第二只耳环戴在他的耳朵上。小默多冲上前去，手执利剑。战斗十分激烈，但小默多最后还是砍下了怪物的第三颗头颅。这一次，它无声无息地沉入血腥的湖水，再也没有出现。

小默多把第三颗头颅也穿在柳枝上，将它像图腾柱那样立在湖畔。

"不要告诉别人是我救了你。"他说。

"但是危险已经过去了。"她抗议道，"我现在可以告诉我父亲，是你救了我吧？"

他伤心地摇了摇头。"你父亲不会承认一个放牛郎是勇士的，他也不会接受一个放牛郎爱上首领的女儿。"

她什么也没说，因为她知道，他说得在理。他去照顾牛群，她遗憾地看着他离开，意识到自己已经爱上他了，现在她必须有所行动。当她回到堡垒时，所有人都非常高兴。她告诉父亲，她愿意嫁给那个能把怪物的头颅从柳枝上取下来的人，并且非他不嫁。当然，既然怪物已经死了，就有很多人站出来碰碰运气，夸夸其谈，吹嘘自己有多么勇敢。但他们都没能取下头颅，这三颗头颅似乎牢牢地粘在了柳枝上。芬香自己也知道，只有把头颅插在树枝上的人，才能取下头颅。

所有人都很绝望，堡垒里似乎没有人能够做到这件事。

这时，小默多赶着牛回来了。

"小默多还没试过。"芬香对父亲说。

坎贝尔哈哈大笑，所有的战士也跟着他大笑起来。

"他只是个放牛郎，女儿。"坎贝尔斥责道。

"但他是个男人。"她指出。

坎贝尔不情不愿地把小默多叫到跟前，让他把头颅取下来。

小默多不明白坎贝尔为什么这么吩咐他，他还不知道芬香答应嫁给取下头颅的人。于是，他伸手向前，轻而易举地将怪物的头颅从柳枝上取了下来。

坎贝尔的部下们和坎贝尔本人一样吃惊。

"这是怎么回事？"首领疑惑地问道。

"我不能说出那个从怪物手中救了我三次的战士的名字。"芬香回答，"我发过誓，不会说出他是谁。但我把我的两只耳环和戒指给了他。"

坎贝尔意识到，小默多正戴着他女儿的耳环，手指上是他女儿的戒指。

他走上前去，抓住年轻人的肩膀。

"是你救了我的女儿，你是她所爱的男人。你要娶她为妻，与我亲如一家人。"

小默多很高兴，同意了这门亲事。

堡垒里举行了盛大的宴会，小默多和芬香结婚了。他们在一起幸福地生活了三年。

有一天，这对夫妇正在湖边散步，湖水毫无征兆地沸腾起来。那怪物长出了三个新头，变得比之前更加可怕。它一心想要报仇，从湖里跳出来，小默多还没来得及拔剑，就被它抓住了。一眨眼的工夫，怪物已经将年轻人拖到了水底。

芬香号啕大哭。一位路过的老人见她哭泣，问她发生了什么事。她把事情的原委告诉了老人。老人建议她把最好的珠宝都摆在湖岸上，叫怪物来看看珠宝。

她照做了。那个怪物突然浮出水面，审视着摆放在岸边的精美珠宝。

"只要你能让我看一眼我的丈夫小默多，我什么都愿意给你。"她恳求道。

怪物的眼睛闪闪发光。它转身潜回湖中，很快就带着小默多回来了，他和其他活人一样完完整整，活蹦乱跳。

"如果你把他还给我，我就把我所有的珠宝都给你。"芬香请求道。

怪物考虑了一下，同意了交易。

又过了三年，一切都很顺利，直到有一天，这对年轻的夫妇又在湖边散步。怪物又出来了，这次是芬香被拖到了水底，小默多甚至没来得及保护她。

小默多正在为他的妻子恸哭，一位老人走了过来，问他发生了什么。

小默多告诉了他。老人说："我会告诉你如何救出你的妻子，并且永远消灭怪物。在湖中央有一座小岛，岛上有一头白足母鹿，它纤细而敏捷。如果你抓住母鹿，就会有一只黑乌鸦从它嘴里跳出来。如果你抓住黑乌鸦，就会有一条鳟鱼从它嘴里掉出来。鳟鱼的嘴里有一个蛋，蛋里面是怪物的灵魂。如果你把蛋打碎，怪物就会死去。"

小默多很惊讶，但是为了救他的妻子，他决心试一试这个办法，这总比什么都不做要好。

要想到达那座位于湖心的小岛并不容易，何况那怪物就在湖里游动，任何经过它的船只都会被拖进湖里。于是，小默多骑上他那匹上好的黑马（他父亲的老母马的头胎马），带上他那条黑狗（他父亲的老母狗的头胎狗），奋力催动马匹，从湖岸边向着小岛一跃而去。这一跃的力道如此之大，以至于他们跳到了岛上的岸边。

小默多追着白足母鹿，终于把它逼到了角落里，却怎么也无法接近它。"我真希望我有一条了不起的猎狗，"他想，"就像我多年前看到的那条狗一样。"

他还没来得及许愿，当年和他一起分享鹿肉的那条大狗就突然出现了，他们合力抓住了母鹿。但是，与此同时，母鹿张开嘴，一只黑乌鸦从嘴里蹿了出来，飞走了。

"啊，要是有一只猎鹰帮我就好了。"小默多心想，"就像我多年前看到的那只鹰一样。"

他刚产生这个念头，那只与他分享鹿肉的鹰就出现了，奋力追赶着乌鸦。但是，当鹰抓到乌鸦时，一条鳟鱼从乌鸦的嘴里掉进湖里，拼命地游走了。

"啊，要是有一只水獭帮我就好了，"他想，"就像我多年前看到的那只水獭一样，它一定能捉到鳟鱼。"

他刚产生这个念头，那只与他分享鹿肉的水獭就出现了。水獭一瞬间就追上了那条鳟鱼，将它捉住，带到小岛岸边，小默多正在那里等待。

年轻人从鳟鱼嘴里取出蛋，把蛋放在地上，抬脚要踩。

这时，那个巨大的怪物从湖里冒了出来，恳求他不要打碎这只蛋。

"把我的妻子还给我。"小默多要求道。

芬香立刻出现在他身边，和他一起站在岸上。

小默多毫不犹豫，一脚踩碎了蛋，那怪物发出一声尖叫，倒在湖里，死了。

小默多和芬香回到坎贝尔堡垒，所有人都非常高兴。小默多真正地成了这片土地上的伟大首领。他和芬香幸福地生活在一起。

时间又过去了三年。有一天，当他们骑着马在湖边兜风时，小默多发现，在幽暗的黑森林里，有一座他以前从未见过的阴暗的堡垒。

"是谁住在那里，芬香？"他问。

"你别管了，那里严禁靠近。进去的人没有一个回来的。"

小默多什么也没说，他们继续往前走去。但是，如果说小默多有什么缺点的话，那就是他的好奇心过于强烈。那天晚上，他假装出去打猎，骑马回到阴暗的堡垒。

堡垒门口坐着一个瘦小的老妇人，她友好地和他打招呼。

"是谁住在这里？"他问。

"是一个你会很乐意见到的人，年轻的先生。"老妇人答道，"进来吧。"

小默多从马背上爬下来，走了进去。

他刚迈进堡垒，老妇人就溜到他身后，用一根棍子猛击他的脑袋。

他倒在地上。

在因弗拉里的渔夫老默多家里，老人正望着自己的花园。

"救救我们！"他喊道，因为他看到他的三棵橡树中的一棵突然枯萎，死了，"这只能说明，我的长子小默多已经死了。"

"这怎么可能呢，父亲？"他的次子拉赫兰问道。

老默多指着那棵枯萎的树。

"海姑娘说过，这是一个标志。每当有一棵树枯萎，就意味着我的一个儿子死了。既然你和你弟弟都在这里，那只能说明，小默多已经死了。"

"我要去找他，查明真相。"拉赫兰宣布。他和他的哥哥一样勇敢。

拉赫兰给他的父亲的老母马所生的二胎马套上马鞍，牵着他的父亲的老母狗所生的二胎狗，出发了。终于，他来到坎贝尔堡垒，发现堡垒里正在哀悼。拉赫兰告诉芬香他是谁，然后芬香对拉赫兰说了她所知道的一切，包括森林里那座可怕的阴暗堡垒。她警告了他，首领坎贝尔也警告了他，但拉赫兰就像他的名字一样好战[1]，他骑着马去了堡垒，没有什么能阻止他去那里。他要看看自己的哥哥到底有没有死。

他来到堡垒，看到一个老妇人坐在门口。

"老婆婆，是谁住在这里？"他问。

"是一个你一定乐意见到的人，年轻的先生。"老妇人喘着气说，"进来吧。"

拉赫兰走进堡垒，但还没等他完全跨过大门，老妇人就悄悄溜到他身后，用棍子给了他结结实实的一击。他倒在了地上。

在老默多的花园里，第二棵树突然枯萎了。

"啊！啊！"老默多喊道，"我对海姑娘耍了个卑鄙的把戏，现在她在惩罚我了。我的二儿子拉赫兰已经死了。"

"您是怎么知道的，父亲？"恩古斯问道。他是老默多的第三个儿子，也是最小的一个。

他的父亲把一切都告诉了他。

"好吧，我一定要去找他们，亲眼确认真相。"他宣布。他和他的哥哥们一样勇敢。

恩古斯不顾老父亲的哀求，骑上他的父亲的老母马所生的三胎马，牵着他的父亲的老母狗所生的三胎狗，出发了。终于，他来到坎贝尔堡垒，堡垒正被巨大的悲痛充斥着。恩古斯告诉他们自己是谁，于是芬香告诉他，她的丈夫和他的哥哥发生了什么事——他们消失在邪恶的阴暗堡垒里，再也没有回来。

恩古斯立即出发了，尽管所有人都恳求他不要冒生命危险。

他来到堡垒门口，看到一个老妇人坐在外面。

"老婆婆，这是谁的堡垒？"他问。

---

1 这个名字的意思是"洛赫兰人"。

"是一个你会很乐意见到的人，年轻的先生。进来吧。"

"我会进去，但你要领我进去。"恩古斯行事谨慎。

老妇人转过身，开始一瘸一拐地往前走去。这时，那条三胎狗向她扑去，但她用手里的棍子一挥，打中了它的头。它瘫倒在她的脚下。

恩古斯拔出剑，一剑就砍下了老妇人的头颅。但是，还没等头颅碰到地面，老妇人就一转身，抓住了头颅，然后又把头颅安到了脖子上。

然而，她还没有完全恢复，那匹三胎马就直立起来，扬起蹄子，一下就把她手里的棍子打掉了。棍子在空中打了个旋儿，落到了恩古斯的手里。恩古斯感受到棍子的魔力，立即将它向前挥去，打在老妇人的头上。老妇人倒地身亡。

他开始搜索堡垒，在马厩里找到了他的哥哥们的两匹黑马和两条黑狗。不久之后，他发现他的二哥拉赫兰躺在一个房间里，大哥小默多躺在另一个房间里。他走到两人面前，用棍子碰了碰他们。于是，他们就像从沉睡中醒来一样，高高兴兴地和他重逢。

他们一起探索堡垒，最后发现了一个老人。

"三位大人，请不要伤害我。"他喊道。

"我认得你，"小默多喊道，"你就是那个告诉我如何杀死湖里的三头怪的老人。那个告诉芬香如何从怪物手中救出我的人也一定是你。"

"是我，先生。是我。"

"那你在堡垒里干什么？"

"我被堡垒主人胁迫，成了她的囚徒。我是她的仆人，在漫长的几个世纪里，一直身不由己地服侍着她。"

"那个拿着棍子的老太婆？"小默多问道。

"她不是别人，正是海姑娘。"老人回答。

"海姑娘？"兄弟们惊呼道，疑惑不已。

老人带他们来到倒在地上的老妇人那里。他们检查了老妇人的尸体，发现她正是海姑娘。这里就是她位于海边的阴暗堡垒。此外，老人还告诉他们，小默多曾经杀死的两个邪恶巨人就是海姑娘的养子阿哈赫和法瓦尔。在老默多假装忘记要把小默多送到她身边的时候，她把这两个孩子带入深海，替代小默多，将他们抚养长大。

那个三头湖怪呢，则是海姑娘的一只特别的宠物。

由于老默多没有在小默多小的时候把他交给她，海姑娘策划了对小默多的种种报复，但小默多每一次都挫败了她。之后，她打倒了小默多和他的二弟，但第三个儿子最终还是战胜了她，因为"三"是个纯洁的数字。

坎贝尔堡垒里一片欢腾，其中最欢喜的莫过于小默多和他的妻子芬香。

拉赫兰和恩古斯在堡垒中获得了极高的地位，成了首领"歪嘴"坎贝尔首屈一指的勇士。他们的父亲老默多、老默多的妻子，以及老母马和老母狗都被接到堡垒里，安享晚年。

当"歪嘴"坎贝尔最终去世时，他的亲缘者们破例将坎贝尔家族成员的身份授予小默多，推举他为阿盖尔峡谷[1]的首领。"阿盖尔"的意思是"盖尔海岸"。

所以，要小心海姑娘，一定要懂得美人鱼和海姑娘之间的区别，它们是截然不同的两种生物。海姑娘会考验你，就像她考验老默多和他的儿子们一样。所以，要小心才是；他们通过了考验，但不是每个人都能这么幸运。

---

1 即现在苏格兰西部的阿盖尔郡。

17 "大黄手"科纳尔

很久以前，有一个战士住在盖尔海岸，也就是现在的阿盖尔郡。他的名字叫科纳尔，绰号"大黄手"。科纳尔不仅是一位赫赫有名的战士，而且也被誉为芬尼战士团中最优秀的说书人之一。芬尼战士团是山岭高耸的阿尔巴王国的精英战士团。

科纳尔有三个儿子，他们刚到可以做出选择的年龄。但他们都是桀骜不驯的小伙子，科纳尔对他们的管教远远不够，因为他经常出海或打仗。所以，他的儿子们有时缺乏清醒的头脑，脾气浮躁，沉溺于大吃大喝。

有一天，在他们位于盖尔海岸的国度里，科纳尔的三个儿子在一次特别的宴会上喝多了，正好遇到了芙拉国王的三个儿子。一句无心的玩笑话引发了争吵，争吵引发了斗殴，斗殴导致芙拉国王的长子意外丢了性命。

"大黄手"科纳尔被传唤到芙拉国王所在的喀里多尼亚堡[1]。芙拉国王怒火中烧。但这位国王是一位聪明而公正的人，他最后是这么说的：

"我不打算为我那英俊而勇敢的儿子的死而报复你，或者报

1　即现在的邓凯尔德（Dunkeld），位于苏格兰珀斯郡。

复你的儿子们。复仇对任何人都毫无意义。所以，我会定下条件，你必须赔偿我的损失。"

科纳尔低下头，表示服从，因为支付赔偿是所有人赖以生存的法律制度的基础。"国王陛下，您要求的任何赔偿我都会照付。"

"那就这样吧，如果你去洛赫兰国王的土地上，给我带回他那匹著名的'棕骏'，我就不会向你复仇，也不会索要你那三个孩子的灵魂。"

洛赫兰国王的棕骏是匹无与伦比的好马，它从未输掉过任何比赛。洛赫兰国王非常看重它，科纳尔因此推断，要得到它绝非易事。他怀疑，除非通过战争强取，否则别无他法。

"国王陛下，您的这个要求难度很大。"科纳尔承认，"但您是公正的，与其让我的家族蒙羞受辱，我宁愿为此付出我自己和三个健壮儿子的生命。"

"这话说得好。"国王赞同道，"你可以带着你的三个儿子去帮你。但是如果你或你的儿子们没有带着马儿回来，并且在那之后还活着的话，无论你躲在世界的哪一个角落，我都会找你复仇。"

"我很清楚。"科纳尔说。

他带着悔恨不已的儿子们回家与妻子告别。当她听到芙拉国王提出的要求时，大为不安。

"接受惩罚都比接受这个任务要好，夫君。"她说，"这意味着我在这个世界上再也见不到你了。"

科纳尔十分烦恼，因为他知道任务艰巨。

第二天早上，他和他的儿子们整备好战船，启程前往东北方向的峡湾与湖泊之国——洛赫兰。战船在灰暗、翻腾的海浪中穿行，浪花咆哮着，好像要把她吞没。但科纳尔从未降下他的船帆，他的航向笔直而确定，穿过汹涌的海面，向洛赫兰的海岸驶去。他的儿子们懊悔地坐在船尾，而科纳尔则一言不发地站在船头，顺从于诸神即将带给他的任何命运。

在洛赫兰上岸后，科纳尔请一个路人告诉他们去国王的堡垒的路，并且询问在哪里可以找到客栈。科纳尔到了客栈，问老板是否还有房间，因为他和他的儿子们晚上需要休息。他们是当天仅有的客人。

当天晚上，科纳尔与客栈老板一边喝酒，一边低声交谈。老板对客人很好奇，问他们来洛赫兰做什么。

科纳尔告诉老板，他和他的儿子们跟芙拉国王闹翻了，他的一个儿子不幸失手，伤了国王儿子的性命。为了让芙拉国王高兴，他和他的儿子们必须带回洛赫兰国王那匹无与伦比的棕骏。

"也许你可以告诉我，我可以怎么搞到这匹棕骏，是否可以从洛赫兰国王那里买到它？你会得到丰厚的报酬。"

客栈老板哈哈大笑。"对不起，虽然我可怜你惹上了这样的麻烦，但是，陌生人，你来这里寻求的事情是不可能的。洛赫兰国王绝不会卖掉他的棕骏，能从他手里夺走棕骏的唯一方法只有盗窃。我会假装没听到你说的话……只要我的装聋作哑能够得到补偿。"

科纳尔不得不恼怒地付给那人三枚金币，请他不要去向洛赫兰国王告密。

第二天早上，科纳尔出门，遇到了洛赫兰国王的磨坊主。他发现磨坊主是个贪婪的人。科纳尔和他聊了一会儿之后，说："我有个建议，为此你可以得到五枚金币。你和你的仆人们每天都要带着一袋袋的麦麸去洛赫兰国王的马厩喂马，是吧？"

"是这样的。"磨坊主说。

"那就把我和我的儿子们装进麻袋，抬到马厩里去，然后就别管了。"

磨坊主若有所思地抚着下巴。"你的要求真奇怪啊。"他说。

科纳尔把金币在手中摇得叮当作响。

磨坊主的眼睛闪闪发光。

无须赘言，科纳尔和他的三个儿子被装进麻袋，磨坊主和他的仆人们把麻袋抬到洛赫兰国王的马厩里，把它们放下，然后就离开了。

过了一会儿，科纳尔和他的儿子们从麻袋里钻了出来。

"我们得等到天黑。"科纳尔低声说，"所以我们要在这个马厩里找好藏身之处，以防国王的手下随时搜查。"

于是，他们四下寻找合适的藏身之处。

黄昏来临，科纳尔和他的儿子们走近棕骏的隔间。这匹棕骏非常聪明，他们一走近它，它就踢着后腿，开始嘶鸣、吼叫起来。

洛赫兰国王在堡垒里听到了这声音。"我的棕骏怎么了？"他向正在陪他吃饭的母亲喊道。

"我可没法告诉你，我的孩子。"这位善良的妇人回答道，"吩咐你的仆人，去马厩看看发生了什么事吧。"

于是，洛赫兰国王叫来仆人说："到马厩里去，看看我的棕骏是怎么回事。"

仆人们急忙赶到马厩，但科纳尔和他的儿子们听到他们来了，就躲进自己预先准备的藏身处。仆人们进去瞧了瞧，回来向洛赫兰国王报告说，他们没有发现什么异常。

"也许棕骏只是胆小而已。"国王叹了口气，"很好，没你们的事儿了。让我们继续我们的宴会吧，母亲。"

过了一会儿，科纳尔和他的儿子们从藏身之处出来，走近棕骏。

嘶鸣的声音比之前大了七倍，连国王的母亲都感觉到了不对劲。于是，洛赫兰国王转头吩咐他的仆人们："马厩里有问题。去，马上告诉我是怎么回事。"

仆人们急忙跑进马厩，但科纳尔和他的儿子们已经消失在他们的藏身之处。仆人们努力地寻找，但没有发现他们。他们又回来了，报告说一切正常。

于是国王下令，宴会继续。

科纳尔和他的儿子们再一次从藏身之处出来，走近棕骏。

马儿第三次发出巨大的嘶鸣，惊动了王宫的每一个角落。

"也许有一个黑巫师正在攻击我们。"洛赫兰国王的母亲喊道。她非常害怕巫师。

国王站了起来。"只有一种可能，那就是马厩里有人对我的棕骏心怀不轨。"

这一次，他命令仆人们陪他一起去。

当科纳尔和他的儿子们听到洛赫兰国王来到马厩时，他们又躲了起来。

洛赫兰国王走进马厩，站在门口，打量着里面。

棕骏站在它的隔间里，颤抖着。

"我们要警惕些，"国王说，"我相信马厩里有人。我们必须找到他们。"

洛赫兰国王名叫西居尔松，他是个聪明人，否则他就不会当上洛赫兰这样一个野蛮国度的国王——他们的船只经常在七大洋上掠夺。他看着马厩的地面，敏锐的眼睛发现了一行陌生人的脚印。他顺着脚印走到了马厩的角落里，那正是科纳尔本人藏身的角落。

洛赫兰国王站在那里，双手叉腰，笑道："我窥见了一个盖尔战士的鞋子。它们与众不同，就像一个人的头发的颜色。是谁藏在那里？你是自己出来，还是默不作声地去死？"

这话让科纳尔有些恼火，他走了出来。"我是盖尔海岸的科纳尔。"

"竟然是'大黄手'科纳尔潜伏在我的马厩里，让我的棕骏紧张了？"洛赫兰国王兴致勃勃地问道，"我听说过很多关于你的勇气和武艺的故事，但没有一个故事说，你会像小偷一样在夜里潜入别人的马厩，吓唬他的宝贝马儿。"

科纳尔羞红了脸，他看到自己被国王侍卫的利剑从四面包围了。于是他走上前去。

"的确是我，西居尔松，是我在这里。"

"为什么？给我解释一下。"

科纳尔上前一步，向洛赫兰国王解释了他为何来到这个国度，他又是如何到来的。"所以，您看，西居尔松，这个可怕的需求迫使我来到这里。现在我受到了您的款待，希望您能原谅我。"

"你没有先到我这里来，向我讨要棕骏。"洛赫兰国王斥责道，"你为什么不这样做呢？"

"因为我知道，要了您也不会给。"

"这倒也是。"国王同意了，"这件事我们再谈。但你首先必须把这一切麻烦的原因交付给我。叫你的儿子们出来吧。"

科纳尔叫三个儿子从藏身处出来，他们被国王的侍卫们逮捕并押走了。今晚，侍卫们会供给他们吃喝，并且看守他们。

"今晚我会给你们提供食物，明天天亮你们三个就会被绞死。我绞死你们，是为了你们的酗酒和鲁莽给你们的父亲带来的麻烦。"

然后，洛赫兰国王挽住科纳尔的胳膊，把他领进了宴会厅。国王的母亲正在那里等待消息。洛赫兰国王向母亲介绍了科纳尔，然后给他食物和酒。

"现在，我的老冤家'大黄手'科纳尔，让我们考虑一下这件事。我明天就会绞死你的三个儿子，因为他们想偷我的马，好从芙拉国王那里买回他们的命。或许，我还是把他们送回芙拉国王那里去吧？当然，马就不必给了。无论如何，你的三个儿子都会被绞死。"

"为什么不绞死我？"科纳尔问，"为了救他们的命，我带他们来到这里。"

"我有什么理由要绞死你呢，科纳尔？你在这件事上已经为自己开脱清楚了。你是迫不得已才来到这里的，我原谅你的迫不得已。但鉴于你的儿子们都要死了，你能不能告诉我，你有没有遇到过比现在更困难的状况？"

科纳尔是个骄傲的人。"当然，"他答道，"我经历过许多这样的困难，而且都挺过来了。"

西居尔松拍着大腿，大笑起来。"如果你能说出一个更困难的状况，我就放了你最小的儿子。"

科纳尔不是个傻子，所以他要了一杯酒，趁机飞快地想了想。"好吧。"他说。

"那就说吧，科纳尔。"洛赫兰国王催促道。

"当我还是个年轻小伙的时候，那时我父亲还在世，我们有一个很大的庄园和一大群牛。在一岁多的母牛中，有一头刚刚产下小牛。父亲让我到她产犊的草地上，把她和小牛带回温暖的牛棚，因为那是一个残酷的冬天，刚刚下了一场冰冷的雪。

"我到草地上，找到母牛和它的小牛，然后往回走。但是又开始下雪了，于是我找到了一间牧羊人的小屋。我们躲在这间小屋里，等待这场雪过去。

"当我们在那里等待的时候，门开了，进来了一窝猫：不是一只猫，而是十只猫。很明显，这是一家子。其中有一只猫体形很大，皮毛呈红灰色，就像狐狸的皮毛。它只有一只很大的眼睛。其他的猫围坐在大猫身旁，开始发出令人恐惧的号叫。

"'离开这个地方，猫儿们！'我喊道，'我不喜欢你们的陪伴，也不喜欢你们制造的噪音。'

"大猫转过身来对我说话，而我能听懂它的话。

"'我们不会离开这个地方。我们是来给你唱"克啰喃"的，"大黄手"科纳尔。'

"我惊讶于它知道我的名字，更让我惊讶的是，它们开始给我唱一首克啰喃。"

"克啰喃"是一种浅吟低唱的挽歌，经常被比作猫咪的呼噜声。科纳尔继续向洛赫兰国王讲述他的故事。

"当那些猫儿喵喵地唱着的时候，我惊讶地坐在那里。它们唱完之后，独眼猫说：'好了，"大黄手"科纳尔，你必须为我们给你唱的这首歌支付报酬。'

"我更加惊讶了。不过，确实如此，游吟诗人必得到报酬，哪怕是猫族的游吟诗人。'我没有什么东西可以用来支付报酬，'我承认，'除非你把这头刚刚出生的小牛带走。'

"我的本意只是开个玩笑，但话音刚落，猫儿们就扑向小牛，小牛在它们的尖牙利爪之下没有坚持多久。

"然后我对它们说：'走吧，猫儿们，我对你们的陪伴和歌声都不感兴趣。'但那只狐狸毛色的独眼大猫说：'我们是来给你唱歌的，科纳尔，现在就唱。'于是，猫儿们聚在一起，唱起了它们的克啰喃。'现在给我们报酬吧，因为游吟诗人既可以赞美，也可以诅咒。'唱完之后，独眼猫说。

"'真是麻烦，'我回答说，'除了站在这里的这头母牛，我没有

任何东西可以付给你们。'

"'这就挺合适的。'独眼猫说。话音刚落,猫儿们就扑向了母牛,母牛没有挣扎多久。

"'走吧,猫儿们。我不喜欢你们陪伴,也不喜欢你们的歌,更不喜欢你们吃老实人的牛。'

"'但我们是来给你唱第三首克啰喃的,'独眼猫回答,'我们必须唱出来。'

"它们围坐成半圆形,对着我低声吟唱挽歌。

"然后,独眼猫说:'现在,支付我们的报酬吧。因为我们可以像唱克啰喃一样唱讽刺歌,而讽刺歌可以让你的皮肤长出瘢疤,让你感到被诅咒者的痛苦。'

"'但我根本没有什么可以付给你,你已经得到了我能给你的一切。'

"于是,猫儿们开始喧闹。

"'给我们报酬,给我们报酬。'

"'我没有什么可以给你们的了。'我叫道。

"然后,独眼猫说:'如果你除了自己之外什么都没有,那么我们可以接受你本人作为报酬。'

"猫儿们向我走来,口水流到下巴上,胡须上沾着血迹。我立即冲到窗前,那是一扇花楸木的窗户。我跳出窗外,跑到了远处的榛树林里。我的行动迅速而坚强,恐惧使我勇气倍增。但我听到了急促的脚步声,就像狂风的呼啸。猫儿们在我身后跳来跳去,我知道,已经没有时间了。我在树林里找到一棵花楸树,爬了上去,直到从地面上看不见我为止。

"在我的下方,号叫的猫儿们开始在树林里搜索,但花楸树把我藏了起来。不久,猫儿们就累了,它们一个呼唤一个,很快就全部聚集在花楸树下。

"'我们累了，该回家了。'一只猫叫道。

"'我们永远找不到他了。'另一只猫说。

"就在这时，那只独眼大猫走了过来，抬头盯着我看。

"'你们很幸运，兄弟们。我只有一只眼睛，但它比你们所有的眼睛加起来都看得更清楚。科纳尔就在这棵树上。'

"话音刚落，就有一只猫开始往上爬。我坐在树上，看到一根折断的树枝，它的末端十分尖利。我抓住树枝，对着那只猫狠狠一捅，把它钉在了地上。

"'啊啊！'独眼猫喊道，'真是痛心！我不能再失去我的家族成员了。但我们必须为我们所唱的克啰喃索取回报。'

"这只猫坐下来想了一会儿，然后对其他猫说：'我们围着树，把树根挖出来，这样树就会倒了。'

"它们这么做了，很快，树就摇晃了起来，树根被挖了出来，这棵树很快就会被猫儿们推倒。我吓得放声大叫。"

此时，科纳尔停顿了很久，直到洛赫兰国王要求他继续说下去。

"嗯，西居尔松，"科纳尔继续说道，"森林里正好有一个德鲁伊和他的十二个徒弟，他们听到了我的呼救。德鲁伊说：'这的确是一个人在危难中的呼救，我们必须做出回应。'但他的一个徒弟却说：'别去，这可能是风的欺骗。让我们再等等看吧。'

"他们等待着。当我发出下一声呼救时，德鲁伊重申了他的意图。于是，德鲁伊和他的徒弟们走向那棵树。

"这时，猫又啃断了一根树根，那棵树哗啦一声倒了下来，我只好拼命抓住树枝。在那一刻，我第三次叫了起来。德鲁伊和他的徒弟们来到现场，看到猫儿们已经推倒了树，正在向我靠近。他们每个人都拿着一根榛木魔杖，向猫跑过去。猫儿们无法对抗德鲁伊的榛木魔杖，全都逃跑了。"

科纳尔停顿了一下，笑了。

"洛赫兰的国王啊，这肯定比我的三个健壮的儿子面临死亡危险得多吧？对我来说，被猫当场撕成碎片，肯定比我的儿子们明天被绞死更加危险。"

洛赫兰国王的母亲坐在火炉旁，点了点头。"我从来没有听说过比这更危险的事了——只有一件事除外。"她若有所思地说。

洛赫兰国王西居尔松拍着大腿，大笑着吼道："我以我的神的胡子起誓，科纳尔，这真是一个很好的故事。你用它赢得了你的小儿子的性命。如果你有第二个故事，并且和它一样好，你就可以赢得你的二儿子的性命。"

"好吧，说实话，我可以告诉你，我是如何陷入一场更加困难的境地的。"

"讲给我听。"洛赫兰国王催促道。

"那还是我年轻的时候，我在我父亲的土地上打猎。有一回，事出偶然，我来到海边，那里有嶙峋的岩石，以及海底洞穴之类的所在。所有这一切都被海神愤怒的波涛舔舐拍打。

"当我走到岸边时，看到两块石头之间冒出了缕缕青烟。我心想，真奇怪，这是怎么回事？在好奇心的驱使下，我开始翻越岩石，向那烟雾走去。但我不小心摔倒了。幸运的是，我的骨头没有摔断，皮肤上也没有淤青，但我却掉进了一个深深的岩缝。此时，我首先想到的是，当涨潮时，岩缝里灌满潮水，我该如何逃脱呢？

"被淹死真是太可怕了。我发现，岩缝的两边太陡峭了，无法攀爬。这时，我听到了一阵咔嗒咔嗒的声音。这样的声音，除了一个巨人、他的羊群，以及率领羊群的头羊之外，还有谁能发出来呢？巨人的脑袋从岩缝边缘露了出来，他瞪着仅有的一只大眼睛看着我。

"'你好啊，"大黄手"科纳尔，'他朝下叫道，'我的刀在刀鞘里生锈很久了，它一直在等着一个人类男孩的嫩肉。'

"'好吧，'我说，'你在我身上吃不到什么，男孩子没有多少肉，都是骨头。但只要你帮我，我就能帮你。'

"巨人皱起了眉头。

"'帮我？你怎么帮我？'

"'我有治疗的天赋。我看你只有一只眼睛，如果你放了我，我就给你治好另一只眼睛。'

"巨人想了一下，然后点头同意。

"'我会放了你，科纳尔，但你必须先让我的另一只眼睛复明。告诉我该怎么做，如果管用，我就把你拉出来。'

"这让我陷入了困境。但我别无选择，只能实施我的计划。于是，我让他准备好大锅，在锅下点火，烧水。而我却一直想着应当如何获得自由。

"当他烧水的时候，我在岩缝里找到了一些海藻。然后，我让巨人把海藻浸在锅里，先擦他的好眼睛，再擦另一只眼睛。我说服他，这样，好眼睛的视力就会传给另一只眼睛。的确，我很清楚海藻的特性，知道它会夺走好眼睛的视力，而不会治好另一只眼睛。

"当事情发生的时候，巨人可怕地震怒起来。他瞎了眼睛，凶狠地站在困住我的岩缝上，赌咒发誓说，他永远不会让我出来，或者，如果他抓住了我，就会把我放进他的大锅里煮，让我的肉变嫩，他好饱餐一顿。这对我来说不是好事，因为我本想趁他瞎了眼的时候逃走。所以，我整晚都躲在他够不着的缝隙深处，时不时地屏住呼吸，以防他听到我的声音。

"天亮的时候，巨人终于睡着了，我成功地从岩缝里爬了出来。但我意外爬进了他的羊圈，山羊开始骚动起来，发出声音，我很难从围栏里爬出去。巨人被吵醒了。

"'你还在睡觉吗，小子？'巨人往岩缝下面喊道，因为他仍然看不见。然后他停下来聆听："不，你已经不在岩缝里了，你正和我的山羊在一起。'

"我看到他来了，就宰了那只头羊，开始拼命地剥它的皮。

"巨人停了下来，皱起了眉头。

"'你在宰我的一只羊？'他问。

"'不是的，'我回答，'我的确和你的山羊们在一起，但我是想解救一只山羊，它的绳子紧紧地勒在脖子上了。'说罢，我放了一只山羊出去。巨人四处摸索，摸到了山羊，抓住它，抚摸着它。

"'你说的是真的，小子。我摸到了山羊，但我看不到它。它的绳子松了。'

"我把山羊一只只地放了出来，巨人摸着每一只羊，然后再放开。

"最后，我穿上羊皮，开始手脚并用，从巨人的双腿之间爬出围栏。巨人伸手在我头上摸了摸羊角，用手指顺着我的后背摸了摸羊皮。

"'嗯，这是我的头羊，活蹦乱跳的。你在哪里，小子？'

"在围栏外，我大吼道："我在这里，出来了，自由了，尽管你一直守着！'

"我以我所夸耀的事情为乐。

"巨人突然坐了下来，神情非常悲伤。

"'你毁了我，小子。好吧，我不得不佩服你。作为你胜利的象征，我送给你一枚我的戒指，如果你戴上它，它只会给你带来好处。就是这枚戒指。'

"巨人从口袋里掏出戒指，举了起来。

"我怀疑地笑了，因为我是个聪明的孩子。

"'把戒指扔给我，我不想靠近你，以免被你抓住，巨人。'我说。

"'这没问题。'巨人说，然后把戒指扔过沙滩。

"我走上前，把它捡了起来。那是一枚精美的银戒指。我欣赏着它的工艺，把它戴在左手的小手指上。

"'这枚戒指适合你吗？'巨人急切地问。

"'很合适。'我向他保证。

"然后巨人叫道：'戒指，你在哪里？'

"戒指回答了他。

"'我在这里。'它说。

"巨人站起身，向着传出话音的地方跑来。我意识到了自己所处的困境，于是努力把戒指从小手指上拔下来，但拔不下来。每当巨人问：'戒指，你在哪里？'它都会回答：'我在这里。'我的处境非常窘迫，我只知道一种逃脱的办法。我拔出暗藏匕首[1]，把左手的小手指割了下来——戒指就套在那手指上面。然后，我把它远远地扔出悬崖，扔进了无边无际的大海。

"巨人笨拙地跑了过去。

"'你在哪里，戒指？'他喊道。

"'我在这里。'戒指从海底深处回答道。

"他朝着声音响起的地方，跃过悬崖，跳进了海里。看到他被淹死，我很愉悦。于是，我赶着他的全部羊群回家——当然，只少了被我宰掉的那只头羊。我回家的时候，我的父母非常高兴。"

1　一种苏格兰传统小刀，是苏格兰传统服饰的一部分。

洛赫兰国王的母亲坐在火炉旁，赞许地点着头。"我从来没有听说过比这更危险的事——只有一件事除外。"她说。

"这是个很好的故事。"洛赫兰国王说。

"证据就在这里。"科纳尔伸出手，说道，"你可以看到，我失去了戴戒指的手指。"

"我看你缺了根手指，所以你说的是真的。我也会履行诺言。你的这个故事救了你二儿子的命。明天只有你的大儿子会被绞死……但是，如果你能给我讲述第三个故事，其状况比你大儿子的死更加困难，并且令我信服，我也会饶恕他的性命。"

"洛赫兰的国王啊，还真的发生过这样一件事。这件事发生在我年轻的时候。我父亲给我找了个老婆，我结了婚。有一天，我正在打猎，来到一个湖边，湖中有一个小岛，我看到岛上有很多野味。于是，我在湖边徘徊，寻找过湖的方法。我在岸边发现了一条船。我的一只脚刚跨进去，还没等我抬起另一条腿，它就一头扎进波浪，向湖中央的小岛飞驰而去。

"我简直不敢相信自己这么快就登上了小岛。我上岸之后，发现四周起了大雾，遮蔽了一切。我回头看向船，船也消失了。于是，我想要寻找安身之处，但根本没有能够安身的地方。森林已经消失了，除了灌木丛和矮树丛，什么都没有。忽然，在这荒野之中，我看到了一间老旧的小屋，只有它的周围天气晴朗。小屋前有一口悬在火上的汤锅。

"小屋外面坐着一个女人，她的腿上放着一个赤裸的婴儿。她手里拿着一把刀，正在把刀尖对准婴儿的喉咙，而婴儿正在笑着。然后，女人把刀扔在地上，开始哭泣。她的哭声是那样撕心裂肺，让我打了一个又一个冷战。

"'女人，你怎么了？'我问。

"她看到了我,吓了一跳。

"'你是谁,怎么会在这里?'她问。

"于是,我把事情的来由告诉了她。

"'我也是一样,'她坦白说,'我是带着孩子来的。'

"'你的孩子?'我问,'那你为什么要把刀架在他的喉咙上?'

"她低声抽泣起来。

"'你看到这口汤锅了吗?这口汤锅和火堆属于一个邪恶的巫师。巫师告诉我,我必须把我的孩子放在锅里,等巫师回来后煮给他吃。'

"我环顾四周。

"'这个巫师在哪里?'

"'在不远的地方,他正在为了煮汤采集香草。'

"'你不能逃走吗?'

"'我逃走的可能性不比你大。船在巫师的控制之下,不会带我们回到大陆。'

"'如果你拒绝呢?'我追问道。

"'巫师已经发誓说,要把我放进汤锅里作为替代。'

"这时,我们听到了巫师回来的脚步声。

"女人又抽泣起来。

"'把孩子藏在树后。'我吩咐她。当她这样做的时候,我去检查锅里的水。幸运的是,这个女人忽略了生火,所以水只是微温的。

"'我躲进汤锅。'我对她说,'我进去之后,你把锅盖盖上。'

"于是,我就踩进温水里,女人把汤锅的盖子盖上。

"然后,巫师回来了。

"'嗨,女人!'我听到了他沙哑的叫声,'你给我煮好孩子了

吗？'

"'他还在锅里，先生，'女人喊道，'还没煮熟。'

"我尖声尖气地在汤锅里叫道：

"'A mhàthair[1]，a mhàthair，我正在被煮着！'

"巫师听罢，哈哈大笑。

"'你很快就煮好了！'

"我听到他把木柴堆在汤锅底下，锅里开始发热。我确信我很快就会被烫死，但幸运的是，那个巫师在炉火旁睡着了。他刚一开始打呼噜，那女人就过来掀开了盖子。

"'你还活着吗？'她问。

"我站起来，脸上又红又湿。

"'勉强吧。'我喘着气说。

"我小心翼翼地从汤锅里爬了出来，跑到小溪边凉快凉快。但当我抓住汤锅边缘的时候，我的手掌被烫伤了。

"'我们怎样才能杀死那个巫师？'我问。

"那个女人悄声告诉我，除了巫师自己的长矛之外，没有什么能杀死巫师，而这支长矛就在巫师的背上背着。

"于是我走到他身边，开始慢慢拔出长矛。他的鼾声很重，重到我弯腰拔矛的时候，他的每一次吸气都会把我拉近。我花了好一会儿才把长矛从背带上弄松，最终把它握到了手里。

"但我是一个战士，我不能趁人熟睡时杀死他。

"于是，我弯下腰，朝他的脸上捅了捅。他眨了眨眼，抬起头，盯着我。在那一瞬间，我把他的长矛投了出去。长矛直接穿过了他的身体，他倒在地上死了。然后，我带着女人和孩子回到了船

---

1 意为"妈妈"。

上。因为巫师已经死了，这艘船失去了魔力，所以我们能够安全返回岸边。

"那个女人带着她的孩子走了，我回到了我在盖尔海岸的家，和妻子团聚。这就是比我的大儿子在明天丧命更加危险的状况。"

洛赫兰国王拍了拍大腿，摇了摇头。"这是个好故事。但你有证据吗？如果没有证据，你的儿子还是会被绞死。"

还没等科纳尔回答，洛赫兰国王的母亲就走了过来。"让我看看你的手掌，'大黄手'科纳尔。"

科纳尔照做了，他展示了烫伤后愈合的皮肤。皮肤组织呈现出黄色，他的绰号"大黄手"就是这么来的。

"原来是你，科纳尔，你就是当时在那里的人？"国王的母亲缓缓地问。

"是的。"科纳尔肯定地说。

"我也在那里。我就是那个被巫师囚禁的女人。你救下的孩子正是我的儿子，现在他正坐在洛赫兰的王座上。"

科纳尔和西居尔松高兴地拥抱在一起。

"很好，'大黄手'科纳尔，你经历了所有这些困难。更好的是，你救了我和我母亲的命。我把你第三个儿子的命也还给你。我要补充一句：你可以带上我的棕骏回到芙拉。我还要补充一句：你可以再带上一袋金子，作为我们友谊的象征。"

就这样，第二天，科纳尔和他的三个儿子带着棕骏和一袋金子，出发去了芙拉王国。他先是回到家里，把那袋金子交给妻子，然后去找芙拉国王，把那匹棕骏送给他。芙拉国王发誓，他从此会成为科纳尔的朋友。而且，科纳尔三个健壮的儿子也学会了谨慎和冷静的智慧，从此不再意气用事。

18 凯尔派

有一次，西部群岛所有首领的儿子们决定一同去巴拉海峡[1]阳光明媚的海域进行一次大规模的捕鱼探险。他们都已经被选为他们父亲领地的继承人。他们出发之后，却再也没有回来。

七天后，斯凯岛国王派出使者，把所有岛屿的首领都请到了"国王之港"波特里[2]开会。这些首领来自阿伦岛、金泰尔半岛、艾莱岛、朱拉岛、科伦赛岛、马尔岛、泰里岛、科尔岛、埃格岛、拉姆岛、坎纳岛，以及位于遥远西部的巴拉岛、南维斯特岛、北维斯特岛、哈里斯岛、刘易斯岛——他们都乘着战船而来。

首领们聚在大厅里，每个人都手持利剑和盾牌，聆听面色苍白、神情憔悴的斯凯岛国王发言。他们惊奇地发现，国王的身边站着多纳尔，他是斯凯岛王位继承人的持盾手。当首领们的儿子们去捕鱼的时候，他也是其中的一员。

"难道我们的儿子还活着？"金泰尔半岛的首领问道。

"这是我的耻辱，"多纳尔回答说，"我是年轻人里唯一逃出来的。"

---

1 苏格兰内赫布里底群岛和外赫布里底群岛之间的一片海域。

2 斯凯岛上最大的城镇，字面意思便是"国王之港"。以下这一串岛屿大都是内赫布里底群岛和外赫布里底群岛中的岛屿（唯阿伦岛和金泰尔半岛位于内赫布里底群岛附近）。

他们看到他的左手缠着血淋淋的绷带，知道他并不是简单地抛弃同伴，逃了回来。

"他们都死了吗？"科伦赛岛的首领问。

"就剩我一个人了。"多纳尔点了点头，声音里充满悲伤。

"怎么会这样？是谁把可怕的凯尔派[1]，也就是水马的诅咒带给了我们的孩子？"艾莱岛的首领开口了，问出了大家都想问的问题。

持盾手犹豫了一下，看了看斯凯岛国王。

"说吧，别怕。"国王咕哝道，眼神低垂，仿佛不敢正视其他首领。

"是我的主君斯凯岛国王的儿子约翰。"多纳尔承认，"但不怪他。"他急忙补充道，"我们见到的凯尔派是一种美丽的生物，它就像海浪的泡沫一样洁白，它的鬃毛就像海边礁石周围翻腾不息的泡沫。它是一只温顺的动物，用蹄子在海岬上蹭着，轻声嘶鸣。

"当我们穿过巴拉海峡，靠近穆克岛时，看到了这只生物。它正以马的形态站在海滩上。约翰王子第一个喊我们上岸，看看这匹白马有多么美丽。我们又惊又喜，拢船登岸，约翰走在最前面，向它伸出了手——你们都知道，约翰对他的骑术多么引以为傲，他又是多么喜欢马儿。"

多纳尔暂停了一下。各岛的首领们相互对视，点头同意。

"说吧，多纳尔。"朱拉岛的首领喊道，"说吧，虽然每当你说出该说的话，我的心都会痛。"

"约翰将手伸到那匹马的口鼻处，那匹马用鼻子蹭了他一下。愿诸神怜悯我们。"

"我们所有的儿子，我们的继承人……"科尔岛的老首领只有

1　苏格兰传说中的一种马形水怪。

一个儿子，他突然把白发苍苍的头埋在手心里，一阵抽泣。

"都没了，都没了，很快我们的土地和堡垒就都没了，都输给了凯尔派！"刘易斯岛的首领喊道。

"约翰王子如果知道是这个结果，他一定会砍断自己的手。"多纳尔为王子辩护道。

"他会吗？"马尔岛的首领嗤之以鼻。

"但他确实知道！"坎纳岛的首领反问，"谁不知道古老的传说？"

"的确。"科伦赛岛的首领同意道，"自从你们离开母亲的怀抱，就被灌输了这个古老的传说。你们一定知道！"

多纳尔羞愧地垂下头。"我们知道……我们曾经被教导过，但我们都不相信。我们以为你们编造了这个故事来吓唬我们。年轻人总是不听老人言。"

"现在你知道了吧。"斯凯岛国王喃喃地说。

"知道得太晚了，什么都做不了。"拉姆岛的首领叹了口气。

"我们最好听他讲完。"一直保持沉默的泰里岛首领说。

多纳尔要了一杯酒，喝了一口，定定心神。"事情是这样的……"他开始讲述。

首领们的儿子们在穆克岛（意思是"猪岛"）的沙滩上看到了那匹华丽的骏马。他们拢船登岸，抚摸着大白马。年轻人们认为这匹马一定是走丢的，因为穆克岛上没有人富有到可以拥有这样一匹马。就在这时，约翰建议他们骑上去。

他是第一个骑马的人，但那动物耐心地等待着。然后另一个小伙子骑在他后面。那动物还是在等，直到所有首领的儿子们一个接一个地全都骑在它的背上。大家都坐得很舒服，并不拥挤。

多纳尔不是首领的儿子，因此他在后面一直等着，然后摇摇欲坠地被拽上了最后面的位置。就在他被同伴们拽上去的时候，这匹出色的骏马开始沿着海边驰骋，然后——然后冲向大海，在海浪上奔跑，仿佛海水是坚实的地面。它逐渐远去，远去，奔向红金色的夕阳，驰过波涛起伏的粼粼浪花。

多纳尔不知道他们要去哪里，只知道他们正在由潮汐和旋涡形成的巨大山谷中飞驰，而这匹马的蹄子没入水中不超过半英寸。

多纳尔坦言，他们根本没想到要从凯尔派的背上跳下来，他们甚至无法从宽阔的马背上挪动半分。不管他们的手接触到凯尔派的什么部位，都被粘在那里，而且粘得很牢。

就在那一刻，多纳尔决定行动起来。他用右手拔出猎刀，砍断了左手的手指——他的左手紧紧地抓在前面的首领儿子身上。这只动物的吸力可以在所有人的身上传递，从最前面握住鬃毛的约翰，直到最后面的多纳尔的一只手。手指被斩断之后，多纳尔摆脱了这头野兽魔力的束缚，从马背上跳了下来，一头扎进了海里。

他抬头望去，看到了凯尔派，首领的儿子们还骑在它白色的脊背上。这匹马径直冲进了科里夫雷坎[1]那张着大口的大旋涡里，有人说这个大旋涡一直通往彼世。他最后一眼看到同伴的时候，他们还在欢笑，完全没有意识到自己的危险。

多纳尔游啊游，直到温柔的潮水把他冲到邓韦根[2]的岸边。他向斯凯岛国王报告了发生的事情。

悲痛欲绝的首领们再次陷入沉默，反复思考着他讲述的故事。

"我不能接受这个结局！"一个响亮的声音喊道。

他们抬起头，看到了国王的德鲁伊洛玛白发苍苍的高大身影。

艾莱岛的首领笑了，但不是因为好笑，而是因为愤怒。"你觉

得我们应该怎么做？"

"用魔法对抗凯尔派的魔法。"

"凯尔派和岁月本身一样古老，没有任何魔法可以超越凯尔派的魔法！"发言的是巴拉岛的首领。他的智慧值得尊敬，因为他的领地位于海洋的最西边。他深知诸神之道——遥远的西方正是诸神的安息之地。

"呸！"洛玛嗤之以鼻，"你宁愿用你的力量去哀悼，也不愿去对抗那只夺走了你的儿子兼继承人的邪恶怪物。"

"德鲁伊是对的。"斯凯岛国王叹道，"可我们能做什么呢？我们的船不敢进入科里夫雷坎旋涡，它们会在那里被冲到彼世去。"

"派一个战士去'盲者'达尔¹那里。"洛玛答道，"他有智慧。"

"盲者"达尔是一个年老的智者，他居住在红狐山的高处。

"他帮不上什么忙。"科尔岛的首领喊道，"没有人可以对抗凯尔派。"

"的确，除非他有能让死人复活的智慧，否则他能做什么呢？"阿伦岛的首领冷笑道。

"他做不了什么。"埃格岛的首领喊道，"一旦逝者的灵魂聚集在死神多恩的宅邸里，他们就再也无法回家了。"

"凭着海神玛诺南的九眼泉²起誓，我要去找'盲者'达尔！"持盾手多纳尔被他们的消极态度激怒了，"你们都是些老太婆，宁愿躲在城墙后面，也不愿拿起刀剑和盾牌，反抗夺走了你们的儿子的命运。你们就这么关心他们吗？"

诸岛的首领们面面相觑，满脸震惊，因为区区一个持盾手竟敢如此侮辱他们。但是他们并没有把他怎么样——他的话的确唤

1　字面意思是"盲者"。

2　出自《盖尔之歌》记录的祷文，可能和爱尔兰神话中的"智慧之泉"有关。

醒了他们的罪恶感。

"勇敢的年轻人，如果你能解救我们的儿子，那就去吧。"斯凯岛国王叹道，"但我们不能让我们的女人抱有不切实际的希望。就连我们的妻子——我们年轻的儿子的母亲——也不能知道这个计划，因为我怕这件事会传进水马——那个把他们带走的可怕的凯尔派的耳朵里。"

大家一致同意，对于现在寄托在他们胸中的希望，一个字也不能说。因此，诸岛首领的健壮的儿子们都被当作已经去世，得到哀悼。群岛上充满了巨大的悲伤和惊天动地的"凄逆"——那是一种哭丧，一种极其响亮的号啕大哭。

多纳尔带上盾牌和剑，立刻前往红狐山，没走多久就遇到了"盲者"达尔。他告知了自己的目的。

"信任是最重要的，我的孩子。"

"信任？"

"有了信任，有了信心，一个人可以去到任何地方，逾越任何障碍。"

多纳尔沉默不语。

"你相信我吗？"达尔问道。

"我……我没有别的人可以信任。"多纳尔承认。

达尔笑了。"你的手受伤了。把它给我。"

多纳尔伸出那只断指的手。

达尔把这只手握了一会儿。"你看到那口在火上咕嘟冒泡的大釜了吗？"

"我看到了。"多纳尔回答，他往达尔的小木屋里的壁炉上看了看。

"把手放进去。要对我有信心。"

多纳尔毫不犹豫地照做了。并不痛。

"现在，拿出来。"达尔命令道。

当多纳尔看到自己手上的伤口已经完全愈合，手指也已经重新长出来的时候，他大为惊讶。

"我们会成功的！"目睹这样的力量，多纳尔兴奋地大喊。

"在一年之中，我们只有一个晚上的机会。"达尔点了点头，"再过几天就是扫阴节了，在太阳落山的时分，彼世会显现在这个世界上，灵魂可以从一个世界穿越到另一个世界。这就是我们的机会。我们也许能在午夜时分救出首领的儿子们，把他们带回家。只有在那个节日的那个时刻，我们才有希望拯救失踪的首领儿子们。"

"这能行吗？"

达尔若有所思地抿起了嘴唇。他不是一个爱吹牛的人。"我不知道能不能做到。我只能保证我会努力，但关键还是信心。如果你对我有信心，那么我的任务就有可能完成。"

"什么任务？"

"在扫阴节的午夜，我会去斯凯岛国王的堡垒。在那里，我会朝着大海伸出我的手，命令你那些失踪的同伴的灵魂从深海之中回归。我会以我的力量和知识来对抗那些彼世的存在。"

于是，多纳尔回到了家。虽然他把老达尔的话传达给了斯凯岛国王，但他没有把这些告诉国王的女儿，她是他失踪的朋友——他作为持盾手侍奉的王子的妹妹。这少女名叫狄安娜芙，正如她的名字所示，她是岛上的一颗"无瑕"[1]的宝石。多纳尔和狄安娜芙是亲密的好友，情同兄妹，但也仅止于此。事实上，多纳尔对狄安娜芙的表妹法温娜丝的爱让他伤心欲碎。

---

1 这个名字源自爱尔兰语"dì ainimh"（没有瑕疵）。

狄安娜芙和群岛的年轻王子们一起长大，她完全有理由像其他女人一样哀悼，但她并没有感到伤心，因为她正在恋爱。就在这件悲惨事件发生之前不久，有一天，在离她父亲的堡垒不远的地方，她坐在一个小海湾的海边，看着海鸟在温暖的阳光下翩翩起舞。这时，一个英俊的年轻人从她身边走过。他身穿雪白的衬衫，腰系一条炫目斑斓的绿色褶子裙，身披一袭同色的斗篷。他有着雪白的皮肤和碧绿的眼睛，头发则是拍打在岸边的浪花的颜色。

　　这时，狄安娜芙唱起了一首关于失恋的悲歌：

> 寒冷的夜晚让我无法成眠，
> 无眠的夜晚令我心神不安。
> 我想念你，我的爱人，
> 我梦见我们曾共度的夜晚，
> 现在你却已不在我的身边。

　　"这是一首悲伤的歌，亲爱的小姐。"年轻人说，"你让我的一滴泪水滑过脸颊。"

　　狄安娜芙的心中充满了对这个年轻人的同情，因为他看起来是那样悲伤而英俊。他走过来，坐在她脚边，脸上显现出一种凄凉的神情。

　　"对我来说，这不是出于经验而唱的歌。"她若有所思地吐露道。

　　"但它带给人的情绪是实实在在的。只要你伸手擦去我脸上的泪水，一切都会好起来的。"

　　这个要求实在是过于大胆，但狄安娜芙却丝毫没有迟疑。她有一种冲动，想按照他的要求去做，让他开心。于是，她伸出手，用手指轻轻地，尽可能温柔地擦拭他的泪水。泪水沾在她的手指上，当她拿开手时，泪水落在她胸前，遮住了她的心。一时之间，她感觉很温暖，很舒服。她看着这个年轻人，眼睛里充满了爱意。

"可爱的陌生人，请告诉我你的名字。"

"我被称为水马，也就是深海之主凯尔派。你害怕我吗？"

"我不怕。"狄安娜芙发誓说。然而，在她内心深处，她知道自己或许应该害怕。但凯尔派的一滴泪水可以让凡人成为他的奴隶和情人。

"你是我的爱人，狄安娜芙。"深海之主说，"你心脏的跳动，就像我脉搏的搏动。"

从那天起，狄安娜芙和凯尔派每天早上都会在海边相见，山盟海誓一番。

但在日落时分，他们不得不分开。在这一点上，凯尔派一直都很严格。每当太阳接近西边的地平线时，他就不得不返回大海。

"如果有一天你发现我在太阳落山的时候睡着了，"凯尔派告诫她，"把我叫醒，让我走。"

事情发生在一个午后，狄安娜芙和她的彼世爱人躺在海边，相拥而眠。狄安娜芙醒来时，看到太阳正落向西边的地平线，便向她的爱人转过身来。可是他那么英俊，睡得那么香甜，她觉得叫醒他是不对的。当他要醒的时候，她唱起一首摇篮曲，让他重新睡去。接着，她也闭上眼睛，觉得让他多休息一会儿也无妨。

她伸出手去抚摸他柔滑的头发，轻轻地抚摸着……轻轻地……然后她意识到，丝滑的头发上有一种黏稠的触感。她睁大眼睛一看，发现自己正被一个奇怪的生物拥在怀里，那是一匹苍白的骏马，长着蹄子和飘逸的白色鬃毛，黏液在它的皮肤上闪闪发光。它的一只前蹄正缠在她的发辫里，而这只蹄子曾经是爱人的手，曾经爱怜地抚摸过她的秀发。她想挣脱，但那只马蹄紧紧地缠住了她的头发，使她无法离开。她从腰带那里摸出刀子，迅速割断发辫，将发辫留在蹄子上。然后，她蹑手蹑脚地走开了。

当她看到水马的真面目之后，凯尔派眼泪的魔力就从她的心中化解了。她知道，他们之间的爱情是不可能的，此世和彼世不可能融为一体。

此时，她才真正意识到那些和她一起长大的年轻人的命运。她非常伤心，坐着思忖了好几天，因为那些人是如何被凯尔派带走的故事已经传开了，这使岛上的女人们更加难掩悲伤。

每天她都能听到凯尔派在呼唤她，但她已经不是他的奴隶了。

后来有一天，狄安娜芙决定挑战凯尔派，她想得知那些年轻人的命运。于是，她回应凯尔派的呼唤，来到了他们曾经缱绻的海边。他以人形站在那里，和以前一样强壮而英俊。

"我很高兴你终于来了，我的爱人。这几天我一直在为你哭泣。你看，我的眼泪流得满脸都是。请帮我擦掉……"

狄安娜芙站在那里，双手叉腰。"我知道你的伎俩，海洋之马。"

他那双海绿色的眼睛炯炯有神。"我需要你的爱，人间的少女。我需要的是你的爱，不需要别人的爱。"

狄安娜芙意识到，她的灵魂渴望着这位帅气的马人发出的那种冰冷而强烈的魔力。"水马，如果你爱我，那么你必须给我一份礼物。"

"什么礼物，狄安娜芙？"

"让首领们的儿子平安归来。"

凯尔派长长地叹了一口气。"你不会白白地向我提出要求的，亲爱的狄安娜芙。"他轻声说，"虽然你看不起我，但我还是会答应你。在此世和彼世相遇的夜晚，你去找他们吧。"

突然之间，一匹漂亮的白马站到了他原本的位置上。它用后腿直立起来，前蹄仿佛在击打空气。然后，马儿转身沿着沙滩飞驰而去，在海浪上奔跑，跑向夕阳的方向，直到消失。

"愿你找到爱与安宁，凯尔派。"在他走后，狄安娜芙也轻轻地叹了口气。

另一方面，正如我们说过的，持盾手多纳尔爱着狄安娜芙的表妹法温娜丝。法温娜丝天生爱慕虚荣，"虚荣"正是她父亲给她起的名字[1]。当时她正和狄安娜芙住在一起。她对多纳尔不怎么在意——只要她高兴，她就会和随便多少年轻男人调情、跳舞。她骄傲而善变，她和年轻人的关系就像猎鹰和猎物的关系一样——一开始诱捕他们，然后用爪子抓住他们，深深地咬住他们，最后松开，飞走，任由他们毫无生机地倒在地上。

多纳尔对这种行为感到非常难过，狄安娜芙也为她的朋友的悲伤而感到难过，尤其是现在她明白了什么是心碎。由于她和多纳尔从小一起长大，多纳尔还侍奉着她的哥哥，她觉得多纳尔就像她的亲哥哥一样。

如今，扫阴节的庆典即将到来。这是标志着新的一年开始的大庆典，在夜里举行。因为古人记载道，黑夜先于光明，混沌先于秩序，死亡先于重生。

在扫阴节之前几天的一个晚上，狄安娜芙对法温娜丝说："多纳尔深深地爱着你。"

法温娜丝得意地笑了。"很多男人都爱我。"她这样回答，满足于自己的虚荣心。

"你答应他的求婚，不好吗？和他结婚，这样来年你就可以有

1　这个名字源自苏格兰盖尔语"faoineas"（虚荣）。

一个好的开始了。"

"傻瓜，我有的是时间考虑这个问题。何况，还有很多男人喜欢我呢。我不着急结婚，我要等一个伟大的国王向我求婚。凭着我的美貌，就连小国的国王、王子或首领都配不上我，更何况是多纳尔这样低贱的持盾手。"

作为新年的庆典，扫阴节大庆从日落开始，一直持续到黎明时分，因为人们计算日子的方式是从日落到日落。在这一伟大庆典的前一天，多纳尔问法温娜丝是否愿意嫁给他。她发出和回应狄安娜芙时一样的笑声，拒绝了他。

"我在等一位伟大的国王向我求婚。嫁给你这样一个低贱的持盾手，我是绝对不会甘心的。"

节日越来越近。

日落时分，凯尔派在他冰冷的宫殿里躁动不安。这座宫殿位于"斑海之大釜"的下方深处，今天人们称它为"科里夫雷坎旋涡"，它位于朱拉岛和斯卡巴岛之间。他坐在他的高背珊瑚椅上，眺望着他那位于深海的领地。这时，大灰海豹走到他身边。亘古以来，大灰海豹一直是凯尔派最亲密的朋友和伙伴，他们都属于野海豹族。他对凯尔派的想法心知肚明，就好像那是他自己的想法一样，他也知道这两个世界的内部和相互之间正在发生什么。

"今晚是扫阴节。"他试探着说。

"我知道。"凯尔派叹了口气。

"你还是很软弱，因为你对狄安娜芙仍然怀有爱意。"

"我也知道。"

"不管发生了什么，她对你还是怀有爱意的。但我恐怕你的选择是错误的。她不像她的表妹——虚荣的法温娜丝那样。法温娜丝会榨干男人的爱，让他们失去力量。你最好还是把你的眼泪滴在狄安娜芙的胸前，这样一来，她就会失去灵魂，因此也就不能挑战你的爱了。"

"但是，她的爱情会变成一尊没有生命的雕像的爱情。"凯尔派指出。

于是，大灰海豹拍了拍手，人鱼们便从深海里冲出来，询问他们要做什么。他们团团围住坐在珊瑚宝座上的凯尔派，梳理他那一头柔顺的泛着月华的金发，给他穿上斑斓的绿色褶子裙和斗篷，戴上各种金银珠宝的首饰。

然后，凯尔派站了起来。"今晚，我将遵守我对狄安娜芙的承诺，释放岛上的年轻人。相应地，我将把法温娜丝带到这里，让她给我当一个凡人仆役。"

大灰海豹微微一笑。"这没什么大不了的。不过，也许她会学到智慧，而你会给她冷酷的心带去温暖。"

然后，凯尔派命令人鱼们拿来他的"海洋死神之斗篷"，还命令他们拿来他的"灵魂之剑"，这把剑可以切开最坚硬的心脏，刺穿最深邃的灵魂，然而却不洒一滴血。

然后，凯尔派就飞驰到了波涛之上的人间。

扫阴节庆典开始了。多纳尔知道自己即将前往彼世，但他的心却因为对法温娜丝的爱而痛苦。风笛手和小提琴手已经开始演奏，妇女们唱起了古老的口曲[1]。舞者们已经在大厅里旋转起来，烤肉下的火苗噼啪作响地燃烧着。

于是，多纳尔走近法温娜丝，她正站在斯凯岛国王的女儿身边。"我必须马上离开了。在离开之前，请跟我跳一支舞吧。就这一支舞，我只能和你跳了。"

1　苏格兰和爱尔兰的一种传统歌曲。

法温娜丝看到，现在大厅里没有比他更英俊的男子了，于是她把精心准备的笑容朝向多纳尔，噘起了嘴，让自己看起来天真无邪。

"我会和你跳这支舞，多纳尔。但我觉得，你离开这场宴会，把我一个人留在这里，这是很不礼貌的。"

她的话音刚落，大厅的门突然打开了，一个英俊的年轻人走了进来，他看上去甚至比居住在斯昆[1]的苏格兰至高王还要高贵。他穿过大厅，来到多纳尔和法温娜丝跳舞的地方，让他们停下来。他没有理睬多纳尔，向法温娜丝深深地鞠了一躬，法温娜丝俏脸一红，回以问候。

"请和我跳舞吧，可爱的少女。请你与我共舞。在我统治的所有王国中，我从未见过像你一样美丽的少女。"

法温娜丝当即投入了陌生人的怀抱，这使多纳尔的眉宇之间充满了愤怒。

狄安娜芙匆匆来到多纳尔身边。

"最亲爱的多纳尔，请不要生她的气。她只是顺从她的本性，你无法改变这种本性。而且，你要注意……这个愚蠢的姑娘并不是在和凡人跳舞。"

他们旁观着法温娜丝和她的舞伴跳舞。在他们跳舞的时候，英俊的凯尔派向着虚荣的少女低头微笑。

"你太美了，每次看着你，我的心都会停止跳动。"

法温娜丝满意地笑了。她已经习惯了年轻人说这种傻话。但是，这个年轻人毕竟是一个很有权势的国王，她曾经对自己发誓，有朝一日，她会嫁给这样的男人，到时候她就会拥有财富和权力，这样一来，只要她愿意，她就可以随心所欲地支配许多男人了。

1　古代苏格兰至高王的加冕地和王座所在地，地位犹如爱尔兰的塔拉。

"你愿意嫁给我吗，少女？这样我就能享受满足和安宁了。"

法温娜丝为自己如此轻易地征服对方而心花怒放，但她也有自己的技巧。

"我怎么能这么快就说出我的回应呢？"

凯尔派和善地笑了。"那我就心满意足地等待你的答复了——但是只能等到午夜。在午夜时分，我必须开始我的旅程，回到我自己的国度。"

"午夜？这么急？"

"我会在这座堡垒下面的海滩上和你见面。在月亮升至中天的时候，请你给我答复。"

然后，一曲舞毕，凯尔派低头吻了吻她的手，就退了出去。

法温娜丝对眼前的前景欣喜若狂。她回过头去看向多纳尔——他正皱着眉头，站在狄安娜芙身边。

"你还在这里？"她粗鲁地问，"你不是跳完这支舞就要走吗？"

"我是想走。"多纳尔一本正经地回答，"但我留下来，是为了把你从凡人无法承受的命运中拯救出来。"

法温娜丝放声大笑。"你说话好像演戏啊，多纳尔。难不成你是在嫉妒那位英俊的国王？"

"英俊的国王？"多纳尔厉声说道，"他就是带走我们同伴灵魂的恶魔——他正是凯尔派！"

法温娜丝对这个年轻人冷嘲热讽："嫉妒正写在你的眉心上。一个小小的持盾手，却说出这样的谎言，真是让人难以置信。不过我知道，许多年轻人会为了让我对他微笑而撒谎。"

"他说的是实话，法温娜丝。"狄安娜芙打断了她，"那的确是凯尔派，我很清楚。"

"你们就像豆荚里的豌豆一样相似——都是骗子。"法温娜丝冷笑道,"你不要用这种荒唐的故事来破坏我的幸福。我早就知道,有朝一日,我会嫁给一位国王。他就是了。"说罢,她转过身,怒气冲冲地走开了。

满月时分,法温娜丝来到海边,那位骄傲而英俊的国王正站在那里。

"我就知道你会来。"

"我考虑过您的要求,大人,虽然有许多人想娶我为妻,但我会接受您的求婚。"

英俊的国王大笑起来,使她窘迫不已。"我就知道你会接受。"

然后,他把她拉近自己,从口袋里掏出一枚奇怪的珊瑚戒指,戴在她的手指上。"现在,你永远属于我了。"

他的话就像敲响了丧钟,让她不由自主地打了个寒战。但这种不愉快的感觉只持续了片刻,因为她是个爱慕虚荣的少女。他拉着她的手,她忽然发现自己骑在一匹白马宽大冰冷的背上,从这匹马的身上传来了凯尔派的笑声,听起来就像冬日溪流的冰水从石缝间喷涌而出。

她还没来得及喘口气,马儿就在大海的暗波上驰骋起来。她能听到奇怪的声音在自己的周围回响,仿佛世上所有的动物都聚集在一起,唱着死亡的挽歌。她使尽浑身力气紧紧抓住鬃毛,很快,他们就来到了汹涌沸腾的科里夫雷坎旋涡。凯尔派一头扎了进去,法温娜丝在它的背上尖叫。她的尖叫声最终被淹没在海峡中央的旋涡深处,淹没在原始海洋的激流之中。

此时,多纳尔已经站到了"盲者"达尔身边。达尔正站在堡垒的城墙上面对大海,他的身边还站着一圈沉默的国王和首领,他们都是因凯尔派而失去儿子的岛屿之主。达尔提高音量,发出尖锐如哀号般的吟唱,然后停下来,低下了头。

"我的魔法已经完成了。出来吧，你们这些首领的儿子，从海里出来吧！这是我的命令。"

凯尔派已经回到了他的珊瑚王座上，正饶有兴致地注视着大灰海豹。"事情已经完结了，我对狄安娜芙的承诺也该兑现了。"

"要不要我释放那些人类的灵魂？"

"你去做吧。"凯尔派同意了，因为他的承诺是神圣的。

科里夫雷坎旋涡开始旋转，海浪以雷霆万钧之势向岸边涌来，拍打着礁石。海鸟惊叫着飞走、躲开。雷鸣电闪撕裂了黑暗的天空。突然之间，一个比其他所有的浪头都大的浪头涌上了斯凯岛国王的大堡垒下方的海岸。浪头退去之后，诸岛国王和首领的儿子们全都趴在岸边，安然无恙。

凯尔派低头看去——在彼世可以看到此世的情况——发出了真诚而深沉的笑声。"从今往后，达尔将作为一个伟大的法师被载入史册。"

大灰海豹笑着同意。"其实，他的智慧尚且不足，还拯救不了首领们的儿子们。"

"的确如此，但他毕竟做到了。荣耀是属于他的。我们这些彼世的存在从不食言。"

"可狄安娜芙她……"

"她曾经是我的，虽然现在我已经失去了她。但是，由于我们曾经的爱情，我兑现了诺言。"

事情果然如凯尔派预言的那样发生了。"盲者"达尔在所有首领的宫廷中受到欢迎，斯凯岛国王在邓韦根电赐给他一座漂亮的堡垒，还有足够让他一生幸福的金钱。至于多纳尔，既然他在一个小人物可能会屈服的情况下拒绝屈服，那么他就不能再在斯凯岛的王子身边当一个区区的持盾手了。国王封他为拉塞岛的首领，和其他岛屿的首领平起平坐。

过了一段时间，当他和狄安娜芙出外散步的时候，多纳尔向她求婚。他们之间没有激情，没有情欲，但他们意识到，他们是那么地在乎对方，培育、珍爱、安慰和扶持比什么都重要。于是，狄安娜芙和多纳尔结婚了，整个西部群岛都为之欢欣鼓舞。

在狂暴的科里夫雷坎旋涡的深处，凯尔派听到这个消息，掩面而泣。然后，他转向那个凡人，她的工作就是保持珊瑚王座的光洁。

"不要怠慢你的工作。在这里要干满一千年才能休息。"

法温娜丝顺从地低下头。

19 吉亚尔、多恩和克蕾安娜赫

很久以前，在卡泰夫[1]有一个领主，他有三个女儿：吉亚尔，意思是"明亮"或"美丽"；多恩，意思是"棕发"；克蕾安娜赫，意思是"颤抖"，因为人们看到她的美貌会感动得颤抖。这三个女儿是三胞胎，如果不仔细看，会觉得她们长得一模一样。

吉亚尔是最先出生的，多恩是第二个出生的，克蕾安娜赫是最小的女儿。她们出生之后不久，母亲就去世了，卡泰夫领主从未再婚。他是个穷领主，没有多少财富，甚至没有能力雇用家仆来打理他那座布局凌乱的古老堡垒。所以，他的女儿们不仅从小没有母亲的关爱和教导，而且随着她们长大，所有的家务活都落在了她们身上。

随着岁月的流逝，卡泰夫领主越来越多地躲在他那间布满灰尘的老图书室里，很少参与女儿们管理堡垒的事务。

吉亚尔和多恩非常专横独断，由于克蕾安娜赫是年纪最小的，所以她们就让她干父亲堡垒里所有的脏活累活。克蕾安娜赫要打扫厨房、做饭，还要做各种讨厌的杂务。事实上，她的两个姐姐根本不让她离开家，除非她把家务活做到让她们满意为止——这种

1　即萨瑟兰（Sutherland），现在的苏格兰高地行政区北部的一个地区。

情况当然是极少的。她们对可怜的克蕾安娜赫相当暴虐。

每周六，附近的多诺赫[1]都会举办一个大型集市。每到周六，吉亚尔和多恩都会穿上她们最好的衣服去赶集，因为集市上往往有很多英俊的年轻人，而少女们已经到了可以选择丈夫的年龄。当然，无论吉亚尔还是多恩都丝毫没有想到她们的妹妹克蕾安娜赫也到了这个年纪。她们更关心如何为自己物色丈夫。

一个星期六的早晨，当吉亚尔和多恩去赶集之后，有人敲响了堡垒的厨房门。克蕾安娜赫打开门，看到门口站着一位老妇人。这位老妇人可不寻常，说明白一点，她是一个仙子。她说，她在兜售咒语。

克蕾安娜赫没有像很多人那样愤怒地赶她走，而是悲伤地笑了笑。"可惜，我没钱买你的咒语，虽然我很想买。我的两个姐姐拿着堡垒里所有的钱去赶集了。"

这位老妇人名叫鲍芙[2]，她问："那你为什么不去赶集呢，年轻的克蕾安娜赫？你应该去赶集，而不是在你父亲的厨房里干活。"

"我不能去。我没有钱，而且我也没有可以穿去集市的好衣服。还有，如果吉亚尔和多恩在那里看到我，她们会把我打得晕厥过去，因为我没有完成工作就离开了厨房。"

鲍芙不以为然地哼了一声。"她们可真是好姐姐啊。你不要担心干活的事。至于衣服，你要什么我就能给你什么，还有一匹上好的母马驮着你去集市，此外更有满满一钱包金币供你在那里花。"

克蕾安娜赫满脸疑惑，但老妇人要求她说出她想要的衣服。

"一身最鲜艳的绿色连衣裙，一条紫石楠色的披肩，还有一双与之相配的鞋子。"克蕾安娜赫笑着叫道。

1　多诺赫（Dòrnach），卡泰夫的首府。

2　这个名字源自苏格兰盖尔语"badhbh"（巫婆）。

"成了！"鲍芙喊道。

果然，克蕾安娜赫立即打扮得如她所说的那样漂亮，全身华服，宛如一位公主。门口正站着一匹乳白色的母马，佩着金黄的缰绳和金色的马鞍。

"现在你可以去集市了，但你不能和你的姐姐们或者任何年轻小伙说话。一个小时之后，你必须尽快骑马回家。"

于是，克蕾安娜赫骑着马来到集市上，人们惊奇地盯着她——这位年轻而美丽的公主，骑着如此神奇的马儿，穿着如此华丽的服装，她究竟是谁呢？年轻小伙在她面前大摇大摆地卖弄，想吸引她的注意，但他们谁都没有直接向她搭话的自信，她也没有对他们说话。她发现了吉亚尔和多恩，但同样没有和她们说话。她骑着马在集市上逛来逛去，感到很好奇，因为她以前从来没有被允许离开过家。然后，钟声响起，她知道自己的时间到了，于是骑马跑回了家。

她刚走到门口，下了马，那匹马就不见了，她身上又变成了原来的旧衣服。她急忙跑进屋里，惊讶地发现，所有的工作都已经做完了。

不一会儿，吉亚尔和多恩走了进来，谈论着集市上那个陌生的年轻女人。

"她是个了不起的贵族小姐，"她们说道，"我们从来没有见过这样的衣服和这样的马。整个集市上没有一个年轻小伙不在试图引起她的注意，但她一个都不搭理。"

她们要求他们可怜的父亲给她们买同样华丽的衣服，以便她们下次去集市时，那些年轻小伙能注意到她们。贫穷的卡泰夫领主没有办法，只好卖掉一些他视为无价之宝的书籍，为她们凑钱买衣服。

第二个星期六，当克蕾安娜赫的两个姐姐穿上新衣服去集市之后不久，就有人敲响了厨房的门。

站在门口的是老妇人鲍芙，她面露微笑。"怎么，你今天没去集市吗？"

克蕾安娜赫凄然一笑。"上周能去集市，我是非常高兴的。但我还是没有衣服和钱，如果干不完家务活，姐姐们还会打我。"

"Bi d' thosd！"老妇人喊道，意思是"呸！"。

然后她说："活儿会干完的，你会有衣服和钱，还有马让你骑。但是同样地，不要和你的姐姐们或者任何年轻小伙说话，一个小时之后，以最快的速度骑马回家。"

克蕾安娜赫非常高兴地答应了。

"你想要什么样的衣服？"老妇人问。

"我要最好的红缎衣服和最好的红鞋子，还有一件丝绸的白斗篷。"

转眼之间，她就如愿以偿地穿好了衣服，外边是那匹戴着金色马具的乳白色母马。

集市上的人们看到她骑马过来，比以前更吃惊了。年轻小伙互相推搡着靠近她，朝她微笑。虽然他们脱帽鞠躬，但她没对他们说一句话，也没有和她在集市上见到的姐姐们说话。她在摊位之间走来走去，人们都认为她是一位尊贵的公主，她的沉默是出于傲慢。

然后，钟声响起，时间到了。她用鞋跟一蹬母马，刚走到家门口，母马就不见了，她又是一身旧衣服。当她走进家门的时候，发现家务活已经全部干完了。

不一会儿，吉亚尔和多恩回来了，满脑子都是集市上的事情。她们谈论的都是那位神秘而美丽的公主，还有她漂亮的衣服。吉亚尔和多恩缠着她们的父亲卡泰夫领主，让他不得安宁，直到他答应给她们买来像神秘女子的华服一样的衣服。于是，这个穷领主只好从书房里拿出更多的珍本去卖掉，好给她们凑钱买衣服。

到了第三个星期六，在吉亚尔和多恩出门去集市之后不久，又有人敲响了厨房的门。克蕾安娜赫开门一看，又是老妇人鲍芙。

"什么？"她惊呼，"你还在这里，没有去集市吗？"

"如果我能够干完这些活儿，并且还有衣服和钱可以去，我很乐意去。"克蕾安娜赫悲伤地回答。

"工作的事情不要紧，活儿会干完的。你想要什么样的衣服？"

"我想要一件腰部以下是红绸子、腰部以上是白绸子的衣服，肩上要披一件绿绸子的斗篷，脚上要穿一双红鞋子。"

一眨眼的工夫，她就如愿以偿地穿上了衣服，并且带着一个装满金币的钱包。外面站着那匹乳白色的母马，戴着金色的马具。

她出发去了集市。鲍芙叮嘱她，她必须遵守和以前一样的条件：不能和任何年轻小伙说话，当然也不能和她的姐姐们说话，一个小时后必须回家。

当美丽的贵族少女再次来到集市的消息传来时，人们又一次围了上来。大家都以为她是一位来自异国的公主，因为她从不说话。于是，一位贵族小姐来访的消息传开了，甚至传到了正在多诺赫访问的洛哈伯[1]王子的耳朵里。他来到集市上，发现自己正置身于一群年轻人之中，他们互相争抢着，要一睹她的风采。

克蕾安娜赫在集市上停留了一阵，但是现在她对集市没有那么着迷了，也不再对那些想引起她注意的虚荣的年轻小伙感兴趣了。她没有和他们说话，也没有和她的姐姐们说话，虽然她看到她们站在人群的边缘，脸上明显地流露出不满，因为她们明明穿着父亲为她们购置的新衣服，却没有得到别人的关注。因此，当报时

1　苏格兰高地西部的一个地区。

的钟声敲响的时候，她颇为欣慰，觉得总算可以离开集市了，并下定决心以后再也不来了。对她来说，集市已经失去了所有的魅力。

但她没有想到洛哈伯王子有多么固执。这位名叫邓肯的王子推开了现场挤挤挨挨的年轻小伙们，来到了人群的最前面。当他看到克蕾安娜赫美丽的容貌之后，立刻爱上了她，他决心不让任何事物阻止他去结识她。虽然她拒绝和他说话，但他还是跑到她的马前；当她要骑着马跑回家的时候，他抓住她的马镫，想要拦住她。就在这时，他碰巧伸手抓到了她的鞋子，鞋子被他拽了下来。就这样，他被甩在路边，手里拿着她的鞋。

克蕾安娜赫刚刚到家，那匹母马就不见了，她又穿上了原来的衣服。

所有的工作都完成了，但有一点和以前不同。老妇人鲍芙站在厨房里，皱着眉头。

"你丢了什么东西，克蕾安娜赫。"

少女立刻明白了她的意思。"我很烦恼，我的一只鞋丢了。"

"没错。"老妇人同意道，"我是想告诉你，现在的损失是你的福气，所以不要害怕会发生什么事情。"

说罢，仿佛蜡烛被吹灭一样，鲍芙立即消失了。

接着，克蕾安娜赫的姐姐们气冲冲地走了进来，说起那位贵族小姐最近的情况。这次她们谈论的是那个年轻的王子，他的姿态如此卑微，以至于跑到美女的坐骑旁边，拽掉了她的鞋子。

事实上，在集市上，当地的年轻小伙都在嘲笑洛哈伯的王子邓肯。

"你以为偷走一个姑娘的鞋就能赢得她的芳心吗？"他们嘲笑道。

"不，但我要告诉你们，"邓肯回答，"这只鞋的形状和尺寸都非常精致，如果我能找到适合它的脚，我就会找到这个美若天仙的少女。到时候，我就会娶了她。"

这些年轻人对这个外地人的无礼感到恼火，因为洛哈伯位于山岭高耸的阿尔巴的西侧，而多诺赫位于东侧海岸。他们认为，洛哈伯的王子在多诺赫的集市上追求一个少女，而当地的年轻小伙却没有机会追求她，这是一种侮辱。

"如果是这样的话，"他们中的一个人比其他人更为大胆，他说，"你必须和我们争夺她。"

"等我找到她，如果你们愿意的话，我会和你们打一场。"邓肯阴沉着脸回答。他不怕他们。说实话，他是从苏格兰最北端的邓尼特角到最南端的索尔韦湾之间最好的剑客。

于是，洛哈伯王子叫来仆人，他们拿着这只鞋走访了卡泰夫的每一户人家，寻找能穿上这只鞋的女人，无论她的出身是高贵还是低贱。过了几个星期，王子和他的随从终于来到了可怜的卡泰夫领主的堡垒。王子把堡垒留到了最后，因为众所周知，可怜的卡泰夫领主并没有那么富有，他不可能让他的一个女儿像那位神秘的公主一样，穿着华丽的服饰去多诺赫的集市。

吉亚尔和多恩听说他要来，当然坚持要试鞋，尽管她们知道自己不是他要找的那位小姐。

"无所谓，只要鞋子合适，我们就可以穿。我们有权嫁给王子。"

于是，洛哈伯王子来到这里之后，她们先试穿了鞋子——先穿在吉亚尔的脚上，再穿在多恩的脚上。但两人都无法穿上这只鞋。事实是，既然这只鞋子是由仙子或称彼世居民制作的，那么它就只能接受鞋子主人的脚。但凡人是不可能知道这件事的。

洛哈伯王子满脸沮丧地站了起来，他的表情也许比吉亚尔和多恩更为失望。

"唉，我让卡泰夫的每个女人都试穿过这只鞋，可是，一个月过去了，没人能穿上。这样一来，我就不得不走遍七个王国[1]，从巴德诺赫到阿索尔，再到菲奥夫。不找到鞋子合脚的女人，我是不会罢休的。"

这时，可怜的卡泰夫领主开口了。直到此刻，他几乎没有说过话，因为他通常允许他的两个女儿吉亚尔和多恩支配他的生活，而他则隐居在他的图书室里。

"邓肯王子，"他说，"你还没给卡泰夫的每个女人都试过鞋。"

"没有吗？还有谁没试过这鞋？"

"我的小女儿克蕾安娜赫。"

听了这话，吉亚尔和多恩大笑起来。"她除了扫灰，什么都不会。这只鞋还能适合她？而且，她从来没有去过多诺赫的集市。"

邓肯王子叹了口气。"好吧，派人去找她。不要让人说我对卡泰夫的某个女人不公平。"

于是，克蕾安娜赫穿着破旧的衣服从厨房里走了出来。洛哈伯王子不耐烦地把鞋子递给他的一个仆人，因为他只看到了一个穿着破旧衣服的厨房女佣，不想屈尊跪在她的脚下，显得丢人现眼。

当鞋子贴合地滑到她的脚上时，周围陷入了一片令人惊讶的寂静。

然后，克蕾安娜赫站了起来。看哪，眨眼之间，她的衣服和外貌都改变了。集市上那位美丽而高贵的少女就站在这里。

邓肯王子跪在地上，请求她的原谅。"我苦苦找了你好久，小姐。你就是我想娶的少女。"

"你必须先过多诺赫的年轻人这一关。"克蕾安娜赫轻声回答。

1　中世纪传统上认为古代苏格兰分为七个小王国。

她从姐姐们那里听到了有人向他发起挑战的消息。"等你赢得挑战回来，就可以在这里找到我。"

洛哈伯王子邓肯心中欢喜，离开卡泰夫领主的家，骑马回到多诺赫。他站在广场上，用剑柄猛烈地敲打盾牌，发起了挑战。

"这个陌生人为什么想要挑战多诺赫人？"一个人问道。

"啊，你看，他是洛哈伯王子。"又有人喊道。

"我们不是说过，他一定要和我们决斗，争夺向参观集市的那位陌生小姐求爱的权利吗？"第三个人说。

"洛哈伯王子，你的挑战是不是意味着你已经找到了那位小姐？"第四个人问道。

"是的，"邓肯王子确认道，"现在我要为她而战。"

多诺赫的九名年轻战士走上前去，每个人都带着剑和小圆盾。战斗持续了九天九夜，每天都会有一名战士站出来，而在那一天结束的时候，他血淋淋的尸体会被抬出战场。最后，邓肯王子站在那里，宣称他有权向卡泰夫领主的小女儿求爱。

当他回来之后，清洗干净，卸下武器，就被带到了克蕾安娜赫的面前。他们在花园里共处了一天，发现彼此相爱。于是，一场婚宴随之举行，宴席持续了九天九夜。

不过，婚宴上有两个人对她们的妹妹的幸福感到愤怒。

"她是最小的。"吉亚尔说，"她先结婚是不对的。"

"她不过是个厨房女佣。"多恩同意道，"现在谁来料理家务？"

嫉妒与愤怒变成了仇恨，而仇恨又变成了妄执。

婚宴办完之后，大家都同意，在王子带他的妻子回洛哈伯之前，他们应该先在多诺赫北部海岸的戈尔斯皮休养几天。卡泰夫的领主在那里有一座寒酸的狩猎小屋，但它足以满足邓肯和他的妻子克蕾安娜赫的需要，让他们远离所有婚礼的庆祝活动，得以休息。

吉亚尔和多恩想要破坏妹妹的幸福，于是设计了一个计划。她们提出，要和妹妹一起去戈尔斯皮，像女仆一样照料她，假意要以此报答妹妹的所有付出。实际上，她们是去寻找机会报复妹妹的。

前面我们已经说过，这三姐妹出生间隔的时间都不长，一眼看去，她们彼此一模一样。由于三姐妹平时的装束都不一样，所以没人注意到这种相似之处，但如果她们穿上同样的衣服，就连她们的父亲都分不清了。

有一天，在戈尔斯皮的狩猎小屋，多恩和克蕾安娜赫在花园里散步。多恩的斗篷被荆棘丛勾住，撕破了。克蕾安娜赫和她的姐姐们不同，有一颗热情大方的心，她马上把自己的斗篷给多恩披上，因为当时的风又急又冷。然后，克蕾安娜赫转身回狩猎小屋，去看晚饭是否准备好了。邓肯王子打了一天的猎，很快就要回来了。

多恩沿着悬崖，咬牙切齿地走着，盘算着如何才能报复克蕾安娜赫，甚至杀之而后快。

当她站在悬崖旁边俯瞰大海，思索着谋杀计划时，吉亚尔突然出现在那里。吉亚尔心中同样充满了恶意，她被多恩身上的斗篷欺骗了，以为自己的妹妹克蕾安娜赫正站在悬崖边。她跑上前去，用尽全身的力气一推——多恩就这样掉下了悬崖，她的尖叫声被风卷走了。她落到了礁石上，大海成了她的坟墓。

吉亚尔对自己做的事十分满意，但当她走进小屋的时候，发现克蕾安娜赫和邓肯正相拥在一起。当她意识到站在自己面前的真的是克蕾安娜赫而不是多恩时，她的恐惧变得更加强烈。

"我们的姐妹多恩呢？"克蕾安娜赫问，"不久之前她和我分开，沿着悬崖往前走了。我只好把我的斗篷借给她，因为她在荆棘丛上把斗篷撕破了。"

吉亚尔吞了吞口水。"有个信使来了，她必须回到我们在卡泰夫的父亲那里去。"她急忙编了个借口，"父亲的身体不舒服，她去看看是怎么回事。"

克蕾安娜赫很担心，但吉亚尔说，病情并不是很严重，她认为多恩很快就会回来。

吉亚尔非但没有因为自己害死了多恩而内疚，反而更加愤怒，对克蕾安娜赫的恨意也更深了一层。但她在等待时机。

第二天早上，吃完早饭，邓肯王子又去打猎，吉亚尔和克蕾安娜赫沿着同一道悬崖散步，眺望大海。克蕾安娜赫对姐姐毫无防备，弯腰在悬崖上采摘野花。吉亚尔抓住机会，飞快地推了妹妹一把。

她从悬崖边坠落下去，翻滚着掉进了汹涌的大海。

大概是命运的安排——抑或是鲍芙的干预，谁知道呢？——就在这时，一头巨大的海猪（也就是被称为鲸鱼的海洋生物）游了过来，抬起头，张开了它那巨大的嘴。克蕾安娜赫正好落在它柔软的大舌头上，瞬间就被吞进了鲸鱼的胃里。

吉亚尔回到狩猎小屋，避开仆人的视线，溜进克蕾安娜赫的房间，换了衣服。就像我们说过的那样，现在没有人能够分辨出她们，因为克蕾安娜赫只比吉亚尔晚出生一分钟。

那天晚上，当邓肯王子打猎回来的时候，她用一个吻来迎接他。

"你姐姐吉亚尔呢？"他四处张望。

"我们的父亲又派来了一个信使。他的情况越来越糟，他需要她也过去。"

"这听起来很糟糕。我们是不是应该亲自去看看你的父亲？"

吉亚尔使劲地摇了摇头。"啊，不，我的王子。现在我们正好可以在这里独处了。至于我生病的父亲，我的姐姐们可以照顾好他。"

邓肯真心爱着克蕾安娜赫，他觉得她说出这样的话很奇怪。他知道她很爱她的父亲，而且她的心地宽厚善良，如果父亲病重，她会第一时间去看望父亲的。在他看来，他的妻子还有其他一些不对劲的地方。虽然他一点也说不上来，但她看起来已经不是他娶的那个姑娘了。

那天晚上，当他们上床睡觉时，这种一切都不对劲的感觉让邓肯王子迟疑了。他满心疑惑。于是，他拿起剑，把剑放在他们中间。

"你为什么要这么做，邓肯王子？"吉亚尔问道。

"如果你是我的真爱，那么这把剑就会在我们之间变得温暖。如果不是，它就会一直保持冰冷。"

整夜，这把剑一直都是冰冷的。

第二天清晨，邓肯王子的持盾手狄翁在岸边散步时，遇到了一位老妇人。这位老妇人不是别人，正是仙子鲍芙。

"狄翁，你真的爱你的女主人克蕾安娜赫公主吗？"她问。

年轻的持盾手急切地点了点头。他是他主人的忠仆，曾经帮助邓肯王子找到了那个脚能适合鞋子的美丽少女。

"你回到狩猎小屋之后，叫邓肯来，告诉他，昨天吉亚尔把她的妹妹克蕾安娜赫推进了海里。克蕾安娜赫掉进了一头大海猪的肚子里，她现在还在那里，性命被一个咒语保护着。今天中午，海猪会在岸边游动。她的王子必须乘着一艘小艇，带着他的标枪去交战。海猪的胸鳍下有一个红点，他必须攻击那里。只有这样，才能把她从海猪的肚子里救出来。"

狄翁闻言十分惊讶，但还是赶紧找到邓肯王子，告知他这个消息。

邓肯的脸色非常难看。"我相信这个故事，虽然它听起来很荒诞。我昨晚有一种感觉，那个自称是我妻子的女人不是她。把我的标枪拿来，再给我找一艘小艇，我们去和海猪决战。"

他们一直等到中午，邓肯王子看到海猪的黑影游过。狄翁帮他把小艇推进水里，他们用尽全力划着。海猪发现他们靠近，转身攻击，迅速向他们游来。邓肯王子站在艇首，手里握着标枪。大海猪越来越近，从水面上跃出，扑向小艇。它腾空而起，胸鳍下的小点清晰可见。

邓肯王子把标枪径直而准确地投了出去，正中目标。海猪疼得跳了起来，转身离开小艇，在海里不停扑腾，把海水染成了血红色。然后它张开嘴，痛苦地吼叫着。在吼叫的同时，它把克蕾安娜赫直接吐进了小艇里。

狄翁将小艇掉转方向，飞速划到岸边，而邓肯王子则唤醒了他的妻子。她毫发无损，仙子鲍芙的咒语让她免受伤害。

回到狩猎小屋之后，他们发现吉亚尔正在试穿克蕾安娜赫的衣服。吉亚尔的视线从克蕾安娜赫悲伤但坚定的脸庞移到邓肯愤怒的面容，她知道不会有人同情她。他们把她捆起来，骑马直奔卡泰夫领主的家。

他们已经猜到，他并没有生病，而是精神矍铄，多恩也没有在那里照顾他。吉亚尔向她的父亲坦白了一切。

悲痛万分的卡泰夫领主为女儿们的愚蠢而自责，但邓肯王子指出，尽管吉亚尔和多恩做了那么多坏事，但克蕾安娜赫也是他的女儿，他应该为她感到骄傲。

于是，吉亚尔得到了她应得的判决。她在退潮时被抛向大海，坐在一艘没有船桨的小划艇上，食物和水够她吃上一天一夜，之后就任由伟大的海神玛诺南决定她的命运。有人说，她被拖到波涛之下，成了凯尔派的奴隶；也有人说，她设法抵达了洛赫兰的海岸，在那里嫁给了一个国王的儿子，让他此后的生活再也没有幸福过。

后来，卡泰夫领主的财运开始兴旺起来，他娶了一个美丽善良的女人，这个妻子让他非常幸福。

至于洛哈伯的邓肯王子和他的妻子克蕾安娜赫，从那之后，他们在漫长的一生中从未遭遇过一天的不幸。只要盖尔人的祖先苏格塔和盖尔·格拉斯[1]的后裔还在那里繁衍生息，他们的子孙就会继续统治洛哈伯。

---

1 在传说中，苏格塔是一位埃及法老的女儿，盖尔·格拉斯是她的儿子。

威尔士

CYMRU

序　言

本章选取的威尔士神话传说以希尔的儿女布兰与布兰温的故事开始，这个故事最初出现在《马比诺吉四分支》（*Pedair Cainc y Mabinogi*）的第二分支中。"马比诺吉"原本的意思是"青年的传说"，后来直接变成了"传说"。1846年，夏洛特·盖斯特夫人（Lady Charlotte Guest，1812—1895）将这些故事译为三卷本《马比诺吉昂》，使其第一次为英语世界所知。她的译文一直备受争议，因为她虽然学会了威尔士语，但她在翻译时必须依靠约翰·琼斯（John Jones）和托马斯·普莱斯（Thomas Price）的帮助，她所做的仅仅是把这些故事改写成流利的英语。她出生于英格兰林肯郡的乌菲顿，和威尔士格拉摩根郡道莱斯镇的乔赛亚·约翰·盖斯特爵士（Sir Josiah John Guest，1785—1852）结婚之后，她对威尔士产生了兴趣。

当然，无论是《马比诺吉》原文还是盖斯特夫人的《马比诺吉昂》译文都是许多学者研究的对象。《马比诺吉》的文本来自《雷热尔赫白书》（约1300—1325）和《赫格斯特红书》（约1375—1425），以及"佩尼亚斯手稿6"[1]（约1225—1235）中的零碎文本。

1　"佩尼亚斯手稿"（Peniarth Manuscript）是一组中世纪威尔士手稿，包含许多重要且独一无二的抄本，现藏于威尔士国家图书馆。

艾弗·威廉斯爵士（Ifor Williams，1881—1965）表示，一些学者认为，这些文本是早期手稿的副本，可能抄写于1060年左右。普罗因西亚斯·麦克卡纳教授（Proinsias Mac Cana，1926—2004）和帕特里克·西姆斯-威廉斯博士（Patrick Sims-Williams，1949— ）曾就这一问题进行过争论。

安德鲁·布里兹（Andrew Breeze）在其近作《中世纪威尔士文学》（1997）中认为，在组成《马比诺吉》的十一个故事中，有四个故事——《德维得君主普伊斯》《希尔之女布兰温》《希尔之子玛纳乌丹》《玛松努伊之子玛斯》——很可能出自一位名叫格温莉安（Gwenllian，卒于1136年）的威尔士公主之手，写作时间在1120年至1136年之间。格温莉安的父亲是圭内斯[1]国王格里菲斯·阿普科南（Gruffudd ap Cynan，1055—1137），丈夫是德维得[2]君主。然而，尽管布里兹博士的论点十分有趣，他给出的证据却都是些显而易见的间接证据。当然，这些故事的题材和动机都更加古老，即便真的是格温莉安写下了这些故事，她所做的也不是原创，而是重述。

如果格温莉安真的是这些故事的作者，那么这会很契合她那有趣而富有魅力的形象。当盎格鲁-诺曼人趁她丈夫格里菲斯·阿普里斯（Gruffydd ap Rhys，约1190—1137）不在，进攻她丈夫的领地时，格温莉安召集军队，指挥反击，将敌人赶回了基德韦利[3]堡垒。在伦敦的莫里斯[4]的指挥下，盎格鲁-诺曼人在堡垒里加强了防御，格温莉安率军攻打堡垒，但被击退。1136或1137年，她

1　威尔士古国，疆域大致相当于现在的康威郡、圭内斯郡和安格尔西岛。

2　威尔士古国，疆域大致相当于现在的彭布罗克郡和一部分卡马森郡。

3　基德韦利（Cydweli），位于今天的卡马森郡的一个小镇。

4　伦敦的莫里斯（Maurice of London，?—1166），盎格鲁-诺曼贵族。

在麦斯格温莉安（Maes Gwenllian，意为"格温莉安的原野"）堡垒的一次后卫战斗中被杀。她成功击退了盎格鲁－诺曼人最初的入侵，给她丈夫争取了整备军队的时间。

《希尔之女布兰温》（*Branwen ferch Llyr*）这个故事据说就是由格温莉安复述的，出自《马比诺吉》的第二分支，它是第一个故事的主要来源。和其他故事一样，在抄写这个故事的时候，信仰基督教的抄写员们有一种自我审查的倾向，如果故事中谈论的是古代的神祇，他们就会将其改成凡人。在威尔士语的资料中，布兰通常被称为"本迪盖德布兰"（Bendigeidfran），这个名字来自形容词"bendigaid"（被祝福的），这表示他是一位神明。

威尔士的布兰似乎与爱尔兰的布兰有关，后者曾前往彼世冒险。他似乎也是中世纪法国传奇《渔王布隆》[1]的来源。

《玛松努伊之子玛斯》（*Math fab Mathonwy*）也出自《马比诺吉》，具体来说，是出自其第四分支。这个故事不仅讲述了玛斯与普列德里之间的战争，还讲述了圭迪永之子"巧手"希乌的诞生，以及希乌的妻子布罗戴维丝对他的背叛。这是威尔士神话中最具影响力的故事之一，有许多对其重述和基于其主题改编的作品，例如桑德斯·刘易斯[2]就将它改编成了他最令人难忘的剧本之一《布罗戴维丝》（1948）。约瑟夫·克兰西[3]曾将这个剧本译为英文，题为《花做的女人》（*The Woman Made of Flowers*，1985）。

下一个故事《小峰湖》（*Llyn-y-Fan-Fach*）有时也被称为《莫兹崴医生》，它以古代记载和口头流传的民间故事的形式留存了下来。这个故事最早的书面记录是藏于大英博物馆的一份编号为

1　渔王布隆（Bron the Fisher King）属于亚瑟王传说体系，系圣杯的守护者。

2　桑德斯·刘易斯（Saunders Lewis，1893—1985），威尔士剧作家、诗人。

3　约瑟夫·帕特里克·克兰西（Joseph Patrick Clancy，1928—2017），英国诗人、威尔士文学翻译家。

"BL Add.14912"的中世纪手稿。这个故事有好几个版本，也有许多基于它的学术研究。

然而，《盖勒特之墓》（*Bedd Gellert*）这个故事却没有那么为人所知。它一直在民间口头流传，直到18世纪末才以诗歌的形式被威廉·R. 斯宾塞[1]采集到。斯宾塞于1800年将它以私印的形式出版，之后又在他于1811年出版的诗集中重印。然而，在格拉摩根的约罗[2]的笔记中也出现过一个类似的故事，名为《智者卡多克[3]的寓言》。这个故事的第一部分，也就是和巨人利塔有关的部分，与《基尔胡赫与奥尔温》的主题有些相似。

《赢取奥尔温》通常被称为《基尔胡赫与奥尔温》，在用威尔士语写成的完整故事中，它是最古老的之一。它并不属于《马比诺吉》，但在《雷热尔赫白书》和《赫格斯特红书》中都有抄录。它也是最早被记录下来的一篇威尔士本土的亚瑟王故事，早于蒙茅斯的杰弗里的《不列颠诸王史》。因此，和后来的许多亚瑟王故事不同，它没有受到这本著作的影响。

最后一个故事《罗纳布伊之梦》（*Breudwyt Ronabwy*）也是一篇威尔士本土的亚瑟王故事，最早的抄本见于《赫格斯特红书》。这个故事发生在波伊斯末代国王马多克·阿普马雷杜思（？—1160）统治期间，据推测，它就是在这一时期创作的。这是最早使用梦境主题的一篇故事——梦境主题在威尔士和爱尔兰的故事中时有出现。

但是《罗纳布伊之梦》晦涩难解，对它的解读也充满了神秘色彩。关于亚瑟和欧文的奇怪棋局的意义和渡鸦的象征意义，迄今

1　威廉·罗伯特·斯宾塞（William Robert Spencer，1769—1834），英国诗人。

2　格拉摩根的约罗（Iolo Morganwg）是威尔士古书收藏家兼诗人爱德华·威廉斯（Edward Williams，1747—1826）的笔名。

3　卡多克（Cattwg），威尔士希安卡凡修道院院长，生活在5到6世纪。

为止没有一个学者给出过令人满意的解释。显而易见的是，这和盎格鲁－撒克逊人对不列颠凯尔特人的压倒性胜利有关，从政治局势来看，在故事发生的时候（即12世纪中叶），圭内斯的欧文已经成功地联合了威尔士的君主们，他们结成联盟，对抗亨利二世的进攻。这个故事是否应该放在这个背景下阅读？故事的叙述者认为需要另一个亚瑟王来保卫不列颠人——这一次是为了对抗盎格鲁－诺曼人；他是否也想以象征性的形式表现不列颠凯尔特人之间的不和？读者只能自己得出结论。

和其他凯尔特国度一样，威尔士的神话传说也充满了对地形地貌的征引。无论你走过凯尔特国度的任何一个地区，都不可能不意识到，本地神话传说的内容和当地的地形地貌之间有着很强的关联，除非你对当地的氛围一点都不敏感。举例来说，20世纪70年代初，我和我妻子曾在北威尔士的丽茵（Lleyn）半岛住过一段时间。当时，在我们所住的特雷佛（Trefor）一带，依然可以找到老式的"chwedleuwr"，也就是说书人，他们依然保持着口述故事的传统。在那里，我第一次采集到了《盖勒特之墓》这个故事。据说，这个半岛正是花之女布罗黛维丝的诞生地，同时也是希乌以鹰的形态生活的地方。在北岸，圭迪永让他的儿子得到了一个好名字；在西南的巴德西（Bardsey）岛上，布兰温的椋鸟带着悲伤的消息降落；在南岸，马索鲁赫的船舰靠岸停泊，将布兰温带回爱尔兰。所有这些事件都包含在接下来的故事中。

你只要让自己和当地的风景浑然一体，它就会充满神祇的故事和英雄的传说，以及善与恶的永恒斗争。

威尔士十分幸运地拥有诸如约翰·里斯（John Rhŷs，1840—1915）爵士这样的学者兼民俗学家，他被任命为牛津大学凯尔特研究专业的首任教授。他的两卷本《凯尔特民间传说：威尔士和马恩岛》（1901）和他对基督教传入之前的凯尔特宗教和神话的研究成果——如《宗教的起源与发展：以凯尔特异教为例》（1888）——都是该领域的先驱性著作。

在学术界之外，我们不能不提到威尔士民间传说采集领域最重要的人物之一——威廉·詹金·托马斯（William Jenkyn Thomas，1870—1959），他是威尔士口述故事的狂热收集者，毕业于剑桥大学，曾在班戈大学任教。托马斯出版了两本民间故事集：《威尔士童话》（1907）和《威尔士童话及民间故事续编》（1958）。

对早期威尔士文学最好的概述性著作是前面提到的安德鲁·布里兹的《中世纪威尔士文学》。

20 布兰与布兰温

当希尔[1]的儿子布兰[2]宣布他美丽的妹妹布兰温[3]——这朵"美丽的花朵"即将嫁给爱尔兰国王马索鲁赫的时候，整个强大之岛一片欢腾。这是一次所有人都为之欢欣鼓舞的联姻，因为它意味着两个王国之间的和平。很多人都为布兰温嫁给这样一位英俊的勇士国王而喜悦，而且这位国王非常富有，他派遣不下十三艘满载聘礼的大船来到阿伯阿劳（现在叫阿伯夫劳）[4]。人们在那里举办了盛大的婚宴。

巨大的帐篷在港口周围搭起，盛大的宴席和娱乐持续了九天九夜。

布兰温和马索鲁赫相互对视，他们两人都没发现这场婚姻是个错误。

强大之岛的国王布兰对这次联姻非常满意，因为他最首要的希望，就是自己的人民享有和平。但在王国内部和他自己的家族中，也有一些人不乐于见到这次联姻；有些人甚至已经准备破坏这

---

1 相当于爱尔兰神话中的李尔。

2 意为"渡鸦"。

3 意为"白渡鸦"。

4 阿伯阿劳（Aber Alaw）的字面意思是"湖口"。现在的阿伯夫劳（Aberffraw）是位于威尔士安格尔西岛西南海岸的一个村落，古代是圭内斯王国的宫廷所在地之一。

场婚姻，挑起战争。达恩[1]的女儿佩娜尔闰曾为希尔生下了布兰与布兰温，她改嫁给一个叫爱罗绥思的勇士，并给他生了一对双胞胎，一个叫尼希恩，另一个叫埃夫尼希恩[2]，前者是一个性情温和、热爱和平的青年，而后者却只喜欢争斗和冲突。

布兰很清楚埃夫尼希恩的性格，因此决定不邀请他参加布兰温的婚宴。埃夫尼希恩被激怒了，他没有公开露面，而是偷偷来到庆典现场，乔装打扮，潜入马索鲁赫的营地，割掉了爱尔兰国王所有马匹的尾巴、耳朵、眉毛和嘴唇。

第二天一大早，马索鲁赫冲进布兰的帐篷，要求布兰对他蒙受的巨大侮辱做出解释。布兰解释道，他对此并不知情；为了表达善意，他将为马索鲁赫更换任何一匹伤残的马。此外，他还向马索鲁赫赠送了一个和他的脸一样大的纯金盘子以及一根和他本人一样高的银杖。布兰还加上了一份特殊的礼物，那是一口从爱尔兰带来的魔法大釜。

这些礼物成功地安抚了马索鲁赫。事实上，他对这口大釜相当满意。他知道这口神奇的大釜，也知道它曾经被存放在哪里——那是一个叫"大釜湖"的地方，位于他王国的中央。多年前，马索鲁赫在这个湖边散步的时候，曾经遇到一个高大而丑陋的男人，他的妻子比他还要高大而丑陋。此人名叫夏萨尔·夏伊斯戈夫努伊斯[3]，这口大釜就背在他的背上。他的妻子名叫科米黛·科缅沃丝[4]，她每过六个星期就会生下一个全副武装的战士。每

1　相当于爱尔兰神话中的达努。

2　埃夫尼希恩（Efnisien）源自"efnys"（敌对的），同时"ef"是一个否定的前缀，因此可以推测尼希恩（Nisien）意为"和平的"。这可能类似于本书中的故事《棉花草》中性格完全相反的双胞胎艾辛和尼艾辛。

3　字面意思是"自由流动的火焰"。

4　字面意思是"战场上的大肚子"。

当一个战士被杀，夏萨尔就把尸体放在大釜里，于是战士就会复活如初，但是失去了说话的能力。

起初，他们为马索鲁赫服务，但是这一家战士不断壮大，永远杀不死，每天都争吵不休，给爱尔兰国王带来了无穷的痛苦。最后，他再也忍受不了了，他知道，自己唯一能做的就是把夏萨尔、科米黛以及他们所有的孩子一起消灭掉。

于是，他把他们引诱到一间铁屋子里，在屋外堆满煤块，企图烤死这一家人。铁屋子的墙壁刚刚变得灼热，夏萨尔和科米黛就冲破了墙壁，他们争吵不休的孩子们却被抛在屋里，活活烤死了。夏萨尔和科米黛带着他们的大釜一起逃到强大之岛，布兰允许他们在那里定居，为了报答这份恩情，他们把大釜送给了布兰。

马索鲁赫很高兴地接受了这口大釜。而且，这一回，那对凶猛的夫妻和他们生下的战士再也不会给他添麻烦了。

婚宴继续进行。九天九夜之后，马索鲁赫和他美丽的新娘布兰温出发，前往他位于爱尔兰塔拉的宫廷。不到一年工夫，布兰温就生了一个儿子，取名叫格沃恩。作为爱尔兰王位未来的继承人，格沃恩被送到这片土地上最伟大的家族中抚养[1]。

在他们结婚之后的第二年，马索鲁赫在婚宴上受辱的事被爱尔兰人知道了。开始有谣言说，马索鲁赫软弱无力，只能满足于布兰的象征性赔偿；在这些谣言的刺激下，爱尔兰人愤愤不平，要求马索鲁赫报仇。马索鲁赫对此颇为烦恼，因为他知道这些谣言背后的始作俑者是他的两个被收养的兄弟，他们嫉妒他的王位。为了把他赶下台，自己争夺王位，他们煽动了这场纠纷。

于是，马索鲁赫决定通过公开羞辱布兰温来安抚他的人民。他

1　互相抚养和教育对方的男性后代是凯尔特贵族的习惯。

让她搬到宫殿的厨房里，强迫她做饭、打扫，还命令厨师长每天都打她耳光，让她知道自己的地位。他还下令，爱尔兰和强大之岛之间禁止通航，这样布兰温被虐待的消息就无法传到她哥哥那里了。

三年来，布兰温一直忍受着这种虐待，从日出到日落都在厨房里工作，晚上则睡在漏风的阁楼里。在阁楼上，就在黎明之前的那一小段时间里，她发现了一只断翅的小椋鸟。她治好了鸟儿的翅膀，教它飞翔。然后，她给哥哥布兰写了一封信，告诉他发生了什么。椋鸟将信收在翅膀下，飞上了天空。

它从爱尔兰向东飞去，一直飞到阿冯的塞永特堡[1]。事实上，它不仅落在了塞永特堡，而且直接落在了国王布兰的肩上。

布兰看了妹妹的信后，怒不可遏。他叫来自己的儿子卡拉多克，命令他把强大之岛所有的首领都召来，整备大军进攻爱尔兰。至少有一百四十四个国王前来助战。布兰让卡拉多克在他不在的时候代他统治强大之岛，自己则率领大军扬帆出征。

很快，一个信使来到马索鲁赫面前报告说，海面上长出了一片巨大的森林，这片森林正在朝爱尔兰海岸移动。

布兰温听到这个消息，喜极而泣："那是不列颠舰队的桅杆和桅桁。"

厨师长将布兰温的话报告给了马索鲁赫，马索鲁赫立即向他的顾问征求意见。顾问们认为，布兰的军队庞大无匹，占有优势，不可能在战场上正面迎战。于是，马索鲁赫为了安抚布兰，下令为布兰建造一座大宫殿。宫殿里将会举行盛大的宴会，所有的荣誉都将归于强大之岛的国王。布兰温将被释放，她的儿子格沃温也将被带回宫廷。

---

1 阿冯是和安格尔西岛隔海相望的地区，塞永特堡是当地一座罗马时代的要塞。

然而，这只是对外界的欺骗。按照计划，布兰和从属于他的所有小王、首领都将被邀请到新宫殿的宴会厅里。当然，根据古代的法律，任何人都不允许带着武器进入宴会厅，所以不列颠人将毫无防备。马索鲁赫暗中安排，在每个座位后面的柱子上都挂了两个皮袋，每个皮袋里都藏着一个爱尔兰的战士。只要一个信号，战士们就会在客人面前现身，对他们展开屠杀。

　　凑巧的是，埃夫尼希恩也跟着布兰的军队来了。当马索鲁赫正在迎接布兰并邀其入席的时候，埃夫尼希恩走进了宴会厅。埃夫尼希恩看到皮袋，便问马索鲁赫的仆人："这个袋子里装的是什么？"

　　"是吃的，大人。"仆人回答。

　　于是，埃夫尼希恩把手伸进袋子，摸到了里面那个战士的头。他紧紧地捏着这个脑袋，把头骨捏碎，直到手指在那人的脑子里碰到一起。他走到下一个袋子旁，问了同样的问题，仆人则硬着头皮做出了同样的回答。埃夫尼希恩走遍了整个宴会厅，把藏在袋子里的两百名战士的头颅全部捏碎，就连一个戴着铁头盔的战士也未能幸免。

　　宴会开始之后，马索鲁赫满嘴都是和平与团结。布兰温重新穿上公主的衣服，来到宴会上，向哥哥布兰谎称，她那封充满绝望的信只是一场误会。这是因为，马索鲁赫把她的儿子，也就是那个叫格沃恩的男孩带进了宴会厅，威胁说，如果布兰温不听话，就杀了他。当这个男孩被带进来的时候，布兰和他的部下们拥抱了这个有权继承爱尔兰王位的小外甥。

　　但当这个男孩来到与他母亲同母异父的舅舅埃夫尼希恩面前时，埃夫尼希恩一把抓住他，把他扔进了炉膛里的烈火中，说："马索鲁赫的儿子不值得信任，毕竟他的血管里流淌着背叛的血！"布兰温绝望地大叫一声，就要追着儿子跳进火里，但布兰抓住她，把她挡在身后。

马索鲁赫命令他的战士出来进攻，但他们早已在袋子里断了气。

布兰意识到自己中了马索鲁赫的计，立即命令部下去拿武器。马索鲁赫和他的贵族们则从宴会厅匆匆撤退。强大之岛的军队和爱尔兰的军队随即开始交战，战斗一直持续到当天晚上。

晚上，爱尔兰人向马索鲁赫报告说，他们损失了太多的战士。于是马索鲁赫命人准备好魔法大釜，把死者的尸体扔进大釜里。第二天早上，死去的战士们活蹦乱跳地从大釜里出来，只是失去了说话的能力。马索鲁赫重生的军队再次向布兰疲惫不堪的军队发起进攻，血流成河。

埃夫尼希恩继承了一点属于他母亲佩娜尔闰的纯洁精神，因为他毕竟是和布兰、布兰温同母异父的兄弟。他对自己的所作所为充满了悔恨。他意识到，自己必须为布兰温结婚之后发生的一切负责。"这是我的责任，我必须想方设法把我的族人安全地带出这场灾难。"他说。

于是，当晚他躲在战死的爱尔兰战士中间，和尸体一起被带到藏着大釜的隐蔽处，一起被扔了进去。他刚一进去，就把大釜撕成了四块，让它再也不能派上用场。但他用力着实过猛，自己的心脏也因此而爆裂了。

爱尔兰的军队和强大之岛的军队继续战斗。最终，爱尔兰的男人全部战死，只剩下五个爱尔兰的孕妇，在这片被蹂躏的土地上繁衍生息，[1]而来自强大之岛的战士只剩下了七个人。布兰也被毒箭射伤了脚，他知道毒素正在自己的身体里扩散，于是把不列颠剩下的战士都叫到自己面前。

1　这是在解释爱尔兰分为五个王国的原因。

这七人分别是：布兰的兄弟玛纳乌丹·阿普希尔[1]，普伊斯与莉安侬的儿子普列德里，伟大的游吟诗人塔列辛，塔兰的儿子格鲁内，厄诺克，米列尔的儿子格里季耶，格温亨的儿子海林。

布兰悲伤地看着他们，说："我快要死了。在毒药到达我的头部，摧毁我的灵魂之前，把我的头砍下来，带着它去往希尔的堡垒，把它埋在白山上。我的头颅要面朝东方，只要它埋在那里，就没有异邦人能够入侵不列颠。我的头颅会和你们说话，在你们返回强大之岛的伤心旅途中做一个愉快的伴侣。我会一直陪着你们，直到你们完成任务。"

然后，幸存的七人砍下了布兰的头颅，和悲痛欲绝的布兰温一起，离开了饱受蹂躏、死者无数的爱尔兰。尽管布兰的头颅还在说话，还和生前一样开朗，布兰温却愈发忧郁、沮丧。当队伍到达强大之岛的岸边，来到他们曾经欢庆婚礼的阿伯阿劳时，布兰温悲痛地坐了下来。

"我太伤心了。由于我的出生，两个岛国都毁于一旦。我昨天悲痛得难以忍受，可今天的悲痛却双倍于昨日。"

美丽的布兰温不再说话，只是呻吟着，最终心碎而死。

> 当不安的群鸟
> 望着布兰温美丽的身躯，
> 它们的叫声愈发轻柔。
> 在阿劳河畔，
> 难道再也无人讲述
> 那美丽花朵的悲伤？

---

1 相当于爱尔兰神话中的玛诺南·麦克李尔。

七个幸存者聚在一起，在阿劳河畔为她修建了一座方形的坟墓。他们把这个岛命名为"布兰温之岛"[1]。

在向东行进的途中，他们发现贝利之子卡斯瓦劳恩[2]已经推翻了布兰之子卡拉多克的统治，强大之岛遭到了毁灭性的打击。卡拉多克已因悲痛过度而死，只有普列德里的养父潘达兰逃过一劫。虽然玛纳乌丹本应成为强大之岛的国王，卡斯瓦劳恩却抢先统治了这里，因为命运已经注定，这七人必须先护送他们敬爱的领袖的头颅到他最后的安息之地。

他们一路前行，与高贵的布兰的头颅又吃又喝，还举办了宴会。[3]

最后，他们来到了希尔的堡垒，也就是现在被称为伦敦的地方。[4]他们把头颅带到一座可以俯瞰这里的山上，这座山叫白山，后世的伦敦塔就建在这里。在这里，他们把头颅面朝东方埋葬了。几百年以来，没有一个征服者能够真正征服强大之岛，不列颠一直处于达恩子孙的统治之下。

据说，很久之后，亚瑟出于基督徒的骄傲，认为相信布兰的预言有失尊严，便把那颗神话般的头颅挖了出来，扔进海里。结果，没过多久，亚瑟就在剑栏战役中被杀，不信神的盎格鲁－撒克逊人纷纷渡过北海，拥入不列颠。

1　即现在的安格尔西岛。

2　即曾在公元前 54 年抵御罗马入侵的凯尔特首领卡西维劳努斯（Cassivellaunus）。

3　这里写得非常简略，但他们实际上在哈莱赫（Harlech）停留了七年，又在瓜雷斯（Gwales）一座神奇的堡垒里停留了八十年。他们在堡垒里举办宴会，忘记了所有的悲伤。玛纳乌丹知道不能打开一扇"朝向康沃尔"的门，但是有一天格温亨之子海林出于好奇，打开了这扇门，于是所有的悲伤都回来了，他们赶往白山。

4　希尔的堡垒即"Llyr's dun"。本书作者认为这是"伦敦"（London）的一种可能的词源。

21　玛松努伊之子玛斯

在达恩身为神祇的子孙统治着科姆利[1]的五个王国的时候，玛松努伊之子玛斯拥有巨大的财富。他的宫殿位于圭内斯。据说，玛斯无比智慧而强大，但除非将双脚放在一个处女的大腿上，否则他不能存在于人类世界。只有因战争或狩猎而需要发挥他的勇猛时，他才能离开处女的怀抱。

曾经有幸给玛斯垫脚的处女是佩宾之女戈伊文，她的父亲来自阿冯的多尔佩宾[2]。她美丽而贞洁，完全忠于她的主人。

在圭内斯宏伟的宫殿里，住着玛斯的姐姐达恩的孩子们。达恩和玛斯同样强大，她嫁给了死神贝利。在这些孩子中，有两个年轻而英俊的男子，名叫吉尔维苏伊和圭迪永。

就在负责为玛斯垫脚的戈伊文住进这座宫殿之后不久，圭迪永发现，他的兄弟似乎变得无精打采，食欲不振。他不再热衷于打猎，也不再玩板棋——这种古老的棋类游戏也被称为"木智棋"。最后，当兄弟俩外出打猎时，吉尔维苏伊居然射偏了一头连小孩子都不可能射不中的雄鹿。于是，圭迪永问他到底出了什么事。

"我不能说。"他的兄弟回答。

1　威尔士人对自己国土的称呼。

2　意为"佩宾的牧场"。

"胡说八道！"圭迪永嗤之以鼻，"在我看来，这很明显。自从戈伊文进宫后，你就一直这个样子。你已经爱上她了。"

吉尔维苏伊紧张地转过身，把手指放在嘴唇上。"你难道不知道，玛斯能听到圭内斯任何一个角落里最秘密的私语吗？"

圭迪永不屑地摇摇头。"我拥有科学和光明的力量。玛斯虽然强大，但我可以转移他的听觉。"

"你能不能做到并不重要。我该怎么办呢？玛斯的力量太强大了，我不可能打败他。"

"你可以和戈伊文私奔。"圭迪永建议道。

他的兄弟瞪着他，好像他是傻子一样。"削弱玛斯的力量？他可是我们人民的最高领袖。难道他不是赐予我们一切生命的神水达恩的弟弟吗？"

"我们不也是达恩的子嗣吗？我们不需要害怕玛斯，但我们必须用一种更巧妙的方式让你得到戈伊文。"

圭迪永是个精明的年轻人。有一天，当他坐在玛斯面前时，他问："你有没有听到德维得的人说起，他们的王国新来了一种奇怪的动物？"

玛斯皱了皱眉头。"奇怪的动物？你指的是什么？"

"它们和人们以前见过的任何动物都不一样，个头比牛小，肥肉多，肉质香甜。"

"那种动物叫什么？"

"Mochyn。"也就是"猪"。

"这些动物属于谁？"

"普列德里，普伊斯和莉安侬的儿子，德维得的君主。"

"我想拥有一些这样的动物。"

圭迪永阴沉着脸。"普列德里用他最精锐的战士守护着它们，他连一头都舍不得给人。我听说，很多人都不惜花大价钱得到它们。"圭迪永知晓贪婪可以如何玩弄灵魂，于是，说到这里，他把头侧过去，轻声说，"不过，我想，我可以为你搞到它们。"

玛斯急切地向前靠了靠。"怎么说？"

"我打算假扮成一群游吟诗人中的一员，去往他的宫廷。我们会歌颂普列德里，并且要求以猪作为报酬。"

众所周知，无论怎样伟大的国王都不能拒绝支付游吟诗人的报酬，因为他们害怕诗人会讽刺国王，从而损害国王的权力。

于是，圭迪永和他的弟弟吉尔维苏伊，以及其他七个人——因为"九"是强大的数字——假扮成一群游吟诗人，骑着马来到了德维得王国。普列德里总是乐于欢迎诗人和歌者来到他的宫廷，他准备了丰盛的宴席款待他们。然后，普列德里邀请圭迪永和与他同行的其他诗人讲述他们的故事，演唱他们的歌曲。他们照办了。他们的表演具有如此强大的力量，以至于整个晚上，他们用故事和歌曲迷住了普列德里宫中之人，给他们带来欢笑、哭泣或恐惧。

天色渐亮，普列德里意识到，娱乐活动必须结束了，他问圭迪永需要什么报酬。当圭迪永向他索要猪的时候，普列德里一下子变得非常严肃。

"来自北方的游吟诗人，我会毫不犹豫地向你支付报酬。但我已经向德维得的人民起誓，我不会舍弃任何一头猪，除非它们繁殖两次，这样德维得王国就永远有猪了。你想要别的什么，我都会给你，但是猪的话，我一头也不能给，不管是送还是卖。"

圭迪永答道，他们都累了，他和他的诗人伙伴们现在需要休息，去睡一觉恢复体力，当天晚些时候再来找普列德里商议。圭迪永抓住了普列德里话中的漏洞——他说他不会用赠予或出售的方式来让出这些猪。就像大多数神祇一样，他也是幻术大师，因此他变出了九匹黑色的骏马，配有银色和金色的马鞍，然后叫人把它们拴在宫殿的院子里。

"如果您既不愿意赠予也不愿意出售您的猪，"在他们稍事休息后，他对普列德里说，"那么，交换是一种公平的做法，这样您就不会违背您对人民的誓言。这里有九匹漂亮的漆黑如夜的骏马，作为回报，我愿意接受这些猪。"

普列德里征求了顾问们的意见。顾问们认为，交换不会违背他的誓言。

于是，猪归了圭迪永，魔法变出的马则拴到了普列德里的马厩里。

圭迪永和吉尔维苏伊带着其他假诗人和刚刚得到的猪，启程回了圭内斯。当然，正如圭迪永所料，他的幻术并没有持续太久。他们刚到圭内斯，漆黑如夜的骏马就消失了。普列德里意识到自己被骗了，勃然大怒，召集了一支军队，开始追击这些"游吟诗人"。

玛斯听说了普列德里正在向他的王国进军。圭迪永只告诉了他一部分事实，说普列德里原本同意就猪的问题达成协议，但是现在似乎想要打破协议，用武力夺回猪。于是，玛斯吹响了他的大号角，召集了圭内斯的所有男人。因为这是一场战争，所以玛斯可以离开处女戈伊文的身边，率领他的人马去迎战德维得的军队。

此时，所有的男人都离开了，玛斯的宫殿里只剩下了女人。圭迪永和吉尔维苏伊对这一点心知肚明，他们悄悄溜出玛斯的营地，连夜回到了自己的宫殿。

"去吧，兄弟。"圭迪永笑着说，"我在这里放哨，你去向你钟情的女人求爱。"

于是，吉尔维苏伊去了戈伊文的房间。

"你来这里干什么？"处女问，"现在，所有的男人都应该和我的主人玛斯在一起，准备和德维得的普列德里交战。"

"我来这里，是因为我爱上了你。"吉尔维苏伊回答。

戈伊文大吃一惊。"我们是不可能的。我是我主人的侍女，这是我的命运。"

但吉尔维苏伊却继续求爱。她越是拒绝，他就越是热情；她更加坚定地拒绝，他的爱欲却越发高涨。最后，他就像一只沸腾的水壶，冲破了男子气概的束缚，扑到她身上，撕开她的衣服，夺走了她的处女之身。

第二天清晨，天还没亮，吉尔维苏伊就对自己的冲动感到羞愧和后悔，回到了他的兄弟身边。他的兄弟猥琐地笑着，对他眨眼。他们一起骑马回到了玛斯的军营，没有人发现他们在夜里离开过。当普列德里的战号吹响，德维得的军队向前推进时，他们正好在玛斯的身边就位。可怕的战斗持续了大半天：先是德维得军向前推进，然后又轮到圭内斯军反扑。

最后，普列德里给玛斯送信说：

"贤良的女人成了寡妇，母亲失去了儿子，妻子失去了丈夫，情人失去了爱侣。继续打下去没有什么好处。让圭迪永这个变戏法的出来，我们用单挑来解决这场纠纷。"

于是两军休战，商定由普列德里和圭迪永单挑。

如果圭迪永是个凡人，而不是精通魔法的永生者之子，普列德里也许会战胜一切困难，因为他是一位强大的战士。然而，只有诡诈和狡猾才能战胜普列德里。圭迪永开始施展他的魔法，让普列德里永远搞不清他的对手在哪里，哪个是真身，哪个是幻影，或者剑刃会从哪里落下。

就这样，德维得的领主普列德里死在了诡计和魔法之下，而不是死于战士的武艺之下。

然而，圭内斯的军队却发出了巨大的欢呼，圭迪永和他的兄弟吉尔维苏伊（他在战斗中给圭迪永当持盾手）被士兵们抬了起来，环绕全军。玛斯亲自上前赞扬他的外甥们，还向他们赠送了大量的礼物。于是，两个凯旋的年轻人出发去巡视科姆利全境，接受所有王国的荣誉和赞美。他们因胜利而欣喜若狂，以至于忘记了关于处女戈伊文的一切。

而当玛斯回到自己的宫殿后，他派人去找戈伊文为他垫脚。

戈伊文脸色苍白，红着眼睛向他走来。

"主人啊，您不能再在我的大腿上垫脚了，因为我已经不是处女了。"

玛斯皱起眉头，厉声问道："怎么回事？"

他盯着她的眼睛。通过她的眼睛，他看到了圭迪永和吉尔维苏伊是如何炮制计划的，以及吉尔维苏伊是如何强奸她的。这时玛斯才明白，吉尔维苏伊的激情使得包括普列德里在内的许多好人死于一场血腥的屠杀。

玛斯的怒火无边无际。他发出命令，任何人都不得收留他的外甥，也不许给他们提供吃喝，直到他们回到他的宫殿。当他们满怀恐惧，战战兢兢地出现在他面前的时候，由于他们的所作所为，玛斯严厉地斥责他们，称他们为畜生。

"你们既然是畜生，就该有畜生的样子。"

他把圭迪永变成了一头牡鹿，把吉尔维苏伊变成了一头牝鹿。

"你们要到森林里去交配，一年零一天后再回到这里。"说完，他命令仆人们把他们驱赶到森林里，还要鞭打和咒骂他们。

一年零一天后，牡鹿和牝鹿回来了，还带着一头小鹿。

然后，玛斯把牡鹿变成了公野猪，把牝鹿变成了母野猪。他把小鹿变成了一个人类男孩，给他取名为赫闰，意思是"鹿"，并且把这孩子留在身边。

"你们要到森林里去交配，一年零一天后再回到这里。"他对圭迪永和吉尔维苏伊说，然后命令仆人们将他们驱赶到森林里，还要鞭打和咒骂他们。

一年零一天后，他们带着一头小野猪回来了。

然后，玛斯把公野猪和母野猪变成了公狼和母狼，把小野猪变成了人类男孩。他给男孩取名为拜思圭斯特，意思是"野猪"，并且把这孩子留在身边。

"你们要到森林里去交配，一年零一天后再回到这里。"他对圭迪永和吉尔维苏伊说，然后命令仆人们将他们驱赶到森林里，还要鞭打和咒骂他们。

一年零一天后，他们带着一只狼崽回来了。

这一次，玛斯把圭迪永和吉尔维苏伊变回了人形，把狼崽变成了人类男孩。他给男孩取名为布雷闰，意思是"小狼"，并且把这孩子留在身边。

玛斯怒视着他的外甥们，说："你们强奸了戈伊文，这已经不甚光彩了。但是，你们被迫以动物的身份进入森林，交配生子——你们将永远因这件丑事而留名于世。现在你们可以回我的宫殿居住，但如果你们再违反道德准则，你们必须向我老实交代，而我不会对你们宽大处理。"

时光荏苒，玛松努伊之子玛斯再一次意识到，他没有一个能让他垫脚的处女。

于是，有一天，圭迪永鼓起勇气，向他强大的舅舅说道：

"如果可以的话，舅舅，我想给您提个建议——有这样一个合适的处女，您的脚可以在她的大腿上休息。"

玛斯饶有兴致地看着他，问："你想到了谁？"

"不是别人，正是我的妹妹，她也是您的姐姐达恩的女儿——美丽的阿里安罗德[1]，银色的曙光女神。"

于是，玛斯派人去找美丽的阿里安罗德。她来到宫中，看起来既娴静又贞洁。

但是，现在玛斯对他的外甥们提出的任何建议都总是心存疑虑。所以他请阿里安罗德来到他面前，问她是不是真的处女。

"就我所知，我是。"阿里安罗德不满地回答。

然后，玛斯把他的花楸木魔杖放在地上，对她说："跨过去。"

这是对她处女之身的检验。当她跨过魔杖的时候，从她的子宫里掉下了两个金发男孩。

此时，圭迪永以肉眼看不见的速度出手了。他抱起第一个孩子，把孩子藏在衣服里。但他的速度还是不够快，没能抓住第二个孩子。这个男孩立刻跑到可以看到大海的窗口前，向着大海一跃而去，瞬间就理解了大海的本性，游得像任何鱼儿一样好。

"他就叫迪兰·埃尔·同吧。"玛斯宣布。这个名字的意思是"大海，波浪之子"。

这个男孩的命运也很悲惨，因为他命中注定要被自己的舅舅——铁匠之神戈万农杀死，戈万农是阿里安罗德的弟弟，也是达恩的儿子。但这是另一个故事了。

被玛斯拒绝之后，曙光女神阿里安罗德回到了自己位于阿里安罗德堡的宫殿。

至于留下来的那个孩子，圭迪永承担起了抚养他的责任。这两个孩子表明阿里安罗德已经不是处女，而且，孩子们的父亲不

1　字面意思是"银盘""银轮"，亦即对月亮的神话化。

是别人，正是圭迪永自己，因为他曾经披着魔法斗篷和自己的妹妹睡过。然而事实证明，圭迪永是个好父亲——他照顾、训练这个孩子，这孩子很快就长成了一个英俊魁梧的小伙子。

阿里安罗德以这个乱伦的孩子为耻，发誓[1]永远不会给他起名字。这让圭迪永很难过，因为给孩子起名是母亲的责任，否则将会带来厄运。

圭迪永仍然拥有幻术的能力，他改变了自己和儿子的外表，以鞋匠的身份来到阿里安罗德堡，询问他们是否可以向宫廷中的女士们展示他们的鞋子。阿里安罗德来了，却没认出他们俩。当鞋匠和他的儿子在为她们做鞋时，一只鹪鹩落在了树枝上。男孩向它扔出一支飞镖，射中了它的腿。鹪鹩是一种预示命运的鸟，捕获鹪鹩是一个大吉之兆。

"嘿，聪明的小家伙，"阿里安罗德笑道，"你的手很灵巧。你叫什么名字？"

"我没有名字，女主人。"

"那么，'巧手的光明者'，从今天起，你就叫这个名字吧。"这个名字，就是"巧手"希乌。

然后，圭迪永和希乌变回了原形。阿里安罗德这才明白，她被哄骗着给儿子取了名。

"我被你骗了，圭迪永，但是除非我给这小子装备上武器，否则他绝对无法拿起武器。而我是不会这样做的。"

如果母亲不给儿子第一件武器，他就永远成不了战士。

岁月流逝，希乌长成了一个帅气的青年。他是一个优秀的骑手，骑术精湛，但他不能携带武器。有一天，趁玛斯和他的大部分

1　这种行为相当于爱尔兰神话中的戒誓，被称为"tynghaf"（我注定），只要说出口就能决定命运，而且永远不可更改。但是从中世纪开始，渐渐和"tyngaf"（我发誓）混同。

随从都不在的时候，圭迪永把自己和希乌变成了年轻的游吟诗人的样子，来到阿里安罗德堡，要求见阿里安罗德。她准备了一场盛宴，大家聊得很开心，也讲了很多故事。酒足饭饱之后，到了晚上，所有的人都去休息了。

第二天早上，圭迪永早早地起了床，在宫殿下面的港口里召唤出了敌人的庞大舰队的幻影。于是，战号响起，宫里为数不多的男人被召集起来作战。

阿里安罗德转身向两个游吟诗人说道：

"我知道你们是游吟诗人，没有武器，但是我们现在需要每个男人和男孩都来保卫我们的宫殿，抵御外面这支来意不善的奇怪军队。"

"我儿子没有武器，女主人。"圭迪永说，"但他是个好青年，如果他有武器，对你们会更有帮助。"

阿里安罗德立刻派人拿来一把剑、一面盾牌和一支长矛，送给了年轻的希乌。

"带着我的祝福，拿着这些。"她说。

她话音刚落，圭迪永就将自己和希乌变回了原形，敌人的舰队也消失了。

阿里安罗德意识到自己又被骗了，给了希乌武器。她非常愤怒。

"你这次又骗了我，圭迪永。但我现在发誓，这孩子将永远不会有人类的妻子，也不会有任何一个种族的妻子，无论那个种族居住在这个世界上多么遥远的角落。"

圭迪永被激怒了。直到现在，他还以为这只是一场游戏；但是，因为圭迪永欺骗了她，他的妹妹现在要对他们的儿子进行真正的报复了。尽管他妹妹这样起誓了，但他也发誓说，一定要给希乌娶个老婆。

圭迪永去找玛松努伊之子玛斯，把整件事告诉了他。因为他察觉到，他的舅舅已经对这个帅气的青年十分喜爱。毕竟，希乌英俊、强大，样样精通。

"我会帮助你的，圭迪永，我会用我的力量强化你的魔法。"

他们一起走进森林，收集了橡树花、金雀花和绣线菊。念完咒语，他们变出了一个美丽的少女，他们给她取名为布罗戴维丝，意思是"花之面容"。尽管有阿里安罗德的诅咒，希乌和布罗戴维丝却似乎是命中注定的一对。一场盛大的婚宴随之举办，整个圭内斯都在庆祝。宠爱希乌的玛斯把自己的一座宫殿送给了他，那就是高墙堡，位于杜诺丁领地的阿杜度伊[1]。

时光流逝，布罗戴维丝厌倦了"巧手"希乌，因为她性情温和，对丈夫好战的生活感到厌烦。

有一天，当希乌外出征战时，一支狩猎队来到堡垒。

"那个人是谁？"她看到他们的首领是一个英俊的年轻人，便问仆人。

"那位是彭申领主戈罗努·佩布尔。"仆人回答。

整支队伍被请了进来。布罗戴维丝无法从这位英俊的男子身上移开目光，而他也无法从她的身上移开视线。在那天晚上的宴会中，他们的眼睛只盯着对方；宴会结束时，他们起身，避开其他客人，直奔布罗戴维丝的卧室，尽享鱼水之欢，整夜不休。他们就这样云雨了三天三夜，直到布罗戴维丝意识到她的丈夫很快就要回来了。

"巧手"希乌第二天就回家了，身上沾满了敌人的鲜血。

那天晚上，布罗戴维丝对他多情的挑逗反应冷淡，他便问她有什么烦恼。

---

1 位于威尔士西部，是濒临特里马德格湾的一个地区。

"没什么，夫君。"她红着脸说。因为她明白，不能表现出自己爱上了别人。

"说吧，有什么事情困扰着你？"

她飞快地转动着脑子。"实话实说，夫君，那我就告诉你。我怕有一天你打完仗就回不来了。我担心你会被杀死。"

希乌把头往后一仰，好整以暇地笑了起来。"好吧，如果只是这样的话，布罗戴维丝，你就放心吧。我告诉你一个秘密。如你所知，我的父亲是科学与光明之神圭迪永，我的母亲是银色的曙光女神阿里安罗德，我的血管里流淌着永生者的血液。无论我是骑马还是走路，无论我在室内还是室外，我都不能被杀死。"

布罗戴维丝已经想到了一个计划。"夫君，我知道了。那我就很欣慰了。但是，如果我知道敌人绝对不可能杀死你，我会更安心的。"

希乌大笑起来。"不要害怕。我只能被一种方式杀死，敌人永远不会知道这种方式。"

"也许我应该知道这种方式是什么，以便早做预防？"布罗戴维丝狡猾地问。

"嘞，首先得在河边给我准备一个洗澡的地方。必须在浴棚顶上铺上茅草，旁边必须拴一只山羊。如果我一只脚踩在羊背上，另一只脚踩在浴桶边缘，就满足了条件。即便如此，要想杀我，也只能用一支加工了一年的长矛。"

"肯定不会有敌人知道的。"他的妻子附和着，开始苦苦思索。

"不会，真的不会。所以你的担心没有根据。我是不会被杀的。"

第二天，布罗戴维丝约她的情人戈罗努·佩布尔在森林里幽会。他们见面之后，在林中厚厚的树叶铺成的地毯上云雨一番。

布罗戴维丝告诉他，她有一个计划，可以让她摆脱丈夫的束缚。她告诉戈罗努·佩布尔，希乌是有可能被杀死的。

"但这个条件是不可能达成的，"戈罗努·佩布尔抱怨道，"希乌绝不会心甘情愿地把自己放在那个位置上。"

"交给我吧。"布罗戴维丝向他保证。

然后，戈罗努·佩布尔花了一年时间来加工那支特殊的长矛。

终于，布罗戴维丝的计划到了付诸实施的时候。她告诉戈罗努·佩布尔，第二天黎明时分去河岸那里，躲藏起来。

在宫殿里，她似乎心事重重。

"怎么了，夫人？"希乌问道。

"呃，事实上，我一直在担心。你还记得一年前跟我说过，你不可能被杀的事情吗？"

"是的。"希乌肯定道，"你不会还在担心这个吧？"

"没错。我忘了你是怎么跟我说的，在什么情况下敌人才杀得了你。如果我不知道是怎样一种情况，万一出现这种情况，我就无法保护你了。"

希乌觉得，既然她如此焦虑、担心，他应该向她示范一下，这种情况是不可能发生的。

第二天拂晓时分，在河岸上，就在戈罗努的藏身处附近，搭了一个浴棚，棚顶铺了一层茅草，旁边拴了一只山羊。然后，希乌向妻子展示，他如何一只脚踩在羊背上，另一只脚踩在浴桶边缘。

"看到了吗？这是一件多么不可能的事情！"希乌笑道。他站在那里，岌岌可危地保持着平衡。

"就是现在！"布罗戴维丝喊道。

戈罗努·佩布尔从他的藏身处冲出来，手持长矛，准备投掷。刹那间，如同一道闪电，长矛飞向希乌，刺中了他的肋骨之间，并且卡在那里。由于希乌是一位永生者，在看到长矛穿透身体，死亡即将临近的一瞬间，他化作一只金色的大鹰。大鹰腾空飞起，痛苦地叫着，慢慢地越升越高，直到变成天空中的一个黑点，飞走了。

布罗戴维丝冲进情人的怀里，他们回到堡垒里庆祝。两人都相信，希乌很快就会死去。

第二天早上，彭申的领主戈罗努·佩布尔宣布自己是"巧手"希乌曾经拥有的所有土地的统治者。

希乌的父亲圭迪永从希乌以前的几个仆人那里听说了这件事情，他随即告诉了玛斯。但是，没有证据可以证明希乌已经死了，所以他们无法对戈罗努·佩布尔采取行动。于是，圭迪永向玛斯请假，离开宫殿，去寻找自己的儿子。他花了整整一年零一天，找遍了科姆利全部五个王国。

一天晚上，圭迪永在一个农夫的家里借宿。这时，农夫的猪倌进来告诉主人，他的野猪的行为很奇怪：每天晚上，野猪进了猪圈就不见了；等到早晨，它又回到了猪圈。猪倌觉得这件事非常诡异。

圭迪永在旁边听到，便问农夫能不能让他调查一下这件事，因为他感觉这背后有某种魔法的因素。当天晚上，他尾随野猪出了猪圈；然而，野猪疾驰而去，圭迪永竭尽全力才跟上它。它在一棵树下停了下来。这个地方叫南特希乌，意思是"希乌的小溪"。

一只大鹰正栖在树上。圭迪永一下子就认出了他。是希乌。圭迪永把他从树上引了下来。那头野猪原来是神猪特鲁伊斯，它是野猪之王，也是永生者的保护者。它照顾了奄奄一息的希乌，还把圭迪永引到了希乌的藏身之处。圭迪永将大鹰变回了人形。

希乌躺在地上，奄奄一息，脸颊发青、凹陷。他喃喃自语地说着关于布罗戴维丝的事，但什么也说不清楚。

圭迪永把他抱在怀里，像抱着婴儿一样，把他带到了达希尔堡[1]的宫殿里。在那里，玛斯和圭迪永结合了他们的超自然力量。玛斯召唤出了他能调动的所有来自彼世的知识，经过漫长的挣扎——持续了一年零一天——希乌终于再次健康、强壮地站了起来，和以前没有分别。

现在，希乌除了向自己不忠的妻子和她的情人报仇，别无他法。但戈罗努·佩布尔召集了大军来保护他的领地，于是希乌率领圭内斯的强大军队与他们对抗。戈罗努·佩布尔和他的军队不敌，只得撤退，他们和布罗戴维丝及她的侍女们走散了。女人们尖叫着躲避希乌，她们知道，这位强大的领主不会有什么怜悯之心。

事实上，希乌对他的前妻毫不留情。他带着部下，向这一队奔逃的女人纵马追去。因为恐惧，她们一直回头望着追兵，没有看前方，结果全都拥入肯瓦伊尔河淹死了——只有布罗戴维丝除外。

布罗戴维丝被救了出来，浑身战栗，被带到了希乌面前。

"我不会杀你，"希乌告诉她，"那样的惩罚太轻了。由于你的背叛，你会变成一只鸟。不是普通的鸟，而是只在晚上才会出现的鸟，因为对你这种人来说，白天太明亮了。其他所有的鸟类都会鄙视你、躲避你。"

说罢，希乌就把他的前妻布罗戴维丝变成了一只猫头鹰[2]。

戈罗努·佩布尔率领残军，逃回了自己的领地彭申。他派使者去找希乌，请求宽恕，并问希乌是否愿意接受赔偿。希乌回答说，他愿意接受赔偿，但他又补充道，他只接受一种赔偿：戈罗努·佩布尔必须回到河岸上他向希乌投掷致命长矛的地方[3]，他必须站在那里，让希乌把长矛掷回到他身上。如果戈罗努·佩布尔

1　玛斯的宫廷所在地。

2　"布罗戴维丝"同时也是威尔士语对猫头鹰的一种称呼。

3　这条河就是前文的肯瓦伊尔河。

拒绝，彭申就会被摧毁。

戈罗努·佩布尔对这个条件犹豫不决，但他的人民已经厌倦了流血。他们明白，如果希乌入侵彭申，他们会遭受巨大的痛苦。于是他们要求戈罗努·佩布尔面对希乌。就这样，彭申的领主不得不来到河岸边。起初他还很傲慢，但当他站在希乌面前时，他的那点勇气也渐渐地离他而去。他求他的部下们跟他一起去面对希乌，但他的部下们都拒绝了。然后，他跪下来向希乌求情，大叫着说，他们都是同一个不忠的女人的受害者。

希乌面无表情地站在那里，准备投掷长矛。

"最后一个要求！"戈罗努·佩布尔喊道，"你必须答应我最后一个要求。"

"我可以答应你。"希乌同意了。

"不管是什么要求？"戈罗努·佩布尔急切地问。

希乌怀疑地笑了笑。"只在可能的范围内。"

"我要求的仅仅是，当你投掷长矛的时候，我自己可以选择站在河岸上的什么地方。"

"这很合理。"希乌同意道，"你可以自己选择站在哪里。快点定吧。"

"那里。"戈罗努·佩布尔指着一块大石头说，"当你投掷长矛的时候，我想站在那块石头后面。"

希乌的部下们大喊，这是公然逃避惩罚的诡计。但希乌淡定地笑了笑，兑现了诺言。

戈罗努·佩布尔走过去，放心地站在岩石后面。

希乌掷出长矛，长矛在岩石上穿出一个洞，将戈罗努·佩布尔钉在后面的地面上。直到今天，还会有人带你去看"戈罗努·佩布尔之石"，你可以在这块石头上看到希乌的长矛穿出的圆洞。

然后，希乌收回了他的土地，并且感谢他的父亲圭迪永和他的舅公玛斯。他在永生者中享有盛名，被视为所有艺术和手艺的伟大保护者。

至于布罗戴维丝，人们说，他们曾在夜里听到她在黑暗的树林里悲伤地哭泣。她至今还住在森林里，决不在白天露面，是其他所有鸟类永远的敌人。

22　小峰湖

在古老的德维得王国的西北部有一座黑山，山上有一个幽深的小湖，叫作小峰湖。距离这个偏僻的湖泊不超过两英里，靠近萨乌热河的源头布莱恩萨乌热，离希安热桑特村四分之三英里远的地方，住着一个农夫的遗孀。

农夫在世时，不爱干辛苦的农活，却一直把自己当作一个战士，被战斗和战争吸引。结果，就像战乱时经常发生的那样，他不幸被杀了。他有四个儿子，有三个死在他身边，只有四儿子年纪太小，当时还不能拿起武器。

当寡妇听到丈夫的死讯时，她明智地宣布："战争不能毁灭我的第四个儿子。"于是，她只教给他一个农民应该掌握的本领，其他的一概不教。

她努力工作，她的儿子帮她干活，农场日益兴旺起来。不久，她的牛群就已颇具规模了。它们繁殖得很快，寡妇意识到自己的土地已经过度放牧，牛需要的草比她所能提供的更多。于是她把一部分牛赶到黑山葱绿的山坡上放牧，她尤其喜欢幽深的小峰湖附近的草场。

这时，寡妇的儿子已经长大，成了一个英俊魁梧的小伙子。他负责照看牛群。当牛群去黑山吃草的时候，他就去那里放牛。

有一天，放牛的时候，他坐在湖边，呼吸着傍晚温暖的空气，不觉睡意渐浓。在半梦半醒之间，他听到一个甜美的女声在歌唱：

> 在沉睡的梦中，
> 所见皆是虚空。
> 一切都是幻觉，
> 都由欺骗而生。
>
> 如果你能看到真爱，
> 那就醒来看我……

他坐起身来，朝声音的方向望去，他惊奇地发现，在湖边的石头上坐着一位美丽的少女。她金色的鬈发优雅地流淌在白皙的肩膀上，一把梳子固定着发丝。她的皮肤白得胜过海浪的泡沫，胜过冬日清晨的白雪。她也看到了他，用海绿色的眼眸注视着他。她的唇边挂着微笑，那嘴唇就像吊钟花一样鲜红。他感到自己的心怦怦直跳，目不转睛地注视着她的美貌，为这个神奇的少女在他身上引起的感觉感到困惑而无助。他把少女的所有细节都看在眼里，从她那闪闪发光的珠宝首饰，到她那海绿色的裙子，甚至到她那系着金色鞋带的精致的凉鞋。

他能想到的唯一话题，就是把离家时母亲给他的大麦面包和奶酪送给她，那是他今天的餐食。

少女笑了。

"Cras dy fara; Nid hawdd fy nala!"她调侃道，"你的面包烤得很硬。想得到我，没那么容易！"

然后，她一转身，潜入水中，消失不见了。这个坠入爱河的年轻人一整天都坐在湖边，希望她再次出现，但是她没有。年轻人失望地回到了家。不管他怎么努力，都无法将她的形象从脑海中赶走。在希安热桑特和莫兹崴，无论多么美丽的少女都无法与她媲美，尽管莫兹崴的少女一向以美丽著称。古代的诗人不是也歌颂过吗？

Mae eira gwyn

Ar ben y bryn

A'r glasgoed yn y Ferdre

Mae bedw man

Ynghoed Cwm-bran

A merced glan yn Myddfe

这首歌的意思是：

在大山的眉梢上

挂着皑皑的白雪

翠绿的森林将维尔德雷覆盖

在库姆布兰的密林中

长着漂亮的小桦树

美丽的少女遍布莫兹崴

　　年轻人在农场里徘徊了很久，几乎完全无法集中精力干活，直到他的母亲让他告诉她发生了什么事。听完他的讲述，她建议他带一些没烤过的生面团回到湖边，因为她断定，一定有什么魔力的因素让这个神奇的少女拒绝吃烤得很硬的面包，并且跳进了湖里。

"我的面包的确很硬，"她坦言，"但我从来没有想到会有一个来自彼世的女神用她雪白的牙齿在上面留下牙印。"

第二天早上，当太阳从黑山的峰峦上升起的时候，年轻人已经赶着他母亲的牛群到了湖边，可他的心思却不在牛儿身上。他的目光搜寻着静谧的湖面，寻找着少女的身影，但却一无所获。微风吹得湖面泛起阵阵涟漪，最后，云层终于落了下来，低低地垂在黑山的峰顶，让他饱受折磨的心情愈发灰暗。

几个小时过去了，还是不见她的踪影。傍晚将至，风停了，云层依然厚厚地挂在山间。这时，年轻人突然意识到他正让母亲的牛群四处游荡，他看到它们走到了湖边较远处一道陡峭的悬崖上，有失足摔死的危险。

他从坐的地方站起来，要赶去拉回它们。忽然，那位美丽的少女又出现在他眼前的湖岸上。他又变得张口结舌起来，走上前去，只是记住了母亲的嘱咐，伸出手，向她递出没烤过的生面团。

当她对他微笑的时候，他突然找回了自己的声音，于是便献上了自己的心声和永恒的爱的誓言。

少女突然咯咯地笑了起来。"Llaith dy fara; ti nu fynna! "她喊道，"你的面包都没烤过。我才不会要你呢! "

然后她一转身，又潜回湖水之下。

心神恍惚的年轻人抛下牛群，让它们听天由命。他走在回家的路上，几乎不在乎自己要去哪里。

他的母亲温柔地询问他，得知他第二次被拒绝了。她仍然相信，在面包的性质中有某种魔力的因素。她建议儿子第二天早上再去湖边，这次带上一个稍微烤了一点的面包。如果烤得很硬的面包和没有烤过的面包都会导致这个神秘的女子拒绝她的儿子，那么，折中一下也许正好合适?

第二天早上，年轻人离开他母亲的农场，来到了湖边。渴望使他焦躁难安，他甚至没有注意到那些还在黑山陡峭的石坡之间游荡的牛群。这些牛偶尔会把石块和岩石弄松，导致一些牛掉进湖里。

他等待着，目光在湖面上搜寻。早晨的清新让位于正午艳阳高照的闷热，接下来，下午的温暖又消失在傍晚的阴影中。天很快就要黑了。

年轻人伤心地站起身来，往漆黑的湖面上看了最后一眼。

可就在这时，他看到了一幅奇妙的景象。

那些从陡峭的悬崖上掉入湖中淹死的牛突然活蹦乱跳地出现在湖面上，游向岸边。由于他对工作漫不经心的态度，由于他一心只想实现自己的愿望，这些牛不幸落水；现在，每一头牛都安然无恙地回来了。

这时他看到，是那位美丽的少女把牛群赶出了湖。

他的心又狂跳起来，把那个半生不熟的面包递给了她。"姑娘，如果你不爱我，我活着还不如死了痛快。"

少女对他温柔地一笑。"如果我害死了你这样一位英俊的青年，那就太可惜了。"

这次，她接过面包，拉着他的手，在他身边坐了一会儿。当他向她求婚时，她没有说"不"，而是说："你的面包真的烤得很好。好吧，我和你结婚。"

他催促她决定婚期，她回答道："你对你的牛疏忽了，我为你救出了它们，让它们免于淹死。因此，我现在要为我们的婚姻约定一个条件。只要你对我不疏忽，我就会成为你的新娘。如果你无缘无故地打了我三下，我就会回到湖中，永远离开你。"

年轻人满心欢喜，答应了这个条件。其实，只要能够娶到这位美丽的少女，他什么条件都会答应。

"你答应这个条件之后，还必须通过一个考验。"她说。

在他明白发生了什么之前，她已经潜回了湖里。

他坐在那里，惊呆了。他是如此悲痛，以至于有那么一瞬间，他决定追随她跳进黑暗的湖水，就此结束自己的生命，因为这个世界上他唯一愿意与之生活的人就在那里。

就在他即将下定决心的时候，平静的湖面冒出气泡，从湖中出现了一位相貌高贵、体格非凡的高大男子。和他一起出现的还有那位美丽的少女……竟然有两位一模一样的少女。年轻人困惑地望着他们。

这个高贵的精魂用低沉、悦耳的声音对他说："我听说，你想娶我的一个女儿？"

"没错，大人。"年轻人回答，"娶不到您的女儿，我生不如死。"

"让你这样一个健康、英俊的青年死去，真是一件可惜的事。只要你能分辨出你真正爱的人是我的两个女儿中的哪一个，我就同意你们的婚事。如果你只爱她的躯壳，她们长得一模一样，你分不清谁是谁；如果你选错了，就证明你爱的只是外表。但是，真正爱一个人，必须爱外表之下的内在。"

这对年轻人来说并不容易。因为，正如湖中高贵的精魂所说的那样，她们两人看起来并无二致。青年知道，如果他选错了，就将永远失去她。高贵的精魂三次催促他开口，但每一次他都不知所措。

他站在那里观察了一会儿，察觉不到她们之间有任何不同。就在他准备随便猜一个的时候，其中一个少女把一只脚向前伸了半步。这个动作没有逃过青年的眼睛，他看到，她的鞋带系法稍有不同。他记得，他爱的那个少女的凉鞋上系着金色的鞋带。这就结束了他的窘境，因为他已经牢牢地记住了他爱上的少女的每一个细节，仔细地记下了她的衣服的每一个部分，包括她的凉鞋上系着金色的鞋带。这正是她不同于另一位少女的地方。

他伸出手，向她一指。

"这就是她。"他坚定地说。

"你做出了正确的选择。"湖中的精魂说，"如果你做她温厚、忠诚的丈夫，我就会让你兴旺发达。只要是她在喘一次气的时间里能够数出的绵羊、山羊、牛、马，都是给你的，是她的嫁妆。但是你要记住，凡人，如果你对她不好，或者无缘无故地打她三下，她就会回到我的身边，并且带回她所有的嫁妆。"

于是，他们结婚了。少女在喘一次气的时间里能够数出的绵羊、山羊、牛、马都属于他们，而且数量相当可观，因为她喜欢五个五个地数。她会说"一、二、三、四、五"，然后接连不断地重复，直到喘不上气为止。转瞬之间，牧场里全是她数出的牲畜。

这个年轻人现在有了自己的财产，他在离莫兹崴一英里的地方买下了一个农场。这个农场坐落在一条山脊上，这条山脊后来被称为"奶牛岭"，因为这个农场里牛群兴旺，尤其以奶牛闻名。夫妻俩生活富足，幸福美满，还生了三个英俊的儿子。

有一天，一场洗礼在莫兹崴举行，这对夫妇受到了邀请，因为他们是当地最富有、最慷慨的人。可湖中少女却不愿意参加，她说去那个地方的路途太远，她走不动。其实，一个孩子在这个世界上出生，总是意味着一个灵魂在彼世死亡，这才是她不愿意去的真正原因。作为彼世的居民，她不应当庆祝，而是应当哀悼。

"你还没准备好吗？"她丈夫匆匆忙忙地走出农舍，叫道，"马呢？"

"如果你把我的手套拿给我，我就去牵马。我把手套忘在屋子里了。"

他照做了，但当他回来的时候，发现她还站在他离开时的地方，并没有去牵马。

"把马牵来！快点！"他生气地说。在恼怒之下，他拍了拍她的肩膀，催她赶紧走。"走吧，我们要迟到了。"可她却转过身来，皱着眉头提醒他，他答应过，不会无缘无故地打她，而现在，他已经打了她第一下。他以后必须多加小心，因为，如果他无缘无故地打了她三下，她就会回到湖中。

有一天，一场婚礼在莫兹崴举行，这对夫妇受到了邀请，因为他们是当地最富有、最慷慨的人。在婚礼上，宾客们欢声笑语，可湖中少女却愁眉苦脸。她的丈夫开玩笑地拍了拍她的后背，告诉她要高兴起来，因为她没有理由悲伤。可她却转过身来，对他说：

"这对新婚夫妇会有他们自己的烦恼，你的烦恼可能也即将来临，因为你已经无缘无故地打了我第二下。"

从那以后，她的丈夫就格外小心，留意着不要因为偶然或者开玩笑而拍打她。他时刻警惕，生怕发生了什么小事，导致他打了她最后一下，使他们永远分开。

岁月流逝，他们的三个孩子迅速成长。他们长成了英俊而聪明的青年，一切似乎都很美好。

有一天，一场葬礼在莫兹崴举行，这对夫妇受到了邀请，因为他们是当地最富有、最慷慨的人。死者的家里充满了哀悼和悲痛。

然而，湖中少女却并不悲伤。相反，她一副兴高采烈的样子，让丈夫大吃一惊。他吓了一跳，急忙拍了拍她的手臂，说："安静！你不应该笑。"

她转过身来，对他说："有人出生时应当哀悼，因为有一个灵魂死在了彼世；在婚礼上应当悲伤，因为这是辛劳和苦痛的开始；有人逝世时应当喜悦，因为有一个灵魂生在了彼世。现在，你打了我最后一下，我们的婚姻也走到了尽头。"

于是，她起身前往奶牛岭，把她的山羊、绵羊、牛、马也一起带走了。她这样唱道：

Mu wilfrech, Moelfrech,

Mu olfrech, Gwynfrech,

Pedair cae tonn-frech,

Yr hen wynebwen

A'r las Geingen

Gyda'r Tarw Gwyn

O lys y Brenin

A'r llo du bach,

Sydd ar y bach,

Dere dithau, yn iach adre!

棕色母牛，白斑点；

斑纹母牛，大斑点；

草地上四头花斑牛，

还有那头白脸老牛；

以及那头大灰牛，

和它一起的白色公牛

来自国王的宫廷。

还有那头小黑牛，

虽然你正挂在钩子上，

你也来吧，跟我回家喽！

所有的牛儿都听从了湖中少女的召唤，就连小黑牛也不例外，尽管它已经被宰杀了。在这些牲畜中，还有四头灰牛正被拴在犁上，由一个农夫赶着犁田。她呼唤这些牛：

Pedwar eidion glas

Sydd ar y maes,

Deuwch chwithau

Yn uach adre!

四头灰色犍牛，

站在田间地头。

你们也来吧，

跟我回家喽！

它们离开了田地，抛下张口结舌的农夫，向湖中少女走去，背后依然拖着犁铧。

然后，她呼唤绵羊，犄角卷曲的公羊和带着羊羔的母羊纷纷跑向她；她又呼唤山羊，它们从灌木丛里蹦蹦跳跳地跑出来，从岩石上跳下来；最后，她呼唤马儿，它们咴咴地嘶鸣着，朝她蜂拥而来。

湖中少女从彼世带来的所有牲畜都到了她的身边。她带领它们列队走过莫兹崴山地，带着它们先是在薄暮下，然后在如水的月光下，越过黑暗的山峦，朝它们来时的湖泊走去。它们来到湖边，丝毫没有止步，接连跳入湖中，消失在水波之下，除了被四头犍牛拉进湖里的犁铧在一路上犁出来的沟渠，没有留下任何痕迹。

据说，这条沟渠至今依然存在，作为这个故事真实性的证明。那个赶牛耕田的农夫后来如何，不得而知；有人说他吓得跑掉了，也有人说他为了拽回犁铧，被拖进了湖里。

湖中少女悲痛欲绝的丈夫一直追着她跑，但是她已经回到了湖下的彼世。他徒劳地叫她回来，为自己的愚蠢，为自己的疏忽和健忘道歉，却无人应答。在绝望中，他投身入湖；当他跳入水中的那一瞬间，仿佛有一股巨大的力量抓住了他，将他扔回了岸边。他又两次投湖，想淹死自己，又两次被抛回岸边。最后，一个宏大的声音喊道："你不配进入这里！"他认出，这是那个湖中精魂的声音。

这个茫然的人后来怎么样了，谁也说不清。从那以后，他再也没有在这个地区出现过，也没有在任何一片科姆利人的土地上出现过。"科姆利"的意思是"同胞"，但后来撒克逊人把这片土地称为"威尔士"，也就是"外国人"的土地。

不过，据说湖中少女的三个儿子即使在长大成人之后，也没有放弃再次见到母亲的希望。他们经常在湖边及其周围地区徘徊，希望母亲能怜悯他们，再次回到陆地之上。

她的长子名叫里瓦隆，当时，他恰好就在黑山上的湖边，在一个名叫"山门"的山口附近。忽然，一个少女出现在他面前，因为湖中少女永远不会变老。

"里瓦隆，我是你的母亲。"她说。

重逢的喜悦过后，她说，她是来告诉他和他的弟弟们，他们在这个世界上有一件伟大的工作要做。

"那是什么工作，母亲？"里瓦隆问。

"你们将成为凡人的恩人，治愈他们的疾病，解除他们的痛苦和不幸。"

"可是，母亲，我和弟弟们都不懂医术，我们怎么能给人治病呢？"

湖中少女递给他一个袋子，里面装着一本大书，书里写满了药方，这些药方可以治疗折磨人类的所有疾病和伤痛。她告诉他，只要细心阅读这本书，他和他的弟弟们就可以成为熟练的医生，在接下来的一千年里，他们的后裔也会成为伟大的医者。

"如果你需要我的建议——只能在别无选择的情况下这么做——就呼唤我，我会回来帮助你。我还会再来看望你和你的兄弟们，进一步指导你们。"

说罢，她就消失了。

里瓦隆遇到她的地方叫"医生之门"，人们现在依然这么称呼这个地方。

她果然言出必行，在一个叫"医生之洞"的地方再次出现，和她的三个儿子见面。这个山洞里生长着各种各样的草药和植物，她向儿子们一一展示其疗效。最终，这三兄弟成了整个科姆利医术最为精湛的医者，被称为"莫兹崴医生"。三兄弟的儿子们成了希安多维里和德内沃尔的领主里斯·格里格的医生，后者授予他们在莫兹崴的地位、土地和特权。[1]

一代又一代过去，"莫兹崴医生"的名声逐渐流传开来。据史料记载，最后一位"莫兹崴医生"是大卫·琼斯，他于1719年去世。他是最后一个在那里行医的人，也是小峰湖中的少女的最后一个后裔。

---

1 凯尔特社会的一个特点是，掌握学问和专业的阶层坚持世袭原则，在法律上享有相应的权利和地位，受到氏族领袖或君主的庇护。

23　盖勒特之墓

冢山是圭内斯最高峰，它被英国人称为斯诺登山[1]。在冢山上度过一年之中的某些夜晚是不明智的，而在名为"盖勒特之墓"的坟冢附近徘徊是尤为不明智的。我会告诉你原因，以及这座坟冢为什么叫这个名字，但我首先应当向你讲述，根据一些人的说法，"冢山"这个名字是怎么来的。

在圭内斯曾有两个领主，一个叫内尼奥，另一个叫佩比奥，这两人一样地虚荣，一样地傲慢。他们喜欢互相打赌，看谁更了不起，或者谁更富有。于是，他们总是在赌谁的田地更肥沃，谁的牛群和羊群更健壮。这两个领主都夸耀自己的财产是迄今为止无人可比的。

有一天，内尼奥邀请佩比奥于午夜时分在斯诺登山附近见面，内尼奥答应给佩比奥看一片世上最好的田野。

佩比奥到了约定的地点，他问内尼奥，他答应展示的那片美丽的田野在哪里。

"你抬头看看吧。"内尼奥喊道。

佩比奥抬起头，凝望着广袤黑暗中闪烁的繁星。"我不懂你的

1　这座山同时也是威尔士最高峰，不列颠第二高峰。

意思。"

"这很容易理解，不是吗？那里就是田野，是广阔的天空牧场。那是我的领地。"

佩比奥笑了笑。"好吧，我可以让你看看世上最好的牛群和羊群。"

"它们在哪里？"

佩比奥向上指了指。"牛群和羊群就是银河。你看见星星了吗？它们是我的乳白色的牛羊。有一个神奇的牧羊女在照料它们，你看到了吗？"

"她在哪里？"内尼奥问。

"那当然是月亮啦，她苍白的月光把它们引向我的牧场。"

"它们不会去的，它们要继续在我的田野里放牧。"内尼奥立即反驳。

"不，它们会去的！"

于是，内尼奥和佩比奥同时向对方发起挑战，各自赌咒发誓道，除非死了，他们才会让出天空的放牧权。

当时，圭内斯王国由一位名叫巨人利塔的强大战士统治着。听说此事之后，他大呼愚蠢，这两位领主竟然为了这种毫无意义的事情争吵——既然他巨人利塔是最强大的国王，如果有人有权在宇宙的任何地方放牧，那肯定是他啦！

他厌倦了内尼奥和佩比奥的争吵，便召集军队，进攻这二位领主的联军，并且打败了他们。即便如此，他发现他们还是吵得不可开交。于是，作为一个对炼金术和德鲁伊魔法有所研究的人，他把内尼奥和佩比奥变成了两头牛，合则力气非凡，分则虚弱无力。巨人利塔说，这样一来，它们就会学会合作了。

此事千真万确，因为基尔胡赫的一项任务就是驾驭它们一起耕地，为他和奥尔温的婚宴做准备。它们被用来把阿万克从康威湖里拖出来[1]，还被用来拖动大石，以便建造"布雷维河畔的大卫教堂"[2]。但是，这些故事目前还和我们没有关系。

在巨人利塔把他们变成牛之前，他曾经侮辱他们，把他们的胡子剃掉，然后缝在一起，做成一顶帽子，给自己的脑袋保暖。

接下来，这个消息传到了宇宙中的国王们那里——内尼奥和佩比奥宣称拥有的田野和畜群都是属于他们的。他们非常重视这件事，说："如果我们容许巨人利塔对我们这么做，这将是对一个战士最大的侮辱。我们哪一个人的胡子还会安全？"

于是，宇宙中的二十七位国王联合起来，出兵讨伐巨人利塔。巨人利塔得到警报，便集结军队，前往迎敌。他最终打败了他们，将他们的二十七把胡子全部剃掉，缝在一起，给自己做了一件外套。

世界上的国王们很快就听说了他们的兄弟——宇宙中的国王们是如何被巨人利塔像剪羊毛一样剃掉胡子的。他们一齐喊道："这个圭内斯国王太放肆了！如果我们不阻止他，无论在这个世界还是在彼世，任何一个国王都保不住自己的胡子。"

于是，他们集结了一支庞大的军队，开始入侵圭内斯。

此时，巨人利塔正坐在那里仰望天空，计算着广袤的田野和放牧权的价值——当然，这些都是天上的。比秋天的森林还要浓密的军队集结起来，向利塔发起进攻，但是这个巨人和他麾下的士兵早有准备，眨眼之间，所有入侵的国王都被打败，每个国王的胡子都被剃掉了。现在巨人利塔已经足够给自己做一件大氅了。

这时，一个住在南方、名叫亚瑟（也就是"熊"[3]）的年轻国王

1　怪物阿冉克被牛拖出希永池的另一个版本。参见本书引言。

2　位于锡尔迪金郡的一座教堂，历史可追溯到 12 世纪。

3　一般认为"亚瑟"（Arthur）源自凯尔特词汇"熊"。

引起了利塔的注意。巨人利塔此时发觉，他对于收集国王的胡须并将其制成保暖衣服这件事产生了热情。

"不剃掉这个叫亚瑟的年轻人的胡子，我是不会休息的。"他自言自语。

于是，巨人利塔去往亚瑟统治的康沃尔王国，他带着他的军队，以备不时之需。在一个晴朗的下午，他来到了亚瑟的宫殿。

"我不想伤害你们年轻的国王，"利塔宣称，"但我要剃掉他的胡子。而且，他必须放弃对天空的放牧权的一切要求。"

亚瑟走到堡垒门口，抬头凝视着圭内斯的巨人国王。"我对天空的放牧权没有兴趣。"他对利塔说，"但你永远不能拿走我的胡子，除非动用武力。"

这个回答激怒了巨人利塔。他正穿戴着用胡子缝成的帽子和外套，这是为了吓唬敌人，但亚瑟完全不为所动。于是巨人利塔拿起剑，敲打着盾牌，向他发起挑战。

亚瑟同意在第二天早晨与巨人利塔的军队正面交战。

黎明之前，号角声把战士们召集起来。

巨人利塔看到亚瑟的营地里闪出了一道奇怪的光。"那是什么？"他问自己的战车驭手。

"那是亚瑟的战士们举起长矛，准备投入战斗。"

一阵巨大的轰鸣声传来，就像雷鸣一般。"那是什么？"利塔问自己的战车驭手。

"那是亚瑟的战士们在发出战斗的呐喊。"

"啊，反正我要他的胡子！"巨人利塔不以为然地喊道，丝毫没有感到不安。

两军相遇，如波涛相撞。双方势均力敌。最后，亚瑟厌倦了流血，按照他的族人的传统，发起了一对一的单挑。巨人利塔同意了，因为从来没有人能在单挑中赢过他。巨人利塔和亚瑟大步走到两军阵前。

"我还是要你的胡子！"巨人利塔对亚瑟大声喊道。

年轻的国王笑了。"可我的胡子是年轻人的胡子。"他喊道，"我在你的外套上看到了一个洞，它连那个洞都遮不住。"

巨人利塔并没有因此生气。"话是这么说，但你的胡子毕竟是国王的胡子，而我还没有得到它。"

"我知道还有一个没被剃掉胡子的国王，他的胡子完全可以把那个洞遮住。"

"那是谁的胡子？"巨人利塔第一次产生了好奇。

"你自己的胡子！"亚瑟大吼着回答。

战斗随之爆发。

这是一场激烈的战斗，双方都没有表现出丝毫软弱或屈服的迹象。他们战斗时，双脚重重地踩在平原上，把平原踩出了沟壑，形成了巨大的山谷。大地像地震一样颤抖，巨人利塔的军队失去了平衡，但亚瑟的士兵们却岿然不动。战斗持续了九天九夜。

最后，巨人利塔精疲力竭，连剑都举不起来了。他跪倒在亚瑟面前。

"你更厉害，亚瑟。"他承认道。

于是，亚瑟命令来自皮克特王国的卡杜剃掉了圭内斯巨人国王的胡子。巨人利塔的胡子被缝在他身披的胡须大氅上，就在他得到的其他所有胡子上面。然后，巨人利塔被送回圭内斯，亚瑟告诫他，以后再也不得剃掉任何人的胡子，也不得再要求天空的放牧权。天空既不属于内尼奥，也不属于佩比奥，而是属于所有仰望它的人。

巨人利塔带着新习得的知识回到了圭内斯，他披着他的胡须大氅，作为他对亚瑟的效忠与承诺的象征。据说，斯诺登山周围的老人有时会仰望夜空，凝视星星；如果在阴云密布的夜晚下雪了，他们会说，天空就像"利塔的胡子"一样厚。

巨人利塔尽管有一些怪癖，仍然受到人民的拥戴。当他死后，他们从四面八方赶来，按照当地的习俗，在他的遗体上堆满了石头。很快，这堆石头就成了巨人利塔坟墓上的一座巨大的石冢。这座石冢越长越大，人们便称它为"利塔冢"，也就是"冢山"，这就是斯诺登山最初的名字。

有些人会告诉你，巨人利塔并没有真正死去，只是睡着了。他偶尔会在睡梦中翻身，导致身上的石头滚落下来，造成巨大的山体滑坡。

但我还想对你讲一讲关于"盖勒特之墓"的故事。这个故事是这样的：在巨人利塔去世许多年之后，他的后代仍然是圭内斯的国王，这些君主也自称为艾勒里领主，这是冢山所在山区的名字[1]。圭内斯有一个君主叫谢韦林，他有一条心爱的猎犬叫盖勒特，因为它有着棕色的毛皮，而"盖勒"的意思就是棕色或栗色。当盖勒特吠叫着翻山越岭追赶狐狸的时候，它就像狮子一样勇敢而雄壮，但当这条狗和主人在一起，躺在熊熊燃烧的壁炉旁边时，它却像羊羔一样驯顺而温和。

盖勒特非常温顺、驯服，所以谢韦林经常把他年轻的妻子和他的小婴儿托付给这条狗。

有一天，谢韦林出发去狩猎，他吹响号角，召集猎犬。所有的猎犬都响应了号角，除了谢韦林的最爱——盖勒特。没有人知道这条猎犬藏在什么地方，因此，心中不悦的君主只好在没有最快、

1　该山区在英语中称作斯诺登尼亚（Snowdonia）。

最强悍的猎犬的情况下开始狩猎。那一天，艾勒里领主的狩猎结果很不理想。

当他恼火地回到堡垒的时候，首先看到的竟然是他的爱犬盖勒特欢快地朝他跑来。走近之后，谢韦林看到猎犬的嘴边正在滴血。

此时，谢韦林产生了一个可怕的念头。他的妻子正好回娘家去探望生病的母亲了，她把自己的儿子——一个不超过一岁的婴儿留在房间里，让仆人时不时地照看一下。盖勒特惯于和孩子一起玩耍，因为只要在堡垒的大门之内，它通常都非常温顺。

谢韦林大叫一声，跑向小婴儿的育婴室。在穿过各个房间时，他看到地上有一道浓浓的血迹。他急忙冲进育婴室，大吼着叫来仆人和侍女。

育婴室里只有孩子翻倒的摇篮，地毯和地板都浸透了鲜血。

任何痛苦都比不上谢韦林现在的绝望。他和仆人们四处寻找，但到处都没有小婴儿的踪影。他心里清楚，那条名叫盖勒特的狗吃掉了他的儿子兼继承人。

他怒气冲冲地走回院子，看到盖勒特还耐心地坐在那里，摇着尾巴，似乎对主人的行为感到困惑。

"邪恶的怪物！"领主吼道，"你吃掉了我的儿子，我的宝贝，还有我的快乐！"

他不再多说，拔剑就刺，剑锋插进了狗的身体。

盖勒特痛苦地叫了一声，盯着主人的眼睛看了一会儿，倒地身亡。

但就在盖勒特发出垂死的吠叫时，领主听到了婴儿应和的哭声。

谢韦林急忙跑回育婴室，哭声就是从那里传来的。在翻倒的摇篮下躺着领主的幼子，谁也没有想到看一看摇篮底下。而且，就在毫发无伤的孩子旁边，还躺着一只又大又瘦的灰狼的尸体。那只狼浑身是血，喉咙被撕裂了。

领主顿时明白发生了什么。一只狼悄无声息地潜入了堡垒，但盖勒特嗅出了狼的气味，留下来保护谢韦林的儿子。它与这只野兽搏斗，将它咬死，使它无法伤害小王子。

此时此刻，谢韦林对自己的所作所为充满了悲伤和悔恨。他不仅杀了自己最心爱的猎犬，而且是在毫无正当理由的情况下杀的。这条狗救了他儿子的命，始终信任他，但他却背叛了这份信任。现在，谢韦林意识到了"坚果不能用外壳来判断"这句古谚的真正含义。如果一头公牛长着长长的犄角，即使它从来不顶东西，也总是会有人指责它用犄角顶破了什么东西。

谢韦林在悲痛的同时，明智地把他忠诚的猎犬埋在了冢山的山坡上。他在坟墓上建了一个石冢，因此这个地方被称为"盖勒特之墓"。据说，盖勒特的幽灵至今依然在山坡上徘徊，寻找猎物，在寒冷的冬夜，你可以听到它孤独的号叫。这是一个信任、忠诚的灵魂被背叛之后的号叫。

有些人会告诉你，要小心盖勒特之墓，尤其是当你心中潜藏着不忠的时候。猎犬会嗅出不忠的气味，然后进行报复。所以，在某些日子里，尤其是在天黑之后，如果你在冢山的山坡上游荡，一定要小心一条跳跃而行的幽灵猎犬。

24 赢取奥尔温

从前，在基利思[1]有一位国王，他和不列颠著名的亚瑟王有亲戚关系。这位国王的名字也叫基利思，他娶了一位名叫格蕾季丝[2]的公主。正如她的名字一样，她是她的家族中的一道"明亮之光"。这段婚姻幸福而美满，婚后不久，格蕾季丝怀孕了，夫妻俩得到了众人的祝福。然而，格蕾季丝拜访了住在森林里的巫婆圭冉内斯，请她预言命运。命运不是很好。

圭冉内斯的预言沉重地压在她的身上，年轻的王后在这段时期内心烦意乱。当她临盆之际，恰好经过一片森林，她被分娩的痛苦和圭冉内斯预言的厄运弄得心神不宁，于是从马上跳下来，逃进了森林深处，一直来到一个猪倌的猪圈附近。在那里，她生下了一个漂亮的男孩，她给他起名叫基尔胡赫，意思是"出生在猪圈的人"。

一切都如格蕾季丝王后担忧的那样发生了。但是，在分娩的高烧中，她看到了一个悲伤的女神的幻象；有人说，那一定是阿里安罗德，她的分娩也是悲伤的。她告知格蕾季丝，她的未来笼罩着阴影，但也告诉她应该如何躲避那些阴影。

---

1 意为"同伴、伴侣"。此王国名叫凯利戎（Celiddon），可能和梅尔金传奇中的凯利戎森林（Coed Celiddon）有关。这是一片位于遥远北方、范围模糊的森林腹地。
2 意为"白昼的光明"。

基利思和他的随从们找到了她，把她和孩子抱回了王宫。她静静地躺在那里，发着烧。她知道自己快不行了。当她的丈夫跪在床边时，她悲伤地对他说："夫君，死神正在靠近我。等我走了，你可另寻新妻。"

　　国王否决了她的提议，说他只爱她一个人，但她将这个抗议推到了一边。

　　"世事如此，夫君。你的新妻将会成为你的伴侣，这是你应得的。但是请不要忘记，基尔胡赫是你的长子，他必须成为这个王国的第一继承人。所以，你必须在我死前给我一个承诺，一个神圣的承诺。"

　　"你说吧，我将如你所愿。"国王发誓道。

　　"在你看到我的坟墓上长出一丛两头扎在地里的荆棘[1]之前，不要娶第二个妻子。"

　　"看你说的。我不想再娶第二个妻子。"

　　"你无法改变世界运转的方式。"

　　格蕾季丝恰好有一个忠实的仆人，她把那个仆人叫到面前，嘱咐他该做什么。女神阿里安罗德的幻象曾经建议她应当如何改变未来，她知晓灾祸将至，就叫仆人照看她的坟墓，不要让坟墓长一点杂草，这样一来，国王基利思看不到她坟上的双头荆棘丛，就永远不会再婚了，她的儿子基尔胡赫从而也就不会受到伤害。这个仆人向她许下了忠诚的诺言，承诺不会让她的坟墓上长出杂草。

　　于是，"明亮之光"格蕾季丝撒手人寰，整个宫廷都为她哀悼。年幼的基尔胡赫被一个保姆抚养长大。

　　随着时间的流逝，基利思国王逐渐忘记了悲痛。他日渐感到

1　在凯尔特民间传说中，这种荆棘被视为拥有神秘的力量。

孤独，心思便转向了另觅新妻。但他是一个遵守承诺的高尚的人，他会不时地去看访格蕾季丝的坟墓。七年来，坟墓一直光秃秃的，连一根杂草都没有。但是这个仆人渐渐老了，累了。他疏于照看，不再给坟墓除草。有一天，基利思国王来到坟前，发现坟上长着一丛荆棘，荆棘的两头都扎在地里。

"所以，现在是我另觅新妻的时候了。"他满意地说道。回到自己的宫殿之后，国王把仆人们召集到一起，问他们是否知道合适的人选。仆人们都不知道有哪位公主能配得上基利思国王。最后，一个狡猾的顾问对他说："只有一位女士配得上您，我的主人。唉，可惜她已经结婚了，虽然过得很不幸福。而且她还有个女儿。"

"她是谁？"国王问。

"她是多盖德[1]国王的王后。"

"这没什么问题。"基利思国王若有所思地回答，"如果她是我合适的妻子人选，我觉得这不是问题。多盖德国王是个软弱的君主，我很快就可以除掉他。"

于是，基利思国王找了个借口，向多盖德国王宣战，很快就杀了他，占有了他的妻子。当基利思国王把这位王后带回他的宫廷时，他忘了告诉她，他已经有了一个名叫基尔胡赫的儿子兼继承人。事实上，国王把基尔胡赫送去寄养了，这是当时国王和领主们的习俗，他们的儿子都会在寄养的家庭里接受教育，学习武艺和战略战术。

又过了一段时间，这位已经生过一个女儿的王后，还没有给基利思国王生下一个孩子。

"难道他不能生孩子吗？"王后思索着。于是，她去请教巫婆

1　可能相当于现在的康威郡的希安鲁斯特（Llanrwst）一带。

圭冉内斯。

"夫人,"巫婆说,"您的丈夫已经有了一个儿子兼继承人,是他的第一个妻子所生。这个王子名叫基尔胡赫。"

王后听了大吃一惊,奖赏了巫婆,然后匆匆回宫。

"夫君,没人告诉过我,你还有个儿子。你为什么要把基尔胡赫王子藏起来,不让我知道?"

国王见新婚妻子没有吃醋,便心生歉意。"我不会再把他藏起来了,现在就派人去接他。"

此时,基尔胡赫已经长成了一个英俊的青年。当他进宫面见继母时,这个继母被他的英俊和风度打动了。她立刻想到,如果能让他娶自己的女儿,她的女儿就会成为未来的王后,这样她自己就可以一直是整个王国最有权势的女人。

"你看起来已经到了结婚的年龄,基尔胡赫,"她说,"我的女儿也是如此。对你来说,还有谁比她更合适呢?"

基尔胡赫摇了摇头。"夫人,我还没有到娶妻的年龄。就算到了,我也不会娶你的女儿。"

王后立即大发雷霆。

她猜测,等基利思国王死后,她将会被废黜地位,她的女儿也得不到任何继承权。于是,她又向巫婆圭冉内斯寻求了一些魔法方面的建议。

"既然我的女儿配不上你,"她对基尔胡赫说,"我就诅咒[1]你的命运——你将永远不会有妻子,除非你能赢得'巨人之首'厄斯巴扎登[2]的女儿奥尔温的爱情。"

1　这个诅咒是"我注定",相当于戒誓。参见本书故事《玛松努伊之子玛斯》中的注解。
2　这个名字的字面意思是"山楂"。在不列颠西部的民间传说中,山楂是一种与超自然存在有强烈的(常常是邪恶的)联系的植物。

虽然基尔胡赫从未听说过奥尔温这个名字，但他却突然对这个从未听闻的少女产生了爱意。或许，这是继母的诅咒的魔力起了作用。

"好的，夫人。"他回答说。由于他内心涌起的激动，他的脸涨得通红。"你已经决定了我的命运，我会服从这个命运。"

他转向父亲。他的父亲对这样的情况很不满意。他很难过，因为他明白，他的儿子肩上已经有了可怕的负担。

"父亲，你知道这个奥尔温和她的父亲——'巨人之首'厄斯巴扎登住在哪里吗？"

基利思国王摇了摇头。"我不知道去哪里找他们。我只能建议你去找你的表哥——强大的亚瑟。作为你的表哥，他有义务给你礼物。你让他帮你找到奥尔温，把这个帮助当作礼物。"

年轻的基尔胡赫拥抱了他的父亲，然后拿起武器，骑上他的灰色战马，牵着他的猎犬，出发去寻找他表哥亚瑟的宫廷。

终于，他在黄昏时分来到了亚瑟的宫廷。王宫大门紧闭，因为宴会已经开始了。基尔胡赫骑马来到门前，猛敲大门。

"强大之握"格娄鲁伊德[1]前来应门。

"开门！"基尔胡赫要求道。

"小家伙，你是谁，说话这么嚣张？"格娄鲁伊德生气地问道。

"我不和守门人说话，如果你是守门人的话。"

"我带着胡安道、戈吉古尔、夏伊斯格敏和彭平吉永[2]把守这扇大门。"格娄鲁伊德回答。

1　字面意思是"大胆的灰色"。他是威尔士的亚瑟王传说中的传统骑士之一。

2　这几个名字的大意是"善听者""屠夫小子""闲逛者""大理石脑袋"。这些都是象征性的名字，暗示着从来到亚瑟的宫廷开始，基尔胡赫就离开现实世界，来到了超自然的世界（也就是彼世）。

"如果你是亚瑟的守门人，那就打开亚瑟的大门。"

"我不会开门。此刻，刀正插在肉里，酒正盛在角杯里，音乐正奏响在亚瑟的大厅里。除了国王的合法儿子、工匠或者诗人之外，没有人可以进去。走吧，明天天亮时分，大门才会打开。"

听到此言，基尔胡赫探身向前，皱起了眉头。"听着，骄傲的守门人，如果你不让我进去，我就会大叫三声，让这宫殿里的每个女人都流产，让亚瑟的宫廷蒙受羞愧和耻辱。[1]现在去把我的话告诉亚瑟。"

"强大之握"格娄鲁伊德被他的执着吓了一跳。他飞快地跑进宴会厅，把门口的这个陌生青年的事情告诉了亚瑟。"主君，我要说，我从来没有见过这么英俊的青年，他的态度是如此坚定，风度又是如此潇洒。"

亚瑟很恼火，但他知道格娄鲁伊德不会无缘无故地打扰他。

"那就把他带进来，让我们看看他是谁。"

亚瑟的一个同伴凯伊同意了。"的确，如果他真的像格娄鲁伊德所说的那样，把这样一个好孩子关在我们的大门外，未免也太可耻了。"

于是大门打开了，基尔胡赫走了进来。他径直走到表哥面前，鞠了一躬。亚瑟不知道他是谁，但也很有礼貌地跟他打招呼。

"你好，陌生人。欢迎你来分享我们的食物和酒水，因为现在黄昏降临，夜色已凉。"

"我不是来求您款待的，国王陛下。我是来请您帮忙的。"基尔胡赫回答说。

"你说吧。"亚瑟说，他对这个男孩的直率很感兴趣。

---

1 这是中世纪威尔士的一种巫术性、仪式性的威胁。如果一个人被家族或氏族排除在外而没有得到补偿，他就会发出这种威胁。据说这种威胁特别容易得到彼世的响应。

"我想请您帮我理发。"

这是一种亲情的仪式[1]，亚瑟知道自己现在一定是在和一个血亲交谈。于是他命人拿来一把金梳子和一把银剪刀，开始给基尔胡赫修剪头发和胡子。一边理着发，他们一边谈起了自己的祖先，从而断定他们是真正的表兄弟。

"这太好了！"亚瑟满意地说，"现在，作为我的血亲，你想要我送你什么礼物？"

"我身上背负着命运的诅咒，表哥。"基尔胡赫回答，"我一定要赢得'巨人之首'厄斯巴扎登的女儿奥尔温的爱。我必须娶她，不能娶别人。我想请你帮我得到她，或者告诉我，在哪里可以找到她，我好去赢得她的爱。"

亚瑟承认，他从来没有听说过奥尔温这个人，也没有听说过"巨人之首"厄斯巴扎登。不过，他还是邀请基尔胡赫和他一起住在宫廷里，他则派使者到王国的四面八方去寻找那个少女。

时间流逝，每个信使都回来了，说他们没有找到关于奥尔温的消息。事实上，整整一年零一天过去了，仍然没有关于这个少女的消息，甚至连她那可怕的父亲是谁都没人知道。基尔胡赫越来越不耐烦了。

"亚瑟表哥，谁向你要礼物，你就会给谁礼物。然而，站在你面前的我，你的亲表弟，只想得到一份简单的礼物，却要空手而归了。如果我离开你的宫殿时连奥尔温的消息都没有得到，你的荣誉一定会受到质疑。"

这时，亚瑟最伟大的战士之一——科尼尔之子凯伊站了出来。凯伊可以在水下憋气九天九夜，也可以坚持九天九夜不睡觉。他

---

1 这是中世纪早期不列颠凯尔特社会的一种成人礼：少年被地位较高的男性亲属理发后，才能作为成年人被社会接纳。

可以随意改变自己的身材，甚至变得像大树一样高大。他很固执，也很冷酷。没有医生能治好他用剑割出的伤口。

凯伊朝基尔胡赫瞪了一眼。"你质疑主君的名誉是不对的。他已经竭尽所能地为你寻找奥尔温了。现在我建议，我们自己去找她。我和你同去，以亚瑟的名义。我发誓我们会找到这个少女，如果她真的存在于世的话。"

然后，佩德劳格之子——"独手"贝杜伊尔走了过来，加入了他们的行列。他是个英俊的青年，仅仅凭着一只手，在战场上击杀的敌人比任何三个战士加起来都多。在他将长矛刺向敌人的同时，长矛自己又会多刺九下。

然后，肯热利格也加入了。肯热利格是科姆利所有王国中最伟大的向导和追踪者。他也主动来帮忙。

然后是"诸语之翻译"古利尔，正如他的名字所示，他懂得人类的所有语言，以及鸟兽和鱼类的语言。他也自告奋勇地陪着凯伊等人。

然后是桂雅尔之子瓜尔赫迈[1]，撒克逊人称他为高文。他是亚瑟的外甥。只要他出外寻找什么，找不到要找的东西就决不回来。他也要陪着基尔胡赫一起去。

最后加入的是泰尔古埃思之子梅努，他是德鲁伊，也是魔法师，甚至可以施展一种让人隐形的法术。

基尔胡赫对这六名技艺娴熟的战士印象深刻，于是同意让他们跟他一起去寻找。第二天黎明，七人从亚瑟的宫殿出发了。

这段旅途漫长而艰辛，起初没有任何收获。没有人听说过奥尔温，也没有人听说过她那可怕的父亲"巨人之首"。

1　这个名字的字面意思是"原野之鹰"，从 13 世纪起就被等同于盎格鲁-撒克逊和法国亚瑟王传说中的著名骑士高文（Gawain），尽管这两个名字之间没有词源上的联系。

然而，有一天，战士们来到了一片广阔的原野，原野上矗立着一座巨大的堡垒。他们朝堡垒进发，但骑了几天马之后，堡垒似乎和他们刚出发时一样遥远。他们经过一座小山时，看到山上有一个牧羊人，和他在一起的是一条大狗，足有一匹成年种马那么大。它喷出的气息炙烤着眼前的草木，但它却能让羊群井然有序。它显然是一条猛犬。

　　"古利尔，"基尔胡赫说，"既然你是我们的翻译，就去问问这个牧羊人，有没有听说过'巨人之首'厄斯巴扎登。"

　　古利尔犹豫了一下，他警惕地盯着那条猛犬。"我只是自愿陪着凯伊他们，"他喃喃自语道，"而不是为了让我自己陷入危险。"

　　凯伊笑了笑。"那我就跟你一起去，如果那条狗对你来说太野的话。"

　　梅努走向前来。"如果你担心那条狗，我就施个法术，让它既看不见也闻不到我们的气味。"

　　于是，他们都在梅努的咒语下向前走去，来到牧羊人面前。他的狗没有闻到他们的气味，因此也没有发出叫声。

　　"您好，牧羊人。"凯伊恭敬地说，"从您的羊群的规模来看，您一定非常富有。"

　　牧羊人愤愤不平地哼了一声。"但愿它们跟你们在一起永远不会比跟我在一起好。"他反驳道。他们不知道他说的是什么意思，只能思考着他的回答。

　　"这群羊不是您自己的吗，牧羊人？"瓜尔赫迈问道。他意识到，牧羊人可能是在为一个大领主管理它们。

　　"无知！"牧羊人嗤之以鼻，"你不知道你在谁的地界上吗？这些都是'巨人之首'厄斯巴扎登的土地和羊群，他的堡垒就在那边。"

"啊，当然。"凯伊马上附和道，"那您是什么人呢？"

"我是'牧者'库斯坦宁，我曾经是一个强大的战士，但现在被我的主人统治，注定要成为他的牧羊人。"牧羊人突然意识到，他的狗无视了这七个战士，没有攻击他们。"你们是什么人，我的狗竟然没有伤害你们？"

凯伊瞥了一眼基尔胡赫。基尔胡赫轻轻点了一下头，示意不要对这个人隐瞒。

"我们是亚瑟的勇士，我们在寻找厄斯巴扎登的女儿奥尔温。"

库斯坦宁的神色顿时严峻起来。"如果你们想把命送掉，我不会阻止你们。但你们最好还是去找一些其他的东西，而不是'巨人之首'厄斯巴扎登的女儿。"

然后，基尔胡赫开口了："库斯坦宁，我是基利思之子基尔胡赫，我的命运使我只能娶奥尔温，否则这个世界上没有其他女人可以嫁给我。"

听到他的名字，牧羊人吓了一跳。他上前一步，仔细地打量他。"你就是基尔胡赫，基利思和格蕾季丝的儿子？"

"是我。"

牧羊人立即搂住了惊讶的基尔胡赫。"那么，你就是我的外甥，我的老婆是格蕾季丝的姐姐。"

于是基尔胡赫和库斯坦宁欣然相拥。

"您的妻子在哪里？我要去向姨母问好。"基尔胡赫问道。

"我直接带你去找她。但我必须警告你，我老婆是世界上最强壮的女人，她对自己的力气没有什么自知之明。所以，在她没有平复喜悦之情以前，千万不要被她抱住。"

说罢，库斯坦宁命令大狗守好羊群，然后把他领到自己家里。

"老婆，你的外甥基尔胡赫来看咱们了。"牧羊人喊道。

一个身材魁梧、肌肉发达的女人立即从屋里跳了出来。"我的内心充满柔情,因为他是我妹妹的亲生骨肉。"她大吼道,然后看向正在屋前下马的七个战士,"哪一个是基尔胡赫呢?"

她的丈夫意识到她的拥抱可能会伤害基尔胡赫,于是指向凯伊,他看起来是所有人里最强壮的。女人伸出双臂向他扑来,凯伊却抓起一根大木头向她扔去。一秒钟后,木头在她的臂弯里变成了碎片。

凯伊挖苦地摇了摇头。"女人,如果我像那根木头一样被抱碎了,你就再也不用对基尔胡赫表达你的爱了。"

这女人意识到她低估了自己的力量,惊愕地看着那些碎片。"这是个教训。"她赞同道。

然后,基尔胡赫亮明了自己的身份,所有人都被介绍给了那个女人。

他们走进屋子,坐下来享受盛宴。基尔胡赫向她告知了他们来此的原因。他的姨母摇了摇她的大脑袋。

"你们最好找点别的事做,否则你们都会丢掉性命。"

"在没有找到奥尔温之前,我是不会走的。"基尔胡赫坚定地回答。

女人满脸悲伤。她走到一个柜子前,打开柜子,里面走出了一个金发的英俊青年。

"他是戈莱,我最好的也是唯一的儿子。我曾经生了二十三个健壮的好小伙子,但'巨人之首'厄斯巴扎登把他们全杀了。如果他找到这个男孩,也会杀了他。"

"那就由我来保护戈莱,让他加入我们。如果他被杀了,也就意味着我和这六个勇士已经死了。"

凯伊等人高声叫好。戈莱的名字其实就是"最好"的意思,他也加入了他们的队伍。

"现在该谈谈我们的任务了。"基尔胡赫叫道。他很激动，因为他的任务似乎就要完成了。

"我可以告诉你怎么去见奥尔温。"基尔胡赫粗壮的姨母说。

"怎么去见？"

"你看到房子那边的池塘和瀑布了吗？奥尔温每天早上都独自去那里洗澡，没有仆人跟着。"

"她明早会来吗？"

"会来。"

"那我就在池塘边等着。"

于是基尔胡赫躲在了池塘旁边。第二天早上，一个少女来到了这里。她的头发是闪亮的金色，皮肤比海浪的泡沫还白，脸颊像吊钟花一样红润，嘴唇则像浆果的汁液一样鲜红。她戴着珊瑚项链和纯金手镯，无论她走到哪里，身后都会长出白色的三叶草来标记她走过的道路。因此，她被称为奥尔温，意思是"白色的足迹"。

基尔胡赫看得瞠目结舌。他看着少女来到池塘岸边，脱下红绸裙，踏入水中。她的胸脯像天鹅一样雪白。

年轻人这才起身，来到岸边。"啊，少女，你是我一生的挚爱，虽然我之前从未见过你，直到此时此刻。"

奥尔温吃了一惊，但她没有叫出声来。她一边蹚水走来，一边仔细地打量着他。"你占了我的便宜，英俊的先生。"她回答说，因为正如前面所说，基尔胡赫是个英俊的年轻人。她对他的问候并没有感到不悦。

"我是基尔胡赫，基利思国王的儿子。你是我的命运，是我心脏的搏动。你注定要来到我的国家嫁给我。"

"唉，年轻的王子，我被禁足了。没有父亲的同意，我不能离开他的家，因为我父亲已经被告知，他只能活到我嫁人为止。一个德鲁伊曾经预言，他会死在我结婚的那一天，所以没有男人可以娶我。"

"那我就向他发起挑战。"

少女严肃地摇了摇头。"不，你必须向我父亲提亲。他会给你安排一些任务，让你证明你的价值。如果你完成了这些任务，你就会赢得我的心。如果你做不到，我没有办法跟你走，因为你将必死无疑。"

于是，基尔胡赫让她去洗澡，他则回去告诉同伴们，接下来该做什么。

"你不要一个人去。"凯伊喊道。

"的确。"贝杜伊尔说，"我们已经到了这里，所以我们都应该去见识见识这个厄斯巴扎登。"

于是，中午时分，他们来到了大堡垒。凯伊和贝杜伊尔杀了九个守门人，没有一个人来得及叫出声；他们又杀了九条大狗，没有一条狗来得及吠出声。他们往前走到大厅里，"巨人之首"厄斯巴扎登——一个长着一只巨大独眼的凶猛巨人——正坐在那里沉睡。

基尔胡赫走向前去，用剑面击打巨人的小腿，使他清醒过来。

"什么人？"厄斯巴扎登连眼皮都没睁开，问道。

"我是基利思之子基尔胡赫。我来向您的女儿奥尔温求婚。"

厄斯巴扎登放声大笑，以至于整个房间都像地震一样摇晃起来。

"我的仆人呢？我想看看你，你这个自命不凡的小人儿。"

在巨人的怒吼声中，仆人们拿着两根长棍跑进大厅，用棍子掀开了巨人的眼皮。一只红红的大眼睛盯着下面，充满恶意。

"你就是基尔胡赫？"他吼叫着问道。

年轻的王子承认了自己的名字。

"那你走吧，明天这个时候过来，到时候我再答复你。"

难道就这么简单吗？那任务呢？不过，基尔胡赫还是转过身去，和同伴们开始离开大厅。这时，厄斯巴扎登抓起放在椅子旁边的一支用毒药浸渍过的大长矛，直接把它投向基尔胡赫。但贝杜伊尔在途中抓住了它，把它掷回巨人身上。它刺中了厄斯巴扎登的膝盖。

巨人痛苦地大叫："我再也没法走路了。我诅咒锻造这块铁的匠人，以及锻造它的铁砧！"

基尔胡赫控制着自己对这次卑鄙袭击的怒火。"我们明天再来听你的答复。"他坚定地说，"不要再耍花样了。"

当天晚上，他们在库斯坦宁夫妇那里住了一夜。第二天早晨，他们回到了巨人的大厅。

"我是来听你的答复的，厄斯巴扎登。"基尔胡赫宣布。

"我不能答复你。"巨人回答说，"在我没有跟她的四位曾祖父以及四位曾祖母商议过之前，我不能允许奥尔温结婚。明天再来吧，到时候我再答复你。"

于是，基尔胡赫和他的同伴们转身离开大厅。

这时，厄斯巴扎登又抓过一支毒矛，向基尔胡赫投掷过去。这一次，是梅努在途中抓住长矛，把它掷回巨人身上。它穿透了厄斯巴扎登的胸膛，矛尖从他的后背冒了出来。

厄斯巴扎登大叫起来："我的胸口和后背都疼得不行！我诅咒锻造这块铁的匠人，以及锻造它的铁砧！"

基尔胡赫对巨人的奸诈十分愤怒。"我们明天再来听你的答复。不过我再次警告你，不要再耍花样了。"

他们又在库斯坦宁和他的妻子那里住了一夜。第二天早晨，他们再次回到了厄斯巴扎登的大厅。

巨人的眼睛是闭着的。

"我看不见你，所以不能给你答复。明天再来吧，到时候我再答复你。"

当基尔胡赫和他的同伴们转身离开时，巨人拿起第三支长矛向基尔胡赫掷去，尽管他声称自己看不见。这次是基尔胡赫自己听到了长矛划破空气的声音，他转身接住长矛，用力将它掷了回去，长矛刺穿了厄斯巴扎登的眼睑和眼球。

厄斯巴扎登大叫起来："啊，我永远看不见了。我诅咒锻造这块铁的匠人，以及锻造它的铁砧！"

"我们明天再来听你的答复。"基尔胡赫愤怒地说，"如果我们明天还得不到答复，要么你死，要么我们死。"

于是他们又在库斯坦宁夫妇那里住了一夜，第二天早晨去了巨人的大厅。

"不要再向我投掷长矛了，厄斯巴扎登。"基尔胡赫警告道，"如果再有一次，我们一定会杀了你。"

厄斯巴扎登叫仆人撑着眼皮，他那只邪眼怒视着基尔胡赫。

"你必须向我证明，你配得上我的女儿奥尔温。"他的声音如同雷霆。

"我愿意向你证明。"

"那你必须保证，你会完成我给你的任何任务。"

"这很容易。告诉我，你需要我做什么。"

巨人阴沉地笑道："第一项任务是去东边的大森林，你要砍树、耕地、播种麦子，用麦子烤出面包，好给婚宴上的客人吃。这个任务必须在一天之内完成。"

基尔胡赫点点头。"一定做到。"

"第二项任务是找两个酒杯，好在婚宴上用。"

"这很容易。"

厄斯巴扎登剌耳地大笑起来。"第一个酒杯是高尔高德的角杯，第二个是舒伊里永之子舒伊尔的酒杯。"

基尔胡赫点点头。"一定做到。"

"第三项任务是给我弄一个装食物的篮子，好让我在婚宴上用。"

"这很容易。"

厄斯巴扎登残忍地笑了。"这是统治着'被淹之国'的'长腿'圭兹诺的篮子。[1]它可以让九个人围坐在旁边吃上三顿，没有人会饿着离开。"

基尔胡赫点点头。"一定做到。"

"第四项任务是在婚礼当天给奥尔温提供面纱。"

"这很容易。"

厄斯巴扎登冷笑一声。"我和奥尔温的母亲第一次见面的时候，在一片杂草丛生的地里播种了九公顷亚麻籽，但它们现在已经消失了。必须把这些种子重新播种，让它们生长，把它们收获，然后把亚麻纺成奥尔温的面纱。"

基尔胡赫点点头。"一定做到。"

"第五项任务是给我找一把剃刀，在婚礼的那天早晨给我刮胡子。"

"这很容易。"

"啊，"厄斯巴扎登咬牙切齿地说，因为似乎没有什么任务能让基尔胡赫印象深刻、感到害怕，或者拒绝执行，"这把剃刀是'野

---

1 中世纪威尔士文献《不列颠岛的十三个宝物》（*Tri Thlws ar Ddeg Ynys Prydain*）将这个篮子作为十三个宝物之一。圭兹诺的"被淹之国"位于拉姆齐岛和巴德西岛之间。

猪之首'厄斯基瑟鲁因[1]的獠牙，给我刮胡子的人必须是皮克特王国的卡杜，他永远不肯离开他的王国。而我只能用住在地狱高原的悲伤山谷的'黑女巫'的血来软化我的胡须。"

"一定做到。"基尔胡赫点点头。

厄斯巴扎登开始恼火起来。他列举了不少于十三项艰巨的任务，还有不少于二十六项难度较低的任务，这些都必须完成。对于每一项任务，基尔胡赫都满口答应。

厄斯巴扎登想要插在彼世的野猪之王——野猪特鲁伊斯两耳之间的梳子和剪刀，但在没有得到猎犬德鲁杜因[2]之前，没有办法猎杀它；而在没有得到属于"百爪"库尔斯的狗绳之前，不能牵住这条猎犬；除了"百手"坎哈斯蒂尔的项圈之外，没有项圈能挂住这条狗绳；最后，只有"百握"基利思的链子才能连接这条狗绳和这个项圈。

除了玛本·阿普莫德隆[3]之外，没有人能驱使德鲁杜因，但玛本在仅有三天大的时候就被人从家里偷走，迄今下落不明，只有他的亲戚埃多伊尔知道他在哪里，但埃多伊尔被关在格利尼的秘密监狱里，因此世上没有人知道玛本在哪里。而即使是玛本也无法猎杀野猪特鲁伊斯，除非他骑着圭如的骏马"黑白鬃"。想要得到这匹马，必须和圭如交战。

即使这样还是无法狩猎野猪特鲁伊斯，除非得到阿内德和艾斯伦这两条猎犬的帮助，它们从未让任何一只猎物逃掉。只有"麻风病人"海图因的儿子"野蛮人"科雷迪尔才能驱使这两条猎犬，

1　这是在呼应"君主之首"亚瑟和"巨人之首"厄斯巴扎登。

2　意为"凶猛的白色"。

3　字面意思是"母亲的儿子"。这个名字反映了中世纪的威尔士人对凯尔特神祇玛波诺斯（Maponos，"神子"）及其母亲玛特罗娜（Matrona，"神母"）的记忆。

科雷迪尔比世上最狂野的野兽还要狂野九倍。如果没有格温·阿普尼思的命令，谁也无法使科雷迪尔服从，但诸神让格温看守许多彼世的恶魔，他不能离开他的岗位，以防世界被这些恶魔摧毁。

此外，世上没有任何一条狗绳能拴住阿内德和艾斯伦这两条猛犬，除非是用艾雷之子迪希斯这位大胡子巨人的胡子搓成的绳索。但是，除非这胡须是在他活着的时候用木镊子从他的下巴上拔下来的，否则绳索也不会有效。只要迪希斯还活着，他肯定不会允许任何人这么做。

此外，除非布尔赫、科孚尔赫、瑟孚尔赫[1]为此出力，使用他们的三面盾牌、三支长矛、三把利剑和三只猎号，野猪特鲁伊斯也不会被猎杀。这三只猎号发出的声音非常可怕，如果能让它们不再出声，即使天塌下来，也没有人会介意。

此外，野猪特鲁伊斯只能被巨人乌尔纳赫的剑杀死，而这个强大的巨人永远不会放弃这把剑。最后，如果没有亚瑟和他所有勇士的全力支持，也不可能猎杀野猪特鲁伊斯。

随着厄斯巴扎登不断地列举，基尔胡赫的同伴们的脸拉得越来越长。

但是基尔胡赫神情坚定，平静地点着头，答应了每一个条件。

"一定做到。"他简单地说。

厄斯巴扎登骂了他一句，因为现在他已经把艰巨的任务安排完了。

"直到你完成了这些任务，我才会把奥尔温嫁给你。但是如果你失败一次，你就会没命。"

"迎接死亡的不会是我，'巨人之首'厄斯巴扎登。"基尔胡赫

---

1 分别意为"有缺口""没有缺口""有所缺口"。

郑重地说，"数着日子吧，直到你自己的死期来临。"

说罢，基尔胡赫转身离开了大厅，他的同伴们也跟着离开了。

于是，基尔胡赫开始完成"巨人之首"厄斯巴扎登摆在他面前的这些不可能完成的任务。

他和七个同伴一起旅行——因为现在年轻的戈莱和他们在一起了。他们骑行了很多天，直到来到一座巨大的堡垒，堡垒门口站着一个巨人。

"这是谁的堡垒？"凯伊问。

巨大的守门人惊讶地看着他们。"如果你们不知道巨人乌尔纳赫的堡垒，你们就是蠢货。走吧，免得丢了性命。"

同伴们交换了一下眼神。拿到巨人乌尔纳赫的剑是清单上的重要任务。

"这算是礼貌的待客之道吗？"凯伊反驳道。

"从来没有客人能活着离开这座堡垒。"守门人笑道。

"不过，"凯伊说，"乌尔纳赫也许愿意和我待上一会儿。"

"为什么？"

"我有一门手艺。我是世上最好的磨刀匠和抛光师。"

乌尔纳赫听守门人这么报告，便让他把凯伊带进来。凯伊独自进入堡垒，基尔胡赫和其他同伴在外面等待。

"我早就需要一个人帮我磨剑了。"当凯伊走到他面前时，巨人大声说道，"你真的会磨剑吗？"

凯伊只是笑了笑。"我磨过天下最厉害的剑——我亲自磨过亚瑟的剑。"

于是，乌尔纳赫拿出他的大剑，放在凯伊面前。"我不会让任何人得到这把剑，无论是为了钱还是为了人情。你能把它擦亮吗？"

"我能。"凯伊说。

他从口袋里拿出一块磨刀石，开始工作。但他只磨砺、抛光了一边就停了下来，给巨人乌尔纳赫看。

"大人，您对我的手艺满意吗？"

乌尔纳赫对此表示称赞。

"手艺的确不赖。把另一边也给我磨了。"

"我会的。不过我注意到，您的剑鞘也需要清洗。我在外面有一个朋友，他和我一样，是个杰出的工匠。"

"这个人是谁？"

"哦，是个拥有魔法长矛的同伴，他的矛尖能从矛杆上飞出，在风中吸血，然后再飞回去。"

"这个人我一定要见见。如果他能帮我清洗剑鞘，我更要见见了。"

于是，守门人去叫贝杜伊尔。当贝杜伊尔被放进堡垒时，库斯坦宁的儿子戈莱设法把钥匙藏了起来。就这样，在贝杜伊尔被带到乌尔纳赫面前的时候，戈莱偷偷地让基尔胡赫和其他战士也进了堡垒。

当凯伊磨完剑，贝杜伊尔清洗完剑鞘之后，乌尔纳赫满意地查看它们。

然后，凯伊轻轻地接过剑和剑鞘，说："让我检查一下我们的工作是否合格，因为剑应该可以顺利地滑入剑鞘。"他右手持剑，左手拿着剑鞘，似乎要将剑入鞘。但他突然从鞘里拔出剑，用尽全身力气，把剑插进了乌尔纳赫的胸膛。乌尔纳赫翻倒在地，凯伊随即砍下了巨人的脑袋。

基尔胡赫和他的同伴们洗劫了堡垒，获得了一大笔财宝，随后凯旋，回到了亚瑟的宫殿，向亚瑟讲述了所有的任务。亚瑟对这些挑战感到兴奋，他对基尔胡赫说，他和他所有的战士都会帮他完成清单上的任务。

为了完成厄斯巴扎登设定的主要任务，他们必须按照一定的顺序来做。接下来最重要的事情是寻找玛本·阿普莫德隆，但是他们必须首先找到他的亲戚埃多伊尔，而埃多伊尔被囚禁在格利尼的堡垒里。于是亚瑟和他的战士们包围了堡垒。亚瑟用号角声把格利尼叫了出来。

"你想怎么样？"格利尼粗鲁地问，"我这里没有什么值得一提的宝藏。"

"我是来找埃多伊尔的，你把他囚禁在你最深的地牢里。把他交给我，我就不会为难你。如果你拒绝，我就让你的堡垒变成废墟。"

然后，埃多伊尔被带到众人面前，要他回答他的亲戚玛本在哪里。

"只有动物、鸟类和鱼类知道。"埃多伊尔坦言，"我不知道。"

这时，亚瑟的一些部下开始窃笑。亚瑟皱着眉头，让他们安静下来。

"去吧，'诸语之翻译'古利尔。按照埃多伊尔的建议，去询问那些动物。"

于是，古利尔前去询问动物、鸟类和鱼类。凯伊和贝杜伊尔与他同去。古利尔先是去问基尔古里的黑鸫鸟，但它活了这么久，却从未听说过玛本。不过它相信，雷登弗雷的雄鹿比它更年长、更有智慧。

于是，古利尔请教了雷登弗雷的雄鹿，但它活了这么久，却从未听说过玛本。它相信，考鲁伊德山谷的猫头鹰比它更年长、更有智慧，它可能会知道。

然后，古利尔找到了考鲁伊德山谷的猫头鹰，但它活了这么久，却从未听说过玛本。它相信，格温纳布伊的鹰比它更年长、更有智慧。

然后，古利尔询问了格温纳布伊的鹰，但它活了这么久，却从未听说过玛本。

在他们正要绝望的时候，这只鹰忽然说："我记得，有一次我想抓一条鲑鱼，它是全世界最有智慧的鲑鱼。它的力气很大，把我拉进河里，差点把我淹死。最后我们和好了，我还帮了它一个忙，从它的后背上拔下了五十根鱼叉。我带你去见它。如果它也不知道，那么世界上就没有动物知道了。"

于是，格温纳布伊的鹰把他们带到西乌湖，叫出了鲑鱼。

"玛本？"鲑鱼对古利尔说，"我把我知道的都告诉你。我常常乘着潮水前往萨布兰河的上游，一直游到洛伊乌堡的城墙下；每次到了那个地方，我都会听见哭声，那是我听到过的最痛苦的哭声。我敢肯定，那哭声是玛本的，他在仅有三天大的时候就被人从他母亲身边偷走了。"

"你能带我们去吗？"古利尔问。

"可以。"西乌湖的鲑鱼同意了。

于是，古利尔、凯伊和贝杜伊尔坐在鲑鱼宽阔的背上，由它带着溯河而上。这条大河名叫萨布兰，也就是现在的塞文河。他们来到了洛伊乌堡，也就是现在的格洛斯特。在城墙下，他们听见有人在大声哀哭。

"是谁？"古利尔喊道，"什么人可以发出这样的哭声？"

"是玛本·阿普莫德隆。"一个声音哭诉道，"我被囚禁在这里，这就足以让我恸哭了。此外，没有人被囚禁得像我一样凄惨——

无论是'银手'希思还是格雷德·阿普艾利[1]，都没有遭受过如我这般的牢狱之苦。"

"绑架你的人有没有要求赎金？"凯伊问道。

"没有，只有使用武力才能解放我。"

古利尔急忙回去告知亚瑟和他的战士们。但在亚瑟及其部下接近洛伊乌堡之前，凯伊和贝杜伊尔就从河岸上发起进攻，救出了玛本，让他重获自由，把他带回了亚瑟的宫殿。

最难解决的任务之一是找到九公顷亚麻籽，只有用它们种出来的亚麻才能给奥尔温做面纱。也许是命运的安排，圭希尔·阿普格雷道尔恰好经过一个山坡——圭希尔是一个伟大的战士，他的新娘是"银手"希思的女儿克蕾季拉德，但她被彼世的国王格温·阿普尼思绑架了。为了夺回她，圭希尔和格温得到命令，每年都要打一次仗，年年如此，一直持续到末日审判的那天。在审判日那天的战斗中，谁是胜利者，谁就可以得到美丽的克蕾季拉德。

这时，圭希尔在走过山坡时听到了可怕的哭号声。他看到，原来是一个蚁丘着火了，便拔出剑来，挖掉了燃烧的部分，以免大火吞噬整个蚁丘。

"祝福你，圭希尔。我们要如何报答你？"蚁王问道。

圭希尔想起了基尔胡赫的任务，解释了一番之后，他得知，很久以前，就是这些蚂蚁把亚麻种子搬走了。为了报答救命之恩，蚂蚁们同意归还这些种子。它们归还了几乎全部种子，就差最后一粒了——就在约定的那一天的傍晚之前，一只瘸腿的蚂蚁终于把它送回了种子堆。

故事还在继续。当一年一度的战斗来临时，格温赢得了胜利，

1　这是威尔士传说中的两个"高贵的囚犯"。

在他从圭希尔那里夺走的人质里，有几个人对基尔胡赫的计划十分重要。"麻风病人"海图因被杀，格温强迫他的儿子"野蛮人"科雷迪尔吃下了他父亲的心脏，于是科雷迪尔发疯了，逃到荒野中，远离人群。

亚瑟听说之后，十分生气，骑马过去调解。作为和平的奖赏，他得到了圭如的骏马"黑白鬣"、"百爪"库尔斯的狗绳，以及厄斯巴扎登列出的许多其他宝物。

另一项重要的任务是在巨人迪希斯还活着的时候拔掉他的胡子。厄斯巴扎登曾经说过，除了用迪希斯的胡子做的狗绳，世上没有任何一条狗绳能拴住阿内德和艾斯伦。他们不仅必须在他活着的时候拔掉他的胡子，还得用木镊子拔。

凯伊和贝杜伊尔恰好遇到迪希斯在篝火上煮野猪。他们知道，等这个巨人吃下煮熟的野猪肉之后，他就会睡过去；于是他们就在一旁等待，同时制作木镊子来打发时间。当迪希斯睡着后，他们在他脚下挖了一个几乎和巨人本人一样高的坑。挖完之后，凯伊给了巨人重重一击，使他直立着掉进了坑里。

当巨人毫无知觉地昏倒在坑里时，贝杜伊尔拔掉了他的胡子，然后和凯伊一起杀死了他。他们把胡子搓成绳索，急忙回到亚瑟的宫廷；但是不巧，亚瑟拿他们战胜迪希斯的隐秘行动开了个玩笑[1]，凯伊和贝杜伊尔觉得被冒犯了，于是便退回到康沃尔的凯利威克[2]，拒绝再和这些任务有任何关系。

厄斯巴扎登已经明确要求，只能用"野猪之首"厄斯基瑟鲁因的獠牙给他刮胡子。在亚瑟前去寻找"野蛮人"科雷迪尔的路上，他又设法找到了布尔赫、科孚尔赫和瑟孚尔赫，还找到了皮克特王

1　亚瑟作了一首诗，暗示说，如果公平交战，凯伊和贝杜伊尔是无法打败迪希斯的。

2　早期传说中亚瑟的宫廷所在地。

国的卡杜，亚瑟成功地劝说所有这些人和他一起回去。至于这一切是如何发生的，这里篇幅有限，无法赘述。

在回去的路上，他们遇到了"野猪之首"厄斯基瑟鲁因。卡杜看准了这个机会；当时，周围除了亚瑟自己的牝马夏姆雷，没有其他的马，他便骑上这匹马，直取野猪，一斧就把它的头劈作两半，把獠牙拔了下来，只有用这獠牙才能剃掉"巨人之首"厄斯巴扎登的胡子。

然而，最艰巨的任务莫过于猎杀传说中的野猪特鲁伊斯。和这头彼世的野猪相比，就连厄斯基瑟鲁因都算是相当驯服的。据说这头野猪生活在爱尔兰，它在那里被称为"Torc Triath"[1]，是达格达和生育女神布里吉德最珍贵的财产之一。但这和我们的故事没有关系。

除了这次伟大的狩猎之外，当厄斯巴扎登布置的大部分任务都已完成之后，亚瑟召集了他的部下，先派梅努出去打探消息。梅努变成了一只鸟，因为他要找出魔猪的住处，还要确认它的两耳之间是否还插着梳子和剪刀。

梅努出发之后，在野猪的巢穴里找到了它。梳子和剪刀也在那里。梅努试着从它的头上抢夺宝物，却只弄到了一根猪鬃，还让野猪愤怒的唾沫溅到了他的羽毛上。虽然梅努成功地回到了亚瑟那里，报告了他的发现，但从那天起，他就一病不起。

于是，亚瑟的所有勇士都加入了这次冒险，乘坐他那艘名为"美貌号"的船，驶向爱尔兰。爱尔兰的勇士们上前询问不列颠的军队为何会来到他们的海岸，他们得知原委后，主动提出协助亚瑟猎取这头魔猪。如果能够成功，爱尔兰人将会非常高兴，因为

---

1 爱尔兰语的"野猪之首"。

这头野猪总是在他们的土地上制造麻烦，能摆脱它是件大好事。

他们在寒岭[1]发现了野猪特鲁伊斯，它的身边还围着七头更年轻的大猪，它们全都一样可怕，一样有魔力。因为此处是爱尔兰人的土地，所以爱尔兰的勇士们带着他们的猎犬率先发动了进攻。然而，到当天晚上，魔猪打败了他们。它为了复仇，还摧毁了爱尔兰的五个王国之一。

第二天，亚瑟的战士们上阵了。可是到当天晚上，除了死亡和毁灭，他们什么也没有得到，又一个王国化为废墟。第三天，亚瑟和他最优秀的勇士们前去对抗野猪特鲁伊斯，但当夜幕降临时，死亡和破坏更加严重，第三个王国被夷为平地。

就这样，他们和这头彼世的野猪大战了九天九夜，但野猪特鲁伊斯依然毫发无损。

那天晚上，他们扎营的时候，亚瑟的一个战士要亚瑟告诉他们更多关于这头可怕野兽的事情。

"它曾经是这片土地上的一位伟大的国王，但他认为自己无比强大，傲慢自满，于是诸神把他变成了一头野猪。"

"那么，也许，"战士说，"我们可以和它谈判，因为它当过国王，懂得外交的意义。"

这个建议并不像许多人认为的那样幼稚。

在他们休息的时候，亚瑟决定派翻译古利尔去和野猪谈判。因为，实际上，他们只是想要野猪两耳之间的梳子和剪刀而已。然而野猪特鲁伊斯并不愿意回应，是它的儿子"银鬃"格里金让古利尔回去告诉亚瑟，他必须用武力夺取梳子和剪刀，因为他没有尝试对话就抢先攻击了。

---

1 指爱尔兰的东部海岸一带，是中世纪威尔士传说中模糊不清的"爱尔兰极远之处"。

"在你们杀死我们，终结特鲁伊斯的生命之前，梳子和剪刀会一直插在那里。你回去告诉亚瑟和他的战士们，让他们别来烦我们，否则我们会去往他的领土，像摧毁这片土地一样摧毁它。"

古利尔把这些话转达给亚瑟之后，亚瑟很生气，准备在天亮时再度发起进攻。但还没等他出动，就发现野猪特鲁伊斯和它的七头年轻大猪已经游过了大海，来到了强大之岛。它们在德维得王国的波斯克雷斯[1]登陆，杀死了几乎所有的居民和牲畜，只有少数人得以逃生。

亚瑟和他的部下们开始寻找野猪特鲁伊斯，这头野兽把他们带到了普雷塞利山地。在那里，亚瑟将他的人马聚集在内维尔河两岸，但大野猪和它的七头大猪却转战到了库姆凯鲁因，它在那里杀死了亚瑟最好的四个勇士。它总共发动了两次突袭，每次都有四位伟大的勇士丧生，其中包括亚瑟的小儿子圭德雷。据说最后是一支标枪擦伤了野猪，使它愤怒地离开，否则会有更多的人送命。

第二天，特鲁伊斯还是一如既往地狂野。胡安道、戈吉古尔、彭平吉永这三个格娄鲁伊德麾下的勇士倒在了它的獠牙之下。亚瑟的首席建筑师——工匠古利金也被杀了。

在佩伦尼奥格，他们几乎就要捉到它了，但是又有三个勇士倒下了。野猪突破包围圈，来到了厄斯顿山谷。在那里，猎犬失去了它的踪迹，没有人能找到它。

亚瑟召唤格温·阿普尼思，问他是否知道野猪的下落，但格温不知道。于是，狩猎队带着猎犬继续前进。一支先遣队来到希胡尔河谷，特鲁伊斯的两头大猪——"银鬃"格里金和"劈砍者"

1　位于现在的彭布罗克郡的小港口。以下的一串地名都位于威尔士南部，不赘述。

舒伊多克闯进了他们的营地，除了一个人之外，其余的人都被杀死了。这个幸存者设法逃回亚瑟那里，向他报告了情况。

亚瑟立刻前去攻击这两头大猪，取得了压倒性的优势。但这两头大猪发出了巨大的号叫，让野猪特鲁伊斯听到了，它从窝里爬起来，冲上去保护它们。那一天杀得天昏地暗，不是你死，就是我亡。第一头猪在阿曼努山地被杀，然后其他的猪也相继倒下了——野猪夏温、圭斯、班努和本努伊格[1]都死在那一天。事实上，只有格里金、舒伊多克和野猪特鲁伊斯还活着。

这三头魔猪被追到艾温湖畔，野猪特鲁伊斯在这里杀死了"粗腿"埃基尔和其他数不清的没那么有名的战士。随后，这三头魔猪退守到陶伊湖，在这里，格里金被迫和另外两头猪分开，向特维堡和格里金岭进发。在最后那个地方，它终于被杀死了，尽管它在最后一战中又杀死了亚瑟的另外四名勇士。

舒伊多克在伊乌原野被追上并杀死，但它也带走了两个伟大的国王，其中一个是亚瑟的亲叔叔。

在丧子的愤怒中，野猪特鲁伊斯摧毁了从陶伊到埃维亚斯之间的所有土地和居民，然后开始向南移动，准备渡过萨布兰河。

亚瑟再次召集起他的勇士们。

"只要我还有一口气在，我就不会让这头魔猪进入康沃尔的土地[2]。我不会再追逐它了，现在就在这里和它决一死战。要么它死，要么我亡，我们之中只能有一个胜利者。你们该怎么做，你们随意吧。"

没有一个战士离开，所有人都与亚瑟站在一起。

---

1 这四个名字都是不同形式的"小猪"。

2 渡过塞文河之后，就出了威尔士。这里指威尔士之外的不列颠南部地区，而非历史上的康沃尔王国。

于是，他们聚集在大河萨布兰的岸边，野猪特鲁伊斯就站在河湾里。

玛本·阿普莫德隆抓住了机会。他骑着骏马"黑白鬃"，带着库斯坦宁之子戈莱和有病在身、高喊着要报仇的梅努向前冲去。亚瑟、"大比首"奥斯拉、玛纳乌丹·阿普希尔、"野蛮人"科雷迪尔跟在他们后面。他们包围了大野猪，在搏斗中，玛本从野猪的两耳中间夺取了梳子，而科雷迪尔则夺取了剪刀。

然后，这头大野猪在猎犬阿内德和艾斯伦的追赶下，沿着萨布兰河跑进大海，一直向西南跑去，跑向安努恩，也就是彼世，最后消失在人们的视线里。有人说——谁会否认呢？——野猪特鲁伊斯至今还睡在安努恩一棵巨大的橡树下，鼻子插在从橡树上掉下来的橡子堆里。它只是在休息。总有一天，它将回到这个世界，继续与亚瑟和人类进行可怕的较量。

就这样，厄斯巴扎登所布置的最艰巨的任务终于完成了。

但是还剩一项任务，那就是"黑女巫"的鲜血，厄斯巴扎登希望用它来软化自己的胡须。她是"白女巫"的女儿，住在地狱高原的悲伤山谷的尽头。

于是，亚瑟又出发了，他带上了向导肯热利格。他们来到那里，找到了女巫的山洞，这山洞又黑暗又邪恶，从中散发出来的腐臭味激怒了战士们。卡卡穆里和他的兄弟赫圭思进入山洞与女巫战斗，但却浑身是伤、血流不止地走了出来，被她的魔法吓得魂飞魄散。

当亚瑟想亲自进洞时，他的部下却劝他派阿姆伦和艾季尔这两个更出色的勇士进去。但当他们出来的时候，却和之前的两个人一样遍体鳞伤。

亚瑟再也忍不住了。他冲进山洞，把比首一挥，刀刃在黑暗中闪耀亮光，将女巫砍成了两半。然后，皮克特王国的卡杜冲上前去，把女巫的血倒进一个瓶子里。他负责保管这个瓶子[1]。

然后亚瑟问："任务都完成了吗？"

基尔胡赫上前一步，答道："是的，陛下。"

"那么，基利思之子基尔胡赫，我已经兑现了我的承诺。在你第一次来到我的宫廷，让我给你理发的那天，我答应你，只要奥尔温存在于世上，你就会得到她。现在去吧，从'巨人之首'厄斯巴扎登手中带走她吧。"

基尔胡赫和他的同伴们再次出发，前往"巨人之首"厄斯巴扎登的堡垒。

"巨人之首"厄斯巴扎登坐在他的大厅里。当他们来到他的面前时，厄斯巴扎登让仆人们用棍子撑起他的大邪眼的眼皮。

皮克特王国的卡杜走上前去。

"我是来给你刮胡子的。"

于是，他按照厄斯巴扎登的要求，给他刮了胡子。

"这么说来，所有的任务都做完了？"厄斯巴扎登低声问道。虽然他很清楚，肯定是这样。

"如你所见。"基尔胡赫回答，"奥尔温现在是我的了。"

厄斯巴扎登阴沉着脸点了点头。

"但是，不要以为这是你自己做到的，基尔胡赫。由于你的表哥亚瑟和他的勇士们的努力，这些任务才得以完成。是他们为你赢得了奥尔温。至于我呢，我应该给你更多的任务，好让你永远都不会娶她为妻。"

然后，他们派人去找美丽的奥尔温。她心甘情愿、满怀爱意

1　这个瓶子也是厄斯巴扎登要求的宝物之一，它可以让瓶里的液体永远保温，因为在剃须的时候，女巫的血必须是温热的。

地来到了年轻英俊的基尔胡赫王子身边。

"据说，你会死在今天。"基尔胡赫看着厄斯巴扎登说。

巨人苦笑一声。"的确如此，可就连这个任务都不是你能完成的。"

此时，库斯坦宁的儿子戈莱冲上前去，一剑就砍下了厄斯巴扎登的头。

"没错，"他说，"这是我的任务——为我死去的二十三个哥哥报仇。"

他把巨人的头颅插在木桩上，作为对所有暴君的警告——无论他们如何试图维护自己的权力，他们的末日终将到来。然后，厄斯巴扎登的堡垒就到了戈莱的手里。戈莱英明而公正地统治着，娶妻生子，得享高寿。

就这样，基尔胡赫结束了赢取奥尔温的任务。他战胜了继母对他命运的诅咒，带着新娘回到了父亲的宫殿。回去之后，他发现不仅他的父亲去世了，他的继母和她的女儿也亡故了。人们看到他安然无恙，还带回了美丽的王后，都为之欢欣鼓舞。他们英明而公正地治理着这片土地，幸福地度过了余生。

亚瑟的战士们就此散去，回到各自的领地。游吟诗人们讲述了许多亚瑟的勇士们完成各种壮举的故事，但没有任何一项壮举像赢取奥尔温这么伟大。

25　罗纳布伊之梦

在马多克·阿普马雷杜思统治波伊斯[1]的时候，战乱四起，不得安宁。马多克竭尽全力，想为他的王国和邻国带来和平，但马多克的弟弟约鲁沃斯却嫉妒他的哥哥，企图夺取波伊斯的王位。为了损害马多克的合法统治，他突袭了邻国。

他的一队叛变的战士打着马多克的旗帜发动进攻，约鲁沃斯希望以这种方式摧毁他哥哥的王国。他的军队到处肆虐，威胁要推翻马多克签订的任何和平条约。火光和血腥遍布整个国家。

马多克把忠于他的战士召集起来，把他们的指挥权交给了他最优秀的将领罗纳布伊。他要负责找到叛变的约鲁沃斯，俘虏他，把他送回波伊斯。这支军队立刻出发去寻找约鲁沃斯，但这并不容易，他们在哪里都找不到他。

罗纳布伊和他的部下们在寻找的途中，来到了卡杜冈·阿普伊戎的儿子"红发"海林的领地。他的领主大厅已经在约鲁沃斯的突袭中被烧得漆黑，黑乎乎的石头和木头上还冒着青烟。它不仅被烧毁了，而且被遗弃了——除了一个正坐在灰渣上，缩在角落里烤火的老妇人之外，空无一人。天快黑了，罗纳布伊意识到，这一

1　威尔士东部的一个地区。

天继续寻找也不会有什么结果，于是命令部下在这座被毁厅堂前面的空地上扎营，而他则带着两个将军走进废墟。

"海林领主呢？"罗纳布伊看到老妇人，问道，"他的大厅里发生了什么悲剧？"

他和两个部下走到老妇人面前的火堆旁边，但老妇人没有理会他们，只是坐在那里，一边烤火一边自言自语。罗纳布伊怀疑她要么是聋子，要么是傻子，无论如何，他觉得事情很明显，约鲁沃斯已经打败了海林领主。

尽管有一股刺鼻的气味，但火堆旁边至少比较暖和。罗纳布伊和他的两个部下看到附近摊着一张牛皮，便在上面坐了下来。

"住在这里的人都到哪儿去了？"罗纳布伊又问了一句，想让这个老妇人开口。

老妇人还在嘟囔着什么。这时，一男一女走进了废弃的厅堂。他们是一对老夫妻，牙齿全没了，头发也几乎掉光了。他们带来一捆树枝，递给老妇人，老妇人则把树枝添在火上。

罗纳布伊向他们打招呼，但他们根本不理。

于是，罗纳布伊转向他的两个部下，建议回营地去——哪怕在冰冷的行军床上睡一夜，也比忍受这个老妇人和她的两个新伙伴的恶臭和无礼要好得多。可罗纳布伊发现，他的部下们已经躺在牛皮上酣睡起来；当他看着他们的时候，他才发现自己有多困。牛皮上还有地方，于是他伸了个懒腰，马上就睡着了。

他觉得自己没睡多久，就听到一声号角响起，天亮了。这里似乎只有他和他的两个部下。他们从废墟里跑出来，发现自己的军队已经不见了。而且，太阳已经升起，他们意识到这座大厅一定是在阿根格罗伊格平原上。他们上了马，朝着大河萨布兰的十字滩骑去，但就在他们骑行的时候，听到身后有蹄声雷动。他们在马鞍上转身一看，看到了一个奇怪的战士，他一身黄衣，一头黄色的鬈发，骑着一匹黄马，手执一柄金剑，模样极其凶残。

"那一定是一位彼世的战士！"罗纳布伊的一个部下喊道，用马刺猛刺了一下自己的马。他们开始恐慌起来，但无论他们如何努力，都无法摆脱这个奇怪的战士。罗纳布伊担心他们的性命受到威胁，甚至遭到更糟糕的对待，于是命令他的部下们投降。

"我们要求有条件投降。"罗纳布伊喊道。

那个年轻的金甲战士在离他们不远的地方勒住骏马，友善地笑了笑。"那么，以亚瑟的名义，你们将得到仁慈的对待。"

"既然你答应了我，"罗纳布伊说，"请允许我知道我是向谁投降的。"

"我叫伊若格·阿普莫尼奥，但我更为人所知的名字是泰尔沃斯古尔。"

"真是个奇怪的名字。"的确，因为这个名字的意思是"捣蛋鬼"。

"我之所以被这样称呼，是因为我爱搞恶作剧。"对方毫不犹豫地回答，"在亚瑟和他的侄子梅德劳德[1]展开剑栏之战的时候，我负责担任他们两人之间的使者。我在他们之间引发了各种冲突；我对一个人假装一套，对另一个人假装另一套。当亚瑟命令我向梅德劳德传递好话时，我把他的话改得既粗鲁又刺耳；当梅德劳德想要与亚瑟和解时，我告诉亚瑟，梅德劳德既傲慢又暴躁。所以我被称为'泰尔沃斯古尔'，也就是'捣蛋鬼'。"

在他们说话的时候，又传来了马蹄声。路上又来了一个骑手，一身鲜红的装束。他的马虽然是栗色的，但接近红色。他的剑和

---

[1] 即盎格鲁－撒克逊和法国亚瑟王传说中的莫德雷德（Mordred）。

盾牌上都沾满了鲜血。不一会儿，他骑着马来到了他们的身边。

"这些小家伙是敌是友？"他问伊若格。

"随你选择。我选择跟他们做朋友。"

"好极了，"那人同意道，"他们是朋友。"

话音刚落，那人就策动栗色马，沿着路跑去了。

"他是谁？"罗纳布伊问。

"他是'闪耀者'卢昂，一个强大的战士。"伊若格回答，"现在，跟我到我们的营地去吧。"

他们骑马前行，到了宽阔的萨布兰河，看到有一支庞大的军队在河岸扎营，营地的面积足足有一平方英里。营地里布满帐篷，许多旗帜迎风飘扬。伊若格带着他们穿过营地，来到一个高台前，高台上坐着一个高大英俊的男人。他的头发是红褐色的，皮肤是白色的，头上戴着黄金的头箍，手里握着一把大剑。他的身边站着一个皮肤白皙、头发乌黑的青年。

"祝福您，亚瑟陛下。"伊若格向他鞠躬，喊道。

戴着黄金头箍的男人——亚瑟转过脸来，好奇地看着罗纳布伊和他的同伴们。

"这些人是谁，伊若格？你是从哪儿找到这些小家伙的？"

伊若格大笑起来，罗纳布伊则变得脸色煞白。他是马多克最优秀的将领和战士，不喜欢别人叫他"小家伙"。

"是我在路上找到的，陛下。"

亚瑟盯着他们笑了，仿佛在嘲笑他所看到的一切。

"您觉得我们很有趣吗？"罗纳布伊问，因为他生性骄傲，"您觉得可以拿我们开玩笑吗？"

亚瑟抿着嘴做了个鬼脸。"这可不是什么好笑的事情。昨天，巨人们还在保护我们的海岸，让我们不受撒克逊人侵袭；今天，却只有你们这样的小人儿能够保护我们的人民不被入侵。"

然后他挥了挥手，将他们打发走。当他们退到亚瑟听不见的地方之后，伊若格低声对罗纳布伊说："你看到亚瑟戴的戒指了吗？"

"那个镶着大石块的金戒指？是的，我看到了。那是什么戒指？"

"那是一块魔石，会迫使你说出我们第一次见面以来你所看到的一切。"

他们的对话被奔腾的马蹄声打断了。罗纳布伊转过身来，看到一群战士骑马进了营地。他们看起来色彩鲜亮，拿着闪亮的盾牌，装束都是深浅不一的红色。

伊若格觉察到了他好奇的目光，说："这些都是'闪耀者'卢昂的战士，就是你刚刚在路上遇到的那个人。在强大之岛上，只有他们才能向国王的女儿致敬。他们喝的是蜂蜜酒。"

接着又来了一队骑马的战士，他们的装束都是白色的。他们骑得很快，领头的骑手离亚瑟很近，于是那个皮肤白皙、头发乌黑的青年走上前去，用剑面击打马的口鼻处，使它停了下来。

"你是在侮辱我吗？"骑手问，一只手放在自己的剑上。

"这是我给你的警告。你在亚瑟身边骑马，让泥巴溅到了他身上。"

"那我就没有受到侮辱。"那人说，将拔了一半的剑插回鞘中。

"他是马克·阿普梅尔基永[1]。"伊若格指着那个青年对罗纳布伊说，"他是亚瑟的表弟。"

接着，第三支战士部队骑马来到，他们的装束都是黑色的。

1　此人是"特里斯坦和伊索尔特"故事中的马克王的原型。

"这支部队由艾登·阿普尼思率领。"伊若格说道。

现在，他们周围环绕起了一支庞大的军队，其中一个名叫卡拉多克的战士说，看到不列颠人的军队在这样小的一片区域里密集地聚集起来，真是太棒了。

"你们还记得巴顿山之战吗？当时我们每个人都发过誓，如果需要我们，我们就会来这里相见。"卡拉多克继续说道，"现在，撒克逊人的军队已经占领了由不列颠人合法拥有的土地，我们的人民遭受了巨大的苦难。"

"这话说得真好。"亚瑟同意道，"现在我们聚集在一起，是时候再次出征，向我们的敌人发起挑战了。"

于是，伊若格带着罗纳布伊和他的同伴们，全军向长山[1]进军。

在一片大平原的入口处，军队停了下来，摆好了阵势。突然，大军中起了巨大的骚动，一个穿着银色铠甲、披着白色斗篷、插着红色羽毛的高大男子骑马走过队列。在罗纳布伊看来，为了让这一个人通过，亚瑟的队伍似乎正在解散。

"怎么了？"他问伊若格，"亚瑟的战士们在逃跑吗？"

"罗纳布伊，"伊若格说，"亚瑟和他的部下从来没有把我们神圣的土地拱手让给撒克逊人半寸。如果你这句话传到别人的耳朵里，你就会被当作叛徒，判处死刑。"

"我很抱歉。真的，我只想知道是怎么回事。"

"那个身穿银色铠甲的骑士正是科尼尔之子凯伊，他是亚瑟宫廷中最英俊、最强大的战士。凯伊是最好的骑手，最好的战士，最好的冠军。那些人是在给他让路，然后围着他走。"

随着骚乱的加剧，康沃尔的卡多尔被叫了出来，因为他负责

1　这是一座横跨威尔士波伊斯郡和英格兰什罗普郡的小山。公元 630 年，圭内斯王国的军队曾在此击败盎格鲁－撒克逊人的诺森布里亚王国的军队。

保管亚瑟那柄强大的宝剑。他现身之后，把宝剑举起来，让所有人都能看到它。他举起的那柄宝剑，正是有魔法的"破坚剑"卡拉德乌赫[1]。这柄剑虽然被插在剑鞘里，却突然从剑鞘里跳出来，像一条火舌一样旋转，看起来十分可怕。它平息了骚乱，亚瑟的手下都变得安静起来。

然后，罗纳布伊听到亚瑟呼唤埃林的名字。埃林是亚瑟的仆人，是一个高大、红发、丑陋的家伙。他走上前去，打开一把金交椅，把一张锦缎坐垫铺在椅子上。然后，他在椅子前面摆了一张桌子，又在桌子对面放了一把椅子。他在桌子上摆好棋盘和棋子，这就是板棋，也叫"木智棋"。

"欧文·阿普伊里恩[2]，请过来。"亚瑟叫道。

一个英俊的年轻战士站了出来。"在，陛下。"

"你愿意陪我玩一个小时的板棋吗？"

欧文笑着说："我很乐意，亚瑟陛下。"

于是，他们坐在棋盘两边，开始专注地下棋。罗纳布伊很清楚，欧文是一名优秀的棋手，但他必须更加聚精会神，才能战胜亚瑟。这件事情就是这样发生了，谁也不知道为什么。肯法尔亨[3]曾经送给欧文三百只漆黑如夜的渡鸦，让它们跟着他作战。只要这些渡鸦跟在欧文身边，他就可以战无不胜。

在棋局的关键时刻，欧文的仆人跑过来向他行礼。

"为什么要打扰我们？"亚瑟嘀咕道。

"他是我的仆人，陛下。"

1　即亚瑟王的名剑"断钢剑"（Excalibur）。

2　此人是 6 世纪时不列颠岛中部的雷盖德（Rheged）王国的国王，后来在亚瑟王传说中成为亚瑟王麾下的骑士。

3　肯法尔亨（Cenferchyn）意为"肯法尔赫的后裔"，肯法尔赫（Cynfarch）是欧文的祖父。这个词本是肯法尔赫后裔的共同称号，但这个故事似乎把它视为一个单独的人名。

"那就让他说吧。"

仆人站在那里迟疑了片刻，然后说："欧文大人，国王陛下的仆人们正在攻击您的渡鸦。"

欧文·阿普伊里恩十分恼火，他对亚瑟说："陛下，如果这是真的，请您叫回您的仆人，不要伤害我的战鸦。"

亚瑟没有直接回答，只是说："轮到你了。"

仆人被遣走了，棋局继续。

过了一会儿，同一个仆人又跑到欧文面前。

"欧文大人，"他喊道，"国王陛下的仆人们正在伤害并杀害您的渡鸦，这是否得到了您的允许？"

欧文大吃一惊。"任何人做这样的事，都是违背我的意愿的。"他转向亚瑟，"陛下，如果是您的仆人们正在杀害我的渡鸦，请您把他们叫回来。"

亚瑟没有直接回答，而是对欧文说："轮到你了。"

仆人被遣走了。

又过了一会儿，同一个仆人大叫着跑了回来："欧文大人，您最爱的渡鸦已经被杀死了，很多没被杀死的渡鸦都受了重伤，飞不起来了。这么骇人听闻的事是国王陛下的人干的。"

欧文·阿普伊里恩大为光火。"亚瑟陛下，这是什么意思？"

亚瑟没有直接回答，而是面向欧文，只说了一句："轮到你了。"

于是，欧文转身对仆人说："到最艰苦的战场去，把我的旗帜尽量举高。命令凡是能飞得动的渡鸦都去那里作战。"

仆人离开了，去执行这项命令。

远处的战况十分激烈，可以看到欧文·阿普伊里恩的旗帜在一座小山上被高高举起。渡鸦们看到欧文的旗帜，不管是伤了的、快死的还是已经死了的，全都狂暴地飞向空中，越飞越高，然后猛冲下来投入战斗。敌人的骨肉和头发都被它们的利爪撕下，渡鸦们兴高采烈地鸣叫着，把他们赶出了战场。

欧文和亚瑟的棋局却平静地继续着。

然后，一个亚瑟的仆人跑来，向国王鞠躬道："国王陛下，欧文的渡鸦正在攻击您的战士。"

亚瑟愤怒地看着欧文。"如果是这样，就叫回你的渡鸦。"

"陛下，轮到您了。"欧文没有直接回答。

仆人走了，不久之后又回来了。"国王陛下，欧文的渡鸦正在伤害并杀害您的战士。"

"如果是这样，就叫你的渡鸦停下来。"

欧文没有理会国王，而是说："轮到您了。"

仆人第三次跑了回来。"国王陛下，您的战士都已经被杀死了，强大之岛最伟大的子民已经不复存在了。"

于是亚瑟又说："欧文·阿普伊里恩，叫回你的渡鸦。"

"陛下，轮到您了。"欧文沉稳地回答。

最后，仆人跑来向亚瑟报告："国王陛下，渡鸦已经摧毁了您的整支军队，现在整个不列颠都任由撒克逊军队摆布了。"

亚瑟一跃而起，抓起棋盘上的棋子，一把捏得粉碎。直到这时，欧文·阿普伊里恩才命令降下他的战旗。

就在此时，撒克逊人的首领"大匕首"奥斯拉的使者赶到，向亚瑟求和。惊讶之余，亚瑟把他的顾问——凯伊、贝杜伊尔、瓜尔赫迈、特里斯坦、佩雷杜尔、古利尔、梅努、马克——叫到一起，商量应该怎么办。最后，他们同意休战，使这片土地重归和平。

然后凯伊站起身，说："每一个愿意跟随亚瑟的人，今晚都可以和他一起回康沃尔。"

在他们离开的时候，罗纳布伊向伊若格问道："我不明白，伊若格，你能给我解释一下亚瑟和欧文下板棋的意义吗？亚瑟的战士和欧文的渡鸦之间的战斗又有什么意义？肯法尔亨当初为什么要把那三百只战鸦送给欧文？"

伊若格的回答或许能够解释罗纳布伊心中的疑问。但就在伊若格刚要开口的时候，罗纳布伊两眼一睁，发现自己正躺在一座大厅被烧毁的废墟里的牛皮上，身边还躺着他的两个部下。他其余的部下前来寻找他们的将军，这时终于叫醒了他们。部下们告诉这三人，他们足足睡了三天三夜，无论如何都叫不醒。

罗纳布伊把自己的梦讲给他们听，他的两个部下说，他们也做了同样的梦，但他们都不能给出令人满意的解释。

这个梦肯定是可以解释的，但没有人能够解释清楚。

于是，罗纳布伊和他的部下们继续寻找背叛了马多克国王的领主约鲁沃斯。后来发生的事情没有任何记载，我们不知道他是否找到了约鲁沃斯，或者又进行了怎样的冒险。我们只知道，在某个时候，罗纳布伊把他的梦告诉了一个游吟诗人，于是这个梦被记录了下来。可是，谁知道这个梦意味着什么呢？

康沃尔

KERNOW

序　言

只有一个完全用康沃尔语记载的民间故事幸存至今，叫作《霍斯宅的约翰》（*Jowan Chy-an-Horth*），写于17世纪中叶。关于它究竟是由尼古拉斯·波松还是他的儿子约翰·波松[1]记录下来的，学术界还有一些争议。伟大的威尔士学者爱德华·卢伊德于1707年在《不列颠考古学》中首次将这个故事付诸印刷——这部著作使他成了现代凯尔特研究最为重要的先驱。

这个故事同时也在英语的口述传统中留存下来，还被威廉·博特莱尔[2]选入了他的《西康沃尔传统故事与炉边故事集》（1880）。罗伯特·亨特[3]也在《西英格兰通俗传奇集》（1871）中重印了一个以《山谷宅的锡矿工》（*The Tinner of Chyannor*）为名的版本，但他的来源是托马斯·汤金[4]的相当糟糕的翻译版，这个翻译版同样是由卢伊德付诸印刷的。

这个故事绝不是康沃尔地区的原创。在苏格兰也发现了这个故事的另一个版本，收录在约翰·弗朗西斯·坎贝尔的四卷本著

1　尼古拉斯·波松（Nicholas Boson，1624—1708）、约翰·波松（John Boson，1655—1730），二人均为康沃尔作家。

2　威廉·博特莱尔（William Bottrell，1816—1881），康沃尔作家，对保存康沃尔民间故事贡献甚大。

3　罗伯特·亨特（Robert Hunt，1807—1887），英国矿物学家、业余民俗学家。

4　托马斯·汤金（Thomas Tonkin，1678—1742），康沃尔历史学家。

作《西部高地通俗故事集》（1860—1862）中，名为《三个忠告》（*Na Tri Chomhairlie*）。可供比较的是，布列塔尼学者罗帕尔·赫蒙[1]在他于1925年至1944年创办及主编的布列塔尼文化杂志《西北》（*Gwalarn*）上给出了一个布列塔尼语的版本。1938年，路德维希·缪尔豪森[2]教授在《康沃尔语故事〈三个好忠告〉》（*Die kornische Geschichte von den Drei guten Ratschlägen*）中对它进行了研究。事实上，这个故事的变体在很多欧洲文化中都曾出现。不过，主要是由于它确实以康沃尔语的形式流传了下来，康沃尔人对此感到骄傲。1984年，它被拍成了一部康沃尔语的电视短片。

正如罗伯特·莫顿·南斯[3]在一本未注明日期的小册子（大约20世纪30年代；出版于彭赞斯）中解释的那样，没有其他任何一篇用康沃尔语记载的民间传说流传下来。南斯描述道，幸存下来的东西仿佛是一艘巨大沉船的碎片：断断续续的歌曲、对故事的间接引用、谚语，等等。

例如，对于本章收录的第一篇故事《特雷海尔的暴君图德里格》，我只能从中世纪的拉丁语圣徒传记和幸存至今的唯一一部康沃尔语中世纪圣徒剧《梅里亚塞克传》（*Beunans Meriasek*）中拼凑出一个完整的情节。这个剧本的手稿由坎伯恩附近的克罗安的教区牧师拉杜夫斯·托恩（Radulphus Ton）神父抄写于1504年，现藏于威尔士国家图书馆，编号为"佩尼亚斯手稿105"。

剧中的图德里格（1504年的手稿称他为"Tev Dar"）有一个非常奇特的特点：作者在试图给他安排一个合适的异教信仰时，竟然让这位生活在公元5至6世纪的康沃尔国王成了伊斯兰教的信

---

1 罗帕尔·赫蒙（Roparz Hemon，1900—1978），布列塔尼作家、布列塔尼语学者。

2 路德维希·缪尔豪森（Ludwig Mühlhausen，1888—1956），德国凯尔特研究学者。

3 罗伯特·莫顿·南斯（Robert Morton Nance，1873—1959），康沃尔语言学家。

徒！显然，这时的康沃尔已经完全失去了对旧日凯尔特神灵的记忆。这几行台词是：

> Tev Dar me a veth gelwys
> arluth regnijs in Kernov.
> May fo Mahu[m] Enorys
> ov charg yv heb feladov
> oges ha pel
> penag a worthya ken du
> a astev[yth] peynys glu
> hag in weth me[er]nans cruel.

> 我乃图德里格，
> 康沃尔的统治者，
> 敬仰穆罕默德
> 是我不变的职责。
> 在我的领土，
> 崇拜其他神灵的逆虏
> 将会承受严苛的痛苦，
> 他们的死亡会是那般残酷。

本章收录的其他故事大多是以英语为媒介留存下来的，有些故事掺杂了大量康沃尔语的单词、短语以及取代康沃尔语的英语方言。威廉·博特莱尔在他的三卷本《西康沃尔传统故事与炉边故事集》中印刷了这些故事的许多变体版本。

我在本书中给出的版本与博特莱尔及亨特的重述版有许多不

同之处，这是基于已故的罗伯特·邓斯通[1]和伦纳德·特鲁兰[2]于20世纪60年代末向我提出的意见，当时我正住在康沃尔。在1967年至1968年间，我和妻子一直在康沃尔最西端的西彭威斯半岛上漫游。我关于康沃尔语的主要工作都是在那个时期完成的，虽然之后我们也曾多次回到康沃尔，我还很荣幸地被康沃尔游吟诗人协会接纳为游吟诗人（我的游吟诗人名是"凯尔特之仆"），以表彰我在凯尔特历史和文化方面所做的工作。在此期间，我编写了《康沃尔语言文学》（劳特利奇-基根·保罗出版社，1974），令我欣慰的是，这本书被视为研究该语言历史的权威著作，同时也是康沃尔语言委员会用于考试的标准文本。

在康沃尔，有很多人乐于为我提供关于康沃尔民间传说的建议，我要在这里对他们表示感谢：E. G. 雷塔莱克·胡珀[3]（游吟诗人名"宽眉"）、G. 帕利·怀特[4]（游吟诗人名"白色荒野"），他们两人都曾在康沃尔游吟诗人协会担任大游吟诗人。关于《立冬节》（Nos Calan Gwaf）这个故事，我还要特别感谢已故的 L. R. 莫伊尔[5]（游吟诗人名"苏格兰之友"），当我逗留在圣艾夫斯镇期间，我曾和他讨论过这个故事。

莫伊尔能说一口流利的康沃尔语，他曾与罗伯特·莫顿·南斯（游吟诗人名"海浪"）密切合作，还在南斯去世之后接任了杂志《老康沃尔》（Old Cornwall）的编辑工作。莫伊尔用康沃尔语创作了许多作品，他对民俗题材也很感兴趣。在他发表的几部作

1　罗伯特·亚瑟·邓斯通（Robert Arthur Dunstone，1922—1973），康沃尔政治活动家。

2　伦纳德·特鲁兰（Leonard Truran，1926—1997），康沃尔政治活动家。

3　欧内斯特·乔治·雷塔莱克·胡珀（Ernest George Retallack Hooper，1906—1998），康沃尔作家、记者。

4　乔治·帕利·怀特（George Pawley White，1907—2006），康沃尔诗人。

5　伦纳德·赖伊·莫伊尔（Leonard Rae Moir，1889—1982），苏格兰诗人。

品中,《来自东方的男孩》(*An Map Dyworth an Yst*)获得了1967
年的游吟诗人协会奖,这个故事是关于著名的格拉斯顿伯里传奇
的。如果我没有记错的话,在1968年,他已经完成了《立冬节》的
草稿。我保留了莫伊尔的康沃尔语标题,而不是博特莱尔的重述
版的英语标题——《万圣节》。

《布基一家》的一个变体版本最早由博特莱尔以《仙灵主人》
为名收录。现在这个标题是雷塔莱克·胡珀使用的,而"布基"
(Bukky)相当于许多凯尔特童话故事中会带领旅行者误入歧途的
仙灵或进行恶作剧的精灵,如爱尔兰语中的"Púca"和威尔士语
中的"Pwca",它们都相当于英语中的"Puck"。这个词据说来
自古北欧人的聚居地,词源是"puki"(恶魔)。这个故事似乎不
能追溯到任何早期传统。

《水晶宫》(*An Lys-an-Gwrys*)的故事是伦纳德·特鲁兰在
利泽德半岛采集到并记录下来的。巧合的是,"利泽德"(Lizard)
这个名字就源自"lys"(宫廷或宫殿)和"arth"(高处)。人们
通常(不正确地)将这个名字作为赫尔斯顿(Helston)以南的整
个半岛的名称,但它其实只是半岛南半部分的名称,北半部分称
为"米内格"(Meneage)。这个半岛几乎是一座岛屿,在它的最
南端是康沃尔(乃至整个不列颠)位置最南的小镇——利泽德镇。
这个故事提到了利泽德半岛的很多地点,但我第一次听到它的时
候,它却让我想起了另一个故事。

事实上,这个故事和卢泽尔[1]在布列塔尼的北滨海省[2]采集到的
一个故事很像,就连标题也极为相似。[3]那个故事是普拉特镇的一

1　弗朗索瓦-玛丽·卢泽尔(François-Marie Luzel,1821—1895),布列塔尼民俗学家。

2　位于布列塔尼半岛北端,现在称为阿摩尔滨海省。

3　《水晶宫》(*Le Chateau de Cristal*),收录于《低地布列塔尼民间故事集》(1879)。

个名叫路易·勒布拉兹的织工在1873年向他讲述的。故事的标题翻译过来就是"水晶宫"，但我在本书中还是保留了它的康沃尔语标题。这两个故事讲述的都是神秘主义意义上的旅程，而不是冒险故事，因为它们代表的是一种精神意义上的探求。卢泽尔认为布列塔尼版本的故事可以追溯到基督教传入之前。

26　特雷海尔的暴君图德里格

"**图**德里格！有一艘奇怪的船出现在河口！"德鲁伊沃隆一边喊着，一边冲进特雷海尔的国王兼全克尔诺的统治者图德里格的大宴会厅。克尔诺就是位于强大之岛西南的半岛，现在被称为康沃尔。

图德里格激动而惊讶地抬起头来。"我都有些什么样的卫兵啊，直到陌生的船驶入河口才警告我？"他愤愤地问，"一旦有船帆出现在遥远的地平线上，我就应该得到通知。"

沃隆做了个不屑一顾的手势。"晚说总比不说好，国王陛下。"

"是为战争而来，还是为和平而来？"图德里格说着，系上他的大剑，拿起他的小圆盾。

图德里格是个强壮的人，个子像长矛一样高、一样笔直，他有一头黑色的长发，表情阴沉而残忍。高超的武艺为图德里格带来了权力，他的领地横跨克尔诺的土地，一直延伸到宽广的塔马河，那条静静流淌的河流标志着克尔诺与杜姆诺尼亚王国[1]的边界。

然而，图德里格并不仅仅靠力量来守卫他的王国。在这个瞬息万变的世界上，他信奉诸神和古老的生活方式。在东方，在拥

1　古代不列颠岛上的一个凯尔特人国家，位置相当于现在的德文郡。

有强大战神的撒克逊人的大军面前，一个个王国都轰然倒下。无数部落为了躲避沃登[1]之子的屠杀而向北方、西方和南方逃亡。

迄今为止，克尔诺仍然是安全的，但图德里格始终保持着警惕。只有一个身经百战的国王才能使灾祸远离他的人民。

他匆匆走到他那位于特雷海尔河口的堡垒的垛口上，向大海眺望。这个河口又名海尔[2]，是一片宽阔的袋状水域，长度绵延两英里，退潮时是一片泥滩，有无数海鸟在上面筑巢。在它的海岸上，矗立着图德里格的堡垒的城墙。

沃隆显然已经通知了卫兵，因为他们已经聚集在一起，手里握着武器，做好了准备。

图德里格来到城垛上，停下脚步。

果然，一艘船正驶入河口，船帆在风中鼓得满满的，朝着特雷海尔下面的码头驶去。

国王眯起眼睛。"它的帆上有一个奇怪的标志，沃隆，你认得它吗？"

德鲁伊望着前方，摇了摇头。"我不认识，国王陛下。那不是这片土地上已知的符号。不过，从船的样式来看，我认为它来自西部的伊沃戎岛。"

伊沃戎[3]是克尔诺人对女神爱尔的土地的称呼。

图德里格恼怒地咬着嘴唇，这是他从小就经常想要改掉的习惯。"好吧，如果他们是外乡人，并且有意伤害我们，那他们可就错了。这艘小船没有足够的空间容纳许多战士，他们面对的又是

---

1 即奥丁（Odin），北欧神话中的主神。

2 即现在的海尔河（River Hayle）注入圣艾夫斯湾（St. Ives Bay）的河口。特雷海尔（Treheyl）即得名于此，康沃尔语"heyl"意为"河口"，前缀"tre"指一个定居点。

3 这个名字和"爱尔"是同源词。

一片开阔地。"

沃隆点了点头。"不过，国王陛下，最好还是把人手都准备好。"

图德里格转向他的卫队长——彭狄纳斯的首领狄南，命令他率领一列战士去码头迎接这些外乡人。狄南是图德里格的亲弟弟，他的皮肤很白，图德里格的皮肤很黑，但他们却是同父同母、在同一时刻出生的兄弟俩。狄南是图德里格的左右手，也是他在每一场战斗中的盾牌。狄南在战斗中坚定，在战争中精明。

有人说，如果没有狄南，图德里格不可能守住他的江山。然而，从来没有人当着图德里格或者狄南的面说过这句话。此外，还有许多人说，图德里格即使对最亲近的人也很凶恶，而狄南对任何人都和蔼可亲、彬彬有礼。的确，对于图德里格严厉的命令，狄南向来只是温和地接受，顺从地执行。

图德里格回过头来，再次审视那张风帆和它上面奇怪的徽章。徽章由两条相互交叉的弧线组成，因此看起来像是一条鱼的轮廓。

当狄南护送访客来到他面前时，图德里格正坐在他宫殿的大厅里。德鲁伊沃隆站在他的右手边，因为沃隆是他的首席顾问。

有三男两女共五人来到他的面前，虽然他们只穿着简单的长袍，但却站得笔挺，脸上露出高贵的神情。每个人的脖子上都挂着一个银色的十字架，用一条皮绳系着。图德里格的眼睛眯了起来，因为这个十字架似乎是他们效忠的徽章。

"哥哥，这些人是来自伊沃戎的旅者。"狄南宣布。

他们的领袖站了出来。那是一个身材高大的老人，有一副威严的面孔。"愿永生之神保佑您，特雷海尔的图德里格。"他问候道。

图德里格皱了皱眉头，答道："愿我祖先的每一个神灵的福祉都降之于你，外乡人。你是谁，你来这片土地寻求什么？"

"我曾经在自己的土地上为王，但我现在已经抛弃了世间的浮华，去追随更加荣耀的生活。我的名字是格莫。"

"那么，欢迎你，格莫。在你眼中，有什么比世俗的辉煌更加荣耀呢？"图德里格纵情地笑着，他觉得这个人莫不是疯了。

"追随神子的道路，将他的真理与和平传播给你的人民。"

沃隆的眉头皱了起来。"神子？众神之父有许多儿子，他们每一个都是神。你指的是哪一个？"

"指的是那个唯一的、不可分割的神。"格莫回答说，"如果您允许我和我的人留在您的王国里，我们以后再谈论关于他的事情。"

"那么，这些人是谁？"

"我叫科安。"两个年轻男性之一如是说。

"我叫埃尔文。"另一个说。

"我的名字是布雷格。"其中一个年轻女性补充道。

"我叫克罗安。"最后一个人说。

"我们都是永生之神的仆人。"格莫说，"请您允许我们和平地定居在此地，宣扬我们的神的新信仰。"

沃隆瞥了国王一眼。"和平？"他嘲笑道，"然而你要宣扬的信仰却反对我们的信仰，破坏我们的信念和法律。你把这个叫作和平？"

"一旦您张开耳朵倾听我们天上的主的话语，您就会得到安宁。"格莫自信地回答，"我们的神不是战争之神，不是争斗之神，也不是纷争之神。"。

"我会倾听他们，哥哥。"狄南突然说，"让他们在我们的土地上随心所欲地行走吧。五个人能够做什么来动摇一个民族的信仰呢？"

沃隆向狄南投去愤怒的一瞥。"我不喜欢这样。如果他们必须留下，就让他们往南走，走得越远越好。我们的国家治理得好好的，容不得他们玷污。"

图德里格突然笑了起来，说道："我会听从我弟弟的劝告。因为我同意——五个陌生人在我们中间能有什么危害？但沃隆是我的顾问。陌生人，往南走吧，你们可以随心所欲地传教。"

于是，他们都离开了特雷海尔，向南行进。克罗安最先离队，她走上一条向东的路，直至来到某处。在那里，她建了一道圆形的围墙，在传教方面取得了不错的成绩。人们至今仍称那个地方为克罗安。[1]

其他人继续向南。然后，科安也转向东方。他发现了一条名叫法尔的河流；在法尔河东岸，他开始传讲永生神子的道。但是据说这片土地忠于德鲁伊沃隆，沃隆煽动人们反对他，人们愤怒地用石头砸死了科安。因此，这件事发生的地方后来被称为默瑟（在康沃尔语中的意思是"殉道者"），它位于特雷西利安和圣迈克尔彭克维尔之间。

其他人继续向南。格莫在克尔诺的南岸停了下来；他在那里建了一所房子，开始在那里传教，此地就以他的名字来命名。其他人继续沿着海岸线向东南前进。然后，布雷格停了下来，在特雷贡宁和戈多尔芬两座山丘之间一个叫作彭凯尔的堡垒的脚下建造了自己的房子，开始传教，于是这个地方就以她的名字命名。最终，那位名叫埃尔文的年轻人来到了大海边的一个小港口，并在那里定居下来传教。这个地方从此被称为"埃尔文的港口"，也就是现在的波斯莱文。

图德里格看着他们讲述关于神子的奇怪故事，忧心忡忡地关注着这些陌生人的进展。他的人民，那些追随古老而贤明的德鲁

1　这是在解释这些康沃尔地名的起源。

伊信仰的人，已经开始远离石圈的仪式和对古老神灵的崇拜。尽管科安殉教了，但格莫队伍里的其他成员却在克尔诺南部的土地上获得了信徒的皈依。

图德里格没有意识到，他自己的兄弟也已经听从了神的话语，接受了新信仰的真理。

恰好在格莫和他的追随者到达克尔诺的一年零一天后，沃隆又跑到坐在宴会厅里的图德里格面前。

"图德里格！有一艘奇怪的船出现在河口！"沃隆叫道。

图德里格激动而惊讶地放下酒杯，抬起头来。"我都有些什么样的卫兵啊，直到陌生的船驶入河口才警告我？"他愤愤地问，"一旦有船帆出现在遥远的地平线上，我就应该得到通知。"

沃隆做了个不屑一顾的手势。"晚说总比不说好，国王陛下。"

"是为战争而来，还是为和平而来？"图德里格说着，系上他的大剑，拿起他的小圆盾。

"也许这并不重要，"沃隆讽刺地说，"上一艘来到这里的外乡船只是为了和平而来，但它的船员却在这片土地上播种了不和。"

他们爬上城垛，图德里格的眼睛眯了起来。的确，在特雷海尔前方的宽阔河口，有一艘船在航行，它的船帆在风中鼓满。

图德里格倒抽一口冷气，指向前方。"看，沃隆，看它的帆。帆上的图案和格莫的船是一样的。"他是对的，因为帆上画着两条弯曲的线，交叉在一起形成一条大鱼的轮廓。

沃隆深吸一口气。"那么，这艘船和格莫以及他的部落属于同一民族。我们最好在他们上岸之前就把他们宰了。"

尽管如此，图德里格还是犹豫不决，当他终于下定决心的时候，他的兄弟狄南已经到码头去欢迎这些外乡人来到特雷海尔了。

于是，图德里格匆匆走进他宫殿的大厅，坐在宝座上，而沃隆则闷闷不乐地站在他身边。

五个陌生人和狄南一起走入大厅。

"哥哥，他们是来自伊沃戎的旅者。"他说。

图德里格感到不安，因为这次来的也是三男两女，就像在他们之前来到的五个人一样。每个人的脖子上都挂着一个银色的十字架，虽然他们衣着简朴，但他们都显露出高贵的气质。

"愿永生之神保佑您，特雷海尔的图德里格。"他们的领袖问候道。他是一个高大英俊的男人。

"我以我代代祖先的诸神的繁荣向你问好。"图德里格皱着眉头回答。

"我的名字叫格温尼尔。我曾是我自己土地上的君主，但我现在已经抛弃了所有世俗的浮华，去侍奉真神。"

"所有的神都是真的。"沃隆烦躁地哼了一声。

"神只有一个。"格温尼尔身边的女人反驳道。

当图德里格看到她时，眼睛睁得有点大，因为他从没见过这么漂亮的少女。

格温尼尔微笑着，没有注意到国王的眼神。"这是我妹妹皮娅拉。"

"我的名字是伊娅。"第二个少女说。她和皮娅拉一样白皙，一样美丽——至少狄南是这样认为的，因为自从她踏上特雷海尔的码头后，他的目光就没有离开过这个少女。

"我的名字是厄斯，我是伊娅的兄弟。"其中一个青年说道。

"我叫尼，"第三个人补充道，"是伊娅和厄斯的兄弟。"

"我想你们是希望留在我的王国里，和平地生活？"图德里格问道，声音中带着一丝讽刺。但是当他的目光停留在皮娅拉的美貌上时，他的语气里就没有了嘲讽。

"这是我们恳切的请求。"格温尼尔回答。

"但你也想在这个过程中自由地宣扬你的宗教？"沃隆问。

"这就是我们的愿望。"皮娅拉向图德里格露出了天真而甜美的微笑。

国王的心受到了震动，一种激情开始在他体内跳动。

"国王陛下，我们不能答应。"沃隆俯身向前，在特雷海尔国王的耳边低语道。

图德里格抬起头来，吓了一跳。"为什么不呢？"

沃隆痛苦地闭上眼睛。"你这么快就忘记了格莫和他的追随者是如何在南部颠覆王国的吗？"

图德里格咬了咬嘴唇，然后盯着皮娅拉。"我们将允许这些善良的人和我们待在一起，但条件是，他们必须待在特雷海尔的视线范围之内，以便我们知道他们在做什么。"

此刻，图德里格想到这个主意，并非是出于他向他的德鲁伊暗示的原因，而是因为他希望接近美丽的皮娅拉。于是他站起身，微笑着走到皮娅拉面前，说："为了表示诚信，也为了保证你的安全，我将在我的堡垒门口授予你一块土地，你可以在那里向那些愿意听你讲道的特雷海尔人传道。"

因此，皮娅拉居住的地方就以她的名字命名为菲拉克，尽管它位于特雷海尔国王阴暗堡垒的脚下。

皮娅拉的哥哥格温尼尔向东走了一英里左右，在一个至今仍以他的名字命名的地方定居。厄斯也在离特雷海尔不远的地方住了下来，他传教的地方被命名为圣厄斯。于尼渡过了图德里格堡垒对面的河口，他传教的地方被称为勒兰特，也就是"教堂的围墙"。[1]

1　以上这些都是圣艾夫斯湾周围的地名。

伊娅在狄南那里住了一段时间，因为在那个时候，教会的儿女是可以结婚的。即使他们属于教会，但男女之间的爱情和婚姻并不像几个世纪之后那样被严格禁止。伊娅喜欢狄南，就像狄南喜欢她一样；狄南向她承诺，他会送给她一个位于西边的小海湾尽头的小岛，他在那里拥有一座名为彭狄纳斯的堡垒。伊娅在这个岛上建立了她的教会，和狄南一起住在那里。

德鲁伊沃隆被这些事情激怒了，开始怀疑克尔诺是否需要一个新的国王来统治。新宗教的传教士从旧宗教中获得了皈依者，他们在教导人们爱和宽恕的同时，允许克尔诺的敌人在王国东部边界——宽广的塔马河流经的地区——肆无忌惮地掠夺。王国内部也出现了动荡和分歧，许多人称图德里格为暴君，说他是个不信神的国王。

在东南部，盖兰斯的首领盖兰特公开宣扬叛乱，因为他已经皈依了新的宗教。尽管沃隆苦苦哀求，图德里格却还是没有对他采取行动。

"还有足够的时间给他一个教训，"图德里格向沃隆保证，"就让他说去吧。狗对月亮的吠叫不会改变月亮的路线。"

图德里格实在是太迷恋皮娅拉了，因而没有注意到种种危机。对皮娅拉的欲望仍然在他内心深处燃烧。皮娅拉很有礼貌，友好地向他打招呼，因为从他的眼睛里看不到他内心深处的欲望。的确，有一种可怕的感觉在他心里不安地闷着；图德里格像一条狗一样跟着她，假装对她的教诲感兴趣，这样他就可以和她同坐好几个小时。

沃隆意识到，必须把国王眼中的欲望之纱揭开，否则克尔诺将难逃厄运。它将被内部的纷争困扰，然后遭到外部的攻击。于是，沃隆坐下来思考这个问题，一个狡猾的计划开始在他的脑海中成形。他将在图德里格和伊沃戎人之间引发流血事件。如果伊沃戎人死了，那就再好不过；如果图德里格死了，他就能激起克尔诺全体人民来反对所有在克尔诺的伊沃戎传教士。于是，沃隆站起来，瘦削的脸上露出满足的笑容，给他的马上好鞍，去了格温尼尔的教堂。

"你好，伊沃戎人。"他说。

"愿神保佑你，特雷海尔的沃隆。"

"我就开门见山地说了。"沃隆说着，下了马，在格温尼尔的火堆前坐下。

"很好的开场白。"格温尼尔承认。

"我的主君迷恋上了你的妹妹皮娅拉。"

格温尼尔立即显得非常不安，因为他早已看到了特雷海尔的暴君眼中的肉欲之火。"我的妹妹已经发誓独身，除了神子，她不愿意服侍任何人。"

沃隆掩饰起他的不屑，只是点了点头。"非常值得称道，"他喊道，"但图德里格已经发誓，不会让其他女人成为他的王后。"

"这太糟糕了。也许我应该和国王谈谈，解释一下我们的行为准则？"

"你的想法很好。我知道图德里格今晚要去向皮娅拉表白他的爱情。今天九点之前，他会到达那里。图德里格是个通情达理的人，他会听你劝的。"

说罢，沃隆骑上马，回到了特雷海尔。在那里，他找到了正在生闷气的图德里格。

"国王陛下，你怎么了？"沃隆问。

"我就像一个初恋的年轻人一样焦躁不安。我把礼物送给皮娅拉，她却把礼物施舍给了穷人。我该怎么办？"

沃隆薄薄的嘴唇抽动了一下，但他控制住了自己狡猾的笑容。"如果这就是你的全部病症，就不用再担心了。"

"你是什么意思？"图德里格问。

"我刚刚从那位女士那里过来。她告诉我，她愿意回应你的爱。但她说，她必须在她哥哥面前举止得体，因为这些伊沃戎人有一些奇怪的信仰和习俗。但在那软弱的外表下面，他们和我们一样充满激情。总之，她显然是害怕她哥哥为此生气，所以才和你保持距离。她哥哥才是问题所在。"

"继续说。"图德里格催促道，他对沃隆的话非常感兴趣。

"她告诉我，她对你怀有同样的激情。如果你在九点之前去找她，她就会抛掉那件冷漠的外衣。出于她的习俗，你不要理会她的反抗，而要让她知道，你是一位伟人，一位强大的国王。"

淫荡的笑容在图德里格的脸上蔓延开来。

沃隆去吃饭了，他对自己一天的工作成果感到很满意。

于是，在九点之前的黄昏时分，图德里格来到皮娅拉建造教堂的地方，那里被称为菲拉克。从这位美丽的少女那里接受新宗教的教诲的人已经回到了他们的家，皮娅拉正跪在一张画像前祈祷，画上画的是一个被钉在十字架上的青年。画像前面点着两根蜡烛。

图德里格走进教堂，当他淫邪的目光落在少女身上时，欲望让他的身体不禁酥麻。

皮娅拉听到他进来的声音，吓了一跳，转过身来。当她看到特雷海尔的暴君时，她的眼睛睁得大大的。

"哎呀，图德里格陛下，"她说着，站了起来，"已经这么晚了，是什么风把您吹来了？"

"你应该很清楚。"图德里格自信地笑了笑。

皮娅拉焦躁地咬着嘴唇，因为她现在意识到，在过去几个月里，图德里格送给她那么多礼物，是什么意思。

"我现在就向您解释那些追随神子之人的道路，图德里格！"

图德里格骂了一句。"你可以以后再告诉我，因为我的身体现在正渴望着我们的结合。"

皮娅拉这才意识到他的企图，脸色变得苍白。"这不可能！"她喘着气说，"我已经发誓独身，为了侍奉……"

但图德里格走上前去，抓住了她，为她的挣扎感到高兴，认为就像沃隆告诉他的那样，这是她回应求爱的方式。

一声愤怒的吼叫制止了图德里格。当一个身影冲进教堂时，他恼怒地转过身去。

那是格温尼尔，他的表情因愤怒而扭曲。"你这条色狗！你竟敢亵渎这个地方，攻击一个教会的女儿？"

图德里格把皮娅拉推到一边，拔出了剑。"滚开，小东西！别用你的教条来约束我，我可没皈依你的信仰。"

据说，格温尼尔在踏上追随神子的道路之前，是他自己土地上的国王。战士的血液仍然在他的血管中流淌，一股战斗的怒火笼罩了他。他大步向前，只凭他的木杖和勇气；而图德里格，不管他的品性如何，他依然是一个伟大的战士，但他缺乏战士的自控意志。他看到格温尼尔冲了过来，只挥了三下剑：第一剑将木杖劈成两截，第二剑刺穿了格温尼尔的心脏，第三剑则斩下了他的头颅。

皮娅拉大声哀号，冲到她哥哥身边，抱起他的头，热切地亲吻他。格温尼尔的眼睛睁开了，因为古人认为灵魂位于头部。只听他的声音说道："我已经犯了罪。你不要和我一样，我的妹妹。有人打你的脸，就连另一边的脸也由他打。记住这句话。"

就这样，格温尼尔的灵魂离去了。

然而，皮娅拉也是由勇士的血液所生，现在这血液正猛烈地燃烧着。用头脑聆听哲学是一回事，但血液的力量是强大的。

在盲目的复仇冲动中，她抓住了格温尼尔腰带上的匕首，因为每个人都必须随身携带切肉的工具。她拔出匕首，向前冲去。

可以说，图德里格的反应完全是出于本能。他的剑尖刺中了皮娅拉的前胸，穿透了她。鲜血从她的心脏喷出，她倒在了地上。

图德里格呆呆地站在那里，对刚才这一瞬间发生的事情惊愕莫名。

这时，沃隆走了进来。这个狡猾的德鲁伊一直在旁边暗中观察，虽然他对发生的这一切感到欣喜，但他却装作对眼前的情况大为震惊。

"现在，剩下的伊沃戎人一定会宣扬叛乱，起来反对你。图德里格，他们会和盖兰斯的盖兰特结盟。你必须马上采取行动，在这叛乱开花结果之前阻止它。"

图德里格一动不动，好像呆住了，沃隆不得不大喝一声，让他清醒过来。

"把格温尼尔的头在泉水里洗一洗，然后把它插在长钉上，放在你的面前。这样，整个克尔诺就会明白你要把伊沃戎人从领土上除掉的诚意。"

这样做并不是为了吓唬人，而是因为头部具有特殊的宗教象征意义。根据德鲁伊的说法，灵魂栖息在人的头部。如果你拿着敌人的头，你就被赋予了敌人的力量、勇气和智慧。

很快，图德里格就恢复了过去的样子，他意识到沃隆说的没错。在第二天黎明之前，图德里格和他的手下已经骑马来到厄斯和于尼的教堂，兄弟俩还没来得及发出警报就被杀了。

"他们一族的最后一个人——伊娅在哪里？"图德里格站在于尼血淋淋的遗体旁问道。

他的战士们不安地面面相觑。

"她和你弟弟狄南在一起，在彭狄纳斯。"他们说。

图德里格满脸怒容。"那我们就去彭狄纳斯，完成这项工作。不管他是不是我的弟弟，谁要是想抵挡我的怒火，保护伊沃戎人，他就得倒霉！"

第二天，他的军队到达了彭狄纳斯。他们惊讶地发现，盖兰斯的盖兰特已经带着一支军队等候在那里了。盖兰特从国度四方召集了克尔诺的反叛者。在这个伟大的领主身后，站着布雷格、克罗安、埃尔文和伊娅。在伊娅身边，图德里格的亲弟弟狄南骑着战马。位于最前方的盖兰特是一个英俊的年轻人，有着王者的气度。可敬的格莫陪在盖兰特身侧，他举着一个巨大的银制十字架，作为他们的标志。

图德里格骑马前行，沃隆也骑马陪同，他的手里举着杆子，杆子上插着格温尼尔的头颅。于是，盖兰特和举着银制十字架的格莫也纵马向前。

"你反叛你的合法国王！"图德里格愤怒地叫道。

盖兰特轻笑一声。"难道我们古老的法律中不是有这样的规定吗——有什么可以让一个国王比一个最贫穷的农场里的仆人更加弱小？这是因为，人民决定国王，而国王不决定人民。只要你主持正义，促进我们的共同利益，我们就会跟随你，图德里格。但你现在做了一件恶事，所以我们要了结你。"

"那么，以诸神之名，我向你挑战。让我们决斗！"图德里格喊道。

两个人都拔出了剑。

就在图德里格准备冲向前去的时候，插在沃隆举着的杆子上的格温尼尔的头颅突然掉了下来。它直直地落下，狠狠地砸在图德里格的头上，把铁头盔砸碎了。图德里格倒在地上。

沃隆赶紧下马，检查国王的身体。当他抬起头时，眼中充满了恐惧。

"他的头盖骨被格温尼尔的头颅砸碎了。"他低声说。

"这是真神的意旨。"格莫喊道，"主说：申冤在我。盖兰特才是国王。"

于是，他们回到了各自的地方。格温尼尔的头颅被埋葬在以他的名字命名的小镇里。伊娅在狄南的支持下继续在彭狄纳斯传教，拒绝一切世俗的财物，这个地方最终以她的名字命名，现在被称为圣艾夫斯。盖兰特成了一个善良公正的国王，以他的名字命名的盖兰斯这个地名流传至今。他鼓励许多圣徒来到克尔诺，很快，整个国度都皈依了神子的信仰。

至于沃隆，他悄悄地离开了战场，没有人看到他，他也没有受到任何惩罚。据说，他躲在一个寒冷阴暗的花岗岩洞穴里，躲在惊涛骇浪的咆哮中，等待着时机——因为他确信，过去的时代一定会再次到来。

27　彭格西克领主

在赫尔斯顿到马拉宰恩之间的半路上有一个格莫村，在格莫村以南约半英里处，靠近海岸边的普拉桑兹，矗立着彭格西克堡垒的遗址，这座遗址今天只剩塔楼了。它是一个黑暗而邪恶的所在；关于这座堡垒和它的居民，有许多阴森恐怖的传说。有一个传说是，曾经有一个杀人犯躲在那里逃避法律的制裁，但他自己却被谋杀了，他的灵魂尖叫着被魔鬼带去了彼世。彭格西克堡垒曾经矗立在一片黑暗的荒原上，那是一片沼泽，由于害怕一去不返，很少有人敢于进入其中。在康沃尔语中，"彭"（pen）的意思是"头"，而"格西克"（gersick，源自corsic）的意思是"沼泽地"。

这座堡垒并非一直都是废墟。它曾经是一座强大的堡垒，统治着这片土地，彭格西克的领主就住在这里。彭格西克的历任领主都是战士：他们宁愿打仗，也不愿意照看羊群、耕种土地，甚至也不愿意开采锡矿。

据说，彭格西克的倒数第二位领主名叫瓜瓦兹[1]，因为他长着一副如冬日般凛冽的面容，过着离群索居的生活。有一天，瓜瓦兹·彭格西克厌倦了这片土地上没有战争的现状，而且战争已经

1　字面意思是"冬天的住所"。

缺席有一段时间了，他便去海外寻找战事。他在一片名为帕冈耶斯[1]的遥远的东方土地上参加了一场战争，那里的人崇拜一个名叫特瓦冈特的异教神灵。这片土地十分富裕，这就是战争爆发的原因，因为有些人的黄金比其他人多，每个人都在抢夺邻居的财富。一个老国王统治着这片土地，他被称为圭尔赫温[2]。

彭格西克领主选择了站在圭尔赫温一方，因为比起那些无法无天抢劫掠夺的土匪，他能够从圭尔赫温那里获得更多的黄金，这一点已无须多言；更重要的是，他爱上了圭尔赫温的女儿——美丽的公主贝勒温（意为"晨星"）。彭格西克领主瓜瓦兹想把公主带回康沃尔王国。

据说，贝勒温并不介意去康沃尔，她对彭格西克领主的爱做出了积极的回应。然而，贝勒温早已与邻国的君主——"强者"卡达恩订婚了。由于她已经订婚，圭尔赫温让人每时每刻都监视并保护着他的女儿贝勒温。他担心他女儿的名誉，不希望有任何事情干扰即将举行的婚礼，因为这场婚礼对他的王国有利，而且，众所周知，"强者"卡达恩是个非常善妒的人。

然而，彭格西克领主也并非没有心机。他找到了一个办法，可以让他在半夜拜访贝勒温而不被人发现。贝勒温和她的爱人一起度过了许多快乐的时光。最终，彭格西克领主不得不返回家乡，因为他已经离家很久，他担心他的堡垒和土地可能落入敌人之手——多年以来，他一直是一名战士，树敌不少，这些人都想伺机报复他。于是他作别贝勒温，答应她会尽快回来。当他离开时，贝勒温摘下她的金戒指，将其掰成两半，一半自己留着，另一半给了他。

---

1 字面意思是"异教徒的语言"。
2 意为"首领"。

"如果你不尽快回来，我会想办法追随你，去你远在康沃尔王国的堡垒。"她说，"借着这半枚戒指，你会记得你在这片遥远土地上的爱。"

彭格西克领主瓜瓦兹拿着那半枚戒指，向他和贝勒温所知的所有的神圣事物发誓，如果他无法回来，他将等她七年，在此期间，他不会爱上其他女人。如果七年之后她还没有来到彭格西克堡垒，他就知道她永远不会来找他了。

当彭格西克领主还在回家的路上时，贝勒温生下了一个孩子。是一个男孩。

彭格西克领主回到家乡之后，没过多久，贝勒温就成了遥远的记忆。对士兵来说，这是常有的事情。有一天，他去了赫尔斯顿。那时的赫尔斯顿与现在截然不同。那里有一座古老的宫殿，宫殿里住着一个富有的家庭。赫尔斯顿当时被称为亨利斯顿——在康沃尔语中，"亨"（hen）的意思是"老"，"利斯"（lis）的意思是"宫殿"，"顿"（ton）的意思是"草地"——所以合起来的意思就是"草地上的老宫殿"。这里住着一位名叫希薇的女士，她的父亲曾是一位伟大的德鲁伊，尽管他现在已经不在人世。希薇拥有她父亲的一些法力，同时也非常富有。

彭格西克领主向她求爱，忘记了自己的誓言，娶了她。不久之后，瓜瓦兹又开始不满了，他不喜欢和夫人过着平静的生活。接着便传来消息，在遥远的圭尔赫温的领土上又爆发了新的战争。有一天，他宣布他将回到那里，于是就出发了。

他发现贝勒温已经继承了父亲的王位，成了圭尔赫温——也就是她的王国的统治者，而现在发动的战争是针对"强者"卡达恩的，因为贝勒温拒绝嫁给他。彭格西克领主加入了贝勒温的麾下，同时很小心地没有把他在康沃尔老家娶希薇为妻的事情告诉她。

由于贝勒温为他回到她的国家而欣喜，她也没有告诉彭格西克领主，她为他生了一个儿子。在打败"强者"卡达恩之后，他们有足够的时间来说这件事。

贝勒温送给彭格西克领主一把魔剑，这是一件神奇的武器，名叫"红剑"。她说，这把剑会给它的合法主人带来成功和无敌的地位。她让他在她的军队中担任将军，和她并肩作战。

可是，尽管拥有红剑和他的勇士之眼，彭格西克领主和贝勒温的军队还是被"强者"卡达恩的大军打败了。我们知道，由于红剑只能给它的合法主人以无敌的地位，彭格西克领主无法得到它的力量，因为他在娶妻的事情上撒了谎。

在激烈的战斗中，彭格西克领主和贝勒温失散了。战败之后，彭格西克领主找不到她，由于被打败了，他没有理由留下来被卡达恩抓住、处死，于是便上了他的船，不顾贝勒温的死活，径直开回了家。他把红剑也带走了。

然而，贝勒温却逃了出来。她带着她年幼的孩子，在海岸上找到了属于她的一艘大帆船。她命令船长前往康沃尔王国，寻找彭格西克堡垒。她知道，如果他躲过了杀戮，她会在那里找到她的爱人。

与此同时，彭格西克领主回到他的堡垒，发现他的妻子希薇在他不在的时候生了孩子。这是个男孩，名叫马雷克，现在正在她的乳房上吃奶。彭格西克责备她，在他去打仗之前没有把怀孕的事告诉他；希薇向他保证，她当时并不确定自己怀孕了，她害怕让他怀有错误的希望。于是，彭格西克领主再一次在他的堡垒里安顿下来。

然后，在一个寒风凛冽的夜晚，有人敲响了堡垒的大门。

贝勒温站在那里，怀里抱着一个孩子。那天晚上，彭格西克领主独自一人在家，希薇带着孩子去赫尔斯顿参观她的旧宫殿了。

彭格西克领主见到贝勒温抱着一个孩子站在他家门口，不禁大吃一惊。

"他是我们爱情的结晶。"贝勒温对他说。

彭格西克领主顿时感到内疚，他的内疚令他恐惧、愤怒。

"愚蠢的女人，你怎么敢跟着我？我已经结婚多年了，而且已经是一个男孩的父亲了。"

"唉，残忍的男人！"贝勒温惊恐地喊道，"即使不看我们之间的关系，当我在你的这片陌生的土地上孤苦无依的时候，你难道会抛弃自己的亲生儿子，把我拒之门外吗？"

彭格西克领主害怕她高声说话。他怕他的仆人听到，告诉他的妻子。于是，他把她从堡垒的大门前拉开，不顾狂风呼啸，领着她朝悬崖走去。为了哄她离开堡垒，他向她解释说，他要把她带到一个可以照顾她的地方去。

当他们到达悬崖顶端时，他转过身，递给她一个小钱包，钱包里有几枚金币。

"你必须回家。"他对她说。

"不忠的情人，你已经凭着你的灵魂向我发过誓！"贝勒温喊道，"你从我这里偷走了红剑，它是我的王国的安全所系，如果你正当地拥有它，我们就不会被打败了。"

"回家吧，回到你的王国去！"彭格西克领主喊道，他的内疚逐渐增长，愤怒开始在他心中升起，

"啊，残忍的男人，我已经失去了王国。为了你的缘故，我辱没了我的人民，输掉了他们的自由。为此，你在这片土地上再也不会昌盛。愿邪恶袭击你，不幸跟随你，直到你悲惨地终结！"

在愤怒之下，他转向她，把她连同怀里的孩子一起推下了悬崖，让她们翻滚着掉进悬崖下汹涌的大海。然后，他回到了他的堡垒，没有把这件事告诉任何人。

破晓时分，把贝勒温带到康沃尔的那艘船的船长站在岸边等她从普拉桑兹回来，可他却看到他的女王的遗体漂浮在海面上，她的小婴儿躺在她的乳房上，熟睡着，健康而快乐。船长将贝勒温的遗体沉入深海，将婴儿带回自己的国家，交给他的妻子，把他当作自己的儿子抚养。"强者"卡达恩现在统治着这片土地，如果这个残忍的君主知道这个男孩是圭尔赫温的合法后裔，男孩就会一直处于危险之中，所以他是秘密地被抚养长大的。

日子一天天过去，彭格西克领主瓜瓦兹变得喜怒无常。他开始猎狼，当时康沃尔有很多狼。每当他去打猎时，他就把红剑带在身边，因为他妄想它仍能使他立于不败之地。有一天，他在特雷贡宁山上追赶一只狼，全神贯注于狩猎的他，根本没有注意到夜幕已经降临，一场巨大的风暴正在酝酿。最后，他不得不暂停狩猎，在山上下马，希望躲过风暴。在闪电耀眼的白光中，他看到许多野生动物聚集在一起，在它们中间有一只大白兔，它的眼睛像火炭一样发光。野兽们开始号叫，彭格西克领主的马仰天长啸，以迅雷不及掩耳之势冲向黑夜。

第二天，彭格西克领主没有回到堡垒，于是他的管家吉利斯下令搜索。他们在特雷贡宁山上发现了堡垒的主人，他当时已经半死不活，也没有佩着一直被他带在身边的红剑。他被抬回家，由希薇全心全意地照料。慢慢地，他康复了。虽然他的身体恢复了健康，可他的心灵却患了病，变得忧郁而愤怒。他失去了有着魔力的红剑，而他心里明白，那只白兔是贝勒温复仇之魂的化身。他变成了一个懦夫，不敢走出堡垒的大门，将大把的金子花在保镖和德鲁伊身上，让他们保护他免受彼世邪恶的伤害。

然而，每当他认为已经安全的时候，不管身边有没有保镖和德鲁伊，他都会看到那只大白兔。除了他自己，没有人能看到那只白兔——他的德鲁伊和保镖都看不见。

彭格西克领主很快就变得喜怒无常、性情残忍，他对待妻子希薇的态度是整个康沃尔议论的话题。他的行为缩短了她的寿命，她不胜悲伤，一病不起，抛下她的孩子马雷克，离开了人世。由于她知道彭格西克领主不关心这个孩子，在她最后的时刻，希薇派她所信任的管家吉利斯把一个被她嫁给当地磨坊主的老保姆带到她的床边。这个老保姆生育得很晚，她的儿子于塔尔还在哺乳期。希薇要求老保姆把马雷克带走。于是，希薇撒手人寰，磨坊主的妻子把她的乳汁平分给了马雷克和她自己的儿子于塔尔。

就这样，悲伤的岁月过去了，对所有居住在彭格西克堡垒的阴影之下的人来说，这段日子都是悲伤的。堡垒的主人很少冒险外出，几乎完全独处。只有几个老仆人还留在堡垒阴暗的大厅里，还记得他曾经是一个魁梧的青年英雄，喜欢骑马打仗。在这些人中就有管家吉利斯，他之所以还在照顾他的主人，只是出于对彭格西克代代领主的责任感，并且希望彭格西克堡垒的合法继承者马雷克有朝一日能够继承遗产。

二十年过去了，马雷克长成了一个英俊的青年，精通所有男子汉的运动。他的义兄弟于塔尔是他忠实的同伴。他们因勇敢而闻名，当其他人不敢离开岸边时，他们却常常把船驾到礁石旁边，营救遇险的水手。马雷克还以驯服在山上捕获的野马而著称。他是一名优秀的骑手，马术十分精湛。

这时，彭格西克领主瓜瓦兹终于恢复了一些他失去的勇气。他大胆地走出门去，开始在这片土地上重新结交朋友。他的老朋友戈多尔芬领主邀请他去自己的堡垒，他发现戈多尔芬有一个年轻美丽的女儿。瓜瓦兹认为，如果他的儿子马雷克能迎娶戈多尔芬的女儿，就将缔造一桩幸福的婚姻，因为戈多尔芬没有继承人，这意味着彭格西克和戈多尔芬将合并成一片广袤的领地。

碰巧，这个想法对戈多尔芬的女儿来说并不难接受，因为她见到过马雷克打板棍球[1]的表现，以及他在摔跤和赛马中获胜的英姿。

但是有一个问题：马雷克并不喜欢戈多尔芬的女儿。他甚至害怕她，因为有传言说她是个女巫。在乡间流传着这样的传闻：她与一位住在弗拉达姆的女巫关系密切，这女巫的侄女温娜是她最喜欢的女仆。此外，据说这两个女人会花费很多时间来酿制药水、蒸馏草药。有些人甚至说戈多尔芬的女儿有一双邪眼，当她经过时，他们会移开视线，朝她伸出岔开的手指。

由于马雷克本人对她毫无兴趣，彭格西克领主对她的追求超过了他的儿子。尽管受到了岁月和命运的摧残，彭格西克领主仍然保留了一些年轻时的粗鲁——他娶了戈多尔芬的女儿。有人说，戈多尔芬的女儿意识到她无法以其他方式接近马雷克，认为做他的继母总比毫无关系要好。然而，他们结婚的条件之一是，她和她的孩子继承彭格西克领地的优先权应当排在马雷克之前。在堡垒的众多仆人当中，管家吉利斯怀疑他主人的新妻子的意图，决定对她保持密切关注。

时光流逝，戈多尔芬的女儿很快就厌倦了她那郁郁寡欢的年迈丈夫，也厌倦了彭格西克堡垒的隐居生活。马雷克和他的同伴很少去堡垒，他们更愿意出去打猎，或者去参观其他堡垒。她也没有怀孕的迹象，这让彭格西克夫人十分恼火。有一天，她找她的女仆温娜询问意见，温娜则去找她的姑妈——弗拉达姆的女巫。

当她回来时，她这样说："我姑妈说，你要去找马雷克，把他请来，对他好一点。你越是友善，他和他的朋友就越是会经常来

1　一种类似于曲棍球的爱尔兰球类运动。

看你，在你感到孤独时给你带来欢乐。"

"马雷克!"戈多尔芬的女儿嗤之以鼻，"他是个粗野的家伙，宁愿去追猎狗、骑野马，也不愿意在女士的闺房里消磨一个钟头。至于他的同伴于塔尔，他只不过是个磨坊主的儿子，不适合与我做伴。"

但女巫的侄女温娜知道她的女主人对马雷克的真实想法，她答应准备一种魔药，如果马雷克服下，立即就会变成她卑微的奴隶，渴望得到她的爱。

于是，马雷克被邀请参加一次晚宴，宴会的借口是修复他父亲及其新婚妻子之间的关系。马雷克来了之后，在桌旁侍候的温娜抓住机会，将药水混进了他的饮料。

可是，温娜急于取悦她的女主人，却恰好忘记了一件重要的事情——这种魔药必须由希望得到注意的人亲自给予。结果，马雷克开始充满爱意地盯着温娜——她也是一个相当漂亮的年轻姑娘。马雷克催促着温娜，迫使她按照当时年轻人的习惯喝了一口他的酒。药水沾上了她的嘴唇和舌尖，于是她也兴奋起来。这种魔药的效果非常强烈，足以使她立即忘记对女主人的责任。温娜和马雷克去海边散步，在那里，他们情意绵绵地拥抱在一起。

彭格西克夫人对马雷克的爱变成了恨，而恨变成了复仇。

第二天早餐时，她告诉彭格西克领主，她想回到戈多尔芬堡垒，因为她渴望新鲜空气。彭格西克指出，他的堡垒里有充足的新鲜空气。但她害羞地回答说，她不敢离开她的房间，因为他的继子马雷克就在堡垒附近，她害怕被他的粗鲁行为冒犯。通过微妙的暗示，她让老彭格西克明白，马雷克对她心怀不轨，还试图让她对他父亲不忠。

彭格西克领主瓜瓦兹暴跳如雷，发誓他的儿子将在几个小时之内被驱逐。

"他不值得你这样做，夫君。"戈多尔芬的女儿笑着说，"他无法控制自己的热情。"

"不管怎样，我还是要让他从这里离开，把他送到很远的地方，远到他要花好几年时间才能找到回来的路。"

"让他在这里多待一会儿吧，"他年轻的妻子说，"但是请记住，我曾经警告过你，他的意图是什么，这样，将来万一发生什么事，你可以有所准备。"

在老彭格西克和马雷克之间埋下了这颗不信任的种子之后，戈多尔芬的女儿直接去了温娜的房间。等女仆回来，她一把就抓住了这个不幸的姑娘，准备用刀刺进她的胸膛，发誓要让她为她的背叛行为洒下生命之血。恰好此时温娜已经清醒过来；她只是用药水打湿了嘴唇和舌尖，并没有喝下它，所以它已经失效了。

"请听我说，亲爱的女主人。"少女叫道，"如果您愿意，可以把您的匕首插进我的心脏，但请您先让我解释发生了什么。"

然后，温娜告诉她的女主人，发生在她身上的一切都是一个错误。彭格西克夫人现在还有另一种方法可以赢得马雷克的爱。如果她能够在夜深人静之时将他引诱到花园，从外面的楼梯上到她的房间，温娜就会做出某些安排。戈多尔芬的女儿认真地听着，同意了这个计划。

她们计划当晚吃晚餐时毒死彭格西克领主。因为她们知道，在激起他对马雷克的嫉妒之后，不等她们采取行动，他就可能会把他绑架或者送出领地，甚至杀死他。

但她们没有意识到，她们的密谋被管家吉利斯听到了。吉利斯长期以来一直怀疑戈多尔芬的女儿，他已经习惯对她和她的女仆温娜保持警惕。彭格西克堡垒里有许多只有吉利斯才知道的秘密通道，就连彭格西克的领主们都忘记了这些神秘的藏身之处，但他却经常去这些地方。于是，忠实的仆人无意中听到了这个邪恶的阴谋。

那天晚上，按照他的习惯，他站在主人的椅子后面，照顾主人的需求。大厅里光线昏暗，壁炉里飞舞的点点火星使渐渐消失的黄昏愈发朦胧。在暮色中，当戈多尔芬的女儿建议点灯的时候，吉利斯设法拿走了他主人的那杯掺了毒药的酒，把它换成了彭格西克夫人的酒。

可惜，毒酒对她没有什么影响，因为她长期以来一直惯于服用剂量越来越大的毒药，直到她能忍受对任何人来说都是致命的剂量。她养成这个习惯是为了保护自己，防止有人对她下毒，因为如前所述，那些指责她是女巫的人非常害怕、厌恶她。因此，除了轻微的不适，她没有别的感觉。

晚餐结束之后，吉利斯去找马雷克，把她们的整个计划告诉了他。

当马雷克在走廊上遇到戈多尔芬的女儿时，他不禁流露出厌恶之情。

"你要知道，女人，我憎恨你和你可耻的意图。同时你也要知道，你既不能用你的巫术，也不能用你邪眼的魔咒伤害我。"

她一怒之下，直接去找彭格西克领主，告诉他，他的儿子粗暴地侮辱了她。

"的确，夫君，我是个弱女子，为了维护我的荣誉，我不得不全力捍卫自己，甚至威胁要把匕首插进马雷克的心脏，直到他最终放弃，离开我的闺房。"

她的谎言激怒了彭格西克领主，以至于他决定一天也不再耽搁，立即处理掉他的儿子。

那天晚上，海面上风起云涌，一场风暴从东方刮来。马雷克和于塔尔在岸边散步，看到一艘船在海上遇到了险情。

"它马上就要触礁了。"于塔尔说道。

两位年轻人没有迟疑，立即跑到岸边，上了船，用尽全力划向遇险的船只。他们接近那艘船，警告船上的人，他们正在接近礁石。就这样，他们挽救了那艘船，返回岸边。

此时，海面上突然起了雾，他们几乎看不到岸边。在迷雾中，他们看到有东西漂浮在水中。他们划到近处，发现一个筋疲力尽的水手快要淹死了。他们把他拉上船，马雷克意识到，他们救了他一命。

他们划回岸边，把他抬到马雷克的房间。在那里，他们脱掉他的湿衣服，把他擦干，裹进羊皮，还把白兰地喂进他的嘴里，渐渐地使他恢复了体温。最后，这个人筋疲力尽地昏睡过去。

第二天早上，他醒了过来，身体状况很好。当救了他的两个人告诉他，他们是如何把他从海里带出来的时候，他非常感激。

那位水手告诉他们，自己的名字叫阿吕斯[1]，并且回忆说，他从摇晃的船桅上掉进了海里。他说，他曾努力让自己的头露出水面，还试图高声呼救，但是没有人注意到他落水了，他对自己获救已经绝望了。他说，他的父亲是一艘来自东方的大船的船长，这艘船经常停靠在康沃尔的港口。他担心他的父亲以为他被淹死，过度悲伤，他想知道怎样才能找到一艘合适的海船，好追上他父亲的船。

马雷克和于塔尔给他买了些衣服，因为他和他们一样，是个年轻人。他们还为他准备了一顿丰盛的早餐。

"我们可以在马拉宰恩找到一艘你需要的船。那里有个市场，

1　字面意思是"领主"。

叫'周二市场'。我们现在就去那里。"

于是他们带着水手，骑着彭格西克马厩里的几匹猎狐马，出发了。当他们越过特雷贡宁山的山头时，发生了一件怪事：猎狐马突然飞奔起来，好像在追赶猎犬。在山顶上，一团浓雾突然降临，马受惊后仰，把骑手摔了下来。这位不习惯骑马的水手被摔倒在地，几乎喘不过气。他坐起来，环顾四周，发现自己独自一人置身于浓雾中。

他朝一堆岩石走去。突然，一道闪电不知从哪里冒出来，把岩石劈开。阿吕斯被吓了一跳，向后踉跄了一下。然后，似乎有一个声音从岩石的深处传来。

"别怕，阿吕斯，我亲爱的儿子。"一个甜美的女声传来，"不要害怕，拿起你祖先的剑，夺回本该属于你的王国。"

他附近空无一人，他不禁惊讶地环顾四周。在那块被劈成两半的岩石附近蹲着一只大白兔，它深情地注视着他，然后转过身，消失在闪电劈出的裂缝中。他困惑地走到岩石边，在那里，就在被劈开的地方，他发现了一把没有剑鞘的剑，剑柄上镶着闪亮的珠宝。毫无疑问，这就是红剑。

他从惊讶中缓过神来，拾起那把剑。雾气顿时消失了，他抬起头，看到马雷克和于塔尔就在附近，显然正在寻找他，他们还牵着他的马。他把发生的事情告诉了他们，马雷克和于塔尔十分惊讶。马雷克继承了他母亲的一些智慧，因为她母亲是一位德鲁伊的女儿。他认为阿吕斯发现了一件神奇的武器，这意味着他注定要完成伟大的事业。

然而，阿吕斯更关心的是找到他的父亲和船上的人，他担心他们以为他已经死了。于是他们继续前往马拉宰恩，前往那里的大市场。在马拉宰恩的港口，正停泊着那艘前一天晚上险些失事的船。这正是马雷克和于塔尔所救的那艘船，也是阿吕斯被抛下去的那艘船。

然而，马雷克和于塔尔不想要求回报，所以就让他们的新朋友阿吕斯一个人回到船上，他们自己则回到了彭格西克。一上船，阿吕斯就迎向船长，称他为自己的父亲。老船长和他的船员们喜出望外，因为他们以为可怜的阿吕斯已经没救了。在庆祝过之后，阿吕斯向他的父亲讲述了他是如何被马雷克和于塔尔救起，然后又是如何发现这把剑的。

船长仔细端详着红剑，神情变得悲伤起来。"现在是时候告诉你真相了，我的孩子。我不是你的父亲。据我所知，我和你没有血缘关系。但我曾为你的母亲贝勒温服务，她过去曾是我们这片悲惨土地上的首领。她是被她所信任的人——你的父亲谋杀的。事实上，她曾把这把力量之剑交给了他，然而他却欺骗了她，因此她的王国被'强者'卡达恩夺取了。"

"那我的父亲是谁？"阿吕斯惊讶地问。

"我的儿子，"老船长说，"我觉得我还是必须叫你儿子，尽管我只是一个可怜的船长，而你却是一位真正伟大的王子……"

"我不想要别的父亲，"阿吕斯坚持道，"因为你是我唯一认识的父亲。但我必须知道哪个人该为谋杀我的母亲负责。"

"是的，你应该知道。彭格西克的年轻领主马雷克是你同父异母的兄弟。你刚才告诉我，就是这个年轻人和他的义兄弟——磨坊主的儿子于塔尔一起，把你从海里救了上来。"

阿吕斯想要说些什么，但老人举起一只手。"别怪他。他的母亲也同样被你的父亲背叛了，英年早逝。那个人还在谋划杀害他自己的儿子马雷克。"

阿吕斯困惑地摇了摇头。"这不可能。"

"这是真的，但你现在的职责是回到你的土地——贝勒温的国度，你已经得到了那把能够打败'强者'卡达恩的魔剑。你必须解放你的人民。"

"如果马雷克和于塔尔正处于危险之中，我不能离开他们。他们救了我的命，现在我必须救他们的命。"

"拯救你的王国是你的责任，这个王国已经被内战蹂躏了这么久，没有人有足够的力量推翻暴君卡达恩。你必须带着这把魔剑回去。"老船长坚持道。

巧合就是这样神奇，就在老船长和阿吕斯谈论这件事的时候，彭格西克领主瓜瓦兹上了船，要求见一见船长。

当他们知道是谁来了之后，阿吕斯躲进一个壁橱，船长则邀请这位老领主进入他的舱室。

彭格西克领主开门见山，他向船长许诺了一大笔钱，前提是他和他的船员能绑架马雷克和于塔尔。他说，这两个青年是一主一仆，他们好吃懒做，还阴谋夺取他的堡垒。他要求船长把他们带到一个东方国家，把他们作为奴隶出售。为此，他将得到丰厚的回报。

船长勃然大怒，冲向老彭格西克，把他从船上扔了下去，然后他才意识到，他原本可以利用这件事为自己和阿吕斯带来好处。但正义的愤慨战胜了狡猾的阴谋。

彭格西克领主怒气冲冲地去找下一艘船，那艘船的船长没有任何顾忌，达成了交易。

看到彭格西克领主从那艘船上走下来，脸上带着邪恶的微笑，老船长满怀遗憾地转向阿吕斯。"如果我当时能及时想到，我们就可以把邪恶的彭格西克领主带走，让他尝尝大海的滋味，同时还能救下他的儿子。"

阿吕斯若有所思地点点头。"他说服了另一位船长，把马雷克和于塔尔当作奴隶卖去遥远的地方。派我们的一名船员去向那艘船的船员打听打听，看看他们有什么计划。"

那人最后汇报说，那艘船的计划是，在黎明时分，当马雷克和于塔尔乘着小船去捕鱼时，奴隶船的船员会乘坐长艇袭击他们，将他们俘获。

阿吕斯命令一些船员武装起来，在他们自己的长艇上待命。天刚蒙蒙亮，他们就看到一支掳掠队乘长艇离开了奴隶船。阿吕斯催促部下去追赶他们。他拔出了红剑——现在他把这把剑插在随身的剑鞘里。

"愿诸神指引我，让我用这把魔剑拯救我的兄弟和义兄弟。"

阿吕斯的长艇追了上去。直到奴隶贩子抓住马雷克和于塔尔，将他们捆绑起来之后，他们才追上这艘掳掠艇。然而，片刻之后，阿吕斯和他的部下就撞上那艘掳掠艇，登上了船。战胜这些奴隶贩子很容易，他们每个人都为自己的愚蠢付出了代价。

马雷克和于塔尔看到他们前一天晚上的同伴，非常吃惊，而当阿吕斯告诉他们彭格西克的老领主打算对他们做什么时，他们更是吃惊。阿吕斯带他们回到老船长的船上，和他一起航行。他唯一没有告诉他们的是，他也是彭格西克领主的儿子。

"跟我来吧，只要你那狡猾的继母还有一口气在，你就不要再次踏入这片邪恶的土地。"他要求道。

马雷克觉得，他必须拿走一些本该属于他的东西，因为他和于塔尔没有钱，因此没有办法在这个世界上谋生。

"不要碰那座被诅咒的堡垒里的任何东西，"阿吕斯说，"我会告诉你为什么。我们现在要去一个遥远的东方国度，你在那里有一个兄弟，马雷克。一个愿意给你金子和银子，并且与你分享他最后一枚硬币的兄弟。他乐意为了你的安全流血牺牲。你的这个兄弟很快就会在我们要去的地方当上国王。你和于塔尔什么都不会缺。我保证。"

马雷克和于塔尔对阿吕斯的自信感到惊讶。

"我们会找到我的这个兄弟的,"马雷克同意道,"但我更希望诸神允许你成为我的兄弟,阿吕斯。我更愿意陪你去任何地方。"马雷克非常喜欢这个年轻的水手。

于塔尔点头表示同意。"我也愿意跟你去,尽管那里没有一个能照顾我的兄弟。"

"你已经有一个义兄弟了,"阿吕斯指出,"而我会成为你的另一个义兄弟。"

于是,这三个年轻人互相宣誓结义,无论任何人还是神都不能让他们违背誓言。

老船长欢迎马雷克和于塔尔上船,他们开始向东航行。老船长讲述了彭格西克领主年轻时的冒险经历,以及阿吕斯如何成了他的儿子。于是,他们拥抱在一起,再次发誓要为阿吕斯的王国而战。

在公海上,他们遇到了那艘奴隶船,奴隶船的船长曾经同意绑架马雷克和于塔尔。阿吕斯率领一支队伍跳帮登船,杀死了奴隶主,救出了被奴役的人。这些人心甘情愿地组成一支新的船员队伍,和阿吕斯一起为国家的自由而战。阿吕斯负责指挥这艘新船,马雷克和于塔尔在他身边协助。于是,这两艘船向贝勒温沦陷的王国驶去。

在彭格西克堡垒里,彭格西克的老领主得知,他的儿子和于塔尔在那天早上去捕鱼了,两人都没有回来,但他们的空船被冲到了岸上,船上到处都是血。带来消息的管家吉利斯非常苦恼,因为他知道他的主人昨天登上过两艘来自东方的船,而这两艘船现在都已出海。

吉利斯来到彭格西克领主和他的夫人面前，指控他们杀害了马雷克和于塔尔，实际情况也许比这更糟。他同时指控戈多尔芬的女儿与她的女仆温娜合谋，不仅要毁灭她的继子，还要毁灭她的丈夫。温娜被传唤过来，为了自保，她背叛了她的女主人，承认了一切。彭格西克领主意识到自己被骗了，下令将两个女人都扔进彭格西克最深的地牢里。然后他骑上马，急忙赶往马拉宰恩，去寻找他所雇的奴隶船。

说起来很奇怪，但他觉得他和他的儿子有某种基于血缘的关系，尽管他曾经希望他死，并且还下令绑架他。最终，他发现那艘船已经出海，而他又找不到其他可以追上去的船只。当夜幕降临时，他喝得醉醺醺的，满怀愤怒地骑马回了彭格西克。他决心在黎明时分将他的妻子——戈多尔芬的女儿——吊死在堡垒最高的塔楼上，还要把她的女仆温娜吊在她旁边。

正当他骑着猎狐马，沿着海岸行走时，一只眼睛发亮的大白兔从灌木丛中蹿了出来，直接跳到了马脸上。这匹马吓得将身一转，朝悬崖飞奔而去，为了躲避追赶的野兔，它跳过悬崖，跳进了汹涌的大海。

这是人们最后一次在这个世界上看到彭格西克领主瓜瓦兹。

戈多尔芬的女儿被她父亲的仆人从地牢里救了出来。她的皮肤上出现了鳞片状的麻风病——有人说这是她服用毒药的结果，有人说这是地牢里的传染病，还有人说这是她的恶行所受的报应。没有人愿意看到她，所以她的父亲把她关在戈多尔芬堡垒的一个暗室里，避开所有人的视线。

至于温娜，她使用魔法，逃回了她的姑妈——弗拉达姆的女巫那里。

吉利斯告诉彭格西克人民，彭格西克领主是如何承认他迫害他的儿子马雷克及于塔尔的。人们认为这两个年轻人已经被卖到了远在东方的奴隶市场，再也回不来了。但吉利斯拒绝相信彭格西克不会再有领主，所以他打理好了一切。他照看着堡垒，省吃俭用，希望攒下一笔钱来支付赎金，如果日后发现马雷克还活着，就可以赎买他的自由。

在遥远的东方，阿吕斯的船接近了帕冈耶斯的海岸。水手们注意到，他们从康沃尔海岸出发之后，一只美丽的大白鸟一直跟着他们。它经常出现在弓箭射程之内，但没有人敢瞄准它，因为迷信的水手们认为它是一个水手的灵魂，现在正跟随着他们，使他们免受伤害。在这次航行中，马雷克和于塔尔经常听阿吕斯和老船长讲述各种关于帕冈耶斯的故事，以打发漫长的航程。

当他们到达那片土地时，发现那里正乱作一团，饱受战争折磨。几乎没人喜欢"强者"卡达恩的严酷统治。老船长开始向人们讲述关于阿吕斯的诞生和重新找到红剑的消息，很快，人们就拥向阿吕斯的旗帜，于是他拥有了一支相当规模的军队。他被拥立为圭尔赫温，即整个帕冈耶斯的合法统治者。

阿吕斯很快就推翻了"强者"卡达恩，后者死在红剑闪电般的打击之下。事实上，虽然阿吕斯是个好国王，但他宁愿在海上指挥一艘好船，也不愿为治国理政操心。他像船长管理船只一样对待他的统治，确保在他的王国里没有闲人，同时还注重储备物资，使王国有充足的粮食供应。

阿吕斯希望他的兄弟马雷克和于塔尔与他一起住在宫殿里，做他的首席顾问。但马雷克从老船长那里听说，在王国里有一个地方，是高山上的一个小角落，住着一群叫作皮斯特里约里永[1]的

---

1 字面意思是"魔法师"。

人，他们是技艺高超、学识渊博的巫师。他急切地希望拜访他们，尽可能多地了解他们的艺术。阿吕斯不无遗憾地为他提供了马匹和战士，让他前去寻找他们。于塔尔当然也陪他同去。

马雷克在皮斯特里约里永人那里待了很久，和他们一起学习，学到了很多稀奇古怪的东西。在此期间，他爱上了他们首领的女儿并娶她为妻。那是一个才貌双全的女子，名叫斯肯托蕾丝[1]。于塔尔则与她的首席女仆结婚。几年过去，马雷克和于塔尔在他们的土地上幸福地生活着。

这时，老船长又出海去了康沃尔。到了马拉宰恩，他得知彭格西克的老领主瓜瓦兹已经死了，戈多尔芬的女儿被囚禁在戈多尔芬堡垒的房间里。彭格西克堡垒现在由忠诚的吉利斯看守着，他盼望有朝一日能得到马雷克的消息。此外，老船长听说彭格西克人民也希望马雷克能回到他应有的位置上来，还愿意为此支付赎金。

当马雷克听到这些的时候，他的心灵开始渴望回到康沃尔，回到他自己的人民身边。他在夕阳下向斯肯托蕾丝讲述了他在西方土地的一切。当他向她讲述这片土地时，他的心里暖暖的，赞美它的气候、它的人民和它的风景。

"我在海边有一座坚固而美丽的堡垒，外面有一个翠绿的山谷，我将在那里，为你在波涛澎湃的海岸边建造一座凉亭，你可以在安静的花园里漫步，让你快乐是我的心愿。"

"别再说了，可爱的丈夫。"斯肯托蕾丝微笑着说，"不管你的领地如何伟大、如何使人欣喜，只要你与我同在，我都不在意。你的家就是我的家，无论你住在哪里。只要你高兴，那就是我的意

---

1 字面意思是"知识、智慧"。

愿。我们什么时候出发去西方？"

于是，马雷克和斯肯托蕾丝，以及于塔尔和他的夫人，决定出发前往康沃尔。马雷克用心地从皮斯特里约里永人的土地上带走了许多记载着高深学问的书。回去的路上，他们在圭尔赫温，也就是阿吕斯那里逗留，他心怀感激的哥哥派了七艘船来送他，船上满载着大包大包的锦缎、珍珠、宝石、金银和来自东方的香料，还有其他许多珍贵的物品，讲起来只会让人感到疲劳。

不久，这支载满财富的船队就望见了康沃尔，驶向彭格西克。当马雷克和于塔尔看到特雷瓦瓦兹岬时，他们的心都猛跳起来。船队沿着海岸线驶入林西岬和霍角之间的大海湾。这里有普拉桑兹极为宽广的海滩，远处的山上就是彭格西克堡垒。

当年轻的彭格西克领主带着他美丽的新娘上岸的消息传开之后，所有人都赶到岸边迎接他。北面、东面和西面的所有山上都点起了篝火，一连几个星期，整个彭格西克都在为之庆祝。没有人记得这座忧郁的堡垒过去什么时候曾像这样充满了欢声笑语和动人的音乐。一连几日，堡垒的场地上都在举行竞技活动：射箭、板棍球、投掷和摔跤比赛。还有形形色色的游吟诗人和各种杂耍艺人为人们提供娱乐。

斯肯托蕾丝夫人在她的新家感到十分快乐。她兴致高昂地投入工作，还学习了康沃尔令人愉快的语言。早晨，她会陪马雷克去打猎，骑行在荒野和山上，手上架着鹰，或者挽着弓。晚上，人们成群结队地来听她弹竖琴。这里的人以前从未听过这样动听的音乐。在普拉桑兹的海湾里，海豚们聚集在一起，在她欢快的旋律中嬉戏；出海捕鱼的渔民停下了劳作，划着桨听着琴声；就连海鸟也忘记了它们的狩猎，落脚在堡垒周围，神情专注地聆听。

斯肯托蕾丝夫人为这个原本悲伤和邪恶的地方带来了欢乐，

因为她善良、慷慨，不懂欺骗和奉承，对人讲真话，一视同仁。

马雷克开始着手建造他承诺过的凉亭，还在堡垒的海边建造了两座由走廊连接起来的高塔。他布置了一座美丽的花园，以美化他的堡垒、赶走以前住在那里的幽灵为乐。

但幽灵的力量是强大的。

在马雷克回来之后不久，戈多尔芬的女儿，就是他以前那个诡计多端的继母，在戈多尔芬堡垒的暗室里把自己折磨死了。她的呼吸刚刚离开身体，她躁动的灵魂就回到了彭格西克，在她曾经居住过的房间里出没。整个堡垒都能听到她幽魂的号叫和哀鸣。

年轻的彭格西克领主在绝望中把堡垒的这一部分夷为平地，但那个可怕的鬼魂继续在这里出没。于是，马雷克翻开了他从皮斯特里约里永的魔法师那里带回来的关于知识和传说的巨著。他利用这些书中的禁忌知识，抓住了这个不安分的鬼魂，将它囚禁在一条大毒蛇的身体里，然后把这条蛇关在霍角的一个洞里。所以，当你在霍角附近散步时要小心，在那里经常可以看到那条大毒蛇，甚至直到今天也是如此，因为鬼魂是永远不会死的。

由于这一成功，年轻的彭格西克领主越发依恋他那些记载魔法和传说的书籍。他日渐痴迷于追求禁忌的知识，几乎可以说是变得狂热，他的性格也随着时间流逝而改变。许多年过去了，人们很少在他的堡垒外面看到他。他常常一连几个星期把自己锁在高塔的房间里，除了斯肯托蕾丝及于塔尔夫妇经常帮他做实验之外，任何人都不能接近他。

据传，他在寻找将贱金属变成金银的方法。他准备了一团"炼金术士之火"，只要通过魔法水晶从太阳引下火种，将之点燃，这种火就能整日整夜地燃烧。据说，使用同一块水晶，他能看到正在许多遥远国度发生的事情。

马雷克不再关心他的农场和领地，他把这些全都交给于塔尔打理。这对马雷克也没有什么影响，因为通过他的魔法，他现在可以获得大量的财富。然后，他终于发现了终极的禁忌知识，这使他能够制造出一种神奇的灵药"不死琼浆"，使他不朽，并且保持青春活力。他还把这种药水给了斯肯托蕾丝和于塔尔夫妇。

因此，马雷克被称为康沃尔最强大的巫师，他成了一个令人畏惧的人物，所有人都开始避开彭格西克堡垒。人们记得，他的母亲是一个德鲁伊的女儿，这就是他对魔法如此痴迷的原因。

有一天，一个来自距离彭格西克不远的格莫村的小偷喝得酩酊大醉，变得胆大妄为，企图从堡垒的土地上偷一只羊。马雷克看到小偷偷走了羊，于是通过他的魔法水晶把小偷送到了普拉桑兹。小偷被困在那里动弹不得，被迫整夜站在那里，忍受来袭的潮水一遍一遍冲刷，潮水淹到他的下唇，令他一直处于溺亡的恐惧之中。直到第二天早上，马雷克才把他从咒语中解放出来，把那只他想偷的羊给了他，告诫他再也不要觊觎彭格西克领主的财产。

随着马雷克名声越来越大，一个老对手听说了他的事情——那就是温娜，她曾在普拉桑兹与马雷克调情，当时她给马雷克服用了爱情魔药，自己也尝到了这种药水。当她听到马雷克的消息时，她发现在自己的心中仍然怀有对他的感情。她现在住在圣希拉里唐斯，和马雷克一样，她也学到了不朽的秘密，但是方法不尽相同。

她把年轻女子引诱到她居住的山洞里，用她邪恶的法术把她们的生命力吸进她的身体。她会变得越来越年轻，而这些女子则会枯萎、死亡。

人们去找马雷克，告诉他这件事。尽管他的性格有所改变，但他大体上还是个好人，所以他向温娜提出挑战，要在一场魔法较量中分个胜负。一天晚上，温娜正在煮一锅邪恶的汤药以毒害马雷克，就在大锅下的火焰越升越高的时候，马雷克用魔法封住了她的门窗，使她无法逃脱。然后，他向她的大锅上方的烟囱里投入一坨泥炭，把烟囱塞住，地狱之火产生的无尽蒸汽使她窒息而死。

当地人开始对马雷克日益增长的名声感到担忧。他们听说，他用不知名的语言召唤鬼魂，他能指挥不守规矩的鬼魂遵从他的意志，这些鬼魂有时会随着刺鼻的火热蒸汽，出现在爆炸性的烟云中。有好几次，人们去找斯肯托蕾丝，要求她干预她丈夫的行为，制服那些暴躁的恶魔，或者像过去一样弹奏她的竖琴，用她美妙的音乐驱走那些邪恶的力量。

许多年过去了。人们老了，死了，但彭格西克领主夫妇和于塔尔夫妇却永远年轻。他们有了一个人口众多的庞大家庭，他们的孩子到世界各地去寻求财富。当他们的孩子有了自己的孩子，而这些孩子又有了自己的孩子时，斯肯托蕾丝对存在于这个世界上的一切都厌倦了。她所知的一切都早已消逝，不复存在。她请求马雷克不要再延长她的生命——每隔二十一年，他们就必须喝下"不死琼浆"。彭格西克领主虽然外表看起来依然年轻而富有活力，但他的内心却早已垂垂老矣，脾气糟糕，而且害怕死亡。他拒绝了她。

于是，斯肯托蕾丝带着离开他的巨大遗憾，假装在下一个约定的时间服用了灵药，但却没有真的服下。一天之内，她就躺在了草皮之下，她的灵魂踏上了拖延已久的彼世之旅。

马雷克悲伤了一阵子，又重新埋头到他的魔法研究中去。

德维得的一位君主听说了这位魔法师的名声，来到彭格西克，就某件事情征求马雷克的意见。当这位君主在彭格西克时，他爱上了马雷克美丽的曾孙女拉莫娜，并且娶了她。正是这位德维得的君主，未来将成为消灭彭格西克领主马雷克的工具——此人带来了大量的黑石，除了德维得，在其他地方都找不到这种黑石。

马雷克多年来一直在寻找这种石头。在他的炼金术的帮助下，他成功地从石头中提取出了一种黑暗的液体火焰。但这超出了他的能力范围，由于疏忽，他在处理液体黑火时用错了容器。顷刻之间，大火烧毁了他的房间，席卷了彭格西克堡垒。火焰吞噬了马雷克，吞噬了忠实的于塔尔夫妇，也吞噬了堡垒里所有记载禁忌知识的珍本书籍。除了他们之外，没有人受到伤害，但彭格西克堡垒从此变成了今天你所看到的废墟。

这就是为什么马雷克成了彭格西克的末代领主，为什么堡垒被遗弃，以及为什么从格莫到普拉桑兹都没人敢在天黑后接近堡垒周围。

28 布基一家

很久以前，在卡恩肯尼杰克[1]镇上，住着一个名叫坦布林·特雷弗的人。他生性骄傲，因为他有一大家子人，他对于能养活全家感到颇为自豪。康沃尔古谚"Yn Haf, porth cof Gwaf"（意为"在夏天记住冬天"）对他并不适用，因为他一分钱都不攒。他溺爱他所有的孩子，新衣服、礼物，他们要什么他就给什么——除了一个孩子之外，其他人都得到了满足。

那个孩子就是他的长女，名叫布拉梅。布拉梅·特雷弗要待在家里，而她的兄弟姐妹则可以出门和其他孩子玩。她不得不留在家里帮助母亲做家务，缝缝补补，洗洗涮涮。虽然她父亲的钱都给年纪小的孩子们花了，没给她花过一分钱，但布拉梅并不介意，她继续干活，像百灵鸟一样唱歌。

布拉梅·特雷弗是个勤奋的好姑娘，但她有一个缺点，那就是她的好奇心非常旺盛。从来没有人能对她保守秘密。

有一天，一位表姐同情布拉梅，邀请她到自己在隔壁村子的家里住上几天。那是布拉梅第一次看到漂亮衣服和珠宝首饰。她去参加了一场舞会，看到别人有情侣可以跳舞，有好衣服可以比

1　意为"风声呼啸的岩山"。

美，还可以吃精美的食物；当这位表姐带她去了莫尔瓦的集市之后，布拉梅明白，如果她回到老坦布林·特雷弗的家里之后，还是天天除了干活什么都不做，她是不会再像以前那么满足的。

回家之后，她开始从早到晚地抱怨家里的苦差事，让她的父母不得安生。最终，坦布林和他的妻子同意让布拉梅出门赚钱——或许，她可以到某个贵族的堡垒里去工作。

坦布林和他的妻子不是糟糕的父母，所以她的母亲为她做了一些新衣服，而坦布林凑了一些硬币给少女当路费。然后，她要离开的日子到了，坦布林警告她千万不要接近像彭赞斯这样的大城市，因为有很多可怕的故事说，少女会在那里被绑架，被带上船，当作奴隶卖到大洋彼岸。他告诉她，外乡的水手们会在那种地方传播疾病和其他邪恶之物。

布拉梅保证避开彭赞斯，去找一个善良的领主的又大又富有的堡垒，她可以在那里做女仆。

她的父亲继续警告她，在这个国度的某些地方，在山丘之间，住着邪恶的女巫和有魔力的小人儿[1]，她也不可以去那种地方。她保证，她会避开这样的地方，去找一个善良的领主的又大又富有的堡垒。

于是她出门了。

但当她爬上能够俯瞰卡恩肯尼杰克的山丘时，一想到要离开家，她的心情就变得沉重起来。她环顾四方，看到在村子里玩耍的孩子、在炉灶上升起的炊烟——那其中也有她自己的家。她走上山顶，再次停下脚步，最后回望了一眼她的家。

突然，她激动起来，坐在路边的一块石头上，开始哭泣。

1　康沃尔语称仙灵为"小人儿"（bobel vyghan）。

这时，她听到了一声沉闷的咳嗽。

一位面容和善、衣着考究的绅士站在她面前，关心地看着她。

"Dew roy deth da dheugh-why！"[1]他用康沃尔语友好地向她打招呼，"你为什么哭泣，年轻的女士？"

迄今为止，布拉梅从未被人叫过"女士"，她感到受宠若惊。

"Myttyn da！"[2]她恭敬地回答，"我刚离开家，正在寻找一个好心的领主的堡垒，让我可以在那里工作，挣钱养活自己。"

这位绅士咧嘴一笑。"好吧，也许我们走运了，因为我恰好在寻找一个女仆。有人告诉我，在卡恩肯尼杰克有些不错的仆人，所以我今天一大早就离开家往这里来了。"

布拉梅眨了眨眼睛。找个工作这么容易吗？

这位绅士在少女身边的石头上坐下，告诉她，他是一个鳏夫，有一个小儿子需要照顾。他还有一位年老的姨妈帮他料理家事，但姨妈并不住在那里。他家里没有用人，但是只有一头牛和一些家禽需要照顾，所以工作不会很辛苦。

"你觉得怎样，布拉梅·特雷弗？"他问，"你为什么不跟我一起回家呢？你看起来就像清晨的露珠一样精神抖擞，有你做女仆真是太好了。至少你可以先去看看，如果你不喜欢这份工作，或者如果出现了你认为更好的另一份工作，你可以随时离开我家。"

布拉梅思考了一下，想知道他是如何知道她的名字的，因为她之前并没有把自己的名字告诉他。但是其他的想法涌进了她的脑海：这位绅士很英俊，说话很和蔼，对她很有礼貌，他给她提供了一份非常理想的工作。

然而，作为一个诚实的少女，她坦言，她没有做女仆的经验，

1　意为"日安"。
2　意为"早安"。

只有在自己家里做家务的经验。

"我相信你会做得很好的。"绅士说，他显然对此并不在意。

当她告诉绅士，她也经常在她父母的花园里帮忙时，他似乎更高兴了。

"那就太好了。如果你有时间，我相信你不会介意帮我摘水果或者给花园除草吧？"

"没有什么是我不愿意做的。"她点头道。

"那么我们就起身去我家吧。"他说。

于是他们上路了。

在路上，他告诉布拉梅，他的名字是马拉克·梅恩主人。

他们边走边聊。布拉梅聊得很投入，没有留意他们走的是哪条路。过了一会儿，她才发现自己根本不认识周围的这些风景。这条路穿过一片美丽的森林，但路边的花儿是她从没有见过的。

"咳，与你即将看到的东西相比，这些树木和花朵不算什么。"他告诉她，"在我住的地方，有很多这样的花和树。"

于是他们继续向前走。

"看，先生！"布拉梅喊道，因为她看到了一座宏伟的宫殿，"这就是国王住的地方吗？"

马拉克·梅恩主人摇了摇头，说："不，不。没有国王住在那里。在我的土地上有很多这样的大宅子。"

于是他们继续向前，来到一个十字路口，有四条路在这里相交。他们一直往前走，遇到一条横穿道路的小溪。马拉克·梅恩主人把她抱过了小溪，这样她就不会把脚弄湿了。

她已经失去了对时间的感觉，在她看来，她好像一直在走路，但她一点也不觉得累。然而，她注意到，太阳正在落下去。

"我们现在离您家近吗？"她问。

"就快到了。"绅士向她保证。

在绅士的帮助下，她踩着踏脚石，又过了一条河，路过了一座巨大、高耸的灰石砌成的界碑。过河之后，他们走进一个美丽的果园，园子里长满了梨子和苹果，果树都被累累的果实压弯了腰。沿着一条蜿蜒的小路，穿过鲜花盛开的树林，他们继续走着，然后，布拉梅甚至没有意识到他们已经离开了花园，他们就来到了一座藤架下面。从藤架里出来，他们走进了一座两旁种满了美丽的植物和鲜花的房子。

厨房里有像银子一样闪亮的镴制锅碗瓢盆，虽然是夏天，壁炉里的火却在熊熊燃烧。在壁炉旁边的高脚凳上，坐着一个面相刻薄、衣着体面的老妇人，她正在织毛衣，手里的毛衣针发出咔嗒咔嗒的响声。

"我回来了，福内丝姨妈，"马拉克·梅恩主人叫道，"我在路上给我们找了个新女仆。"

老妇人的眼睛盯着布拉梅，目光似乎要把她刺穿。"我看到了。毫无疑问，是个蠢姑娘。一个比起干活更会说嘴的姑娘。"

"我不是！"布拉梅愤愤不平地叫道。

"那我们就拭目以待吧。"老妇人回答说。

"我儿子在哪里？"马拉克·梅恩主人问道。

"我在这里。"一个小男孩大喊着冲进房间。他冲进父亲的怀里，吻了他。他还不到三岁。

"我带了一个女仆来照顾你，小马拉克，希望你喜欢她。"

小男孩转过身来。他的脸像狐狸一样精明，异常敏锐的目光注视着布拉梅。他和老妇人一样仔细地、挑剔地打量了一会儿。"不好说，"他说，"现在还太早。"

"好吧，"马拉克·梅恩主人说，"吃过晚饭之后，告诉她应该干什么。"

食物端出来了，布拉梅被邀请和他们一起坐在桌旁。面包、奶酪、苹果、蜂蜜以及其他许多好东西都摆在她面前。这是她第一次在吃饭前不用做饭。他们用餐完毕后，布拉梅提出要开始工作，准备洗碗，但福内丝姨妈让她休息到挤奶的时间。

挤奶的时间到了，马拉克·梅恩主人让布拉梅拿着桶去果园边的草地那里。

"喊'Festynneugh！Festynneugh！'，牛就会来找你。"

于是布拉梅拿着桶走了过去。她环顾了一下空荡荡的草地，觉得自己看起来很蠢。于是，她按照主人的指示叫了起来："Festynneugh！Festynneugh！"意思是"快点！快点！"。随即，一头毛色令人惊叹的白奶牛从树林里走出，直奔挤奶桶而来。布拉梅什么也没做，只见奶牛把乳房放在桶的上方，牛奶便倾泻而下，一分钟后，桶就满了，几乎要溢出来了。

正在布拉梅四处寻找另一个挤奶桶的时候，奶牛停止往桶里倒奶，自顾自地走开了。

她回到家里之后，把这个奇迹告诉了马拉克·梅恩主人。他笑着回答说，通常一桶就够了，但如果布拉梅想要更多，她就得多拿几个桶，而奶牛会不问自明地把它们装满。

"好吧，"布拉梅叹了口气，"您这头牛真是个无价之宝，只要她健康，您的家就不会有任何缺憾。"

然后，福内丝姨妈把她带到一边，告诉她该做什么。

"有些事情你必须现在知道。小马拉克必须天还没黑就上床睡觉。既然你们共用一个房间，你们应该在同一时间上床睡觉。永远不要等我的外甥回家。永远不要进入任何一个空着的房间。最重要的是，永远不要进入马拉克·梅恩主人的房间。永远不要干涉与你工作无关的事情。我会把你需要知道的一切告诉你。不要问任何人问题。你每天都必须和太阳一起起床，把小马拉克带到外面的小河边，给他洗一洗，然后，"她递给布拉梅一个装有药膏的小象牙盒，"你必须把这种药膏抹在他的眼睛里。"

"他的眼睛有什么毛病吗？"姑娘关切地问。

老妇人没有回答她的问题，而是继续说道："每只眼睛里只要点上一点针尖大小的药膏。这就是你要做的全部事情。"

她话音刚落，马拉克·梅恩主人就进来了，他说，再过不久天就黑了，福内丝姨妈该回家了。

布拉梅对马拉克·梅恩主人说，她不习惯这么早睡觉。他耸了耸肩。

"不要勉强。你爱多晚睡就多晚睡吧。"

他显然不像福内丝姨妈那样严格。不过，他还是给她配了一种药水，她服下后，一眨眼就睡着了，无忧无虑地梦到了她离开的家，还有与她分开的弟弟妹妹。

早晨，她起床之后，赶在福内丝姨妈到来之前完成了所有的工作。老妇人带着几分不以为然的神情环顾四周。她天生就爱吹毛求疵，找不到缺点使她十分恼火。

"你开了个好头，"老妇人终于承认了，"以后，时间还多着呢。"

然后马拉克·梅恩主人进来了，他对她所做的事情非常满意。

"跟我到花园里去吧。既然你已经做完了家里所有的工作，我现在教你照看我种植的花草。我来告诉你什么植物必须除掉，什么植物你不能碰。"

福内丝姨妈对这个决定不以为然，但马拉克·梅恩主人并不理会。

布拉梅证明她非常擅长园艺，她的雇主十分高兴。当天晚上，他拥抱了她，再次给她喝下温暖、令人放松的饮料，让她舒舒服服地睡了个好觉。

布拉梅是个年轻女孩，这是她第一次离家远行。无论是面对年轻还是年长的男人，她都没有经验。她发现自己已经非常崇拜马拉克·梅恩主人，开始努力以各种方式取悦他。时不时地，当她做了一件让他特别高兴的事之后，马拉克·梅恩主人就会拥抱她，甚至亲吻她，这会让她高兴得合不拢嘴。

可福内丝姨妈就不太高兴了。她开始给布拉梅做的每一件事找茬，但每次她去找布拉梅，想要吩咐她应该怎么做的时候，总会发现布拉梅和她的外甥在一起。由于马拉克·梅恩主人对布拉梅很满意，她什么也做不了。就这样，在福内丝姨妈和布拉梅之间，以及在布拉梅和福内丝姨妈之间，渐渐地产生了嫌隙。

尽管如此，布拉梅还是觉得她作为女仆的新生活非常愉快。她并不在意时间过了多久。她从来没有想过她的家、她的父母、她的弟弟妹妹，就好像他们从未存在过一样。她生活的唯一目的就是取悦她的主人马拉克·梅恩。每天晚上，他都会给她调制同样一杯令人愉悦的药水，使她昏昏欲睡，进入舒适的睡眠，她早上醒来时，则会感到精神抖擞，神清气爽。

然而，她确实有一件在意的事。在大多数早晨，马拉克·梅恩主人都像是要去打猎，穿上猎装和锃亮的靴子——布拉梅确保他的靴子擦得锃亮，穿在他脚上就像镜子一样反光。他会骑上他的大马，走进房子周围的树林。她曾经尝试顺着他的路走了一两次，因为她想看看树林外边，以及房子旁边养着奶牛的小块草地外边的乡村是什么样子；但是她始终走不到小路的尽头，看不到树林的边缘，因此总是不得不转头回去。

当马拉克·梅恩主人听说了她的企图时——当然，是福内丝姨妈告诉他的——他变得非常严厉，告诫她永远、永远不能再次冒险踏出他的领地之外。事实上，他制定了一条规则：在他离开的时候，她绝对不能越过草地、果园或花园的边界。此外，在养着奶牛的草地尽头有一块高耸的岩石，布拉梅绝对不能爬上那块岩石，因为在岩石周围的灌木丛中有一个洞，据说是个无底洞。

布拉梅从来没有想过要靠近那块岩石，因为她不是男孩，她这辈子从未起过攀登岩石的念头。然而，现在她忽然意识到，从岩石的顶部可以俯瞰整个周边地区的乡村。马拉克·梅恩主人仿佛突然看到了她脑子里出现的新想法，弯腰凑近，把手放在她的手臂上。

"真的，布拉梅，请注意我的警告。那个无底洞里住着布基一家。"

布拉梅知道布基是一种妖精，是一种喜欢偷窃无辜的灵魂，以把这些灵魂带入黑暗深处为乐的邪灵。她微微颤抖，答应避开那块岩石。

日子一天天地过去了。

有一天，在马拉克·梅恩主人离开之后，她对一成不变的生活感到厌倦，便来到了草地上。她没有呼唤奶牛——无论在一天中的什么时候呼唤奶牛，奶牛总是会过来产奶——相反，她穿过草地，来到高耸的岩石旁的一条银色的小溪边，坐下来，在阳光下休息。

她正在打瞌睡，突然听到一个声音在轻轻呼唤她的名字。

她皱着眉头，抬起头来。

在高耸的岩石旁站着一个又矮又瘦的小家伙。一时之间，她还以为那是小马拉克，这是小男孩在跟她开玩笑。

"到这儿来，布拉梅。我有一枚漂亮的钻石戒指要送给你。"那个声音叫道。

她起身去拿。但当她走近时，发现这个小家伙其实是一个成年人，长着菱形的黑眼睛、薄薄的红唇和尖锐的白牙。

　　在那一刻，她想起了马拉克·梅恩主人告诉她的事情。她尖叫一声，转过身去，拼命跑回屋里。她发现福内丝姨妈正在厨房里。老妇人以极度反对的目光瞥了她一眼。

　　"我敢说，你肯定走近了那块高耸的岩石。你刚才差一点就被布基拖走了。我会告诉我的外甥，你不服从他的命令。"

　　布拉梅焦急地等着马拉克·梅恩主人回来，不知道当福内丝姨妈把这件事告诉他时，他会做何反应。然而，她的主人并没有生气。

　　"我们就不追究了，因为这是你第一次不听我的话，布拉梅。"他心平气和地说道，因为他看出她是如此渴望讨他的欢心。那天晚上，她又喝了饮料，第二天早上她很高兴，感到神清气爽。

　　福内丝姨妈比以前更生她的气了。

　　"你最好听我的忠告，孩子。"她告诉她。

　　然而，布拉梅却越来越自信了。因为尽管有福内丝姨妈唠唠叨叨，但她似乎没有再做什么会惹马拉克·梅恩主人不高兴的事情。

　　布拉梅对自己的地位是如此自信，以至于有一天，当福内丝姨妈在厨房料理，而她自己在楼上打扫房间时，她突然想到了一个问题。她并没有遵守福内丝姨妈在她进家门的第一天告诉她的那些规则，但她从未因为不守规则而受到过责罚。只有一条规则是她严格遵守的，而这基本上也只是因为她把这条规则给忘了——这条规则就是，禁止她进入马拉克·梅恩主人的房间或者任何其他的空房间。

　　她胆子很大。她蹑手蹑脚地走在走廊上，伸手去摸主人房间的门把手，慢慢地转动它。她向里面看了看，发现房间里堆满了东西，这些东西吓得她的心怦怦直跳。房间里摆满了架子，架子上是一排又一排的人头和肩膀——没有胳膊。他们看起来几乎就像石像。壁炉旁边躺着许多小男孩和小女孩的尸体，他们也像石头一样，皮肤比死尸还白。

在房间的中央是一口黑色的大木棺，上面镶着一块小小的铜牌。

尽管恐惧攫住了她的心，她还是向前走去，低头看向棺木。铜牌上满是灰尘，为了看清上面刻的是什么字，她紧张地掏出手帕，在上面擦了擦。

就在这时，棺材里传出了一个声音，就像一个灵魂在痛苦时发出的微微呻吟。棺材盖微微动了动。

布拉梅顿时吓得昏倒在地。

福内丝姨妈听到她倒在二楼地板上的声音，便跑上了楼梯。她看到她外甥的房间门开着。在房间里，她看到布拉梅匍匐在棺材旁边的地板上。

福内丝姨妈伸手抓住姑娘的脚踝，把她拖出了房间。

姑娘从昏厥中恢复过来之后，福内丝姨妈没有对布拉梅说什么。但是当马拉克·梅恩主人那天晚上回家时，布拉梅明白，他已经知道发生了什么。

"这是你第二次违抗命令了，布拉梅。"他严厉地说。

可怜的少女吓得浑身发抖。她一直想在所有的事情上取悦他。

"这种事不会再发生了，先生。"她低声说。

"的确不能再发生了。因为如果你第三次违反规则，就不会再得到宽恕了。我对你很好，但你却因为我对你的好，以为你可以无视福内丝姨妈的规则。我一直很放纵你，而正因为我的放纵，你在这所房子里似乎变得过于胆大妄为了。"

布拉梅哭了起来，马拉克·梅恩主人似乎被她忏悔的态度打动了。"就当这件事过去了，但是这种事绝对不能再发生了。"

此后，马拉克·梅恩似乎对她变得很冷淡，于是她加倍努力地讨好他，甚至开始讨好福内丝姨妈。最后，有一天晚上，在她给他唱了一首歌，让他的心情再次好起来后，他给了她一个拥抱。似乎过去的一切都被原谅了。

日子一天天地过去，随着时间的推移，记忆也逐渐变得不那么鲜明。布拉梅对这些禁止进入的房间、房间里雕像般的怪异头颅和肩膀，以及石头般的小孩子们产生了强烈的好奇心。然后，她开始思考这所房子和它奇怪的主人，想知道她是否错过了什么。

一天早上，当她从象牙盒子里拿出药膏，点在小马拉克的眼睛上时，她突然想到了一个问题。小马拉克有一双古怪的眼睛，这双眼睛比一个普通男孩的眼睛成熟得多。他似乎能注意到她没有注意到的东西，她想知道这种药膏到底是什么。她认定，这是一种可以改善视力的神奇药膏，她想试试这药膏是否可以改善她自己的视力。

晚些时候，当她独自一人在家时，她走到象牙小盒前，在眼睛里点了一丁点药膏。起初什么也没发生，然后她的眼睛开始灼痛起来。这种感觉是如此痛苦，她冲出屋子，跑到草地上的小溪边，开始洗眼睛，想把药膏洗掉。

当她终于坐回到小溪的岸边，眨着眼睛四处张望时，她突然注意到她面前的水里有什么东西。她惊讶地张大了嘴。她可以在那里看到一个完整的小世界，那里有那么多的树木、鸟类和人，但他们又是如此渺小。

一个身影在他们中间移动。

她认出马拉克·梅恩主人，吃了一惊。他的穿着打扮和早上离开家时一模一样，然而他的身高还不到拇指指甲那么高。

她吓了一跳，转身离开小溪，但是发现她已经被这个小小的世界包围。无论她走到哪里，都能看到这些小人儿：他们藏在草丛里，躲在花丛后面，坐在树枝上面。

"这一定是一个被施了魔法的地方。"她低声对自己说。她发现自己并不感到半点害怕，反而是她的好奇心正在不断增长。

那天晚上，通常的惯例有了改变。马拉克·梅恩主人带着几个陌生人、一篮子蛋糕以及其他物品回家了。布拉梅期望他能请她帮忙为客人准备宴席，但主人却让她把小马拉克抱上床，然后自己也去睡觉。

"你去把晚上的饮料喝了，"他喊道，"我把它放在你床边了。"

嫉妒之情涌上布拉梅的心头。她看到马拉克·梅恩主人——她不得不承认自己已经爱上了他——正领着那些年轻漂亮的男女宾客，走进他那间摆放着石像的房间。

她第一次没有喝下那杯使她酣睡的饮料，直接把它从卧室的窗户倒了出去。她没有更衣，躺在床上，听着音乐声、笑声和觥筹交错的叮当声，这些声音表明马拉克和他的客人们玩得很开心。

她等了一会儿，然后蹑手蹑脚溜出房间，沿着漆黑的走廊走去，想要看看发生了什么事。

马拉克·梅恩主人的房门虚掩着。她透过门缝向屋里看去，看到有三位美丽的女士穿着迷人的长裙，脖子、耳朵和手指上的钻石闪闪发光。另外两位衣着光鲜的先生和主人在一起，这几位正在围着房间中央的棺材跳舞。他们一边跳舞，一边砰砰地敲打着棺材的盖子。音乐从棺材里传出，仿佛里面藏着十多个小提琴手。

布拉梅在惊讶之余，对她所看到的一切毫无头绪，于是便回到了她自己的房间。

过了一会儿，音乐停止了，传来了客人离去的声音。

她走到她卧室的窗前，往下看去。

在月光的照耀下,她看到马拉克·梅恩主人正在向客人告别。他亲吻了每一位女士,这让布拉梅的双颊浮现出嫉妒的红晕。她从未见过一个女人被如此热情地亲吻。

她回到床上,哭着睡着了。这一觉睡得很不安稳,充满了奇怪的梦境;自从她离开家之后,从未经历过这样的睡眠。

那天早晨,她和太阳一起起床,主动做完了一天的家务。这时,马拉克·梅恩主人走进来,表扬了她的工作,称赞她确实是个好姑娘,像往常一样给了她一个拥抱。

如果是平时,布拉梅会很高兴,但现在她却推开了他。

"把您的拥抱留给昨晚和您跳舞的美女吧。"

马拉克·梅恩主人皱起了眉头。"你是什么意思,姑娘?"他厉声问道。

她把她所看到的一切告诉了他。

主人悲哀地摇了摇头。

"你这个愚蠢透顶的姑娘!你用药膏擦了眼睛。这是你第三次不听话了。明天你必须离开这个家。"

她对他的反应感到惊讶。

她抗议道,她再也找不到回家的路了,所以她最好还是留下来。

"我会把你带回我遇到你的地方。"他悲伤地说。

她哭了,保证以后一定会听话,发誓说她再也不会向好奇心屈服,但马拉克·梅恩主人对她的抗议充耳不闻。

于是,第二天,她收拾好东西,带着一颗破碎的心,离开了这所房子。她离开了美丽的草药园和草地,骑在马背上,坐在主人后面。她意识到,她在这里已经过了很长时间,但她不知道究竟过了多久,因为对她来说,时间似乎转瞬即逝。她想,她来主人家大概有一年了。她甚至不知道她是否能拿到工钱。

泪水模糊了她的双眼，她不知道他们走的是哪条路，只知道似乎没过一两分钟，他们就走在通往卡恩肯尼杰克的路上了。马拉克·梅恩主人从马上跳下来，把布莱梅抱到他第一次遇到她的石头上，给了她一个钱包。

"里面是你的工资。"他粗暴地说。

然后他就走了。

她在原地站了一会儿，不知所措。她怎么能回家呢？她的父母还活着吗？她离开多久了？这些她都不知道。

不情不愿地，她开始慢慢走下山，前往卡恩肯尼杰克。

想象一下，她会有多惊讶——她发现她的父亲就站在门口，看起来并不比她最后一次见到他时老一天。

看到她出现，他并没有高兴得叫出声来，反而显得有些困惑。

"你忘了什么东西吗？"他问。

然后她的母亲冲了出来。"怎么了？有什么事？"她问。

布拉梅对他们如此冷漠的问候感到非常恼火。

"我已经离开这么多年了，你们见到我不高兴吗？你们这是什么意思？"她抱怨道。

"离开这么多年？你疯了吗，丫头？"她父亲问，"你离开这所房子才半个小时，现在又回来了？"

"Whyst[1]！Whyst！"她母亲喊道，"这不是明摆着吗？她爬上山顶之后，被这个广阔的世界吓坏了，所以又回到家里来了。"

布拉梅不知道该说什么。她知道，她肯定已经离开家好几年了。她简直惊呆了。

"事情是这样的，"她坚持道，"我一直在马拉克·梅恩主人的

---

1 意为"喊"。

家里工作,我刚刚拿到了工资。"

她的父亲和蔼地笑了起来。

"我一定要看看这份工资,丫头。让我看看你在你离开的半个小时里赚到了什么。"

于是,布拉梅拿出主人给她的钱包,把九枚金币倒在她的手掌上。

她的父母盯着她,目瞪口呆。

"你在干什么,丫头?你是在跟我们开玩笑吗?"

连她妈妈都生气了,跺了跺脚。"Mowes goky!"[1]她斥责道,"你难道不是个蠢姑娘吗?你的手里有东西吗?"

布拉梅咬了咬嘴唇。"你们没看到钱包和九枚金币吗?"

"如果我看到了九枚金币,难道我认不出来吗?"她父亲反问道,"我告诉你,你的手里啥都没有。"

"这一定是魔法药膏的作用,"布拉梅抗议道,"我可以很清楚地看到这些金币。"

"魔法药膏……?"她父亲的嘴像鱼一样张开,又闭上,"你以为我们是傻瓜吗?丫头?你转回家来,在找工作的路上浪费了半个小时。好了,你马上走吧,不找到一份体面的工作就别回来。快走吧,不然我们就要去找牧师,把你的恶作剧报告给他了。"

就这样,布拉梅被从卡恩肯尼杰克镇打发走了。

她回到山顶,回头望去,不禁潸然泪下。她已经离家好几年了,很明显,她一直服务的家庭不是别的什么,而是一家子布基。马拉克·梅恩主人根本不是人类,而是一个换生儿。[2]现在,她真

1　意为"蠢姑娘"。

2　欧洲的一种民俗传说,认为邪恶的精灵会偷偷地把健康的人类婴儿带走,换成自己的丑陋、可厌的婴儿。

的受到了惩罚。

在哭泣中，她听到了一声沉闷的咳嗽。

她面前站着一位高大、英俊、和善的年轻绅士。他正关心地看着她。"你为什么哭泣，年轻的女士？"他问。

布拉梅盯着他看了一会儿，意识到她没有办法解释真正的原因。于是她说："好吧，先生，我刚离开家，正在寻找一个好心的领主的堡垒，让我可以在那里工作，挣钱养活自己。"

这位绅士咧嘴一笑。"我不是领主，也没有堡垒，但我在特雷温纳德拥有一座庄园。我正在去卡恩肯尼杰克的路上，想看看是否能找到一个女仆。我是一个鳏夫，有一个小儿子要照顾。如果你愿意，这份工作就是你的了。"

布拉梅沉默了片刻。"那，您有一个老姨妈吗？"

"没有。"

"那我就接受了。"

于是布拉梅就去给这位年轻的乡绅干活了。她努力工作，从不表现出好奇心——因为她的好奇心真的被治好了。有一天，乡绅向她求婚，她就嫁给了他。哦，至于布基一家给她的钱包？奇怪的是，在乡绅向她求婚的那一刻，它完全从她的视线中消失了，布拉梅认为这样也好，因为她的辛勤劳动已经得到了比在布基家的那些年更好的回报。

29　霍斯宅的约翰

每个人都知道约翰，他住在克尔诺的兰拉万附近的霍斯。当然，现在他住在"霍斯宅"，那是当地的一座大宅子。但他并不是向来就那么富有，那么受人尊敬。事实上，曾有一段时间，他和他的妻子一贫如洗，生活困顿。约翰在兰拉万一带根本找不到任何工作。

受饥饿所迫，有一天，约翰告诉他的妻子，他不得不离开兰拉万，向东去撒克逊人的土地上寻找工作。他的姐姐嫁给了一个有工作的人，她答应在约翰不在的时候照顾他的妻子，并保证她不会挨饿，也不会被赶到大街上。

于是约翰出发了，但他并没有走到塔马河——这条河标志着克尔诺和撒克逊人土地之间的边界。在博德明附近一片狂风肆虐的荒野里，他遇到了一位穿着打扮像是农夫的老人，这位老人正坐在一棵大橡树下的原木上。

"Durdadha-why[1]，年轻人，祝你一天都有好运。你要去哪里？"

"我正在去波索兹[2]的路上，想去撒克逊人的土地上寻找工

1　意为"日安"。
2　波索兹（Pow-Saws）是康沃尔语中对英格兰的称呼。"Pow"意为"土地"，"Saws"意为"撒克逊人"。

作。"约翰回答。他向这位农夫解释了他的困境。

"你能做什么工作?"老人仔细地打量着他,问道。

"我差不多什么都能做。"约翰回答。他并没有夸口。

"Lowena re-gas-bo!"[1]老人满意地喊道,"那就为我工作吧。我是一个农民,在我这个年纪,需要有人在农场帮我干活。"

他们商定,约翰将工作一年,然后将得到三枚金币作为回报。在那个时代,这样的工资够公道了。于是约翰工作了整整一年。到了年底,老人把那三枚金币交给他,然后说:"如果你把这些金币还给我,我就告诉你更有价值的事情。"

"比三枚金币更有价值?"约翰问,他有些天真,容易轻信,"那是什么?"

"一个忠告。"老农夫笑着说。

约翰想了想,得出这样的结论:如果这个忠告比三枚金币更有价值,他最好接受它。他郑重地将钱交还给了老人。"你有什么忠告?"

"永远不要为了走新路而离开老路。"

约翰挠了挠头,皱起了眉头。"我不明白。这怎么可能会比三枚金币更有价值?"

"你会明白的。"老人向他保证。

"但是现在我没有钱带回家给我妻子了。我得找更多的工作。"

"再为我工作一年,你就能多得三枚金币。"老人回答说。

又过了一年,老人在年底递给他三枚金币。"把它们还给我,我就告诉你更有价值的事情。"

1　意为"运气真好"。

约翰很容易被说动。"比三枚金币更有价值？"

"有价值得多。"

约翰顺从地将金币递了回去。

"给你一个忠告：永远不要住在老男人和年轻女人结婚的地方。"

"这怎么可能会比三枚金币更有价值？"约翰问。

"你会明白的。"老人回答说。

"但是现在我没有钱带回家给我妻子了。我得找更多的工作。"

"再为我工作一年，你就能再得到三枚金币。"老农夫邀请道。

于是约翰又工作了一年，老人在年底给了他三枚金币。

"把这三枚金币还给我，我就告诉你更有价值的事情。"

"比三枚金币更有价值？"

"有价值得多。"

于是，约翰仍然相信了他，将三枚金币全部归还。

"听好了，"老人说，"诚实是上上之策。"

"这怎么可能会比三枚金币更有价值？"约翰问。

"你会明白的。"老人说。

约翰虽然天真，但他不是傻瓜。他的信任是有限度的。"我已经离家三年了，还是没赚到钱。现在，不管我有没有钱，我都必须回到我妻子身边，因为她会为我担心。"

"你不要现在上路，"老人建议道，"明天再回家吧。今晚我的妻子在烤蛋糕，她会给你也烤一个，你可以带回家给你的妻子。"

约翰重重地叹了一口气。但是已经过了三年，对他来说，再晚一天回家也无所谓了。

"至少给她带块蛋糕吧，总比空手而归要好。"老人指出。于是约翰同意留下来过夜。早上，老人的妻子递给他一块新鲜出炉的蛋糕。

"你吃蛋糕的时候，有一个条件，"老人说，"你必须在感到最幸福的时候吃它，吃的时候必须掰开它。并且，只有你和你的妻子能吃，其他人都不能吃。"

因此，约翰转身向西，朝兰拉万走去。他并没有比出发时更富裕多少。他走了一天，遇到了三个从他的老家来的商人，他们正带着货物从丁达杰尔的大集市返回。

"日安，约翰，"他们热情地问候他，"这三年你到哪儿去了？"

"我一直在给一个老农夫干活。"他告诉他们，"你们有我妻子的消息吗？"

"她现在和你姐姐住在一起，身体很好，但她并不比你离开她时更富裕多少。她会很高兴再次见到你，我们也是。你要不要和我们一起结伴回去？"

约翰和商人们继续走了一段，但当他们走到一个岔路口时，约翰看到一条路是他熟悉的老路，而另一条路是最近修好的新路。商人们说，这是一条新的回家的捷径。但是由于约翰不认识这条新路，他想起了老人的忠告，决定在老路上走。商人们觉得他傻，便和他分道扬镳了。

他们刚在新路上走了一百码，就有强盗向他们扑来。他们开始大喊："救命啊！有盗贼！"

劫匪们全副武装，商人们无法自卫。

约翰听到他们的尖叫声，迅速跑回岔路口，看到了发生的一切。他跑上前去，挥舞着他砍下来做手杖的黑刺李木棍，大喊："救命啊！盗贼！"

强盗们听到他的喊声，看到他挥舞着棍子往前跑来，以为有援军来了，于是迅速散去，商人们保住了他们的货物。

商人们非常感激，想要报答约翰。"要是没有你，约翰，我们的货物可就没了。"商人们喊道，"你救了我们，我们感激不尽。你说得对，我们应该留在老路上。跟我们一起走吧，这附近有一家客栈，你必须让我们请客。和我们一起吃饭，在那里过夜。"

于是他们一道沿着老路向前走，来到一家新客栈。奇怪的是，这家客栈就开在一家老客栈旁边。新客栈似乎抢走了老客栈的所有生意。这家老客栈很破旧，看起来衰败不堪，仿佛已被遗弃。

在客栈门口，一个非常漂亮的年轻姑娘走上前去迎接他们。她是客栈老板的妻子。但是，尽管她很有魅力，约翰仍然把她的淫荡和低俗看在眼里。当她邀请兴高采烈的商人们进来，为他们提供饮料时，她那粗俗的妖艳令约翰感到恶心。

旅馆里有一个迟钝的老人，他做了所有的重活累活，而姑娘则与她的客人们调情。

"这个老人是谁？"约翰问姑娘，"他太老了，干不了这么重的活了吧？"

姑娘很有兴致地笑了笑。"那个老骨头？他是我的男人。不要为他担心，帅哥。"

约翰立刻想起了老农夫的忠告：永远不要住在老男人和年轻女人结婚的地方。他马上起身，走到门口。

"你要去哪里？"商人们问。

"我不能在这里过夜，"他回答道，"我去隔壁的老客栈找个住处。"

"不，不。先留下来和我们一起用餐吧。"商人们坚持说，"我们想报答你在路上救了我们的恩情。"

但约翰不愿意。这些商人都是诚实的人，他们说，如果他能在老客栈找到住处，他们会替他付账。

那天晚上，当约翰躺在老客栈的床上时，一个声音把他从睡梦中惊醒。他走到窗前，往外看去。街对面的新客栈的门口一片阴暗，那里站着两个人，他们正在交谈。

"你准备好了吗？"一个女性的声音问道。

约翰马上就认出了新客栈里那个妖艳的年轻老板娘的声音。

"准备得再好不过了。"一个男人的声音传来。

"你同意这个计划吗？"

"当你丈夫今晚躺在床上的时候，我会捅死他，把沾血的匕首放到那些愚蠢的胖商人手里。等他们被指控、被绞死之后，我们俩就能在一起了，并且拥有一家上好的客栈。"

然后，这两人走进了新客栈。

约翰穿好衣服，匆匆赶往新客栈，想要警告他的商人朋友。透过打开的窗户，他看到了一道闪光。

他看到，事情业已发生，他来不及救客栈老板的命了。在窗户附近，咫尺之遥的地方，站着一个人，正是那凶手。在那一刻，约翰认出了这个人，他的名字叫勒瓦内，意思是"狐狸"，来自霍斯宅，他曾经拒绝给约翰一份工作。他在瓜瓦兹堡垒的领主瓜瓦兹的大庄园上做管家。他是个爱慕虚荣的人，总是在腰带上挂着一个非常显眼的钱袋。约翰十分灵活，他伸手越过窗台，设法从勒瓦内的腰带上取下了钱袋，后者根本就没有注意到。

没过多久，那个淫荡的老板娘大声尖叫起来，声称她的丈夫被谋杀了，客栈里除了商人之外没有别人，所以一定是他们干的。

瓜瓦兹堡垒的领主瓜瓦兹骑马来到新客栈，因为他是这个地区的司法行政长官。

瓜瓦兹领主把商人们赶出客栈，对他们说："你们都会被绞死，除非你们之中有人承认自己的罪行。"

每个商人都喊着说，他们是无辜的，但是瓜瓦兹领主命令把他们都扔进监狱，在那里等候处决。

"请等一下，大人。"约翰叫道，"为什么不逮捕真正的凶手？"

瓜瓦兹领主惊讶地低下头盯着他。

"如果不是这些商人，那么是谁干的？"他问，"罪犯是什么人？"

约翰把钱袋递给他。"是这个钱袋的主人犯了罪。"

然后约翰把他知道的一切都告诉了瓜瓦兹领主。

"这是我的管家——霍斯宅的勒瓦内的钱袋。把他带过来。"

勒瓦内被带来了，他恐惧万分，立即供出了老板娘。瓜瓦兹领主从他们的眼中看到了事情的真相。他下令释放商人，将老板娘和勒瓦内关入监狱，处以绞刑。

于是商人们又和约翰一起上路了。在约翰的姐姐和她丈夫所住的山丘的脚下，他们分开了。但在此之前，商人们给了约翰一匹好马，还在马上驮满了各种礼物，作为他两次拯救他们的回报。于是，约翰带着足够的财富回家，这些礼物足以补偿他三年的无薪工作。

他的妻子正在小屋的门口等他。在他们团聚、庆祝之后，他的妻子说："约翰，你回来得正是时候。我有一个问题。瓜瓦兹领主昨天路过这里，当我沿着他走过的那条路走着的时候，偶然拾到了这个装满金币的钱袋。钱袋上没有名字，只有一个纹章，所以我确定这是他的。但是过去三年来，我一直靠你姐姐的施舍生活，这袋金币对我的诱惑很大。"

这时，约翰想起了老农夫给他的第三句忠告：诚实是上上之策。

"不，我们要把钱袋拿到瓜瓦兹领主的堡垒，还给他。"

于是，约翰和他的妻子去了堡垒，求见伟大的瓜瓦兹领主。

瓜瓦兹领主看到约翰，非常高兴。

"你走得太早了。你揭发我的管家的罪行，我还没来得及奖励你呢。"

"呃，我是和我妻子一起来的，她今天早上在路上发现了您的东西。"

他们把装满金币的钱袋还给了瓜瓦兹领主。他又惊又喜，说道："这样的诚实必须得到奖励。现在勒瓦内不再是我的管家了，你愿意代替他为我工作吗？我每年付给你五枚金币，你还可以住进霍斯的大宅子。"

约翰闻言，高兴得不得了。

"那么，"约翰同意之后，瓜瓦兹领主说，"作为我对你的敬意的表示，我把这袋金币送给你，好让你在你的新家安家。"

他们感谢瓜瓦兹领主，但领主拒绝了他们的谢意，说他欠他们很多，因为他终于找到了值得信赖的朋友来帮他管理庄园。

于是，约翰和他的妻子回到约翰姐姐的小屋，好好地庆祝了一番。由于他的姐姐和姐夫照顾了他的妻子三年，为了补偿他们的开销，约翰用瓜瓦兹领主钱袋里的金币支付给他们。约翰的妻子和姐姐在家里准备了一场盛大的归乡宴。

约翰感到了平生从未有过的快乐。

在那一刻，他想起了老农夫给他的那块蛋糕。他把蛋糕拿出来，放在桌上。

"我答应过我的老雇主，会在感到最幸福的时候把它掰开、吃掉。我现在感觉十分幸福，所以我将履行我的诺言，把它掰开来吃掉。"

他的妻子、姐姐和姐夫看着这个很不起眼的蛋糕，笑了起来，但约翰还是掰开了它。然后，他惊讶地瞪大了眼睛——蛋糕里藏着九枚金币，那是他为老农夫工作三年的工资。

30 立冬节

彭丁位于康沃尔最西部的彭威斯地区的圣贾斯特以北，是一个古老的采矿村，有许多关于此地的传说。它被认为是这个国度最古老的地方，早在史前时代就已有人类居住。它附近有许多古代遗址，如楚恩冢和楚恩堡[1]，其历史可以追溯到人类第一次踏上这片土地的时候；这里还有许多奇怪的地下隧道，名叫"福沟"，其中一条呈"Y"字形，长五十六英尺，高四英尺半，没有人知道它们是用来干什么的。

长期以来，彭丁一直与皮克希[2]的传说联系在一起。皮克希是一种怀有恶意的超自然生物，搅扰着康沃尔的偏远地区。许多被皮克希带走的人都从这个世界上消失了，即便他们回来，也会终身失去被带走之后的记忆。当地人会建议你避开附近的沃恩甘普斯公地[3]，尤其是在晚上。

过去曾经有一家人住在彭丁宅，这座宅邸位于彭丁瞭望塔所在的悬崖对面，伟大的古物学家威廉·博拉斯[4]就出生在那里。此

1　楚恩冢是当地一座新石器时代的石冢，楚恩堡是石冢附近一座青铜时代的堡垒遗址。

2　英国民间传说中的一种小精灵。

3　即楚恩冢和楚恩堡所在的地方。

4　威廉·博拉斯（William Borlase，1696—1772），出生于康沃尔的英国古物学家、地质学家、自然学家。

外，那里还住过一家当地乡绅，我不能保证他们的姓氏绝对正确，但我听说是"博桑科"，有人说这个姓氏来自古康沃尔语，意思是"死神的居所"。如果真的是这样，那么他们一定从很久以前开始就住在彭丁了，但是今天却没有人可以证明他们曾经在那里生活过。

现在，让我们称这位先生为"博桑科老爷"，据说他有一位昵称"佩吉"、姓特雷吉尔的老管家。这位老妇人非常挑剔，喜欢确保乡绅的餐桌上一直有可口的饭菜。有一天，她发现做饭用的某些香草用完了，于是只好带着她的篮子和花楸木手杖，翻山越岭去彭赞斯的市场。彭赞斯离彭丁有一段距离，而且必须翻过许多山丘，从彭威斯半岛的北面一直走到南面。

她出发的时间是10月31日的中午。也许有些读者已经意识到了这个日期的意义；事实上，老妇人当时并没有想到这一层意义。在古老的康沃尔历法中，这一天是"立冬节"，现在叫"万圣节"，是彼世在这个世界上出现的时候，是鬼魂出来向活人复仇的时候，是皮克希一族可以诱惑没有防备的灵魂去跳快乐的舞蹈的时候。

在启程之前，老佩吉·特雷吉尔先去了波瑟拉斯湾那边的简·特雷赫尔的家，因为佩吉喜欢结伴而行，她想问问简能不能陪她去彭赞斯。简是一个裁缝的妻子，有"佩勒"的名声——在康沃尔，这个词是"解除魔法者"或者"白女巫"的意思。有人说，她的巫术并不那么"白"，她可以和任何她的同类一样施行诅咒；我听说，有一个人甚至声称，当一艘载着值钱货物的遇难船将要被冲到波瑟拉斯湾时，托彭，也就是路西法，会亲自给简·特雷赫尔和她的丈夫捎去消息。

我要提醒读者，在这一带的海边，有许多会让船只触礁沉没的地点，例如莫森斯礁，或者被称为"三石桨"的沃拉礁。这就是在一些特定的日子里，人们会在彭丁瞭望塔和格里布角的海岸边点燃篝火作为信标的缘故。尽管如此，还是有许多船在那里失事；不管有没有魔鬼的帮助，特雷赫尔家总是比其他人更早到达沉船处，并且收获颇丰。当然，一直都没有人愿意当面质问简和她的丈夫汤姆，而是在暗地里到处嘀咕特雷赫尔家的事情。

佩吉·特雷吉尔不是一个爱说闲话的人。她从不关心魔法之类的玩意，对简总是十分友好。作为回报，每次打捞过沉船残骸之后，简都会送给她一瓶上好的烈酒。在那个立冬节，当老佩吉来到特雷赫尔家门口时，发现门是关着的。这可真不寻常。她听到屋里有声音，于是便弯下腰去，朝钥匙孔里张望。

汤姆·特雷赫尔正和简一起坐在凳子上，简正从一个帽贝的贝壳里蘸出某种软膏，抹到汤姆的眼睛上。然后，简把贝壳放进烤炉，汤姆站了起来。佩吉喊了一声，提醒屋里的人她来拜访了，便打开门，进了屋。简和汤姆见到她的时候似乎都不高兴，汤姆甚至连问候都没问候就离开了家。这也很不寻常。他仅仅向她道了个好，就离开了小屋。但简很快就露出了笑容，假装很高兴见到她。

"见到你真是太好了，因为我一直在想你，佩吉。我这里有一瓶精心挑选的上等美酒，请你帮我带上它，去送给博桑科老爷。"

的确，特雷赫尔家总是喜欢拿一两瓶从沉船上得来的酒贿赂乡绅。乡绅是当地的治安官，如果他为此感到满意，就不会过多追究这些抢劫沉船的人。

简去拿那瓶酒。在她离开的时候，老佩吉·特雷吉尔出于好奇，弯下腰去看那罐软膏。她用一根手指蘸着软膏，抹到她的一只眼睛上，就像她看到简把它抹到她丈夫的眼睛上一样。她只来得及抹了一只眼睛，简就拿着瓶子回来了。

"现在，来喝一杯吧。"简邀请道。她毫不犹豫地接受了。

佩吉·特雷吉尔把自己的目的告诉了简。简找了个借口，说她那天下午要忙着为丈夫安排晚餐。此外，她还在等待一些有兴趣购买沉船上的货物的客人。

于是，佩吉·特雷吉尔喝完酒之后就告辞出门，带着她的篮子和花楸木杖向彭赞斯出发了。奇怪的是，她从一开始就大步地迈出了坚定的步伐，感觉自己走得比以前任何时候都要快。走上大路时，她发现自己的视力突然变好了；她不需要手杖就能轻快地沿路前行，脚下的地面后退得越来越快。尽管如此，彭赞斯离彭丁还是相当远，她意识到，她要在黑暗中回家了。不过，她仍然没有想到当天晚上是什么日子。

她来到市场，准备购物。

如果那人不是汤姆·特雷赫尔，她在市场上见到的还会是谁呢？一桩怪事就这么发生了。只见汤姆·特雷赫尔正在市场的摊位前走来走去，只要是他喜欢的东西，他都直接拿起来，不付一个铜子儿。可是，似乎没有人注意到他，也没有人要求他付钱。他背着一个大袋子，拿到的商品统统被他装到了袋子里。

老佩吉·特雷吉尔大吃一惊。

"汤姆·特雷赫尔，"她喊道，"怎么回事？你怎么能拿走这么多贵重的东西却不付钱呢？"

汤姆·特雷赫尔旋即转过身来面对她，面带愠色，眼睛眯成了一条缝。"你看见我了吗，特雷吉尔老太太？"

"我当然看见了。"

"你用哪只眼睛能看见我？"他问。

"两只都行，我想。"但当佩吉·特雷吉尔闭上那只涂了软膏的眼睛时，却根本看不见他。

在那一瞬间，汤姆·特雷赫尔立刻明白发生了什么。

他指着她涂了软膏的眼睛喊道："这是因为你的鼻子在不应该

的地方乱闻。你不能再用这只涂了软膏的眼睛窥探了！"随即，仿佛有一根针刺入眼睛，她无法站立，痛苦地倒在地上。

然后，他立即消失了。但她听到他的声音说："愿你今晚被皮克希带走，不能上床睡觉！如果这还不能喂饱皮克希，就愿报应之风把我和我的一切带走！"

这时，市场上的人围了过来，想看看这个老妇人出了什么事。佩吉仍然坐在地上，号啕大哭，说汤姆·特雷赫尔用黑魔法弄瞎了她的眼睛，还说他在摊位上到处偷东西。一些人指责她喝醉了，另一些人则让她回到彭丁去醒醒酒。

她对他们的不理解感到愤怒，决定离开。她经过霍内克堡垒，来到那里的大路上。当她到达那里时，她想起了简·特雷赫尔托她带给博桑科老爷的那瓶酒。她觉得，如果能够帮她恢复精神，她喝上一小口也无妨。于是她喝了一口，然后就出发了。很快，黑暗就降临到她的身上，因为现在太阳已经远远地落在地平线下面了，立冬节已经到了。

然而这时，老佩吉·特雷吉尔已经喝了好几口酒，一点也不担心了。她只想回家告诉博桑科老爷，汤姆·特雷赫尔是如何把她的眼睛弄瞎的，更不用说她看到他在市场上到处盗窃的事了。

当她走在小路上，穿过小村庄特雷梅恩和更远的其他地方时，她看到前面的路上有一个骑着高头大马的男人，他的身影映衬着初升的月亮，格外显眼。博桑科老爷就拥有这样一匹大马，老佩吉·特雷吉尔喝得醉醺醺的，立刻以为这人就是乡绅。

"Dew re-sonno dhys，"她问候道，"晚上好，大人。"

那人笔直地坐在马鞍上，一动也不动，根本没有答话，但老妇人似乎没有注意到他的反应。

"我今天一天都过得很奇怪，大人。"她继续说着，向他讲述她离家之后发生的一切。但是，那个男人仍然坐在马鞍上，一句也不回答。老妇人开始变得不耐烦了。

"大人，我今天在路上走了很长时间，尽管脚痛、腿累，还被汤姆·特雷赫尔弄瞎了一只眼睛，我还是带着我买的东西从彭赞斯匆匆忙忙地赶回来，为您做晚餐。我想，如果您能让我坐到您的马背上，我们一起骑马回彭丁，这会是很有绅士风度的举动。您可以展示您的善意，而您的晚餐也可以更快备好。"

但那人仍然坐在那里，像死人一般沉默，没有回答。

老佩吉·特雷吉尔愤怒地跺着脚。"您为什么不跟我说话？您在打盹吗？您和您的马都在打盹吗？你们俩都站在这儿一动不动！"

仍然没有回答。

老妇人拼命地叫了起来："您认识我，博桑科老爷，如果您是大家都认识的那个绅士，您会让我坐在您身后！"

可是那人还是一声不吭。

"那么，您是喝醉了？"佩吉·特雷吉尔鼓起勇气，向她的主人质问道，"您这么安静，是不是喝醉了？是不是您喝多了一滴酒，就站在这里睡着了？您可真丢脸！"

仍然没有动静，也没有回答。

老妇人双手叉腰，嘲笑那个男人："真是个好样的！博桑科老爷喝醉了，他的马也喝醉了。听着，我的地位不比任何一个博桑科家的女人差，不应该受到这种对待。曾几何时，我们特雷吉尔家是这个教区最早的一批居民，和彭丁的其他贵族埋在一起，那时还没人听说过博桑科家！"

如果她希望她的嘲讽能够打动马和骑手，那她可要失望了。他们仍然一语不发，一动不动。

老妇人忍无可忍，走上前去，在马屁股上狠狠拍了一下。

你可以想象，当她的手只碰到了空气时，她有多么惊讶。这一下让她失去平衡，倒在了路上。她坐起来，眨着眼睛，发现那匹马和骑手都不见了。

"这是汤姆·特雷赫尔的诅咒，"她边说边爬了起来，"他一定是对我施了魔法。"

她小心翼翼地环视这条月光朦胧的小路，但什么也看不到。然后她站了起来，鞋底啪嗒啪嗒地踩着，竭尽全力地赶路。她一心想要快点到达彭丁，所以当她在新桥那里越过小溪时（当时那个地方还没有桥），她没有费事地慢慢走过踏脚石，而是直接蹚过了小溪。溪水没过了她的膝盖。

她走在路上，浑身湿透，自怨自艾，筋疲力尽。她一直走在小溪的左岸，因为她打算越过那些山丘，走过那条经过古老立石[1]的道路，穿过沃恩甘普斯公地。

突然，她看到右手边有一道光，想起特雷吉斯特家的宅子就在那里。她想，这束光一定是从宅子的窗户里照出来的，她可以请求那里的主人允许她晾干衣服，休息一会儿。于是她往那个方向走去。她不知道自己走了多远，因为，奇怪的是，无论她再怎么往前走，那道光似乎总是和她保持着相同的距离。然后，光消失了，把她留在黑暗之中。

她已经翻过了山丘，因此她知道自己一定是匆匆忙忙地穿过了博斯文斯公地，离开了大路。现在，她几乎陷入了绝望，在沼泽地里挣扎着前进。这时，月亮从乌云后面探出头来，她看到前面有一个猪圈，里面有一个供猪避雨的小棚子。她累坏了，无论那

1　即楚恩家。

是什么地方，她都愿意进去休息一会儿，晾干衣服。

她爬进小棚子，想在这寒冷、潮湿的夜晚休息个把小时。棚子里有一些稻草，她甚至没有在乎稻草沾着猪的气味，躺到了上面，很快就睡着了。

但是猪圈里还有十几只小猪，它们走进棚子，误以为老佩吉·特雷吉尔是它们的母亲。它们挤在她周围，用鼻子推她，使她既不能休息，也不能好好地躺着或者坐着。

带着疲惫、愤怒和困惑，老妇人爬出了猪圈，然后就愣住了。

她看见不远处有灯光，似乎是从一座大谷仓里射出来的。她还听到了用连枷击打麦子的声音。她知道这个地区只有一个农场，就是博斯洛的农场；她不知道为什么这个农民这么晚了还在给麦子脱粒，但她更关心的是，那是一个温暖的地方，她可以在那里晾干衣服，休息一会儿。

她走向谷仓，向里面看去。

那里确实点着一盏灯，有一根棒子，即连枷的上半部分，在上下翻飞地敲打麦子。但是——愿上帝保佑她——并没有人拿着连枷。连枷似乎是在自己主动给麦子脱粒。

她使劲咽了口唾沫，眨了眨眼睛。她疯了吗？出于好奇，她小心翼翼地走进谷仓。她全神贯注地看着连枷的甩动，结果被一个麻袋绊了一下，摔倒在地板上。她能感觉到自己砸在了一个柔软的东西上。

响起了一声痛苦的叫声。

下一刻，她发现自己正站在一个不到两英尺高的小个子男人面前。这个男人的脸很长，眼睛像猫头鹰的眼睛一样又大又圆，上面遮盖着蓬松的眉毛。他的嘴从一只耳朵伸到另一只耳朵，形成了两个尖尖的嘴角。他的牙齿长长的，参差不齐，皮肤呈现出一种奇怪的绿色。

佩吉·特雷吉尔不是对此一无所知的傻瓜，她熟知关于皮克希的传说。

"这可真是好运，因为谁发现了皮克希在打谷，谁就能实现一个愿望。"

就在她坐起来，准备和这个小人儿说话的时候，她注意到周围还有其他的一些小人儿，他们都在忙着给麦子脱粒。这些小麦被割断、堆放、码起的过程是如此专业，使她不禁啧啧称奇。

她心里感到了一丝丝的嫉妒。

农民博斯洛怎么会得到皮克希的特殊优待——他们为他脱粒，而他却躺在火炉前舒舒服服地吃晚饭，不用担心工作的事。也许，她可以让皮克希为她工作？

于是她爬了起来。

"晚上好，小家伙们。"她说。

突然间，所有的灯都熄灭了，他们消失了。与此同时，一把糠粉被扔进了她的眼睛，几乎使她失明。她眨了眨眼睛，使劲擦了擦。她忘记了一条规矩：如果要与仙灵们说话，她必须先抓住其中一个仙灵的手，将其紧紧抱住。

然后，她听到一个声音在她耳边嘶嘶作响：

"偷窥皮克希工作的人将会变得不幸。"

她突然害怕起来。因为她想起，众所周知，如果有人被皮克希绊倒而没有抱住他们，皮克希就会对那人进行报复。

于是她转过身去，跌跌撞撞地走出谷仓，从博斯洛的农场走到小路上，这条小路现在已经被月光照亮。她飞快地沿着穿过沃恩甘普斯公地的小路跑着；即使在今天，沃恩甘普斯公地仍然是一个闹鬼的地方，这里有石圈、石堆和奇怪的土丘，人们依然不敢走这条闹鬼的小路。当地人说，每逢这样的夜晚，在满月的照耀下，托彭（他们这样称呼魔鬼本尊）会骑着他的猎犬穿过这片阴森的荒原，寻找可能从教堂墓地的石墙院落中走出来的不安分的灵魂。来自地狱的猎犬会追捕他们，把他们拖走，施以永恒的折磨。而且，他们还会告诉你，托彭并不挑剔，他不会特意等到你的身体死去，即使是活人的灵魂也会被他猎取、拖走。

老佩吉·特雷吉尔心里充满恐惧，她竭尽全力沿着小路跑去，皮制的鞋底啪嗒啪嗒地踩着路面。她希望能看到高地博斯卡斯韦尔村和那里的十字路口，她可以从那里转向安全的彭丁瞭望塔和彭丁宅。啊，彭丁宅！现在她满脑子想的都是厨房里温暖的炉火、一把暖和而舒适的椅子，以及手里的一瓶上好的烈酒。

但她觉得，自己似乎走了好几个小时。高地博斯卡斯韦尔村离博斯洛的农场肯定没有那么远吧？

当她正沿着小路匆匆赶路的时候，又发生了一件怪事。她听到了音乐——小提琴演奏着欢快的吉格舞曲。她觉得必须往音乐传来的方向多走几步；音乐似乎是从几棵大树后面传来的，那里似乎亮着灯光，还有人们欢笑、舞蹈、奏乐的声音。也许有一些吉卜赛人正在那里扎营。她想问问能不能在他们的火堆旁温暖一两分钟，然后继续上路。

她离开道路，转到树后——她看到了什么？在树木和岩石之间是一个集市，她以前从未见过这样的集市。那是一个皮克希的集市，成百上千的小人儿正挤在一起，买卖、喝酒、跳舞、吃饭。他们都穿着华丽的服装，大多数小人儿都穿金戴银，装饰着珍贵的珠宝，像贵族一样时髦而优雅。在他们当中，没有一个的身高超过两英尺。

她静静地站在那里看着他们，尤其是那些围着篝火跳舞的人，那里有小提琴手、风笛手和鼓手。老佩吉有生以来从未像现在这样想要起身跳舞。这音乐似乎对她有一种奇怪的催眠作用。

然后，她的目光落在集市的摊位上，意识到正在摊位上售卖的物品是多么美丽。她决定，一定要带一些东西走。她看到一个摊位上摆着美丽的珠宝，觉得自己无论如何也要得到它们。于是，她向摊位走了一步，弯下腰与摊主交谈。

当她这样做的时候，小人儿们开始愤怒地大喊，用手指着她。当她弯下腰和他们说话时，有六个小人儿跳到了她的背上。他们把鞋跟深深地插进她的衣服，有些人用像针一样的小剑戳她，其他人将她绊倒，使她躺在地上。他们开始在她身上跳来跳去，她试图蜷缩成一个球；他们脱下她的鞋子，用小剑刺进她的脚底。她几乎被折磨疯了。

她和他们搏斗起来，滚来滚去，咒骂他们，用她的花楸木杖击打他们。我们知道，花楸有很多特性，当她挥动木杖时，恰好打中了这些皮克希的国王的头。皮克希对花楸过敏，国王大叫一声，窜了出去。不一会儿，其他人也跟着国王跑了，集市消失了，一切都归于荒凉。

老佩吉·特雷吉尔发现自己正置身于树林中的一片沼泽地里，四肢伸开，躺在潮湿的羊齿植物上，脚上没有穿鞋。她很冷，很难受，身上很疼。月亮已经低垂，星星正在闪烁。她惊恐地意识到，现在已经是凌晨了。她从博久延附近的沃恩甘普斯公地一路走下来，现在已经可以望到彭丁宅的黑暗轮廓了。

她挣扎着站起来，想要找回鞋子、帽子和篮子。她只找到了篮子，但里面是空的，她在彭赞斯买的所有东西都不见了。她别无选择，只能拄着手杖，光着脚，一瘸一拐地向彭丁宅走去。

在彭丁宅的大门那里，她停了下来，抬头望向天空。

很快就要天亮了。她想，她至少应该感谢她的幸运之星，因为她很快就会回到自己的床上，在一两分钟之内睡着。

从彭丁宅的大门到宅邸，必须走过几英亩未经开垦的土地。这片土地向北延伸到矗立着彭丁瞭望塔的悬崖那里，俯瞰海湾，海湾里有一座礁岛，名字很简单，就叫"埃尼斯"，也就是康沃尔语的"岛"。据说，博桑科老爷在这片土地上放养了许多品种的兔子，有驯服的也有野生的，他在这里为它们创造了一个永远不被猎杀的庇护所。兔子们在这里吃着灌木和青草，制造了一条通往彭丁宅、由软草铺成的小路。由于老佩吉·特雷吉尔现在没穿鞋，她想沿着软草小路走，而不是走那条直达宅邸的石子路。

她以前曾许多次走过这条路，不管是在清醒的还是在喝醉的情况下。但是这一次，当她沿着草丛中的小路向前走去时，发现自己完全远离了宅邸。每一次，她都试图直接走向彭丁宅那巨大而朦胧的轮廓，但是却在灌木丛中迷失了方向，有一次还危险地徘徊在矗立着彭丁瞭望塔的悬崖边上。

最后，她筋疲力尽，几乎要昏倒了。她坐在地上，发誓黎明之前决不再动。于是她睡着了。

第二天拂晓，彭丁的乡绅向他的其他仆人询问佩吉·特雷吉尔昨晚是否回来了。事实上，他很担心。他知道她偶尔会喝两盅，但是她从来没有放弃家务、离开宅邸，特别是在要做晚饭的时候。他派马夫去打听她的消息，于是马夫给马上鞍，骑向彭丁村。当他沿着小路骑到大门口时，看见草地上好像有一捆破布。他走近一看，发现那不是别的，正是在霜露中睡着的佩吉·特雷吉尔。

他下了马，走过去摇晃她。

"别管我，"过了一会儿，她喃喃地说，"还没到起床的时候。让我一个人待着，走的时候把卧室的门关上。"

马夫叫来了乡绅，两人把几乎失去知觉的老妇人抬进厨房，把她放在熊熊的炉火前。

她慢慢地恢复了知觉。当乡绅问她昨晚一整晚去了哪里时，她滔滔不绝地说了起来，其中一半乡绅听不明白，另一半则不敢相信。他把这归结为她喝多了，迷路了。

老佩吉·特雷吉尔对他的这种想法感到气愤，但博桑科老爷已经决定采用这种解释，他不会改变主意。

"睡这一觉让你醒酒了吗，女人？"他责备道，"今晚我可是有朋友要来吃诸圣节[1]筵席呢。"

佩吉·特雷吉尔的眼睛睁大了。"先生，您是说……"她缓缓地说，"昨天晚上是立冬节？"

博桑科老爷严厉地摇了摇头。"别告诉我你忘了今天是什么日子。"

她抓了抓头。"我昨天中午去简·特雷赫尔家之前就知道了，"她说道，同时试图回忆她是如何忘记的，"难怪昨天晚上我一个人在外面受苦。"

"胡说八道，"乡绅说，"清醒一下，然后开始备餐，今天有筵席呢。如果你需要什么，让马夫到彭丁去买，不要再翻山越岭到彭赞斯去了。"

老管家仍然处在震惊之中，她保证再也不去彭赞斯了。

那天晚上，当她已经从痛苦中恢复过来，乡绅的客人们也都酒足饭饱的时候，传来了响亮的敲门声。这是一个暴风雨之夜，从未有过狂风暴雨像这样吹打的夜晚。大风大浪沿着悬崖峭壁，从康沃尔角席卷到彭丁瞭望塔，又从彭丁瞭望塔席卷到古纳德岬。

1　天主教纪念所有圣徒的节日，日期是每年的 11 月 1 日。

由于这样的天气前所未见，博桑科老爷已经建议他的客人们留下过夜。

屋门打开了，外面站着一位来自齐普拉兹的农民。

"你怎么了，伙计？"乡绅问道，因为这个农民浑身都湿透了，正站在他的大厅里瑟瑟发抖，"这鬼天气，你怎么出来了？"

"我想我应该报告您，先生，"那人回答说，"波瑟拉斯湾的特雷赫尔小屋……大风大浪把它卷走了。汤姆和简两口子当时就在屋里。我们已经搜索了海滩，但那里没有剩下一块石头，也没有他们的任何迹象。"

只有老佩吉·特雷吉尔没有被这个消息震惊。

她知道，每一个行动都有一个回应，每一个原因都有一个结果。她知道，正是汤姆·特雷赫尔引起了昨天晚上的一连串事件。即使是最最微小的行动，哪怕仅仅是刚出生的螃蟹为了进入大海而进行的挣扎，也对永恒做出了贡献。汤姆·特雷赫尔下了一个诅咒，因此报应之风就把他和他的妻子带走了。老话说得好："Nyns-us gun hep lagas, na ke hep scovann？"世上哪有不长眼睛的平原，哪有不长耳朵的篱笆？皮克希一族听到了他的诅咒。老佩吉·特雷吉尔知道，由于他们祈求她遇到灾祸，汤姆·特雷赫尔和简·特雷赫尔受到了惩罚。作恶必得恶果。关于这件事，从来没有人能改变佩吉·特雷吉尔的想法。

31 水晶宫

很久以前，有一户姓凯洛的贫寒家庭住在加拉斯附近的森林里，他们的住所靠近一座名叫齐加杰（意思是"白狗宅"）的大宅。他们为庄园的主人工作，照看他的绵羊和奶牛。这个家庭有一对夫妇和七个孩子，六男一女。女孩名叫维莱特，是家里最大的孩子；最小的男孩叫乌里司，他的脑子有点笨，至少他的家人是这么认为的。

维莱特和乌里司天天都被他们的兄弟欺负。他们的兄弟对他们玩弄各种把戏，把父母交给孩子的所有家务都推给他们。每天日出时分，所有的男孩都应当去照看牛羊，但只有可怜的维莱特被弟弟们派到齐加杰附近森林中的草场里，除了一块荞麦饼之外，一整天都没有别的东西吃。可怜的乌里司则被告知他太年轻了，不能出去，只能被派去打扫马厩和谷仓。而在维莱特和乌里司做所有这些工作的时候，五兄弟却要么赖在床上，要么出去玩。当然，他们很聪明，能够向他们的父母隐瞒这种糟糕的状况，父母还以为他们都是孝顺、有教养的孩子呢。

在一个阳光明媚的早晨，维莱特带着牛羊到草场上去放牧。这时，她看到一匹高大的白色骏马从森林里走了出来，马背上骑着一个身材高挑的年轻人，一身白衣，装饰着最好的珠宝和黄金。

他的头发是近乎火红的金黄色，头上戴着一个金环。维莱特停下脚步，惊讶地盯着他；太阳本身的光芒仿佛正从他的脸上放射出来。他是她见过的最英俊的绅士。

年轻人勒住马，低头看向她。他脸上的笑容使温暖的光芒在她疲惫的四肢上扩散开来。

"Myttyn da，少女。"他用低沉、悦耳的声音向她道早安，"真的，我从未见过像你这样漂亮的少女。"

维莱特脸红了，因为从来没有人这样对她说过。的确，有些人认为维莱特很有吸引力，但她并不比这个半岛上的很多少女更有吸引力。

"告诉我，姑娘，"英俊的年轻绅士继续真诚地问道，"你愿意嫁给我吗？"

维莱特大吃一惊，差点摔倒。她惊呆了，无法立即给出回答。

"我不知道。"最后，她结结巴巴地说。她想，如果和这个年轻人一起走，把她的弟弟们强加给她的苦役和虐待抛在脑后，新的生活将会多么美好——除了她非常喜欢的弟弟乌里司之外，没有什么值得留恋的。

"我给你时间考虑。明天的这个时候，当太阳从荒野上升起时，你会在这里找到我。我等你做出答复。"

阳光突然刺入她的眼睛，她眨了眨眼。当她睁开眼睛时，那个年轻人已经不见了。

整整一天，维莱特都只想着那个英俊的年轻人。那天晚上，她连肚子饿都不觉得，哼着欢快的小曲，蹦蹦跳跳地回到了家。她的弟弟们非常惊讶，想知道是什么让他们的姐姐如此高兴。

除了她的母亲，她没有把这件事告诉任何人。可她的母亲立刻嘲笑道："你真是个傻瓜，我的孩子。这是某个高贵的绅士在捉弄我们这些穷人呢。你真的以为这样一位绅士会来向你这样的人求婚吗？"

让她羞愧的是，她的母亲把这件事告诉了她的丈夫和儿子们。除了小乌里司，他们一个个都笑得前仰后合。他看起来十分悲伤，还试图安慰处于痛苦之中的姐姐。

"只要他明天还在那里，我就答应嫁给他，"她发誓道，"因为，将来无论发生什么，我都不会比现在更不快乐了。"

乌里司捏了捏她的手，告诉她，如果她有机会获得幸福，就应该抓住机会，不要为他担心。有朝一日，他也会摆脱他的哥哥们强加给他的苦差事。

第二天早晨，维莱特天一亮就起了床，带着牛羊去放牧。

果然，那个满脸阳光的年轻人已经骑着他的白色骏马过来了。"Myttyn da，少女。你仔细考虑过这件事了吗？你愿意做我的妻子吗？"

"我愿意，"少女回答，"我愿意，而且非常愿意。"

"那么，"年轻人带着灿烂的笑容说道，"我们去征求你父母的同意吧。"

她不情不愿地跟他去了，因为她现在为她的父母感到羞耻。她的父母对这位衣着华丽的年轻绅士的到来感到惊讶。这个年轻人正式向他们的女儿求婚。除了乌里司，她的其他弟弟们都羡慕地盯着这个人。

"我们给不起她的嫁妆。"她父亲焦急地嘟囔道。会不会是这位年轻的领主认为他的女儿很有钱呢？

年轻的领主听到这句话，轻轻一笑，没有理会这种侮辱。"我不需要嫁妆。"他答道，"如果你只是反对这个，那我们就定在明天举行婚礼。"

"但我们甚至不知道你的名字。"维莱特的母亲抗议道。

"你很快就会知道的——在婚礼上。"

然后，他向他们道了声"日安"，就骑马走了。

维莱特的父亲去安排婚礼，但维莱特的弟弟们（乌里司除外）仍在嘲笑她，还打赌这一切都是一个糟糕的玩笑，那个英俊的年轻人第二天不会再出现了。

但那个年轻人第二天确实出现了。不仅是他自己，还有另一个被他称为伴郎的英俊年轻人。他们乘着一辆纯金的马车，马车由七匹雄伟的白色骏马拉着，闪烁着耀眼的光芒。

"我们应该用什么名字来称呼你？"维莱特的父亲问道。

"我叫豪莱克[1]，'阳光满面'之领主。"

婚礼很快举行。仪式刚刚结束，年轻人就把她送上了马车。

"向你的家人告辞吧。从今往后，你将住在我的宫殿里。"

"那我的衣服呢？"她抗议道，"除了身上穿的衣服，我什么都没准备。"

"你会在我的宫殿里找到你想要的一切。"他回答道。

"这座宫殿在哪里？"维莱特的一个弟弟问道，他认为现在是自己插手的时候了。

"它叫'水晶宫'，就在东方，在冉冉升起的旭日之下。"

说罢，豪莱克领主、维莱特和作为伴郎的那位沉默寡言的绅士上了马车。马车闪烁着光芒，驶走了。

一年零一天过去了，维莱特和她丈夫豪莱克领主杳无音信，维莱特的弟弟们开始好奇起来。要知道，他们本来想从姐姐交的好运里面分一杯羹，但是他们现在却依然要继续为齐加杰的领主

---

1 字面意思是"阳光"。

工作。与此同时，自从维莱特走了之后，他们不能把所有的工作都推给乌里司，自己也必须分担一部分，这让他们一点也不满意。

一年零一天之后，他们觉得，维莱特没有给他们送来她安康的消息，这太糟糕了。他们宣布，他们将启程去寻找水晶宫。小乌里司想和他们一起去，但他们让他留在家里，帮助他们的父母完成所有要做的工作。

于是，这五兄弟开始向东旅行。每一次他们停下脚步，都会问别人是否知道水晶宫在哪里，但没人知道哪里才有这样一座伟大的宫殿。他们旅行的时间太久了，以至于他们开始互相争论是否应该放弃寻找，返回家园。

有一天，他们走进了一片森林。寻找的过程让他们疲惫不堪，他们便商定，如果到达这座阴暗森林的另一边之后还没有发现任何东西，他们就返回他们在加拉斯和齐加杰附近的家。他们刚进入森林，就听到樵夫砍伐树木的声音，于是，他们来到了一片空地上。

"你知道有一座叫'水晶宫'的宫殿吗？"他们问樵夫。

老人挠了挠他的秃头。

"我确实听说过这么一个地方，因为离这里不远有一条'水晶宫路'。顺着路走，你们应该就能到水晶宫了。"

这个消息让五兄弟兴奋不已，他们立即振作起来，去寻找那条道路。但他们还没走多远，一场大雷雨就在森林上空暴发了。雷声和闪电到处噼啪作响。他们面对如此猛烈的风暴，多多少少有些害怕——而且他们无法彼此隐瞒这一点。很快，风暴平息了，他们带着尴尬继续上路。

夜幕降临在森林之中，他们周围可以听到野兽游荡的声音。

"我们必须找个藏身之处。"他们中的一个人建议道。

另一个人决定爬上一棵树，看看是否能发现任何居住着人类的迹象——除了树木，什么都没有。除了……他看到了一点火光。确认了火光的方向之后，他就下来和他的兄弟们会合了。

他带领他的兄弟们朝那个方向走去，然后，另一场雷雨似乎又在他们的头顶暴发了。雷声和闪电在他们周围噼啪作响，接下来，一切又恢复了平静。他们冷静下来，继续前进。

在森林中的一块空地上，他们遇到了一个老妇人，她一副瘦骨嶙峋的样子，牙齿又长又黄。她正坐在火堆前，搅动着一大锅沸腾的肉汤。

"晚上好，dama-wyn。"大哥问候道，因为称呼这个年龄段的老妇人为"祖母"是很礼貌的，"我们正在寻找水晶宫路。您知道它在哪里吗？"

"啊，晚上好，我的好孩子们。我知道这条路，但我的儿子更了解它，他每天都走这条路。他经常往返于水晶宫和这里。"

"水晶宫就在这附近吗？"五兄弟中的另一个问道。他很惊讶，竟然能在一天之内到达那里并且返回。

"不远。但我们必须等到我儿子回来。也许你们已经在树林里见过他，或者听到过他的声音了？"

"我们没有看到任何人。"他们向她保证。

"那么，你一定听到他的声音了？"

突然之间，他们又听到了雷声和闪电声。这声音似乎越来越近了。

"这是什么声音？"他们大喊着缩成一团。

"这只是我的儿子。"她微笑着向他们保证，"躲到那些树枝下面，等我跟他交代一下。他饿了，可能会把你们给吃了。"

兄弟们吓坏了，躲了起来。雷声和闪电越来越大，直到一个高个子男人从天上一闪而下，双脚着地，落在空地上。他环顾四周。

"Dama, dama, yma nown dhym."他用康沃尔语喊道，意思是"妈妈，妈妈，我饿了"。

老妇人笑了。"Da yu genef agas gweles,"她回答，"Ny a-vyn dalleth gans yskel onyon."意思是："很高兴见到你。先喝点洋葱汤吧。"

巨人停了下来，狐疑地嗅着空气。

"我这是闻到了康沃尔人的味道吗？他们作为零食还挺美味的。Nown blyth a-m-bus！我饿得像条狼！"

说时迟那时快，老妇人抄起一根棍子，狠狠地打向巨人的脚。"如果你伤害我的客人，我就用我的棍子揍你。"

巨人颤抖起来。看来老妇人的威胁并不是空穴来风。他发誓不会伤害即将露面的五兄弟。

"好啦，这些人是你的康沃尔表兄弟。明天一早你就把他们带到水晶宫去。"

第二天清晨，巨人猛地跳了起来，发出一声雷鸣和一道闪电，惊醒了兄弟们。

"是时候出发去水晶宫路了。"

他让他们站在一张大床单上，然后拎起床单的四角，使它看起来像一个大包袱。他把包袱背在肩上，带着雷鸣和闪电腾空而起。巨人仿佛变成了一个巨大的火球，向东方飞驰而去。

"是这条路吗？"其中一个兄弟对他的兄弟们叫道。

"这条路很高，不是吗？"另一个人说。

这时，大哥想起了一句老话："Tus skentyl nu-gar fordhow ughel."聪明人不走高路。

他想，这句话真是至理名言。

然后，就在他认为应当出声抗议的时候，他们来到了一片广阔的平原上。

"这就是去水晶宫的正路,"巨人指着远方地平线上的一个小点,喊道,"我只能把你们带到这里了。"

他们还没来得及说些什么,他就化作一个火球,消失了。

其中一个兄弟微微颤抖了一下。"我们回家吧,我不喜欢这样。"

"我们已经走了这么远,应该坚持到底。"大哥说。

于是,他们开始向巨人所指的地方走去。但不管怎么走,他们和目标之间的距离似乎都没有缩短,所以最后他们都决定回家。他们花了很长很长的时间,回到了加拉斯,又到了齐加杰,最后到了他们自己的家。他们把发生的事情告诉了他们的父母。

"我是不会放弃的。"年轻的乌里司宣布,"我会继续找下去,直到我确认我们的姐姐是否幸福。"

"好吧,你真是个傻瓜,"他的哥哥们愤愤不平地说,"就连我们这些又强壮又聪明的人都不能成功,你怎么能行?"

乌里司恼怒地涨红了脸,站了起来。"我一定会去,在查明我姐姐维莱特的情况之前,我决不回来。"他宣布。

"你这个白痴!"大哥冷笑着说,"如果你认为你能做到,就赶紧滚吧!"

"我一定要试试。无论她在哪里,我都会找到她。"于是,乌里司第二天就独自出发了。

他和他的兄弟们走的是同一条路,最后,他来到了黑暗的森林里,朝着太阳升起的方向走去。当他穿过森林时,他听到了可怕的雷雨声,看到了闪电的亮光。最后,他遇到了一个正弯腰烤火的老妇人。

"晚上好,dama-wyn。"他礼貌地问候道。

"你要去哪里,孩子?"老妇人回答。

"我正在寻找水晶宫路。您知道它吗？"

"我知道这条路，但我的儿子更了解它。也许你在森林里听到或见到过他？"

"我想，我听到了他的声音。"

这时，传来一声可怕的雷声，闪电噼啪作响。

"我的儿子来了。快，躲到树枝下面，否则他会吃了你。"

"不会的！"乌里司说。

然后，一个巨人跳到空地上。

"晚上好，妈妈，"他说，然后闻了闻，"我想，我闻到了康沃尔人的味道。Nown blyth a-m-bus！我饿得像条狼！"

"那你得去别的地方吃，"乌里司说道，"我的骨头上没有足够的肉来填你的大肚子。"

巨人盯着他，然后笑得浑身发抖。"没错，我跟你开玩笑呢。"他笑着说，"你不怕我吗？"

"我从小就被告知，要尊重雷和闪电，但永远不要害怕它们。"乌里司回答。

巨人高兴地拍着膝盖，因为以前从来没有人这样对他说过话。"告诉我，你要干什么，我帮你。"

他的母亲告诉了他。

"明天早上，我带你到水晶宫去。"巨人说道。他的名字叫塔兰，意思是"雷"。

果然，第二天早晨，他背着乌里司飞上天空，让他降落在一片广阔的平原上。

"我只能把你带到这里了，但你必须继续穿过这片平原。很快你就会发现，它变成了一片宽阔的黑土平原。一直沿着这条路走，即使你觉得路走不通，也要继续走下去。不要向右看，也不要向左看，不管路上有什么，都要沿着路走。如果你像来这里时一样大胆无畏地走，你就能够到达水晶宫。"

乌里司径直走在巨人塔兰指示的那条路上，既不向右看，也不向左看。他来到平原上，开始沿着黑土路面前行。突然之间，他的路被一群蠕动的蛇挡住了。他在恐惧中愣了一会儿，然后想起了塔兰的话，直接向蛇群走去。蛇群缠在他的腿上，盘绕着，噬咬着，用嘶嘶声威胁着他，但他没有失去勇气，对这些可怕的爬行动物完全不放在心上，毫发无损地通过了蛇群。

接下来，这条路延伸到了一个大湖的边缘。他不会游泳，也看不到船。他想起塔兰说过的话，继续前进，直接走到深深的水里。冷水一直没到他的膝盖，没到他的腋下，然后没到他的下巴；最后，水面在他的头顶黑压压地合拢起来。但他依然继续前进，突然之间，他就到了湖的另一边。

他沿着这条路一直走下去，来到一个狭窄的峡谷，峡谷里布满了荆棘，无法通行，两侧的岩石悬崖高高耸立，足有数百英尺。然后他想起塔兰说过的话，手脚并用，开始在灌木丛中匍匐前进，径直穿过峡谷。他身上出现了无数撕裂和割伤，流血不止，衣服也被扯得破烂不堪。但当他从峡谷的另一边爬出的那一刻，他身上的伤口都愈合了。

他继续前进，最后被一匹瘦马挡住了去路。

"骑上我，"马邀请道，"我会带你继续你的旅程。"

"Dursona！愿神祝福你！"乌里司叫道，"马儿，我太累了，走不动了。"

于是，马驮着他，沿路走去。傍晚时分，他们来到一个地方，那里有一块大石头放在另外两块石头上。

"你现在必须下马了。"马说，"你看到那两块石头了吗？把顶上的石头掀开。"

乌里克照做了，发现了一个隧道入口。

"走进隧道，那是你前进的道路。"马指示道。

起初，乌里司以为他会在隧道的恶臭中窒息而死。隧道里非常黑暗，他不得不摸索着前进。然后，他听到身后传来可怕的声音，就像是一群恶魔在叫嚣着要人的血。

"我肯定会死在这儿的。"他颤抖着说。但他想起塔兰说过的话，咬紧牙关，继续赶路。最后，他看到前面有一丝光亮，这让他看到了希望。他身后的声音越来越近，但他一鼓作气，冲出隧道，安然无恙地进入了明亮的阳光之中。

他发现他前面有一个十字路口。

他停了下来，怔怔地看着，不知道该往哪边走。然后他想起塔兰说过的话，走上了径直朝前的道路。路上有许多高耸的大门，每一道门都闩上了或者锁上了。由于打不开这些门，他干脆爬了过去。这一路他爬得很艰难，但他最终还是到达了山顶之前的最后一道门。爬过最后一道门之后，他看到远处有一座闪闪发光的水晶宫殿。

"那肯定是水晶宫！"他惊叹道，"我的旅程一定快结束了。"

他急忙往前走去，过了一会儿，就到了水晶宫的门前。这座宫殿光芒四射，他的眼睛都被晃花了。宫殿有许多门，他尝试了每一扇门，但每一扇都是锁着的。然后，他发现了一扇打开的小门，这扇小门连接着一条向下的滑道。那是一个通往宫殿地下室的通风井。他没有犹豫，立即爬了进去，滑进地下室。

他上了地下室的楼梯，进入一间大厨房，又从厨房走进一座大厅。宫殿里的房间越来越豪华，光线越来越亮，令他连连眨眼。然后，他进入了一个华丽无比的大房间，这里把他晃得几乎失明。但是，在那里，是的——在房间的尽头，有一张铺着丝绸床单的金色大床——他的姐姐维莱特正躺在床上睡觉。自从他最后一次见到她以来，她似乎没有衰老哪怕一个小时。维莱特没有醒来，一直躺在床上沉睡。她看起来如此美丽，乌里司不由得想再多看一会儿，便藏到了窗帘后面。

他刚藏好，门就打开了，身形高大的豪莱克领主走了进来。他还像以前一样雄伟健壮，有着金红色的头发和闪闪发光的身躯。他径直走到维莱特面前，狠狠地抽了她三个耳光，这令乌里司大吃一惊。他正要上前抗议，但马上就注意到他的姐姐没有动——甚至连眼睛都没有眨一下。然后，豪莱克领主爬上床，在她身边躺下。

乌里司觉得豪莱克领主对待他姐姐的方式很是奇怪。他看到豪莱克领主正在酣睡，不知道该怎么办。也许他应该找点东西吃，找个房间休息一下？这时他注意到，他现在感到自己休息得很好，吃得很饱，尽管他到达宫殿时已经又累又饿。他无法理解，于是坐了下来。这一夜过得平稳而安详。乌里司甚至没有从他的藏身之处离开。

然后，随着黎明的到来，豪莱克领主爬起来，在维莱特的脸颊上猛抽了三个耳光，离开了。但维莱特还是一动不动。

等豪莱克领主走后，乌里司离开藏身之处，走到他姐姐身前。他担心姐姐是不是已经死了，因为她被打了那么多下响亮的耳光，却还是那么安静。乌里司伸出一只手，摸了摸她的额头，确认她还活着。然后，他弯下腰，吻了一下她的额头。当他亲吻她的时候，她笑了，睁开眼睛，慵懒地伸了个懒腰。然后，她认出了她的弟弟，笑得更开心了。

"乌里司！你是怎么到这里来的？见到你真高兴！"

他们互相拥抱。

"姐姐，我很担心你。"

"有什么可担心的，弟弟？"

"你丈夫呢？"乌里司很担心豪莱克领主回到卧室。

"他已经踏上旅途了。你一定看见他了，因为他刚刚离开我的身边。"

就在这时，乌里司意识到，如果他的姐姐一直清醒着，当豪莱克领主打她耳光的时候，她肯定只是在假装安静。"唉，我可怜的姐姐，他对你这么不好，我很痛苦。"

"可他是我的快乐，弟弟。他对我一点都不差。"维莱特对他的话明显感到困惑。

"你怎么能这样说呢？"他问，"昨晚他进来的时候，我看到他在你的脸颊上狠狠地抽了三个耳光。今天早上起床之后，豪莱克领主又满怀恶意地抽了你三个耳光。"

"你一定是搞错了，弟弟，他从来没有打过我，更别说给我三个耳光了。每天晚上，他都来吻我三次；每天早上，他都用三个吻向我告别。"

乌里司十分困惑。

这时他想到，现在肯定是早餐时间了。但他仍然觉得很饱。

"在这个地方似乎既不会冷也不会饿，姐姐。我没有看到仆人，也没有看到任何准备饭菜的人。这是怎么回事？"

"我不知道，弟弟。但的确如此，自从我来到这里之后，我就觉得没有吃喝的欲望。"

"这里没有别的人吗？"

"没有。我的丈夫告诉我，我不能跟任何人说话，但自从我来到这里之后，就没见过任何人。"

于是他们一起度过了这一天，谈论他们的家庭，以及她离开之后在康沃尔王国发生的事情。傍晚时分，豪莱克领主回到宫殿，见到了乌里司。

"这是我最小的弟弟。"维莱特见他皱着眉头，急忙说道。

"啊，现在我认出你了。你是来拜访我们的吗？你这样做很好。"

"在旅途中，我不是没有遇到过巨大的困难。"乌里司补充道。

"我相信你的话。从来没有人走得像你这么远。但在你的回程中，路会更容易走，因为我保证，你在更艰难的道路上会得到更好的保护。"

于是，乌里司和他的姐姐维莱特、姐夫豪莱克住在一起。每天早上，豪莱克领主都会离开宫殿；每天晚上，他都会回来。他们不需要吃喝，因为他们总是觉得很饱。乌里司对水晶宫的这种生活方式感到好奇，便问他的姐姐，她的丈夫每天都去哪里。

"我不知道，我也没有问过他。"

于是，第二天早晨，维莱特问她的丈夫："你每天都去哪里了？"

豪莱克皱起了眉头。"你怎么会问这个问题？"

"我弟弟很好奇。"

豪莱克便问乌里司，乌里司证实了他的好奇心："我很乐意和你去任何地方，因为我想在返回康沃尔之前看看这个国度。"

"可以，但有一个条件。"

"无论什么条件，我都会尊重。"

"你要完全按照我说的做。"

"这没什么难的。"

"无论你看到或者听到什么，都不能碰任何东西，也不能跟任何东西说话，只能跟我说话。"

乌里司同意遵守这些条件。

于是，他们离开了水晶宫，沿着一条狭窄的小路走去。乌里司只能跟在豪莱克领主的后面。然后，他们来到了一片广阔、干旱的沙地平原，它极为宽广，像一片大沙漠一样延伸出去。平原中央有一群又大又肥的牛，它们正趴在沙地上反刍。

他们继续前行，来到一片长满茂密高草的平原。这里有一群瘦弱、憔悴的牛在可怜地吼叫。

"姐夫，"乌里司低声说，"请你告诉我，因为我从未见过这样的事情。牛在沙漠中长得很肥，而在大草原中却长得很瘦，这是怎么回事？你能向我解释一下吗？"

豪莱克领主微微一笑，说道："你要知道，那些肥胖的牛是穷人，他们满足于自己的命运，从不贪恋别人的财富。而那些瘦弱的牛是不断争夺财富的人。他们总是为了增加财富而斗争，永远不会满足，因为他们总是以牺牲别人的利益为代价，想要得到更多。"

他们继续往前走，来到一条河边。在那里，他们看到两棵巨大的橡树正在互相撞击，撞得很厉害，木头的碎片都从树上飞了出来。这太可怕了，乌里司实在是忍不住了，因为他有一颗温柔的心。于是，他拿着一根棍子，把它伸到两棵树中间。

"停止这种可怕的战斗！你们不要虐待对方。学会在和平中生活吧。"

他话音刚落，两棵树就消失了，取而代之的是两个人。

"我们注定要永远这样打斗下去，因为我们一生都在打斗。我们得到的惩罚就是一直争吵、打斗，直到有一个仁慈的灵魂怜悯我们。现在我们可以去永葆青春的国度了。祝福你，少爷。"

这两个人消失了。

豪莱克领主继续往前走去，他们来到了一个山洞的洞口。从洞里传出了可怕的声音——哭泣、咒骂、吼叫和哀号——乌里司的血液都为之发冷。

"这是什么？"

"这是通往炼狱的入口。现在你必须回头了，因为你已经违背了我的命令。你不应该向那两棵树说话，或者插手它们之间的事情。回到你姐姐身边去吧。我今晚回来之后，会把你送到回家的路上。"

于是乌里司回到了水晶宫。他姐姐问："你怎么这么早就回来了？我丈夫豪莱克怎么没跟你一起回来？"

"我违背了他的命令。"

"所以你不知道他要去哪里？"

"不，我不知道。"但当乌里司想起炼狱的入口时，他无法自抑地打了个寒战。

当天晚上，豪莱克领主回来了，对乌里司说："因为你违背了你的承诺，你必须回到康沃尔王国，在那里待一段时间。有朝一日，你会回到这里，然后永远留在这里。只有到了那时，你才会知道我的旅程。"

"我会回去的，"乌里司同意道，"但我必须知道一件事，这件事比什么都重要。"

"你问吧。"豪莱克领主说。

"为什么你要打维莱特的耳光，而不是亲吻她？"

豪莱克领主微笑着说："因为我爱她。你难道不知道那句老话吗？'掌掴的主动性显示出诚意，而爱抚的仪式性则主要是惯例。'[1]"

"我不明白。"

豪莱克领主叹了口气。"总有一天你会明白的。"

于是，和姐姐含泪告别之后，乌里司跟随豪莱克领主来到了一条道路的起点。

"毫无畏惧地走上这条路，你很快就会到家。请记住，我们的分别不会持续太久，你很快就会再次回到这里。"

1　这句话是意大利剧作家乌戈·贝蒂（Ugo Betti，1892—1953）说的。

于是，乌里司沿着道路走着，有点伤心，也有点困惑。在他回去的路上没有什么阻碍。他继续走着，既不觉得疲劳，也不觉得饥饿，更不觉得痛苦。不久之后，他来到加拉斯，接着又来到齐加杰。他去寻找他父母和哥哥们的房子，但是却找不着。

"这里肯定是我家房子的所在地，否则我就真的是个傻瓜。"乌里司说着，在一片田野旁停了下来，向四周张望。

他看到一个人走在路上。

"嘿，伙计，我在找凯洛夫妻俩和儿子们的房子。"

那人摇了摇头。

"凯洛？住在这里的人没人姓这个，从我父亲的父亲的时代起就没人姓这了。"

那人若有所思地盯着他，然后抓了抓头。"但在齐加杰周围的森林一带流传着一个传说，是关于一个姓凯洛的人和他的儿子们的。他们说，他们家的女儿嫁给了一个伟大的领主，尽管他们自己只是贫穷的农民。但那已经是好几百年前的事了。"

乌里司突然感到一股寒意。"好几百年前？"

"传说中是这样的。"

乌里司来到俯瞰哈利杰村的那座山丘，在山上古老而神秘的土堆前坐下，为他失去的家人哭泣。几天之后，人们在那里发现了他——一个年迈的老人的尸体，瘦得皮包骨头。他是如此之老，以至于人们说，当他们把他抬到加拉斯，想要埋葬他时，他的身体化成了尘土。

谁知道他的灵魂去了哪里？

一些阴暗的线索暗示道，他走上了回到水晶宫的道路，和他的姐姐维莱特、姐夫豪莱克领主一起住在炼狱的门口。

布列塔尼

———————

BREIZH

序　言

我一直觉得自己对布列塔尼（在布列塔尼语中被称作"布列
伊斯"）有一种特殊的依恋。我的祖母萨拉-安·杜莱克
（Sarah-Ann DuLake）是布列塔尼政治流亡者让-约瑟夫·杜拉克
（Jean-Joseph DuLac）的孙女。杜拉克曾在布列塔尼议会[1]的总检察
官理事会任职，早年还曾在路易-勒内·德·卡拉德克·德·拉夏
洛泰（Louis-René de Caradeuc de La Chalotais）手下工作。拉夏洛
泰曾任布列塔尼总检察官，他曾在1764年勇敢地挑战过法王路易
十五的权力。

鉴于布列塔尼被法国吞并的经过在英语世界鲜为人知，我想
在此专门用几段文字阐述一下这个有趣的话题，请读者不要见怪。

在中世纪，布列塔尼曾经是一个独立而繁荣的贸易国家，但
它长期以来一直是英法两国领土野心的目标。最后，在1488年，
布列塔尼的弗朗塞兹二世率领的布列塔尼军队在圣奥班迪科尔米
耶（Saint-Aubin-du-Cormier）被查理八世率领的法国人击败，不
得不签订条约，接受查理八世为其"宗主"。弗朗塞兹二世不久之
后去世，他的女儿安妮继承王位。她试图使布列塔尼重获独立，但

1　14世纪至1789年期间布列塔尼的三级会议，实质上是自治的布列塔尼最高权力机构。

再次遭到军事失败，签订《拉瓦尔条约》[1]，安妮被迫于1491年12月6日在朗热（Langeais）嫁给查理八世。查理八世死后，安妮为了维持岌岌可危的"联姻"，又被迫嫁给路易十二。当路易十二的继承人弗朗索瓦一世在1515年登上王位后，安妮的女儿克洛德又不得不嫁给他，以使法国人维持两个国家之间的结合。在这场婚姻之后，布列塔尼的王冠成了法国的王冠。[2]

这一事实通过1532年9月18日签订的《法国－布列塔尼联合条约》成为法律，法国人承诺尊重布列塔尼在法兰西王国内的自治地位及其议会的自治权力。然而，自从亨利二世在1554年的举动[3]以来，历代法国国王一直试图将布列塔尼纳入法国的中央集权之下。

事实证明，布列塔尼人在交出他们的独立权时表现得十分顽固。1764年，当路易十五试图集中财政主权时，总检察官拉夏洛泰明确地提醒法国人，这违背了1532年的条约，遂因捍卫布列塔尼独立而入狱。路易十五于1774年去世后，他被释放，回到布列塔尼，如同凯旋一般在布列塔尼议会中受到欢迎。当时议会自称为"布列塔尼国民议会"。

但布列塔尼独立的终结已在眼前。拉夏洛泰没有活着看到这一天，他于1785年去世。让－约瑟夫·杜拉克似乎没有和拉夏洛泰

---

[1] 1488年的《萨布雷条约》规定，布列塔尼的安妮在结婚之前必须获得法国的许可。弗朗塞兹二世去世后，安妮（当时年幼，尚未亲政）在没有得到许可的情况下，于1490年以代理婚姻的形式嫁给了神圣罗马帝国皇帝马克西米利安一世，从而引发一场国际冲突。最终，法军攻陷布列塔尼首都雷恩，布列塔尼投降，签订《拉瓦尔条约》，安妮废除和马克西米利安一世的婚姻，嫁给查理八世，以换取布列塔尼的自治。

[2] 路易十二和弗朗索瓦一世都不是查理八世的直系后裔。在此期间，布列塔尼的地位一直是"法国王后的领地"，而不是法国的领土。但随着弗朗索瓦一世和克洛德的儿子亨利二世登上王位，他自然继承了父母双方的领地，布列塔尼从而成了法国的一部分。

[3] 1554年，亨利二世发布敕令，建立布列塔尼高等法院。

一起遭到监禁。

革命和共和主义的种子在布列塔尼的沃土上茁壮成长。在1776年的美国革命中，至少333名革命军军官是布列塔尼志愿者，其中包括拉法耶特侯爵（Marquis La Fayette）、拉鲁埃里侯爵（Marquis de la Rouerie）、吉尚伯爵（Comte Guichen）等人。满腔热情的布列塔尼人为美国革命装备了16艘战舰，还为其提供了船员。布列塔尼人之所以急于投身革命，是因为他们想摆脱法国国王的中央集权政策，维护自己的政治独立，但法国共和主义者更加中央集权，他们在法国君主没有做到的地方取得了成功：他们宣布布列塔尼自治是一种"特权"，废除了布列塔尼议会。

布列塔尼议会休庭法院[1]的院长向法国制宪会议抗议道："只有尸体才享有特权。国家享有权利！"时任布列塔尼总检察官的博特雷尔子爵[2]在一份印刷的声明中提出了同样的抗议。就连拉法耶特侯爵也曾慷慨激昂地请求法国共和主义者允许布列塔尼保有一个独立的布列塔尼议会，尽管他之后放弃了这一主张，接受了新生的法国国民议会的席位。

但他的布列塔尼同胞们并没有轻易放弃。他们先由在美国革命中担任过准将、磨炼过军事指挥技能的拉鲁埃里侯爵率领，然后由乔治·卡杜达尔（Georges Cadoudal）率领，在布列塔尼进行了长达十余年的苦战。当时存在至少四个不同的武装阵营：布列塔尼共和派和布列塔尼保王派都希望布列塔尼独立，但意识形态不同；法国保王派和法国共和派都希望将布列塔尼并入法国，但对法国的国家性质存在分歧。四派之间争斗不休。

1　在法院休庭期间负责处理紧急案件的机构。

2　勒内·让·德·博特雷尔·杜·普莱西斯（René Jean de Botherel du Plessis，1745—1805），布列塔尼保王派。

终于，布列塔尼的自治权不可避免地丧失了，因为法国的共和派和保王派在一个问题上达成了一致：布列塔尼应当成为法国的一部分。全新的、中央集权的法国诞生了。

许多布列塔尼政治人物逃往国外。博特雷尔子爵去了伦敦，在那里，他每年都会抗议法国废除布列塔尼议会，直到于1805年去世。我祖母的祖父也在这个时候来到英国，担任博特雷尔的秘书，他最终将杜拉克这个姓改成了杜莱克[1]。

因此，我的家族有布列塔尼、爱尔兰、威尔士和苏格兰的分支，我很幸运地吸收了所有这些地区的民间传说。我觉得布列塔尼的民间故事特别吸引人。我家的书架上摆着阿纳托尔·勒布拉兹[2]的著作，例如他的《朝圣之地》（*Au pays des pardons*，1894）。弗朗索瓦－玛丽·卢泽尔是另一位热衷于搜集布列塔尼传说的专家，代表作为《低地布列塔尼民间故事集》（*Contes populaires de Basse-Bretagne*，1879）;他还在《低地布列塔尼民歌集》（*Gwerziou Breiz-Izel*，1868—1874）、《低地布列塔尼之声》（*Soniou Breiz-Izel*，1890）等著作中出版了许多版本的中世纪布列塔尼神秘剧，以及大量传说、民间故事、歌谣等。

卢泽尔的著作为接下来重述的故事提供了重要的基础。我还要感谢保罗·塞比洛特[3]的《高地布列塔尼民间服饰》（*Costumes populaires de la Haute-Bretagne*，1886），以及弗朗索瓦·法尔浑[4]神父的许多学术著作，如《布列塔尼语历史新观》（*Perspectives nouvelles sur l'histoire de la langue Bretonne*，1963）。

1　"杜莱克"是"杜拉克"的英语形式。

2　阿纳托尔·勒布拉兹（Anatole Le Braz，1859—1926），布列塔尼作家、民俗学家。

3　保罗·塞比洛特（Paul Sébillot，1843—1918），布列塔尼作家、民俗学家。

4　弗朗索瓦·法尔浑（François Falc'hun，1901—1991），布列塔尼语言学家。

我要强调的是，本章选取的故事都是在19世纪之前一直口头流传的故事。直到19世纪，特别是通过卢泽尔的工作，这些民间故事的各种版本才被记录下来。我没有使用中世纪文献布列塔尼歌谣[1]，尽管有人认为它也是布列塔尼传说和民间故事的一部分。布列塔尼歌谣从14世纪起就在英国流行，它们是通过法语翻译版传到英国的，而不是直接以布列塔尼语的形式传入的。

布列塔尼歌谣大多涉及亚瑟王传说体系，有着凯尔特文化的主题。法兰西的玛丽（生活在公元1200年前后）以创作布列塔尼歌谣闻名于世，她的歌谣中充满了凯尔特的神话和氛围。在现存的十五篇布列塔尼歌谣中，最有名的是《朗法尔爵士》（*Sir Launfal*）。朗法尔是亚瑟王宫廷中的一位战士，他爱上了一个仙女。桂妮薇指责朗法尔侮辱了她，亚瑟发誓要处死他。詹姆士·拉塞尔·洛厄尔[2]在他作于1848年的《朗法尔爵士的幻象》中重述了这个故事。

多年以来，我往这些重述的故事中加入了一些来自雅恩·特雷梅尔（Yann Tremel）和佩尔·德内兹（Per Denez）教授的注释和建议，他们曾在雷恩大学任教。洛里昂的菲利普·勒索利克（Philippe Le Solliec）也一直在为我提供指导意见。

《凯尔伊斯的毁灭》堪称经典，勒布拉兹、卢泽尔等多人都重述过这个故事。本书重述的《努恩杜瓦雷》在一些地方不同于卢泽尔于1874年从莫尔莱的工人那里采集到的口述版本。我相信，和卢泽尔的版本相比，本书的版本含有更多的原始凯尔特主题。在这一点上，我必须感谢佩尔·德内兹教授的教导。

《北极星公主》是"Prinsez-a-Sterenn"这个布列塔尼语标题

1　布列塔尼歌谣（Breton lai）是一种在中世纪流行于法国和英国的浪漫主义韵诗。

2　詹姆士·拉塞尔·洛厄尔（James Russell Lowell，1819—1891），美国诗人、作家。

的正确翻译，但当卢泽尔于19世纪六七十年代采集到这个故事时，他把标题翻译成了《闪耀星公主》。我决定保留它的布列塔尼语标题，因为这个故事至今还以这个标题在科努瓦耶[1]流传。

1　布列塔尼西海岸的一个地区，这个名字和不列颠的康沃尔同源。

32 凯尔伊斯的灭亡

在埃雷克王国[1]的王子圭曾内克出生的时候，一位圣人预言，他将会成为国王。但是这位圣人同时也发出了一个警告：在圭曾内克吃猪肉、喝掺水的酒、诅咒上帝的那一天，他一定会死于非命——死于毒药、焚烧和溺水。

由于这个预言非常不祥，埃雷克王宫里的每一个人都把它当成一个笑话。他们带着礼节性的微笑——同时也带着礼物，唯恐他的预言不幸成真——把这位圣人送回了他的隐居之地。

若干年过去了，圭曾内克长成了一位高大、英俊的王子。正如圣人所预言的那样，他成了埃雷克的国王。这是一个位于"滨海之地"阿莫里卡最南端的王国，阿莫里卡就是我们现在称为"小不列颠"[2]的地方。圭曾内克迎娶了凯纳斯克莱当[3]的桂雅尔公主，她为他生了两个儿子。圭曾内克声望日隆，试图开疆拓土；为了扩大领土，他对邻国的君主发动了几场战争。

然而，他一直都知道他出生时得到的那个预言。

---

1 位置相当于现在的莫尔比昂省。

2 "布列塔尼"的意思即为"小不列颠"。

3 位于现在的莫尔比昂省西北。

有一天，他在彭卡莱克大森林[1]里打猎，在那里的大湖之畔，他遇到了一位美丽的姑娘。他以前从未见过这样的美人。她正坐在湖边的一根原木上，用一把镶着金饰的银梳梳理她的头发。她的金发编成两条辫子，每条辫子又编成四股辫子，每股辫子的末端都坠着一颗珍珠；阳光洒在她身上，让她的辫子像流动的火焰一样熠熠生光。

她穿着绿色丝绸的裙子和红色的束腰外衣，上面都用金银线绣着动物图案。她戴着一枚圆形的金色胸针，上面镶有银色的花丝装饰。一领紫色的斗篷披在她纤细的肩上。

她的手臂白得像下了一夜的雪，柔软而匀称。她的脸颊红得像荒野上的指顶花。她的眉毛乌黑，嘴唇鲜红，眼睛像蓝蓟草一样湛蓝。月亮的红晕映在她美丽的脸上，她高贵的面容上有一种摄人心魄的骄傲神情。

"姑娘，请告诉我你的名字。"圭曾内克请求道。他下了马，跪在她面前，欣赏着她的美貌。

她轻轻地笑了，漾出两颊的酒窝。她回答时，声音中带着女性特有的温柔和矜持："我被人们称为'龙卷风''风暴''暴风雨'。"

"女士，我愿意为了结识你而付出整个埃雷克王国。"此刻，他的孩子们和他的王后桂雅尔都被他忘到脑后了，"暴风女士，请来到我在瓦讷[2]的王宫，做我的女主人。只要是我能给的，我都给你。"

"国王啊，好好想想吧。"少女回答说，"我警告过你，风暴即将来临。你还会想得到我吗？"

1　位于凯纳斯克莱当附近的一片森林。

2　现在的莫尔比昂省省会。

"是的。"

"那我就去你的宫殿，但有几个条件：任何基督教教士都不能踏入那里，而且你要在所有事情上都服从我的意愿。"

圭曾内克已被她湛蓝的眼睛深深地迷住，便不假思索地同意了。

于是，这个自称为"阿维德洛"（意为"龙卷风"）的少女来到了瓦讷的王宫。

圭曾内克的王后桂雅尔吓坏了，马上带着她的孩子去找主教圭诺雷，哭着请求他出面，治愈她丈夫的痴情。当圭诺雷来劝说圭曾内克时，国王听不进他的规劝；然后，主教转向阿维德洛——她正毫不在意地坐在她爱人的身边——问她是否感到愧疚。

阿维德洛微笑着转向他。

"愧疚是为你的神的追随者准备的，贡瓦罗。"她用了他名字的旧称如此说道，提醒着他信仰异教的过去，"愧疚不是为那些遵循老路的人准备的。"

圭诺雷大发雷霆。"你不追随基督吗？"他质问道。

"我并不忠诚于你们教堂的牧师。"她回答道，"他们唱着完全没有道理的歌，他们的曲调在宇宙中毫不悦耳。"

于是，圭诺雷诅咒了国王圭曾内克，并且提醒他，他的末日已经被预言了。

圭曾内克吓坏了，但阿维德洛让一阵大风吹过宫殿，把诅咒国王的教士从宫殿里刮了出去。阿维德洛施展这道魔法是为了给圭曾内克增加信心，但这反而让他震惊于她的巨大力量。他这才意识到，原来她是个女巫——也就是说，她是个德鲁伊。圭诺雷的诅咒和他出生时的预言令圭曾内克恐惧莫名，因此，他一直等到阿维德洛走后，才召来一名信使，命令他去找圭诺雷，并告诉主教，圭曾内克会尽快来找他，忏悔他所有的罪过，在主教的祝福下把阿维德洛赶出他的宫廷。

第二天晚上，阿维德洛叫他去吃晚餐，有一盘肉摆在国王的面前。

"这是什么肉？"在他咀嚼并吞下一大块肉之后，他问他的厨师。他的厨师看起来很不自在。

"呃，陛下，我们厨房里没有宰好的牛羊肉，所以您的女主人命令我们，"他尴尬地看着阿维尔德罗，"让我们把为仆人宰杀的猪给您吃。她说您会同意的。"

圭曾内克脸色煞白，因为他知道吃猪肉代表的意义。他伸手拿起酒杯，想要用酒冲洗口中不洁的肉味。他喝了一口，然后厌恶地吐了出来。

"这酒怎么这么淡？"他问送酒的侍从。

侍从尴尬地看着阿维德洛。

"呃，陛下，我们宫里只剩下一壶好酒了，所以您的女主人让我们加点水，让它的口味更佳。她说您会同意的。"

"该死的上帝！"圭曾内克骂道，愤怒地从座位上站起来。然后，他意识到自己这无心之失的诅咒意味着什么，又突然坐了下来。圭曾内克脸色苍白地坐着，盯着阿维德洛，后者则摆出一副了然于胸的笑脸。

阿维德洛是一位技巧高超的德鲁伊，她能读懂埃雷克国王的想法，就像他大声地把自己的想法说出来一样。她知道他打算背叛她，去找圭诺雷。因此，在同一天晚上，她幻化出一个令他着迷的幻象。他再一次要求阿维德洛到他的床上与他同寝，在幻觉中，她同意了。

圭曾内克从缠绵中醒来，口干舌燥，巨大的干渴重重地压在他身上。

"我渴了，"他呻吟着，"但我找不到水。"

阿维德洛在他身边微笑着说：我的爱人，我现在就去厨房拿一杯晶莹剔透的凉水，为你解渴。"

她回来时，递给他一杯水。他把杯子里的水一饮而尽，继续倒头睡去。

她看他睡着了，十分满意，因为她在水里下了毒。

黎明时分，她突然被远处的喊叫声惊醒了。她闻到了烟火的味道。那天晚上，桂雅尔被愤怒冲昏了头脑，来到宫殿，在她丈夫的卧室旁放了一把火。

阿维德洛最后看了一眼她中毒的爱人，决定逃离宫殿。她原本的打算是，在别人发现圭曾内克的尸体时，她应该在场，这样就不会有任何责任落在她身上。但火焰现在正舔舐着墙壁，仓促之间，她做出决定，要赶回西边的故乡。她从燃烧的堡垒中逃了出来，消失在曙光之中。

被下了毒的圭曾内克还没有死，因为他拥有强健的体魄，毒药在他的身体里生效需要一段时间。喊叫声惊醒了他，他看到凶猛的火焰吞噬了他的房间。带着中毒的不适，他跟跟跄跄地下了床，摇摇晃晃地站着，在烟雾和噼啪作响的火焰中四处张望，寻找逃生之路。虽然周围很热，但当燃烧的梁柱轰然倒下时，他还是设法逃出了卧室。

他走下石阶，石头滚烫，烫得他的赤脚起了水泡。他发现自己走进了宫殿的厨房。他被一堵高耸的火墙困在厨房里，在绝望中，他看到了高大的水桶。为了躲避火焰，他爬进了离他最近的装满水的大桶里。他一头扎进冰冷的深水里，打算在那里等到火焰熄灭。

但是毒药已经使他虚弱得不能游泳了，一两分钟之后，他沉进大桶，被淹死了。

第二天，当圭诺雷来到还在冒烟的宫殿废墟时，圭曾内克的仆人把发生的一切告诉了他。他们在废墟中发现了国王的尸体。圭诺雷立即明白，预言已经实现了。但他也知道，这一切的原因是那个神秘女人——"龙卷风"阿维德洛。他发誓，只要他找到否认永生之神的阿维德洛，她就必须为她的所作所为付出代价。

圭诺雷觉得时候到了，便离开悲惨的埃雷克王国，踏上西行之路，前往克尔讷乌王国[1]，也就是现在的科努瓦耶，其疆域延伸到阿雷山以南、埃雷河以东，甚至超越了大国多姆诺尼亚。圭诺雷听说克尔讷乌王国仍然坚定信仰异教，于是开始着手改变他们的宗教信仰。他建立了一座伟大的修道院，名叫朗代韦内克，慢慢地，克尔讷乌人民逐渐转向他的信仰，接受他的教义。

然而，克尔讷乌被一位名叫格拉德隆的英明国王统治着。格拉德隆的首都是一座名叫凯尔伊斯的大城市，这个名字的意思是"低地城市"。它位于现在的特雷帕塞湾（即"亡魂湾"）的岸边，就在拉兹角[2]附近。当时克尔讷乌的疆域延伸到了那里。

凯尔伊斯是一座强盛的城市，那些曾目睹它高耸的城墙的商人在谈起它时都充满敬畏。

圭诺雷想要拜访这座城市，把永生之神的话语带给它的国王格拉德隆。

有一天，当他坐在朗代韦内克的斗室中的时候，他派人去找他的弟子圭永，此人是凯拉赞的渔民，经常在环绕克尔讷乌的西方海岸航行。

1　本书作者用五个王国代表整个布列塔尼（实际上有更多王国）：位于布列塔尼半岛西北的莱昂（Léon）、西南的克尔讷乌（Kernev，即科努瓦耶）、南部的维内提（Veneti，即瓦讷，或称埃雷克）、北部的多姆诺尼亚（Domnonia）、中央的波赫尔（Poher）。
2　布列塔尼陆地的极西之处。

"给我讲讲这个格拉德隆和凯尔伊斯的情况，明天我打算启程去他们那里。"

圭永看起来略微有些担心。"他们效忠于旧日的神祇。"他警告他的主人。

"我们中的许多人也曾经如此，直到我们知晓了真相。"圭诺雷得意地回答。

"格拉德隆当然是一位公正的国王。"圭永说，"不过，他也是一位悲伤的国王。多年前，埃雷克的圭曾内克曾经试图将他王国的边界向西延伸，侵吞克尔讷乌的领土。他率领一支军队，在埃讷邦渡过斯科夫河，那里有一座老桥。

"那天，恰好格拉德隆的妻子迪尤布王后在贝隆走亲戚。她的儿子'坚决者'尤莱克陪她同去。圭曾内克和他的战士们像蝗虫一样出现，屠杀了他们面前的所有人，只留下被血染红的黑土。格拉德隆的妻子迪尤布、儿子尤莱克的血也浸透了大地，和泥土混在一起，因为尤莱克试图用他的口才来保护他的母亲。迪尤布整个家族的人都被屠杀了。"

圭诺雷听闻，十分不安，因为圭曾内克是一位信仰基督教的国王，他不应该这样大开杀戒。

"格拉德隆想为这桩罪行报仇吗？"

圭永摇了摇头。

"不。他派使者到圭曾内克那里索要赔偿，但遭到了拒绝。每年的立春节[1]，他都会派出使者，而这些使者总是从瓦讷空手而归。他的女儿达胡特－阿赫丝是西方远近闻名的美人，据说也是一位强大的德鲁伊，她要求她的父亲用军队征服圭曾内克，讨回他拒绝

1　凯尔特传统节日之一，日期是每年的 2 月 1 日，在基督教中被称为圣布里吉德节。

赔偿的东西。但格拉德隆是一位英明而可敬的国王，他不想像圭曾内克那样屈服于恶行。"

圭诺雷很高兴，因为他知道了格拉德隆是这样一位国王，他觉得自己可以让他皈依真正的信仰。但当他听说了达胡特-阿赫丝的事情时，他又担心起来。

第二天早晨，他向西出发，前往凯尔伊斯。他越往西走，风景就越发荒凉，满眼尽是光秃秃的石楠地，没有高树，只有灌木，随处可见低矮的石墙围住长势不良的庄稼。这里有一条狭长的岬角，它被两边的海浪撕扯着，从两百英尺高的地方俯瞰大海；这条岬角向大海延伸出去，形成了一连串的礁石。在岬角北面，一片低洼的绿色平原被一道长长的大堤保护着，这道大堤连接着现在的拉兹角和范角——正如我们在这里讲述的，这个地方曾经是陆地。

大堤上建有两道巨大的大门，就像两道水闸。没有人可以打开这两道门，因为一旦打开，整座城市就会被水淹没。大门用一把硕大的挂锁锁着，只有一把金钥匙能开锁，格拉德隆把这把钥匙挂在自己的项链上。

圭诺雷骑马来到凯尔伊斯的城门前，要求面见格拉德隆。格拉德隆欣然同意，让他进来，听他说完了所有的话。

"你说得很有道理，"过了一会儿，格拉德隆承认道，"我还想再多听一些。"

"可我不想！"一个声音响了起来。

一个绝美的女子走进大厅。从仆人们深深鞠躬的样子来看，圭诺雷猜到他面前的这个女子就是格拉德隆的女儿达胡特-阿赫丝。正如他的弟子圭永所说，她是一个强大的德鲁伊。

接下来，圭诺雷瞪大了眼睛，上前盯着对方。"你不是叫'龙卷风'吗？"他问。

达胡特-阿赫丝傲慢地笑了。"你觉得呢？"她反问道。

圭诺雷屏住了呼吸。"是的，以永生之神的名义，你就是阿维德洛，是你将圭曾内克引向死亡！"

达胡特-阿赫丝毫无愧色。"我有权对他进行报复。难道圭曾内克没有夺走我母亲迪尤布和我兄弟尤莱克的生命吗？难道他没有屠杀我母亲的整个家族吗？"

"但你用魔法夺走了他的生命。"圭诺雷喘着粗气，两腿发软。

"我夺走了他的生命，因为他夺走了我家人的生命。"达胡特-阿赫丝断言道。

格拉德隆羞愧地垂下了头。"你的所作所为绝非正义之举，女儿。复仇不是赔偿。"

"复仇可以使灵魂满足，"达胡特-阿赫丝回答道，"我的灵魂得到了安宁。"

"我们生来就被束缚在伟大的生命之轮上，达胡特-阿赫丝，"圭诺雷告诫道，"任何行为都有后果。就像圭曾内克为他的行为付出了代价一样，你也必须为你的行为付出代价。"他转向格拉德隆，说道："国王陛下，我觉得，你希望接触永生之神的真理。等时候到了，你可以在坎佩尔找到我。"

于是，他离开了格拉德隆的宫廷。

那天晚上，达胡特-阿赫丝正在她的卧室里。突然，一个美得出奇的年轻人毫无预兆地走了进来。他是如此英俊，以至于达胡特-阿赫丝为她的欲望而颤抖。

"你不是一个凡人。"她喃喃地说。

"我是爱神玛波诺斯[1]。"他微笑着回答，"我听说，在尘世间所有

1　相当于爱尔兰神话中的"年轻者"恩古斯。

的女人中，你是最美丽的。现在我已经亲眼看到了真相。我渴望得到你。跟我走吧，和我一起住在爱的宫殿里，它位于遥远的西方。"

达胡特-阿赫丝失去了所有的理性。就像圭曾内克被她施了魔法一样，她也被这个年轻人的魔法迷住了。"我答应你。"她激动地回答。

这时，英俊的玛波诺斯犹豫了一下。"我已经承认了我对你的爱。但在我们去我永恒的宫殿之前，你必须证明你对我的爱。我的宫殿的入口只有我一个人知道，如果要与你分享这个秘密，我必须得到你的爱的证明。"

"我什么都愿意做。"她只说了一句。

"那就把挂在你父亲脖子上的那把金钥匙带来，用它打开堤坝上大门的锁。"

"整座城市会被淹没的。"达胡特-阿赫丝抗议道。

"不会的。如果你相信我，我不会让他们淹死。难道我不是神吗？难道我不能阻止这样的洪水吗？如果你想和我永远生活在一起，你就必须做这件事，来证明你的价值。"

达胡特-阿赫丝心中的欲望是确凿无疑的，于是她马上跑到父亲的卧室，发现他已经睡着了。她从他脖子上取下了挂着金钥匙的项链。然后，她匆匆走到堤坝上的大门前，那位年轻而英俊的神就站在那里。

"打开大门。"玛波诺斯命令道，"如果你信任我、渴望我，就把你的信心证明给我看吧。"

她把钥匙插进锁里，转动钥匙，猛地推开了大门。浩瀚的、绿色的、泛着泡沫的海水涌了进来。达胡特-阿赫丝急切地转过身，看向那个年轻人。

"现在拯救这座城市吧，因为我已经证明了我对你的爱。"她喊道。

这个年轻人笑了。他大笑起来，伴着他的笑声，他的身体变成了一个扭曲而衰老的魔鬼，脸上带着邪恶的冷笑，那张脸是圭曾内克的脸。然后，这个身影消失了，而笑声依然在回荡。

在恐惧和绝望之中，达胡特－阿赫丝跑遍了凯尔伊斯，发出了警报。海水汹涌而来，它的波涛像饥饿的大嘴，吞噬着沿途的一切。

"坐到我后面去，我的女儿！"

格拉德隆骑着他速度最快的战马来到她身边。达胡特－阿赫丝坐在他后面，颠簸不止。在汹涌而来的潮水面前，国王竭尽全力地驱使着马匹，他的战马有着强壮的肌肉，也因用力过度而爆裂开来。但大海最终还是追上了他们，即将把他们吞没。这时，格拉德隆听到了圭诺雷的声音，陷入了深深的绝望：

"格拉德隆，如果你想拯救你自己和你的人民，就把你那卑鄙无耻的女儿扔到海里去吧。她为了自己的欲望而背叛了你。"

怀着痛苦的心情，格拉德隆遵从了命令，把他苦苦哀求的女儿推回到饥饿的海浪中。海水开始退去，尽管凯尔伊斯被全部淹没，但它的所有居民都设法到达了安全、干燥的陆地，只有达胡特－阿赫丝除外，她被巨浪卷走了。但是，达胡特－阿赫丝被束缚在命运之轮上，在她身上，循环既不会开始，也不会结束。圭诺雷甚至对她产生了同情。

"你将作为人鱼的一员，永远生活在凯尔伊斯沉没的宫殿中！"

直到今天，达胡特－阿赫丝仍然以美人鱼的形象出现，引诱被她无与伦比的美貌吸引的粗心的水手，将他们拖到海底。因此，在布列塔尼语中，这个地方被称为"亡魂湾"。

格拉德隆怀着悲恸的心情，去了坎佩尔（这个地方今天仍叫这个名字[1]），成了圭诺雷的皈依者。可敬的圭诺雷回到他在朗代韦内克的修道院之后，格拉德隆选择科朗坦为他的城市的主教。靠着科朗坦的指导和支持，他在圣洁的名誉中结束了自己的一生。后来，科朗坦成了这座城市的主保圣人。今天，如果你登上位于圣科朗坦广场的大教堂，你会发现，在它的两座塔楼之间，立着一座格拉德隆的骑马像。

但是，假使你站在拉兹角上，听着岩石之间的海浪声，你要多加小心，千万不要听到达胡特－阿赫丝那诱人的呼唤。

---

1 布列塔尼语称"Kemper"，法语称"Quimper"。

33　努恩杜瓦雷

很久以前，在"滨海之地"阿莫里卡的五个古老王国之一的莱昂，在蒙特鲁莱兹（现在在法语中被称作"莫尔莱"），有一位高贵的首领，名叫布拉斯[1]，因为他不仅伟大而且举足轻重。他统治着蒙特鲁莱兹附近的夸特斯奎留领地。某一天，他由他的仆人陪同，去蒙特鲁莱兹庞大的马市购买一匹新的犁马。

当布拉斯和他的仆人逛完集市，沿着尘土飞扬的道路骑马回他的堡垒时，他们听到树篱中传来了呜咽声。那是一个孩子痛苦的哭声。布拉斯心地善良，他没有得到孩子的福气，尽管他和他的妻子安瓦布喜爱、渴望孩子，胜过喜爱他们富裕的堡垒和庄园。因此，他听到孩子的哭声，立即勒住马，命令他的仆人去看看发生了什么事。

仆人骑的是刚买的犁马。他从犁马上下来，朝树篱里张望，不由得大吃一惊。他发现了一个不超过五岁的小男孩，这孩子正在寒冷中蜷缩着身体，试图在荆棘丛里睡觉。就是他在睡梦中一直发出呜咽声。

仆人捅了捅男孩，叫醒了他。

1　字面意思是"伟大""重要"。

孩子大叫一声，吓得往后缩了缩。

"怎么了？"布拉斯喊道。

"是一个小男孩，先生，他躲在灌木丛里。"仆人回答道。

布拉斯下了马，亲自过去查看。"你在做什么，孩子？"他问。

那个男孩缩紧身体。"我不知道。"他回答。

"我看他是想睡觉，先生。"仆人说。

"孩子，你的父亲是谁？"布拉斯问道。他很纳闷，这男孩这么小，家人怎么会允许他独自在乡下游荡，还在这样的地方睡觉。

"我不知道。"男孩回答。

布拉斯惊讶地睁大了眼睛。"那么，你的母亲是谁？"

"我不知道。"男孩回答。

布拉斯惊奇地摇了摇头。"那么，你是从哪儿来的？"首领催问道，"这你总该知道吧？"

"我不知道。"

"你叫什么名字？"

"我不知道。"

"以卢乌的长臂之名！"首领呵斥道，"你只知道这句话吗？"

"我不知道。"孩子固执地回答。

连仆人也忍不住笑了。

"好吧，我们就叫你'我不知道'，直到你想起自己的名字，或者得到一个新的名字。"布拉斯说。从此，这个孩子就被称为"努恩杜瓦雷"，在布列塔尼语中的意思就是"我不知道"。

布拉斯让这个孩子跟他回去，承诺他和他的妻子会照顾他，直到他们找到他的父母。孩子没有拒绝，于是仆人骑着犁马带着他，布拉斯则在前面带路，他们回到了夸特斯奎留的大堡垒。

女主人安瓦布很喜欢这个小孩子，很快就拉着他的手，给他洗了澡，给他干净的衣服和食物。很明显，她在这个孩子身上看到了她无法拥有的孩子的影子。因此，布拉斯也为孩子来到他的堡垒而感到高兴。但他是一个公正的人，他派他的仆人去阿莫里卡的五个王国，在每一个王国打听关于这个神秘的孩子和他的父母的事情。但没有人认识这个孩子，也没有人站出来宣称自己是孩子的父母。

两年过去了，努恩杜瓦雷已经接近大多数首领的儿子被送去"寄养"的年龄，也就是说，他到了被送去接受教育的时候。布拉斯有个表弟住在山丘以南的卡赖，他是一个著名的德鲁伊。他决定让努恩杜瓦雷去找他的德鲁伊表弟，接受教育。

不用说，在孩子离开之前，布拉斯不得不面对他妻子的抗议。但她最终还是接受了，因为这是不可改变的。首领的儿子必须去外面接受教育，直到他们达到可以做出选择的年龄，也就是十七岁。

几年过去了——对努恩杜瓦雷来说，光阴流逝得很快，但对安瓦布和布拉斯来说，这段时间则很漫长。有一天，一个英俊的年轻人走进了他们的堡垒。他身材修长，有一头红金色的头发和一双明亮的蓝眼睛，举止高贵，姿态优雅。布拉斯看到他，就下楼到堡垒门口迎接这个陌生人。当这个年轻人冲到他面前，像儿子一样拥抱他时，他十分惊讶。

"是我。我是努恩杜瓦雷！"

布拉斯从惊讶中缓过神来，叫来了他的妻子安瓦布。当晚，他们举行了一场盛大的宴会，用音乐和当地的好酒来庆祝这个被他们视同己出的年轻人回家。

那天晚上，布拉斯告诉努恩杜瓦雷，他是多么高兴。"明天，我要在我的议会面前宣誓说，我已经收养了你，你现在是我指定的继承人。你必须赢得我的人民的心，就像你赢得安瓦布和我的心一样。"

年轻人低头表示感谢。根据古老的法律，布拉斯可以指定他的一个家族成员作为继承人，但是必须得到其他家族成员的批准。

"您太抬举我了。我仍然不知道我是谁，也不知道我从哪里来。除了多年之前在那条沟里被您的仆人唤醒之外，我什么也不记得了。"

"这并不重要，"安瓦布夫人对年轻人说，"关于你现在的一切，我们都很清楚。重要的是你现在是什么人，而不是你原本是什么人。"

布拉斯言出必行。第二天，他向议会正式宣布了这个消息。他麾下的首领和贵族们都很高兴，因为夸特斯奎留的每个人都喜欢这个男孩，他们为他变成了一个知书达理的年轻人而高兴。

"我的表弟有没有教你使用武器，就像教育每一个首领的儿子一样？"有一天，布拉斯问道。

那个年轻人点了点头。"您的德鲁伊表弟教给了我很多东西，"努恩杜瓦雷回答，"其中就包括使用武器，从强者的傲慢所造成的任何不公之中保护弱者。"

布拉斯很高兴。"那么，我们今天就骑马去蒙特鲁莱兹。就连莱昂的国王用的武器都是那里的铁匠打造的。在那里，我们可以为你买到这片土地上最好的剑。"

于是，他们直接骑马去了蒙特鲁莱兹。时值十月中旬，正是上城集市的时候，镇上熙熙攘攘。他们来到铁匠铺，在那里驻足良久，看了很多精美的武器，但努恩杜瓦雷似乎对任何一件武器都不感兴趣，没有哪件能让他感到哪怕是勉强满意。最后，他们离开了铁匠铺，努恩杜瓦雷非常恼火，什么也没有买。而当布拉斯检查这些武器时，他对这个年轻人似乎过于挑剔的态度感到十分困惑。

然后，当他们在城镇中央广场的集市摊位中穿行的时候，努恩杜瓦雷停了下来。布拉斯皱了皱眉头，因为他们正在堆满破烂的旧货摊上，像他这样的首领不太可能指望在这种摊位上买到好货。

努恩杜瓦雷开始翻检一个摊位，摊位上摆着许多扭曲、生锈的废金属，都是些肯定没人想要的破烂。从一堆乱七八糟地纠缠在一起的破铜烂铁中，他抽出了一把生锈的旧铁剑。他用手掂了掂，好像是在测试这把剑的平衡性能。

摊主站了出来。他穿着一件式样简单的黑色长袍，从头到脚都罩在袍子里。他一直低着头，似乎是出于对顾客的尊敬。

"仔细看一下这把剑，年轻的先生。上面有铭文。"

努恩杜瓦雷仔细地看了看。刮掉一点锈迹之后，剑上露出了几个磨损的文字。他设法认了出来。"我是无敌的。"上面写道。

他转向布拉斯，后者正不以为然地看着他。"这就是我要的剑，布拉斯，我的父亲。您可以为我买下它吗？"

布拉斯盯着努恩杜瓦雷，好像这个男孩已经失去了理智。"你说什么？这不过是块垃圾。看看它现在的样子，它已经彻底锈蚀了。而且，它甚至不是钢，它只是块生锈的铁，起码有几百年的历史了。既然有可靠的钢刀，谁会想要一把弯曲、开裂的铁剑？你在跟我开玩笑吗？你已经放弃了配得上国王的剑，而现在你却选择了这块生锈的垃圾。它一无是处。"

努恩杜瓦雷耐心地微笑着。他无法向布拉斯解释，他正感到一种奇怪的冲动，驱使他想要成为这把生锈的铁剑的主人。"求您了，我的父亲，为我买下它吧——您会看到它的好处的。"

旧货摊主仍然低着头，悄悄地对布拉斯说："这位年轻人做出了明智的选择，先生。"

布拉斯不以为然地哼了一声。"我猜，你现在想抢劫我？"他轻蔑地对旧货摊主说，"这个不值钱的废品，你要多少钱？"

"代价是与一位正直的首领握个手。"摊主向布拉斯伸出了手。

首领大吃一惊，从钱包里掏出一枚银币。"这是我的手，我的伙计，但你不能靠握手过活，所以这里有一枚银币，你起码可以吃一顿饭。"

他们继续走过市场，努恩杜瓦雷显然对买到的剑很满意。

"我说过，我还会给你买一匹马。"布拉斯提醒他，"马市在广场的另一端。"

的确，许多良马都被带到那里出售。它们都是来自五个王国的马中翘楚，不仅有来自莱昂的，而且还有来自维内提、波赫尔、克尔讷乌、多姆诺尼亚的上等好马。

努恩杜瓦雷似乎又没有找到他喜欢的马，尽管布拉斯给他挑出了许多上好的骏马、出色的战马，就连莱昂的国王也会出高价买这些马，但这个年轻人却不喜欢。

于是布拉斯和努恩杜瓦雷离开了马市，布拉斯对他的养子变得如此挑剔十分不满。

就在他们走在返回夸特斯奎留的路上时，遇到了一个牵马的人。那人身材高大，身穿黑袍，头戴兜帽，从头到脚都罩在袍子里。他牵着一匹看起来非常悲惨的马，这匹马瘦骨嶙峋，仿佛是厄运缠身的梦魇。

让布拉斯惊讶的是，努恩杜瓦雷停了下来，开始查看这匹马。然后，他转过身来，喊道："这匹马适合我！"

布拉斯气得几乎无法呼吸了。"你想侮辱我吗？"他问，"你已经拒绝了整个阿莫里卡最好的马，现在你又要我买这匹看上去奄奄一息的劣马。"

努恩杜瓦雷摇了摇头。"不，我的父亲。这不是对您的侮辱，总有一天我会向您证明这一点。请为我买下它吧。除了这匹温柔的马儿，我不要其他马匹。"

他无法向父亲解释，他正感到一种奇怪的冲动，驱使他想要成为这匹老马的主人。

布拉斯盯着他的养子，看到这个年轻人眼中的决心，叹了口气，转向牵马的人，皱起了眉头。"你也卖废铁吗？"他怀疑地问。

那人一直低着头，从他的罩袍里传出一阵低低的笑声。"不，先生。我不卖废铁。"

布拉斯不以为然地哼了一声。"这匹马你卖多少钱？不管卖多少钱都太贵了。"

"太贵了，先生？我索要的是您的握手，作为一位慷慨的首领的善意的象征。"

布拉斯非常惊讶，他也递给那人一枚银币。"你不能靠握手过活，"他说，"这起码可以让你吃一顿饭。"

当他转身离开时，戴兜帽的人拽住努恩杜瓦雷的袖子，低声说："看到母马缰绳上的结了吗，年轻的先生？"

努恩杜瓦雷点了点头。"我看见了。"他回答。

"每当你解开一个结的时候，母马就会带你去你想去的地方。这是一匹有魔力的马。"

努恩杜瓦雷觉得，不能马上把这件事告诉布拉斯。布拉斯正朝他的堡垒走去，嘴里嘟哝着，今天在市场上可真够倒霉的。努恩杜瓦雷带着微笑，满怀激动地回到了布拉斯的堡垒。

回到布拉斯的堡垒之后，努恩杜瓦雷把母马带到马厩，给它擦身，喂它饲料。然后，他把他的剑带到锻造厂，在铁匠的许可下，开始擦拭、磨砺这把剑。但是，尽管他拼命打磨，想把铁锈磨掉，铁锈却越发牢固地粘在剑刃上。几个小时过后，它没有变得比以前更干净半点。然而，努恩杜瓦雷仍然觉得，他想要留着这把武器。

那天晚上，努恩杜瓦雷决定试一试他的新马，于是给母马套上马鞍，骑着马出门了。这匹马虽然身体瘦弱，外表老迈，但行动却很敏捷，他马上就喜欢上了在堡垒周围的小巷里纵马奔跑的感觉。机缘巧合之下，他经过了他小时候被发现的那条道路。由于骑行的乐趣，他忘记了时间，这时天色已晚，月亮已经在无云的天空中升起，苍白的月光照在一块古老的立石脚下的什么东西上。这里就在布拉斯和他的仆人发现他的地方附近，只不过他不知道。

年轻人下了马，向立石走去。在石头的底部，一顶镶嵌着宝石的小金冠正闪烁地反射着月光。他惊讶地发现，不仅是月光把它照得闪亮，而且宝石本身也在发光，发出足以让人看到它的光芒。

"谁捡到就归谁。"努恩杜瓦雷喃喃自语，弯下腰去捡王冠。他当然不打算让王冠就这样躺在那里。

"小心点，否则你会后悔的。"一个轻柔的女声传来。

他转过身去。月光下空无一人，只有他的母马站在那里。他检查了灌木丛和立石后面，但什么也没有发现。他困惑地叹了口气，在那里站了一会儿，怀疑这声音是否是他的幻觉。最后，他下定决心，弯下腰，拾起金冠。他看到王冠的金箍上有文字，但用的是他看不懂的语言。他试图破译这些杂乱无章的文字的含义，但徒劳无功。

"小心点，否则你会后悔的。"那个轻柔的女声再次传来。

他再次试图寻找声音的主人，但立石附近仍然空无一人。

这一次，他把金冠藏在斗篷下。"现在，你得做出决定了。"那低语声第三次传来，"明天你必须去瓦讷。"

他又彻底地找了一遍，还是没有找到任何人。努恩杜瓦雷坐下来，思考了一会儿。瓦讷远在夸特斯奎留的东南方向，要走很多天。但他突然想起了卖母马的人告诉他的事情。

第二天早上，他告诉布拉斯和安瓦布，他要离开几天。他们问他为何突然决定出门，他只是说，他不会离开太久。

他穿上最好的衣服，带上他的剑，给他的母马上了鞍。

他一离开堡垒的视线，就弯下腰，解开缰绳上的一个结。什么也没发生。他皱着眉头看着这匹母马。母马耐心地站着，等待着。然后他闪过一个念头，向前靠了靠，低声说："瓦讷。"

突然刮起一阵风，他眨了眨眼。不一会儿，他睁开眼睛，发现自己正身处一个城市的中心。他不需要别人告诉就知道，他是在瓦讷的广场上。

他骑马来到统治这座城市的巨大宫殿，维内提的国王就住在里面。他仰望着宫殿宏伟的城墙和塔楼上飘扬的丝绸旗帜。

"嘿！你！"

一个粗犷的声音叫住了他，他转身看到几个战士正盯着他。和战士们在一起的是一个英俊的男人，年纪比他自己大几岁。这个人衣着光鲜，带着一把华丽的剑。

"您是在叫我吗，先生？"努恩杜瓦雷彬彬有礼地问道。

"是的。你为什么盯着我的宫墙？你打算抢劫我吗？"

努恩杜瓦雷睁大了眼睛。"您的宫墙？您是国王吗？"

"我是维内提的国王圭永。"这个英俊的男人答道。

努恩杜瓦雷做了自我介绍。

圭永笑了笑，张开双臂走上前去。因为他认识布拉斯和安瓦布，也听说过他们的养子。他在他的大堡垒里款待了努恩杜瓦雷，为他举行了一场宴会。宴会结束后，国王让他在客房里过夜，但命令道，晚上不要在房间里点蜡烛，因为他禁止夜里在瓦讷点起任何灯光——有传言说，凶猛的撒克逊海盗正在离海岸不远的地方游荡，寻找可以抢劫的目标。

然而，在黑暗中，努恩杜瓦雷携带的王冠上的宝石闪烁着极为耀眼的光芒，无论这个年轻人怎么做，他都无法掩盖宝石的光芒。

圭永国王的仆人们看到光亮，发出了警报。努恩杜瓦雷被抓起来，带到圭永面前，圭永质问他是不是撒克逊人的间谍。他明明被告知不要发出亮光，却违背了命令。这是不是在向撒克逊海盗发出信号？

这个年轻人不得不承认，他拥有一顶闪闪发光的王冠。

当国王接过王冠时，它依然闪亮，但是引起麻烦的宝石光芒已经熄灭了。圭永十分怀疑。然而，当他把王冠递给努恩杜瓦雷时，王冠立即闪烁起了耀眼的光芒。圭永指责这个年轻人施展巫术，但他们很快就发现，除了维内提国王之外，王冠在每个人的手里都会发光。

圭永召集了全国的所有学者和炼金术士，让他们解释这顶奇怪王冠的意义，同时破译王冠上的文字。

在此期间，努恩杜瓦雷被关在宫殿的地牢里，以防背后可能有什么诡计。

没有人能理解这顶光芒四射的王冠的意义，也没有人能破译它的文字。

最后，努恩杜瓦雷被带了进来。

他再次承认，他不知道。圭永不耐烦了，命令他的仆人把努恩杜瓦雷带到马厩，让他把马厩打扫干净。

"你要在宫殿里做每一件卑微的工作，直到你告诉我王冠的意义。"国王冷笑道。

努恩杜瓦雷独自留在马厩里，怅然若失地坐在一个倒扣的水桶上。

"我会告诉你王冠的意义。"一个沙哑的女声低声说道。

努恩杜瓦雷猛然转身，但马厩里只有他一个人，除此之外就是那些马，包括他的老母马。这个年轻人十分困惑，找遍了每间马厩。然后，他觉得自己像个白痴，叫道："告诉我，王冠上的话是什么意思！"

嘶哑的回答随即传来："这顶王冠属于奥尔[1]，美丽的金羊公主，她住在南方的岛屿上。"

"我不知道你是谁，但谢谢你。你可能救了我的命。"努恩杜瓦雷是个有礼貌的年轻人。就这样，他叫来了卫兵，要求面见圭永国王。

但当他向圭永解释了王冠的意义之后，维内提的国王对他说："这是一个启示。你必须给我带来金羊公主，如果她像她的王冠一样美丽，她必须成为我的妻子。如果你不照办，我就剥夺你的生命。如果你失败了，也不要试图躲藏。如果你躲起来，我会向莱昂进军，使夸特斯奎留的土地荒芜，而你的养父母的生命也将被剥夺。"

努恩杜瓦雷吓坏了，他收拾好东西，拿上他的剑，走进了马厩。圭永给了他喂马的燕麦和一些路费。但失败的代价太严重了。他很害怕，因为他既不知道南方的岛屿在哪里，也不知道金羊公主是谁。他只是重复了那个神秘声音说过的话。

他去给他的老母马上马鞍，焦虑刻在了他的脸上。

"别担心，"沙哑的声音再次传来，"如果你完全按照我说的去

1　字面意思是"黄金"。

做，一切都会好起来的。相信我。我不是警告过你，如果你在立石下捡起王冠，你会后悔的吗？那个时候，你曾经有过一个选择的机会。而现在，从你捡起它的那一刻起，你就必须遵循你的命运。"

努恩杜瓦雷焦急地环顾四周，说："我会服从你的命令。但你是谁？我看不见你。"

"我是谁并不重要。"

然后，努恩杜瓦雷意识到这是老母马在用人的声音说话，他开始害怕起来。

马跺了一下前腿。"别傻了！如果你想终生四处旅行，你会看到比模仿人类说话的老母马更可怕的东西。"

努恩杜瓦雷对自己的恐惧感到有些惭愧，他意识到，这匹老母马已经帮了他这么多，却没有伤害他。

母马叫他上马，他们从瓦讷出发，沿着海边骑行。

他们没走多远，努恩杜瓦雷突然看到一条鱼在沙滩上扑腾。它显然是在突如其来的退潮中搁浅了，现在正躺在水线以上，奄奄一息。那是一条海鳟鱼。

"快！"母马低声说，"下马，把鱼放回海里。"

努恩杜瓦雷正准备反对，但想了想还是算了。他从母马身上滑下来，小心翼翼地拿起鱼，把它放回了海里。

过了一会儿，海鳟鱼的脑袋露出水面，一个尖细的声音说道："你救了我的命，努恩杜瓦雷。我是鱼王，如果你需要我的帮助，请在海边呼唤我，我会立即赶来。"

然后，它潜入水中，消失了。

努恩杜瓦雷十分惊讶，再次骑上他的母马，继续前行。

没过多久，他听到了一阵疯狂的翅膀拍打声，然后看到了一个被设作陷阱的木箱，里面关着一只大鸟。那是一只巨大的红隼。

"马上放了这只鸟！"母马命令道。

这一次，努恩杜瓦雷立即服从了母马的命令。

鸟儿被释放了，它向前蹦跳着，拍打着翅膀，然后把头偏到一边，清晰地说道："你救了我，努恩杜瓦雷。我为此感谢你。我是鸟王。如果我或我的鸟儿能够回报你，请你对着天空呼唤，我会立即赶来。"

他们走到了海岸的尽头，母马指示他解开她缰绳上的另一个结，心里想着他在金羊堡垒外面。

一阵风突然吹来，海洋、山脉、河流和岛屿仿佛在他们脚下闪过。随后，他们发现自己身处于树林中的一片空地上，面前是一座由深色花岗岩建成的高耸的堡垒，显得阴森而令人生畏。在阴森不祥的堡垒大门外面矗立着一棵巨大的橡树，可怕的尖叫声正从橡树那里传出。

一个人被锁链锁在树上，正尖叫着扭动身体，发出可怕的叫声。

努恩杜瓦雷仔细看了看这个人，感到非常害怕。那人的身体像蛇，身上布满了和蛇一样的斑点。他的头上长着两只角，长长的红色舌头从他的嘴里伸出来，也像蛇的舌头一般。

"解开他的锁链，让他自由。"母马命令道。

努恩杜瓦雷摇了摇头。"我不敢靠近这么可怕的东西……他甚至不是人类。"

这匹母马又跺了一下她的蹄子。"不要害怕！他不会伤害你的。照我说的做。"

年轻人犹豫了一下，小心翼翼地走向那个尖叫的怪物。

怪物咆哮着扭动身体，但没有伤害他的意思。

努恩杜瓦雷松开蛇人的锁链，释放了他。那东西没有表现出敌意，只是跳开了，然后转过身来面对着他。

"感谢你，努恩杜瓦雷。我叫格里菲斯科努，我是魔鬼之王。我会报答你的。如果你需要帮助，请在夜风中呼唤我的名字，我会立即赶来。"

然后，他在一缕青烟中消失了，空气中弥漫着硫黄的气味。

努恩杜瓦雷浑身颤抖，回到他的母马身边。"现在怎么办？"他问。

"我现在要去树林旁边的那片绿色的草地上休息一会儿。你必须进入堡垒，要求和堡垒的女主人——金羊公主奥尔交谈。任何时候都不要回答说'不'。她会欢迎你，然后向你展示各种奇妙的东西，试图以此拖延你。别理她，告诉她，你有一匹母马正在树林旁边的牧场上吃草。请她来找母马，因为这匹母马懂得阿莫里卡五国的所有舞蹈，它会为她跳舞。强调只有你才能让母马这么做。"

努恩杜瓦雷正准备转身走向堡垒的大门，老母马叫住了他。"有一件事你应该知道。堡垒大门的守卫会为你开门，但不要应他的邀请进去。他是一个德鲁伊，会用魔法把你变成被他们囚禁在堡垒房间里的许多可怕野兽中的一员。"

努恩杜瓦雷很惊讶，但是没有丝毫恐惧。"我应该怎么做？"

"你的那把老铁剑——它上面的铭文说它是无敌的。铁是纯洁的，对黑暗的力量战无不胜。只要他一开门，你就必须刺穿他的心脏，然后他就会消失，被送到彼世去。"

努恩杜瓦雷准备再次转身离开。"等一下。"老母马叫道，"德鲁伊有一个儿子，和他一样邪恶。你也必须杀了他，但不要看他的眼睛，否则你就会完蛋。"

"我还不如从来没有承担过这项任务，"努恩杜瓦雷喃喃自语，"我没活路了。"

老母马不耐烦地跺着脚。"我难道没有警告过你关于王冠的事吗？这是你自己选择的。"

努恩杜瓦雷无奈地叹了口气。"你说得对。这是我自找的。我会坚持到底。"

"那就再听我说一句。除非得到奥尔公主的主动邀请，否则你千万不能踏入堡垒的大门。不要接受堡垒里其他任何人的邀请。"

努恩杜瓦雷走到堡垒的大门前，用剑柄敲打大门。

"我想和金羊公主奥尔谈谈。"他说。一个银发的老仆人打开了大门。

"欢迎你，年轻的先生，"仆人回答，"请进。"他看起来如此年老体弱，外表又如此和蔼可亲，因此努恩杜瓦雷犹豫了一下，觉得老母马的建议一定有什么问题。在他犹豫的那一刻，他听到了老仆人狰狞的笑声，于是，某种本能使他刺出生锈的铁剑，直插老人的心脏。

随着一声恐怖的尖叫，努恩杜瓦雷抬起头来。老人已经变成了一个狰狞的怪物，甚至比魔鬼之王还要狰狞。他是一个得了麻风病的老人，长着一双恶毒的眼睛，脸上满是疮疤。

老人僵立了片刻，然后消失了。他的惨叫声持续了很长时间。

努恩杜瓦雷惊讶地看到，他那把生锈的旧剑在刺入老人躯干的地方像亮银一样闪闪发光。

他等了一会儿，但堡垒里没有一点声响。

他正准备从敞开的大门进去，老母马的警告出现在脑海中。他又用剑柄敲了敲门。

突然间，一个年轻人出现在他面前。这个人很年轻，比他见过的任何人都要英俊。

"请原谅我，陌生人。我确信我父亲已经来开门了。很抱歉，我来迟了。请不要站在那里，进来告诉我，你要什么。"

"我希望见到金羊公主奥尔。"努恩杜瓦雷说道，并没有跨过门槛。他瞥了一眼这个年轻人，突然愣住了，浑身发冷。

一双黑暗的、恶毒的、催眠似的眼睛正盯着他。他感到自己被推过门槛，走向堡垒内部。

而他却无计可施。

这时，忽然有一阵风吹动了他的头发。年轻人眨了眨眼，风把一粒灰尘吹到了他的脸上。努恩杜瓦雷立即垂下视线，用他的剑向前刺去，把所有的力量都集中在这一刺中。

随着一声痛苦的尖叫，就像那个老仆人突然消失一样，这个年轻人也消失了。

努恩杜瓦雷发现，他现在握着一把漂亮的、闪闪发光的剑，这把剑即使佩在一个伟大王子的腰间也不会不合适。

他又等了一会儿，但堡垒里还是没有任何声响。

他用剑柄再次敲击大门。

几分钟后，一位美丽的年轻女子出现了。她的金发和美貌让他紧张得咽了咽口水。然而，当他仔细观察的时候，他注意到这位少女的容貌中有一些苛刻、狡诈的成分，他不禁害怕起来，微微颤抖。

"你是谁？"她亲切地问道。

"努恩杜瓦雷。我是来执行维内提国王圭永的任务的。如果你就是金羊公主奥尔的话，圭永希望让你成为他的妻子。"

"Ouah！"少女厉声说道，这是布列塔尼语"无聊"的意思。然后她笑了笑，把一只手放在他的胳膊上。"我是奥尔，我邀请你进入我的堡垒。我有许多奇迹要给你看。我在收集各种神兽。"

"像格里菲斯科努那样的？"年轻人思考着，无法掩饰嘲笑的语气。

她傲慢地嗤之以鼻。"他的尖叫声实在让我厌烦。我很高兴你释放了他。他让我感到头疼。"

她露出诱人的微笑，试图把他拉进堡垒。"来。"

努恩杜瓦雷摇了摇头。"我有一头神兽，你可能感兴趣。"他淡淡地说。

"那是什么呢？"

"我有一匹老母马，阿莫里卡五国的各种舞它都会跳。但它只有在我让它跳舞时才会跳。如果你喜欢神兽，你一定会对它的表演感到惊讶。"

"那么，这匹神奇的马在哪里呢？"少女怀疑地问。

努恩杜瓦雷指着树林。"在牧场里，就在那片树林旁边的草地上。一点也不远。"

公主望着树林，觉得那里离堡垒的确很近，于是点头同意。

公主转身关上了堡垒的大门。努恩杜瓦雷看到，她从挂在腰带上的钱包里拿出一把金钥匙，小心翼翼地锁住了大门。然后她就跟着他走了，他们在森林边缘的一块草地里发现了老母马，它正心满意足地吃着草。

"我带金羊公主来看你跳舞了，马儿。"年轻人说，"快为她表演舞蹈。"

于是，老母马开始为公主表演最复杂、最多彩的舞蹈，公主高兴地拍起手来。

"我以前收集过很多奇迹，但这确实是最奇妙的奇迹。"她赞赏地说道。

然后，这匹老母马故意向努恩杜瓦雷眨了眨眼。他立刻就明白该做什么了。

"缰绳上有个结松了。"他说着，走上前去，解开了结。接着他又说："来，爬到它背上来吧，公主，它会很高兴地和你跳舞的。"

公主犹豫了一会儿。

"这肯定会是一个伟大的奇迹，比你以前见过的任何奇迹都要惊人。"年轻人哄着她说。最后，公主骑上了那匹母马。还没等她坐稳，努恩杜瓦雷就跳到她身后，大喊："瓦讷！"

转瞬之间，这匹马似乎升到了空中，山脉、森林、河流、岛屿和大海在他们脚下一晃而过。努恩杜瓦雷依然对这场旅程感到震惊，但他发现，公主似乎更好地控制住了自己，因为他看到她从钱包里拿出金钥匙，把它扔进了海里。咆哮的大海吞没了它，把它送进了墨黑的深渊。然后，仿佛一眨眼的工夫，他们来到了瓦讷的大广场上。

"你骗了我！"当努恩杜瓦雷下了马，圭永国王和他的随从赶来迎接她时，公主喊道。

"先生，遵照您的命令，"年轻人喊道，"我给您带来了金羊公主。"

公主愤怒地瞪着努恩杜瓦雷。"布拉斯的养子，你还没有走到你的考验的尽头。在我嫁给维内提国王之前，你会不止一次地哭泣。"她用嘶哑的声音说出了这个威胁，声音很低，圭永国王和他的手下都没有听见。

圭永走上前去迎接她。他被她的美丽所折服，心中充满了幸福。当晚，他为她举行了一场盛宴，努恩杜瓦雷是特邀贵宾。公主看起来十分迷人，除了对圭永和绑架她的人展现出甜美的态度之外，没有表现出任何其他的反应。

晚宴结束时，圭永向她求婚。

"我很乐意，先生，"公主回答说，"但是，如果不戴上我家族的古老戒指，我就不能结婚。这是我家族的禁令，在家族中，没有一个公主可以在没有戴上它的情况下结婚，否则不幸将随之而来。"

"这要求很合理。"圭永同意道，"戒指在哪里？"

"就在我堡垒的卧室里。床边有一个上了锁的柜子，但我把钥匙弄丢了。"

"不要害怕。努恩杜瓦雷会回去取的，他知道自己如果失败，将受到怎样的惩罚。"

努恩杜瓦雷沮丧地走到马厩，把他必须完成的任务告诉母马。

"你为什么担心？"母马问，"你不记得你救了鸟王的命，他答应如果有机会的话会帮助你吗？"

"我记得。"努恩杜瓦雷叫道。

"那你还等什么呢？快召唤他。"

年轻人走到马厩门口，向天空呼唤，请鸟王到他身边来。

忽然，随着一阵翅膀的拍打声，一个声音从马厩的门楣上传来："怎么了，努恩杜瓦雷？我能为你做些什么？"那只大红隼就停在门楣上。

年轻人告诉了他。

"不要担心。我会给你带来戒指。"

红隼立即把所有已知的鸟儿都叫到了堡垒，但只有一只小鸟小到可以从钥匙孔里钻进堡垒的卧室，然后从柜子的钥匙孔里挤进柜子，拿回戒指。那是只鹪鹩。鹪鹩费尽周折，损失了一大半羽毛，才设法挤进柜子，拿走戒指，把它带回了瓦讷。

第二天早上吃早餐时，努恩杜瓦雷把戒指送给了高兴的圭永和愤怒的公主。

"给你，"圭永说，把戒指递给她，"现在我们可以定日子了。"

"我还需要你做一件事，做完我才能决定婚礼的日子。你不做，我们就不可能结婚。"

努恩杜瓦雷控制住了自己的脾气，他知道公主会提出更麻烦的要求。

"什么事？"圭永问。

"我要把我的堡垒搬到这里，放在俯瞰瓦讷的山上。"

即使是圭永也吃了一惊。"你说什么？"

"把我的堡垒完整地搬到这里。"

"这怎么可能呢？"维内提国王问。

"你必须照办，否则你就不能娶我为妻。"

圭永转向努恩杜瓦雷。"你必须找到一种办法，否则……"他不需要说完这句话。

努恩杜瓦雷悲伤地走进马厩。

"嗯，这没问题。"母马的回答让他震惊。

"怎么说？"

"你不是救过魔鬼之王格里菲斯科努吗？当公主把他变成她的神兽收藏品的一部分时，你不是将他从锁链中解救出来了吗？"

"没错。"

"很好。现在召唤他，他会帮你。"

于是，努恩杜瓦雷在呼啸的夜风中喊出了魔王的名字。果然，在一团漆黑的烟雾中，格里菲斯科努以他那可怕、狰狞的面貌出现了。

"我能为你做什么，努恩杜瓦雷？"魔王嘶吼道。

年轻人告诉了他。

"这不是问题。我和我的魔鬼们马上就能处理好。"

第二天早上，当太阳从瓦讷上空升起时，金羊堡垒就矗立在公主所要求的山上，显得格外庄严、壮观。一支魔鬼大军把堡垒从岩石上连根拔起，把它抛到空中，然后放在山上。瓦讷的人民吓得瑟瑟发抖，但圭永国王很高兴。

公主却不高兴。

"好啦，女士，"圭永说，"现在来定婚礼的日子吧。"

金羊公主愤怒地说道："我只需要你再做一件事，然后我就会决定我们的婚期，先生。"

这回，圭永也生气了。但公主立下了一个神圣的誓言，承诺这是她最后的要求。

"你要什么？"圭永叹了口气。

"我的堡垒的钥匙。堡垒就在那里，但没有钥匙我就进不去。"

"我有阿莫里卡五国中最好的锁匠，"圭永抗议道，"他们会给你做一把新钥匙。"

"不。世界上没有人做得出可以打开我的堡垒大门的钥匙。门锁有魔法。我必须得到我的钥匙。"

于是这个任务又被派给了努恩杜瓦雷。他非常生气，但当他听说公主保证这是最后的要求，并为此发了誓，他就满意地去找他的老母马。公主没有意识到，他已经看到她把钥匙扔进了海里。

母马回答说："嗯，你知道你要做什么。你救过鱼王的命。"

于是他们走到海边，努恩杜瓦雷提高嗓门，大声呼唤鱼王。

"我能为你做什么，努恩杜瓦雷？"一个声音尖声说道。海鳟鱼在海浪中露出头，看着他。

"我需要金羊堡垒的钥匙，公主已经把它扔到海里去了。"

"不要担心，"鱼王回答，"你会得到它的。"

他立即叫来了所有的鱼，这些鱼天天在大海的各处游来游去，但它们都没有见过堡垒的钥匙。最后，鱼王叫来了一只孤独的海豚，海豚把钥匙交给了努恩杜瓦雷。那是一把镶嵌着无价钻石的金钥匙。

努恩杜瓦雷和他的母马立即回到维内提国王身边，把钥匙送给了他。

公主不能再玩拖延时间的把戏了，不得不决定结婚的日期。

"现在要求她，"母马低声说，"让她打开堡垒的门。"

努恩杜瓦雷照办了。

公主似乎不太情愿，但是就连圭永也开始催促她，因为他也想从里面见识一下这座令人惊叹的宏伟建筑。

"你让人千里迢迢地把它运到这里，运到瓦讷，"他说，"而你甚至不允许我们看一看它里面是什么样子，这简直是对我们的侮辱。"

公主被迫与圭永、努恩杜瓦雷和他的母马，以及瓦讷国王的其他宫廷成员一起去了堡垒。她用那把金钥匙打开了门。

"在你进去之前，"母马低声说道，"请她正式邀请在场的所有人。"

努恩杜瓦雷提出了这个请求。

公主摇了摇头。"如果你愿意，你可以进去——决定权在你。"

"不，这不符合礼节。"努恩杜瓦雷坚持说，"公主，这是你的堡垒。国王和他的随从没得到正式的邀请就不能进入。"

圭永点头赞同，因为努恩杜瓦雷只是援引了待客之道。

公主叹了口气。"那么，我正式邀请你们都进入堡垒。"

于是他们进去了。

令他们惊讶的是，堡垒里有一股令人作呕的腐朽、邪恶的气味，与公主阳光灿烂的面容形成了鲜明对比。它的内部更像是一个潮湿、黑暗的马厩，而不是一座美丽的宫殿。除了那匹老母马，跟随她进入堡垒的人都往后退去。

母马一路小跑，来到黑暗的房间中央。那里有一个马厩，里面有一小捆用金色丝带系着的燕麦。

"拦住那匹马!"公主大吃一惊,喊道,"我不是有意邀请它进来的。"

但是老母马已经低下头,吃了两大口燕麦。

没有人知道接下来到底发生了什么。他们只知道那座堡垒突然消失了,他们都站在洒满阳光的绿色山坡上俯瞰着瓦讷。在他们中间有一个大宝箱,宝箱的两边站着两个美丽的女人:一个是公主,她的五官似乎比以前更柔和、更漂亮了;而另一个只能是她的双胞胎姐妹。她们唯一的区别是,公主的头发是金色的,而双胞胎姐妹的头发则是红铜色的。

所有人都惊讶地张大嘴巴,盯着她们。

"我的母马在哪里?"努恩杜瓦雷问道,愤怒地四处张望,"要是她受到了伤害,就会有人付出血的代价。我的母马对我很重要。"

红发的年轻女子走上前来,将一只纤细的手搭在他的手臂上。"我在这里,努恩杜瓦雷。"她用沙哑的声音说道,他立即就认出了这个声音,"我仍然愿意为你服务,因为你对我也很重要。"

瓦讷的圭永也盯着他的公主。她是如此温暖、充满吸引力,似乎换了一个全新的人。他惊讶地摇了摇头。

"发生了什么?"他问。

"很多年前,一个邪恶的德鲁伊给我们下了一个咒语。"公主回答,"你要知道,我们是姐妹,我们的父亲激怒了这个德鲁伊,因为他把我妹妹露兹格劳[1]许配给了一位年轻的王子,而不是德鲁伊的儿子。当德鲁伊自己向我求婚时,我父亲说,他宁愿把我许配给一头神兽,也不让我嫁给他。

---

1 字面意思是"红煤"。

"德鲁伊杀害了我的父亲，出于报复，他找到了那位当时只有五岁的小王子，把他扔到了一个遥远的王国，让他不知道自己的名字，不知道自己的父母，也不知道自己的出身。我妹妹被变成了一匹老母马，被送到了克尔讷乌。而我被囚禁在我们的堡垒里。我的性格被改变了，我被迫收集神兽，这是一种报复，因为我父亲威胁说要把我嫁给一头神兽。堡垒变成了一个臭气熏天的马厩，里面住着各种神兽，而我却对其无计可施。"

"你是怎么被释放的？"努恩杜瓦雷问。

"德鲁伊在堡垒的马厩里放了一捆魔法燕麦，如果我妹妹设法进入堡垒并吃掉燕麦，就可以解除咒语。随着岁月的流逝，我的妹妹以母马的身份被克尔讷乌一位博学的德鲁伊买下。他教给了她解除咒语的方法。他告诉她，她将得到铁匠之神戈万的纯洁之剑的帮助，这把剑是在原始混沌时代铸造的。"

"就是这把剑？"努恩杜瓦雷问，伸手去摸腰带上那把闪亮的宝剑。

但是那把剑已经不见了。剑鞘是空的。

"它已经达成了它的目的，"露兹格劳说，"它已经回到了它的主人身边，是剑的主人把它交给了你。"

"这么说，魔咒已经解除了？"圭永说，"那么一切都好了。我们都发挥了自己的作用。"

"你会出发去寻找那位不知道自己名字的王子吗？"努恩杜瓦雷悲伤地问红发公主。

露兹格劳微笑着问："你叫什么名字？"

"努恩杜瓦雷，"年轻人困惑地答道，"你明明很清楚。"

"那，它是什么意思？"

"我不知道。"

露兹格劳轻笑起来。"我已经找到我的王子了。"她郑重地说，"你想知道你到底是谁，从哪里来吗？"

努恩杜瓦雷思考了一两分钟，然后笑着摇了摇头。"我现在有一对很好的父母，是他们将我抚养成人。我的家在莱昂。如果你像我自己一样对我感到满意，我也会很满意。"

奥尔和露兹格劳两位公主都对两位向她们表白爱意的男人很满意，她们也回报了这份爱。第二天，在瓦讷举行了一场盛大的双重婚礼，圭永和他的公主留在了那里，而努恩杜瓦雷则带着他的公主回到了他的养父母身边，他们一起在夸特斯奎留幸福地生活了很多年。很久以后，努恩杜瓦雷成了莱昂的国王。他满足于知道他自己是谁，而不是他可能会成为谁。

34　亡魂

曾经有两兄弟住在博特索赫尔。为了叙述方便，我们管他们叫莫德斯和普里梅尔。他们是双胞胎，彼此亲密无间。即使在孩提时代，他们也从来不为玩具争吵。他们分享生活中的一切，包括所有艰辛和美好的事物。

他们只有一个共同的坏秘密：当他们年纪还小的时候，在街上发现了一个瘸腿的老乞丐，他们觉得偷他的拐杖来玩会很有趣。但这一点也不好玩，这个可怜的人猛烈地诅咒这两个男孩，向他们呼唤安库[1]，也就是死神的精魂的愤怒。最后，他们放弃了，为自己的行为感到羞愧。

此后，他们长成了优秀的年轻人，甚至忘记了这件事。这是他们一生中做过的唯一一件坏事。

当他们长大成人之后，每个认识他们的人都说他们形影不离。

"为什么要分开呢？"他们的母亲也表示赞同，"只有死亡才能将他们分开。"

"如果发生这种情况，"普里梅尔听到他母亲的话后，对他哥哥说，"咱们来发个誓吧。"

1　布列塔尼、康沃尔、威尔士、诺曼底民间传说中的死神仆从。

"发什么誓?"莫德斯问。

"不管我们两个谁先死,都必须从彼世回来,告诉对方那里发生的事情。"

"非常好。"莫德斯同意道。

"我们还要发誓,如果我们中的任何一个遭受痛苦,另一个也要分担他的痛苦。"

于是,两兄弟立下了这个誓言。

噩耗来得比预期的快得多。一种恶疾在该地区肆虐,安库本尊——伟大的死神的化身,正在博特索赫尔村走来走去,选择他的受害者。患上热病的人是普里梅尔,他当时还不到二十五岁。他的家人派人去请医生,但热病已经牢牢地攫住了他。最终,安库取得了胜利,把普里梅尔的灵魂带到了彼世。

自始至终,莫德斯从未离开过普里梅尔的床边。他悉心照料、看护他的弟弟,当他的弟弟被安库带走时,他的绝望让所有目睹的人的心都碎了。莫德斯寸步不离他弟弟的尸体,直到棺材被运到墓地;直到掘墓人将坟墓上的土铲平,他也没有离开墓地;直到棺材被仪式性地砸在生长在那里的大橡树上,变成碎片,他也没有离开墓地。把棺材在橡树上砸碎是为了防止恶灵把尸体从棺材里拖走,让尸体变成不死生物,骚扰活人。

碰巧的是,第二天晚上,迎接新年的盛宴开始了,这标志着一个宗教年的结束和下一个宗教年的开始。这个节日的时间是10月31日的晚上,它在基督教时代有所改变,被称为"万圣节前夜"。最重要的是,在这一天,鬼魂和灵魂可以从彼世回来,向活着的人——向那些在生活中有负于他们的人实施报复。当晚,村里的火被熄灭了;第二天早晨,当太阳升上天空时,灶火将被重新点燃,用的是德鲁伊们用太阳光点燃的仪式性火焰。

莫德斯几乎没有参加这些仪式，事实上，他在午夜之前就伤心地回到了家。他上了床，但无法入睡，心里满是他对死去的弟弟普里梅尔的思念。

当他躺在床上，沉浸在悲伤的思绪中时，听到外面的院子里有脚步声。他听到房门被打开，脚步声从楼梯上传来。他很熟悉这个脚步声。少顷，卧室的门被推开了。当他看到门口的人影时，无法自制地打了个寒战。

"你睡着了吗，莫德斯？"那个熟悉的声音传来。

莫德斯重重地叹了一口气。

"不，普里梅尔。我没有睡着。我一直醒着，躺在这里，等着你。"

"我们发过誓的，莫德斯，我一定会回来的。现在起身，跟我来。"

莫德斯站起身来，开始穿衣服。莫德斯看到普里梅尔仍然穿着他最后一次见到他时的衣服，也就是仅仅围着裹尸布。

"在彼世没有漂亮的衣服吗，普里梅尔？"他好奇地问。

"此时此刻，我的兄弟，我身上只有这条裹尸布。"

"你是怎么找到彼世的？就像我们听到的那样吗？"

"唉，"普里梅尔说，"那里有一条禁令。我不可以告诉你那里的事情，但我可以给你展示。这就是我来找你的原因。我可以亲自展示给你看……如果你自愿和我一起去的话。"

莫德斯急切地点点头。"我们已经发过誓了。我已经准备好了。"

普里梅尔示意他的哥哥跟着他，他们从他们父母的农场走到瓜兹维特附近一个静谧的池塘边。当他们来到平静、黑暗的水边时，普里梅尔转向他的兄弟。

"脱掉你所有的衣服和靴子，莫德斯。"

"为什么？"莫德斯有点担心地问，因为夜里的空气很冷。

"我需要你和我一起下水。"

"但我不会游泳。这个池塘的水很深。"

"你不需要游泳。没有什么可担心的。"

莫德斯想了一会儿，然后耸了耸肩。"好吧。我决心跟你一起走，无论你去哪里。带路吧。"

普里梅尔挽着莫德斯的胳膊，和他的孪生兄弟一起跳进了黑暗的水面。他们沉入黑色的池水，直到他们的脚触及池底。莫德斯惊奇地发现，他在水下可以像在陆地上一样轻松地呼吸。但黑暗的池水冰冷刺骨，莫德斯开始发抖，他的牙齿几乎不受控制地打战。

"现在该怎么办？"当普里梅尔停下脚步时，他问道。

"我们要在这里等待。"

在黑暗、冰冷的水中等待了大概几个小时后，莫德斯觉得自己再也无法忍受寒冷，便说："我们还要在这里多待一会儿吗？"

普里梅尔在黑暗中微笑着。"你这么急着要离开我吗？"

"不，不是。"莫德斯回答，"你很清楚，我最幸福的时候就是我们在一起的时候。但是，普里梅尔，我还活着，我承受着难以形容的痛苦，这里是如此出奇地寒冷。"

这时，普里梅尔的声音变得刺耳起来："那就把你的痛苦增加三倍，莫德斯，然后你就会开始感受到我的痛苦。"

莫德斯十分惊讶。"你为什么会受苦，普里梅尔？据说彼世充满了光明和幸福。"

他的孪生兄弟没有回答，但是过了一两分钟，他的态度缓和了。"我能告诉你的是，只要和我在这里分享痛苦，你就能缩短我受苦的时间。只要感受我的痛苦，你就能减少这份痛苦。"

莫德斯为他的弟弟感到悲痛。"那么，我会一直陪着你，只要这能减轻你的痛苦。"

普里梅尔摇了摇头。"当你听到清晨的鸡鸣时，你就会获得自由。"

时间在冰冷、阴森的黑暗中流逝。它流逝得如此之慢，就像是几天、几个月。然而，最终，莫德斯听到了晨鸡的鸣叫。不一会儿，他发现自己就在磨坊的池塘岸边，身上是干的，还穿着衣服。

他听到他弟弟的声音从池塘里传来："再见，莫德斯。如果你有勇气和意愿帮助我，你今晚还能再见到我。"

"我很高兴，弟弟，"莫德斯喊道，"我会像昨晚那样等着你。"

莫德斯慢慢地走回家，感到又冷又难受。然而，他已经向他的兄弟发过誓了。他饭吃得很开心，觉也睡得很香，昨晚的不适感似乎也消失了。但他的母亲注意到他脸色苍白、憔悴、冰冷，她问他是否应该把医生找来。莫德斯摇了摇头，向她保证，他一切都好。

那天晚上，大约在午夜时分，他穿戴整齐，躺在床上。

他的弟弟普里梅尔像头一天晚上一样出现了，他把莫德斯领到池塘边，他们像之前一样跳了进去。池水似乎比之前更加寒冷、潮湿，莫德斯痛苦难耐，他几乎无法忍受在那个漆黑、冰冷的池塘里度过永无休止的时间。

然而，终于，晨鸡打鸣了，莫德斯发现自己回到了池塘边，感到虚弱、不适、心烦意乱。

普里梅尔的声音从池塘深处传来："你有勇气再来一次吗？只要再来一次，你就能减轻我的痛苦，让我的灵魂得到自由。"

"我发过誓，直到最后，我都会坚守誓言，即使它会夺去我的生命。"

莫德斯回家了。这一次，他脸色苍白，疲惫不堪，浑身颤抖，没吃东西就爬到床上取暖。即使是他的母亲给他端来热乎乎的蛋糕和香肠，他也什么都吃不下。这一次，他母亲派人去找医生，医生说他病得很重。

他母亲在前一天晚上进了他的房间，发现莫德斯不在房间里。

"他一定是整夜守着他可怜的弟弟的坟墓，染上了感冒。"她告诉医生。

医生看到莫德斯病得如此严重，自告奋勇地在晚上值班，阻止莫德斯到墓地去。

那天晚上，在客厅的椅子上睡觉的医生被奇怪的声音吵醒了。他半睁开眼睛，看到莫德斯从他的卧室里走出来，好像在和谁说话，但医生没有看到任何人。莫德斯的行为非常奇怪，所以医生忍住了，没有上前干涉，只是远远地跟着。他跟着莫德斯来到池塘边，看到他在寒冷的夜风中脱掉衣服，跳进池塘。

他正准备大喊着冲上前去，突然发现水面上出现了第二个水花，而后又听到了第二个声音。古人说，水可以向能听见的人揭示彼世的声音。这位医生不仅是一位医者，而且是传承多代的德鲁伊的后代。

凭着他的知识，医生走近池塘，看到附近生长着一棵花楸树，便躲在树后。因为花楸树有魔法保护，不受彼世灵魂的影响，他是完全安全的。

他听到两兄弟的声音从水中传来。莫德斯抗议说，他不能再坚持了，而普里梅尔则敦促他勇敢地坚持下去。

"我越来越虚弱了！"莫德斯喊道，"我撑不到明天早晨了。"

"你必须坚持下去。坚强点，我的哥哥！感谢你，再过一会儿，我就可以从这种痛苦中解脱出来了。你会为我打开通往彼世的道路，你会使我的痛苦减半。"

在整个漫长的夜晚，医生都坐在那里，听着莫德斯痛苦的哭喊，不敢动弹，尽管他很想从那个地方逃开。最后，天开始亮了，早晨的公鸡打鸣了。

从池塘底部传来两声大喊：

"普里梅尔！"

"莫德斯！"

然后，医生看到一股奇怪的白烟从水中袅袅升起，上升到明亮的晨光之中。

他回头一看，看到莫德斯衣着整齐，躺在池塘岸边。

莫德斯浑身冰冷，脸色死灰，呼吸微弱，身体不受控制地颤抖。医生背起他，把他带回农场，让他躺在床上。他尽了最大的努力让这具受尽折磨的身体恢复温暖，但太迟了，太迟了。午夜时分，莫德斯咽下了最后一口气。

博特索赫尔的村民们发誓说，在那之后的几个晚上，他们听到从瓜兹维特附近的老池塘里传来了非人的哭喊声——遭受着可怕的痛苦和折磨的哭喊声。

他们并不知道事情的真相：莫德斯把他弟弟普里梅尔的痛苦承担下来，使这种痛苦减半。尽管如此，兄弟俩还是不得不在炼狱中度过了三个晚上，然后普里梅尔才能进入光明的彼世。但是当轮到莫德斯时，没人分担他的痛苦，因此他不得不在那个黑暗、潮湿的地方再次度过三个无尽的、孤独的夜晚，却没人能够帮他。

博特索赫尔的当地人会告诉你，在夜里应当避开老池塘，因为它是阿诺恩的家，这个词在布列塔尼语中的意思是"亡魂"。有一两个村民说，在一个瘸腿的老乞丐经过瓜兹维特的老池塘之后，哭喊声似乎就停止了。不过，乡下人总是在寻找象征。

35 夸达兰

很久以前，一对住在克拉努森林里的护林人夫妇生了一个男孩。克拉努森林是一片遍布着巨大的橡树和山毛榉树的山地，位于布列塔尼最高的山脉——阿雷山的山间。这对夫妇并不富裕，但他们非常幸福，对生活感到满足。当他们的儿子出生时，他们感到他们的幸福已经圆满了，他们觉得这个孩子使得他们与生活以及周围的环境变得完全和谐。因此，他们决定给他取名为夸达兰，意思是"森林的和谐"[1]。

男孩长大了，这位名叫阿兰的护林人和他的妻子向他传授了他们所知道的一切关于森林的知识和传说。他特别聪明，学得很快。随着日益成长，这个男孩意识到自己缺乏学校教育；他想学习阅读和写作，而他的父母只不过是护林人，既不会读也不会写。当他问父母是否愿意送他去学校时，他们摇了摇头。

"学校在鲁门戈尔，离这里很远，而且上学要花很多钱。"他们告诉他。

"但你们的钱已经够付学费了。你们有一头上好的公牛和一匹牡马，可以把它们卖掉，这样就可以支付我的学费。"

---

1 "夸达兰"（Koadalan）由"koad"和"alan"组成，其中"koad"的意思是"森林"，"alan"的意思是"和谐"。

经过一番说服，最后，在这个男孩的坚持下，夫妇俩卖掉了他们上好的公牛和牡马，把这个男孩送进了学校。三年过去了，在这期间，这个男孩学到了很多东西，就连他的老师们也为他感到自豪。他们发誓说，他掌握的知识比大多数同龄男孩都多。

到了成人的年龄，也就是十七岁时，夸达兰回到了父母身边。在卖掉他们上好的公牛和牡马之后，他的父母变得非常贫穷。他们光是在森林里勉强糊口就很是艰难了。他们并非不快乐，但他们是务实的人。

"我们只能勉强糊口，夸达兰。"他们告诉他，"你必须离开家，去寻找你自己的谋生之道，我们养不起你了。"

这个年轻人对他父母的处境感到悲伤。他发誓，如果他将来发了财，一定会回报他的父母，给予他们生活中想要的一切。

于是他出发了，南下去往科努瓦耶王国，那里在布列塔尼语中被称为克尔讷乌。

当他接近坎佩尔镇时，遇到了一个坐在路边的年轻人，这人看起来愁眉苦脸。

"你有什么麻烦？"他问。

那个年轻人抬起头来。

"我没有钱，正在找工作。"他回答说。

夸达兰笑了笑。"嗯，我也是。你必须好好干活，不能为此耿耿于怀。"

"我知道，"年轻人叹了口气，"可就在刚才，一个贵族给我提供了一份工作，而我却因为一个谎言而失去了它。"

"哦，怎么说呢？"

"他在街上拦住我，问我是否想要一份工作。我说，我正好想找工作。'嗯，'他说，'你识字吗？'其实我不识字，但我想要这份工作，所以我说我识字。其实，我确实会认一点点字。"他辩解似的补充道。

"所以，他发现你不识字了？"夸达兰问。

"不，这才是我愚蠢的地方。这位大人对我说：'如果你识字，那你就不是我要找的人。我不会给你工作。'"

"很奇怪。"夸达兰同意道，"这个贵族长什么样？"

"哦，他从头到脚都穿着黑色的衣服，大衣上有一个银色的扣子和一枚别在斗篷上的胸针。他骑着一匹漆黑如夜的骏马，这匹马套着黑色和银色的马具。"

夸达兰从闷闷不乐的年轻人身边站了起来。"好吧，我很遗憾你没有得到这份工作。"

他说了声再见，就动身去坎佩尔了。他来到广场上的集市之后，看到的第一个人就是那个看起来身份尊贵的贵族，他穿着一身黑衣，正坐在酒馆外面喝着一杯蜂蜜酒。他那漆黑如夜的骏马就拴在他身旁。

正如我们之前说过的，夸达兰是个聪明的年轻人。他走到贵族身边，彬彬有礼地问候他。"Devezgh-mat！"[1]他说，"先生，请原谅我如此大胆，但我很渴，而且没有钱，因为没有人愿意给我一份工作。您能赏给我一个铜板，让我买杯酒吗？"

贵族皱起眉头，转过身来，若有所思地打量了夸达兰一会儿之后，问："你愿意为我工作吗？"

"当然，如果您有工作给我做的话。"

"我有你要的工作。但你识字吗？"

"我不识字，"夸达兰撒谎说，"我的父母太穷了，供不起我上

---

1 意为"日安"。

学。"

这位贵族满意地笑了。

"太好了!"他说,"你正是我要找的人。你叫什么名字?"

"我叫夸达兰,大人。请问您贵姓?"

"我是胡杜尔[1]领主。"那人答道,"这里离我的堡垒不远,你可以上马,骑在我身后。我们马上就能到。"

这位黑衣领主骑上他的黑马,伸手轻轻一拉,就将夸达兰像一片羽毛一样拉上马来,放在他的身后。然后,他掉转马头,马向前一跃而去。夸达兰眨了眨眼,在这一眨眼中,他发现坎佩尔已经在他身后很远了;是的,就连科努瓦耶的群山和拉兹角都已经在他身后很远了。他们已经越过了大海,越过了森岛。夸达兰死死地抓着黑衣领主飘动的黑色斗篷。

没过多久,他们就在一条两旁长满高大紫杉的林荫道上着陆了。这条林荫道位于一个景色优美的小岛,面对着一座高耸而宏伟的堡垒。他们骑马到了堡垒门口,夸达兰首先注意到大门上方有一个用石头雕出来的卷轴,上面铭刻着:"进入此门者永远无法离开。"

夸达兰很紧张,尽量不表现出他读过并理解了卷轴上的话。

"这是您的堡垒吗,先生?"他紧张地问。

"是的。"那个自称胡杜尔领主的人回答道,"请进。"

他带头走进了堡垒,夸达兰找不到任何借口,只能随着他穿过那道可怕的大门。不过,堡垒的内部还是很舒适的,装饰明快,令人愉悦。一顿夸达兰从未见过的大餐被摆了出来,他就像国王一样用餐。饭后,他被带到一间舒适的卧室,睡在用鹅毛床垫铺

---

1 这个名字源自布列塔尼语的"魔法师"(hudour)。

成的床上。这个护林人的儿子从未有过这样奢侈的享受。让他印象最为深刻的是，堡垒里根本没有仆人，但所有地方都被打扫得干干净净，食物仿佛是由看不见的手端上桌的。

第二天早上，吃过丰盛的早餐之后，胡杜尔领主对他说：

"现在，我们来谈谈你要做的工作。"

夸达兰突然紧张起来。他想起了大门上的那句冷酷的话。

"你要在这座堡垒里生活一年零一天。你不会缺任何东西，想要什么就只管说。"

"但我该跟谁说呢？"夸达兰问，"我在这里没有看到任何人。"

胡杜尔领主取出一块方形的麻布。

"这里有一块餐巾。每当你想吃喝的时候，只需要说'餐巾，餐巾，赶快干活，给我带来这个或那个'，你要的东西就会立刻出现。现在我必须去旅行了。当我不在的时候，你必须完成一些日常工作。"

夸达兰开始高兴起来。在他看来，在堡垒里干活的前景还挺不错的。

胡杜尔领主把他领进了堡垒的厨房。那里有一个火堆，火上用铁钩挂着一口大锅。大锅正在沸腾，不停地冒着蒸汽。胡杜尔领主指着它说："你每天都必须把两捆木柴放在大锅下面的火上。"

"这很简单。"夸达兰回答。

"无论你听到什么，你都必须坚持这么做。不要在意你听到的声音，你要保证火一直不熄。"

夸达兰很惊讶。

"当我在大锅下面添柴的时候，我会听到什么？"他问。

胡杜尔领主没有理会这个问题。"你必须保证。"

夸达兰耸了耸肩。"我保证。"

"还有一项任务。跟我来。"

胡杜尔领主带着夸达兰来到堡垒的马厩。"这里有一匹母马。"

的确,有一匹非常瘦弱的母马正站在胡杜尔领主所指的那个马厩里。在母马面前的马槽里,只有一根带刺的劈柴。

"这匹母马叫贝尔赫特。劈柴是给它吃的。这里还有一根冬青棒,你必须每天揍它,直到你揍得挥汗如雨。现在拿起棍子,让我看看你是不是明白应当如何揍它。"

夸达兰犹豫了一下,但他看到胡杜尔领主的眼神,只好拿起棍子,拼命地打那匹可怜的母马。

胡杜尔领主揉了揉下巴。

"很好。你揍得不赖。一点也不赖。"

他指着这个马厩对面的另一个马厩,那里站着一匹小马驹。

"你看到这匹小马驹了吗?这匹小马驹要多少苜蓿和燕麦,你就必须给它多少。"

"明白。"夸达兰确认道。

就这样,胡杜尔领主带领年轻人回到堡垒,进入大厅。大厅里有许多门通往不同的房间。

"你看到那两扇门了吗?"胡杜尔领主指着两扇门问。

"看到了。"

"你绝对不能打开这两扇门。如果你打开它们,你会后悔的。你明白吗?"

"是的,我明白。"夸达兰确认道。

"很好。至于堡垒的其他地方,你可以随意进出,走任何一扇门都行。"

向夸达兰发出所有指示之后,胡杜尔领主骑上马,沿着他们来时经过的紫杉林荫道离开了。

夸达兰被单独留在堡垒里。他在堡垒豪华的房间里闲逛了一会儿，对堡垒里的财富感到惊讶。他想知道这位胡杜尔领主是谁，因为除了阿莫里卡五国的国王，没有人能够如此富有而强大。

时间流逝，年轻人感到饿了。

他怀疑地拿起餐巾，仔细查看。

"我不知道这是不是在逗我玩呢。"他自言自语，摸了摸下巴，然后拿着餐巾，说，"餐巾，餐巾，赶快干活，给我拿一盘烤牛肉和一瓶上好的红酒！"

不一会儿，一大盘热气腾腾的烤牛肉和一瓶上好的红酒就摆在了桌上。此外，桌子上还整齐地摆放着其他饭菜。

夸达兰酒足饭饱，感到昏昏欲睡，就趴在餐桌上睡着了。

当他醒来，发现时间已晚，不禁感到有些内疚。

"我最好按照胡杜尔领主的吩咐去做。"

他去给大锅下的火堆添柴，让火焰在沸腾的大锅周围越跳越高。他听到从大锅深处传来一阵痛苦的呻吟和哀号，就像灵魂在受苦时的哭泣。他犹豫了一会儿，想起了胡杜尔领主的话，于是没有理会这些奇怪的声音。然后他去了马厩，给了小马驹苜蓿和燕麦，这才不情不愿地转向那匹名叫贝尔赫特的母马。他脱下外套，拿起冬青棒，开始准备抽打母马。他对此并不热心，因为他是一个善良、体贴的人。

当第一击落下时，母马突然喊道："别打！怜悯我吧，年轻人！"

夸达兰惊讶地后退了一步。"我的耳朵欺骗了我吗？"他盯着母马问道，"你说话了吗？"

"是的，我并不是一直这个样子的，年轻人。我曾经是人形。"

夸达兰放下冬青棒，打了个寒战。"我这是在什么邪恶的地方？你能告诉我吗，母马？"

"你在胡杜尔的堡垒里，他是世界上最伟大的巫师。如果你不小心行事，当他厌倦了你，你的形态也会被改变。发生在我身上的事情也会发生在你身上。"

"救救我！没有人能从这个可怕的家伙手中逃脱吗？"

"这很难，年轻人。不过，如果你相信我，帮助我，我们也许都能逃出去。"

"一切都听你的。"夸达兰急切地同意了。

"Bennozh Doue！"母马回答说，这是布列塔尼语的"谢谢"。

"我必须做什么？"

"胡杜尔有没有给你看两扇禁止你进去的门？"

"有。"

"那就进去吧。在这两个房间里，你会发现三本红色皮面装订的书。两本书在第一个房间里，第三本书在另一个房间里。你必须进去拿这三本书。"

贝尔赫特突然犹豫起来。"但是，我想你应该不识字吧？胡杜尔不会带一个识字的帮手回来。"

"我对他撒谎了，"夸达兰坦言，"我识字。"

"那么，一切都会好起来的。你要读这些书，如果你学会了书里写的东西，你自己就会成为一个伟大的巫师。而胡杜尔失去书之后，就会失去所有的力量。"

夸达兰立即奔向那两扇门。他打开第一扇门，看到房间中央的桌子上放着两本红皮书。他拿起书，打开第二扇门，第三本书果然和前两本书一样躺在第二个房间里。他把三本书带到堡垒的餐厅，坐下来，开始阅读。他对自己读到的内容感到惊讶，但奇怪的是，他发现自己能够掌握书中所有错综复杂的概念。

读完书之后，他来到马厩。

贝尔赫特已经等得不耐烦了。这匹母马似乎很担心。她看到夸达兰，叹了口气。

"你花的时间太久了。"她告诫道。

"我有三本书要看。"夸达兰辩解道。

"你都看完了？"

"都看完了。"

"那么，我们必须马上离开这个地方。首先，你会发现一只大鹰栖息在这座堡垒最高的塔楼上。此刻，它正把头塞在翅膀下面睡觉。但如果我们离开，它就会醒来，发出响亮的尖叫，无论胡杜尔在世界上的什么地方，都会听到它的叫声。所以，你必须去找它，把它绑起来，让它的头不能从翅膀下面伸出来。"

夸达兰按照她的吩咐做了，他发现这个任务相对来说还是比较简单的。

"我们现在可以走了吗？"

"不。其次，在堡垒的方塔里有一口大钟，如果我们离开，它就会开始敲响，无论胡杜尔在世界上的什么地方，都会听到它的钟声。你必须走到钟前，把钟舌卸掉。"

夸达兰走到钟前，把它的钟舌卸掉。这样，就算钟开始摇动，它也没法发出声音了。

"我们现在可以走了吗？"夸达兰问。

"不。"母马回答说，"第三，我需要你在我的蹄子上缠上稻草和麻絮，这样，当我们离开时，我就不会在庭院的道路上弄出声音。"

夸达兰照做了。

"我们现在可以走了吗？"

"我们可以出发了，"母马贝尔赫特回答，"但你要拿上你在那个角落里看到的海绵、一捆稻草，还有马梳——那是梳马用的金属梳子——最重要的是，别忘了拿上那三本红皮书。"

夸达兰拿好了所有这些东西。

"现在，"贝尔赫特说，"骑到我的背上，我们就出发。"

夸达兰一上马，那匹母马就跑出了马厩，飞快地穿过院子，出了大门。然后他们就离开了堡垒，在空中飞驰。夸达兰紧紧地抱着他的包裹。

过了一会儿，母马叫道："看看我们后面。我们被跟踪了吗？"

夸达兰瞥了一眼后面。

"有一群猎犬跟在后面。"

"快！把那捆稻草扔给它们。"

夸达兰照办了。猎犬们立即扑向稻草，得意洋洋地把它叼回了堡垒。

过了一会儿，贝尔赫特叫道："再看看后面。我们被跟踪了吗？"

夸达兰看了看后面。"只有一片云向我们飘来。但那是一片黑云，几乎遮天蔽日。"

"胡杜尔就在那片云里。快，把马梳扔进去。"

夸达兰照办了。从黑云中，他看到胡杜尔领主停下来，拿起梳子，然后消失在堡垒的方向。

过了一会儿，贝尔赫特叫道："再看看后面。我们是不是还在被跟踪？"

夸达兰看向后面。"救命啊！一大群乌鸦正朝我们飞来！"

"那就把海绵扔给它们！"

夸达兰照办了。乌鸦们抓住海绵，你争我夺，带着它飞回了堡垒。

这时，他们面前出现了一条河。

"过了河，我们就安全了，胡杜尔的力量到不了那么远。"母马喘着粗气，她现在已经很累了，"还有什么东西跟着我们吗？"

夸达兰环顾四周。

"救命啊！有一条大黑狗紧紧地跟在我们后面！"

贝尔赫特以最快的速度跑到河边，跳了过去。但就在她跳过去的时候，那条大黑狗追上了她，从她的尾巴上咬下了一大绺毛。

然后他们就过了河，大黑狗被迫停在对岸，吐出马尾巴毛。它变成了胡杜尔的样子。

贝尔赫特筋疲力尽地站在对岸，但她安然无恙。夸达兰从她的背上滑了下来。

"你很幸运，居然能逃离我的手掌心，奸诈的年轻人！"巫师在河对岸雷鸣般地咆哮道，"不过，我还是愿意原谅你，前提是你把我的三本书还给我。"

"我知道这些书里的秘密，胡杜尔。我不太可能把它们还给你。"

"我要书！"巫师号叫道。

"你来拿吧。"夸达兰嘲弄道。

但是，巫师失去了书，他的力量无法到达河对岸，所以他只好骂骂咧咧地走了。

夸达兰转向贝尔赫特，确保这匹老母马已经从劳累中恢复过来，然后他们俩继续上路。然而，没过多久，他们就来到了一个由立石组成的大石圈。贝尔赫特径直走进了石圈的中心。

"这是什么地方？"夸达兰问，"我们为什么要停下来？"

"因为你必须在这里杀死我，夸达兰。"母马平静地回答。

"愿神保佑我！不，我绝不会做这种事。你救了我的命，不是吗？我怎么能杀死你呢？"

"我明确地告诉你，你必须杀了我。如果你不这样做，到目前为止我们所做的一切就都白费了。你必须割断我的喉咙，剖开我的肚皮。"

"你说什么？"夸达兰惊呆了。

"你必须这么做！"

老母马极力劝说，最终说服了夸达兰，尽管他对这件事很反感，但他还是听从了她的指示。他刚刚割开母马的喉咙，剖开她的肚子，一位美得不可方物的姑娘出现了。她容光焕发，全身闪耀着女神的缥缈之美。

"你是谁？"夸达兰惊奇地问。

"我已经告诉过你了。我是贝尔赫特[1]，善神的女儿。"

"你太漂亮了。"夸达兰喘息着说。

年轻女子悲伤地看着他。"但我不适合你，夸达兰。你注定要生活在这个世界上，而我和我的族人则要生活在彼世。但是，不要害怕，你命中注定会有一个妻子，而且是比我更漂亮的妻子。你的妻子是波赫尔国王的女儿。但是，请记住，如果你需要帮助，就到这个石圈来，高喊三声'贝尔赫特！贝尔赫特！贝尔赫特！'，我就会回来帮助你。最重要的是，夸达兰，请记住，你绝对不能和这三本红皮书分开。晚上睡觉时，一定要把它们放在枕头下面，只有这样，你才能保护它们不被邪恶之辈偷走。切记，夸达兰。"

说罢，一朵巨大的白云包裹住了她，她在灿烂的光芒中消失了。

夸达兰非常伤心，但他已经被告知了自己的命运，所以他向

1　相当于爱尔兰神话中的布里吉德。

波赫尔王国出发了。在路上，他用新学到的魔法知识把自己打扮得漂漂亮亮的，穿上华服、戴上珠宝、骑上良马、佩上宝剑；当他到达波赫尔国王的宫廷时，看起来完全像是一位王子。他没有撒谎，但许多人都把他当作多姆诺尼亚的王子。因此，他在贝尔特勒国王的宫廷里受到了欢迎。

波赫尔国王贝尔特勒总的来说是个好人，但他看到了世界上的邪恶，看到了有野心的年轻人如何伪装自己。贝尔特勒国王有一个美丽的女儿，名叫凯乐德雯，她已经到了适婚年龄，但他不想让她暴露在那些只知道追求地位和金钱、以自我为中心、一心只想往上爬的人面前，于是便把她锁在一座宫殿的塔楼里，由一名女仆来照顾她的生活需要。

这时，夸达兰已经在贝尔特勒国王的宫殿里住了几个晚上，国王对他以"侄子"相称。他开始纳闷，为什么这几天来都没有见到凯乐德雯公主。

"贝尔特勒，我听说您有个女儿？"有一天，他问。

"不，侄子，我没有女儿。"贝尔特勒国王向他保证道。

那天晚些时候，夸达兰在宫殿的花园里散步时，一个金球落在他的脚边。他抬起头来，看到一个美丽的金发少女正从塔楼的窗口俯视着他。她亲切地笑了笑。看起来，她是故意扔球来吸引他的注意。但就在这时，贝尔特勒国王走进了花园，少女立即缩回了头。

"这是什么？"夸达兰问，把球拿给他看。

"哦，没什么。"贝尔特勒回答说，但他迅速地接过了球。

那天晚上，夸达兰独自在宫殿的房间里查阅他那三本红皮书。通过书中记录的方法，他成功地出现在凯乐德雯公主的房门口。没有人听到或看到他穿过宫殿。

他轻轻地敲了敲门。

"谁?"女仆粗声问道,"我已经向贝尔特勒国王发过誓,不会让任何求婚者进入这个房间。"

"贝尔特勒国王管我叫'侄子'。"夸达兰坚定地回答。

"他是我的表哥!"一个甜美的声音喊道,"多姆诺尼亚王子。让他进来。"

门开了,夸达兰得到女仆允许,进入了公主的房间。

夸达兰和凯乐德雯发现他们有很多共同之处,而且,正如贝尔赫特所说,她真的很美。不知不觉地,天就亮了,夸达兰用同样的魔法手段回到了他的房间。

一个星期以来,夸达兰每天都去看望凯乐德雯公主,和她待到天亮。

于是,有一天,凯乐德雯公主的行为开始变得古怪,女仆叫来贝尔特勒国王,告诉他,公主确凿无疑地怀孕了。

贝尔特勒国王大发雷霆,要知道父亲是谁。

女仆觉得自己已经说得够多了,假装不知道。

贝尔特勒国王要求女儿告诉他,但她拒绝了。

夸达兰是最后一个知道公主怀孕的人。他在花园里碰到了一脸忧虑的贝尔特勒国王。

"国王陛下,您怎么了?"他问。

"唉,侄子,我必须向你坦白。我有一个女儿,我把她藏起来不让大家看到,以免她受到心怀不轨的求婚者的骚扰。但是,尽管我把她关在塔楼的一个房间里,只有她的女仆陪伴,她还是怀上了孩子。我不知道该怎么办。她不愿告诉我孩子的父亲是谁。"

夸达兰是一个有道德、有担当的年轻人。

"国王陛下,我不会对您撒谎。"他说,"我已经发现了您有一个女儿，因为我的命运就是找到她。我是她怀着的孩子的父亲。因此，我恳求您，国王陛下，让我娶凯乐德雯公主为妻。"

波赫尔国王听到他的话，非常惊讶，当他的惊讶平复之后，他发现这个建议让他相当满意。

"我没有比把她嫁给你更好的办法了，侄子。"他说。

婚礼就这样安排好了，来自五国各地的许多贵宾参加了婚礼。直到好几年后，这场婚礼还被人津津乐道。夸达兰和凯乐德雯幸福地生活了一段时间，她生下了一个漂亮的儿子。

"夫君，"在生活了一段时间之后，凯乐德雯公主说道，"我注意到，你的家人都没有来参加我们的婚礼。是他们不喜欢你或者我，还是他们看不起咱们两个？"

夸达兰感到很羞愧，因为他没能说出他的家人是谁，也没能承认自己只是一个卑微的护林人的儿子。他还感到有些内疚，因为他没有回去与他贫穷的父母分享他新发现的财富。然而，尽管他感到羞愧，却还是把这一点内疚挤出了他的脑海。于是，夸达兰决定假装携妻带子回到自己的家乡，但实际上，他要在他的三本魔法书的帮助下把他们带到一个魔法国度，好让公主回来之后对她的父亲有话可说。

于是，夸达兰召唤出了一辆由五匹白马拉着的金色马车，还有一个马夫和两个仆人，所有这些都是靠他那三本红皮书中的一个咒语做到的。

他们出发了。在旅途中，他们路过了一个大巫师的堡垒，他名叫阿纳尔-扎尔[1]，绰号"大虫子"。他住在一座介于此世和彼世之间的黄金堡垒里，堡垒在两个世界的每一边都用四条银链固定。

---

1 字面意思是"瞎眼虫子"。

夸达兰从不怀疑他人的动机，因此，当阿纳尔－扎尔拦下马车，邀请夸达兰和凯乐德雯进入堡垒，享受他的款待，然后再继续旅程时，他很高兴。

在一场盛大的宴会之后，夸达兰和凯乐德雯被领进了一间卧室，一名奶妈负责照料他们的儿子。夸达兰在躺在床上之前，犯了一个大错。他完全忘记了把那三本红皮书放在他的枕头下面，贝尔赫特告诉过他，这是可以在夜间保证它们安全的唯一方法。

凯乐德雯已经习惯了他的这种做法，但这种做法一直让她很恼火，所以她把书放在一堆衣服下面，也没有提醒夸达兰书在哪里。

于是，在夜里，阿纳尔－扎尔趁他们睡着时溜进他们的卧室，拿走了那三本书。

拿到书之后，阿纳尔－扎尔叫醒了不幸的夸达兰，命令他的仆人将他投入一口无底的井中，这口井连通着此世和彼世的地下。不过，当夸达兰终于落到地面上的时候，他幸运地置身于此世的一片大森林之中。回到此世之后，他不再身着精美的衣服，而是穿着一个贫穷护林人的儿子的破旧服装。

夸达兰诅咒自己的愚蠢。他失去了妻子和孩子，也失去了他赖以致富的三本魔法书。他在森林中徘徊了几天，几乎没有睡觉，也没有找到吃的。第三天，他终于找到了一条走出森林的道路——看哪，他看到了一个熟悉的平原，他与贝尔赫特告别的石圈就坐落在那里。

他立即走到石圈中央，喊道："贝尔赫特！贝尔赫特！贝尔赫特！"

仿佛一阵微风吹过，一个声音轻轻地说："你需要我的帮助吗，夸达兰？"

夸达兰转过身来，看到美丽的女神就站在他身后。

"我当然需要帮助，如果我能得到的话，"他说，"但你会不会帮助我，则是另一回事。因为这是我犯的错，是我严重的错误给我带来了这种命运。"

"我全知道了，夸达兰。如果你完全按照我说的去做，你就可以夺回你的妻子、儿子和三本魔法书。"

然后她伸出手。"触摸我的指尖，闭上你的眼睛。"

他照做之后，感觉到一股巨大的风攫住了他，把他抛到了空中。

"现在，睁开你的眼睛。"贝尔赫特的声音说。

他们站在了阿纳尔－扎尔的黄金堡垒前。

"现在是休息时间，堡垒里的人都睡着了。我会带你去阿纳尔－扎尔睡觉的地方。进去之后，你会发现他在那三本红皮书旁睡觉，但他不会醒来。带上书，回到堡垒门口。我会把凯乐德雯公主和你的儿子带到那里。"

然后，她带他去了阿纳尔－扎尔睡觉的地方。

在卧室里，夸达兰几乎掩饰不住他的厌恶，因为阿纳尔－扎尔在睡梦中变成了一条巨大的盲虫，还像蛇一样一圈圈盘绕着。

夸达兰蹑手蹑脚地走上前去，拿走了那三本红皮书。

女神贝尔赫特、凯乐德雯公主和他们的儿子正在堡垒门口等待。

"在我们走之前，"女神说，"你想让我怎么惩罚阿纳尔－扎尔？"

夸达兰想了想，然后耸了耸肩。"我的妻子和儿子安然无恙地回来了，而且我还带着三本魔法书。他没有对我造成别的伤害，所以我也不想伤害他。"

贝尔赫特赞许地看着他。"这种想法对你很有好处，夸达兰。尽管阿纳尔－扎尔这条瞎眼的虫子让你这么厌恶，但你却不希望伤害他。很好，那么，来触摸我的指尖吧。"

风又刮起来了，他们突然回到了石圈附近的森林。

贝尔赫特悲伤地看着夸达兰。"现在我必须向你告别，夸达兰，在这个世界上永远告别，因为我们再也不会在这里见面了。下次你见到我的时候，我会在彼世等待你的到来。"

然后，一朵白云降下，她在一片光芒中消失了。

"她是谁？"凯乐德雯公主问。

于是，夸达兰第一次向凯乐德雯讲述了他卑微的出身，以及他获得财富和权力的整个故事。

凯乐德雯叹了口气。

"即使你是一个贫穷的护林人的儿子，我也不会介意，夸达兰。我们应该爱一个人本身，而不是人身上的衣服。"

就这样，他们在心中对彼此萌生了新的爱意，决定去看望夸达兰真正的父母。夸达兰很高兴自己可以报答父母为他所做的一切。为此，夸达兰再次召唤出了魔法马车。就这样，他们以最华丽的方式来到了克拉努森林。

夸达兰的父母对他们的儿子在这个世界上取得的成功感到非常高兴。他们惊讶地发现，他娶了一位公主，还有了一个宝贝儿子。夸达兰告诉他的父母，无论他们想要什么，只要开口就行。但他们是一对自豪而独立的夫妇，拒绝接受儿子的任何施舍。

夸达兰对父母说，他会为他们建造一座堡垒，但他们告诉他，他们更愿意住在森林中的旧茅草屋里。同样地，他们也拒绝任何金钱的馈赠。

"你是在森林里长大的，孩子。你是'森林的和谐'。而你却忘记了你的森林法则。"

夸达兰皱起眉头。"我忘记了什么，父亲？"

"你看森林中的野兽。除了对季节之外，它们没有任何亏欠。

它们对财富没有野心，它们的目的只是为了生活，为了享受大自然提供的奢华。公狐狸和母狐狸不需要感激，它们更喜欢生孩子、哺乳、传授技能，然后让它们的后代自由奔跑，而不是要求后代报答。"

夸达兰和凯乐德雯以及他们的儿子住在小屋里，分享夸达兰父母的一切。但老阿兰拒绝了夸达兰报答父母的愿望，夸达兰对此并不满意。

他翻阅他的魔法书，想看看他能做什么。一天晚上，当他坐在森林的空地上时，星星通过占卜告诉他，三个邪恶的巫师要来找他和他的魔法书。因此，夸达兰设计了一个计划来挫败这些邪恶的巫师，同时还可以把钱给他的父母，而不让他们觉得这是施舍。

当天晚上，夸达兰的父亲老阿兰正在吃晚饭，他的儿子对他说："明天在基梅尔有一个集市，你应该去逛逛。"

他的父亲酸溜溜地笑了。"我为什么要逛集市？我没有什么可拿去卖的东西，没有马，没有牛，也没有猪。我也没钱买东西。"

"你会有东西卖的，父亲。你拒绝了巨大的财富，因为你不愿意接受我的馈赠。但我可以把你为了养育我而不得不卖掉的公牛回馈给你。用这头公牛回报你卖掉的那头公牛，你肯定不会拒绝吧？"

老阿兰想了想，最后承认：如果他的儿子用一头公牛回报他为了养育夸达兰而卖掉的公牛，这就不是接受他儿子的施舍。他同意了。

"明天早上去屋子外面，你会发现一头健壮的公牛。"夸达兰对他说，"明天带它到集市去，为它开价一千银币。但千万不要把绳子和公牛一起给人，否则大祸就会降临到我的身上。"

老阿兰以为他的儿子是在开玩笑，但还是同意了。第二天早上，老人惊奇地发现他的马厩里有一头健壮的公牛。这是他见过的最漂亮的公牛。它的脖子上系着一根绳子，老阿兰想起他儿子说过的话，于是牵着它去了基梅尔的集市。

当他出现在基梅尔的集市上时，当地人争先恐后地来欣赏这头公牛。

"阿兰，我们听说有陌生人和你住在一起。非常富有的陌生人。是他们给了你这头漂亮的公牛吗？"

"是的。"老人说。

"嗯，它确实是一头很好的牛。你要价多少？"

"一千银币。"

"Gabell！"一位村民惊呼，在布列塔尼语中，这句话的意思是"魔鬼"，是一种表示惊讶的方式，"它确实是一头好牛，但我们买不起。"

事实上，村里没有人能出得起这样的价钱。

这时，三个陌生人向他走来。这是三个高大的黑衣人，从头到脚都罩在黑衣里。

"这头牛很不错。"第一个人说。

"确实很好。"第二个人评论道。

"多少钱？"第三个人问。

"一千银币。"老阿兰回答。

"这可不便宜。"第一个人说。

"但这头牛很漂亮。"第二个人评论道。

"所以我们同意这笔交易。把钱拿好。"第三个人总结道。

老阿兰把钱放进口袋里，解下了绳子。

"公牛是你的了。"他说。

"那就把绳子给我们吧，老头。"第一个人说。

"否则我们没法牵它。"第二个人评论道。

"我们需要绳子。"第三个人总结道。

"我卖给你的是牛，不是绳子。"

"但绳子总是和牛在一起的。"第一个人说。

"我们会买绳子的。"第二个人补充道。

"真的，我们会买。"第三个人说。

"这根绳子不卖。"阿兰固执地说，坚决不违背儿子的嘱咐。

"我们再给你一千银币。"三个人异口同声地说。

"一万也不卖！"阿兰一边反驳，一边确保绳子安稳地放在自己的口袋里。

于是，这三个陌生人骑上了公牛的背。公牛立即咆哮起来，像疯了一样到处乱跑。它把这三个陌生人甩在地上，然后突然变成了一只大狗，朝克拉努森林奔去。但是这三个陌生人立即变成了狼，开始追赶它。大狗跑到护林人阿兰的家门口，跃过了门槛。转瞬之间，它变成了一个人——是的，不是别人，正是夸达兰本人。三条狼被迫停在门口，变回了人形。

夸达兰对他们笑了笑。"朋友们，你们来晚了一点。"

"我们差一点就抓住你了。"第一个人说。

"不过没关系。"第二个人评论道。

"我们还是会揪住你的脖子。"第三个人警告道。

"那你们可得更快一点。"夸达兰笑着说。

他们愤怒地嘀咕着，消失了。

不久之后，阿兰回到了家。

"父亲，你在集市上怎么样？"夸达兰问。

"哦，我是照你说的做的，"他父亲说，"我以一千银币卖掉了公牛，但我保留了绳子。绳子就在这里。我本来可以把绳子再卖一千。"

"幸好你没有被诱惑。"夸达兰微笑着说。

"我没有，因为卖掉公牛的钱已经足够让我们买几头奶牛和一头公牛了。"

夸达兰继续微笑着说道：

"但你还为我卖了一匹牡马。把这匹马还回来可不是什么施舍。"

老阿兰同意了他的话。

"明天在鲁门戈尔还有一个集市，"夸达兰说，"那是一个非常好的集市，你应该去逛逛。"

"那我拿什么去呢？我没有牛可以带过去了。"老阿兰抗议道。

"明天早上，你会在马厩里发现一匹牡马。它会是你所见过的最好的马。你必须为它开价两千银币。但是，如果你把它卖掉了，你一定不能把缰绳送出去。留着缰绳，带着它回到家里。"

第二天早上，老阿兰去了马厩，发现那里有一匹出色的牡马。于是他把马牵到了鲁门戈尔的大集市。许多人一看到这匹骏马就围着它，问老阿兰开价多少。但当他要价两千银币的时候，他们全都无法接受，纷纷离开了。

这时，三个陌生人向他走来。他们从头到脚都罩在黑衣里。

"这匹牡马多少钱，老头？"第一个人问。

"这匹马很漂亮。"第二个人说。

"确实如此。"第三个人赞同道。

当老阿兰开价两千银币时，第一个人说："这是一大笔钱。"

"但这是一匹好马。"第二个人指出。

"我们同意这个价格。"第三个人赞同道。

价格谈妥了，老阿兰从牡马身上取下缰绳时，他们没有反对。

"路对面有一家旅店。"第一个人指出。

"在我们完成交易之前，我们可以进去，在那里舒舒服服地数钱。"第二个人说。

"我们还可以在那里喝上一杯。"第三个人建议道。

于是他们走进旅店，叫了些苹果酒。鲁门戈尔当地的苹果酒是一种烈酒。在老阿兰反应过来之前，他已经喝多了一点点。好吧，事实上，他喝得酩酊大醉。当三人提出，他们需要马的缰绳时，他没有争辩就把它让给了他们。

这三人立即牵起马，给它套上缰绳，三人都骑上了马。所有人都惊讶地看着他们，因为鲁门戈尔人在土地上耕种，非常同情牲畜。他们憎恨虐待牲畜的人。

"那些白痴在干什么？"村民们喊道。这三人骑马穿过小镇，经过一眼神圣的喷泉，格拉德隆国王曾经在这里建过一座教堂。

"你们比你们的牲口还蠢！"一个人喊道。

"你们三个人里至少有两个人应该从这匹可怜的马上下来！"另一个人喊道。

"你们没有羞耻心吗？"第三个人问道。

当愤怒的人群开始聚集时，这三个陌生人觉得还是下马为好。

这就是这匹牡马一直在等待的机会。他跳进河里，变成了一条鳗鱼。三个陌生人勃然大怒，也跳进河里，变成三条大鱼，紧追不舍。鳗鱼看到他们越来越近，就跳出水面，变成了鸽子。他身后的三条鱼则变成了雀鹰。他们疾速飞过天空，鸽子拼命逃跑，越来越累。

他飞过特雷维泽尔岩[1]上面的一座宫殿，看到一个女仆正在宫殿的井边打水。鸽子变成一枚闪亮的金戒指，掉进水桶里，把女

1　阿雷山的最高峰。

仆吓了一跳。她把戒指从桶里捞出来，惊讶地盯着它，然后小心翼翼地把它戴在手指上，匆匆走进堡垒，继续她的工作。

三只雀鹰在堡垒前降落了。特雷维泽尔岩上面的堡垒属于特雷维泽尔领主，他是一个强大的贵族，他的堡垒俯瞰着整个阿莫里卡五国，因为它建在阿莫里卡的最高点上。从堡垒的塔楼上，人们可以看到最北边的莱昂高原，天晴时，圣波勒德莱昂的塔楼清晰可见；往西，可以望到布雷斯特港的海面；往南，可以望到努瓦尔山的森林地带。特雷维泽尔领主实在是一个不容小觑的贵族。

所以，这三个陌生人——我相信你一定早就认出来了，他们就是来寻找夸达兰和他的红皮书的三个巫师——决定变成三个乐师，每个人都拿着一把布列塔尼风笛。他们走到堡垒门口，询问他们是否可以为特雷维泽尔领主演奏。领主喜欢风笛的音乐，所以便允许了他们的演奏。演奏结束之后，他对他们的音乐很满意，要付给他们报酬。

"谢谢您，大人，"第一个人说，"但我们不要钱。"

"那你们要什么？"特雷维泽尔领主问，"只要开口，我就给你们。"

"一枚金戒指。"第二个乐师回答道。

"它是从一只鸽子的身上掉下来的，掉进了您的女仆在堡垒水井边打水的水桶里。"第三个人补充说。

特雷维泽尔领主对这个要求感到十分疑惑，他不明白这三人是怎么知道戒指在哪里的，但他的承诺已经说出口了。

"我会给你们的。"他说，"把女仆叫来。"

这时，女仆正在她的房间里欣赏戒指。当戒指突然消失，被夸达兰取而代之的时候，她吓坏了。不用说，在这之前，他曾经变成了骏马、鳗鱼、鸽子和戒指。

"不要害怕，"夸达兰告诉她，"我正在躲避三个邪恶巫师的追捕。我就是你手上的金戒指，你的主人特雷维泽尔领主将派人向你索要它。去见他吧。我会变回戒指，但你不能把戒指给他，直到他答应按照我现在告诉你的话去做。"

尽管女仆依然十分惊讶，但她的恐惧已经消失了。

"你转告特雷维泽尔领主，他可以把戒指送给乐师，但在那之前，他必须在堡垒的院子里点起大火。然后，他必须把戒指扔进火焰里，告诉乐师们，他们必须在火最旺的时候去取。"

女仆答应了。夸达兰再次变成了戒指。

仆人们来了，把女仆带到特雷维泽尔领主那里。领主向她索要那枚戒指。

"在这里，大人。"女仆说着，举起她的手。戒指就戴在她的手指上。

"那就把它给我吧，我已经答应把它送给这些乐师了。"

"大人，有人告诉我，在您同意我接下来的要求之前不要给他们……"女仆告诉领主他必须做什么。

正如前面所说，特雷维泽尔领主已经对这三个乐师和他们企图得到戒指的花言巧语产生了怀疑，因此他并不反对女仆的请求。他命人生火，问他们火势在什么时候最旺。然后，他把三个乐师带到院子里，站在火堆前。

"现在火势最旺，大人。"他的一个照看着火的仆人喊道。

然后，特雷维泽尔领主转向女仆。女仆从手指上摘下戒指，把戒指递给领主，领主把它扔进了火焰的中心。

特雷维泽尔领主对乐师们说："你们可以去拿了！能拿起来，你们就可以留着它。"

这三人毫不迟疑，立刻变成了三个可怕的小火妖，投身到火焰中。

"Va Doue Benniget！"特雷维泽尔领主叫道。这句话在布列塔尼语中的意思是"天哪"。

旁人没有看到，金戒指变成了一粒烧焦的麦子，它被火焰的旋涡吹走，在旋转的烟雾中上升，最后落在堡垒粮仓的麦堆中。然而，三个狡猾的巫师已经看到了这一切。

紧接着，三个小火妖变成了三只公鸡，公鸡开始啄食麦粒，想知道哪一粒是夸达兰。但麦粒突然变成了一只狐狸，公鸡们还没反应过来，就被狐狸咬死了。

就这样，夸达兰终于回到了克拉努森林。

过了一段时间，夸达兰看到他的父母虽然拒绝了他能送给他们的巨大财富，但现在也过上了更加舒适的生活，于是便和凯乐德雯以及他的儿子一起回到了贝尔特勒国王的堡垒。

时光飞逝。老国王贝尔特勒去世了，夸达兰和凯乐德雯继位，成了国王和王后。这时，从克拉努森林传来消息，老阿兰和他的妻子也去了彼世。然而，夸达兰与凯乐德雯和他的儿子在一起生活得十分快乐，而且他拥有三本红皮书，这使他成了世界上最伟大的魔法师。

但是有一天，夸达兰在打猎时，得知凯乐德雯和他的儿子一起死于一场可怕的瘟疫。

夸达兰深深地责备自己当时没有在他们身边治疗他们。他简直变了一个人，变得越来越孤僻、痛苦。他用越来越多的时间埋头研究他的三本魔法书，寻找能让自己不朽的终极咒语，这道咒语可以让他与彼世的诸神平起平坐。

最终，他垂垂老矣。他在他的生活中取得了许多成就，但他越是年长，就越是畏惧死亡，于是便越是埋首于书中，渴望从中攫取不朽的秘密。

最后，他决定完成终极的"渎神之举"——布列塔尼人这样称呼一个人企图使自己与神灵平等的行为。

夸达兰把他的仆人们召集起来。

"无论我叫你们做什么，你们都必须服从，明白吗？无论我要求你们干什么，你们都必须执行。如果你们按我的话去做，你们想要多少金银财宝，就可以得到多少。"

仆人们全都满口答应下来。

他转向一个刚生完头胎，奶水充足的女仆。

"你在这里面会起到很重要的作用，女士。"夸达兰说。

"我会照您的吩咐去做。"她回答。

然后他对他的仆人们说：

"你们必须杀了我，把我的身体剁成肉酱。你们必须小心地把所有肉酱和血液都装进一个大陶罐，然后用布盖住，把罐子带到花园里，埋在一堆发热的粪肥下面。"

他们盯着他，就好像他是个疯子——谁能说他不是呢？但他已经把钱付给了他们，所以这不关他们的事。

他回头看向那个女仆。

"陶罐必须在粪肥下面埋六个月。在这段时间里，你每天要来粪肥堆两次，分别在正午时分和凌晨三点。你必须把一些奶水洒在陶罐上面的粪肥堆上，每次洒半小时。注意，你在做这件事的时候，绝对不要睡着了。"

这个女人也觉得夸达兰是个疯子，但她没有说出来。毕竟，他是付钱让她做这件事的。

她同意之后，夸达兰继续说道：

"六个月之后，你们会看到我完整地从陶罐里出来，充满生机和活力，身体非常健康，比我一生中的任何时候都更强壮、更英俊。而且，我将永生不死。"

仆人们没有发表任何意见。如果主人疯了，那与他的仆人无关，只要他们拿到报酬，并且不会因为执行主人的吩咐而受到责备就行。

于是，事情就如夸达兰所要求的那样发生了。

仆人们杀了他，他感到短暂的不适，然后仿佛陷入了深深的、无梦的睡眠。

然后他就醒了。

但他并不是从陶罐里出来的——相反，他站在一条长长的、低矮的、向两个方向延伸的沙滩上，蓝色的大海拍打着海岸。然后，他看到了一排人——他看到了凯乐德雯和他的儿子，看到了她的父亲贝尔特勒，看到了老阿兰和他的妻子，以及其他许多他曾经认识但已经过世的人。他们在岸边一字排开，悲伤地注视着他。

然后，他看到一个熟悉的美丽女子向他走来。

"贝尔赫特！"他惊呼，"这是什么意思？"

她也用悲伤的表情看着他。"你还记得许多年前我对你说的话吗？我答应过你，下次你会在某个时候再见到我。"

夸达兰皱着眉头，努力回忆。

"你说，我下次进入彼世时你会见到我，但是……"

这一刻，他恍然大悟。

他已经进入了彼世。如果是这样的话，那么他肯定已经死了！

贝尔赫特点了点头，仿佛读懂了他的想法。

在尘世间，女仆每天都要去陶罐那里两次，把她的乳汁洒在粪肥堆上。但在离六个月结束还剩三天的时候，她无法克服疲惫，在洒奶的时候睡着了。

当夸达兰的仆人们在规定时间挖出陶罐时，他们发现夸达兰的尸体完好无损，几乎就要从陶罐里跳出来了。也许再过三天，他就能成功，但智者会告诉你，这是不可能的。如果一个人做出了渎神之举，企图让自己与神明平起平坐，就不可能不受惩罚。

那么，夸达兰受到了什么惩罚？

在他死后，那三本红皮书就消失了。它们在人类所有的知识中消失了。所以，在夸达兰之后，再也没有伟大的巫师或魔法师了。智者会告诉你，是诸神亲自把书藏起来的。但是，由于他的不敬，夸达兰被迫每年从彼世返回一次。他会在彼世对此世可见的那一晚回来，在那一晚，灵魂可以回到此世，对活人进行报复。夸达兰会回来寻找他的三本魔法书，哀号着，诅咒着，悲叹着他的渎神之举。

我的朋友们，那个夜晚被称为"万灵节"，而在世界的其他地方被称为"万圣节前夜"。因此，如果你拥有任何一本红色皮面装订的书，在这个黑暗的夜晚，当你看到它们在空中旋转，然后掉到地上时，不要感到惊讶；当你听到凄切的号哭时，不要感到惊慌。这只是夸达兰在寻找他丢失的魔法书，他注定要永远在这一天这样寻找。

36　银国的国王

很久以前，有一个叫阿沃埃斯的布列塔尼领主住在海岸边的一座巨大而华丽的堡垒里。他是整个低地布列塔尼[1]的领主。没有人能确切地知道阿沃埃斯是如何成为低地布列塔尼的领主的。据说，他的前任们都十分仁慈、慷慨，关心人民的福祉和领土的美丽。

后来，阿沃埃斯成了这里的领主。他的统治极为严苛，所有人都害怕他。同时，他也是一个渴求财富的人，这成了他压倒一切的执念。

在他这座位于拉纳斯科尔的堡垒里，曾经美丽的花园被开垦成耕地，种上了苹果树以酿造甜酒。曾经生长着杜鹃花和山茶花的地方，现在却生长着洋蓟、绿豌豆以及谷物。他不希望在他的堡垒内外出现任何鲜花。

他的所有财产都由他的妹妹莫拉维克管理，她和她哥哥一样吝啬而贪婪。

阿沃埃斯成为低地布列塔尼领主和拉纳斯科尔堡垒主人的那一天，是一个令人悲伤的日子，所有的人都赞同这一点，但他们却

1　布列塔尼半岛的西部。

无可奈何。

只要是阿沃埃斯想要的东西，他全都有，两样事物除外——那就是一个妻子，以及他的继承人。

庞马尔半岛是一片低矮、多石的平原，地貌和拉兹角或庞伊尔角完全不同。在这个地区，人们总是会靠近大海，听到海浪接连不断地拍打海岸线上那些令人印象深刻的礁石的声音。事实上，这些礁石被称为"庞马尔礁石"，从埃克米尔灯塔往北一直绵延到帕斯卡恩的海滩。即使在四百年前，这里仍然是布列塔尼最富有的地区之一，一万五千名居民靠着捕捞"四旬斋期的肉"——也就是鳕鱼——获得了财富。但是，鳕鱼最终离开了庞马尔海岸，巨大的潮汐席卷了这片土地，现在这个半岛非常贫穷。但这一切都是在这个故事的很久之后发生的事情。

在阿沃埃斯的时代，这里是一片富饶的土地，由凯尔坦圭的坦圭统治。他结了婚，有一个漂亮的女儿，名叫莉塔维丝。她出生在圣约翰节，也就是仲夏日，而且恰好是在落日的余晖照到卡纳克[1]巨大的中央立石的时候。莉塔维丝的美貌在整个庞马尔家喻户晓，所以阿沃埃斯也听说了她。有一天，他乔装打扮去了凯尔坦圭，在那里等着莉塔维丝露面。然后他亲眼看到，关于她的美貌的传说并没有夸大其辞。

"我要娶这个姑娘。"他坚定地说。

当他去找凯尔坦圭的坦圭和他的妻子求婚时，他们只是笑了笑，因为阿沃埃斯的体格与他的节俭和吝啬很相称。他怒气冲冲地走了，去找他的妹妹莫拉维克。

"告诉我的收税官，找出凯尔坦圭的坦圭的所有债务。我要买

1　即卡纳克巨石林，由 3000 多块石器时代的布列塔尼凯尔特人树立的石头组成，其中的一根大型石柱高达 6.5 米。

下他所有未偿还的债务，还有他的土地上所有的抵押贷款。我要让坦圭的资产化为乌有。我希望在一年之内完成这件事。"

因此，不出一年，他就拥有了坦圭的所有土地和财富。坦圭虽然不是一个坏人，但他现在却身无分文，债台高筑。在一个仲夏日，当莉塔维丝刚满十七岁的时候，阿沃埃斯出现在坦圭家里，告诉他，他已经被毁了。

"我拥有你，还有你曾经拥有的一切。"

面对这片废墟，可怜的坦圭和他的妻子不知道该如何是好。

"有一个解决办法。"阿沃埃斯说，"如果你把你的女儿莉塔维丝交给我，我愿意把你的一半财产还给你。"

坦圭的妻子不想答应，但坦圭无法忍受贫穷，想要拿回自己的房子，便站在路边，同意了这桩可耻的交易。据说，坦圭的妻子随后便离开了他的房子，拒绝再次回到那里。

坦圭叫人把他的女儿带上前来。她脸色苍白，对她父亲的所作所为惊恐万分，但却无能为力。阿沃埃斯把她带到他在拉纳斯科尔的堡垒，他的妹妹莫拉克已经准备好了盛宴和婚礼。由于他的吝啬，宴会的费用是由奉命参加宴会的人支付的，因为阿沃埃斯和他的妹妹同时还举办了一个集市，他们在那里出售商品，从中获利，好让他们的宴会和摔跤比赛不仅能够回本，而且还能赚钱。

在婚礼上，莉塔维丝一直处于震惊之中。她没有微笑，没有跳舞，也拒绝吃喝。她甚至没有摘下一朵花插在自己的头发上，以表现自己结婚的喜悦。

婚礼一结束，阿沃埃斯就决定不再纠缠这个纯洁、可爱的少女。他有一种男人的骄傲，希望他的妻子心甘情愿地来到婚床上。他愿意为此等待，但他不愿意给她等待的自由。他用嫉妒的眼神看着每一个人。

他的妹妹莫拉维克提出了建议，建议她的哥哥把莉塔维丝锁在拉纳斯科尔的一座高塔里，那座塔矗立在堡垒的最高处，可以俯瞰大西洋阴郁的海面。

"你可以把她关在那里，哥哥。除了你，没有人能够探望她。"

"这个主意很好，"阿沃埃斯同意道，"我们会把她看管好的。而你，我的妹妹，白天要看守她，晚上要把她关起来。铁匠戈夫会为我们锻造四把好锁，只有我才有钥匙。"

"你很聪明，我的哥哥。"莫拉维克说，"戈夫铸造的锁，即使是巫师梅林也无法打开。"

阿沃埃斯说的话都实现了。莉塔维丝被关在堡垒顶部的高塔中，俯瞰着忧郁的大海。那是塔楼里的一个小房间，她看不到任何人，莫拉维克除外——从黎明到黄昏，她都看守着莉塔维丝。阿沃埃斯每天晚上都会来找莉塔维丝，问她："你准备好做新娘了吗？"但每天晚上她都默不作声，只是站在窗前，凝视着黑暗、低吟的大海。

漫长的七年就这样过去了。没有女仆来照料她，她孤身一人。在绝望中，她病了。她的金色长辫变得枯黄，她的衣服变得又破又脏，她每天都绝望地在房间里踱步。

阿沃埃斯很生气，因为她不愿意爬上婚床，也不愿意怀上他的孩子。最后，他的激情消退了。不过，他还是把她视为自己的财产之一，不愿意让她离开。

有一天，正值忏悔节[1]，阿沃埃斯决定在整个低地布列塔尼巡视他的庄园。于是，他对莫拉维克说："妹妹，我不在的时候，你必

1　后世的基督教节日，每年的大斋期的起始日的前一天。

须照顾好莉塔维丝，不要出什么差错。"他给了她四把钥匙，这四把钥匙由铁匠戈夫制作，是每天晚上用来锁住莉塔维丝的。"你每天晚上离开的时候，一定要把她的房门锁好。"

"我会的，哥哥。你可以相信我。"

于是阿沃埃斯骑上马，开始了他的旅程。

在塔楼上，莉塔维丝站在窗前，看着他骑马离开，心里没有任何感觉。她没有感觉到春天的阳光柔和地照在她的皮肤上，也没有感觉到鸟儿轻柔的歌声在宣布季节的变化。然后，其中一只鸟落在她的窗台上，开始不停地唱歌。最后，她突然意识到，话语开始在她静止而沉默的头脑中成形。

"如果你相信生命，莉塔维丝，你必须相信所有的邪恶都会过去。如果你的信念足够坚定，那么你最渴望的事情就会实现。"

七年来，她第一次开口说话：

"你是谁，小鸟？"

"我是银国的信使；我是居住在卡纳克巨石下的克里甘[1]的声音；我是海生女[2]的声音，她们是大海的女儿，在庞马尔礁石周围嬉戏；我是那些没有抛弃你的众生的声音。相信我们。"

"你给我唱的歌真奇怪，小鸟。"她说。

"只要相信，你最渴望的事情就会实现。"小鸟重复道。

然后，它就朝着大海飞走了。

莉塔维丝想了很久。她真的很想相信。她对一件事的渴望超过了世界上的任何事物，但她羞于把这件事情说出口。然而，就在她思考的时候，一只大鹰飞到了她的窗口。她大为惊愕。鹰飞

1　意为"小矮人"，是布列塔尼民间传说中一种形似小矮人的精魂。

2　这是布列塔尼民间传说中的一种会诱惑水手的美人鱼，即本书中《凯尔伊斯的灭亡》中的达胡特-阿赫丝。

进她的房间，落在了房间中央。

就在她盯着鹰看的时候，这只鹰变成了一个高大英俊的战士，衣着华丽，盔甲和武器闪闪发光。他的头发是金色的，他的眼睛冰冷，就像灰色的大海。

莉塔维丝轻轻惊呼一声，踉跄着往后退去。

"庞马尔礁石之花，不要害怕我。"他轻轻地说，语气是如此温柔、甜蜜，使她不再感到害怕，"莉塔维丝，你用你的心召唤了我。你已经把我召唤来了。我在银国等了很多年，就是为了这个召唤。自从我看到你在庞马尔礁石附近玩耍，我就一直爱着你。"

"这怎么可能呢？你是谁？"她问。

"我是银国的俄德马雷克。"

"你是怎么认识我的？"

"我一直生活在庞马尔那一带。我就是这样认识你的。难道你不承认是你自己叫我来找你的吗？"

少女知道自己在内心深处秘密渴望着什么。她确实呼唤着，要得到一个爱她，并且她也能爱上的英俊勇士。她不用再问，立即知道眼前这个人就是这样一个人。

"如果阿沃埃斯知道了怎么办？"她仍然很紧张。

"我们的爱将比克里甘之歌的隐秘歌词更加隐秘。"他发誓道，向她伸出了手，"你怕我吗？"

"不怕。"

她心甘情愿地走到他身边，她的爱在极度的狂喜中几乎变成了痛苦。

他一直陪着她，直到第一缕曙光来临，直到他们听到莫拉维克开锁的声音。

"你什么时候回来？"莉塔维丝喊道，因为她的勇士又变回了一只大鹰。

"只要你用心愿召唤我，莉塔维丝。"他回答道。

莉塔维丝非常高兴。

他在转身离去之前，又说："小心莫拉维克，因为她精通魔法。什么都不要说，如果我被发现，她可能会害死我。"

就这样，每天晚上天黑之后，莉塔维丝的欲望就会把俄德马雷克从银国带出来，让他以大鹰的形态飞进她的卧室。他们像情侣一样躺在一起，度过星光灿烂的夜晚。直到黎明时分，俄德马雷克才不得不回家。莉塔维丝的力量和幸福都增加了，她再次变回了那个光芒四射的美丽姑娘。

不久之后，拉纳斯科尔的领主阿沃埃斯回来了。他看到了他的新娘的变化，便皱着眉头，去找他的妹妹。

"这是什么意思，莫拉维克？"他问，"为什么她会有这种变化？"

"我不知道，哥哥。我发誓。自从你离开之后，她一直被锁在塔里。"

"这不可能！"阿沃埃斯惊呼，"你一定是背叛了我。她一定出了房间。"

"我没有背叛你的信任。"他妹妹坚持说道。

她是如此坚定，阿沃埃斯最终相信了她。

"我们需要搞清莉塔维丝身上发生了什么。我发誓，她一定是恋爱了，而我知道她爱的人不是我。"

那天晚上，天黑之后，阿沃埃斯和莫拉维克坐起身来，等待、观察，他们看到一只鹰从莉塔维丝的高塔窗口飞了进去。他们继续观察、等待，黎明时分，他们看到那只鹰又飞了出去。

于是，兄妹俩知道发生了什么，因为莫拉维克从小就是古代魔法的追随者。他们两人制订了一个计划。

　　阿沃埃斯藏起自己的怒气，第二天早上去找莉塔维丝，告诉她，高地布列塔尼[1]的领主想要见他，因此他会离开一段时间。

　　莫拉维克站在塔下，大声向他告别，她的声音传进了高塔上囚禁莉塔维丝的房间。莉塔维丝自己也看到阿沃埃斯骑着马，向东边的山头走去。

　　然而，接下来，当莫拉维克端着一个银托盘走进她的房间时，莉塔维丝十分惊讶。银盘上放着一瓶红宝石般的葡萄酒和两个高脚杯。

　　"看到你恢复健康，我很高兴，莉塔维丝。"阿沃埃斯狡诈的妹妹说，"让我们喝一杯酒来庆祝吧，同时享受这美丽的春日。"

　　莉塔维丝是一个信任他人、心胸开阔的人。她既不懂诡诈也不懂欺骗，从来不计较别人的过错。所以她高兴地从莫拉维克的手中接过红酒，她们坐在一起畅饮，沉浸在美丽的春光之中。

　　她没有注意到，莫拉维克在她的高脚杯里倒了一小瓶液体，那瓶液体是她使用巫师的所有狡猾配制的特殊药水。

　　很快，莉塔维丝就迅速地陷入了深深的、毫无知觉的睡眠。

　　莫拉维克很清楚，在十二个小时过去之前，没有人会摆脱药效醒来。她离开塔楼的房间时没有锁门，只是把酒和高脚杯端走。然后，她又折返回来，躲在一个古老的橡木壁橱里，想看看会发生什么。

　　莉塔维丝在沉睡中度过了一天一夜，直到黎明到来，她才惊醒，坐起身来，揉了揉眼睛，望着窗外翻腾不安的大海。

　　她在心里呼唤着俄德马雷克。

1　布列塔尼半岛的东部。

很快，大鹰就飞进了房间。转瞬之间，她的爱人俄德马雷克就站在了她身边。

"你昨晚为什么不呼唤我？"

莉塔维丝皱起了眉头。

"昨天晚上？"

"你没有呼唤我。你出了什么事吗？"

她用手抚摸着自己的额头。"我记得我喝了酒，然后睡得很沉。但是这并不重要，我亲爱的……我现在醒了，你和我在一起。"

俄德马雷克和莉塔维丝一起睡到了第一缕曙光出现，然后从床上起身，飞回了银国。

莉塔维丝微笑着睡着了。

这时，莫拉维克从衣柜里爬出来，蹑手蹑脚地走出塔楼房间。她被她所看到的事情吓了一跳，急忙下楼去了堡垒。她的哥哥阿沃埃斯已经回来了，正等着她的消息。

"她有一个情人！"莫拉维克宣布。

阿沃埃斯顿时暴怒起来。"你在对我撒谎吗，妹妹？"

"不，哥哥。她有一个情人。"

"这个情人是谁？看我把他撕成碎片……"

"你先别生气，听我说。这个情人是一只鹰，他飞进她的卧室之后，会变成一个高贵的战士。"

阿沃埃斯吃了一惊。"所以，他是个巫师？"

莫拉维克吸了吸鼻子。"我比他更精通魔法。他是一个英俊的战士，名叫俄德马雷克，这是她称呼他的名字。"

"俄德马雷克？他来自哪里？"

"这并不重要。只有当她呼唤他的时候，他才会以鹰的形态飞进卧室，而鹰是可以被消灭的。"

"此话怎讲？"

"我们在这里谈的是魔法。不过我有一个计划。去找铁匠戈夫，叫他制作四支锋利的长矛。"

"好的。"

"让他打造出锋利的矛尖，就连风的气息都能被它们刺穿。"

"好的。"

"叫你的仆人等到明天日出之后不久，姑娘睡着的时候。到那时，他们必须把长矛钉在卧室的窗户上。"

"啊！"阿沃埃斯叫道，"这个计划我明白了。这个情人如果再飞进去，就会被扎穿。"

莫拉维克轻轻地笑了笑。"你已经完全理解了这个计划，我的哥哥。"

就在长矛被钉在窗前的那天晚上，黄昏过后，莉塔维丝依旧躺在那里呼唤她的爱人。

大鹰扇动翅膀的声音越来越近，然后它出现了。

莉塔维丝发出了一声尖叫，因为大鹰浑身是血地冲进卧室，变成了人形，踉踉跄跄地倒在了床上。

俄德马雷克受了致命伤。

带着惊恐和悲痛，莉塔维丝试图包扎他的伤口，但这没有什么用，长矛把他伤得很深。

"我为你的爱付出了我的生命，利塔维丝。"他轻声说，"但不要绝望。你会生下一个儿子，他会长成一个有勇有谋的人，你必须给他取名为伊文内克。"

"伊文内克。"姑娘顺从地重复道。

"他会为我报仇的，莉塔维丝。现在亲吻我，让我离开，我担心我的敌人发现我在这里，将我抓住。"

"我不忍心和你分开。"

"不要害怕。我会永远在你身边。你会在夜晚大海的低语中听到我的声音,在温柔的浪花中感受到我嘴唇的触碰。"

"让我和你一起死吧,俄德马雷克!让我和你一起去银国吧!"

但俄德马雷克变成了一只遍体鳞伤、流血不止的鹰,飞出窗外,消失了。

莉塔维丝被独自留了下来,她为她受了致命伤的爱人而哭泣。

话说,阿沃埃斯的仆人们把长矛钉好之后,由于懒惰,一件不必要的事都不想多做,他们把梯子留在了塔楼的墙上。莉塔维丝拉开一根长矛,拽出足够的空间,挤了过去,爬下梯子。她迅速下到地面上,在草地里和麦田里找到了鹰的斑斑血迹。

她循着鹰的血迹往前走,越过山丘、河流,穿过森林,一直来到辽阔的奎内康森林,那里的橡树和山毛榉树像一张密集的地毯一样铺开。她在道拉斯河湍急的河水边徘徊,穿过它的峡谷,直到盖尔雷当湖的岸边,在那里,她崩溃了,精疲力竭,因为血迹消失了,她不知道该往哪里走。

"啊,梅林!最聪明、最伟大的巫师啊,请帮我找到我的爱人吧。"她绝望地喊道。

从水面上传来一声叹息。她听到一个低沉的声音回答她:"在湖水中沐浴吧,莉塔维丝。"

此时,月亮已经升起,圆润而皎洁地悬挂在漆黑的夜空中。莉塔维丝没有多想,便从她苍白、疲惫的身体上剥下衣服,却感觉不到一丝寒意。她走进黑暗的水中,洗了个澡。

"所有的不洁都消失了。"一个声音低语道。

她回到岸边,穿上衣服。当她转身再次向梅林哭诉的时候,她发现一个又高又瘦的精灵坐在树枝上看着她。

"你是谁?"她问。

"我叫毕居尔诺斯[1]，"精灵说，"我是黑夜的牧羊人。"

"那么，好牧人，请告诉我，我要去哪里追随我的爱人。"

毕居尔诺斯向她伸出了手，她握住了这只手，一种令人窒息的感觉随之袭来——那是一种类似梦境的状态。

"听我说，莉塔维丝，庞马尔礁石之花。握住我的手，我们会追随你心爱的猎鹰的血迹。"

突然，她又看到了那些血迹。毕居尔诺斯带着她继续前进，沿着血迹，跟着它们往南，越走越远，直到他们穿过黑暗的森林小路，来到一片陌生而荒凉的海岸。

她听到了歌声。

毕居尔诺斯立即对她说："捂住你的耳朵，莉塔维丝。你千万不要听海生女的歌声。捂住你的耳朵，看看你的周围。"

莉塔维丝看到男男女女在这片陌生的海岸边徘徊，像幽灵一样来回走动，步伐迟缓，脸上带着厄运降临的神情。

"他们永远无法休息，因为他们已经聆听了海生女的歌声，她冰冷的呼唤俘获了他们的心。"

沿着滚滚的海浪，精灵带着她继续前进。海浪以雷霆万钧之势拍打着礁石嶙峋的海岸。他们继续穿过海中大大小小的洞穴，最后在一个水下岩洞里停了下来。

然后，毕居尔诺斯把笛子放在嘴边，吹起了狂野的曲子。

突然，山洞里出现了一道闪光。一个声音说："是谁在召唤我?"

精灵回答说："奥代河的让，是我。我带来了莉塔维丝，现在

---

1 布列塔尼民间传说中的一个精灵，名字就是"黑夜牧羊人"的意思，据说性格善良而温和，但是长相丑陋而狰狞，甚至会把人吓死。

把她交给你照顾。她要寻找她的爱人。"

然后毕居尔诺斯就离开了，吹着他的笛子，回到了他在森林里的住所。

奥代河的让走了过来。他是一个小精灵，在她身边跳着舞，喊道："C'hwe! C'hwe! Ra zeui a-benn!"意思是："嘿！嘿！祝你成功！"

他拉着她的手，带着她继续前进，沿着泡沫吻过的海岸，经过潺潺作响的、将闪亮的银鱼从一个浪头抛向另一个浪头的海浪。在那些海浪上，她看到了大海的女儿——海生女，那些生着闪亮的银色鱼尾的少女，她们骑在海浪上，在浪头的泡沫中玩耍，一起欢笑、歌唱。

"血滴，莉塔维丝，"奥代河的让说，"跟随你心爱的鹰的血滴。"

他带领她继续前进，远离咆哮的大海，穿过起伏的沙丘，一直走到一个巨大的立石圈。放眼望去，这里都是墓穴、石冢和巨大的古老石圈。

奥代河的让在石圈的边缘停下，指着血滴穿过石圈的地方。

"现在你必须一个人走了，莉塔维丝。跟着血滴走。但在你走之前，拿着这根犁棍。"

莉塔维丝皱起了眉头。"我要用这个做什么呢？"

"一个凡人只要把犁棍拿在手里，就可以毫发无损地穿过卡纳克。有了这个，你就可以通过跳舞的克里甘了。拿着它，跟着血滴走。"

伴着他出现时的那道闪光，这个精灵也消失了。

莉塔维丝开始在立石之间穿行。夜色明亮，圆月高挂，银光闪闪。

她听到了一声口哨，哨音高亢，以奇怪的节奏律动着。

"克里甘！"她低声说，认出了统治夜晚世界的妖精的声音。

她看到他们在石圈里跳舞，跳着布列塔尼人的舞蹈"贾巴道"，并自得其乐地笑着。然后，他们停了下来。他们菱形的精灵眼睛看到了她，好奇地盯着她。

"Diwall！Diwallit！"他们互相喊道，"注意了！小心！这里有一个人类闯进了她不应该出现的地方。"

他们向她走来。她紧紧地握住犁棍，把它横在面前。

然后他们围成一个圈子，开始迅速地跳舞、唱歌：

> Dilun, di meurzh, dimerc'her...
>
> Lez on, lez y
>
> Bas an arer zo gant y...

> 星期一、星期二、星期三……
>
> 让她走，让她走！
>
> 她手里拿着犁棒……

他们的圈子分开了，好让她从他们中间通过。她看到这些克里甘非常美丽，他们快乐地笑着，欢快地邀请她和他们一起跳舞。她答应了，但是手里仍然拿着她的棍子。

"Diyaou, digwener, di sadorn ha disul... "

"星期四、星期五、星期六、星期日……"

"让她走，让她走……"

"Doue d'e bardono！愿神宽恕你！"他们喊道，"Ra zeui a-benn！祝你成功！"

他们祝她成功，让她继续走自己的路。

最后，她来到一个山丘，她看到山丘的一侧有一扇门，门上溅着血滴。她走到门前，试着推了推门上的铁把手。门在她的触摸下开启了，她猛地冲进了遥远的黑暗。她什么也看不见，只能伸出手来，一步一步地摸索着走进一条长长的、黑暗的、潮湿的隧道，在隧道的尽头，她看到了一束光。她匆匆忙忙地向前走，直到来到隧道尽头的一扇大门前。大门是纯银的，上面镶嵌着许多珠宝。

她向门外望去，看到一片明亮的土地，草地上开满了银色的花朵，洒满了银光闪闪的露珠。

"梅林，啊，梅林，最聪明的巫师，快帮帮我吧。"她一边喊，一边试着推动大门。

门猛地打开，她走了进去。

她看到血滴沿着一条小路穿过草地，那条小路通往山顶上一座高大的银色城市。

她匆匆前行，没有遇到任何人，直到她进入城市，沿着银色的大海向港口走去。那里停泊着三百艘桅杆高耸的宏伟战舰，码头上有明显的血滴。她四处寻找可以帮助她的人，但没有发现任何人。这座银城中没有一个活人。

她回到了城市的中心。

然后，她看到一条向上的路，通往俯瞰整座城市的一座大宫殿。于是她沿着一条林荫道走去，这条林荫道穿过古老的橡树和开满芬芳花朵的花楸树的树林。这时，她看到血滴的痕迹正引领她走向宫殿。

门口站着一个英俊的战士，但他站在原地睡着了。大厅里有一张宴会桌，桌前的贵族和贵妇们都在酒席前睡着了。乐师们躺在一个角落里沉睡，他们的手放在乐器上。再往前是一间卧室，一位贵族老爷和他的夫人紧紧地搂在一起睡着了。整个宫殿似乎都睡着了。

她搜遍了每一个房间，直到她来到一座挂着银色吊灯、镶有水晶天花板的巨大寝宫。在一张装饰着亮白色床单的银色大床上，躺着她的爱人。他脸色苍白，静静地躺在那里，仿佛已经死了。

"俄德马雷克！"她喊道，扑到他的身旁，"我的生命，我的爱人！"

这位英俊的贵族动了一下，眨了眨眼睛，悲伤地看着她。

"莉塔维丝，庞马尔之花，你追随我血腥的足迹。你敢于穿越凡人无法看到的土地……由于对我的爱，你勇敢地做了很多事情。"

"让我分担你的命运。"

"恐怕你不行。"

"让我和你一起死。这是我的爱的象征。"

"这不是你的命运。你必须返回拉纳斯科尔。那才是你的命运。"

"我回去之后，阿沃埃斯会杀了我的。"

俄德马雷克慢慢地摇了摇头。"他不会伤害你，亲爱的。"

他从自己的手指上摘下一枚银戒指，这枚银戒指几乎像丝线一样细。"戴上这枚戒指。只要你把它戴在手指上，阿沃埃斯和莫拉维克都不会记得我们之间发生的事情。"

说罢，他向后倒去。

她俯下身子，吻了他。"让我留下来吧！"

"不可能。"他悲伤地说，"来，拿起放在我身边的那把大银剑。一定要秘密保管，保证安全，直到我们的儿子伊文内克长大成人。"

她从他无力的手中接过剑，他笑了。"我还有一点时间。我告诉你将来该怎么做。当伊文内克长大成人之时，科努瓦耶国王会把他召去，让他成为他麾下的一名战士。你和阿沃埃斯会陪他去科努瓦耶的宫廷，在旅程的第一个晚上，你们会抵达圭诺雷的橡树。在橡树下，你会发现一座坟墓。那是我的坟墓。在那里，你把这把剑交给我们的儿子，向他告知他的真实身份，以及他的父亲是如何被阿沃埃斯和莫拉维克谋害的。"

"俄德马雷克……我宁愿留在这里。"

"不，这不是你能决定的。在银城苏醒之前，赶紧回到凡间，如果他们发现你在这里，你肯定会失去你的不朽灵魂。他们会让你为他们国王的死亡负责。"

她的眼睛睁大了。"那么，你是一个国王吗，俄德马雷克？"

"我是银国的国王。"俄德马雷克承认道，"现在离开我吧，我的爱人，不要悲伤。总有一天我们会再次相遇，我们会在银色的月亮下相拥。现在就走，我感觉到这座城市正在苏醒。快走。"

莉塔维丝把银戒指戴到她的手指上，拿起那把大银剑，弯下腰去，最后一次亲吻她爱人的嘴唇。

她飞快地跑过沉睡的堡垒。在她跑过的时候，那些沉睡的人的四肢似乎开始活动了。他们是活着的。她匆匆忙忙地沿着大道前进，穿过城市，穿过草地。她听到国王的丧钟敲响了。她几乎脚不沾地地跑着，穿过银色的大门，沿着黑暗的隧道，进入黑暗的山丘。

她匆匆赶回卡纳克的巨石阵，穿过那些唱歌跳舞的克里甘们。奥代河的让正等着她，他牵着她的手穿过黑暗的树林，来到海边。她听到了大海的低语。在那里，奥代河的让放开了她的手，她发现自己的手又被毕居尔诺斯抓住了。

"快点，莉塔维丝，"他低声说，"很快就会天亮，第一只公鸡就要打鸣了。"

她真的飞过了树林，飞过了山丘，一直飞到她在拉纳斯科尔堡垒的高塔。

毕居尔诺斯似乎把她举起来，扔了出去，她发现自己已经回到了房间。她环顾四周，将那把沉重的银剑好好地藏了起来。然后，她绝望地倒在床上哭泣。这时，公鸡开始打鸣了。

门开了，阿沃埃斯和莫拉维克走了进来，盯着她。

他们困惑地面面相觑。

"我们为什么要进这个房间，哥哥？"莫拉维克问，"我打开门的时候还知道，但是现在我已经忘记了。"

阿沃埃斯挠了挠头。"我……我不知道。我只记得我今早想去打猎。也许我打算让莉塔维丝陪我去打猎。"

莉塔维丝从床上坐起来，摸了摸手指上细细的银戒指。

"去打猎，夫君？"她惊奇地问。

"我们为什么不去打猎呢？"

"嗯……"她想知道他还记得多少，"我有孩子了，夫君。"

阿沃埃斯惊讶地盯着她，然后，他瘦削的脸上露出了笑容。

"莫拉维克！莫拉维克！你听到了吗？我要当父亲了。她要生孩子了。"

"是的，哥哥！"他的妹妹喊道，"现在你有了你想要的一切。"

从那天起，阿沃埃斯给莉塔维丝送来了大量的礼物。对他来说，没有什么礼物是很难到手的。他派侍女照顾她的每一个需求，即使是最昂贵、最精美的礼物，她也可以予取予求。然而，尽管他苦苦哀求，她还是拒绝离开她在塔顶的小房间。

她坚定地宣布："我的儿子是在这个高处的小房间里孕育的，所以他也将在这里出生。"

阿沃埃斯欣喜若狂，几乎是在奉承她："就如你所说的。我的儿子……我的儿子要继承我的名字，叫阿沃埃斯。"

"不，他应该叫伊文内克。"莉塔维丝反驳道。

"就如你所说的……"阿沃埃斯当即同意。

就这样，在高处的房间里，在俯瞰大海的塔顶上，莉塔维丝生下了一个儿子，取名为伊文内克。在那些日子里，莉塔维丝经常在海边散步，一边走一边听着她爱人的喃喃细语，在咸咸的海雾中品尝他的嘴唇。

时间很快就过去了。

伊文内克长大成人了，他很英俊，长得很像俄德马雷克，并且强壮而勇敢。不久之后，正如俄德马雷克所预言的那样，科努瓦耶国王请他到宫廷里去，要在那里赐给他加入战士团的荣誉。阿沃埃斯对此非常自豪，与莉塔维丝一起陪年轻人同去。

时机到了，莉塔维丝把那把大银剑藏在马车里。他们出发了。第一个晚上，他们发现自己正置身于西岸的圭诺雷橡树旁边的森林里。

阿沃埃斯不熟悉这个地方，对那些迷路的马车夫大发雷霆。即便他可能在一些事情上有所改变，但他那令人讨厌的举止完全没有改变。

"嗯，这里似乎是个过夜的好地方。"莉塔维丝断言道，"看哪，一位神圣的德鲁伊来迎接我们了。"

一个德鲁伊从森林里走出来，指着一间小客栈说，他们可以在那里休息一晚。

"这是一个神圣的地方，夫人。"他说，"因为这里有一座伟大的战士的坟墓，他是他自己土地上的国王。"

"这座坟墓在哪里？"阿沃埃斯冷笑道，"我难道不是低地布列塔尼的领主吗？我难道不应该知道埋在我的土地上的国王的名字吗？"

老德鲁伊指着一棵古老的橡树。

"坟墓就在那里，拉纳斯科尔的领主。"他轻声说道，强调阿沃埃斯在他眼里不过是一个小小的篡位者。

"这是谁的坟墓？"阿沃埃斯问。

"他是银城强大的国王，从夜与昼还没有分离的时候就开始统治这片土地了。"

阿沃埃斯皱着眉头，俯下身去查看橡树下的墓碑。墓碑镶嵌着各种各样的宝石和金银。它展示了跳跃的走兽和飞翔的鸟类，特别是一只银色的大鹰，这只鹰有着翡翠的眼睛和红宝石的爪子。从坟墓里似乎散发出一种缥缈的幽光。

"我从来没有听说过这个国王。"

"他的名字叫俄德马雷克。"德鲁伊道。

"他是怎么死的？"

"他在拉纳斯科尔的高塔里被谋杀了，因为他爱上了一位贵族小姐。"德鲁伊回答。

"啊，"阿沃埃斯点了点头，"一个关于我的堡垒的古老传说。但是，如果他真的是如此伟大的国王，他就不会被埋在这里了。"

"他不是吗？"德鲁伊反驳道，"他正在这里休息，等待他的继承人。"

"他的继承人？"阿沃埃斯嗤之以鼻，"那么，我想，他已经很久没有继承人了吧？"

"只是过了一眨眼的工夫而已。"

这时，莉塔维丝转身走向马车，抽出了俄德马雷克的大银剑。

"我的儿子伊文内克，在这里，在你亲生父亲的坟墓前，我把他自己的大剑交给你。"

伊文内克怔怔地站了一会儿，然后走上前去，从他母亲手中接过剑，将剑尖指向坟墓。突然，一道奇怪的光从坟墓中照耀出来，跃上了剑，沿着剑，顺着伊文内克的手臂，覆盖了他的整个身体。响起了一阵狂野而欢乐的呐喊，从遥远的某个地方传来了银铃的声音。

在那一刻，伊文内克知道了自己出生的真相。

他转向他的母亲，用胳膊搂住她。"这是真的吗？"他惊讶地问。

"这是真的。那个人，"她指着阿沃埃斯，"站在那里的那个人使我的生活无比痛苦，变成了人间炼狱。他谋杀了我的真爱，也就是你的父亲。现在我的任务完成了，我可以和你的父亲在一起了。"

她带着喜悦的笑容，向后倒在俄德马雷克的坟墓上，死去了。

周围的人觉得自己听到了她最后的欢呼声："我在这里，亲爱的，我终于来了！"

伊文内克旋即转向惊恐的阿沃埃斯，举起了剑。

"去死吧。"他只说了这一句。

他一剑就砍下了拉纳斯科尔的邪恶暴君的头颅。

据说，莫拉维克得知她哥哥的遭遇之后，立即乘上船向东航行，企图逃离伊文内克的复仇之手。但当船驶入高塔下的海湾时，就在不幸的莉塔维丝多年来一直凝视着汹涌波涛的那个地方，一场巨大的风暴突然降临，船被撕成了碎片，莫拉维克被大海的女儿——海生女们热切的手臂拖进了炼狱。

伊文内克将他的母亲埋葬在俄德马雷克的坟墓里，然后开始着手归还阿沃埃斯从低地布列塔尼人民那里偷来或用诡计夺来的所有土地。这个国度一片欢欣，大家都希望他留下来做领主。

但他对人们说："我的命运不是做拉纳斯科尔的领主。还有另一笔财富等着我去寻找。"

谁能说他没有成功呢？有人说，当伊文内克找到了通往银国的大门，取回了他父亲的王位之后，银城的钟声不停地响了一年零一天。有人说，他在那里公正地统治着……但是，当然，从来没有人从那里回来，把伊文内克在那里的经历告诉别人。

37　北极星公主

很久以前，拉尼永有一位年轻而英俊的磨坊主，他住在雷盖尔河边，人称"磨坊主诺尔"。在寒冷的十二月的一天，离生日节（也就是圣诞节）不久的日子，诺尔去附近的湖边，想看看他能弄到什么来下锅。靠岸的湖面结了冰，地面上覆盖着积雪。

诺尔走到湖边，一眼就看到了一只漂亮的鸭子，它在靠近岸边的冰面上遇到了一点麻烦。诺尔很高兴遇到了一只"快被煮熟的鸭子"，他弯弓搭箭，射中了它。他十分确定，箭刚刚射中目标，那只鸭子就在一团迷雾中消失了。

当诺尔被这件怪事惊得目瞪口呆的时候，他听到身边传来一声轻叹，转身一看，发现一个身材高挑的年轻女子正站在他面前。她皮肤白皙，有一双蓝眼睛和一头金发。她的美貌如此超凡脱俗，诺尔不禁咽了咽口水，忘记了打招呼。

"Devezh-mat！"她用他的语言问好，祝他"日安"，然后又说"Bennozh Dou dit"，意思是"谢谢你"。

"你是谁？"诺尔问，"你为什么要感谢我？"

"我是一个多年来一直被魔法变成鸭子的人。"

"是谁对你做了这种事？"

"三个来自彼世的邪恶巫师，他们是想要折磨我的恶魔。他们

626

的咒语已经被你打破了，我恢复了人形。然而，我还没有完全脱离他们的魔掌。现在只有你能从他们的手中解救我。"

诺尔被这位少女的美貌迷住了，所以他毫不犹豫地应承下来。"我要怎么做才能让你重获自由？"

"你看到山上那座破旧的堡垒了吗？"

住在拉尼永一带的人会告诉你，她所指向的地方是通圭德克堡垒。它矗立在高处，俯瞰着山谷，大门面对着一个池塘。山谷里有许多废弃的旧磨坊。据说，堡垒的大部分已经被黎塞留公爵[1]拆除了，但它的很多建筑物仍然留存至今。然而，在诺尔眺望堡垒的一千多年之后，黎塞留才会出生呢。

即使在当时，它也被认为是一个邪恶的地方，没人敢去那里。诺尔当然也知道这一点。堡垒在很多代之前就已经年久失修了，大家都说它闹鬼，因为晚上会从里面传出奇怪的声音——可怕的尖叫声和哭声。

诺尔打了个寒战。"那，我要做什么？"

"如果要释放我，你必须在堡垒里连续度过三个夜晚。"

磨坊主有点恼火。"住在这古老废墟里的是什么人？我怀疑是魔鬼本人。"

少女看起来对他十分同情。"但你不必害怕。你看，我有一种药膏，一种彼世的药膏，可以让你活下去，治愈那些巫师所能造成的任何伤害。即使你被杀了，这种药膏也会使你复活；即使你的四肢被压碎了，它也能够使它们复原。但前提是你能忍受三个晚上，不管巫师们想干什么，你都不能抱怨，也不能跟他们说话。"

诺尔提出疑问："如果他们折磨我，我忍不住要尖叫，怎么办？"

1　阿尔芒-让·迪·普莱西·德·黎塞留（Armand-Jean du Plessis de Richelieu，1585—1642），法国政治家、外交家。

"你不能尖叫。不能发出任何声音。如果你能忍受下来，我将重获自由，而你也将获得巨大的财富，因为在壁炉下面有三个装满金子的大箱子和三个装满银子的大箱子。你将拥有这些金银作为奖励，而我则会成为你的妻子。但你必须有足够的男子气概来面对这三个巫师。"

诺尔是个意志坚定的年轻人，一旦他知道这个美丽的少女是他奖励的一部分，他就决心通过考验。

腾起一阵烟雾，少女消失了。只有一只孤独的鸭子在湖面上游动。

那天晚上，当太阳消失在远方的森林之后时，诺尔拿了一瓶苹果酒和一些木柴，以便在老堡垒里取暖。他希望那三个巫师今晚不会来拜访堡垒。他在堡垒大厅的一个旧壁炉里点燃了火，坐在那里等待夜晚的到来。

午夜时分，他听到一种奇怪的声音，好像有什么东西从天空呼啸而过。有东西从烟囱里下来了。诺尔十分镇定，但他还是匆匆地走到大厅的一个角落，躲在一个壁橱里，从木门的缝隙中往外窥视。

三个奇怪的身影突然出现在炉膛里，接下来冲进了大厅。他们看起来很怪异，皮肤是绿色的，耳朵是尖尖的，眼睛像火红的煤块。他们长着来回摆动的尾巴，他们的手是爪子。

"那是什么，兄弟们？"其中一个人指着壁炉里的火喊道。

第二个人吸了吸鼻子，朝天花板上仰起头。"我闻到了人血的味道，兄弟们！"他说。

第三个人把他邪恶的头扭向一边，笑了起来。"我想，这里有一个小矮人，他想把闪耀星公主从我们的咒语中解救出来。"

他们三个人突然开始在堡垒废墟的大厅里四处搜索，这里嗅嗅，那里闻闻。然后，三个人都在壁橱前停了下来，磨坊主正缩在里面，瑟瑟发抖。

这三个邪恶的巫师咧嘴笑了。

"喂，磨坊主！"一个人喊道。

"你愿意出来跟我们一起玩吗？"第二个人说。

"我们想跟你玩个很好玩的游戏！"第三个人笑着说。

诺尔一动不动，什么话也没说。他被吓得几乎僵住了。

然后，一个巫师打开门，搜着他的腿，把他拖了出来。

"啊哈，小家伙。所以，你想拯救闪耀星公主？"

让诺尔感到惊讶的是，这个少女是一位公主。但他仍然沉默不语。

"所以，你想把她带走？"第二个巫师问。

"我猜你喜欢漂亮姑娘，嗯？"第三个人笑着说。

他没有回答。

"好吧，兄弟们，我们来玩我们的游戏吧？"第一个人喊道。

"这游戏你大概不会喜欢，磨坊主！"第二个人喊道。

"但它说不定能治好你想把公主从我们身边夺走的念头！"第三个人说。

他们抓住可怜的诺尔，开始把他像抛布娃娃一样从大厅的这一头扔到另一头。诺尔咬紧牙关，没有发出任何声音。他们把他抛来抛去，从窗户抛到院子里，上上下下，整整一夜。他没有发出任何声音，被摔得遍体鳞伤。最后，当公鸡宣布第一道曙光到来时，三个巫师认为诺尔一定死了，因为他没有发出任何声音。于是他们把他扔在那儿，都顺着烟囱爬了上去。

他们刚一离开，那个美丽的少女就出现在诺尔的身边，同情地看着他。然后，她拿出一个罐子，开始在他的四肢上涂抹药膏。过了一会儿，他坐起来，用手扶着额头。他还活着，身体健康，和以前一样强健。

"你的药膏效果不错嘛。"他感激地察看着伤口。

"但你受了很多苦。"少女叹了口气。

"是的。我不想再这样做了。"

"但是,如果想把我从这些邪恶的魔鬼手中解救出来,你还必须再经历两个这样的夜晚。"

"必须如此吗?"诺尔哀愁地说。然后他问:"告诉我,你真的是个公主吗?"

少女笑了笑,低下了头。"他们称我为'闪耀星公主','闪耀星'就是指引人们回家的北极星。唉,除非我能够自由,否则它的星光是不能指引我回家的。"

"那么,你一定会获得自由。"诺尔肯定地说,"不要害怕。我会遵守和你的约定。"

然后,少女就消失了。诺尔回了家,经过湖面时,他看见鸭子孤独地在那里游动。

那天晚上,他又带着木柴和一瓶苹果酒去了堡垒,希望巫师们今晚不要来了。但当他坐在炉火旁边时,听到天空中传来奇怪的呼啸而过的声音,于是迅速躲到了一个陈旧的杂物堆下面。和昨晚一样,三个邪恶的巫师从烟囱里走了下来。

"我闻到了人血的味道!"一个人喊道。

"又是那个磨坊主!"第二个人喊着,径直走到垃圾堆前,抓着诺尔的一条腿,把他拽了出来。

"为什么,磨坊主?"第三个人说,"昨晚那场游戏之后,我们还以为你已经死了。"

"我们必须玩一场更好的游戏!"第一个人说。

"事实上,我们真的必须玩这个游戏!"第二个人说。

"这次不用花很长时间就能把你解决掉。"第三个人宣布。

他们把木柴放在火上，变出一个装满油的大锅，让它在火上煮到沸腾。然后，他们把磨坊主扔到了里面。即使诺尔想喊，也没有时间喊疼。当公鸡宣布第一缕曙光的到来时，这三个巫师就从烟囱里消失了。

闪耀星公主几乎立即出现，把磨坊主从大锅里拉出来。他被彻底炸熟了，肉都要从骨头上掉下来了。但她把她的药膏倒在他身上，他立刻就痊愈了。

"你为我吃了很多苦，诺尔。"她悲伤地说。

"我不知道我是否能承受更多。"他承认道。

"可是，为了让我获得自由，你必须继续承受。"

于是在第三天晚上，他又去了那座破败的堡垒。这一次，他甚至懒得躲起来，直接站在大壁炉前等待那三个巫师。

然后，响起了呼啸而过的声音，巫师们从烟囱里走了下来。

他们看到诺尔，惊讶地停住了脚步。

"好，好，好！"第一个人说，"还是那个磨坊主，他还活着。"

"兄弟们，"第二个人说，"这是第三个晚上了。如果我们今晚不解决他，我们就会失去一切。"

"肯定有一个像我们一样强大的巫师保护着他！"第三个人叫道。

"那我们该怎么做？"第一个人问。

诺尔默默地站着，任由他们想象各种痛苦的死法。这三个人就确切的死亡方式争论不休，过了很久很久才达成一致。最后，他们生起了大火，其中一个人建议把诺尔竖着插在一根大铁扦上，这样他们就可以把他放在火上烤，像烤肉一样，一边涂油一边烤。但就在他们正要这样做的时候，公鸡宣布了第一缕曙光的到来，他们不得不赶紧离开。他们气急败坏，因为他们浪费了一整夜的时间来讨论该怎么做，在他们离开的时候，每个人都争先恐后地爬上烟囱，最后竟然把堡垒大厅的墙给撞倒了。

诺尔站在那里，为他逃脱了酷刑感到欣慰，后怕得浑身颤抖。然后，闪耀星公主出现了。但这一次，她不需要用药膏了。

"你为我吃了很多苦，诺尔。现在我们会找到宝藏，你也将得到你的奖赏。"

他们走到壁炉前，设法将炉底石推到一边。正如公主所说，那里躺着三个装满金子的大箱子和三个装满银子的大箱子。

"都拿去吧，随你怎么用，诺尔。至于我，我必须离开你……"

诺尔开始抗议，但公主举起手，制止了他。"我会离开你一年零一天，然后我会回来，从此我们就会永远在一起了。但我必须先回家一趟……"她指着闪闪发光的北极星，此时，它还没有完全从天空中消失，"你相信我会回来吗？"

诺尔在这个问题上没有什么选择的余地。但是，既然他已经三次把自己的生命托付给了她，对他来说，再信任她一次并不难。因此，她用手碰了碰他的手，就又消失在一片迷雾之中了。

至少那些装满金银的箱子都是真的。诺尔用这个事实聊以自慰，把金银带回家中，开始思考接下来怎么办。他有一个最好的朋友，名叫罗斯科，他去找罗斯科，把这个秘密告诉了他。他们决定去遥远的地方旅行，增长自己的见识。诺尔是个慷慨的人，他把他的磨坊送给了他的首席助手，以前的家产一点都不留，然后和罗斯科一起出发了。他们在旅途中度过了八个月，最后，诺尔说："我想我必须回家了。如果我错过了时间，见不到公主，那就太糟糕了。"于是，诺尔和罗斯科回家了。

他们没走多远，就遇到了一个在路边卖苹果的矮个子老妇人。

"先生们，买苹果吗？"老妇人说着，把大红苹果举到他们面前。苹果看起来十分鲜艳、诱人。

诺尔的朋友罗斯科是个聪明的年轻人。"你不要从这个老太太手里买苹果。"他建议诺尔。

"为什么不呢？"诺尔反问，"看，它们多漂亮，一看就鲜美多汁。"

他买了三个苹果。

诺尔用他的一些金银翻新了变成废墟的堡垒，把它装修得富丽堂皇。公主告诉他，那三个巫师再也不能来堡垒了，所以诺尔把那里作为他的华丽的新家，即使是一个王子在这里生活也不会不合适。他们到达那里的那一天，正好是公主预定回来的日子。

诺尔在堡垒外坐下，俯瞰他第一次见到公主的那个湖。罗斯科坐在他旁边。这时，诺尔的胃里一阵剧痛，使他感到恶心。诺尔认为这是自己饿得难受了，于是掏出一个苹果，吃了起来。接着他开始昏昏欲睡，很快就睡着了。

没过多久，公主坐着一辆最漂亮的星光色的马车来了，马车由二十七匹额头上有星星的白马拉着。公主下车之后，发现诺尔睡着了，她非常悲痛。

"他为什么睡着了，罗斯科？"她问他的朋友。

"小姐，我不知道。我知道的只是，他从路边的一个老太太那里买了三个苹果。他吃了其中一个，于是就睡着了。"

公主重重地叹了一口气。

"唉！那个老妇人是来自彼世的那三个邪恶巫师的母亲，他们囚禁了我，后来被诺尔打败了。这是她的报复行为，她要为她三个儿子的失败而对我们作恶。我不能在他睡觉的时候邀请他进入我的星辰马车。我会在明天的这个时候回来。这里有一个金梨和一条手帕，当他醒来时，把这些信物交给他，告诉他，我会回来，希望到时候他能醒着。"

说罢，公主坐上了她那辆由二十七匹白马拉着的星光色马车。马车升到空中，消失了。

然后，诺尔终于醒了。罗斯科把他睡觉时发生的事情告诉了他，他极为痛苦、愤怒。

"我明天绝不睡觉！"他对自己发誓。

他马上上床睡觉，以免第二天睡着。

第二天，他和罗斯科一起来到堡垒外面，在那里坐了下来。时间流逝，他变得心不在焉，于是把手伸进口袋，掏出第二个苹果，吃了起来。他很快就又睡着了。

公主乘坐一辆月光色的马车前来，马车由二十七匹额头上有星星的白马拉着。

她看到诺尔正在睡觉，绝望地举起了手。"怎么，他又睡了？"

罗斯科告诉她发生了什么。

"我明天这个时候还会回来。但在那之后，我就不能回来了。这里有第二个金梨和第二条手帕。把我说的话告诉他，然后还要告诉他，如果我明天发现他睡着了，他就再也见不到我了，除非他跨越三个国家、三片海洋来寻找我。"

她回到她的月光色马车上，马车升到空中，消失了。

诺尔醒来之后，罗斯科告诉他发生了什么。他心烦意乱，命令他的朋友确保他不要睡着。又过了一天，在约定的时间，诺尔坐在那里，凝视着湖面。他感到饿了，于是心不在焉地掏出第三个苹果，咬了一口，随即又睡着了。可怜的罗斯科，他根本没有办法叫醒他的朋友。

然后，公主乘坐一辆日光色的马车来了，马车由二十七匹额头上有星星的白马拉着。

当她看到诺尔时，绝望地举起了手。"我不能再回来了。罗斯科，你是他的好朋友，告诉他，我是不能回来了。要想再见到我，他必须到闪耀星王国来找我。要到达那里，他必须跨越三个国家和三片海洋。他不得不经历许多痛苦和悲伤。这里有第三个金梨和第三条手帕。把它们交给他，告诉他，这三个梨和三条手帕会对他的旅程有用。"

"我会诚心诚意地照你说的去做！"罗斯科喊道，因为他是诺尔真正的朋友。

然后，公主坐上了她那辆由二十七匹白马拉着的日光色马车。马车升到空中，消失了。

当诺尔醒来时，他对自己充满了愤怒。

"我要寻找她，哪怕我脚下的道路会把我带到地狱之门，甚至更远的地方！"

"我和你一起去。"罗斯科道。

诺尔摇了摇头。"这是我的任务，而且是我一个人的任务。你留在这里，看守堡垒和我的财富——至少是它剩余的部分。当我不在的时候，你就是这里的主人。如果我回不来了，你可以继续做这里的主人，在这里舒适地度过你的余生。"

于是，诺尔踏上了寻找闪耀星公主的旅程。

起初，他骑马走了很多很多路，直到再也无法计算走过的路程，再也无法计算过去的日子。他来到了一片孤寂、巨大、似乎没有尽头的森林。他漫无目的地游荡了数夜数天，直到筋疲力尽，直到听到远处传来狼嗥。他爬上一棵树躲避危险。但从这个高度，他看到了远处的灯光，认定那一定是一所房子。于是他从树上爬了下来，向光的方向走去。

那个地方只是一间穷樵夫住的小屋。它的屋顶是用树枝和干草搭成的。诺尔推开了门。在小屋里，一个留着长长的白胡子的老人坐在桌前。

"晚上好，爷爷。"诺尔恭敬地问候道。

老人惊讶地抬起头来。"晚上好，年轻人。欢迎你来到这个地方。很高兴见到你，因为我在这儿住了一千八百年，还没有见过一个人。这片森林之外的世界怎么样了？"

诺尔坐下来，告诉老人他旅行的原因。

老人给他倒了杯苹果酒，表示同情。

"我来帮你个忙，年轻人。"他转过身来，拿出了两块布。诺尔仔细一看，这是两条绑腿。

"这是什么宝贝？"他问。

"这是有魔法的绑腿。当我还在你这个年纪的时候，它们给我帮了很大的忙。你穿上它们之后，每跨一步都可以迈出七里格[1]。它应该可以帮你到达闪耀星王国。"

诺尔和老人一起过了一夜，告诉他森林外面的世界是什么样子。第二天早上，他穿上魔法绑腿，开始疾速旅行。每迈一步，他就走出七里格，很快就越过了森林、溪流、河流和山脉。当天日落时分，他来到另一片森林，发现了另一间与昨天类似的小屋。他又饿又累，因为他已经走了很远的路。

他敲了敲门。屋里是一个老妇人，牙齿又长又黄。她正蹲在壁炉前，面对着一个苟延残喘的火堆。

"晚上好，奶奶。"诺尔恭敬地问候道，"我希望能在这里吃点东西，找个地方过夜。"

"你不应该来这里。我讨厌陌生人，而且我有三个魁梧的儿

---

1 旧时长度单位，指步行一小时的距离，约等于 4.828 公里。

子，如果他们发现你在这里，会打断你的骨头。这还算是你运气好呢，因为接下来，他们肯定还会吃掉你。你快走吧。"

"您的儿子们叫什么？"诺尔问。

"他们名叫一月、二月、三月！[1]"

"所以您是风之母？"

"正是。"

"我请求您，奶奶，看在神圣的石头的分上，把我作为客人款待[2]。求您把我藏起来，不让您的三个儿子发现我。"

诺尔听到外面有声音，知道老妇人的三个儿子要回来了。

"那是我儿子一月。"老妇人温和地说，"我会尽力帮你……我会跟他说，你是我哥哥的儿子，是来拜访我们的。"

"很好，"诺尔同意道，"您哥哥的儿子有名字吗？"

"是的。告诉他们，你的名字是菲丹杜斯提克。"

老妇人话音刚落，她的第一个儿子就从烟囱里冲了进来，四处张望。

"哈啊，妈妈。我闻到了人类的味道。我又饿又冷，需要吃点好吃的。"

"坐下来，规矩点，一月。坐在那儿的是你的堂弟。"

一月皱起眉头。"他不是我的堂弟吧？"

"他是你堂弟菲丹杜斯提克。坐在那里，我给你拿吃的。不要伤害他，否则我就得拿袋子[3]了。"

她指了指挂在门后的一个旧袋子。

1　原文如此。老妇人的三个儿子的确是风之巨人，但他们的名字却是布列塔尼语的一月、二月、三月，依次写作 Genver、C'hwevrer、Meurzh。

2　因为主人有义务保证客人的安全。

3　神话中用来装风的袋子。

于是，一月闷闷不乐地坐下来，不时地向诺尔投去觊觎的目光。然后，他的两个兄弟二月和三月也进了屋，他们几个全都一样丑陋。当他们在空中掠过时，树木断裂，狼群嗥叫，飞沙走石。他们呼哧呼哧地喘着粗气，从烟囱里下来。老妇人命令他们都要听话，对他们的堂弟菲丹杜斯提克好一点。只有当她用袋子威胁他们时，他们才老老实实地在角落里坐下来。

三个儿子吞下了三头整牛，喝下了三桶酒，眼睛都不眨一下。

最后，一月问道："告诉我们，菲丹杜斯提克堂弟，如实告诉我们——你到这里来，除了看望我们之外，没有其他目的吗？"

诺尔决定据实以告。

"嗯，其实呢，堂哥，我正在前往闪耀星王国的旅途中。如果你们能给我指路，我会非常感激。"

"我从来没有听说过那个地方。"一月回答说。

"我听说过它，"二月说，"但我不知道它在哪里。"

"我知道。"三月说，"其实，我昨天才经过那里。他们全国上下都在精心准备，因为他们的公主明天就要结婚了。"

诺尔猛地坐直了。

"公主要结婚了吗？"

"嗯，是的。他们宰了一百头母牛、一百头小牛、一百只羊，还有同样多的鸡鸭。那肯定会是一场盛大的宴会。"

"但是，她要嫁给谁呢？"诺尔问。

"我不知道。你问这个做什么？"

"我想在婚礼举行之前到场。三月堂哥，你能告诉我怎么才能找到闪耀星王国吗？"

"我明天要回那里打猎，堂弟。但是你跟不上我的步伐。"

"我能跟上。"诺尔向他保证。

"你能吗？"三月有些不相信，"如果你能跟上我，我就告诉你那个王国在哪里。"

午夜时分，三月告诉诺尔，他该走了，然后从烟囱里摇摇晃晃地爬了出去。诺尔穿着他的魔法绑腿跟在后面，随着三月呼啸着穿过森林，最后来到了一处海边。

"等等！"诺尔喊道，"我可以跟上你，但我没法渡海。你能帮我渡过大海吗，堂哥？"

三月有点犹豫。"可是，在我们和闪耀星王国之间有三片大海啊，堂弟。"

"那么，我祈求你，把我背在你宽阔的背上，带我越过海浪。"

三月牢骚满腹地照办了。他们顺利地越过了第一片大海。在越过第二片大海的时候，三月抱怨说他累了。就在即将越过第三片大海的时候，三月说他太累了，想扔下诺尔。但诺尔不停地催促他，当三月最后把他放下的时候，他正好落在了闪耀星王国的沙滩上。

诺尔谢过他强大的堂哥，就向远处的大城市出发了。靠着魔法长靴的帮助，他只花了一两分钟就到了那里。

他想，在前往位于城市中心的堡垒之前，他最好先找个酒馆。他知道，酒馆老板对市井里的一切消息都了如指掌，这是出了名的。于是他找了一家小酒馆，进去点了餐。

果然，酒馆老板非常健谈。

"老板，城里现在有什么话题？"诺尔摆出一副天真无邪的样子问道。

"话题？大家现在的话题只有一个，就是我们公主的婚礼。"

"那么，大家都为婚礼欣喜若狂喽？"诺尔追问道。

"大概除了公主，每个人都是吧。"酒馆老板回答。

诺尔的心怦怦直跳。"为什么？"他低声问。

"他们说，公主要嫁给一个她不喜欢的人。"

"那个人是谁？"

"'圣雅各之路'的王子。"这是布列塔尼语中对银河的称呼。

如果她嫁给了这样一位强大的王子，诺尔不知道怎么才能夺回她。

"婚礼什么时候举行？"

"就快了。你在这里等着就行，举行婚礼的队伍会从这个酒馆旁边经过。"

这时，诺尔想到了一个办法。他把公主交给罗斯科的第一个金梨和第一条手帕放在酒馆前的一张桌子上。

这张桌子就在婚礼队伍的视线内。诺尔走到酒馆的窗口，想看看会发生什么。

果然，婚礼队伍走了过来。为首的就是公主，在她身边的是她的未婚夫——银河王子。公主看到金梨和手帕，大吃一惊。

"等等，王子。"她说，阻止了游行队伍，"我感到相当不舒服。我们把婚礼推迟到明天吧。"

王子疑惑地皱起眉头，但还是同意了。队伍回到了宫殿，婚礼被推迟到了第二天。与此同时，在她的房间里，公主派她的一个女仆去酒馆，吩咐她从这个梨和这条手帕的主人那里买下它们。

女仆把梨和手帕还给了公主——诺尔直接把它们交给了她。

第二天，婚礼队伍再次出发，再次经过这家酒馆。诺尔再次将第二个梨和第二条手帕放在外面的桌子上，他自己则在窗户后面看着。当公主看到梨和手帕时，她又假装生病了，要求将婚礼推迟到第二天上午。虽然王子比昨天更加急躁，但他再次同意了。公主又派同一个女仆去取梨和手帕。

第三天，同样的事情又发生了。只是这一次，公主要求她的女仆把梨的主人也带回来。

当诺尔进入房间时，公主高兴得几乎晕倒了。他们久别重逢，紧紧地拥抱在一起。

就在这时，一位使者来到他们的房间，告诉他们，银河王子已经下了命令，由于公主每次经过酒馆时都会发病，所以他们应该马上举行婚宴，然后在堡垒里举行婚礼。

公主想出了一个办法，下楼到宴会厅去了。诺尔也下到宴会厅，与客人们一起就座。他看到公主就和以前一样容光焕发，像太阳一样照亮了宴会厅。

按照惯例，宴席结束之后，大家开始讲故事，每个人都在吹嘘、炫耀。

最后，银河王子转身对公主说："你还没有给我们讲故事呢。我们马上就结婚了，到时候你再讲故事就不体面了。在我们结婚之前，给我们讲一个故事吧。"

"嗯，是有一个故事……关于这个故事，我想听听我的客人们的建议，因为它涉及一个令我非常尴尬的问题。"

这让大家都很好奇。

"讲下去。"

"我有一个漂亮的小金匣子，匣子里有一把漂亮的小金钥匙。我非常喜欢它，但有一天，我把钥匙弄丢了，于是就做了一把新的。但是，机缘巧合之下，在我还没有试用新的钥匙之前，我就找到了旧的钥匙。这把旧钥匙非常好，我不知道新钥匙是不是会更好。所以我想听听你们的建议，我是应该扔掉旧的，用新的，还是扔掉新的，坚持用旧的？"

宾客们给出了他们的建议，但公主转向了银河王子。

"在这件事上，我最需要您的建议，大人。您的话将帮我做出决定。"

银河王子若有所思地摸了摸下巴。"一个人应该永远尊重旧的东西。应当保留你已经知道有用的东西，不要尝试你从未尝试过的东西。"

公主笑着站了起来。"那，我就给您看看这把钥匙。"她大步走过宴会厅，拉起了诺尔的手，"他就是旧钥匙，曾经被我弄丢了，刚刚才找回来。而您，我的主人，是新的钥匙。"

银河王子也站了起来，他的脸上充满了愤怒。

"我们已经办了婚宴！"他喊道。

"但是还没举行婚礼。"公主反驳道，"在所有这些客人面前，您给了我清楚、明白的建议。我必须尊重旧的东西，保留着它。所以我会保留旧钥匙，抛弃新钥匙。我所说的旧钥匙，是指这个勇敢而忠诚的年轻人，他把我从三个邪恶巫师的束缚中解救出来。诺尔愿意为我献出生命，然后又放弃一切舒适的生活，冒着无数危险来找我。"

她的臣民们全都鼓掌、欢呼起来，因为他们都知道，公主对这场婚姻并不满意。

银河王子立刻离开了闪耀星王国，回到了他的二十七个星星妻子的身边。因为他可以在他的宇宙中的二十七个宫廷里漫游，不需要这一颗闪耀星陪伴。

"我们再也不会分开了。"公主向诺尔保证道，"为了永远在一起，我们会回到你的国度，在那里结婚。"

于是，他们乘上一辆星光色的马车，马车由二十七匹额头上有星星的白马拉着，驶回拉尼永，回到雷盖尔河畔的老堡垒，忠实的罗斯科正在那里等着他们。热烈的欢呼声响彻这片土地，在这里举行的婚宴的规模远远地超过了在闪耀星王国举办的那一场婚宴。

延伸阅读

为读者列出延伸阅读的书目是一项艰难的任务——难处不在于往书目中加入什么书，而在于舍弃什么书。我想列出很多书，就像艾丝娜·卡伯里（Ethna Carbery，1864—1902）的书，她的书是我童年时代的乐趣：例如《爱尔兰四方之风》（*The Four Winds of Eirinn*，1902）和《置身凯尔特往昔》（*In the Celtic Past*，1904）。但是，我会努力保留那些我认为对凯尔特神话与传说世界做出了上佳而广泛的介绍的书。

Bottrell, William. *Traditions & Hearthside Stories of West Cornwall*, London, 1880.

Brekilien, Yann. *La mythologie celtique*, Editions Jean Picollec, Paris, 1981.

Caldecott, Moyra. *Women in Celtic Myth*, Arrow Books, London, 1988.

Campbell, John Francis. *Popular Tales of the West Highlands*, Edinburgh, 1860–1862.

Campbell, John Gregorson. *Waifs and Strays of Celtic Tradition*, 3 vols, London, 1891.

Carmichael, Alexander. *Carmina Gadelica*, Oliver & Boyd, Edinburgh,

Vols I and II (1900), Vols III and IV (1940–1941) and Vols V and VI (1954 and 1971).

Carney, James. *Studies in Irish Literature and History*, Institute for Advanced Studies, Dublin, 1955.

Coghlan, Ronan. *A Pocket Dictionary of Irish Myths and Legends*, Appletree Press, Belfast, 1985.

—— *The Encyclopaedia of Arthurian Legends*, Element, Shaftesbury, Dorset, 1991.

Croker, J. Crofton. *Fairy Legends and Traditions of the South of Ireland*, John Murray, London, 1834.

Cross, Tom P. and Slover, Clark H. *Ancient Irish Tales,* Harrap, London, 1937.

Curtin, Jeremiah. *Myths and Folk Tales of Ireland*, Dover, New York, 1975.

de Jubainville, H. d'Arbois. *Essai d'un de la Litterature de I'Irlande*, Paris, 1882.

—— *Le cycle mythologique irlandais et la mythologie celtique*, Paris, 1884. English translation - *The Irish Mythological Cycle,* Hodges & Figgis, Dublin, 1903.

Delaney, Frank. *Legends of the Celts*, Hodder & Stoughton, London, 1989.

Dillon, Myles. *The Cycles of the Kings*, Oxford University Press, 1946.

—— *Early Irish Literature*, University of Chicago Press, Chicago, USA, 1948.

—— ed. *Irish Sagas*, Mercier Press, Cork, 1968.

Dunn, Joseph. *The Ancient Irish Epic Tale - Táin Bó Cúalnge*, David Nutt, London, 1914.

Easter, Delawarr B. *A Study of the Magic Elements in the Romans d'Aventure and the Romans Bretons*, John Hopkins University Press, Baltimore, 1906.

Ellis, Peter Berresford. *The Cornish Language and Its Literature*, Routledge & Kegan Paul, London, 1974.

—— *A Dictionary of Irish Mythology*, Constable, London, 1987.

—— *A Dictionary of Celtic Mythology*, Constable, London, 1992.

—— *The Druids*, Constable, London, 1994.

—— *Celtic Women: Women in Celtic Society and Literature*, Constable, London, 1995.

Ellis, T. P. and Lloyd, John. *The Mabinogion*, Oxford University Press, 1929.

Evans, J. Gwenogfryn. *The White Book of Mabinogion*, Pwllheli (1907). Reprint as *Llyfr Gwyn Rhydderch (The White Book of Rhydderch)*. Introduced by Professor R. M. Jones, University of Wales Press, Cardiff, 1973.

Flower, Robin. *Byron and Ossian*, Oxford University Press, 1928.

—— *The Irish Tradition,* Oxford University Press, 1947.

Ford, P. K. ed. and trs. *The Mabinogion and Other Medieval Welsh Tales*, University of California Press, Berkeley, 1977.

Gantz, Jeffrey. *Early Irish Myths and Sagas*, Penguin, London, 1981.

—— *The Mabinogion*, Penguin, London, 1976.

Gose, E. B. *The World of the Irish Wonder Tale*, University of Toronto Press, Toronto, 1985.

Graves, Alfred P. *The Irish Fairy Book*, T. Fisher Unwin, London, 1909.

Green, Miranda. *Dictionary of Celtic Myth and Legend*, Thames & Hudson, London, 1992.

Gregory, Lady Augusta. *Gods and Fighting Men*, John Murray, London, 1904.

Gruffydd, W. J. *Math vab Mathonwy*, University of Wales Press, Cardiff, 1928.

—— *Rhiannon,* University of Wales Press, Cardiff, 1953.

Guest, Lady Charlotte. *The Mabinogion from Llyfr Coch o Hergest,*

London (1838–1849). Everyman edition, London, 1906.

Guyonvarc'h, Christian J. *Textes mythologiques irlandais*, Ogam-Celticum, Brittany, 1981.

Gwynn, Edward John ed. and trs. *The Metrical Dindsenchas*, Hodges Figgis, Dublin, 1903–1935.

Henderson, George. *Fled Bricrend*, London, 1899.

—— *Survivals in Belief Among the Celts*, J. Maclehose, Glasgow, 1911.

Hull, Eleanor. *The Cuchulainn Saga in Irish Literature*, M. H. Gill & Son, Dublin, 1923.

Hunt, Robert. *Popular Romances of the West of England*, London, 1870.

Hyde, Douglas. *A Literary History of Ireland*, T. Fisher Unwin, 1899.

—— *Beside the Fire: Irish Folk Tales*, David Nutt, London, 1890.

Irish Text Society (Cumann na Scríbhean nGaedhilge), 57 bilingual volumes published since 1899, including *the Leabhar Gabhála*, two Irish Arthurian Romances, the *Táin Bó Cúalnge* (from the Book of Leinster) etc.

Jackson, Kenneth H. *The International Popular Tales and Early Welsh Traditions*, University of Wales Press, Cardiff, 1961.

Jacobs, Joseph. *Celtic Fairy Tales*, David Nutt, London, 1892.

Jarman, A. O. H. ed. and trs. *Y Gododdin: Britain's Oldest Heroic Poem*. The Welsh Classics, Dyfed, 1988.

—— and Jarman, G. R. *A History of Welsh Literature*, Christopher Davies, Llandybie, 1974.

Jones, Gwyn and Jones, Thomas. *The Mabinogion*, Everyman, Dent, London, 1949.

Jones, T. G. *Welsh Folk-lore and Folk Custom*, Methuen, London, 1930.

Joyce, P. W. *Old Celtic Romances*, Longman, London, 1879.

Kanavagh, Peter. *Irish Mythology*, New York, 1958–1959.

Kinsella, Thomas. *The Táin*, Oxford University Press, 1970.

Lacy, Norris J. *The Arthurian Encyclopaedia*, Boydell, Suffolk, 1988.

Leahy, A. H. *The Sickbed of Cuchulainn.* Heroic Romances of Ireland Series, Vol I, Dublin, 1905.

Le Braz, Anatole. *The Celtic Legend of the Beyond*, Llanerch, 1986.

Lofflet, C. M. *The Voyage to the Otherworld in Early Irish Literature*, Institut für Anglistik und Amerikanistik, Salzburg, Germany, 1983.

Lofmark, C. *Bards and Heroes*, Llanerch Books, Llanerch, Wales, 1898.

Loomis, R. S. *Celtic Myth and Arthurian Romance*, Columbia University Press, USA, 1926.

—— *Wales and Arthurian Legend*, University of Wales Press, Cardiff, 1956.

—— *Arthurian Literature in the Middle Ages*, Oxford University Press, 1959.

—— *The Grail from Celtic Myth to Christian Symbol*, Columbia University Press, USA, 1963.

Loth, Joseph. *Les Mabinogion*, Paris, 1913.

Luzel, François-Marie. *Contes Populaires de Basse-Bretagne*, Paris, 1876,

—— *Celtic Folk Tales from Armorica* (selection of tales trs. into English), Llanerch, 1985.

Mac Cana, Proinsias. *Branwen, Daughter of Llyr*, University of Wales Press, Cardiff, 1958.

—— *Celtic Mythology*, Hamlyn, London, 1970.

—— *The Mabinogion*, University of Wales Press, Cardiff, 1988.

MacCulloch, John Arnott. *Celtic Mythology* (first published as vol. III of *The Mythology of All Races*, ed. L. H. Gray, 1918), Constable, London, 1992.

Mackenzie, D. A. *Scottish Folklore and Folk Life*, Blackie & Sons, Edinburgh, 1935.

MacKinley, James M. *Folklore of Scottish Lochs and Springs*, William Hodge & Co, Glasgow, 1893.

MacLean, Magnus. *The Literature of the Highlands*, Blackie & Sons, London, 1903.

MacManus, Seumas. *Donegal Fairy Stories*, MacClure, Phillips & Co, USA, 1900.

Maier, Bernhard (trs. Cyril Edwards). *Dictionary of Celtic Religion and Culture*, Boydell, Suffolk, 1997.

Martin, W. C. Wood. *Traces of the Elder Faiths in Ireland*, Vols I and II, Longman Green, London, 1902.

Matthews, John. *Classic Celtic Fairy Tales*, Blandford, London, 1997.

Meyer, Kuno. *The Vision of Mac Conglinne*, David Nutt, London, 1892.

—— *The Voyage of Bran, Son of Febal*, 2 vols, David Nutt, London, 1895.

—— *The Triads of Ireland*, Royal Irish Academy, Dublin, 1906.

Moore, A. W. *The Folk-Lore of the Isle of Man*, David Nutt, London, 1891.

Morris, John. *The Age of Arthur*, Weidenfeld & Nicholson, London, 1973.

Munro, Robert. *Ancient Scottish Lake Dwellings*, David Douglas, Edinburgh, 1902.

Murdoch, Brian. *Cornish Literature*, D. S. Brewer, Suffolk, 1993.

Murphy, Gerard. *The Ossianic Lore and Romantic Tales of Medieval Ireland*, Three Candles Press, Dublin, 1955.

—— *Saga and Myth in Ancient Ireland*, Three Candles Press, Dublin, 1955.

Nagy, Joseph Falaky. *Conversing with Angels & Ancients: Literary Myths of Medieval Ireland*, Four Courts Press, 1997.

Neeson, Eoin. *The First Book of Irish Myths and Legends*, Mercier Press, Cork, 1965.

—— *The Second Book of Irish Myths and Legends*, Mercier Press, Cork, 1966.

Nutt, Alfred. *Celtic and Medieval Romance*, David Nutt, London, 1899.

—— *Cúchulainn: The Irish Achilles*, David Nutt, London, 1900.

—— *Ossian and Ossianic Literature*, David Nutt, London, 1900.

O'Grady, Standish James. *Early Bardic Literature in Ireland*, London, 1897.

Ó hÓgáin, Dáithí. *The Hero in Irish Folk History*, Gill & Macmillan, Dublin, 1985.

—— *Fionn mac Cumhail: Images of the Gaelic Hero*, Gill & Macmillan, Dublin, 1988.

—— *Myth, Legend and Romance: An Encyclopedia of the Irish Folk Tradition*, Ryan Publishing, London, 1991.

O'Keefe. J. G. *Buile Suibne*, David Nutt, London, 1913.

O'Rahilly, Cecile, ed. *Táin Bó Cuailgne from the Book of Leinster*, Institute for Advanced Studies, Dublin, 1967.

O'Rahilly, Thomas F. *Early Irish History and Mythology*, Institute for Advanced Studies, Dublin, 1946.

Parry, Thomas, tr. H. Idris Bell. *A History of Welsh Literature*, Clarendon Press, Oxford, 1955.

Parry-Jones, D. *Welsh Legends and Fairy Law*, Batsford, London, 1953.

Patch, H. R. *The Otherworld*, Harvard University Press, Cambridge, Mass., USA, 1950.

Pennar, M. *The Black Book of Carmarthen*, Llanerch, Wales, 1989.

Polson, Alexander. *Our Highland Folklore Heritage*, Highland Society, Inverness, 1926.

Rees, Alwyn, and Rees, Brinley. *Celtic Heritage*, Thames and Hudson, London, 1961.

Rhŷs, John. *Celtic Folk-Lore (Welsh and Manx)*, 2 vols, Oxford University Press, 1901.

—— and Evans, J. G. *The Mabinogion*, Oxford University Press, 1887.

Roberts, Brinley F. *Y Mabinogion*, Dafydd and Rhiannon Ifans,

Llandysul, 1980.

Rolleston, T. W. *Myths and Legends of the Celtic Race*, George Harrap, London, 1911.

St Clair, Sheila. *Folklore of the Ulster People*, Mercier Press, Cork, 1971.

Sebillot, P. *Costumes populaires de la Haute-Bretagne*, Paris, 1886.

Sjoestedt, Marie-Louise, trs. Myles Dillon. *Gods and Heroes of the Celts*, Methuen, London, 1949.

Smyth, Daragh. *A Guide to Irish Mythology*, Irish Academic Press, Dublin, 1988.

Spaan, D. B. *The Otherworld in Early Irish Literature*, University of Michigan Press, Ann Arbor, USA, 1969.

Squire, Charles. *Celtic Myth and Legend*, Newcastle Press, USA, 1975, reprint of *The Mythology of the British Isles*, 1905.

Thurneysen, Rudolf. *Sagen aus dem Alten Irland*, Berlin, 1901.

Trevelyan, M. *Folklore and Folk Stories of Wales*, Eliot Stock, London, 1909.

van Hamel, A. G. *Aspects of Celtic Mythology*, British Academy, London, 1935.

—— *Myth en Historie in Het Oude Ireland*, Amsterdam, 1942.

Wentz, W. Y. Evans. *The Fairy Faith in the Celtic Countries*, Oxford University Press, 1911.

Williams, Sir Ifor. *Pedeir Keinc y Mabinogi* (The Four Branches of the Mabinogi), University of Wales Press, Cardiff, 1930.

Wilde, Lady Jane. *Ancient Legends, Mystic Charms and Superstitions of Ireland*, Ward & Downey, London, 1888.

Wright, Charles D. *The Irish Tradition in Old English Literature*, Cambridge University Press, Cambridge, 1993.

Zaczek, Iain. *Chronicles of the Celts*, Collins & Brown, London, 1996.

译名对照表

阿伯阿劳	Aber Alaw
阿伯夫劳	Aberffraw
阿杜度伊	Ardudwy
阿尔巴	Alba
阿尔文	Almain
阿冯	Arfon
阿盖尔	Argyll
阿根格罗伊格	Argyngroeg
阿哈赫	Athach
阿兰	Alan
阿雷	Arrée
阿里安罗德	Arianrhod
阿伦	Arainn
阿吕斯	Arluth
阿曼努山地	Mynydd Amanw
阿梅尔津	Amairgen
阿莫里卡	Armorica
阿姆伦	Amren

阿纳尔－扎尔	Anar-Zall
阿内德	Aned
阿诺恩	anaon
阿冉克	Addanc
阿斯孔	Ascon
阿索尔	Athal
阿特加尔	Artgal
阿万克	Afanc
阿维德洛	Aveldro
阿沃埃斯	Avoez
埃多伊尔	Eidoel
埃尔文	Elwyn
埃夫尼希恩	Efnisien
埃格	Eige
埃基尔	Echil
埃克米尔灯塔	Phare d'Eckmühl
埃拉哈	Elatha
埃雷	Ellé
埃雷克王国	Bro Érech
埃里斯	Erris
埃利亚拉	Airghialla
埃列蒙	Eremon
埃林	Eiryn
埃姆利	Imleach
埃讷邦	Hennebont
埃尼斯	Enys
埃萨尔	Easal
埃维亚斯	Ewyas
艾登·阿普尼思	Edern ap Nudd

艾尔	Ayre
艾尔梅德	Airmed
艾尔维	Ailbe
艾弗里克	Aífraic
艾格	Aig
艾季尔	Eiddil
艾莱	Ile
艾勒	Éile
艾勒里	Eryri
艾雷	Eurei
艾利尔	Aillil
艾利尔·奥拉夫	Oilill Olomh
艾利尔·弗兰·贝格	Ailill Flann Beag
艾伦	Allen
艾斯伦	Aethlem
艾特塞斯	Aitceas
艾汀	Étain
艾娃	Émer
艾温湖	Llwch Ewin
艾文	An Emhain
艾辛	Eshyn
艾伊	Aedh
艾伊·阿弗拉特	Aedh Abrat
艾伊·麦克奥基	Aedh Mac Eochaidh
艾伊·麦克杜阿赫	Aodh Mac Duach
爱尔	Éire
爱林	Erin
爱罗绥思	Eurosswydd
爱妮雅	Áine

B

巴尔德罗玛贝格	Baldromma Beg
巴加坦	Balgatan
巴拉海峡	An Cuan Barragh
巴拉基萨克	Ballakissak
巴拉克雷甘	Ballacreggan
巴拉嫩赫	Buarainench
巴拉塞格	Ballasaig
巴拉约拉	Ballajora
巴里波利	Ballyboley
巴路尔	Ballure
巴罗	Barrow
巴洛	Balor
拜芙	Badh
拜思圭斯特	Baedd Gwyllt
班恩	Bann
班努	Banw
班瓦	Banba
斑海之大釜	coire-bhreacain
板棋（爱尔兰）	fidchell
板棋（威尔士）	gwyddbwyll
堡垒港	Purt ny Ding
鲍芙	Baobh
"悲伤者"恩妮雅	Eithne Inguba
北维斯特	Uibhist-a-Tuath
贝杜伊尔	Bedwyr
贝尔赫特	Berc'hed
贝尔马利特	Béal an Mhuirthead
贝尔特勒	Bertele
贝勒温	Berlewen

不死琼浆	eva hep deweth
布阿达汉	Buadachán
布尔赫	Bwlch
布基	Bukky
布拉梅·特雷弗	Blamey Trevor
布拉妮德	Blaanid
布拉斯	Bras
布莱恩萨乌热	Blaensawdde
布兰	Bran
布兰杜弗	Brandubh
布兰温	Branwen
布雷格	Breage
布雷闰	Bleiddwn
布雷斯	Bres
布雷斯特港	Rade de Brest
布雷维河畔的大卫教堂	Llanddewi Brefi
布里安	Brían
布里甘图	Brigantu
布里吉德	Brigid
布里克鲁	Bricriu
布里斯	Bris
布列洪	Brehon
布列伊斯	Breizh
布罗戴维丝	Blodeuwedd
布罗纳赫	Brónach
布洛茜恩	Breothighearn
布伊鲁沙格	Booilushag

C

草皮峰	Beinn-y-Phott
忏悔节	Meurlarjez
"长臂"卢乌	Lugh Lámhfada
长山	Cefn Digoll
楚恩冢	Chun Quoit

D

达恩	Dôn
达尔	Dall
达尔阿莱德	Dál nAraidhe
达尔卡什	Dál gCais
达夫雷	Duffrey
达格达	Dagda
达胡特－阿赫丝	Dahud-Ahes
达兰·福盖尔	Dallán Forgaill
达努	Danu
达努神族	Tuatha Dé Danaan
达努维乌斯	Danuvius
达希尔堡	Caer Dathyl
"大黄手"科纳尔	Conall Cròg Buidhe
大灰海豹	Ròn Ghlas Mòr
大猎户	Yn Shelgeyr Mooar
大卫·琼斯	David Jones
黛尔德露	Deirdre

丹麦人之女礁	Creg Ineen ny Dane
刀轮战车	Carbad Searrdha
道拉斯	Daoulas
德克缇拉	Deichtine
德拉瓦拉	Derravaragh
德勒伊	draoi
德雷斯威克	Dreswick
德里姆斯杰里	Dreemskerry
德鲁杜因	Drudwyn
德鲁伊	Druid
德鲁伊戴尔	Druidale
德罗赫扬塔赫	Drogh-Yantagh
德内沃尔	Dynefor
德维得	Dyfed
邓达尔甘	Dún Dealgan
邓肯	Duncan
邓尼夸赫	Duniquaich
邓尼特角	Ceann Donnchaidh
邓韦根	Dùn Bheagain
低地布列塔尼	Breizh Izel
狄安·凯赫特	Dian Cécht
狄安娜芙	Dianaimh
狄南	Dinan
狄翁	Dìon
迪尔米德·奥迪夫内	Diarmuid Ua Duibhne
迪兰·埃尔·同	Dylan Eil Ton
迪希斯	Dissull
迪伊	Dee
迪尤布	Dieub

丁达杰尔	Dyndajel
渎神之举	sakrilach
杜尔德鲁	Duirdriu
杜弗塔赫	Dubhtach
杜利什	Doolish
杜姆诺尼亚	Dumnonia
杜诺丁	Dunoding
杜伊瓦赫	Dwyvach
杜伊万	Dwyvan
多恩	Donn
多恩之邸	Tech Duinn
多恩加尔	Donngal
多尔菲安	dord-fhiann
多尔佩宾	Dol Pebin
多弗拉赫湖	Loch Dairbhreach
多盖德	Doged
多拉·多恩	Daire Donn
多姆诺尼亚	Domnonia
多纳尔	Donall
多纳哈	Donnchadh
多努	Domnu
多诺赫	Dòrnach
多瓦尔	Dobhar

𝕰

俄德马雷克	Eudemarec

莪相	Oisín
厄诺克	Ynawg
厄斯	Erth
厄斯顿山谷	Gyn Ystun
厄斯基瑟鲁因	Ysgithyrwyn
恶力罚	eric fine
恩奥拉赫	Yn Oallagh
恩妮雅	Ethne
恩瓦尔	Aonbharr

F

法尔	Fal
法尔古斯	Fáelgus
法尔加岛	Inis Falga
法哈·科南	Fatha Conán
法利亚斯	Falias
法瓦尔	Famhair
法温娜丝	Faoinèis
范角	Pointe du Van
芳德	Fand
菲奥夫	Fiobh
菲丹杜斯提克	Fidamdoustik
菲德尔玛	Fidelma
菲恩湖	Loch Fyne
菲拉克	Phillack
菲里纳山	Cnoc Fírinne

G

盖布尔加	Gáe Bolg
盖尔·格拉斯	Gàidheal Ghlas
盖尔海岸	Airer-Ghàidheal
盖尔雷当	Guerlédan
盖兰斯	Gerrans
盖兰特	Geraint
盖勒特之墓	Bedd Gellert
高地博斯卡斯韦尔	Higher Boscaswell
高地布列塔尼	Breizh Uhel
高尔高德	Gawlgawd
高墙堡	Mur Castell
高文	Gawain
戈班	Gobhan
戈多尔芬	Godolphin
戈尔	Goll
戈尔盖尔	golghàire
戈尔斯皮	Goillspidh
戈夫	Gof
戈夫努	Goibhniu
戈吉古尔	Gogigwr
戈拉夫	Golamh
戈莱	Gorau
戈里亚斯	Gorias
戈罗努·佩布尔	Goronwy Pebr
戈万	Govan
戈万农	Govannon

圭曾内克	Gwezenneg
圭德雷	Gwydre
圭迪永	Gwydion
圭尔赫温	Gwelhevyn
圭内斯	Gwynedd
圭诺雷	Guénolé
圭冉内斯	Gwiddanes
圭如	Gweddw
圭斯	Gwys
圭希尔·阿普格雷道尔	Gwythyr ap Greidawl
圭永	Gwion
圭兹诺	Gwyddno
桂雅尔	Gwyar

H

哈里斯	Na hEaradh
哈利杰	Halliggye
哈索尔海岸	Traie ny Halsall
海豹礁	Carricknarone
海尔	Heyl
海姑娘	maighdean-mhara
海女	ben-varrey
海生女	mari-morgan
海图因	Hetwyn
海洋死神之斗篷	Falluinn na Mhuir-Bhàis
海猪	Muc-Mhara

寒岭	Esgeir Oerfel
豪莱克	Howlek
河口的奥基	Eochaidh Indh Inbher
赫尔斯顿	Helston
赫圭思	Hygwydd
赫闰	Hyddwn
赫斯珀里得斯	Hesperides
黑白鬣	Gwyn Dunmane
黑女巫	Dewines Du
黑山	Slieau Dhoo
亨利斯顿	Henliston
红臂	Sciatha Ruaidh
"红发"海林	Heilyn Goch
红剑	Cledha Ruth
红色激流	Eas-Ruaidh
红枝战士团	Craobh Ruadha
鸿沟岬	Kione ny Goggyn
胡安道	Huandaw
胡杜尔	Huddour
湖畔原野	Magh Linne
幻象诗	aisling
霍角	Hoe Point
霍内克	Horneck
霍斯	Horth
霍斯宅	Chy-an-Horth

J

基安	Cian
基尔古里	Cilgwri
基尔胡赫	Culhwch
基克阿伯里	Kirk Arbory
基克基督	Kirk Christ
基克洛南	Kirk Lonan
基克马鲁	Kirk Malew
基利思	Cilydd
基梅尔	Quimerc'h
吉尔	Gil
吉尔科伦布	GilColumb
吉尔维苏伊	Gilvaethwy
吉拉斯皮克·夸尔特罗	Gilaspick Qualtrough
吉利斯	Gillis
吉亚尔	Geal
加拉斯	Garras
加文岬	Gob ny Garvain
贾巴道	jabadao
简·特雷赫尔	Jan Tregher
剑栏	Camlann
"狡诈者"弗伽尔	Forgall Monach
戒誓	geis
金泰尔	Cinn Tire
金尤西	Kingussie
巨人利塔	Rhita Gawr
巨人乌尔纳赫	Wrnach Cawr

"巨人之首"厄斯巴扎登	Ysbaddadan Pencawr

K

喀里多尼亚堡	Dùn Cheailleann
卡达恩	Cadarn
卡杜	Cadw
卡杜冈·阿普伊戎	Cadwgawn ab Iddon
卡多尔	Cador
卡恩肯尼杰克	Carn Kenidjack
卡尔布雷·卡瑟韦勒	Cairbre Cathmhíle
卡卡穆里	Cacamwri
卡拉德乌赫	Caladfwlch
卡拉多克	Caradawg
卡赖	Carhaix
卡莉布里德	Calybrid
卡莉弗妮	Calyphony
卡莉沃拉	Calyvorra
卡林福德湖	Carlingford Lough
卡伦·麦克凯隆	Callan MacKerron
卡姆	Caem
卡纳克	Carnac
卡瑟瓦思	Kathbad
卡舍尔	Cashel
卡什	Cass
卡斯瓦劳恩	Casswallawn
卡泰夫	Cataibh

凯尔派	Kelpie
凯尔坦圭	Kertanguy
凯尔伊斯	Ker-Ys
凯亨	Céthen
凯拉汉	Cellachain
凯拉赫	caillagh
凯拉赞	Kerazan
凯乐德雯	Keredwen
凯利威克	Celli Wig
凯洛	Kellow
凯纳斯克莱当	Kernascléden
凯萨尔	Cesair
凯伊	Cai
坎贝尔	Campbell
坎哈斯蒂尔	Camhastyr
坎纳	Canaigh
坎佩尔	Kemper
坎特	Cainte
康威	Conwy
考鲁伊德山谷	Cwm Cawlwyd
柯克	Corc
科安	Coan
科尔	Colla
科尔甘·麦克泰因	Colgáin Mac Teine
科尔古	Colgú
科孚尔赫	Cyfwlch
科哈尔·克鲁夫	Cochar Croibhe
科卡	Corca
科朗坦	Corentin

科雷迪尔	Cyledyr
科里夫雷坎	Corryvreckan
科伦赛	Colbhasa
科马克·麦克阿尔特	Cormac Mac Art
科马克·麦克奎伦南	Cormac Mac Cuileannáin
科米黛·科缅沃丝	Cymideu Cymeinfoll
科姆利	Cymru
科纳尔·麦克嫩塔·孔	Conall Mac Nenta Con
科纳尔家族	Cenel Conaill
科尼尔	Cynyr
科宁德里	Conindri
科努瓦耶	Cornouaille
克尔讷乌	Kernev
克尔诺	Kernow
克拉努	Cranou
克雷涅	Credné
克蕾安娜赫	Critheanach
克蕾季拉德	Creiddylad
克里甘	korrigan
克丽娜	Cliodhna
克啰喃	crònan
克罗安	Crowan
克罗芬要塞	Cathair Crofinn
肯恩	Cane
肯法尔亨	Cenferchyn
肯尼迪	Cennedig
肯热利格	Cynddelig
肯瓦伊尔	Cynfael
孔恩	Conn

孔赫瓦尔·麦克奈萨	Conchobhar Mac Nessa
孔拉	Connla
口曲	puirt-a-bheul
库	Cú
库安·奥洛赫汉	Cuán Ua Lothcháin
库尔斯	Cors
库林	Culann
库玛尔	cumal
库姆凯鲁因	Cwm Cerwyn
夸达兰	Koadalan
夸特斯奎留	Coat-Squiriou
奎尔特·麦克罗南	Caoilte Mac Ronán
奎里兰	Cuirirán
奎内康	Quénécan

L

拉德拉	Ladra
拉恩	Larne
拉格嫩·麦克科尔曼	Laidgnén Mac Colmán
拉赫兰	Lachlan
拉赫特纳	Lachtnae
拉护衣	racholl
拉克西	Laxey
拉莫娜	Lamorna
拉姆	Rum
拉姆齐	Ramsey

利塔冢	Gwyddfa Rhita
利亚符尔	Lia Fáil
莉安侬	Rhiannon
莉塔维丝	Litavis
"历战者"辛西奥尔	Sinnsior na gCath
林恩湖	Loch Léin
林西岬	Rinsey Head
林中闪耀	Lossyr-ny-Keylley
灵魂之剑	Claidheamh Anam
刘易斯	Leodhas
六分领	sheading
六里河	Six Mile Water
卢古斯	Lug
卢赫拉	Luchra
卢伊	Lugaidh
鸬鹚礁	Creg ny Scarroo
鲁昂	Ruadan
鲁赫塔	Luchtaine
鲁门戈尔	Rumengol
鲁申	Rushen
露兹格劳	Ruz-glaou
伦斯特的杜法尔	Dubhthair Laighean
罗穆伊尔	Romuil
罗纳布伊	Rhonabwy
罗斯科	Rosko
洛哈伯	Loch Abar
洛赫兰	Lochlann
洛坎·麦克肯利甘	Lorcán Mac Coinligáin
洛玛	Lomar

洛南	Lonan
洛伊格·麦克里昂加弗拉	Laeg Mac Riangabur
洛伊乌堡	Caer Loyw

m

马多克·阿普马雷杜思	Madog ap Maredudd
马尔	Muile
马格努斯	Magnus
马克·阿普梅尔基永	March ap Meirchion
马拉克·梅恩	Marrack Mayne
马拉宰恩	Marazion
马雷克	Marec
马索鲁赫	Matholwch
玛本·阿普莫德隆	Mabon ap Modron
玛波诺斯	Maponos
玛哈	Macha
玛纳赫	Máenach
玛纳乌丹·阿普希尔	Manawydan ap Llyr
玛诺南·麦克李尔	Manánnan Mac Lir
玛斯	Math
玛斯莱	Masraighe
玛松努伊	Mathonwy
麦克尔德	Maughold
麦克戈尔	Mac Goill
麦克格雷涅	Mac Gréine
麦克卡尔杜斯	Maccaldus

麦克凯赫特	Mac Cécht
麦克奎尔	Mac Cuill
芒斯特的卡舍尔	Caiseal Mumhan
梅德劳德	Medrawd
梅尔顿	Máel Dúin
梅林	Merlin
梅努	Menw
梅乌尔山	Slieau Meayll
美貌号	Prydwen
蒙甘·麦克菲亚基	Mongán Mac Fiachai
蒙特鲁莱兹	Montroulez
米奥加赫·麦克科尔甘	Míogach Mac Colgáin
米奥金	Miodchaoin
米尔斯特里特	Millstreet
米利·埃斯班	Míle Easpain
米利先人	Milesians
米列尔	Muryel
米亚赫	Miach
密勒海峡	Sruth na Maoile
棉花草	Y Chadee
摩查莫格	Mo Cháemmóg
摩尔纳	Morna
摩丽甘	Mórrígán
磨坊主诺尔	Nol an Meilher
莫德斯	Maudez
莫尔莱	Morlaix
莫尔瓦	Morvah
莫赫塔	Mochta
莫拉维克	Moravik

N

脑球	tathlum
内尼奥	Nynniaw
内维尔	Nyfer
妮雅芙	Niamh
尼艾辛	Ny-Eshyn
尼德	Nid
尼姆	Neim
尼希恩	Nisien
溺水礁	Creg ny Baih
"年轻者"恩古斯	Aonghus Óg
涅梅德	Nemed
涅维德·纳夫·涅菲永	Nefyed Naf Nefion
涅温	Nemain
纽里	Newry
努阿·塞加文	Nua Segamain
努恩杜瓦雷	N'oun Doaré
努尔古亚	nuall-guba
努瓦尔山	Menezioù Du
诺尔	Nore
诺克艾尼	Knockainey

O

欧甘字母	Ogham
欧拉斯多南	Iorras Domhnann
欧文·阿普伊里恩	Owain ap Urien
欧文·莫尔	Eóghan Mór

欧文纳赫塔	Eóghanachta

P

帕冈耶斯	Paganyeth
帕斯卡恩	Pars Carn
帕特里克	Patrick
帕托隆	Partholón
潘达兰	Pendaran
庞马尔	Penmarc'h
庞伊尔角	Pointe de Pen-Hir
佩比奥	Peibiaw
佩宾	Pebin
佩德劳格	Pedrawg
佩吉·特雷吉尔	Peggy Tregear
佩勒	peller
佩雷杜尔	Peredur
佩伦尼奥格	Peluniawg
佩娜尔闰	Penarddun
彭狄纳斯	Pendinas
彭丁	Pendeen
彭格西克	Pengersick
彭卡莱克	Pont Calleck
彭凯尔	Pencaire
彭平吉永	Penpingion
彭申	Penllyn
彭威斯	Penwith

彭赞斯	Penzance
皮克特王国	Pictland
皮克希	pisky
皮萨尔	Pisear
皮斯特里约里永	Pystryoryon
皮娅拉	Piala
骠骑战士团	Gamhanrhide
普拉桑兹	Praa Sands
普雷塞利山地	Mynydd Preseli
普里梅尔	Primel
普列德里	Pryderi

Q

凄逆	caoineadh
齐加杰	Chygarkye
齐普拉兹	Chypraze
奇迹原野	Magh Ionguntas
琪琪尔	Kikil
"强大之握"格娄鲁伊德	Glewlwyd Gafaelfawr
"巧手"希乌	Lleu Llaw Gyffes
亲缘者	derbhfhine

S

萨布兰	Sabrann

ㄊ

坦布林·特雷弗	Tamblyn Trevor
坦圭	Tanguy
陶伊湖	Llwch Tawy
忒瓦	Theba
特雷贡宁	Tregonning
特雷海尔	Treheyl
特雷梅恩	Tremayne
特雷帕塞湾	Baie des Trépassés
特雷瓦瓦兹岬	Trewavas Head
特雷维泽尔	Trévezel
特雷温纳德	Trewinnard
特雷西利安	Tresillian
特里诺文特人	Trinovantes
特里斯坦	Trystan
特瓦冈特	Termagaunt
特维堡	Din Tywi
提尔纳·班	Tighearna Bàn
提尔纳·杜夫	Tighearna Dubh
通圭德克	Tonguédec
"秃子"科南	Conán Mhaol
图阿塞斯克	Tuarthesc
图勒岛	Inis Tuile
图林	Tuirenn
图伊斯	Tuis
吐纳礼	tonach
托德尔巴赫	Toirrdelbach
托尔纳	Torna
托蒙德	Thomond
托彭	Torpen

W

瓦讷	Vannes
蜿蜒溪	Ghaw Cham
万灵节	Gouel an Anaon
亡魂湾	Boé an Anaon
王枝	Slatt yn Ree
王枝战士团	Craobh Ríoga
维莱特	Welet
维内提	Veneti
温娜	Venna
沃登	Woden
沃恩甘普斯	Woon Gumpus
沃格尔	Vorgell
沃拉	Wra
沃隆	Wron
乌阿哈赫	Uathach
乌尔门	Urmen
乌里司	Wuric
乌里亚斯	Urias
乌纽斯	Unius
五分领	cúige

X

西奥盖尔	Siogair
西居尔松	Sigurdsson

y

亚摩里亚	Armorian
亚瑟	Arthur
"阳光满面者"欧格玛	Ogma grian-aineacg
野猪特鲁伊斯	Twrch Trwyth
伊布雷萨尔	Hy Breasal
伊菲	Aoife
伊菲延特	Uí Fidgente
伊芙	Aobh
伊姆希	Imshee
伊妮·麦克凯隆	Iney MacKerron
伊尼什符尔	Inisfáil
伊尼什格洛拉	Inishglora
伊若格·阿普莫尼奥	Iddawg ap Mynio
伊斯巴尔	Ysbal
伊文内克	Ywenec
伊沃戎	Ywerdhon
伊乌原野	Ystrad Yw
伊娅	Ia
医生之洞	Pant-Y-Meddygon
医生之门	Llidiad y Meddygon
"医者"迪尔米德	Diarmuid Lighiche
因德赫	Indech
因弗拉里	Inveraray
银国	Bro Arc'hant
"银手"努阿哈	Nuada Argetlámh
"银手"希思	Lludd Llaw Ereint

英辛·麦克斯韦尼	Insin Mac Suibhne
"幽魂"谢纳赫	Senach Síaborthe
幽影堡	Dún Scaith
尤哈尔	Iuchar
尤哈尔瓦	Iucharba
尤莱克	Youlek
游吟诗人协会	Gorsedd
于尼	Uny
于塔尔	Utar
约翰（康沃尔）	Jowan
约翰（苏格兰）	Iain
约鲁沃斯	Iorwerth

Z

榛树岭	Drom Collchoille
冢山	Yr Wyddfa
周二市场	Maraghas Yow
朱拉	Diura
诸圣节筵席	Golwyth Pup Sans
"诸语之翻译"古利尔	Gwrhyr Gwalstawd Ieithoedd
棕骏	Each Donn

图书在版编目（CIP）数据

凯尔特神话全书 / (英) 彼得·贝雷斯福德·埃利斯
著 ; 玖羽译. -- 长沙 : 湖南文艺出版社, 2023.4（2023.7重印）
（幻想家）
书名原文: The Mammoth Book of Celtic Myths and
Legends
ISBN 978-7-5726-0418-8

Ⅰ.①凯… Ⅱ.①彼… ②玖… Ⅲ.①神话—作品集
—英国—现代 Ⅳ.①I561.73

中国版本图书馆CIP数据核字(2021)第209304号

幻想家

凯尔特神话全书
KAIERTE SHENHUA QUANSHU

著　　者：〔英〕彼得·贝雷斯福德·埃利斯　　　　　　译　者：玖　羽
出 版 人：陈新文　　　　责任编辑：吴　健　　　　封面插画：陆文津
装帧设计：Mitaliaume　　　　　　　　　内文排版：钟灿霞　钟小科
出版发行：湖南文艺出版社（长沙市雨花区东二环一段508号 邮编：410014）
印　　刷：湖南省众鑫印务有限公司
开　　本：880 mm×1230 mm　1/32　　印　张：22.75　字　数：494 千字
版　　次：2023年4月第1版　　　　　　印　次：2023年7月第2次印刷
书　　号：ISBN 978-7-5726-0418-8　　　　　　定　价：128.00 元